Motif de la vignette de couverture :

PRÊTRESSE DE TANIT. Sarcophage du IIIᵉ siècle av. J.-C.

Carthage, Musée Lavigerie.   *(Cl. Hurault.)*

Salammbô

Gustave Flaubert

Salammbô

Éditions Garnier Frères
6, Rue des Saints-Pères, Paris

Introduction,
notes et relevé de variantes
par
Édouard Maynial

Agrégé des Lettres

Édition illustrée

INTRODUCTION

SALAMMBÔ

DE Madame Bovary à Salammbô, *du grand roman
historique décoratif au roman réaliste le plus
trivial, la distance est moins infranchissable
qu'il ne semble ; elle n'étonne que ceux qui ignorent
l'unité spirituelle de Flaubert, la vie secrète de sa pensée.*

*Tout d'abord, l'écrivain nous demande un effort
d'imagination qui nous désoriente. Autant Emma
Bovary donne encore aujourd'hui la sensation d'une
réalité vivante et solide, autant Salammbô nous paraît
d'abord peu réelle. Cette impression s'explique essentiellement par la volonté de reconstruction arbitraire
qui a conduit Flaubert à faire revivre, pour y situer
son personnage central et son action, un milieu historique impossible, et dont l'évocation était une gageure.
Aujourd'hui, les chicanes des critiques, qui contes-
taient la valeur historique et archéologique de l'œuvre,
nous apparaissent aussi puériles que l'obstination
que Flaubert mettait à la défendre, à grand renfort
de références et de citations. « Salammbô n'est pas un
roman historique écrit sur des fiches d'érudit, c'est
un roman psychologique écrit sur des idées de poète* . »*

---

* A. THIBAUDET, *Gustave Flaubert*, 146, 148.

Quoi qu'on en ait pu dire, il y a plus d'un point où la fille d'Hamilcar apparaît comme la sœur d'Emma Bovary : la vie de Salammbô n'est pas moins que celle d'Emma fondée sur l'illusion bovarique, qui lui enlève l'exacte notion de la vie réelle, et qui, en la trompant sur son propre compte, l'entraîne à sa perte. Mais au lieu des grises réalités d'une médiocrité bourgeoise, qui tissent autour de la solitaire Emma leurs dangereuses brumes, le romantique impénitent, qui était en Flaubert, le romantique et le poète, a répandu à profusion autour de la fille de Carthage les joyaux magnifiques et les fleurs du rêve. Salammbô est un de ces grands livres dont la faveur publique s'est peu à peu détournée, et que l'on entend souvent condamner comme une chose ennuyeuse et morte. Il devrait plaire, pourtant, à tous ceux qui ne sont pas insensibles à la séduction de la chimère : il n'y a rien de plus hallucinant, de plus excitant pour l'imagination, que cette vision d'une grande figure morte et stérile, dont Flaubert a voulu faire le centre d'une histoire vivante.

Aussi, comme on l'a remarqué*, toute une littérature est sortie de Salammbô, comme toute une littérature est sortie de Madame Bovary. Dans la poésie parnassienne, et dans la poésie symboliste, sa descendance est considérable. On la cherche, et on la retrouve, dans l'Hérodiade de Mallarmé, comme dans la Jeune Parque de Valéry, plus sûrement que dans les innombrables romans antiques, — alexandrins, grecs ou byzantins, — qu'a vus paraître la fin du XIXe siècle.

Le voyage de Flaubert en Orient avait été une tentative d'évasion, évasion manquée, puisqu'elle l'avait rejeté dans la réalité de la vie avec Madame Bovary.

---

* A. Thibaudet, *ibid.*, p. 155.

*Son second roman, Salammbô, était une deuxième
tentative d'évasion, évasion dans la féerie du rêve
poétique, et cette fois, nous pouvons la tenir pour
réussie.*

* * *

*Si l'on en croit Arsène Houssaye, c'est Théophile
Gautier qui aurait inspiré à Flaubert le sujet de
Salammbô, et cela, immédiatement après Madame
Bovary. Dès cette époque, en effet, Flaubert était « las
des choses laides et des vilains milieux », et il se réjouissait à la pensée de vivre, pendant quelques années,
« dans un sujet splendide et loin du monde moderne* ».
Le 1ᵉʳ septembre 1857, il commença à rédiger la
première version de son roman, qui s'appelait Carthage, et dont l'héroïne portait le nom de Pyrrha.
Mais son zèle se ralentit assez vite ; ce qu'il a écrit lui
semble faux, il éprouve la nostalgie de l'Orient et au
début de 1858, il forme le projet de retourner en
Afrique, pour ranimer son inspiration sur les lieux
qu'il voulait faire revivre. Son voyage en Algérie et
en Tunisie dura deux mois environ, du 16 avril au
6 juin. De retour à Croisset, il remanie le plan de son
roman, lui donne son titre définitif et rédige le premier
chapitre. Comme pour Mᵐᵉ Bovary, on peut suivre
la genèse de Salammbô tout au long de la Correspondance, du mois d'août 1858 au mois d'avril 1862.
Les confidents habituels de Flaubert sont Ernest
Feydeau, Bouilhet, Duplan, les Goncourt. Ses lectures, ses recherches de documents sont innombrables
et minutieuses. Par moments, il se décourage, se dit*

---

* Cf. A. HOUSSAYE, *Confessions*, VI, 96 et *Corresp.* de Flaubert,
IV, 272.

« *las jusqu'à la moelle des os* ». *Il confie à Feydeau :*
« *Peu de gens devineront combien il a fallu être triste
pour entreprendre de ressusciter Carthage.*

Cédé à Michel Lévy pour dix mille francs, Salammbô
paraît en librairie en novembre 1862. Flaubert en
avait revu le texte avec grand soin, sur la copie qu'il
en avait fait faire, s'inspirant des conseils de Bouilhet
et de Bardoux. Une lecture du roman manuscrit avait
été faite chez les Goncourt, probablement en avril 1862.

Flaubert s'est expliqué à plusieurs reprises sur l'intention qu'il avait eue en écrivant son roman. « J'ai
voulu, écrit-il à Sainte-Beuve, fixer un mirage en
appliquant à l'antiquité les procédés du roman
moderne *. » C'est à la fin du voyage qui précéda la
rédaction de Salammbô, qu'il a écrit cette fameuse,
cette émouvante évocation : « Que toutes les énergies
de la nature que j'ai aspirées me pénètrent et qu'elles
s'exhalent dans mon livre. A moi, puissance de l'émotion plastique ! résurrection du passé, à moi ! à moi !
Il faut faire, à travers le Beau, vivant et vrai quand
même. Pitié pour ma volonté. Dieu des âmes, donne-
moi la Force — et l'Espoir ** ! »

Aucun livre, peut-être, n'inspira à Flaubert plus
de scrupules que cette « résurrection du passé » dont
il avait voulu faire une si émouvante création artis-
tique. Aussi, non seulement il en poursuivit l'idée à
travers de multiples ébauches, mais encore il en corri-
gea infatigablement le texte sur la copie qu'il ne tenait
jamais pour définitive. Plusieurs semaines après avoir
mis le point final à son roman, il écrivait à une amie :
« Croiriez-vous que j'en suis encore à enlever les répé-

---

* *Corresp.*, V. 56.
** *Notes de Voyages*, II, 347

titions de mots et à changer les substantifs impropres?
Je me meurs d'ennui ∗*!* » *Salammbô était terminée*
depuis le 24 avril, et en septembre Flaubert épluchait
encore son manuscrit, enlevant les et *trop fréquents,*
supprimant les incorrections échappées à sa vigilance,
« *couchant avec la Grammaire des Grammaires et le*
Dictionnaire de l'Académie ∗∗*.* » *A la fin d'octobre,*
il corrige les épreuves, « *bondissant de colère dans*
son fauteuil, en découvrant dans son œuvre quantité
de négligences et de sottises » *; et* « *les embarras que lui*
donne un mot à changer » *l'empêchent de dormir* ∗∗∗.

Aussi le manuscrit définitif de Salammbô est-il
le plus raturé de tous les manuscrits de Flaubert : « *Il*
est composé de 340 feuillets de papier dit écolier de
grand format, et la copie, mal faite et comportant de
nombreuses corrections de fautes de transcription et
un millier de nouvelles modifications du texte, com-
prend 494 feuillets ∗∗∗∗. »

* * *

Dès la mise en vente, le 24 novembre 1862, Salammbô
souleva à la fois un grand mouvement de curiosité
dans le public et de vives discussions dans une partie
de la critique.

*A son amie d'enfance, M*me *Gustave de Maupas-*
sant, Flaubert écrivait en janvier 1863 : « *Puisque tu*
m'as parlé de Salammbô, ton amitié apprendra avec
plaisir que ma Carthaginoise fait son chemin dans le

∗ *Correspondance,* V, 27.
∗∗ *Ibid.,* V, 45.
∗∗∗ *Ibid.,* V, 51.
∗∗∗∗ DUMESNIL et DEMOREST, *Bibliographie de Gustave Flaubert :*
Salammbô, dans le *Bulletin du Bibliophile,* 20 octobre 1924, p. 459
et suiv.

monde : mon éditeur annonce pour vendredi la deuxième édition. Grands et petits journaux parlent de moi. Je fais dire beaucoup de sottises. Les uns me dénigrent, les autres m'exaltent. On m'a appelé « ilote ivre », on a dit que je répandais « un air empesté », on m'a comparé à Chateaubriand et à Marmontel, on m'accuse de viser à l'Institut, et une dame qui avait lu mon livre a demandé à un de mes amis si Tanit n'était pas un diable ! Voilà ! Telle est la gloire littéraire... N'importe ; j'avais fait un livre pour un nombre très restreint de lecteurs et il se trouve que le public y mord *. »*

Parmi tant de voix discordantes, Flaubert connut-il le suffrage de Baudelaire? Le poète écrivait à Poulet-Malassis : « *Une édition de deux mille enlevée en deux jours. Positif. Beau livre plein de défauts... Ce que Flaubert a fait, lui seul pouvait le faire* **. »

Mais les défauts auxquels pouvait être sensible un artiste comme Baudelaire, et que Flaubert sentait lui-même, ne sont pas ceux qui valurent à *Salammbô* les plus vives attaques de la critique. Malgré les protestations de l'auteur, c'est comme roman historique que le livre fut jugé; on contesta la vérité des faits, on discuta les sources, la documentation archéologique, on dénonça la fantaisie de cette résurrection.

Saint-René Taillandier, dans la Revue des Deux Mondes, *Jules Levallois*, dans l'Opinion nationale, *Claveau*, dans la Revue contemporaine, *Alcide Dusolier*, dans la Revue Française, « criaient à la fantaisie, se plaignaient qu'un romancier eût l'audace de se donner pour historien et pour érudit, et, sous prétexte

---

* *Corresp.*, V, 73.
** Dumesnil et Demorest, *op. cit.*, p. 501.

qu'ils ignoraient eux-mêmes les événements et la vie de Carthage, blâmèrent Flaubert d'avoir voulu étudier et reconstituer le néant *. » *Seuls, George Sand et Cuvillier-Fleury, — celui-ci dans le* Journal des Débats *— « eurent le courage d'avouer que la vérification de l'exactitude archéologique n'avait rien à faire avec la question d'art, et que si la peinture était belle et bonne, cela suffisait* **. »

Les critiques les plus précises, les plus acerbes aussi, celles qui émurent le plus Flaubert, lui vinrent d'un ami, de Sainte-Beuve, dans le Constitutionnel, *et d'un inconnu, l'archéologue Frœhner, dans la* Revue contemporaine. *Ce sont les seules auxquelles il prit la peine de répondre longuement, dans deux lettres célèbres* ***.

Ces deux critiques eurent un sort assez différent. En répondant à Sainte-Beuve, tout en maintenant avec fermeté les droits de l'art, Flaubert usait d'un ton amical, que justifiaient ses relations personnelles avec l'illustre critique et l'estime dans laquelle il le tenait. Aussi Sainte-Beuve accueillit-il cette réponse avec une courtoise et loyale sympathie. La lettre de Flaubert est imprimée en appendice au volume des Nouveaux lundis *où figure l'article du* Constitutionnel. *Et cet incident ne paraît avoir altéré en rien les rapports des deux écrivains.*

Dans la discussion avec Frœhner, le ton, de part et d'autre, est celui d'une polémique acerbe. Frœhner avait accusé l'auteur de Salammbô *de spéculer sur*

---

* Descharmes et Dumesnil, *Autour de Flaubert*, I, 152.
** *Ibidem*, p. 153.
*** On trouvera ces deux lettres en appendice au présent volume; nos notes renverront souvent, sur les points contestés, au texte de ces lettres.

*l'ignorance du public pour lui imposer une reconsti-
tution fausse d'un monde disparu, et d'avoir mis autant
de chinois que de carthaginois dans ce roman qu'il
faudrait appeler une* carthachinoiserie. *Flaubert riposte
en accusant à son tour Frœhner d'ignorance et de
mauvaise foi. Sa réponse parut successivement dans
l'*Opinion nationale *et dans la* Revue contemporaine; *Frœhner répliqua avec aigreur dans les mêmes organes,
accentuant ses critiques et menaçant le romancier de
« démolir la solidité du livre, jusqu'à la dernière
pierre ». Flaubert eut le dernier mot, en relevant le défi,
dans l'*Opinion nationale, *par une nouvelle lettre à
laquelle Frœhner ne semble pas avoir répondu* *.

*Ajoutons, pour attester la vitalité de cette polémique
et la place qu'elle tint dans l'actualité de l'époque, que
toute une « littérature » populaire, — parodies, chansons, opérettes, caricatures, — se développa autour du
débat, dans les petits journaux* **.

Au moment où le théâtre du Palais-Royal jouait
Folammbô *ou* Les Cocasseries carthaginoises, *où les
femmes, au bal masqué, se costumaient en* Salammbô, *où les prédicateurs du carême dénonçaient en chaire
l'immoralité de la fille d'Hamilcar, des signes moins
équivoques, des hommages plus sincères permettaient
à Flaubert de mesurer sa gloire.*

C'est Berlioz, consultant l'auteur de Salammbô
pour la mise en scène de son opéra, Les Troyens à
Carthage; *ce sont des propositions de traduction;
c'est Théophile Gautier entreprenant de tirer du roman
un livret d'opéra, dont la musique devait être écrite*

---

* Voir le détail de cette polémique dans Dumesnil et Demorest,
op. cit., 505.
** Descharmes et Dumesnil, *op. cit.,* I, 153-167.

*par Verdi. Ce dernier projet n'aboutit pas. Mais en
1879, Camille Du Locle le reprit à son compte, en
modifiant profondément, d'ailleurs, l'idée de Gautier,
et l'opéra, dont Reyer avait écrit la partition, fut joué
pour la première fois à Bruxelles, au Théâtre de la
Monnaie, le 10 février 1890, puis repris à l'Opéra de
Paris en 1892 **.

* * *

*Tout a été dit sur l'art merveilleux de l'harmonie,
du rythme de la phrase chez Flaubert. Nulle part, il
ne s'impose avec plus d'évidence que dans* Salammbô.
*De toutes les qualités du grand écrivain, c'est la moins
naturelle, la moins spontanée, celle qu'il n'a acquise
qu'à force de temps, de travail, d'efforts volontaires.
Dès 1862, Jules Claretie racontait dans un feuilleton
du* Temps *l'histoire de la première rédaction de*
Salammbô *et de la lecture que Flaubert en fit, en petit
comité, à quelques amis de choix, parmi lesquels se
trouvait naturellement Louis Bouilhet. Flaubert avait
d'abord écrit* Salammbô *sous la forme d'une sorte de
poème en prose, une succession de versets rythmés,
analogues aux* Paroles d'un croyant *de Lamennais.
Toutes les phrases commençaient par* Et... *dans un
mouvement d'une monotonie obsédante :* « Et Mâtho
se leva... Et Salammbô répondit... Et Carthage s'endormait... Et les lions en croix rugissaient... » *Flaubert, pâle comme un mort, entendit le verdict de Bouilhet, qui condamnait sans appel ce lyrisme. Il reprit
son manuscrit et le refit entièrement, avec un héroïsme,
avec des exigences et des ambitions dont témoignent*

---

* Pour l'histoire de ces livrets d'opéra, cf. DESCHARMES et DU-
MESNIL, *op. cit.*, I, 179-199.

les pages raturées, bouleversées, ravinées comme un champ de bataille...

Cette anecdote, dont tous les détails ne sont pas d'une authenticité absolue, est pourtant symbolique. Il reste encore beaucoup de *et* dans Salammbô, bien que Flaubert en ait enlevé plusieurs centaines ; mais on y trouve aussi, plus que dans tout autre livre de Flaubert, ces phrases parfaites, qu'on serait peut-être tenté de dire trop parfaites, belles comme de beaux vers, cambrées comme de beaux corps, et qui sonnent du talon, comme un fier appel, — la comparaison est de Flaubert lui-même, — et qui chantent, quand on les lit à haute voix, avec des sonorités fuyantes et des harmonies combinées. Ces phrases, ce sont celles que Flaubert admirait chez Chateaubriand et chez Montesquieu, ses deux auteurs de prédilection, et il se plaisait à en citer maints exemples. Ce sont celles qu'il goûtait chez son contemporain et ami, Renan, soit dans l'Antéchrist, soit dans la Prière sur l'Acropole, à propos de laquelle il écrivait à Renan : « Quel style !... Je ne sais s'il existe en français une plus belle phrase de prose. Je me la déclame à moi-même tout haut, sans m'en lasser. Vos périodes se déroulent comme une procession des Panathénées et vibrent comme de grandes cithares *. »

Une procession aux rythmes harmonieux, les grandes ondes mélodieuses des harpes... Ce sont bien des images qui conviennent au style de Flaubert dans Salammbô. Toujours, chez lui, la forme a été en quelque sorte la vibration palpitante et visible de la pensée. Alphonse Daudet, qui fut son ami, et qui l'admirait plus que Flaubert n'admirait Daudet, l'a très intelligemment

---

* *Corresp.*, VII, 368.

défini, quand il l'appelait : « *le confluent de Chateaubriand et de Balzac* ». Cette formule n'exprime pas
ce banal mélange de romantisme et de réalisme, auquel
on a trop souvent voulu réduire l'art et l'inspiration
du grand écrivain, mais elle veut montrer comment,
chez lui, la vision la plus précise et la plus obsédante
de la vie transparaissait à travers le rideau magique
du style comme une réalité nouvelle. Un autre grand
écrivain, et qui, lui aussi, connaissait l'anxiété décou-
rageante de la perfection, Eugène Fromentin, écrivait
à Flaubert, après Salammbô : « *C'est beau et robuste,
éblouissant de spectacle et d'une intensité de vue
extraordinaire. Vous êtes un grand peintre, mieux que
cela, un grand visionnaire, car comment appeler celui
qui crée des réalités si vives avec ses rêves et qui vous
y fait croire?* »

Qui donc a dit que le livre était un instrument
spirituel, qui donc a écrit : « *Tout, au monde, existe
pour aboutir à un livre?* » Est-ce Flaubert?... C'est
un poète dont l'art doit beaucoup à l'exemple de Flaubert, c'est Mallarmé. Tout l'art de Mallarmé est le
commentaire de cette théorie que les contemporains de
Flaubert traitaient de paradoxe, en souriant ou en
s'indignant : « *L'alignement des mots, noir sur blanc,
est un pli de sombre dentelle qui retient l'infini.* » Le
poète est semblable à l'ancien alchimiste : grâce au
sortilège dont il est maître, il s'élève au-dessus de la
condition humaine. N'est-ce pas Flaubert qui a trans-
mis à la poésie symboliste le secret de la transmu-
tation des images et des idées, « *cette divine transposition pour l'accomplissement de quoi existe l'homme?* »

BIBLIOGRAPHIE

PRINCIPAUX OUVRAGES A CONSULTER

Sainte-Beuve, *Nouveaux Lundis*, IV (1862-1865).

Frœhner, *Le Roman archéologique en France. G. Flaubert, Salammbô*. (Revue Contemporaine, 31 décembre 1862; 15 février 1863.)

M. Pézard, *Salammbô et l'archéologie punique*. (Mercure de France, 16 février 1908.)

L. Bertrand, *Gustave Flaubert, Flaubert et l'Afrique*. (1912.)

R. Descharmes et R. Dumesnil, *Autour de Flaubert*, tome I. *Les Connaissances médicales de Flaubert : Salammbô, Le Défilé de la Hache*, 1912.

Édition Conard de *Salammbô*, Notice, Index et Notes, 1910.

G. Doublet, *La Composition de Salammbô*, 1914.

Fay et A. Coleman, *Sources and Structure of Flaubert's Salammbô*, 1914.

F. A. Blossom, *La Composition de Salammbô*, 1914.

A. Weil, *Le Style de Salammbô* (Revue Universitaire, 15 avril 1902.)

D. L. Demorest, *L'Expression figurée et symbolique dans l'œuvre de G. Flaubert*, 1931.

A. Albalat, *Le Travail du style enseigné par les corrections manuscrites des grands écrivains*, 1903.

R. Dumesnil, *En marge de Flaubert*, 1927.

J. de Gaultier, *Le bovarysme de Salammbô*. (Mercure de France, 1ᵉʳ mai 1913.)

E. Henriot, *Reyer, Flaubert et Salammbô*. (Le Temps, 27 nov. 1923.)

A. Hermant, *Le Mariage de Salammbô*. (Le Temps, 12 mai 1916, 6 juillet 1917.)

STÈLE TAILLÉE EN FORME DE SIGNE DE TANIT
AVEC LA DÉDICACE A TANIT ET A BAAL HAMMON.

Reproduite ici d'après le fac-similé figurant dans l'ouvrage
de G. Picard, *Le Monde de Carthage*, Paris, Corréa, 1956.

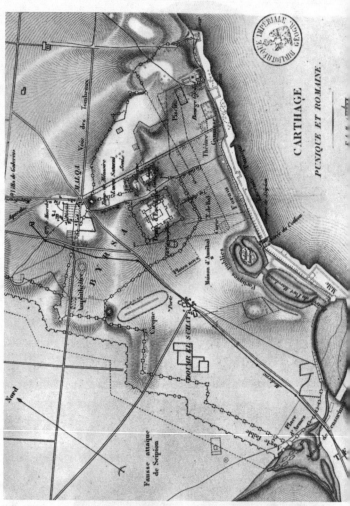

CARTHAGE PUNIQUE ET ROMAINE
Carte établie par Dureau de La Malle.

Cl. Hurault.

LES CITERNES DE CARTHAGE.

Lithographie de Pierre Trémaux dans *Parallèles des édifices
anciens et modernes du continent africain*
(dessinés et relevés de 1847 à 1854).

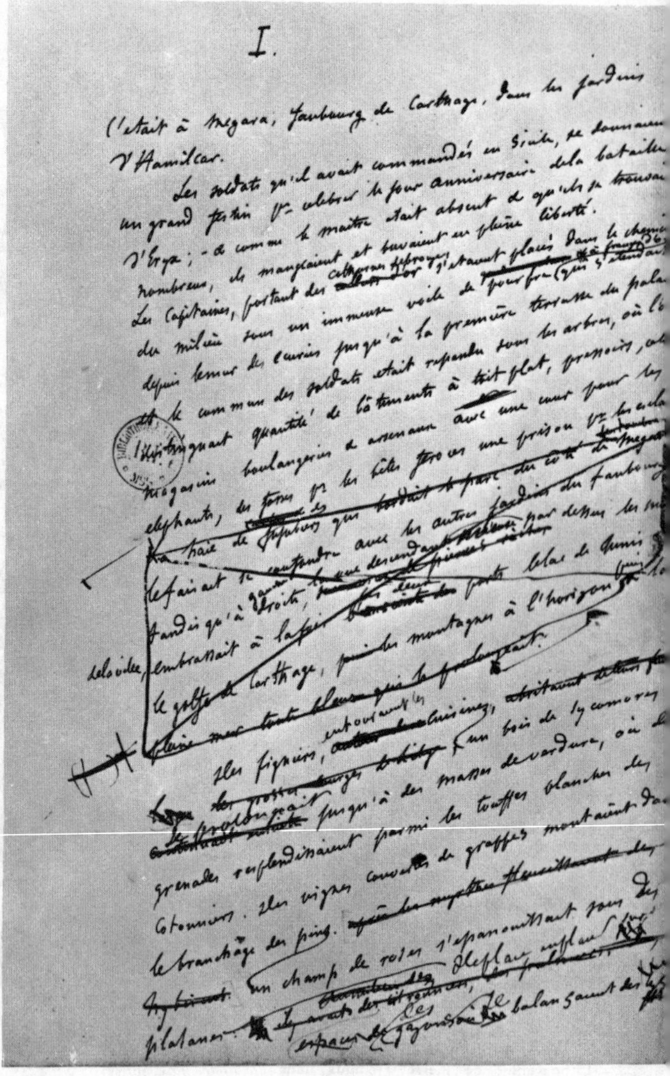

I.

C'était à Megara, faubourg de Carthage, dans les jardins d'Hamilcar.

Les soldats qu'il avait commandés en Sicile, se donnaient un grand festin pr célébrer le jour anniversaire de la bataille d'Eryx; — et comme le maître était absent et qu'ils se trouvaient nombreux, ils mangeaient et buvaient en pleine liberté.

Les Capitaines, portant des cothurnes [illegible] s'étaient placés dans le chemin du milieu sous un immense voile de pourpre [illegible] qui s'étendait depuis le mur des écuries jusqu'à la première terrasse du palais; et le commun des soldats était répandu sous les arbres, où l'on distinguait quantité de bâtiments à toit plat, pressoirs, celliers, magasins, boulangeries et arsenaux, avec une cour pour les éléphants, des fosses pour les bêtes féroces une prison pour les esclaves [illegible]

Cl. B.

PREMIÈRE PAGE DU MANUSCRIT DE SALAMMBO.

B. N. Département des Manuscrits.

SALAMMBÔ [1]

I

LE FESTIN [2]

C'ÉTAIT à Mégara [3], faubourg de Carthage, dans
les jardins d'Hamilcar.

Les soldats qu'il avait commandés en Sicile [4]
se donnaient un grand festin pour célébrer le jour
anniversaire de la bataille d'Éryx, et comme le
maître était absent et qu'ils se trouvaient nombreux,
ils mangeaient et ils buvaient [5] en pleine liberté.

Les capitaines, portant des cothurnes de bronze,
s'étaient placés dans le chemin du milieu, sous un
voile de pourpre à franges d'or, qui s'étendait depuis
le mur des écuries jusqu'à la première terrasse du
palais; le commun des soldats était répandu sous
les arbres, où l'on distinguait quantité de bâtiments
à toit plat, pressoirs, celliers, magasins, boulangeries
et arsenaux, avec une cour pour les éléphants, des
fosses pour les bêtes féroces, une prison pour les
esclaves.

Des figuiers entouraient les cuisines; un bois de
sycomores se prolongeait jusqu'à des masses de verdure, où des grenades resplendissaient parmi les
touffes blanches des cotonniers : des vignes, chargées
de grappes, montaient dans le branchage des pins :
un champ de roses s'épanouissait sous des platanes;
de place en place sur des gazons, se balançaient des
lis; un sable noir, mêlé à de la poudre de corail, par-

semait les sentiers, et, au milieu, l'avenue des cyprès faisait d'un bout à l'autre comme une double colonnade d'obélisques verts.

Le palais, bâti en marbre numidique tacheté de jaune, superposait tout au fond, sur de larges assises, ses quatre étages en terrasses. Avec son grand escalier droit en bois d'ébène, portant aux angles de chaque marche la proue d'une galère vaincue, avec ses portes rouges [6] écartelées d'une croix noire, ses grillages d'airain qui le défendaient en bas des scorpions, et ses treillis de baguettes dorées qui bouchaient en haut ses ouvertures, il semblait aux soldats, dans son opulence farouche, aussi solennel et impénétrable que le visage d'Hamilcar.

Le Conseil leur avait désigné sa maison pour y tenir ce festin; les convalescents qui couchaient dans le temple d'Eschmoûn [7], se mettant en marche dès l'aurore, s'y étaient traînés sur leurs béquilles. A chaque minute, d'autres arrivaient. Par tous les sentiers, il en débouchait incessamment, comme des torrents qui se précipitent dans un lac. On voyait entre les arbres courir les esclaves des cuisines, effarés et à demi nus; les gazelles sur les pelouses s'enfuyaient en bêlant; le soleil se couchait, et le parfum des citronniers rendait encore plus lourde l'exhalaison de cette foule en sueur.

Il y avait là des hommes de toutes les nations, des Ligures, des Lusitaniens, des Baléares, des Nègres et des fugitifs de Rome. On entendait, à côté du lourd patois dorien, retentir les syllabes celtiques bruissantes comme des chars de bataille, et les terminaisons ioniennes se heurtaient aux consonnes du désert, âpres comme des cris de chacal. Le Grec se reconnaissait à sa taille mince, l'Égyptien à ses épaules remontées, le Cantabre [8] à ses larges mollets. Des Cariens [9] balançaient orgueilleusement les plumes de leur casque, des archers de Cappadoce s'étaient peint [10]

avec des jus d'herbes de larges fleurs sur le corps, et
quelques Lydiens portant des robes des femmes
dînaient en pantoufles et avec des boucles d'oreilles.
D'autres, qui s'étaient par pompe barbouillés de vermillon, ressemblaient à des statues de corail [11].

Ils s'allongeaient sur les coussins [12], ils mangeaient
accroupis autour de grands plateaux, ou bien, couchés
sur le ventre, ils tiraient à eux les morceaux de viande,
et se rassasiaient appuyés sur les coudes, dans la pose
pacifique des lions lorsqu'ils dépècent leur proie. Les
derniers venus, debout contre les arbres, regardaient
les tables basses disparaissant à moitié sous des tapis
d'écarlate, et attendaient leur tour.

Les cuisines d'Hamilcar n'étant pas suffisantes, le
Conseil leur avait envoyé des esclaves, de la vaisselle,
des lits; et l'on voyait [13] au milieu du jardin, comme
sur un champ de bataille quand on brûle les morts, de
grands feux clairs où rôtissaient des bœufs. Les pains
saupoudrés d'anis [14] alternaient [15] avec les gros fromages plus lourds que des disques, et les cratères
pleins de vin, et les canthares pleins d'eau auprès des
corbeilles en filigrane d'or qui contenaient des fleurs.
La joie de pouvoir enfin se gorger à l'aise dilatait
tous les yeux : çà et là, les chansons commençaient.

D'abord on leur servit des oiseaux à la sauce verte,
dans des assiettes d'argile rouge rehaussée de dessins
noirs, puis toutes les espèces de coquillages que l'on
ramasse sur les côtes puniques, des bouillies de froment, de fève et d'orge, et des escargots au cumin [16],
sur des plats d'ambre jaune.

Ensuite les tables furent couvertes de viandes :
antilope avec leurs cornes, paons avec leurs plumes,
moutons entiers cuits au vin doux, gigots de chamelles
et de buffles, hérissons au garum [17], cigales frites et
loirs confits. Dans des gamelles en bois de Tamrapanni [18] flottaient, au milieu du safran, de grands
morceaux de graisse. Tout débordait de saumure, de

truffes et d'assa fœtida. Les pyramides de fruits s'éboulaient sur les gâteaux de miel, et l'on n'avait pas oublié quelques-uns de ces petits chiens à gros ventre et à soies roses que l'on engraissait avec du marc d'olives, mets carthaginois en abomination aux autres peuples. La surprise des nourritures nouvelles excitait la cupidité des estomacs. Les Gaulois aux longs cheveux retroussés sur le sommet de la tête, s'arrachaient les pastèques et les limons qu'ils croquaient avec l'écorce. Des Nègres n'ayant jamais vu de langoustes se déchiraient le visage à leurs piquants rouges. Mais les Grecs rasés [19], plus blancs que des marbres, jetaient derrière eux les épluchures de leur assiette, tandis que des pâtres du Brutium, vêtus de peaux de loups, dévoraient silencieusement, le visage dans leur portion.

La nuit tombait. On retira le velarium étalé sur l'avenue de cyprès et l'on apporta des flambeaux.

Les lueurs vacillantes du pétrole qui brûlait dans des vases de porphyre effrayèrent, au haut des cèdres, les singes consacrés à la lune [20]. Ils poussèrent des cris, ce qui mit les soldats en gaieté.

Des flammes oblongues tremblaient sur les cuirasses d'airain. Toutes sortes de scintillements jaillissaient des plats incrustés de pierres précieuses. Les cratères, à bordure de miroirs convexes, multipliaient l'image élargie des choses; les soldats se pressant autour s'y regardaient avec ébahissement et grimaçaient pour se faire rire. Ils se lançaient, pardessus les tables, les escabeaux d'ivoire et les spatules d'or. Ils avalaient à pleine gorge tous les vins grecs qui sont dans des outres, les vins de Campanie enfermés dans des amphores, les vins des Cantabres que l'on apporte dans des tonneaux, et les vins de jujubier, de cinnamome et de lotus. Il y en avait des flaques par terre où l'on glissait. La fumée des viandes montait dans les feuillages avec la vapeur des haleines.

On entendait à la fois le claquement des mâchoires,
le bruit des paroles, des chansons, des coupes, le
fracas des vases campaniens qui s'écroulaient en
mille morceaux, ou le son limpide d'un grand plat
d'argent.

A mesure qu'augmentait leur ivresse, ils se rappelaient de plus en plus l'injustice de Carthage [21]. En
effet, la République, épuisée [22] par la guerre, avait
laissé s'accumuler dans la ville toutes les bandes qui
revenaient. Giscon, leur général, avait eu cependant
la prudence de les renvoyer les uns après les autres
pour faciliter l'acquittement [23] de leur solde, et le
Conseil avait cru qu'ils finiraient par consentir à
quelque diminution. Mais on leur en voulait aujour-
d'hui de ne pouvoir les payer. Cette dette se confondait dans l'esprit du peuple avec les trois mille deux
cents talents euboïques [24] exigés par Lutatius [25], et
ils étaient, comme Rome, un ennemi pour Carthage.
Les Mercenaires le comprenaient; aussi leur indignation éclatait en menaces et en débordements. Enfin,
ils demandèrent à se réunir pour célébrer une de
leurs victoires, et le parti de la paix céda [26], en se
vengeant d'Hamilcar qui avait tant soutenu la guerre.
Elle s'était terminée contre tous ses efforts, si bien
que, désespérant de Carthage, il avait remis à Giscon
le gouvernement des Mercenaires. Désigner son palais
pour les recevoir, c'était attirer sur lui quelque chose
de la haine qu'on leur portait. D'ailleurs la dépense
devait être excessive; il la subirait presque toute.

Fiers d'avoir fait plier la République, les Mercenaires croyaient qu'ils allaient [27] enfin s'en retourner
chez eux, avec la solde de leur sang dans le capuchon
de leur manteau. Mais leurs fatigues, revues à travers
les vapeurs de l'ivresse, leur semblaient prodigieuses
et trop peu récompensées. Ils se montraient leurs
blessures, ils racontaient leurs combats, leurs voyages
et les chasses de leurs pays. Ils imitaient le cri des

bêtes féroces, leurs bonds. Puis vinrent les immondes gageures; ils s'enfonçaient la tête dans les amphores, et restaient à boire [28], sans s'interrompre, comme des dromadaires altérés. Un Lusitanien, de taille gigantesque, portant un homme au bout de chaque bras, parcourait les tables tout en crachant du feu par les narines. Des Lacédémoniens qui n'avaient point ôté leurs cuirasses, sautaient d'un pas lourd. Quelques-uns s'avançaient comme des femmes en faisant des gestes obcènes; d'autres se mettaient nus pour combattre, au milieu des coupes, à la façon des gladiateurs, et une compagnie de Grecs dansait autour d'un vase où l'on voyait des nymphes, pendant qu'un nègre tapait avec un os de bœuf sur un bouclier d'airain.

Tout à coup, ils entendirent un chant plaintif, un chant fort et doux, qui s'abaissait et remontait dans les airs comme le battement d'ailes d'un oiseau blessé.

C'était la voix des esclaves dans l'ergastule [29]. Des soldats, pour les délivrer, se levèrent d'un bond et disparurent.

Ils revinrent, chassant au milieu des cris, dans la poussière, une vingtaine d'hommes que l'on distinguait à leur visage plus pâle. Un petit bonnet de forme conique, en feutre noir, couvrait leur tête rasée; ils portaient tous des sandales de bois et faisaient un bruit de ferrailles [30] comme des chariots en marche.

Ils arrivèrent dans l'avenue des cyprès, où ils se perdirent parmi la foule, qui les interrogeait. L'un d'eux était resté à l'écart, debout. A travers les déchirures de sa tunique on apercevait ses épaules rayées par de longues balafres. Baissant le menton, il regardait autour de lui avec méfiance et fermait un peu ses paupières dans l'éblouissement des flambeaux; mais quand il vit que personne [31] de ces gens

armés ne lui en voulait, un grand soupir s'échappa
de sa poitrine : il balbutiait, il ricanait sous les larmes
claires qui lavaient sa figure; puis il saisit par les
anneaux [32] un canthare tout plein, le leva droit en
l'air au bout de ses bras d'où pendaient des chaînes,
et alors regardant le ciel [33] et toujours tenant la
coupe, il dit :

— « Salut d'abord à toi, Baal-Eschmoûn libérateur,
que les gens de ma patrie appellent Esculape ! et à
vous, Génies des fontaines, de la lumière et des bois !
et à vous, Dieux cachés sous les montagnes et dans
les cavernes de la terre ! et à vous, hommes forts aux
armures reluisantes, qui m'avez délivré ! »

Puis il laissa tomber la coupe [34] et conta son histoire. On le nommait Spendius. Les Carthaginois
l'avaient pris à la bataille des Éginuses [35], et parlant
grec, ligure et punique, il remercia encore une fois
les Mercenaires; il leur baisait les mains; enfin, il les
félicita du banquet, tout en s'étonnant de n'y pas
apercevoir les coupes de la Légion sacrée. Ces coupes,
portant une vigne en émeraude sur chacune de leurs
six faces en or, appartenaient à une milice exclusivement composée des jeunes patriciens, les plus hauts
de taille. C'était un privilège, presque un honneur
sacerdotal; aussi rien dans les trésors de la République
n'était plus convoité des Mercenaires. Ils détestaient
la Légion à cause de cela, et on en avait vu qui ris-
quaient leur vie pour l'inconcevable plaisir d'y boire.
Donc ils commandèrent d'aller chercher les coupes.
Elles étaient en dépôt chez les Syssites [36], compagnies de commerçants qui mangeaient en commun.
Les esclaves revinrent. A cette heure, tous les membres des Syssites dormaient.

— « Qu'on les réveille ! » répondirent les Mercenaires.

Après une seconde démarche, on leur expliqua
qu'elles étaient enfermées dans un temple.

— « Qu'on l'ouvre ! » répliquèrent-ils.

Et quand les esclaves, en tremblant, eurent avoué qu'elles étaient entre les mains du général Giscon, ils s'écrièrent :

— « Qu'il les apporte ! »

Giscon, bientôt, apparut au fond du jardin dans une escorte de la Légion sacrée. Son ample manteau noir, retenu sur sa tête à une mitre d'or constellée de pierres précieuses, et qui pendait tout à l'entour jusqu'aux sabots de son cheval, se confondait, de loin, avec la couleur de la nuit. On n'apercevait que sa barbe blanche, les rayonnements de sa coiffure et son triple collier à larges plaques bleues qui lui battait sur la poitrine.

Les soldats, quand il entra, le saluèrent d'une grande acclamation, tous criant :

— « Les coupes ! Les coupes ! »

Il commença par déclarer que, si l'on considérait leur courage, ils en étaient dignes. La foule hurla de joie, en applaudissant.

Il le savait bien, lui qui les avait commandés là-bas et qui était revenu avec la dernière cohorte sur la dernière galère !

— « C'est vrai ! c'est vrai ! » disaient-ils.

Cependant, continua Giscon, la République avait respecté leurs divisions par peuples, leurs coutumes, leurs cultes; ils étaient libres dans Carthage ! Quant aux vases de la Légion sacrée, c'était une propriété particulière. Tout à coup, près de Spendius, un Gaulois s'élança par-dessus les tables et courut droit à Giscon, qu'il menaçait en gesticulant avec deux épées nues.

Le général, sans s'interrompre, le frappa sur la tête de son lourd bâton d'ivoire : le Barbare tomba [37]. Les Gaulois hurlaient [38], et leur fureur, se communiquant aux autres, allait emporter les légionnaires. Giscon haussa les épaules [39] en les voyant pâlir. Il

songeait que son courage serait inutile contre ces
bêtes brutes, exaspérées. Il valait mieux plus tard [40]
s'en venger dans quelque ruse; donc il fit signe à ses
soldats et s'éloigna lentement. Puis, sous la porte,
se tournant vers les Mercenaires, il leur cria qu'ils
s'en repentiraient.

Le festin recommença. Mais Giscon pouvait revenir,
et, cernant le faubourg qui touchait aux derniers
remparts, les écraser contre les murs. Alors ils se sentirent seuls malgré leur foule; et la grande ville qui
dormait sous eux, dans l'ombre, leur fit peur, tout à
coup, avec ses entassements d'escaliers [41], ses hautes
maisons noires et ses vagues dieux encore plus féroces
que son peuple. Au loin, quelques fanaux glissaient
sur le port, et il y avait des lumières dans le temple de
Khamon [42]. Ils se souvinrent d'Hamilcar. Où était-il?
Pourquoi les avoir abandonnés, la paix conclue [43]?
Ses dissensions avec le Conseil n'étaient sans doute
qu'un jeu pour les perdre. Leur haine inassouvie
retombait sur lui; et ils le maudissaient s'exaspérant
les uns les autres par leur propre colère. A ce moment-
là, il se fit un rassemblement sous les platanes. C'était
pour voir un nègre qui se roulait en battant le sol
avec ses membres, la prunelle fixe, le cou tordu,
l'écume aux lèvres. Quelqu'un cria qu'il était empoisonné. Tous se crurent empoisonnés. Ils tombèrent
sur les esclaves [44]; une clameur épouvantable s'éleva,
et un vertige de destruction [45] tourbillonna sur
l'armée ivre. Ils frappaient au hasard, autour d'eux,
ils brisaient, ils tuaient : quelques-uns lancèrent des
flambeaux dans les feuillages; d'autres s'accoudant
sur la balustrade des lions, les massacrèrent à coups
de flèches; les plus hardis coururent aux éléphants,
ils voulaient leur abattre la trompe et manger de
l'ivoire.

Cependant des frondeurs baléares qui, pour piller
plus commodément, avaient tourné l'angle du palais,

furent arrêtés par une haute barrière faite en jonc
des Indes. Ils coupèrent avec leurs poignards les
courroies de la serrure et se trouvèrent alors sous la
façade qui regardait Carthage, dans un autre jardin
rempli de végétations taillées. Des lignes de fleurs
blanches, toutes se suivant une à une, décrivaient
sur la terre couleur d'azur de longues paraboles,
comme des fusées d'étoiles. Les buissons, pleins de
ténèbres, exhalaient des odeurs chaudes, mielleuses.
Il y avait des troncs d'arbre barbouillés de cinabre,
qui ressemblaient à des colonnes sanglantes. Au
milieu, douze piédestaux de cuivre portaient chacun
une grosse boule de verre, et des lueurs rougeâtres
emplissaient confusément ces globes creux, comme
d'énormes prunelles qui palpiteraient encore [46]. Les
soldats s'éclairaient avec des torches, tout en trébu-
chant sur la pente du terrain, profondément labouré.

Mais ils aperçurent un petit lac [47], divisé en plusieurs bassins par des murailles de pierres bleues.
L'onde était si limpide que les flammes des torches
tremblaient jusqu'au fond, sur un lit de cailloux
blancs et de poussière d'or. Elle se mit à bouillonner,
des paillettes lumineuses glissèrent, et de gros poissons, qui portaient des pierreries à la gueule, apparurent vers la surface.

Les soldats, en riant beaucoup, leur passèrent les
doigts dans les ouïes et les apportèrent sur les tables.

C'étaient les poissons de la famille Barca. Tous
descendaient de ces lottes primordiales qui avaient
fait éclore l'œuf mystique où se cachait la Déesse [48].
L'idée de commettre un sacrilège ranima la gourmandise des Mercenaires; ils placèrent vite du feu
sous des vases d'airain et s'amusèrent à regarder les
beaux poissons se débattre dans l'eau bouillante.

La houle des soldats se poussait. Ils n'avaient plus
peur. Ils recommençaient à boire. Les parfums qui
leur coulaient du front mouillaient de gouttes larges

leurs tuniques en lambeaux, et s'appuyant des deux
poings sur les tables qui leur semblaient osciller
comme des navires, ils promenaient à l'entour leurs
gros yeux ivres, pour dévorer par la vue ce qu'ils ne
pouvaient prendre. D'autres, marchant tout au milieu
des plats sur les nappes de pourpre, cassaient à coups
de pied les escabeaux d'ivoire et les fioles tyriennes
en verre. Les chansons se mêlaient au râle des esclaves
agonisant parmi les coupes brisées. Ils demandaient
du vin, des viandes, de l'or. Ils criaient pour avoir
des femmes. Ils déliraient en cent langages. Quelques-
uns se croyaient aux étuves, à cause de la buée qui
flottait autour d'eux, ou bien, apercevant des feuillages, ils s'imaginaient être à la chasse et couraient
sur leurs compagnons comme sur des bêtes sauvages.
L'incendie de l'un à l'autre gagnait tous les arbres,
et les hautes masses de verdure, d'où s'échappaient
de longues spirales blanches, semblaient des volcans
qui commencent à fumer. La clameur redoublait; les
lions blessés rugissaient dans l'ombre.

Le palais s'éclaira d'un seul coup ⁴⁹ à sa plus haute
terrasse, la porte du milieu s'ouvrit, et une femme,
la fille d'Hamilcar elle-même, couverte de vêtements
noirs, apparut sur le seuil. Elle descendit le premier escalier qui longeait obliquement le premier
étage, puis le second, le troisième, et elle s'arrêta
sur la dernière terrasse, au haut de l'escalier des
galères. Immobile et la tête basse, elle regardait les
soldats.

Derrière elle, de chaque côté, se tenaient deux
longues théories d'hommes pâles, vêtus de robes
blanches à franges rouges qui tombaient droit sur
leurs pieds. Ils n'avaient pas de barbe, pas de cheveux, pas de sourcils ⁵⁰. Dans leurs mains étincelantes
d'anneaux ils portaient d'énormes lyres et chantaient
tous, d'une voix aiguë, un hymne à la divinité de
Carthage. C'étaient les prêtres eunuques du temple

de Tanit [51], que Salammbô appelait souvent dans sa maison.

Enfin elle descendit l'escalier des galères. Les prêtres la suivirent. Elle s'avança dans l'avenue des cyprès, et elle marchait lentement entre les tables des capitaines, qui se reculaient un peu en la regardant passer [52].

Sa chevelure, poudrée d'un sable violet, et réunie en forme de tour selon la mode des vierges chananéennes, la faisait paraître plus grande. Des tresses de perles attachées à ses tempes descendaient jusqu'aux coins de sa bouche, rose comme une grenade entr'ouverte. Il y avait sur sa poitrine un assemblage de pierres lumineuses, imitant par leur bigarrure les écailles d'une murène. Ses bras, garnis de diamants, sortaient nus de sa tunique sans manches, étoilée de fleurs rouges sur un fond tout noir. Elle portait entre les chevilles une chaînette d'or pour régler sa marche [53], et son grand manteau de pourpre sombre, taillé dans une étoffe inconnue, traînait derrière elle, faisant à chacun de ses pas comme une large vague qui la suivait.

Les prêtres, de temps à autre, pinçaient sur leurs lyres des accords presque étouffés, et dans les intervalles de la musique, on entendait le petit bruit de la chaînette d'or avec le claquement régulier de ses sandales en papyrus.

Personne encore ne la connaissait [54]. On savait seulement qu'elle vivait retirée dans des pratiques pieuses. Des soldats l'avaient aperçue la nuit, sur le haut de son palais, à genoux devant les étoiles, entre les tourbillons des cassolettes allumées. C'était la lune qui l'avait rendue si pâle, et quelque chose des Dieux l'enveloppait comme une vapeur subtile. Ses prunelles semblaient regarder tout au loin au delà des espaces terrestres. Elle marchait en inclinant la tête, et tenait à sa main droite une petite lyre d'ébène.

Ils l'entendaient murmurer :

— « Morts ! Tous morts ! Vous ne viendrez plus
obéissant à ma voix, quand, assise sur le bord du lac,
je vous jetais dans la gueule des pépins de pastèques !
Le mystère de Tanit roulait au fond de vos yeux,
plus limpides que les globules des fleuves. » Et elle
les appelait par leurs noms, qui étaient les noms des
mois. — « Siv ! Sivan ! Tammouz, Eloul, Tischri,
Schebar ! — Ah ! pitié pour moi, Déesse ! »

Les soldats, sans comprendre ce qu'elle disait, se
tassaient autour d'elle. Ils s'ébahissaient de sa parure ;
mais elle promena sur eux tous un long regard épouvanté [55], puis s'enfonçant la tête dans les épaules en
écartant les bras, elle répéta plusieurs fois :

— « Qu'avez-vous fait ! qu'avez-vous fait !

« Vous aviez cependant, pour vous réjouir, du pain,
des viandes, de l'huile, tout le malobathre [56] des greniers ! J'avais fait venir des bœufs d'Hécatompyle [57],
j'avais envoyé des chasseurs dans le désert ! » Sa voix
s'enflait, ses joues s'empourpraient. Elle ajouta : « Où
êtes-vous donc, ici ? Est-ce dans une ville conquise,
ou dans le palais d'un maître ? Et quel maître ? le
suffète Hamilcar mon père, serviteur des Baals [58] ! Vos
armes, rouges du sang de ses esclaves, c'est lui qui les
a refusées à Lutatius ! En connaissez-vous un dans
vos patries qui sache mieux conduire les batailles ?
Regardez donc ! les marches de notre palais sont
encombrées par nos victoires ! Continuez ! brûlez-le [59] !
J'emporterai avec moi le Génie de ma maison, mon
serpent noir qui dort là-haut sur des feuilles de lotus !
Je sifflerai, il me suivra ; et, si je monte en galère, il
courra dans le sillage de mon navire sur l'écume des
flots. »

Ses narines minces palpitaient. Elle écrasait ses
ongles contre les pierreries de sa poitrine. Ses yeux
s'alanguirent ; elle reprit :

— « Ah ! pauvre Carthage ! lamentable ville ! Tu

n'as plus pour te défendre les hommes forts d'autrefois, qui allaient au delà des océans bâtir des temples sur les rivages. Tous les pays travaillaient autour de toi, et les plaines de la mer, labourées par tes rames, balançaient tes moissons. »

Alors elle se mit à chanter les aventures de Melkarth [60], dieu des Sidoniens [61] et père de sa famille.

Elle disait l'ascension des montagnes d'Ersiphonie [62], le voyage à Tartessus [63], et la guerre contre Masisabal [64] pour venger la reine des serpents :

— « Il poursuivait dans la forêt le monstre femelle dont la queue ondulait sur les feuilles mortes comme un ruisseau d'argent ; et il arriva dans une prairie où des femmes, à croupe de dragon, se tenaient autour d'un grand feu, dressées sur la pointe de leur queue. La lune, couleur de sang, resplendissait dans un cercle pâle, et leurs langues écarlates, fendues comme des harpons de pêcheurs, s'allongeaient en se recourbant jusqu'au bord de la flamme. »

Puis Salammbô, sans s'arrêter, raconta comment Melkarth, après avoir vaincu Masisabal, mit à la proue du navire sa tête coupée. — « A chaque battement des flots, elle s'enfonçait sous l'écume ; mais le soleil l'embaumait [65] ; elle se fit plus dure que l'or ; cependant les yeux ne cessaient point [66] de pleurer, et les larmes, continuellement, tombaient dans l'eau. »

Elle chantait tout cela dans un vieil idiome chananéen [67] que n'entendaient pas les Barbares. Ils se demandaient ce qu'elle pouvait leur dire avec les gestes effrayants dont elle accompagnait son discours ; — et montés autour d'elle sur les tables, sur les lits, dans les rameaux des sycomores, la bouche ouverte et allongeant la tête, ils tâchaient de saisir ces vagues histoires qui se balançaient devant leur imagination, à travers l'obscurité des théogonies, comme des fantômes dans des nuages.

Seuls, les prêtres sans barbe comprenaient Salammbô.

Leurs mains ridées, pendant sur les cordes des lyres, frémissaient, et de temps à autre en tiraient un accord lugubre : car plus faibles que des vieilles femmes ils tremblaient à la fois d'émotion mystique et de la peur que leur faisaient les hommes. Les Barbares ne s'en souciaient; ils écoutaient toujours la vierge chanter.

Aucun ne la regardait comme un jeune chef numide [68] placé aux tables des capitaines, parmi des soldats de sa nation. Sa ceinture était si hérissée de dards, qu'elle faisait une bosse dans son large manteau, noué à ses tempes par un lacet de cuir. L'étoffe bâillant sur ses épaules, enveloppait d'ombre son visage, et l'on n'apercevait que les flammes de ses deux yeux fixes [69]. C'était par hasard qu'il se trouvait au festin, — son père le faisant vivre chez les Barca, selon la coutume des rois qui envoyaient leurs enfants dans les grandes familles pour préparer des alliances; mais depuis six mois [70] que Narr'Havas [71] y logeait, il n'avait point encore aperçu Salammbô; et, assis sur les talons, la barbe baissée vers les hampes de ses javelots, il la considérait en écartant les narines comme un léopard qui est accroupi dans les bambous.

De l'autre côté des tables se tenait un Libyen de taille colossale et à courts cheveux noirs frisés. Il n'avait gardé que sa jaquette militaire, dont les lames d'airain déchiraient la pourpre du lit. Un collier à lune d'argent s'embarrassait dans les poils de sa poitrine. Des éclaboussures de sang lui tachetaient la face, il s'appuyait sur le coude gauche; et la bouche grande ouverte il souriait.

Salammbô n'en était plus au rythme sacré. Elle employait simultanément tous les idiomes des Barbares, délicatesse de femme pour attendrir leur colère. Aux Grecs elle parlait grec, puis elle se tournait vers les Ligures, vers les Campaniens, vers les Nègres; et chacun en l'écoutant retrouvait dans cette voix la douceur de sa patrie. Emportée par les souvenirs de

Carthage, elle chantait maintenant les anciennes batailles contre Rome; ils applaudissaient. Elle s'enflammait à la lueur des épées nues; elle criait, les bras ouverts. Sa lyre tomba, elle se tut; — et, pressant son cœur à deux mains, elle resta quelques minutes les paupières closes [72] à savourer l'agitation de tous ces hommes.

Mâtho le Libyen [73] se penchait vers elle. Involontairement elle s'en approcha, et, poussée par la reconnaissance de son orgueil, elle lui versa dans une coupe d'or un long jet de vin pour se réconcilier avec l'armée.

— « Bois ! » dit-elle.

Il prit la coupe et il la portait [74] à ses lèvres quand un Gaulois, le même que Giscon avait blessé, le frappa sur l'épaule, tout en débitant d'un air jovial des plaisanteries dans la langue de son pays. Spendius n'était pas loin; il s'offrit à les expliquer.

— « Parle ! » dit Mâtho.

— « Les Dieux te protègent, tu vas devenir riche. A quand les noces ? »

— « Quelles noces ? »

— « Les tiennes ! car chez nous, » dit le Gaulois, « lorsqu'une femme fait boire un soldat, c'est qu'elle lui offre sa couche [75]. »

Il n'avait pas fini que Narr'Havas, en bondissant, tira un javelot de sa ceinture, et appuyé du pied droit sur le bord de la table, il le lança contre Mâtho.

Le javelot siffla entre les coupes, et, traversant le bras du Libyen [76], le cloua sur la nappe si fortement, que la poignée en tremblait dans l'air.

Mâtho l'arracha vite; mais il n'avait pas d'armes, il était nu; enfin, levant à deux bras la table surchargée, il la jeta contre Narr'Havas tout au milieu de la foule qui se précipitait entre eux. Les soldats et les Numides se serraient à ne pouvoir tirer leurs glaives. Mâtho avançait en donnant de grands coups avec sa tête. Quand il la releva, Narr'Havas avait disparu.

Il le chercha des yeux. Salammbô aussi était partie.

Alors sa vue se tournant sur le palais [77], il aperçut tout en haut la porte rouge à croix noire qui se refermait. Il s'élança.

On le vit courir entre les proues des galères, puis réapparaître le long des trois escaliers jusqu'à la porte rouge qu'il heurta de tout son corps. En haletant, il s'appuya contre le mur pour ne pas tomber.

Un homme l'avait suivi [78], et, à travers les ténèbres, car les lueurs du festin étaient cachées par l'angle du palais, il reconnut Spendius.

— « Va-t'en ! » dit-il.

L'esclave, sans répondre, se mit avec ses dents à déchirer sa tunique ; puis s'agenouillant auprès de Mâtho il lui prit le bras [79] délicatement, et il le palpait dans l'ombre pour découvrir la blessure.

Sous un rayon de la lune [80] qui glissait entre les nuages, Spendius aperçut au milieu du bras une plaie béante. Il roula tout autour le morceau d'étoffe ; mais l'autre, s'irritant, disait : « Laisse-moi ! Laisse-moi ! »

— « Oh ! non ! » reprit l'esclave [81]. « Tu m'as délivré de l'ergastule. Je suis à toi ! tu es mon maître ! ordonne ! »

Mâtho, en frôlant les murs, fit le tour de la terrasse. Il tendait l'oreille à chaque pas, et par l'intervalle des roseaux dorés, plongeait ses regards dans les appartements silencieux. Enfin il s'arrêta d'un air désespéré.

— « Écoute ! » lui dit l'esclave. « Oh ! ne me méprise pas pour ma faiblesse ! J'ai vécu dans le palais. Je peux, comme une vipère, me couler entre les murs. Viens ! il y a dans la Chambre des Ancêtres un lingot d'or sous chaque dalle ; une voie souterraine conduit à leurs tombeaux. »

— « Eh ! qu'importe ! » dit Mâtho.

Spendius se tut.

Ils étaient sur la terrasse [82]. Une masse d'ombre énorme s'étalait devant eux, et qui semblait contenir de vagues amoncellements, pareils aux flots gigantesques d'un océan noir pétrifié [83].

Mais une barre lumineuse s'éleva du côté de l'Orient. A gauche, tout en bas, les canaux de Mégara [84] commençaient à rayer de leurs sinuosités blanches les verdures des jardins. Les toits coniques des temples heptagones, les escaliers, les terrasses, les remparts, peu à peu, se découpaient sur la pâleur de l'aube; et tout autour de la péninsule carthaginoise une ceinture d'écume blanche oscillait tandis que la mer couleur d'émeraude semblait comme figée dans la fraîcheur du matin. Puis à mesure que le ciel rose [85] allait s'élargissant, les hautes maisons inclinées sur les pentes du terrain se haussaient, se tassaient telles qu'un troupeau de chèvres noires qui descend des montagnes. Les rues désertes s'allongeaient; les palmiers, çà et là sortant des murs, ne bougeaient pas; les citernes remplies avaient l'air de boucliers d'argent perdus dans les cours, le phare du promontoire Hermæum [86] commençait à pâlir. Tout au haut de l'Acropole, dans le bois de cyprès, les chevaux d'Eschmoûn [87], sentant venir la lumière, posaient leurs sabots sur le parapet de marbre et hennissaient du côté du soleil.

Il parut; Spendius [88], levant les bras, poussa un cri.

Tout s'agitait dans une rougeur épandue, car le Dieu, comme se déchirant, versait à pleins rayons sur Carthage la pluie d'or de ses veines. Les éperons des galères étincelaient, le toit de Khamon [89] paraissait tout en flammes, et l'on apercevait des lueurs au fond des temples dont les portes s'ouvraient. Les grands chariots arrivant de la campagne faisaient tourner leurs roues sur les dalles des rues. Des dromadaires chargés de bagages descendaient les rampes. Les changeurs dans les carrefours relevaient les auvents de leurs boutiques. Des cigognes s'envolèrent, des voiles blanches palpitaient. On entendait dans le bois de Tanit le tambourin des courtisanes sacrées, et à la pointe des

Mappales [90], les fourneaux pour cuire les cercueils d'argile commençaient à fumer.

Spendius se penchait en dehors de la terrasse; ses dents claquaient, il répétait :

— « Ah ! oui... oui... maître ! je comprends pourquoi tu dédaignais tout à l'heure le pillage de la maison. »

Mâtho fut comme réveillé par le sifflement de sa voix, il semblait ne pas comprendre; Spendius reprit :

— « Ah ! quelles richesses ! et les hommes qui les possèdent n'ont même pas de fer pour les défendre ! »

Alors, lui faisant voir de sa main droite étendue quelques-uns de la populace qui rampaient en dehors du môle, sur le sable, pour chercher des paillettes d'or :

— « Tiens ! » lui dit-il, « la République est comme ces misérables : courbée au bord des océans, elle enfonce dans tous les rivages ses bras avides, et le bruit des flots emplit tellement son oreille qu'elle n'entendrait pas venir par derrière le talon d'un maître ! »

Il entraîna Mâtho tout à l'autre bout de la terrasse, et lui montrant le jardin où miroitaient au soleil les épées des soldats suspendues dans les arbres :

— « Mais ici il y a des hommes forts dont la haine est exaspérée ! et rien ne les attache à Carthage, ni leurs familles, ni leurs serments, ni leurs dieux ! »

Mâtho restait appuyé contre le mur [91]; Spendius, se rapprochant, poursuivit à voix basse :

— « Me comprends-tu, soldat ? Nous nous promènerions couverts de pourpre comme des satrapes. On nous laverait dans les parfums; j'aurais des esclaves à mon tour ! N'es-tu pas las de dormir sur la terre dure, de boire le vinaigre des camps, et toujours d'entendre la trompette ? Tu te reposeras plus tard, n'est-ce pas ? quand on arrachera ta cuirasse pour jeter ton cadavre aux vautours ! ou peut-être, t'appuyant sur un bâton, aveugle, boiteux, débile, tu t'en iras de porte en porte raconter ta jeunesse aux petits enfants et aux vendeurs de saumure. Rappelle-toi toutes les injustices de tes chefs, les campements dans la neige, les courses au soleil, les tyrannies de la discipline et l'éternelle menace de la croix [92] ! Après tant de misères on t'a donné un collier d'honneur, comme on suspend au poitrail des ânes une ceinture de grelots pour les étourdir dans la marche, et faire qu'ils ne sentent pas la fatigue. Un homme comme toi, plus brave que Pyrrhus ! Si tu l'avais voulu, pourtant ! Ah ! comme tu seras heureux dans les grandes salles fraîches, au son des lyres, couché sur des fleurs, avec des bouffons et avec des femmes ! Ne me dis pas que l'entreprise est impossible ! Est-ce que les Mercenaires, déjà, n'ont pas possédé Rheggium et d'autres places fortes en Italie ! Qui t'empêche ! Hamilcar est absent; le peuple exècre les Riches; Giscon ne peut rien sur les lâches qui l'entourent. Mais tu es brave, toi ! ils t'obéiront. Commande-les ! Carthage est à nous; jetons-nous-y ! »

— « Non ! » dit Mâtho, « la malédiction de Moloch pèse sur moi. Je l'ai senti à ses yeux, et tout à l'heure j'ai vu dans un temple un bélier noir qui reculait. » Il ajouta, en regardant autour de lui : « Où est-elle ? [93] »

Spendius comprit qu'une inquiétude [94] immense l'occupait; il n'osa plus parler.

Les arbres derrière eux fumaient encore; de leurs branches noircies, des carcasses de singes à demi brûlées tombaient de temps à autre au milieu des plats. Les soldats ivres ronflaient la bouche ouverte à côté des cadavres; et ceux qui ne dormaient pas baissaient leur tête, éblouis par le jour. Le sol piétiné disparaissait sous des flaques rouges. Les éléphants balançaient entre les pieux de leurs parcs leurs trompes sanglantes. On apercevait dans les greniers ouverts des sacs de froment répandus, et sous la porte une ligne épaisse de chariots amoncelés par les Barbares; les paons juchés dans les cèdres déployaient leur queue et se mettaient à crier.

Cependant l'immobilité de Mâtho étonnait Spendius [95], il était encore plus pâle que tout à l'heure, et les prunelles fixes, il suivait quelque chose à l'horizon, appuyé des deux poings sur le bord de la terrasse. Spendius, en se courbant, finit par découvrir ce qu'il contemplait. Un point d'or tournait au loin dans la poussière sur la route d'Utique [96]; c'était le moyeu d'un char attelé de deux mulets; un esclave courait à la tête du timon, en les tenant par la bride. Il y avait dans le char deux femmes assises. Les crinières des bêtes bouffaient entre leurs oreilles à la mode persique, sous un réseau de perles bleues. Spendius les reconnut; il retint un cri.

Un grand voile, par derrière, flottait au vent.

II

A SICCA

DEUX jours après, les Mercenaires sortirent de
Carthage.

On leur avait donné à chacun une pièce
d'or, sous la condition qu'ils iraient camper à Sicca [97],
et on leur avait dit avec toutes sortes de caresses :

— « Vous êtes les sauveurs de Carthage ! Mais vous
l'affameriez en y restant ; elle deviendrait insolvable.
Éloignez-vous ! La République, plus tard, vous saura
gré [98] de cette condescendance. Nous allons immédiatement lever des impôts ; votre solde sera complète,
et l'on équipera des galères qui vous reconduiront
dans vos patries. »

Ils ne savaient que répondre à tant de discours. Ces
hommes, accoutumés à la guerre, s'ennuyaient dans
le séjour d'une ville ; on n'eut pas de mal à les convaincre, et le peuple monta sur les murs pour les voir
s'en aller.

Ils défilèrent par la rue de Khamon et la porte de
Cirta [99], pêle-mêle, les archers avec les hoplites, les
capitaines avec les soldats, les Lusitaniens avec les
Grecs. Ils marchaient d'un pas hardi, faisant sonner
sur les dalles leurs lourds cothurnes [100]. Leurs armures
étaient bosselées par les catapultes et leurs visages
noircis par le hâle des batailles. Des cris rauques sortaient des barbes épaisses ; leurs cottes de mailles
déchirées battaient sur les pommeaux des glaives, et

l'on apercevait, aux trous de l'airain, leurs membres
nus, effrayants comme des machines de guerre. Les
sarisses [101], les haches, les épieux, les bonnets de
feutre et les casques de bronze, tout oscillait à la fois
d'un seul mouvement. Ils emplissaient la rue à faire
craquer les murs, et cette longue masse de soldats en
armes s'épanchait entre les hautes maisons à six
étages, barbouillées de bitume. Derrière leurs grilles
de fer ou de roseaux, les femmes, la tête couverte
d'un voile, regardaient en silence les Barbares passer.

Les terrasses, les fortifications, les murs disparaissaient sous la foule des Carthaginois, habillée de vêtements noirs. Les tuniques des matelots faisaient comme
des taches de sang parmi cette sombre multitude, et
des enfants [102] presque nus, dont la peau brillait sous
leurs bracelets de cuivre, gesticulaient dans le feuillage [103] des colonnes ou entre les branches d'un palmier. Quelques-uns des Anciens [104] s'étaient postés sur
la plate-forme des tours, et l'on ne savait pas pourquoi se tenait ainsi, de place en place, un personnage
à barbe longue, dans une attitude rêveuse. Il apparaissait [105] de loin sur le fond du ciel, vague comme
un fantôme, et immobile comme les pierres.

Tous, cependant, étaient oppressés [106] par la même
inquiétude; on avait peur que les Barbares, en se
voyant si forts, n'eussent la fantaisie de vouloir
rester [107]. Mais ils partaient avec tant de confiance
que les Carthaginois s'enhardirent et se mêlèrent aux
soldats. On les accablait de serments, d'étreintes [108].
Quelques-uns même les engageaient à ne pas quitter
la ville, par exagération de politique et audace d'hy-
pocrisie. On leur jetait des parfums, des fleurs et des
pièces d'argent. On leur donnait des amulettes contre
les maladies; mais on avait craché dessus trois fois
pour attirer la mort, ou enfermé dedans des poils de
chacal qui rendent le cœur lâche. On invoquait tout
haut la faveur de Melkarth et tout bas sa malédiction.

Puis vint la cohue des bagages [109], des bêtes de somme et des traînards. Des malades gémissaient sur des dromadaires; d'autres s'appuyaient, en boitant, sur le tronçon d'une pique. Les ivrognes emportaient des outres, les voraces des quartiers de viande, des gâteaux, des fruits, du beurre dans des feuilles de figuier, de la neige dans des sacs de toile. On en voyait avec des parasols à la main, avec des perroquets sur l'épaule. Ils se faisaient suivre par des dogues, par des gazelles ou des panthères. Des femmes de race libyque, montées sur des ânes, invectivaient les négresses qui avaient abandonné pour les soldats les lupanars de Malqua [110]; plusieurs allaitaient des enfants suspendus à leur poitrine dans une lanière de cuir. Les mulets, que l'on aiguillonnait avec la pointe des glaives, pliaient l'échine sous le fardeau des tentes; et il y avait une quantité de valets et de porteurs d'eau, hâves, jaunis par les fièvres et tout sales de vermine, écume de la plèbe carthaginoise, qui s'attachait aux Barbares.

Quand ils furent passés, on ferma les portes derrière eux, le peuple ne descendit pas des murs; l'armée se répandit bientôt sur la largeur de l'isthme.

Elle se divisait par masses inégales. Puis les lances apparurent comme de hauts brins d'herbe, enfin tout se perdit dans une traînée de poussière; ceux des soldats qui se retournaient vers Carthage, n'apercevaient plus que ses longues murailles, découpant au bord du ciel leurs créneaux vides.

Alors les Barbares entendirent un grand cri [111]. Ils crurent que quelques-uns d'entre eux, restés dans la ville (car ils ne savaient pas leur nombre), s'amusaient à piller un temple. Ils rirent beaucoup à cette idée, puis continuèrent leur chemin.

Ils étaient joyeux de se retrouver, comme autrefois, marchant tous ensemble dans la pleine campagne; et des Grecs chantaient la vieille chanson des Mamertins [112]:

— « Avec ma lance et mon épée, je laboure et je moissonne; c'est moi qui suis le maître de la maison ! L'homme désarmé tombe à mes genoux et m'appelle Seigneur et Grand-Roi. »

Ils criaient, sautaient, les plus gais commençaient des histoires; le temps des misères était fini. En arrivant à Tunis, quelques-uns remarquèrent qu'il manquait une troupe de frondeurs baléares. Ils n'étaient pas loin, sans doute; on n'y pensa plus.

Les uns allèrent loger dans les maisons, les autres campèrent au pied des murs, et les gens de la ville vinrent causer avec les soldats.

Pendant toute la nuit, on aperçut des feux qui brûlaient à l'horizon, du côté de Carthage; ces lueurs, comme des torches géantes, s'allongeaient sur le lac immobile. Personne, dans l'armée, ne pouvait dire quelle fête on célébrait.

Les Barbares, le lendemain, traversèrent une campagne toute couverte de cultures. Les métairies des patriciens se succédaient sur le bord de la route; des rigoles coulaient dans des bois de palmiers; les oliviers faisaient de longues lignes vertes; des vapeurs roses flottaient dans les gorges des collines; des montagnes bleues se dressaient par derrière. Un vent chaud soufflait. Des caméléons rampaient sur les feuilles larges des cactus.

Les Barbares se ralentirent.

Ils s'en allaient par détachements isolés, ou se traînaient les uns après les autres [113] à de longs intervalles. Ils mangeaient des raisins au bord des vignes. Ils se couchaient dans les herbes, et ils regardaient avec stupéfaction les grandes cornes des bœufs artificiellement tordues, les brebis revêtues de peaux pour protéger leur laine, les sillons qui s'entre-croisaient de manière à former des losanges, et les socs de charrues pareils à des ancres de navires, avec les grenadiers que l'on arrosait de silphium. Cette opulence de la terre et ces inventions de la sagesse les éblouissaient.

Le soir ils s'étendirent sur les tentes sans les déplier ; et, tout en s'endormant la figure aux étoiles, ils regrettaient le festin d'Hamilcar.

Au milieu du jour suivant, on fit halte sur le bord d'une rivière, dans des touffes de lauriers-roses. Alors ils jetèrent vite [114] leurs lances, leurs boucliers, leurs ceintures. Ils se lavaient en criant, ils puisaient dans leur casque, et d'autres buvaient à plat ventre, tout au milieu des bêtes de somme, dont les bagages tombaient.

Spendius, assis sur un dromadaire volé dans les parcs d'Hamilcar, aperçut de loin Mâtho, qui, le bras suspendu contre la poitrine, nu-tête et la figure basse, laissait boire son mulet, tout en regardant l'eau couler. Aussitôt il courut [115] à travers la foule, en l'appelant : — « Maître ! maître ! »

A peine si Mâtho le remercia de ses bénédictions. Spendius n'y prenant garde se mit à marcher derrière lui, et, de temps à autre, il tournait des yeux inquiets du côté de Carthage.

C'était le fils d'un rhéteur grec et d'une prostituée campanienne. Il s'était d'abord enrichi à vendre des femmes ; puis, ruiné par un naufrage, il avait fait la guerre contre les Romains avec les pâtres du Samnium [116]. On l'avait pris, il s'était échappé ; on l'avait repris, et il avait travaillé dans les carrières, haleté dans les étuves, crié dans les supplices, passé par bien des maîtres [117], connu toutes les fureurs. Un jour enfin, par désespoir il s'était lancé à la mer du haut de la trirème où il poussait l'aviron. Des matelots d'Hamilcar l'avaient recueilli [118] mourant et amené à Carthage dans l'ergastule de Mégara. Mais, comme on devait rendre [119] aux Romains leurs transfuges, il avait profité du désordre pour s'enfuir avec les soldats.

Pendant toute la route, il resta près de Mâtho ; il

lui apportait à manger, il le soutenait pour descendre,
il étendait un tapis, le soir, sous sa tête. Mâtho finit
par s'émouvoir de ces prévenances, et peu à peu il
desserra les lèvres.

Il était né dans le golfe des Syrtes [120]. Son père
l'avait conduit en pèlerinage au temple d'Ammon [121].
Puis il avait chassé les éléphants dans les forêts des
Garamantes [122]. Ensuite, il s'était engagé au service
de Carthage. On l'avait nommé tétrarque [123] à la prise
de Drépanum [124]. La République lui devait quatre
chevaux, vingt-trois médines [125] de froment et la solde
d'un hiver. Il craignait les Dieux et souhaitait mourir
dans sa patrie.

Spendius lui parla de ses voyages, des peuples et
des temples qu'il avait visités, et il connaissait beaucoup de choses : il savait faire des sandales, des épieux,
des filets, apprivoiser les bêtes farouches et cuire des
poissons.

Parfois s'interrompant, il tirait du fond de sa gorge
un cri rauque; le mulet de Mâtho pressait son allure;
les autres se hâtaient pour les suivre, puis Spendius
recommençait, toujours agité par son angoisse. Elle se
calma [126], le soir du quatrième jour.

Ils marchaient côte à côte, à la droite de l'armée,
sur le flanc d'une colline; la plaine, en bas, se prolongeait, perdue dans les vapeurs de la nuit. Les lignes
des soldats défilant au-dessous d'eux, faisaient dans
l'ombre des ondulations. De temps à autre elles passaient sur les éminences éclairées par la lune; alors
une étoile tremblait à la pointe des piques, les casques
un instant miroitaient, tout disparaissait, et il en
survenait d'autres, continuellement [127]. Au loin, des
troupeaux réveillés bêlaient, et quelque chose d'une
douceur infinie semblait s'abattre sur la terre.

Spendius, la tête renversée et les yeux à demi clos,
aspirait avec de grands soupirs la fraîcheur du vent;
il écartait les bras en remuant ses doigts pour mieux

sentir cette caresse qui lui coulait sur le corps. Des
espoirs de vengeance, revenus, le transportaient. Il
colla sa main contre sa bouche afin d'arrêter ses sanglots, et à demi pâmé d'ivresse, il abandonnait le
licol de son dromadaire qui avançait à grands pas
réguliers. Mâtho était retombé dans sa tristesse : ses
jambes pendaient jusqu'à terre, et les herbes, en
fouettant ses cothurnes, faisaient un sifflement continu.

Cependant, la route s'allongeait [128] sans jamais en
finir. A l'extrémité d'une plaine, toujours on arrivait
sur un plateau de forme ronde; puis on redescendait
dans une vallée, et les montagnes qui semblaient bou-
cher l'horizon, à mesure que l'on approchait d'elles,
se déplaçaient comme en glissant. De temps à autre,
une rivière apparaissait dans la verdure des tamarix,
pour se perdre au tournant des collines. Parfois, se
dressait [129] un énorme rocher, pareil à la proue
d'un vaisseau ou au piédestal de quelque colosse
disparu.

On rencontrait, à des intervalles réguliers, de petits
temples quadrangulaires, servant aux stations [130] des
pèlerins qui se rendaient à Sicca. Ils étaient fermés
comme des tombeaux. Les Libyens, pour se faire
ouvrir, frappaient de grands coups contre la porte.
Personne de l'intérieur ne répondait.

Puis les cultures se firent plus rares. On entrait
tout à coup sur des bandes de sable, hérissées de bouquets épineux. Des troupeaux de moutons broutaient
parmi les pierres; une femme, la taille ceinte d'une
toison bleue [131], les gardait. Elle s'enfuyait en poussant des cris, dès qu'elle apercevait entre les rochers
les piques des soldats.

Ils marchaient dans une sorte de grand couloir
bordé par deux chaînes de monticules rougeâtres,
quand une odeur nauséabonde vint les frapper aux
narines, et ils crurent voir au haut d'un caroubier

quelque chose d'extraordinaire : une tête de lion se
dressait au-dessus des feuilles.

Ils y coururent. C'était un lion, attaché à une
croix [132] par les quatre membres comme un criminel.
Son mufle énorme lui retombait sur la poitrine, et ses
deux pattes antérieures, disparaissant à demi sous
l'abondance de sa crinière, étaient largement écartées
comme les deux ailes d'un oiseau. Ses côtes, une à
une, saillissaient sous sa peau tendue ; ses jambes de
derrière, clouées l'une contre l'autre, remontaient un
peu ; et du sang noir, coulant parmi ses poils, avait
amassé des stalactites au bas de sa queue qui pendait
toute droite le long de la croix. Les soldats se diver-
tirent autour ; ils l'appelaient consul et citoyen de
Rome et lui jetèrent des cailloux dans les yeux, pour
faire envoler les moucherons.

Cent pas plus loin ils en virent deux autres, puis
tout à coup parut une longue file de croix supportant
des lions. Les uns étaient morts depuis si longtemps
qu'il ne restait plus contre le bois que les débris de
leurs squelettes ; d'autres à moitié rongés tordaient
la gueule en faisant une horrible grimace ; il y en
avait d'énormes, l'arbre de la croix pliait sous eux et
ils se balançaient au vent, tandis que sur leur tête
des bandes de corbeaux tournoyaient dans l'air, sans
jamais s'arrêter. Ainsi se vengeaient les paysans carthaginois quand ils avaient pris quelque bête féroce ;
ils espéraient par cet exemple terrifier les autres. Les
Barbares, cessant de rire, tombèrent dans un long
étonnement. « Quel est ce peuple, » pensaient-ils, « qui
s'amuse à crucifier des lions ! »

Ils étaient, d'ailleurs, les hommes du Nord surtout,
vaguement inquiets, troublés, malades déjà, ils se
déchiraient les mains aux dards des aloès ; de grands
moustiques bourdonnaient à leurs oreilles, et les
dysenteries commençaient dans l'armée. Ils s'ennuyaient de ne pas voir Sicca. Ils avaient peur de se

perdre et d'atteindre le désert, la contrée des sables
et des épouvantements. Beaucoup même ne voulaient
plus avancer. D'autres reprirent le chemin de Carthage.

Enfin le septième jour, après avoir suivi pendant
longtemps la base d'une montagne, on tourna brusquement à droite; alors apparut une ligne de murailles
posée sur des roches blanches et se confondant avec
elles. Soudain la ville entière se dressa; des voiles
bleus, jaunes et blancs s'agitaient sur les murs, dans
la rougeur du soir. C'étaient les prêtresses de Tanit,
accourues pour recevoir les hommes. Elles se tenaient
rangées sur le long du rempart, en frappant des tambourins, en pinçant des lyres, en secouant des crotales, et les rayons du soleil, qui se couchait par derrière, dans les montagnes de la Numidie, passaient
entre les cordes des harpes où s'allongeaient leurs
bras nus. Les instruments, par intervalles, se taisaient
tout à coup, et un cri strident éclatait, précipité,
furieux, continu, sorte d'aboiement qu'elles faisaient
en se frappant avec la langue les deux coins de la
bouche. D'autres restaient accoudées, le menton dans
la main, et plus immobiles que des sphinx, elles dardaient leurs grands yeux noirs sur l'armée qui montait.

Bien que Sicca fût une ville sacrée, elle ne pouvait
contenir une telle multitude; le temple avec ses dépen-
dances en occupait, seul, la moitié. Aussi les Barbares
s'établirent dans la plaine tout à leur aise, ceux qui
étaient disciplinés par troupes régulières, et les autres,
par nations ou d'après leur fantaisie.

Les Grecs alignèrent sur des rangs parallèles leurs
tentes de peaux; les Ibériens disposèrent en cercle
leurs pavillons de toile; les Gaulois se firent des
baraques de planches; les Libyens des cabanes de
pierres sèches, et les Nègres creusèrent dans le sable
avec leurs ongles des fosses pour dormir. Beaucoup,

ne sachant où se mettre, erraient au milieu des bagages,
et la nuit couchaient par terre dans leurs manteaux
troués.

La plaine se développait autour d'eux, toute bordée
de montagnes. Çà et là un palmier se penchait sur
une colline de sable, des sapins et des chênes tachetaient les flancs des précipices. Quelquefois la pluie
d'un orage, telle qu'une longue écharpe, pendait du
ciel, tandis que la campagne restait partout couverte
d'azur et de sérénité; puis un vent tiède chassait des
tourbillons de poussière; — et un ruisseau descendait
en cascades des hauteurs de Sicca où se dressait, avec
sa toiture d'or sur des colonnes d'airain, le temple de
la Vénus Carthaginoise [133], dominatrice de la contrée.
Elle semblait l'emplir de son âme. Par ces convulsions
des terrains, ces alternatives de la température et
ces jeux de la lumière, elle manifestait l'extravagance
de sa force avec la beauté de son éternel sourire. Les
montagnes, à leur sommet, avaient la forme d'un
croissant; d'autres ressemblaient à des poitrines de
femme tendant leurs seins gonflés, et les Barbares
sentaient peser par-dessus leurs fatigues un accablement qui était plein de délices.

Spendius, avec l'argent de son dromadaire, s'était
acheté un esclave. Tout le long du jour il dormait
étendu devant la tente de Mâtho. Souvent il se
réveillait croyant dans son rêve entendre siffler les
lanières; alors, en souriant, il se passait les mains [134]
sur les cicatrices de ses jambes, à la place où les fers
avaient longtemps porté; puis il se rendormit.

Mâtho acceptait sa compagnie [135], et quand il sortait,
Spendius, avec un long glaive sur la cuisse, l'escortait
comme un licteur; ou bien Mâtho nonchalamment
s'appuyait du bras sur son épaule, car Spendius
était petit.

Un soir qu'ils traversaient ensemble les rues du

camp, ils aperçurent des hommes couverts de manteaux blancs; parmi eux se trouvait Narr'Havas, le
prince des Numides. Mâtho tressaillit.

— « Ton épée ! » s'écria-t-il; « je veux le tuer ! »

— « Pas encore ! » fit Spendius en l'arrêtant. Déjà
Narr'Havas s'avançait vers lui.

Il baisa ses deux pouces en signe d'alliance, rejetant
la colère qu'il avait eue sur l'ivresse du festin; puis il
parla longuement contre Carthage, mais il ne dit pas
ce qui l'amenait chez les Barbares.

Était-ce pour les trahir ou bien la République? se
demandait Spendius; et comme il comptait faire son
profit de tous les désordres, il savait gré à Narr'Havas
des futures perfidies dont il le soupçonnait.

Le chef des Numides resta parmi les Mercenaires. Il
paraissait vouloir s'attacher Mâtho. Il lui envoyait des
chèvres grasses, de la poudre d'or et des plumes
d'autruche. Le Libyen, ébahi de ces caresses, hésitait
à y répondre ou à s'en exaspérer. Mais Spendius
l'apaisait, et Mâtho se laissait gouverner par l'esclave,
— toujours irrésolu et dans une invincible torpeur,
comme ceux qui ont pris autrefois quelque breuvage
dont ils doivent mourir.

Un matin qu'ils partaient tous les trois pour la
chasse au lion, Narr'Havas cacha un poignard dans
son manteau. Spendius marcha continuellement derrière lui; et ils revinrent sans qu'on eût tiré le poignard.

Une autre fois, Narr'Havas les entraîna fort loin,
jusqu'aux limites de son royaume. Ils arrivèrent dans
une gorge étroite; Narr'Havas sourit en leur déclarant
qu'il ne connaissait plus la route; Spendius la retrouva.

Mais le plus souvent Mâtho, mélancolique comme
un augure, s'en allait dès le soleil levant pour vaga-
bonder dans la campagne. Il s'étendait sur le sable,
et jusqu'au soir y restait immobile.

Il consulta l'un après l'autre tous les devins de
l'armée, ceux qui observent la marche des serpents,

ceux qui lisent dans les étoiles, ceux qui soufflent sur
la cendre des morts. Il avala du galbanum [136], du
seseli et du venin de vipère qui glace le cœur; des
femmes nègres, en chantant au clair de lune des
paroles barbares, lui piquèrent la peau du front avec
des stylets d'or; il se chargeait de colliers et d'amulettes : il invoqua tour à tour Baal-Kamon, Moloch,
les sept Cabires [137], Tanit et la Vénus des Grecs. Il
grava un nom sur une plaque de cuivre et il l'enfouit
dans le sable au seuil de sa tente. Spendius l'entendait
gémir et parler tout seul.

Une nuit il entra.

Mâtho, nu comme un cadavre, était couché à plat
ventre sur une peau de lion, la face dans les deux
mains, une lampe suspendue éclairait ses armes,
accrochées sur sa tête contre le mât de la tente [138].

— « Tu souffres? » lui dit l'esclave. « Que te faut-il?
réponds-moi ! » et il le secoua par l'épaule en l'appelant
plusieurs fois : « Maître ! maître !... »

Enfin Mâtho leva vers lui [139] de grands yeux troubles.

— « Écoute ! » fit-il à voix basse, avec un doigt
sur les lèvres. « C'est une colère des Dieux ! la fille
d'Hamilcar me poursuit ! J'en ai peur, Spendius ! »
Il se serrait contre sa poitrine, comme un enfant
épouvanté par un fantôme. — « Parle-moi ! je suis
malade ! je veux guérir ! j'ai tout essayé ! Mais toi,
tu sais peut-être des Dieux plus forts ou quelque
invocation irrésistible? »

— « Pour quoi faire? » demanda Spendius.

Il répondit, en se frappant la tête avec ses deux
poings :

— « Pour m'en débarrasser ! »

Puis il se disait, se parlant à lui-même, avec de
longs intervalles :

— « Je suis sans doute la victime de quelque holocauste qu'elle aura promis aux Dieux?... Elle me tient
attaché par une chaîne que l'on n'aperçoit pas. Si

je marche, c'est qu'elle s'avance; quand je m'arrête,
elle se repose ! Ses yeux me brûlent, j'entends sa voix.
Elle m'environne, elle me pénètre. Il me semble qu'elle
est devenue mon âme !

« Et pourtant, il y a entre nous deux comme les flots
invisibles d'un océan sans bornes ! Elle est lointaine
et tout inaccessible ! La splendeur de sa beauté fait
autour d'elle un nuage de lumière; et je crois, par
moments, ne l'avoir jamais vue… qu'elle n'existe pas…
et que tout cela est un songe ! »

Mâtho pleurait ainsi dans les ténèbres; les Barbares
dormaient. Spendius, en le regardant, se rappelait les
jeunes hommes qui, avec des vases d'or dans les mains,
le suppliaient autrefois, quand il promenait par les
villes son troupeau de courtisanes; une pitié l'émut,
et il dit :

— « Sois fort, mon maître ! Appelle ta volonté et
n'implore plus les Dieux, car ils ne se détournent
pas [140] aux cris des hommes ! Te voilà pleurant comme
un lâche ! Tu n'es donc pas humilié qu'une femme
te fasse tant souffrir !

— « Suis-je un enfant ? » dit Mâtho. « Crois-tu que
je m'attendrisse encore à leur visage et à leurs chansons? Nous en avions à Drepanum pour balayer nos
écuries. J'en ai possédé au milieu des assauts, sous les
plafonds qui croulaient et quand la catapulte vibrait
encore !… Mais celle-là, Spendius, celle-là !… »

L'esclave l'interrompit :

— « Si elle n'était pas la fille d'Hamilcar [141]…

— « Non ! » s'écria Mâtho. « Elle n'a rien d'une
autre fille des hommes ! As-tu vu ses grands yeux
sous ses grands sourcils, comme des soleils sous des
arcs de triomphe? Rappelle-toi : quand elle a paru,
tous les flambeaux ont pâli. Entre les diamants de
son collier, des places sur sa poitrine nue resplendissaient [142]; on sentait derrière elle comme l'odeur
d'un temple [143], et quelque chose s'échappait de tout

son être qui était plus suave que le vin et plus terrible
que la mort. Elle marchait cependant, et puis elle
s'est arrêtée. »

Il resta béant, la tête basse, les prunelles fixes.

— « Mais je la veux ! il me la faut ! j'en meurs ! A
l'idée de l'étreindre dans mes bras, une fureur de
joie m'emporte, et cependant je la hais, Spendius !
je voudrais la battre ! Que faire ? J'ai envie de me
vendre pour devenir son esclave. Tu l'as été, toi ! Tu
pouvais l'apercevoir : parle-moi d'elle ! Toutes les
nuits, n'est-ce pas, elle monte sur la terrasse de son
palais ? Ah ! les pierres doivent frémir sous ses sandales
et les étoiles se pencher pour la voir ! »

Il retomba tout en fureur, et râlant comme un
taureau blessé.

Puis Mâtho chanta : « Il poursuivait dans la forêt
le monstre femelle dont la queue ondulait sur les
feuilles mortes, comme un ruisseau d'argent. » Et
en traînant sa voix, il imitait la voix de Salammbô,
tandis que ses mains étendues faisaient comme deux
mains légères sur les cordes d'une lyre.

A toutes les consolations de Spendius, il lui répétait
les mêmes discours; leurs nuits se passaient dans ces
gémissements et ces exhortations.

Mâtho voulut s'étourdir avec du vin. Après ses
ivresses il était plus triste encore. Il essaya de se
distraire aux osselets, et il perdit une à une les plaques
d'or de son collier. Il se laissa conduire chez les servantes de la Déesse; mais il descendit la colline en
sanglotant, comme ceux qui s'en reviennent des
funérailles.

Spendius, au contraire, devenait plus hardi et plus
gai. On le voyait, dans les cabarets de feuillages,
discourant au milieu des soldats. Il raccommodait
les vieilles cuirasses. Il jonglait avec des poignards,
il allait pour les malades cueillir des herbes dans
les champs. Il était facétieux, subtil, plein d'inven-

tions et de paroles; les Barbares s'accoutumaient à ses services; il s'en faisait aimer.

Cependant ils attendaient un ambassadeur [144] de Carthage qui leur apporterait, sur des mulets, des corbeilles chargées d'or; et toujours recommençant le même calcul, ils dessinaient avec leurs doigts des chiffres sur le sable. Chacun, d'avance, arrangeait sa vie; ils auraient des concubines, des esclaves, des terres; d'autres voulaient enfouir leur trésor ou le risquer sur un vaisseau. Mais dans ce désœuvrement les caractères s'irritaient; il y avait de continuelles disputes entre les cavaliers et les fantassins, les Barbares et les Grecs, et l'on était sans cesse étourdi par la voix aigre des femmes.

Tous les jours, il survenait des troupeaux d'hommes presque nus, avec des herbes sur la tête pour se garantir du soleil; c'étaient les débiteurs des riches Carthaginois, contraints de labourer leurs terres, et qui s'étaient échappés. Des Libyens affluaient, des paysans ruinés par les impôts, des bannis, des malfaiteurs. Puis la horde des marchands, tous les vendeurs de vin et d'huile, furieux de n'être pas payés, s'en prenaient à la République; Spendius déclamait contre elle. Bientôt les vivres diminuèrent. On parlait de se porter en masse sur Carthage et d'appeler les Romains.

Un soir, à l'heure du souper, on entendit des sons lourds et fêlés qui se rapprochaient, et au loin, quelque chose de rouge apparut dans les ondulations du terrain.

C'était une grande litière de pourpre, ornée aux angles par des bouquets de plumes d'autruche. Des chaînes de cristal, avec des guirlandes de perles, battaient sur sa tenture fermée. Des chameaux la suivaient en faisant sonner la grosse cloche suspendue à leur poitrail, et l'on apercevait autour d'eux des

cavaliers ayant une armure en écailles d'or depuis les
talons jusqu'aux épaules.

Ils s'arrêtèrent à trois cents pas du camp, pour
retirer des étuis qu'ils portaient en croupe, leur
bouclier rond, leur large glaive et leur casque à la
béotienne. Quelques-uns restèrent avec les chameaux;
les autres se remirent en marche. Enfin les enseignes
de la République parurent, c'est-à-dire des bâtons de
bois bleu, terminés par des têtes de cheval ou des
pommes de pins. Les Barbares se levèrent tous, en
applaudissant; les femmes se précipitaient vers les
gardes de la Légion et leur baisaient les pieds.

La litière s'avançait sur les épaules de douze Nègres,
qui marchaient d'accord à petits pas rapides. Ils
allaient de droite et de gauche, au hasard, embarrassés
par les cordes des tentes, par les bestiaux qui erraient
et les trépieds où cuisaient les viandes. Quelquefois
une main grasse, chargée de bague, entr'ouvrait la
litière; une voix rauque criait des injures; alors les
porteurs s'arrêtaient, puis ils prenaient une autre
route à travers le camp.

Mais les courtines de pourpre se relevèrent [145]; et
l'on découvrit sur un large oreiller une tête humaine
tout impassible et boursouflée; les sourcils formaient
comme deux arcs d'ébène se rejoignant par les pointes;
des paillettes d'or étincelaient dans les cheveux crépus,
et la face était si blême qu'elle semblait saupoudrée
avec de la râpure de marbre. Le reste du corps disparaissait sous les toisons qui emplissaient la litière.

Les soldats reconnurent dans cet homme ainsi
couché le suffète Hannon, celui qui avait contribué par
sa lenteur à faire perdre la bataille des îles Ægates;
et, quant à sa victoire d'Hécatompyle sur les Libyens,
s'il s'était conduit avec clémence, c'était par cupidité,
pensaient les Barbares, car il avait vendu à son compte
tous les captifs, bien qu'il eût déclaré leur mort à
la République.

Lorsqu'il eut, pendant quelque temps, cherché une place commode pour haranguer les soldats, il fit un signe : la litière s'arrêta, et Hannon, soutenu par deux esclaves, posa ses pieds par terre, en chancelant.

Il avait des bottines en feutre noir, semées de lunes d'argent. Des bandelettes, comme autour d'une momie, s'enroulaient à ses jambes, et la chair passait entre les linges croisés. Son ventre débordait sur la jaquette écarlate qui lui couvrait les cuisses; les plis de son cou retombaient jusqu'à sa poitrine comme des fanons de bœuf, sa tunique, où des fleurs étaient peintes, craquait aux aisselles; il portait une écharpe, une ceinture et un large manteau noir à doubles manches lacées. L'abondance de ses vêtements [146], son grand collier de pierres bleues, ses agrafes d'or et ses lourds pendants d'oreilles ne rendaient pas plus hideuse sa difformité. On aurait dit quelque grosse idole ébauchée dans un bloc de pierre; car une lèpre pâle, étendue sur tout son corps, lui donnait l'apparence d'une chose inerte. Cependant son nez, crochu comme un bec de vautour, se dilatait violemment, afin d'aspirer l'air, et ses petits yeux, aux cils collés, brillaient d'un éclat dur et métallique. Il tenait à la main une spatule d'aloès, pour se gratter la peau.

Enfin deux hérauts sonnèrent dans leurs cornes d'argent; le tumulte s'apaisa, et Hannon se mit à parler.

Il commença par faire l'éloge des Dieux et de la République; les Barbares devaient se féliciter de l'avoir servie. Mais il fallait se montrer plus raisonnables, les temps étaient durs, — « et si un maître n'a que trois olives, n'est-il pas juste qu'il en garde deux pour lui? »

Ainsi le vieux suffète entremêlait son discours de proverbes et d'apologues, tout en faisant des signes de tête pour solliciter quelque approbation.

Il parlait punique [147] et ceux qui l'entouraient (les

plus alertes accourus sans leurs armes) étaient des
Campaniens, des Gaulois et des Grecs, si bien que
personne dans cette foule ne le comprenait. Hannon
s'en aperçut, il s'arrêta, et il se balançait lourdement,
d'une jambe sur l'autre, en réfléchissant.

L'idée lui vint de convoquer les capitaines; alors
ses hérauts crièrent cet ordre en grec, — langage qui,
depuis Xantippe [148], servait aux commandements
dans les armées carthaginoises.

Les gardes, à coups de fouet, écartèrent la tourbe
des soldats; et bientôt les capitaines des phalanges
à la spartiate et les chefs des cohortes barbares arrivèrent, avec les insignes de leur grade et l'armure de
leur nation. La nuit était tombée, une grande rumeur
circulait par la plaine; çà et là des feux brûlaient;
on allait de l'un à l'autre, on se demandait : « Qu'y
a-t-il? » et pourquoi le suffète ne distribuait pas
l'argent?

Il exposait aux capitaines [149] les charges infinies de la
République. Son trésor était vide. Le tribut des
Romains l'accablait. « Nous ne savons plus que faire !...
Elle est bien à plaindre ! »

De temps à autre, il se frottait les membres avec sa
spatule d'aloès, ou bien il s'interrompait pour boire
dans une coupe d'argent, que lui tendait un esclave,
une tisane faite avec de la cendre de belette et des
asperges bouillies dans du vinaigre; puis il s'essuyait
les lèvres à une serviette d'écarlate, et reprenait :

— « Ce qui valait un sicle [150] d'argent vaut aujour-
d'hui trois shekels d'or, et les cultures abandonnées
pendant la guerre ne rapportent rien ! Nos pêcheries
de pourpre sont à peu près perdues, les perles mêmes
deviennent exorbitantes; à peine si nous avons assez
d'onguents pour le service des Dieux ! Quant aux
choses de la table, je n'en parle pas, c'est une calamité ! Faute de galères, nous manquons d'épices, et
l'on a bien du mal à se fournir de silphium, à cause

des rébellions sur la frontière de Cyrène. La Sicile, où l'on trouvait tant d'esclaves, nous est maintenant fermée ! Hier encore, pour un baigneur et quatre valets de cuisine, j'ai donné plus d'argent qu'autrefois pour une paire d'éléphants ! »

Il déroula un long morceau de papyrus; et il lut, sans passer un seul chiffre, toutes les dépenses que le Gouvernement avait faites : tant pour les réparations des temples, pour le dallage des rues, pour la construction des vaisseaux, pour les pêcheries de corail, pour l'agrandissement des Syssites, et pour des engins dans les mines, au pays des Cantabres.

Mais les capitaines, pas plus que les soldats, n'entendaient le punique [151], bien que les Mercenaires se saluassent en cette langue. On plaçait ordinairement dans les armées des Barbares quelques officiers carthaginois pour servir d'interprètes; après la guerre ils s'étaient cachés de peur des vengeances, et Hannon [152] n'avait pas songé à les prendre avec lui; d'ailleurs sa voix trop sourde se perdait au vent.

Les Grecs, sanglés dans leur ceinturon de fer, tendaient l'oreille, en s'efforçant à deviner ses paroles, tandis que des montagnards, couverts de fourrures comme des ours, le regardaient avec défiance ou bâillaient, appuyés sur leur massue à clous d'airain. Les Gaulois inattentifs secouaient en ricanant leur haute chevelure, et les hommes du désert écoutaient immobiles, tout encapuchonnés dans leurs vêtements de laine grise : d'autres arrivaient par derrière; les gardes, que la cohue poussait, chancelaient sur leurs chevaux, les Nègres tenaient au bout de leurs bras des branches de sapin enflammées et le gros Carthaginois continuait sa harangue, monté sur un tertre de gazon.

Cependant les Barbares s'impatientaient, des murmures s'élevèrent, chacun l'apostropha. Hannon gesticulait avec sa spatule; ceux qui voulaient faire taire les autres, criant plus fort, ajoutaient au tapage.

Tout à coup, un homme d'apparence chétive bondit aux pieds d'Hannon, arracha la trompette d'un héraut, souffla dedans, et Spendius (car c'était lui) annonça qu'il allait dire quelque chose d'important. A cette déclaration, rapidement débitée en cinq langues diverses, grec, latin, gaulois, libyque et baléare, les capitaines, moitié riant, moitié surpris, répondirent : — « Parle ! parle ! »

Spendius hésita ; il tremblait ; enfin s'adressant aux Libyens, qui étaient les plus nombreux, il leur dit :

— « Vous avez tous entendu les horribles menaces de cet homme [153] ! »

Hannon ne se récria pas, donc il ne comprenait point le libyque ; et, pour continuer l'expérience, Spendius répéta la même phrase dans les autres idiomes des Barbares.

Ils se regardèrent étonnés ; puis tous, comme d'un accord tacite, croyant peut-être avoir compris, ils baissèrent la tête [154] en signe d'assentiment.

Alors Spendius commença d'une voix véhémente :

— « Il a d'abord dit que tous les Dieux des autres peuples n'étaient que des songes près des Dieux de Carthage ! il vous a appelés lâches, voleurs, menteurs, chiens et fils de chiennes ? La République, sans vous (il a dit cela !), ne serait pas contrainte à payer le tribut des Romains ; et par vos débordements vous l'avez épuisée de parfums, d'aromates, d'esclaves et de silphium, car vous vous entendez avec les nomades sur la frontière de Cyrène ! Mais les coupables seront punis ! Il a lu l'énumération de leurs supplices ; on les fera travailler au dallage des rues, à l'armement des vaisseaux, à l'embellissement des Syssites, et l'on enverra les autres gratter la terre dans les mines, au pays des Cantabres. »

Spendius redit les mêmes choses aux Gaulois, aux

Grecs, aux Campaniens, aux Baléares. En reconnaissant plusieurs des noms propres qui avaient frappé
leurs oreilles, les Mercenaires furent convaincus qu'il
rapportait exactement le discours du suffète. Quelques-
uns lui crièrent : — « Tu mens ! » Leurs voix se perdirent dans le tumulte des autres; Spendius ajouta :

— « N'avez-vous pas vu qu'il a laissé en dehors du
camp une réserve de ses cavaliers? A un signal ils vont
accourir pour vous égorger tous. »

Les Barbares se tournèrent de ce côté, et comme la
foule alors s'écartait [155], il apparut au milieu d'elle,
s'avançant avec la lenteur d'un fantôme, un être
humain tout courbé, maigre, entièrement nu et caché
jusqu'aux flancs par de longs cheveux hérissés de
feuilles sèches, de poussière et d'épines. Il avait autour
des reins et autour des genoux des torchis de paille, des
lambeaux de toile; sa peau molle et terreuse pendait
à ses membres décharnés, comme des haillons sur des
branches sèches; ses mains tremblaient d'un frémissement continu, et il marchait en s'appuyant sur un
bâton d'olivier.

Il arriva auprès des Nègres qui portaient les flambeaux. Une sorte de ricanement idiot découvrait ses
gencives pâles; ses grands yeux effarés considéraient
la foule des Barbares autour de lui.

Mais, poussant un cri d'effroi, il se jeta derrière eux
et il s'abritait de leurs corps; il bégayait : « Les voilà !
les voilà ! » en montrant les gardes du Suffète, immobiles dans leurs armures luisantes. Leurs chevaux
piaffaient, éblouis par la lueur des torches : elles pétillaient dans les ténèbres; le spectre humain se débattait et hurlait :

— « Ils les ont tués ! »

A ces mots qu'il criait en baléare, des Baléares
arrivèrent et le reconnurent; sans leur répondre il
répétait :

— « Oui, tués tous, tous ! écrasés comme des rai-

sins ! Les beaux jeunes hommes ! les frondeurs ! mes
compagnons, les vôtres ! »

On lui fit boire du vin, et il pleura ; puis il se répandit en paroles.

Spendius avait peine à contenir sa joie, — tout en
expliquant aux Grecs et aux Libyens les choses horribles que racontait Zarxas ; il n'y pouvait croire, tant
elles survenaient à propos. Les Baléares pâlissaient,
en apprenant comment avaient péri leurs compagnons.

C'était une troupe de trois cents frondeurs débarqués
de la veille [156], et qui, ce jour-là, avaient dormi trop
tard. Quand ils arrivèrent sur la place de Khamon, les
Barbares étaient partis et ils se trouvaient sans
défense, leurs balles d'argile ayant été mises sur les
chameaux avec le reste des bagages. On les laissa
s'engager dans la rue de Satheb, jusqu'à la porte de
chêne doublée de plaques d'airain ; alors le peuple,
d'un seul mouvement [157], s'était poussé contre eux.

En effet, les soldats se rappelèrent un grand cri ;
Spendius, qui fuyait en tête des colonnes, ne l'avait
pas entendu.

Puis les cadavres furent placés dans les bras des
Dieux-Patæques [158] qui bordaient le temple de Khamon. On leur reprocha tous les crimes des Mercenaires :
leur gourmandise, leurs vols, leurs impiétés, leurs
dédains, et le meurtre des poissons dans le jardin
de Salammbô. On fit à leurs corps d'infâmes mutilations ; les prêtres brûlèrent leurs cheveux pour tour-
menter leur âme ; on les suspendit par morceaux chez
les marchands de viandes ; quelques-uns même y
enfoncèrent les dents, et le soir, pour en finir, on
alluma des bûchers dans les carrefours.

C'étaient là ces flammes qui luisaient de loin sur le
lac. Mais quelques maisons ayant pris feu [159], on avait
jeté vite par-dessus les murs ce qui restait de cadavres
et d'agonisants ; Zarxas jusqu'au lendemain s'était
tenu dans les roseaux, au bord du lac ; puis il avait

erré dans la campagne, cherchant l'armée d'après les
traces des pas sur la poussière. Le matin, il se cachait
dans les cavernes; le soir, il se remettait en marche,
avec ses plaies saignantes, affamé, malade, vivant de
racines et de charognes; un jour enfin, il aperçut
des lances à l'horizon et il les avait suivies, car sa
raison était troublée [160] à force de terreurs et de
misères.

L'indignation des soldats, contenue tant qu'il parlait, éclata comme un orage; ils voulaient massacrer
les gardes avec le Suffète. Quelques-uns s'interposèrent,
disant qu'il fallait l'entendre et savoir au moins s'ils
seraient payés. Alors tous crièrent : « Notre argent ! »
Hannon leur répondit qu'il l'avait apporté.

On courut aux avant-postes, et les bagages du Suffète arrivèrent au milieu des tentes, poussés par les
Barbares. Sans attendre les esclaves, bien vite ils
dénouèrent les corbeilles [161]; ils y trouvèrent des robes
d'hyacinthe, des éponges, des grattoirs, des brosses,
des parfums, et des poinçons en antimoine [162], pour se
peindre les yeux; — le tout appartenant aux Gardes,
hommes riches accoutumés à ces délicatesses. Ensuite
on découvrit sur un chameau une grande cuve de
bronze : c'était au Suffète pour se donner des bains
pendant la route; car il avait pris toutes sortes de précautions, jusqu'à emporter, dans des cages, des belettes
d'Hécatompyle que l'on brûlait vivantes pour faire
sa tisane. Mais, comme sa maladie [163] lui donnait un
grand appétit, il y avait, de plus, force comestibles et
force vins, de la saumure, des viandes et des poissons
au miel, avec des petits pots de Commagène [164], graisse
d'oie fondue recouverte de neige et de paille hachée.
La provision en était considérable; à mesure que
l'on ouvrait les corbeilles, il en apparaissait, et
des rires s'élevaient comme des flots qui s'entre-
choquent.

Quant à la solde des Mercenaires, elle emplissait,

à peu près, deux couffes de sparterie; on voyait, même,
dans l'une, de ces rondelles en cuir dont la République
se servait pour ménager le numéraire; et comme les
Barbares paraissaient fort surpris, Hannon leur déclara
que, leurs comptes étant trop difficiles, les Anciens
n'avaient pas eu le loisir de les examiner. On leur
envoyait cela, en attendant.

Alors tout fut renversé, bouleversé : les mulets, les
valets, la litière, les provisions, les bagages. Les soldats
prirent la monnaie dans les sacs pour lapider Hannon.
A grand'peine il put monter sur un âne; il s'enfuyait
en se cramponnant aux poils, hurlant, pleurant, secoué,
meurtri, et appelant sur l'armée la malédiction de
tous les Dieux. Son large collier de pierreries rebon-
dissait jusqu'à ses oreilles. Il retenait avec ses dents
son manteau trop long qui traînait, et de loin les Barbares lui criaient : — « Va-t'en, lâche ! pourceau !
égout de Moloch ! sue ton or et ta peste ! plus vite !
plus vite ! » L'escorte en déroute galopait à ses côtés.

Mais la fureur des Barbares ne s'apaisa pas [165]. Ils
se rappelèrent que plusieurs d'entre eux, partis pour
Carthage, n'en étaient pas revenus; on les avait tués
sans doute. Tant d'injustice les exaspéra [166], et ils se
mirent à arracher les piquets des tentes, à rouler leurs
manteaux, à brider leurs chevaux; chacun prit son
casque et son épée, en un instant tout fut prêt.
Ceux qui n'avaient pas d'armes, s'élancèrent dans
les bois pour se couper des bâtons.

Le jour se levait; les gens de Sicca réveillés s'agitaient dans les rues. « Ils vont à Carthage », disait-on,
et cette rumeur bientôt s'étendit par la contrée.

De chaque sentier, de chaque ravin, il surgissait
des hommes. On apercevait les pasteurs qui descendaient les montagnes en courant.

Puis, quand les Barbares furent partis [167], Spendius
fit le tour de la plaine, monté sur un étalon punique et
avec son esclave qui menait un troisième cheval.

Une seule tente était restée. Spendius y entra.

— « Debout, maître ! lève-toi ! nous partons ! »

— « Où allez-vous donc ? » demanda Mâtho.

— « A Carthage ! » cria Spendius.

Mâtho bondit sur le cheval que l'esclave tenait à la porte [168].

III

SALAMMBÔ

L A lune se levait au ras des flots, et, sur la ville
encore couverte de ténèbres, des points lumineux, des blancheurs brillaient : le timon d'un
char dans une cour, quelque haillon de toile suspendu,
l'angle d'un mur, un collier d'or à la poitrine d'un
dieu. Les boules de verre sur les toits des temples
rayonnaient, çà et là, comme de gros diamants. Mais
de vagues ruines, des tas de terre noire, des jardins
faisaient des masses plus sombres dans l'obscurité,
et au bas de Malqua, des filets de pêcheurs s'étendaient
d'une maison à l'autre, comme de gigantesques
chauves-souris déployant leurs ailes. On n'entendait
plus le grincement des roues hydrauliques qui apportaient l'eau au dernier étage des palais [169]; et au
milieu des terrasses les chameaux reposaient tranquillement, couchés sur le ventre, à la manière des
autruches. Les portiers dormaient dans les rues contre
le seuil des maisons; l'ombre des colosses s'allongeait
sur les places désertes; au loin quelquefois la fumée
d'un sacrifice brûlant encore s'échappait par les tuiles
de bronze, et la brise lourde apportait avec des parfums d'aromates les senteurs de la marine et l'exhalaison des murailles chauffées par le soleil. Autour
de Carthage les ondes immobiles resplendissaient,
car la lune étalait sa lueur tout à la fois sur le golfe
environné de montagnes et sur le lac de Tunis, où

des phénicoptères [170] parmi les bancs de sable formaient de longues lignes roses, tandis qu'au delà,
sous les catacombes, la grande lagune salée miroi-
tait comme un morceau d'argent. La voûte du ciel
bleu s'enfonçait à l'horizon, d'un côté dans le pou-
droiement des plaines, de l'autre dans les brumes de
la mer, et sur le sommet de l'Acropole les cyprès pyra-
midaux bordant le temple d'Eschmoûn se balançaient,
et faisaient un murmure, comme les flots réguliers
qui battaient lentement le long du môle, au bas des
remparts.

Salammbô monta sur la terrasse de son palais,
soutenue par une esclave qui portait dans un plat
de fer des charbons enflammés.

Il y avait au milieu de la terrasse un petit lit d'ivoire,
couvert de peaux de lynx avec des coussins en plume
de perroquet, animal fatidique consacré aux Dieux,
et dans les quatre coins s'élevaient quatre longues
cassolettes remplies de nard, d'encens, de cinnamome
et de myrrhe. L'esclave alluma les parfums. Salammbô
regarda l'étoile polaire ; elle salua lentement les quatre
points du ciel et s'agenouilla sur le sol parmi la poudre
d'azur qui était semée d'étoiles d'or, à l'imitation
du firmament. Puis les deux coudes contre les flancs,
les avant-bras tout droits et les mains ouvertes, en
se renversant la tête sous les rayons de la lune, elle
dit :

— « O Rabbetna [171] !... Baalet !... Tanit ! » et sa voix
se traînait d'une façon plaintive, comme pour appeler
quelqu'un. — « Anaïtis ! Astarté ! Derceto ! Astoreth !
Mylitta ! Athara ! Elissa ! Tiratha [172] !... Par les symboles cachés, — par les cistres résonnants, — par les
sillons de la terre, — par l'éternel silence et par l'éternelle fécondité, — dominatrice de la mer ténébreuse
et des plages azurées, ô Reine des choses humides [173],
salut ! »

Elle se balança tout le corps deux ou trois fois,

puis se jeta le front dans la poussière, les bras allongés.

Son esclave la releva lentement, car il fallait,
d'après les rites, que quelqu'un vînt arracher le suppliant à sa prosternation; c'était lui dire que les
Dieux l'agréaient, et la nourrice de Salammbô ne
manquait jamais à ce devoir de piété.

Des marchands de la Gétulie-Darytienne [174] l'avaient
toute petite apportée à Carthage, et après son affranchissement elle n'avait pas voulu abandonner ses
maîtres, comme le prouvait son oreille droite, percée
d'un large trou. Un jupon à raies multicolores, en lui
serrant les hanches, descendait sur ses chevilles, où
s'entre-choquaient deux cercles d'étain. Sa figure,
un peu plate, était jaune comme sa tunique. Des
aiguilles d'argent très longues faisaient un soleil
derrière sa tête. Elle portait sur la narine un bouton
de corail, et elle se tenait auprès du lit, plus droite
qu'un hermès et les paupières baissées.

Salammbô s'avança jusqu'au bord de la terrasse.
Ses yeux un instant, parcoururent l'horizon, puis ils
s'abaissèrent sur la ville endormie, et le soupir qu'elle
poussa, en lui soulevant les seins, fit onduler d'un
bout à l'autre la longue simarre blanche qui pendait
autour d'elle, sans agrafe ni ceinture. Ses sandales à
pointes recourbées disparaissaient sous un amas
d'émeraudes, et ses cheveux à l'abandon emplissaient un réseau en fils de pourpre [175].

Mais elle releva la tête [176] pour contempler la lune,
et mêlant à ses paroles des fragments d'hymne, elle
murmura :

— « Que tu tournes légèrement, soutenue par
l'éther impalpable ! Il se polit autour de toi, et c'est
le mouvement de ton agitation qui distribue les vents
et les rosées fécondes. Selon que tu croîs et décroîs,
s'allongent ou se rapetissent les yeux des chats et les
taches des panthères. Les épouses hurlent ton nom

dans la douleur des enfantements ! Tu gonfles le coquillage ! Tu fais bouillonner les vins ! Tu putréfies les cadavres ! Tu formes les perles au fond de la mer !

« Et tous les germes, ô Déesse ! fermentent dans les obscures profondeurs de ton humidité.

« Quand tu parais, il s'épand une quiétude sur la terre ; les fleurs se forment, les flots s'apaisent, les hommes fatigués s'étendent la poitrine vers toi, et le monde avec ses océans et ses montagnes, comme en un miroir, se regarde dans ta figure. Tu es blanche, douce, lumineuse, immaculée, auxiliatrice, purifiante, sereine. »

Le croissant de la lune était alors sur la montagne des Eaux-Chaudes [177], dans l'échancrure de ses deux sommets, de l'autre côté du golfe. Il y avait en dessous une petite étoile et tout autour un cercle pâle. Salammbô reprit :

— « Mais tu es terrible, maîtresse !... C'est par toi que se produisent les monstres, les fantômes effrayants, les songes menteurs ; tes yeux dévorent les pierres des édifices, et les singes sont malades toutes les fois que tu rajeunis.

« Où donc vas-tu ? Pourquoi changer tes formes, perpétuellement ? Tantôt mince et recourbée, tu glisses dans les espaces comme une galère sans mâture, ou bien au milieu des étoiles tu ressembles à un pasteur qui garde son troupeau. Luisante et ronde, tu frôles la cime des monts comme la roue d'un char.

« O Tanit ! tu m'aimes, n'est-ce pas ? Je t'ai tant regardée ! Mais non ! tu cours dans ton azur, et moi je reste sur la terre immobile.

« Taanach, prends ton nebal et joue tout bas sur la corde d'argent, car mon cœur est triste ! »

L'esclave souleva une sorte de harpe en bois d'ébène plus haute qu'elle, et triangulaire comme un delta ; elle en fixa la pointe dans un globe de cristal, et des deux bras se mit à jouer.

Les sons se succédaient, sourds et précipités comme
un bourdonnement d'abeilles, et de plus en plus
sonores ils s'envolaient dans la nuit avec la plainte
des flots et le frémissement des grands arbres au
sommet de l'Acropole.

— « Tais-toi ! » s'écria Salammbô.

— « Qu'as-tu donc, maîtresse ? La brise qui souffle,
un nuage qui passe, tout à présent t'inquiète et
t'agite.

— « Je ne sais, » dit-elle.

— « Tu te fatigues à des prières trop longues !

— « Oh ! Taanach, je voudrais m'y dissoudre
comme une fleur dans du vin !

— « C'est peut-être la fumée de tes parfums ?

— « Non ! » dit Salammbô : « L'esprit des Dieux
habite dans les bonnes odeurs. »

Alors l'esclave lui parla de son père. On le croyait
parti vers la contrée de l'ambre, derrière les colonnes
de Melkarth. — « Mais s'il ne revient pas », — disait-
elle, « il te faudra pourtant, puisque c'était sa
volonté [178], choisir un époux parmi les fils des Anciens,
et alors ton chagrin s'en ira dans les bras d'un
homme [179].

— « Pourquoi ? » demanda la jeune fille. Tous
ceux qu'elle avait aperçus lui faisaient horreur avec
leurs rires de bête fauve et leurs membres grossiers.

— « Quelquefois, Taanach, il s'exhale du fond de
mon être comme de chaudes bouffées, plus lourdes
que les vapeurs d'un volcan. Des voix m'appellent,
un globe de feu roule et monte dans ma poitrine, il
m'étouffe, je vais mourir ; et puis, quelque chose de
suave, coulant de mon front jusqu'à mes pieds, passe
dans ma chair... c'est une caresse qui m'enveloppe,
et je me sens écrasée comme si un dieu s'étendait
sur moi. Oh ! je voudrais me perdre dans la brume
des nuits, dans le flot des fontaines, dans la sève des
arbres, sortir de mon corps, n'être qu'un souffle,

qu'un rayon, et glisser, monter jusqu'à toi, ô Mère ! »

Elle leva ses bras le plus haut possible, en se cambrant la taille, pâle et légère comme la lune avec son long vêtement [180]. Puis elle retomba sur la couche d'ivoire, haletante ; mais Taanach lui passa autour du cou un collier d'ambre avec des dents de dauphin pour bannir les terreurs, et Salammbô dit d'une voix presque éteinte :

— « Va me chercher Schahabarim [181]. »

Son père n'avait pas voulu qu'elle entrât dans le collège des prêtresses, ni même qu'on lui fît rien connaître de la Tanit populaire. Il la réservait pour quelque alliance pouvant servir sa politique, si bien que Salammbô vivait seule au milieu de ce palais ; sa mère depuis longtemps était morte.

Elle avait grandi dans les abstinences, les jeûnes et les purifications, toujours entourée de choses exquises et graves, le corps saturé de parfums, l'âme pleine de prières. Jamais elle n'avait goûté de vin, ni mangé de viandes, ni touché à une bête immonde, ni posé ses talons dans la maison d'un mort.

Elle ignorait les simulacres obscènes, car chaque dieu se manifestant par des formes différentes, des cultes souvent contradictoires témoignaient à la fois du même principe, et Salammbô adorait la Déesse en sa figuration sidérale. Une influence était descendue de la lune sur la vierge ; quand l'astre allait en diminuant, Salammbô s'affaiblissait. Languissante toute la journée, elle se ranimait le soir. Pendant une éclipse, elle avait manqué mourir.

Mais la Rabbet jalouse [182] se vengeait de cette virginité soustraite à ses sacrifices, et elle tourmentait Salammbô d'obsessions d'autant plus fortes qu'elles étaient vagues [183], épandues dans cette croyance et avivées par elle.

Sans cesse la fille d'Hamilcar s'inquiétait de Tanit. Elle avait appris ses aventures, ses voyages et tous

ses noms, qu'elle répétait sans qu'ils eussent pour elle
de signification distincte. Afin de pénétrer dans les
profondeurs de son dogme, elle voulait connaître au
plus secret du temple la vieille idole avec le manteau
magnifique d'où dépendaient les destinées de Carthage, — car l'idée d'un dieu ne se dégageait pas nettement de sa représentation, et tenir ou même voir
son simulacre, c'était lui prendre une part de sa
vertu, et, en quelque sorte, le dominer.

Salammbô se détourna [184]. Elle avait reconnu le
bruit des clochettes d'or que Schahabarim portait
au bas de son vêtement.

Il monta les escaliers : puis, dès le seuil de la terrasse, il s'arrêta en croisant les bras.

Ses yeux enfoncés brillaient comme les lampes d'un
sépulcre ; son long corps maigre flottait dans sa robe
de lin, alourdie par les grelots qui s'alternaient sur
ses talons [185] avec des pommes d'émeraude. Il avait
les membres débiles, le crâne oblique, le menton
pointu ; sa peau semblait froide à toucher, et sa face
jaune, que des rides profondes labouraient, comme
contractée dans un désir, dans un chagrin éternel.

C'était le grand-prêtre de Tanit, celui qui avait
élevé Salammbô [186].

— « Parle ! » dit-il. « Que veux-tu ? »

— « J'espérais... tu m'avais presque promis... » Elle
balbutiait, elle se troubla ; puis tout à coup : — « Pourquoi me méprises-tu ? qu'ai-je donc oublié dans les
rites ? Tu es mon maître, et tu m'as dit que personne
comme moi ne s'entendait aux choses de la Déesse ; mais
il y en a que tu ne veux pas dire. Est-ce vrai, ô père ? »

Schahabarim se rappela les ordres d'Hamilcar ; il
répondit :

— « Non, je n'ai plus rien à t'apprendre ! »

— « Un Génie », reprit-elle, « me pousse à cet amour.
J'ai gravi les marches d'Eschmoûn, dieu des planètes
et des intelligences ; j'ai dormi sous l'olivier d'or de

Melkarth, patron des colonies tyriennes; j'ai poussé
les portes de Baal-Khamon, éclaireur et fertilisateur;
j'ai sacrifié aux Kabyres souterrains [187], aux dieux
des bois, des vents, des fleuves et des montagnes :
mais tous ils sont trop loin [188], trop haut, trop insensibles, comprends-tu? tandis qu'elle, je la sens mêlée
à ma vie; elle emplit mon âme, et je tressaille à des
élancements intérieurs comme si elle bondissait pour
s'échapper. Il me semble que je vais entendre sa voix,
apercevoir sa figure, des éclairs m'éblouissent, puis
je retombe dans les ténèbres. »

Schahabarim se taisait. Elle le sollicitait de son
regard suppliant.

Enfin, il fit signe d'écarter l'esclave, qui n'était pas
de race chananéenne. Taanach disparut, et Schahabarim, levant un bras dans l'air, commença :

— « Avant les Dieux, les ténèbres étaient seules,
et un souffle flottait, lourd et indistinct comme la
conscience d'un homme dans un rêve. Il se contracta,
créant le Désir et la Nue, et du Désir et de la Nue
sortit la Matière primitive. C'était une eau bourbeuse,
noire, glacée, profonde. Elle enfermait des monstres
insensibles, parties incohérentes des formes à naître
et qui sont peintes sur la paroi des sanctuaires.

« Puis la Matière se condensa. Elle devint un œuf.
Il se rompit. Une moitié forma la terre, l'autre le
firmament. Le soleil, la lune, les vents, les nuages
parurent; et, au fracas de la foudre, les animaux
intelligents s'éveillèrent. Alors Eschmoûn se déroula
dans la sphère étoilée; Khamon rayonna dans le
soleil; Melkarth, avec ses bras, le poussa derrière
Gadès; les Kabyrim descendirent sous les volcans,
et Rabbetna [189], telle qu'une nourrice, se pencha sur
le monde, versant sa lumière comme un lait et sa
nuit comme un manteau.

— « Et après? » dit-elle.

Il lui avait conté le secret des origines pour la dis-

traire par des perspectives plus hautes; mais le désir
de la vierge se ralluma sous ces dernières paroles,
et Schahabarim, cédant à moitié, reprit :

— « Elle inspire et gouverne les amours des hommes.

— « Les amours des hommes ! » répéta Salammbô
rêvant.

— « Elle est l'âme de Carthage, » continua le
prêtre; et bien qu'elle soit partout épandue, c'est ici
qu'elle demeure, sous le voile sacré.

— « O père ! » s'écria Salammbô, « je la verrai,
n'est-ce pas? tu m'y conduiras ! Depuis longtemps
j'hésitais; la curiosité de sa forme me dévore. Pitié !
secours-moi ! partons ! »

Il la repoussa d'un geste véhément et plein d'orgueil.

— « Jamais ! Ne sais-tu pas qu'on en meurt?
Les Baals hermaphrodites ne se dévoilent que pour
nous seuls, hommes par l'esprit, femmes par la faiblesse. Ton désir est un sacrilège; satisfais-toi avec
la science que tu possèdes ! »

Elle tomba sur les genoux, mettant ses deux doigts
contre ses oreilles en signe de repentir; et elle sanglotait, écrasée par la parole du prêtre, pleine à la
fois de colère contre lui, de terreur et d'humiliation.
Schahabarim, debout, restait plus insensible que les
pierres de la terrasse [190]. Il la regardait de haut en
bas frémissante à ses pieds, il éprouvait une sorte de
joie en la voyant souffrir pour sa divinité, qu'il ne
pouvait, lui non plus, étreindre tout entière. Déjà
les oiseaux chantaient, un vent froid soufflait, de
petits nuages couraient dans le ciel plus pâle.

Tout à coup il aperçut à l'horizon, derrière Tunis,
comme des brouillards légers, qui se traînaient contre
le sol; puis ce fut un grand rideau de poudre grise
perpendiculairement étalé, et, dans les tourbillons
de cette masse nombreuse, des têtes de dromadaires,
des lances, des boucliers parurent. C'était l'armée
des Barbares qui s'avançait sur Carthage.

IV

SOUS LES MURS DE CARTHAGE

Des gens de la campagne, montés sur des ânes ou courant à pied, pâles, essoufflés, fous de peur, arrivèrent dans la ville. Ils fuyaient devant l'armée. En trois jours, elle avait fait le chemin de Sicca, pour venir à Carthage et tout exterminer.

On ferma les portes. Les Barbares presque aussitôt parurent; mais ils s'arrêtèrent au milieu de l'isthme, sur le bord du lac.

D'abord ils n'annoncèrent rien d'hostile. Plusieurs s'approchèrent avec des palmes à la main. Ils furent repoussés à coups de flèches, tant la terreur était grande.

Le matin et à la tombée du jour, des rôdeurs quelquefois erraient le long des murs. On remarquait surtout un petit homme, enveloppé soigneusement d'un manteau et dont la figure disparaissait sous une visière très basse. Il restait pendant de grandes heures [191] à regarder l'aqueduc, et avec une telle persistance, qu'il voulait sans doute égarer les Carthaginois sur ses véritables desseins. Un autre homme l'accompagnait, une sorte de géant qui marchait tête nue.

Mais Carthage était défendue dans toute la largeur de l'isthme [192] : d'abord par un fossé, ensuite par un rempart de gazon, et enfin par un mur [193],

haut de trente coudées, en pierres de taille, et à double
étage. Il contenait des écuries pour trois cents éléphants avec des magasins pour leurs caparaçons,
leurs entraves et leur nourriture, puis d'autres écuries pour quatre mille chevaux avec les provisions
d'orge et les harnachements, et des casernes pour
vingt mille soldats avec les armures et tout le matériel
de guerre. Des tours s'élevaient sur le second étage,
toutes garnies de créneaux, et qui portaient en dehors
des boucliers de bronze, suspendus à des crampons.

Cette première ligne de murailles abritait immédiatement Malqua, le quartier des gens de la marine
et des teinturiers. On apercevait des mâts où séchaient
des voiles de pourpre, et sur les dernières terrasses
des fourneaux d'argile pour cuire la saumure.

Par derrière, la ville étageait en amphithéâtre ses
hautes maisons de forme cubique. Elles étaient en
pierres, en planches, en galets, en roseaux, en coquillages, en terre battue. Les bois des temples faisaient
comme des lacs de verdure dans cette montagne de
blocs, diversement coloriés. Les places publiques la
nivelaient à des distances inégales; d'innombrables
ruelles s'entre-croisant la coupaient du haut en bas.
On distinguait les enceintes des trois vieux quartiers,
maintenant confondues; elles se levaient çà et là
comme de grands écueils, ou allongeaient des pans
énormes, — à demi couverts de fleurs, noircis, largement rayés par le jet des immondices, et des rues
passaient dans leurs ouvertures béantes, comme des
fleuves sous des ponts.

La colline de l'Acropole, au centre de Byrsa [194],
disparaissait sous un désordre de monuments. C'étaient
des temples à colonnes torses avec des chapiteaux
de bronze et des chaînes de métal, des cônes en pierres
sèches à bandes d'azur, des coupoles de cuivre, des
architraves de marbre, des contreforts babyloniens,
des obélisques posant sur leur pointe comme des

flambeaux renversés. Les péristyles atteignaient aux frontons; les volutes se déroulaient entre les colonnades; des murailles de granit supportaient des cloisons de tuile; tout cela montait l'un sur l'autre en se cachant à demi, d'une façon merveilleuse et incompréhensible. On y sentait la succession des âges et comme des souvenirs de patries oubliées.

Derrière l'Acropole, dans des terrains rouges, le chemin des Mappales, bordé de tombeaux, s'allongeait en ligne droite du rivage aux catacombes; de larges habitations s'espaçaient ensuite dans des jardins, et ce troisième quartier, Mégara, la ville neuve, allait jusqu'au bord de la falaise, où se dressait un phare géant qui flambait toutes les nuits.

Carthage se déployait ainsi devant les soldats établis dans la plaine.

De loin ils reconnaissaient les marchés, les carrefours; ils se disputaient sur l'emplacement des temples. Celui de Khamon, en face des Syssites, avait des tuiles d'or; Melkarth, à la gauche d'Eschmoûn, portait sur sa toiture des branches de corail; Tanit, au delà, arrondissait dans les palmiers sa coupole de cuivre; le noir Moloch était au bas des citernes, du côté du phare. L'on voyait à l'angle des frontons, sur le sommet des murs, au coin des places, partout, des divinités à tête hideuse, colossales ou trapues, avec des ventres énormes, ou démesurément aplaties, ouvrant la gueule, écartant les bras, tenant à la main des fourches, des chaînes ou des javelots; et le bleu de la mer s'étalait au fond des rues, que la perspective rendait encore plus escarpées.

Un peuple tumultueux du matin au soir les emplissait; de jeunes garçons, agitant des sonnettes, criaient à la porte des bains : les boutiques de boissons chaudes fumaient, l'air retentissait du tapage des enclumes, les coqs blancs consacrés au Soleil chantaient sur les terrasses, les bœufs que l'on égorgeait mugissaient dans les temples, des esclaves couraient avec des corbeilles sur leur tête; et, dans l'enfoncement des portiques, quelque prêtre apparaissait drapé d'un manteau sombre, nu-pieds et en bonnet pointu.

Ce spectacle de Carthage irritait les Barbares. Ils l'admiraient, ils l'exécraient, ils auraient voulu tout à la fois l'anéantir et l'habiter. Mais qu'y avait-il dans le Port-Militaire, défendu par une triple muraille? Puis, derrière la ville, au fond de Mégara, plus haut que l'Acropole, apparaissait le palais d'Hamilcar.

Les yeux de Mâtho à chaque instant s'y portaient. Il montait dans les oliviers, et il se penchait, la main étendue au bord des sourcils. Les jardins étaient vides, et la porte rouge à croix noire restait constamment fermée.

Plus de vingt fois il fit le tour des remparts, cherchant quelque brèche pour entrer. Une nuit, il se jeta dans le golfe, et pendant trois heures, il nagea tout d'une haleine. Il arriva au bas des Mappales, il voulut grimper [195] contre la falaise. Il ensanglanta ses genoux, brisa ses ongles, puis retomba dans les flots et s'en revint.

Son impuissance l'exaspérait. Il était jaloux de cette Carthage enfermant Salammbô, comme de quelqu'un qui l'aurait possédée. Ses énervements l'abandonnèrent, et ce fut une ardeur d'action folle et continuelle. La joue en feu, les yeux irrités, la voix rauque, il se promenait d'un pas rapide à travers le camp; ou bien, assis sur le rivage, il frottait avec du sable sa grande épée. Il lançait des flèches aux vautours qui passaient. Son cœur débordait en paroles furieuses.

— « Laisse aller ta colère comme un char qui s'emporte, » disait Spendius. « Crie, blasphème, ravage et tue. La douleur s'apaise avec du sang, et puisque tu ne peux assouvir ton amour, gorge ta haine; elle te soutiendra ! »

Mâtho reprit le commandement de ses soldats. Il
les faisait impitoyablement manœuvrer. On le res-
pectait pour son courage, pour sa force surtout.
D'ailleurs il inspirait comme une crainte mystique;
on croyait qu'il parlait, la nuit, à des fantômes. Les
autres capitaines s'animèrent de son exemple. L'armée,
bientôt, se disciplina. Les Carthaginois entendaient
de leurs maisons la fanfare des buccines qui réglait
les exercices. Enfin, les Barbares se rapprochèrent.

Il aurait fallu pour les écraser dans l'isthme que
deux armées pussent les prendre à la fois par derrière, l'une débarquant au fond du golfe d'Utique,
et la seconde [196] à la montagne des Eaux-Chaudes.
Mais que faire avec la seule Légion sacrée, grosse
de six mille hommes tout au plus? S'ils inclinaient
vers l'Orient ils allaient se joindre aux Nomades,
intercepter la route de Cyrène [197] et le commerce du
désert. S'ils se repliaient sur l'occident, la Numidie
se soulèverait. Enfin le manque de vivres les ferait
tôt au tard dévaster, comme des sauterelles, les
campagnes environnantes; les Riches tremblaient
pour leurs beaux châteaux, pour leurs vignobles,
pour leurs cultures.

Hannon proposa des mesures atroces et imprati-
cables, comme de promettre une forte somme pour
chaque tête de Barbare, ou, qu'avec des vaisseaux et
des machines, on incendiât leur camp. Son collègue
Giscon voulait au contraire qu'ils fussent payés.
Mais, à cause de sa popularité [198], les Anciens le
détestaient; car ils redoutaient le hasard d'un maître
et, par terreur de la monarchie, s'efforçaient d'atténuer ce qui en subsistait ou la pouvait rétablir.

Il y avait en dehors des fortifications des gens
d'une autre race et d'une origine inconnue, — tous
chasseurs de porc-épic, mangeurs de mollusques et
de serpents. Ils allaient dans les cavernes prendre
des hyènes vivantes, qu'ils s'amusaient à faire courir

le soir sur les sables de Mégara, entre les stèles des tombeaux. Leurs cabanes, de fange et de varech, s'accrochaient contre la falaise comme des nids d'hirondelles. Ils vivaient là, sans gouvernement et sans dieux, pêle-mêle, complètement nus, à la fois débiles et farouches, et depuis des siècles exécrés par le peuple, à cause de leurs nourritures immondes [199]. Les sentinelles s'aperçurent un matin qu'ils étaient tous partis.

Enfin des membres du Grand-Conseil se décidèrent [200]. Ils vinrent au camp, sans colliers ni ceintures, en sandales découvertes, comme des voisins. Ils s'avançaient d'un pas tranquille, jetant des saluts aux capitaines, ou bien ils s'arrêtaient pour parler aux soldats, disant que tout était fini et qu'on allait faire justice à leurs réclamations.

Beaucoup d'entre eux voyaient pour la première fois un camp de Mercenaires. Au lieu de la confusion qu'ils avaient imaginée, partout c'était un ordre [201] et un silence effrayants. Un rempart de gazon enfermait l'armée dans une haute muraille, inébranlable au choc des catapultes. Le sol des rues était aspergé d'eau fraîche; par les trous des tentes, ils apercevaient des prunelles fauves qui luisaient dans l'ombre. Les faisceaux de piques et les panoplies suspendues les éblouissaient comme des miroirs. Ils se parlaient à voix basse. Ils avaient peur avec leurs longues robes de renverser quelque chose.

Les soldats demandèrent des vivres [202], en s'engageant à les payer sur l'argent qu'on leur devait.

On leur envoya des bœufs, des moutons, des pintades, des fruits secs et des lupins, avec des scombres fumés, de ces scombres excellents que Carthage expédiait dans tous les ports. Mais ils tournaient dédaigneusement autour des bestiaux magnifiques; et, dénigrant ce qu'ils convoitaient, offraient pour un bélier la valeur d'un pigeon, pour trois chèvres le prix d'une grenade. Les Mangeurs-de-choses-immondes, se portant pour arbitres, affirmaient qu'on les dupait. Alors ils tiraient leur glaive, menaçaient de tuer.

Des commissaires du Grand-Conseil écrivirent le nombre d'années que l'on devait à chaque soldat. Mais il était impossible maintenant de savoir combien on avait engagé de Mercenaires, et les Anciens furent effrayés de la somme exorbitante qu'ils auraient à payer. Il fallait vendre la réserve du silphium, imposer les villes marchandes; les Mercenaires s'impatienteraient, déjà Tunis était avec eux : et les Riches, étourdis par les fureurs d'Hannon et les reproches de son collègue, recommandèrent aux citoyens qui pouvaient connaître quelque Barbare d'aller le voir immédiatement pour reconquérir son amitié, lui dire de bonnes paroles. Cette confiance les calmerait.

Des marchands, des scribes, des ouvriers de l'arsenal, des familles entières se rendirent chez les Barbares.

Les soldats laissaient entrer chez eux tous les Carthaginois, mais par un seul passage tellement étroit que quatre hommes de front s'y coudoyaient. Spendius, debout contre la barrière, les faisait attentivement fouiller; Mâtho, en face de lui, examinait cette multitude, cherchant à retrouver quelqu'un qu'il pouvait avoir vu chez Salammbô.

Le camp ressemblait à une ville, tant il était rempli de monde et d'agitation. Les deux foules distinctes se mêlaient sans se confondre, l'une habillée de toile ou de laine avec des bonnets de feutre pareils à des pommes de pin, et l'autre vêtue de fer et portant des casques. Au milieu des valets et des vendeurs ambulants circulaient des femmes de toutes les nations [203], brunes comme des dattes mûres, verdâtres comme des olives, jaunes comme des oranges, vendues par des matelots, choisies dans les bouges, volées à des caravanes, prises dans le sac des villes, que l'on fatiguait d'amour tant qu'elles étaient jeunes, qu'on accablait de coups lorsqu'elles étaient vieilles, et qui mouraient dans les déroutes au bord des chemins, parmi les bagages, avec les bêtes de somme abandonnées. Les épouses des Nomades balançaient sur leurs talons des robes en poil de dromadaire, carrées et de couleur fauve; des musiciennes de la Cyrénaïque, enveloppées de gazes violettes et les sourcils peints, chantaient accroupies sur des nattes : de vieilles négresses aux mamelles pendantes ramassaient, pour faire du feu, des fientes d'animal que l'on desséchait au soleil; les Syracusaines avaient des plaques d'or dans la chevelure, les femmes des Lusitaniens des colliers de coquillages, les Gauloises des peaux de loup sur leur poitrine blanche; et des enfants robustes, couverts de vermine, nus, incirconcis, donnaient aux passants des coups dans le ventre avec leur tête, ou venaient par derrière, comme de jeunes tigres, les mordre aux mains.

Les Carthaginois se promenaient à travers le camp, surpris par la quantité de choses dont il regorgeait. Les plus misérables étaient tristes, et les autres dissimulaient leur inquiétude.

Les soldats leur frappaient sur l'épaule, en les excitant à la gaieté. Dès qu'ils apercevaient quelque personnage, ils l'invitaient à leurs divertissements. Quand on jouait au disque, ils s'arrangeaient pour lui écraser les pieds, et au pugilat, dès la première passe, lui fracassaient la mâchoire. Les frondeurs effrayaient les Carthaginois avec leurs frondes, les psylles [204] avec des vipères, les cavaliers avec leurs chevaux. Ces gens d'occupations paisibles, à tous les outrages, baissaient la tête et s'efforçaient de sourire. Quelques-uns, pour se montrer braves, faisaient signe qu'ils voulaient devenir des soldats. On leur donnait à fendre du bois et à étriller des mulets.

On les bouclait dans une armure et on les roulait comme des tonneaux par les rues du camp. Puis, quand ils se disposaient à partir, les Mercenaires s'arrachaient les cheveux avec des contorsions grotesques.

Mais beaucoup, par sottise [205] ou préjugé, croyaient naïvement tous les Carthaginois très riches, et ils marchaient derrière eux en les suppliant de leur accorder quelque chose. Ils demandaient tout ce qui leur semblait beau [206] : une bague, une ceinture, des sandales, la frange d'une robe, et, quand le Carthaginois dépouillé s'écriait : — « Mais je n'ai plus rien. Que veux-tu ? » ils répondaient : — « Ta femme ! » D'autres disaient : — « Ta vie ! »

Les comptes militaires furent remis aux capitaines, lus aux soldats, définitivement approuvés. Alors ils réclamèrent des tentes : on leur donna des tentes. Puis les polémarques [207] des Grecs [208] demandèrent quelques-unes de ces belles armures que l'on fabriquait à Carthage; le Grand-Conseil vota des sommes pour cette acquisition. Mais il était juste, prétendaient les cavaliers, que la République les indemnisât de leurs chevaux; l'un affirmait en avoir perdu trois à tel siège, un autre cinq dans telle marche, un autre quatorze dans les précipices. On leur offrit des étalons d'Hécatompyle; ils aimèrent mieux l'argent [209].

Puis ils demandèrent qu'on leur payât en argent (en pièces d'argent et non en monnaie de cuir) tout le blé qu'on leur devait, et au plus haut prix où il s'était vendu pendant la guerre, si bien qu'ils exigeaient pour une mesure de farine quatre cents fois plus qu'ils n'avaient donné pour un sac de froment. Cette injustice exaspéra; il fallut céder, pourtant.

Alors les délégués des soldats et ceux du Grand-Conseil se réconcilièrent, en jurant par le Génie de Carthage et par les Dieux des Barbares. Avec les

démonstrations et la verbosité orientales ils se firent
des excuses et des caresses. Puis les soldats réclamèrent, comme une preuve d'amitié, la punition des
traîtres qui les avaient indisposés contre la République.

On feignit de ne pas les comprendre. Ils s'expli-
quèrent plus nettement, disant qu'il leur fallait la
tête d'Hannon.

Plusieurs fois par jour ils sortaient de leur camp.
Ils se promenaient au pied des murs. Ils criaient
qu'on leur jetât la tête du Suffète, et ils tendaient
leurs robes pour la recevoir.

Le Grand-Conseil aurait faibli, peut-être, sans une
dernière exigence plus injurieuse que les autres : ils
demandèrent en mariage, pour leurs chefs, des vierges
choisies dans les grandes familles. C'était une idée de
Spendius, que plusieurs trouvaient toute simple et
fort exécutable. Mais cette prétention [210] de vouloir
se mêler au sang punique indigna le peuple; on leur
signifia brutalement qu'ils n'avaient plus rien à recevoir. Alors ils s'écrièrent qu'on les avait trompés;
si avant trois jours leur solde n'arrivait pas, ils iraient
eux-mêmes la prendre dans Carthage.

La mauvaise foi des Mercenaires n'était point aussi
complète que le pensaient leurs ennemis. Hamilcar
leur avait fait des promesse exorbitantes, vagues il
est vrai, mais solennelles et réitérées. Ils avaient pu
croire, en débarquant à Carthage, qu'on leur abandonnerait la ville, qu'ils se partageraient des trésors;
et quand ils virent que leur solde à peine serait payée,
ce fut une désillusion pour leur orgueil comme pour
leur cupidité.

Denys, Pyrrhus, Agathoclès [211] et les généraux
d'Alexandre n'avaient-ils pas fourni l'exemple de merveilleuses fortunes? L'idéal d'Hercule [212], que les
Chananéens confondaient avec le soleil, resplendissait à l'horizon des armées. On savait que de simples

soldats avaient porté des diadèmes, et le retentissement des empires qui s'écroulaient faisait rêver le
Gaulois dans sa forêt de chênes, l'Éthiopien dans
ses sables. Mais il y avait un peuple toujours prêt à
utiliser les courages; et le voleur chassé de sa tribu,
le parricide errant sur les chemins, le sacrilège poursuivi par les dieux, tous les affamés, tous les désespérés tâchaient d'atteindre au port où le courtier de
Carthage recrutait des soldats. Ordinairement elle
tenait ses promesses. Cette fois pourtant, l'ardeur
de son avarice l'avait entraînée dans une infamie
périlleuse. Les Numides, les Libyens, l'Afrique entière
s'allait jeter sur Carthage. La mer seule était libre.
Elle y rencontrait les Romains [213]; et, comme un
homme assailli par des meurtriers, elle sentait la
mort tout autour d'elle.

Il fallut bien recourir à Giscon; les Barbares acceptèrent son entremise. Un matin ils virent [214] les
chaînes du port s'abaisser, et trois bateaux plats,
passant par le canal de la Tænia [215], entrèrent dans le lac.

Sur le premier, à la proue, on apercevait Giscon.
Derrière lui, et plus haute qu'un catafalque, s'élevait une caisse énorme, garnie d'anneaux pareils
à des couronnes qui pendaient. Apparaissait ensuite
la légion des Interprètes, coiffés comme des sphinx,
et portant un perroquet tatoué sur la poitrine. Des
amis et des esclaves suivaient, tous sans armes, et si
nombreux qu'ils se touchaient des épaules. Les trois
longues barques, pleines à sombrer, s'avançaient aux
acclamations de l'armée, qui les regardait.

Dès que Giscon débarqua, les soldats coururent à
sa rencontre. Avec des sacs il fit dresser une sorte
de tribune et déclara qu'il ne s'en irait pas avant
de les avoir tous intégralement payés.

Des applaudissements éclatèrent; il fut longtemps
sans pouvoir parler.

Puis il blâma les torts [216] de la République et ceux

des Barbares; la faute en était à quelques mutins, qui par leur violence avaient effrayé Carthage. La meilleure preuve de ses bonnes intentions, c'était qu'on l'envoyait vers eux, lui, l'éternel adversaire du suffète Hannon. Ils ne devaient point supposer au peuple l'ineptie de vouloir irriter des braves, ni assez d'ingratitude pour méconnaître leurs services; et Giscon se mit à la paye [217] des soldats en commençant par les Libyens. Comme ils avaient déclaré les listes mensongères, il ne s'en servit point.

Ils défilaient devant lui, par nations, en ouvrant leurs doigts pour dire le nombre des années; on les marquait successivement au bras gauche avec de la peinture verte; les scribes puisaient dans le coffre béant, et d'autres, avec un stylet, faisaient des trous sur une lame de plomb.

Un homme passa, qui marchait lourdement, à la manière des bœufs.

— « Monte près de moi, » dit le Suffète, suspectant quelque fraude; « combien d'années as-tu servi? »

— « Douze ans, » répondit le Libyen.

Giscon lui glissa les doigts sous la mâchoire, car la mentonnière du casque y produisait à la longue deux callosités; on les appelait des carroubes, et *avoir les carroubes* était une locution pour dire un vétéran.

— « Voleur ! » s'écria le Suffète, « ce qui te manque au visage tu dois le porter sur les épaules ! » et lui déchirant sa tunique, il découvrit son dos couvert de gales sanglantes [218]; c'était un laboureur d'Hippozaryte [219]. Des huées s'élevèrent; on le décapita.

Dès qu'il fut nuit, Spendius alla réveiller les Libyens. Il leur dit [220] :

— « Quand les Ligures, les Grecs, les Baléares et les hommes d'Italie seront payés, ils s'en retourneront. Mais vous autres, vous resterez en Afrique, épars dans vos tribus et sans aucune défense ! C'est alors

que la République se vengera ! Méfiez-vous du
voyage ! Allez-vous croire à toutes les paroles ? Les
deux suffètes sont d'accord ! Celui-là vous abuse !
Rappelez-vous l'Ile-des-Ossements [221] et Xantippe
qu'ils ont renvoyé à Sparte sur une galère pourrie ! »

— « Comment nous y prendre ? » demandaient-ils.

— « Réfléchissez ! » disait Spendius.

Les deux jours suivants se passèrent à payer les
gens de Magdala, de Leptis, d'Hécatompyle [222]; Spendius se répandait chez les Gaulois.

— « On solde les Libyens, ensuite on payera les
Grecs, puis les Baléares, les Asiatiques, et tous les
autres ! Mais vous qui n'êtes pas nombreux, on ne
vous donnera rien ! Vous ne reverrez plus vos patries !
Vous n'aurez point de vaisseaux ! Ils vous tueront,
pour épargner la nourriture. »

Les Gaulois vinrent trouver le Suffète. Autharite,
celui qu'il avait blessé chez Hamilcar, l'interpella.
Il disparut, repoussé par les esclaves, mais en jurant
qu'il se vengerait.

Les réclamations, les plaintes se multiplièrent. Les
plus obstinés pénétraient dans la tente [223] du Suffète ;
pour l'attendrir ils prenaient ses mains, lui faisaient
palper leurs bouches sans dents, leurs bras tout
maigres et les cicatrices de leurs blessures. Ceux qui
n'étaient point encore payés s'irritaient, ceux qui
avaient reçu leur solde en demandaient une autre
pour leurs chevaux; et les vagabonds, les bannis,
prenant les armes des soldats, affirmaient qu'on les
oubliait. A chaque minute, il arrivait comme des
tourbillons d'hommes; les tentes craquaient, s'abattaient; la multitude serrée entre les remparts du
camp oscillait à grands cris depuis les portes jusqu'au
centre. Quand le tumulte se faisait trop fort, Giscon
posait un coude sur son sceptre d'ivoire, et regardant
la mer, il restait immobile, les doigts enfoncés dans
sa barbe.

Souvent Mâtho s'écartait pour aller s'entretenir [224] avec Spendius; puis il se replaçait en face du Suffète, et Giscon sentait perpétuellement ses prunelles comme deux phalariques [225] en flammes dardées vers lui. Par-dessus la foule, plusieurs fois, ils se lancèrent des injures, mais qu'ils n'entendirent pas. Cependant la distribution continuait, et le Suffète à tous les obstacles trouvait des expédients.

Les Grecs voulurent élever des chicanes sur la différence des monnaies. Il leur fournit de telles explications qu'ils se retirèrent sans murmures. Les Nègres réclamèrent de ces coquilles blanches usitées pour le commerce dans l'intérieur de l'Afrique. Il leur offrit d'en envoyer prendre à Carthage; alors, comme les autres, ils acceptèrent de l'argent.

Mais on avait promis aux Baléares [226] quelque chose de meilleur, à savoir des femmes. Le Suffète répondit que l'on attendait pour eux toute une caravane de vierges : la route était longue, il fallait encore six lunes. Quand elles seraient grasses et bien frottées de benjoin, on les enverrait sur des vaisseaux, dans les ports des Baléares.

Tout à coup, Zarxas, beau maintenant et vigoureux, sauta comme un bateleur sur les épaules de ses amis et il cria :

— « En as-tu réservé pour les cadavres? » tandis qu'il montrait dans Carthage la porte de Khamon [227].

Aux derniers feux du soleil, les plaques d'airain la garnissant de haut en bas resplendissaient; les Barbares crurent apercevoir sur elle une traînée sanglante. Chaque fois que Giscon voulait parler, leurs cris recommençaient. Enfin, il descendit à pas graves et s'enferma dans sa tente.

Quand il en sortit au lever du soleil, ses interprètes, qui couchaient en dehors, ne bougèrent point; ils se tenaient sur le dos, les yeux fixes, la langue au bord des dents et la face bleuâtre. Des mucosités blanches

coulaient de leurs narines, et leurs membres étaient
raides, comme si le froid pendant la nuit les
eût tous gelés. Chacun portait autour du cou un petit
lacet de joncs.

La rébellion dès lors ne s'arrêta plus. Ce meurtre
des Baléares rappelé par Zarxas confirmait les
défiances de Spendius. Ils s'imaginaient que la République cherchait toujours à les tromper. Il fallait en
finir ! On se passerait des interprètes ! Zarxas, avec une
fronde autour de la tête, chantait des chansons de
guerre; Autharite brandissait sa grande épée; Spendius soufflait à l'un quelque parole, fournissait à
l'autre un poignard. Les plus forts tâchaient de se
payer eux-mêmes, les moins furieux demandaient que
la distribution continuât. Personne maintenant ne
quittait ses armes, et toutes les colères se réunis
saient contre Giscon dans une haine tumultueuse.

Quelques-uns montaient à ses côtés [228]. Tant qu'ils
vociféraient des injures on les écoutait avec patience;
mais s'ils tentaient pour lui le moindre mot, ils étaient
immédiatement lapidés, ou par derrière d'un coup
de sabre on leur abattait la tête. L'amoncellement des
sacs était plus rouge qu'un autel.

Ils devenaient terribles après le repas, quand ils
avaient bu du vin ! C'était une joie défendue sous
peine de mort dans les armées puniques, et ils levaient
leur coupe du côté de Carthage par dérision pour sa
discipline. Puis ils revenaient vers les esclaves des
finances et ils recommençaient à tuer. Le mot *frappe* [229],
différent dans chaque langue, était compris de tous.

Giscon savait bien que la patrie l'abandonnait;
mais il ne voulait point malgré son ingratitude la
déshonorer [230]. Quand ils lui rappelèrent qu'on leur
avait promis des vaisseaux, il jura par Moloch de leur
en fournir lui-même, à ses frais, et, arrachant son
collier de pierres bleues [231], il le jeta dans la foule
en gage de serment.

Alors les Africains réclamèrent le blé [232], d'après les engagements du Grand-Conseil. Giscon étala les comptes des Syssites, tracés avec de la peinture violette sur des peaux de brebis ; il lisait tout ce qui était entré dans Carthage, mois par mois et jour par jour.

Soudain il s'arrêta, les yeux béants, comme s'il eût découvert entre les chiffres sa sentence de mort.

En effet, les Anciens les avaient frauduleusement [233] réduits, et le blé, vendu pendant l'époque la plus calamiteuse de la guerre, se trouvait à un taux si bas, qu'à moins d'aveuglement on n'y pouvait croire.

— « Parle ! » crièrent-ils, « plus haut ! Ah ! c'est qu'il cherche à mentir, le lâche ! méfions-nous. »

Pendant quelque temps, il hésita. Enfin il reprit sa besogne.

Les soldats, sans se douter qu'on les trompait, acceptèrent comme vrais les comptes des Syssites. Alors l'abondance où s'était trouvée Carthage [234] les jeta dans une jalousie furieuse. Ils brisèrent la caisse de sycomore [235] ; elle était vide aux trois quarts. Ils avaient vu de telles sommes en sortir qu'ils la jugeaient inépuisable ; Giscon en avait enfoui dans sa tente. Ils escaladèrent les sacs. Mâtho les conduisait, et comme ils criaient [236] : « L'argent ! l'argent ! » Giscon à la fin répondit :

— « Que votre général vous en donne ! »

Il les regardait en face, sans parler, avec ses grands yeux jaunes et sa longue figure plus pâle que sa barbe. Une flèche, arrêtée par les plumes, se tenait à son oreille dans son large anneau d'or, et un filet de sang coulait de sa tiare sur son épaule.

A un geste de Mâtho, tous s'avancèrent. Il écarta les bras ; Spendius, avec un nœud coulant, l'étreignit aux poignets ; un autre le renversa, et il disparut dans le désordre de la foule qui s'écroulait sur les sacs.

Ils saccagèrent sa tente. On n'y trouva que les choses indispensables à la vie ; puis, en cherchant

mieux, trois images de Tanit, et dans une peau de
singe, une pierre noire tombée de la lune. Beaucoup
de Carthaginois avaient voulu l'accompagner; c'étaient
des hommes considérables et tous du parti de la
guerre.

On les entraîna en dehors [237] des tentes, et on les
précipita dans la fosse aux immondices. Avec des
chaînes de fer ils furent attachés par le ventre à des
pieux solides, et on leur tendait la nourriture à la
pointe d'un javelot.

Autharite, tout en les surveillant, les accablait
d'invectives, mais comme ils ne comprenaient point [238]
sa langue, ils ne répondaient pas; le Gaulois, de temps
à autre, leur jetait des cailloux au visage pour les faire
crier.

Dès le lendemain, une sorte de langueur envahit
l'armée. A présent que leur colère était finie, des
inquiétudes les prenaient. Mâtho souffrait d'une tristesse vague. Il lui semblait avoir indirectement outragé
Salammbô. Ces Riches étaient comme une dépendance
de sa personne. Il s'asseyait la nuit au bord de leur
fosse, et il retrouvait dans leurs gémissements quelque
chose de la voix dont son cœur était plein.

Cependant ils accusaient, tous, les Libyens, qui
seuls étaient payés. Mais, en même temps que se
ravivaient les antipathies nationales avec les haines
particulières, on sentait le péril de s'y abandonner.
Les représailles, après un attentat pareil, seraient
formidables. Donc il fallait prévenir la vengeance de
Carthage. Les conciliabules, les harangues n'en finissaient pas. Chacun parlait, on n'écoutait personne, et
Spendius, ordinairement si loquace, à toutes les propositions secouait la tête.

Un soir il demanda négligemment à Mâtho s'il n'y
avait pas des sources dans l'intérieur de la ville.

— « Pas une ! » répondit Mâtho.

Le lendemain, Spendius l'entraîna sur la berge du lac.

— « Maître ! » dit l'ancien esclave, « si ton cœur est intrépide, je te conduirai dans Carthage. »

— « Comment ? » répétait l'autre en haletant.

— « Jure d'exécuter tous mes ordres, de me suivre comme une ombre ! »

Alors Mâtho, levant son bras [239] vers la planète de Chabar [240], s'écria :

— « Par Tanit, je le jure ! »

Spendius reprit :

— « Demain après le coucher du soleil, tu m'attendras au pied de l'aqueduc, entre la neuvième et la dixième arcade. Emporte avec toi un pic de fer, un casque sans aigrette et des sandales de cuir. »

L'aqueduc dont il parlait [241] traversait obliquement l'isthme entier, — ouvrage considérable agrandi plus tard par les Romains. Malgré son dédain des autres peuples, Carthage leur avait pris gauchement cette invention nouvelle, comme Rome elle-même avait fait de la galère punique ; et cinq rangs d'arcs superposés, d'une architecture trapue, avec des contreforts à la base et des têtes de lion au sommet, aboutissaient à la partie occidentale de l'Acropole, où ils s'enfonçaient sous la ville pour déverser presque une rivière dans les citernes de Mégara.

A l'heure convenue, Spendius y trouva Mâtho. Il attacha une sorte de harpon au bout d'une corde, le fit tourner rapidement comme une fronde, l'engin de fer s'accrocha ; et ils se mirent, l'un derrière l'autre, à grimper le long du mur.

Mais quand ils furent montés sur le premier étage, le crampon, chaque fois qu'ils le jetaient, retombait ; il leur fallait, pour découvrir quelque fissure, marcher sur le bord de la corniche ; à chaque rang des arcs, ils la trouvaient plus étroite. Puis la corde se relâcha. Plusieurs fois, elle faillit se rompre.

Enfin ils arrivèrent à la plate-forme supérieure. Spendius, de temps à autre, se penchait pour tâter les pierres avec sa main.

— « C'est là, » dit-il, « commençons ! » Et pesant sur l'épieu qu'avait apporté Mâtho, ils parvinrent à disjoindre une des dalles.

Ils aperçurent, au loin, une troupe de cavaliers galopant sur des chevaux sans brides. Leurs bracelets d'or sautaient dans les vagues draperies de leurs manteaux. On distinguait en avant un homme couronné de plumes d'autruche et qui galopait avec une lance à chaque main.

— « Narr'Havas ! » s'écria Mâtho.

— « Qu'importe ! » reprit Spendius; et il sauta dans le trou qu'ils venaient de faire en découvrant la dalle.

Mâtho, par son ordre, essaya de pousser un des blocs. Mais, faute de place, il ne pouvait remuer les coudes.

— « Nous reviendrons, » dit Spendius; « mets-toi devant. » Alors ils s'aventurèrent dans le conduit des eaux.

Ils en avaient jusqu'au ventre. Bientôt ils chancelèrent et il leur fallut nager. Leurs membres se heurtaient contre les parois du canal trop étroit. L'eau coulait presque immédiatement sous la dalle supérieure : ils se déchiraient le visage. Puis le courant les entraîna. Un air plus lourd qu'un sépulcre leur écrasait la poitrine, et la tête sous les bras, les genoux l'un contre l'autre, allongés tant qu'ils pouvaient, ils passaient comme des flèches dans l'obscurité, étouffant, râlant, presque morts. Soudain, tout fut noir devant eux et la vélocité des eaux redoublait. Ils tombèrent.

Quand ils furent remontés à la surface, ils se tinrent pendant quelques minutes étendus sur le dos, à humer l'air, délicieusement. Des arcades, les unes derrière les autres, s'ouvraient au milieu de larges murailles séparant des bassins. Tous étaient remplis, et l'eau se

continuait en une seule nappe dans la longueur des
citernes. Les coupoles du plafond laissaient descendre
par leur soupirail une clarté pâle qui étalait sur les
ondes comme des disques de lumière, et les ténèbres
à l'entour [242], s'épaississant vers les murs, les reculaient
indéfiniment. Le moindre bruit faisait un grand écho.

Spendius et Mâtho se remirent à nager, et passant
par l'ouverture des arcs, ils traversèrent plusieurs
chambres à la file. Deux autres rangs de bassins plus
petits s'étendaient parallèlement de chaque côté. Ils
se perdirent, ils tournaient, ils revenaient. Enfin,
quelque chose résista [243] sous leurs talons. C'était le
pavé de la galerie qui longeait les citernes.

Alors, s'avançant avec de grandes précautions, ils
palpèrent la muraille pour trouver une issue. Mais
leurs pieds glissaient; ils tombaient dans les vasques
profondes. Ils avaient à remonter, puis ils retombaient
encore [244]; et ils sentaient une épouvantable fatigue,
comme si leurs membres en nageant se fussent
dissous dans l'eau. Leurs yeux se fermèrent : ils
agonisaient.

Spendius se frappa la main contre les barreaux d'une
grille. Ils la secouèrent, elle céda, et ils se trouvèrent
sur les marches d'un escalier. Une porte de bronze le
fermait en haut. Avec la pointe d'un poignard, ils
écartèrent la barre que l'on ouvrait en dehors; tout
à coup le grand air pur les enveloppa.

La nuit était pleine de silence, et le ciel avait une
hauteur démesurée. Des bouquets d'arbres débordaient,
sur les longues lignes des murs. La ville entière dormait.
Les feux des avant-postes brillaient comme des étoiles
perdues.

Spendius qui avait passé trois ans dans l'ergastule,
connaissait imparfaitement les quartiers. Mâtho con-
jectura que, pour se rendre au palais d'Hamilcar, ils
devaient prendre sur la gauche, en traversant les Mappales.

— « Non, » dit Spendius, « conduis-moi au temple de Tanit. »

Mâtho voulut parler.

— « Rappelle-toi ! » fit l'ancien esclave ; et, levant son bras, il lui montra la planète de Chabar qui resplendissait.

Alors Mâtho se tourna silencieusement [245] vers l'Acropole.

Ils rampaient le long des clôtures de nopals [243] qui bordaient les sentiers. L'eau coulait de leurs membres sur la poussière. Leurs sandales humides ne faisaient aucun bruit ; Spendius, avec ses yeux plus flamboyants que des torches, à chaque pas fouillait les buissons ; — et il marchait derrière Mâtho, les mains posées sur les deux poignards qu'il portait aux bras, tenus au-dessous de l'aisselle par un cercle de cuir.

V

TANIT

Quand ils furent sortis des jardins, ils se trouvèrent arrêtés par l'enceinte de Mégara. Mais ils découvrirent une brèche dans la grosse muraille, [247] et passèrent.

Le terrain descendait, formant une sorte de vallon très large. C'était une place découverte.

— « Ecoute, » dit Spendius, « et d'abord ne crains rien !... j'exécuterai ma promesse... »

Il s'interrompit; il avait l'air de réfléchir, comme pour chercher ses paroles. — « Te rappelles-tu cette fois, au soleil levant, où, sur la terrasse de Salammbô, je t'ai montré Carthage? Nous étions forts ce jour-là, mais tu n'as voulu rien entendre ! » Puis d'une voix grave : — « Maître, il y a dans le sanctuaire de Tanit un voile mystérieux, tombé du ciel, et qui recouvre la Déesse.

— « Je le sais, » dit Mâtho.

Spendius reprit :

— « Il est divin lui-même, car il fait partie d'elle. Les dieux résident où se trouvent leurs simulacres. C'est parce que Carthage le possède, que Carthage est puissante. » Alors se penchant à son oreille : « Je t'ai emmené avec moi pour le ravir ! »

Mâtho recula d'horreur.

— « Va-t'en ! cherche quelque autre ! Je ne veux pas t'aider dans cet exécrable forfait.

— « Mais Tanit est ton ennemie, » répliqua Spendius : elle te persécute, et tu meurs de sa colère. Tu
t'en vengeras. Elle t'obéira. Tu deviendras presque
immortel et invincible. »

Mâtho baissa la tête [248]. Il continua :

— « Nous succomberions ; l'armée d'elle-même
s'anéantirait. Nous n'avons ni fuite à espérer, ni
secours, ni pardon ! Quel châtiment des Dieux peux-tu
craindre, puisque tu vas avoir leur force dans les mains ?
Aimes-tu mieux périr le soir d'une défaite, misérable-
ment, à l'abri d'un buisson, ou parmi l'outrage de la
populace, dans la flamme des bûchers [249] ? Maître, un
jour tu entreras à Carthage, entre les collèges des
pontifes, qui baiseront tes sandales : et si le voile de
Tanit te pèse encore, tu le rétabliras dans son temple.
Suis-moi ! viens le prendre. »

Une envie terrible dévorait Mâtho. Il aurait voulu,
en s'abstenant du sacrilège, posséder le voile. Il se
disait que peut-être on n'aurait pas besoin de le
prendre pour en accaparer la vertu. Il n'allait point
jusqu'au fond de sa pensée [250], s'arrêtant sur la limite
où elle l'épouvantait.

« Marchons ! » dit-il ; et ils s'éloignèrent d'un pas
rapide, côte à côte, sans parler.

Le terrain remonta, et les habitations se rapprochèrent. Ils tournaient dans les rues étroites, au milieu
des ténèbres [251]. Des lambeaux de sparterie fermant
les portes battaient contre les murs. Sur une place, des
chameaux ruminaient devant des tas d'herbes coupées. Puis ils passèrent sous une galerie que recouvraient des feuillages. Un troupeau de chiens aboya.
Mais l'espace tout à coup [252] s'élargit, et ils reconnurent
la face occidentale de l'Acropole. Au bas de Byrsa
s'étalait une longue masse noire : c'était le temple de
Tanit, ensemble de monuments et de jardins, de cours
et d'avant-cours, bordé par un petit mur de pierres
sèches. Spendius et Mâtho le franchirent.

Cette première enceinte renfermait un bois de platanes, par précaution contre la peste et l'infection de
l'air. Çà et là étaient disséminées des tentes où l'on
vendait pendant le jour des pâtes épilatoires, des parfums, des vêtements, des gâteaux en forme de lune,
et des images de la Déesse avec des représentations
du temple, creusées dans un bloc d'albâtre.

Ils n'avaient rien à craindre, car les nuits où l'astre
ne paraissait pas on suspendait tous les rites : cependant Mâtho se ralentissait; il s'arrêta devant les
trois marches d'ébène qui conduisaient à la seconde
enceinte.

— « Avance ! » dit Spendius.

Des grenadiers, des amandiers, des cyprès et des
myrtes, immobiles comme des feuillages de bronze,
alternaient régulièrement; le chemin, pavé de cailloux bleus, craquait sous les pas, et des roses épanouies pendaient en berceau sur toute la longueur de
l'allée. Ils arrivèrent devant un trou ovale, abrité par
une grille. Alors, Mâtho, que ce silence effrayait [253],
dit à Spendius :

— « C'est ici qu'on mélange les Eaux douces avec
les Eaux amères. »

— « J'ai vu tout cela, » reprit l'ancien esclave, « en
Syrie, dans la ville de Maphug; » et, par un escalier
de six marches d'argent, ils montèrent dans la troisième enceinte.

Un cèdre énorme en occupait le milieu. Ses branches
les plus basses disparaissaient sous des brides d'étoffes
et des colliers qu'y avaient appendus les fidèles. Ils
firent encore quelques pas, et la façade du temple se
déploya.

Deux longs portiques [254], dont les architraves reposaient sur des piliers trapus, flanquaient une tour
quadrangulaire, ornée à sa plate-forme par un croissant de lune. Sur les angles des portiques et aux quatre
coins de la tour s'élevaient des vases pleins d'aro-

mates allumés. Des grenades et des coloquintes chargeaient les chapiteaux. Des entrelacs, des losanges,
des lignes de perles s'alternaient [255] sur les murs, et
une haie en filigrane d'argent formait un large demi-
cercle devant l'escalier d'airain qui descendait du
vestibule.

Il y avait à l'entrée, entre une stèle d'or et une stèle
d'émeraude, un cône de pierre; Mâtho, en passant à
côté, se baisa la main droite.

La première chambre était très haute; d'innombrables ouvertures perçaient sa voûte; en levant la
tête on pouvait voir les étoiles. Tout autour de la
muraille, dans des corbeilles de roseau, s'amoncelaient
des barbes et des chevelures, prémices des adoles-
cences; et, au milieu de l'appartement circulaire, le
corps d'une femme sortait d'une gaine couverte de
mamelles [256]. Grasse, barbue, et les paupières baissées,
elle avait l'air de sourire, en croisant ses mains sur
le bord de son gros ventre, — poli par les baisers de
la foule.

Puis ils se retrouvèrent à l'air libre, dans un cor-
ridor transversal, où un autel de proportions exiguës
s'appuyait contre une porte d'ivoire. On n'allait point
au delà : les prêtres seuls pouvaient l'ouvrir; car un
temple n'était pas un lieu de réunion pour la multitude, mais la demeure particulière d'une divinité [257].

— « L'entreprise est impossible, » disait Mâtho.
« Tu n'y avais pas songé! Retournons! » Spendius
examinait les murs.

Il voulait le voile, non qu'il eût confiance en sa
vertu (Spendius ne croyait qu'à l'Oracle), mais persuadé que les Carthaginois, s'en voyant privés, tom-
beraient dans un grand abattement. Pour trouver
quelque issue, ils firent le tour par derrière.

On apercevait, sous des bosquets de térébinthe, des
édicules de forme différente. Çà et là un phallus de
pierre se dressait, et de grands cerfs erraient tran-

quillement, poussant de leurs pieds fourchus des
pommes de pin tombées.

Ils revinrent sur leurs pas [258] entre deux longues
galeries qui s'avançaient parallèlement. De petites
cellules s'ouvraient au bord. Des tambourins et des
cymbales étaient accrochés du haut en bas de leurs
colonnes de cèdre [259]. Des femmes dormaient en dehors
des cellules, étendues sur des nattes. Leurs corps, tout
gras d'onguents, exhalaient une odeur d'épices et de
cassolettes éteintes; elles étaient si couvertes de
tatouages, de colliers, d'anneaux, de vermillon et
d'antimoine, qu'on les eût prises, sans le mouvement
de leur poitrine, pour des idoles ainsi couchées par
terre. Des lotus entouraient une fontaine, où nageaient
des poissons pareils à ceux de Salammbô; puis au
fond, contre la muraille du temple, s'étalait une vigne
dont les sarments étaient de verre et les grappes
d'émeraude : les rayons des pierres précieuses faisaient des jeux de lumière, entre les colonnes peintes,
sur les visages endormis.

Mâtho suffoquait dans la chaude atmosphère que
rabattaient sur lui les cloisons de cèdre. Tous ces symboles de la fécondation, ces parfums, ces rayonnements,
ces haleines l'accablaient. A travers les éblouissements
mystiques, il songeait à Salammbô. Elle se confondait
avec la Déesse elle-même, et son amour s'en dégageait plus fort, comme les grands lotus qui s'épanouissaient sur la profondeur des eaux.

Spendius calculait quelle somme d'argent il aurait
autrefois gagné à vendre ces femmes; et, d'un
coup d'œil rapide, il pesait en passant les colliers
d'or.

Le temple était, de ce côté comme de l'autre, impénétrable. Ils revinrent derrière la première chambre.
Pendant que Spendius cherchait, furetait, Mâtho,
prosterné devant la porte, implorait Tanit. Il la suppliait de ne point permettre ce sacrilège. Il tâchait

de l'adoucir avec des mots caressants, comme on fait à une personne irritée.

Spendius remarqua au-dessus de la porte une ouverture étroite.

— « Lève-toi ! » dit-il à Mâtho, et il le fit s'adosser contre le mur, tout debout. Alors, posant un pied dans ses mains, puis un autre sur sa tête, il parvint jusqu'à la hauteur du soupirail, s'y engagea et disparut. Puis Mâtho sentit tomber sur son épaule [260] une corde à nœuds, celle que Spendius avait enroulée autour de son corps avant de s'engager dans les citernes; et s'y appuyant des deux mains, bientôt il se trouva près de lui dans une grande salle pleine d'ombre.

De pareils attentats étaient une chose extraordinaire. L'insuffisance des moyens pour les prévenir témoignait assez qu'on les jugeait impossibles. La terreur, plus que les murs, défendait les sanctuaires. Mâtho, à chaque pas, s'attendait à mourir.

Cependant une lueur vacillait [261] au fond des ténèbres; ils s'en rapprochèrent. C'était une lampe qui brûlait dans une coquille sur le piédestal d'une statue, coiffée du bonnet des Cabires. Des disques en diamant parsemaient sa longue robe bleue, et des chaînes, qui s'enfonçaient sous les dalles, l'attachaient au sol par les talons. Mâtho retint un cri. Il balbutiait :
— « Ah ! la voilà ! la voilà !... » Spendius prit la lampe afin de s'éclairer.

— « Quel impie tu es ! » murmura Mâtho. Il le suivait pourtant.

L'appartement où ils entrèrent n'avait rien qu'une peinture noire représentant une autre femme. Ses jambes montaient jusqu'au haut de la muraille. Son corps occupait le plafond tout entier. De son nombril pendait à un fil un œuf énorme, et elle retombait sur l'autre mur, la tête en bas, jusqu'au niveau des dalles où atteignaient ses doigts pointus.

Pour passer plus loin, ils écartèrent une tapisserie; mais le vent souffla, et la lumière s'éteignit.

Alors ils errèrent, perdus dans les complications de
l'architecture. Tout à coup, ils sentirent sous leurs
pieds quelque chose d'une douceur étrange. Des étincelles pétillaient, jaillissaient; ils marchaient dans du
feu. Spendius tâta le sol et reconnut qu'il était soigneusement tapissé avec des peaux de lynx; puis il
leur sembla qu'une grosse corde mouillée, froide et
visqueuse, glissait entre leurs jambes. Des fissures,
taillées dans la muraille, laissaient tomber de minces
rayons blancs. Ils s'avançaient à ces lueurs incertaines. Enfin ils distinguèrent un grand serpent noir.
Il s'élança vite et disparut.

— « Fuyons ! » s'écria Mâtho. « C'est elle ! je la
sens; elle vient.

— « Eh non ! » répondit Spendius, « le temple est
vide. »

Alors une lumière éblouissante [262] leur fit baisser
les yeux. Puis ils aperçurent tout à l'entour une infi-
nité de bêtes, efflanquées, haletantes, hérissant leurs
griffes, et confondues les unes par-dessus les autres
dans un désordre mystérieux qui épouvantait. Des
serpents avaient des pieds, des taureaux avaient des
ailes, des poissons à têtes d'homme dévoraient des
fruits, des fleurs s'épanouissaient dans la mâchoire
des crocodiles, et des éléphants, la trompe levée, passaient en plein azur, orgueilleusement, comme des
aigles. Un effort terrible distendait leurs membres
incomplets ou multipliés. Ils avaient l'air, en tirant
la langue, de vouloir faire sortir leur âme; et toutes
les formes se trouvaient là, comme si le réceptacle
des germes, crevant dans une éclosion soudaine, se
fût vidé sur les murs de la salle.

Douze globes de cristal bleu la bordaient circulai-
rement, supportés par des monstres qui ressemblaient
à des tigres. Leurs prunelles saillissaient comme les
yeux des escargots, et courbant leurs reins trapus,

ils se tournaient vers le fond, où resplendissait, sur un char d'ivoire, la Rabbet suprême [263], l'Omniféconde, la dernière inventée.

Des écailles, des plumes, des fleurs et des oiseaux lui montaient jusqu'au ventre. Pour pendants d'oreilles elle avait des cymbales d'argent qui lui battaient sur les joues. Ses grands yeux fixes vous regardaient, et une pierre lumineuse [264], enchâssée à son front dans un symbole obscène, éclairait toute la salle, en se reflétant au-dessus de la porte, sur des miroirs de cuivre rouge.

Mâtho fit un pas; une dalle [265] fléchit sous ses talons, et voilà que les sphères se mirent à tourner, les monstres à rugir; une musique s'éleva, mélodieuse et ronflante comme l'harmonie des planètes; l'âme tumultueuse de Tanit ruisselait épandue. Elle allait se lever [266], grande comme la salle, avec les bras ouverts. Tout à coup les monstres fermèrent la gueule, et les globes de cristal ne tournaient plus.

Puis une modulation lugubre pendant quelque temps se traîna dans l'air, et s'éteignit enfin.

— « Et le voile? » dit Spendius [267].

Nulle part on ne l'apercevait. Où donc se trouvait-il? Comment le découvrir? Et si les prêtres l'avaient caché? Mâtho éprouvait un déchirement au cœur et comme une déception dans sa foi.

— « Par ici! » chuchota Spendius. Une inspiration le guidait. Il entraîna Mâtho derrière le char de Tanit, où une fente, large d'une coudée, coupait la muraille du haut en bas.

Alors ils pénétrèrent dans une petite salle toute ronde [268], et si élevée qu'elle ressemblait à l'intérieur d'une colonne. Il y avait au milieu une grosse pierre noire à demi sphérique, comme un tambourin; des flammes brûlaient dessus; un cône d'ébène se dressait par derrière, portant une tête et deux bras.

Mais au delà on aurait dit [269] un nuage où étince-

laient des étoiles; des figures apparaissaient dans les
profondeurs de ses plis : Eschmoûn avec les Kabires,
quelques-uns des monstres déjà vus, les bêtes sacrées
des Babyloniens, puis d'autres qu'ils ne connaissaient
pas. Cela passait comme un manteau sous le visage
de l'idole, et remontant étalé sur le mur, s'accrochait
par les angles, tout à la fois bleuâtre comme la nuit,
jaune comme l'aurore, pourpre comme le soleil, nombreux, diaphane, étincelant, léger. C'était là le manteau de la Déesse [270], le zaïmph saint que l'on ne pouvait voir [271].

Ils pâlirent l'un et l'autre.

— « Prends-le ! » dit enfin Mâtho.

Spendius n'hésita pas; et, s'appuyant sur l'idole, il
décrocha le voile, qui s'affaissa par terre. Mâtho posa
la main dessus; puis il entra sa tête par l'ouverture,
puis il s'en enveloppa le corps, et il écartait les bras
pour le mieux contempler.

— « Partons ! » dit Spendius.

Mâtho, en haletant, restait les yeux fixés sur les
dalles.

Tout à coup il s'écria :

— « Mais si j'allais chez elle ? Je n'ai plus peur de
sa beauté ? Que pourrait-elle faire contre moi ? Me
voilà plus qu'un homme, maintenant. Je traverserais
les flammes, je marcherais dans la mer ! Un élan
m'emporte ! Salammbô ! Salammbô ! je suis ton
maître ! »

Sa voix tonnait. Il semblait à Spendius de taille
plus haute et transfiguré.

Un bruit de pas se rapprocha, une porte s'ouvrit et
un homme apparut, un prêtre, avec son haut bonnet
et les yeux écarquillés. Avant qu'il eût fait un geste,
Spendius s'était précipité, et l'étreignant à pleins
bras, lui avait enfoncé dans les flancs ses deux poignards. La tête sonna sur les dalles.

Puis, immobiles comme le cadavre, ils restèrent

pendant quelque temps à écouter. On n'entendait que le murmure du vent par la porte entr'ouverte.

Elle donnait sur un passage resserré. Spendius s'y engagea, Mâtho le suivit, et ils se trouvèrent presque immédiatement dans la troisième enceinte, entre les portiques latéraux, où étaient les habitations des prêtres.

Derrière les cellules il devait y avoir pour sortir un chemin plus court. Ils se hâtèrent.

Spendius, s'accroupissant au bord de la fontaine, lava ses mains sanglantes. Les femmes dormaient. La vigne d'émeraude brillait. Ils se remirent en marche.

Mais quelqu'un, sous les arbres [273], courait derrière eux; et Mâtho, qui portait le voile, sentit plusieurs fois qu'on le tirait par en bas, tout doucement. C'était un grand cynocéphale, un de ceux qui vivaient libres dans l'enceinte de la Déesse. Comme s'il avait eu conscience du vol, il se cramponnait au manteau. Cependant ils n'osaient le battre, dans la peur de faire redoubler ses cris; soudain sa colère s'apaisa et il trottait près d'eux, côte à côte, en balançant son corps, avec ses longs bras qui pendaient. Puis, à la barrière, d'un bond, il s'élança dans un palmier.

Quand ils furent sortis de la dernière enceinte, ils se dirigèrent vers le palais d'Hamilcar, Spendius comprenant qu'il était inutile de vouloir en détourner Mâtho.

Ils prirent par la rue des Tanneurs, la place de Muthumbal, le marché aux herbes et le carrefour de Cynasyn. A l'angle d'un mur, un homme se recula, effrayé par cette chose étincelante qui traversait les ténèbres.

— « Cache le zaïmph! » dit Spendius.

D'autres gens les croisèrent; mais ils n'en furent pas aperçus.

Enfin ils reconnurent les maisons de Mégara.

Le phare, bâti par derrière, au sommet de la falaise, illuminait le ciel d'une grande clarté rouge, et l'ombre du palais, avec ses terrasses superposées, se projetait sur les jardins comme une monstrueuse pyramide. Ils entrèrent par la haie de jujubiers, en abattant les branches à coups de poignard.

Tout gardait les traces [273] du festin des Mercenaires. Les parcs étaient rompus, les rigoles taries, les portes de l'ergastule ouvertes. Personne n'apparaissait autour des cuisines ni des celliers. Ils s'étonnaient de ce silence, interrompu quelquefois par le souffle rauque des éléphants qui s'agitaient dans leurs entraves, et la crépitation du phare où flambait un bûcher d'aloès.

Mâtho, cependant, répétait :

— « Où est-elle [274]? je veux la voir ! Conduis-moi ! »

— « C'est une démence ! » disait Spendius. « Elle appellera, ses esclaves accourront, et malgré ta force, tu mourras ! »

Ils atteignirent ainsi l'escalier des galères. Mâtho leva la tête, et il crut apercevoir, tout en haut, une vague clarté rayonnante et douce. Spendius voulut le retenir. Il s'élança sur les marches.

En se retrouvant aux places où il l'avait déjà vue, l'intervalle des jours écoulés s'effaça dans sa mémoire. Tout à l'heure elle chantait entre les tables; elle avait disparu, et depuis lors il montait continuellement cet escalier. Le ciel, sur sa tête, était couvert de feux; la mer emplissait l'horizon; à chacun de ses pas une immensité plus large l'entourait, et il continuait à gravir avec l'étrange facilité que l'on éprouve dans les rêves.

Le bruissement du voile frôlant contre les pierres lui rappela son pouvoir nouveau; mais, dans l'excès de son espérance [275], il ne savait plus maintenant ce qu'il devait faire [276]; cette incertitude l'intimida.

De temps à autre, il collait son visage contre les

baies quadrangulaires des appartements fermés, et
il crut voir dans plusieurs des personnes endormies.

Le dernier étage, plus étroit, formait comme un dé
sur le sommet des terrasses. Mâtho en fit le tour, lentement.

Une lumière laiteuse emplissait les feuilles de talc
qui bouchaient les petites ouvertures de la muraille;
et, symétriquement disposées, elles ressemblaient
dans les ténèbres à des rangs de perles fines. Il reconnut la porte rouge à croix noire. Les battements de son
cœur redoublèrent. Il aurait voulu s'enfuir. Il poussa
la porte; elle s'ouvrit.

Une lampe en forme de galère brûlait suspendue dans
le lointain de la chambre; et trois rayons, qui s'échappaient de sa carène d'argent, tremblaient sur les
hauts lambris, couverts d'une peinture rouge à bandes
noires. Le plafond était un assemblage de poutrelles,
portant au milieu de leur dorure des améthystes et
des topazes dans les nœuds du bois. Sur les deux
grands côtés de l'appartement, s'allongeait un lit
très bas fait de courroies blanches; et des cintres,
pareils à des coquilles, s'ouvraient au-dessus, dans
l'épaisseur de la muraille, laissant déborder quelque
vêtement qui pendait jusqu'à terre.

Une marche d'onyx entourait un bassin ovale; de
fines pantoufles en peau de serpent étaient restées
sur le bord avec une buire d'albâtre. La trace d'un
pas humide s'apercevait au delà. Des senteurs exquises
s'évaporaient.

Mâtho effleurait les dalles incrustées d'or, de nacre
et de verre; et malgré la polissure [277] du sol, il lui
semblait que ses pieds enfonçaient comme s'il eût
marché dans des sables.

Il avait aperçu derrière la lampe d'argent un grand
carré d'azur se tenant en l'air par quatre cordes qui
remontaient, et il s'avançait, les reins courbés, la
bouche ouverte.

Des ailes de phénicoptères, emmanchées à des branches de corail noir, traînaient parmi les coussins de pourpre et les étrilles d'écaille, les coffrets de cèdre, les spatules d'ivoire. A des cornes d'antilope étaient enfilés des bagues, des bracelets; et des vases d'argile rafraîchissaient au vent, dans la fente du mur, sur un treillage de roseaux. Plusieurs fois il se heurta les pieds, car le sol avait des niveaux de hauteur inégale qui faisaient dans la chambre comme une succession d'appartements. Au fond, des balustres d'argent entouraient un tapis semé de fleurs peintes. Enfin il arriva contre le lit suspendu, près d'un escabeau d'ébène servant à y monter.

Mais la lumière s'arrêtait au bord [278]; — et l'ombre, telle qu'un grand rideau, ne découvrait qu'un angle du matelas rouge avec le bout d'un petit pied nu posant sur la cheville. Alors Mâtho tira la lampe [279], tout doucement.

Elle dormait la joue dans une main et l'autre bras déplié. Les anneaux de sa chevelure se répandaient autour d'elle si abondamment qu'elle paraissait couchée sur des plumes noires, et sa large tunique blanche se courbait en molles draperies, jusqu'à ses pieds, suivant les inflexions de sa taille. On apercevait un peu ses yeux, sous ses paupières entre-closes. Les courtines, perpendiculairement tendues, l'enveloppaient d'une atmosphère bleuâtre, et le mouvement de sa respiration, en se communiquant aux cordes, semblait la balancer dans l'air. Un long moustique bourdonnait.

Mâtho, immobile, tenait au bout de son bras la galère d'argent, mais la moustiquaire s'enflamma [280] d'un seul coup, disparut, et Salammbô se réveilla.

Le feu s'était de soi-même éteint. Elle ne parlait pas. La lampe faisait osciller sur les lambris de grandes moires lumineuses.

— « Qu'est-ce donc? » dit-elle.

Il répondit :

— « C'est le voile de la Déesse ! »

— « Le voile de la Déesse ! » s'écria Salammbô. Et appuyée sur les deux poings, elle se penchait en dehors toute frémissante. Il reprit :

— « J'ai été le chercher pour toi dans les profondeurs du sanctuaire ! Regarde ! » Le zaïmph étincelait tout couvert de rayons.

— « T'en souviens-tu ? » disait Mâtho. « La nuit, tu apparaissais dans mes songes ; mais je ne devinais pas l'ordre muet de tes yeux ! » Elle avançait un pied [281] sur l'escabeau d'ébène. « Si j'avais compris, je serais accouru ; j'aurais abandonné l'armée ; je ne serais pas sorti de Carthage. Pour t'obéir, je descendrais par la caverne d'Hadrumète [282] dans le royaume des Ombres... Pardonne ! c'étaient comme des montagnes qui pesaient sur mes jours ; et pourtant quelque chose m'entraînait ! Je tâchais de venir jusqu'à toi ! Sans les Dieux, est-ce que jamais j'aurais osé !... Partons ! il faut me suivre ! ou, si tu ne veux pas, je vais rester. Que m'importe... Noie mon âme dans le souffle de ton haleine ! Que mes lèvres s'écrasent à baiser tes mains ! »

— « Laisse-moi voir ! » disait-elle. « Plus près ! plus près ! »

L'aube se levait, et une couleur vineuse emplissait les feuilles de talc dans les murs. Salammbô s'appuyait en défaillant contre les coussins du lit.

— « Je t'aime ! » criait Mâtho.

Elle balbutia : — « Donne-le ! » Et ils se rapprochaient.

Elle s'avançait toujours, vêtue de sa simarre blanche qui traînait, avec ses grands yeux attachés sur le voile. Mâtho la contemplait, ébloui par les splendeurs de sa tête, et tendant vers elle le zaïmph, il allait l'envelopper dans une étreinte. Elle écartait les bras. Tout à coup elle s'arrêta, et ils restèrent béants à se regarder.

Sans comprendre [283] ce qu'il sollicitait, une horreur la saisit. Ses sourcils minces remontèrent, ses lèvres s'ouvraient; elle tremblait. Enfin, elle frappa dans une des patères d'airain qui pendaient aux coins du matelas rouge, en criant :

— « Au secours ! au secours ! Arrière, sacrilège ! infâme ! maudit ! A moi, Taanach, Kroûm, Ewa, Micipsa, Schaoûl [284] ! »

Et la figure de Spendius effarée, apparaissant dans la muraille entre les buires d'argile, jeta ces mots :

— « Fuis donc ! ils accourent ! »

Un grand tumulte monta en ébranlant les escaliers et un flot de monde, des femmes, des valets, des esclaves, s'élancèrent dans la chambre avec des épieux, des casse-tête, des coutelas, des poignards. Ils furent comme paralysés d'indignation en apercevant un homme; les servantes poussaient le hurlement des funérailles, et les eunuques pâlissaient sous leur peau noire.

Mâtho se tenait derrière les balustres. Avec le zaïmph qui l'enveloppait, il semblait un dieu sidéral tout environné du firmament. Les esclaves s'allaient jeter sur lui. Elle les arrêta :

— « N'y touchez pas ! C'est le manteau de la Déesse ! »

Elle s'était reculée dans un angle; mais elle fit un pas vers lui, et, allongeant son bras nu :

— « Malédiction sur toi qui as dérobé Tanit ! Haine, vengeance, massacre et douleur ! Que Gurzil, dieu des batailles, te déchire ! que Matisman [285], dieu des morts, t'étouffe ! et que l'Autre [286], — celui qu'il ne faut pas nommer — te brûle ! »

Mâtho poussa un cri comme à la blessure d'une épée. Elle répéta plusieurs fois : — « Va-t'en ! va-t'en ! »

La foule des serviteurs s'écarta, et Mâtho, baissant la tête, passa lentement au milieu d'eux; mais à la porte il s'arrêta [287], car la frange du zaïmph s'était

accrochée à une des étoiles d'or qui pavaient les dalles.
Il le tira brusquement d'un coup d'épaule, et descendit les escaliers.

Spendius, bondissant de terrasse en terrasse et
sautant par-dessus les haies, les rigoles, s'était échappé
des jardins. Il arriva au pied du phare. Le mur en
cet endroit se trouvait abandonné, tant la falaise
était inaccessible. Il s'avança jusqu'au bord, se coucha
sur le dos, et, les pieds en avant, se laissa glisser tout
le long jusqu'en bas; puis il atteignit à la nage le cap
des Tombeaux, fit un grand détour par la lagune
salée, et le soir rentra au camp des Barbares.

Le soleil s'était levé; et, comme un lion qui s'éloigne,
Mâtho descendait les chemins, en jetant autour de
lui des yeux terribles.

Une rumeur indécise arrivait à ses oreilles. Elle était
partie du palais et elle recommençait au loin, du
côté de l'Acropole. Les uns disaient qu'on avait pris
le trésor de la République dans le temple de Moloch;
d'autres parlaient d'un prêtre assassiné. On s'imaginait
ailleurs que les Barbares étaient entrés dans la ville.

Mâtho, qui ne savait comment sortir des enceintes,
marchait droit devant lui. On l'aperçut, alors une
clameur s'éleva [288]. Tous avaient compris; ce fut une
consternation, puis une immense colère.

Du fond des Mappales, des hauteurs de l'Acropole,
des catacombes, des bords du lac, la multitude accourut. Les patriciens sortaient de leur palais, les vendeurs de leurs boutiques; les femmes abandonnaient
leurs enfants; on saisit des épées, des haches, des
bâtons; mais l'obstacle qui avait empêché Salammbô
les arrêta. Comment reprendre le voile? Sa vue seule
était un crime : il était de la nature des Dieux et son
contact faisait mourir.

Sur le péristyle des temples, les prêtres désespérés
se tordaient les bras. Les gardes de la Légion galopaient au hasard : on montait sur les maisons, sur

les terrasses, sur l'épaule des colosses et dans la mâture des navires. Il s'avançait cependant, et à chacun de ses pas la rage augmentait, mais la terreur aussi. Les rues se vidaient à son approche, et ce torrent d'hommes qui fuyaient rejaillissait des deux côtés jusqu'au sommet des murailles. Il ne distinguait partout que des yeux grands ouverts comme pour le dévorer, des dents qui claquaient, des poings tendus, et les imprécations de Salammbô retentissaient en se multipliant.

Tout à coup, une longue flèche siffla, puis une autre, et des pierres ronflaient : mais les coups, mal dirigés (car on avait peur d'atteindre le zaïmph), passaient au-dessus de sa tête. D'ailleurs se faisant du voile un bouclier, il le tendait à droite, à gauche, devant lui, par derrière; et ils n'imaginaient aucun expédient. Il marchait de plus en plus vite, s'engageant par les rues ouvertes. Elles étaient barrées avec des cordes, des chariots, des pièges; à chaque détour il revenait en arrière. Enfin il entra sur la place de Khamon, où les Baléares avaient péri; Mâtho s'arrêta, pâlissant comme quelqu'un qui va mourir. Il était bien perdu cette fois; la multitude battait des mains.

Il courut jusqu'à la grande porte fermée. Elle était très haute, tout en cœur de chêne, avec des clous de fer et doublée d'airain. Mâtho se jeta contre [289]. Le peuple trépignait de joie, voyant l'impuissance de sa fureur; alors il prit sa sandale, cracha dessus et en souffleta les panneaux immobiles. La ville entière hurla. On oubliait le voile maintenant, et ils allaient l'écraser. Mâtho promena sur la foule de grands yeux vagues. Ses tempes battaient à l'étourdir; il se sentait envahi par l'engourdissement des gens ivres. Tout à coup il aperçut la longue chaîne que l'on tirait pour manœuvrer la bascule de la porte. D'un bond il s'y cramponna, en roidissant ses bras, en s'arc-boutant

des pieds; et, à la fin, les battants énormes s'entr'ouvrirent.

Quand il fut dehors [290], il retira de son cou le grand
zaïmph et l'éleva sur sa tête le plus haut possible.
L'étoffe, soutenue par le vent de la mer, resplendissait
au soleil avec ses couleurs, ses pierreries et la figure
de ses dieux. Mâtho, le portant ainsi, traversa toute
la plaine jusqu'aux tentes des soldats, et le peuple,
sur les murs, regardait s'en aller la fortune de Carthage [291]

VI

HANNON

« J'aurais dû l'enlever ! » disait-il le soir à Spendius. « Il fallait la saisir, l'arracher de sa maison ! Personne n'eût osé rien [292] contre moi ! »

Spendius ne l'écoutait pas. Étendu sur le dos, il se reposait avec délices, près d'une grande jarre pleine d'eau miellée, où de temps à autre il se plongeait la tête pour boire plus abondamment.

Mâtho reprit :

— « Que faire?... Comment rentrer dans Carthage ?

— « Je ne sais, » lui dit Spendius.

Cette impassibilité l'exaspérait ; il s'écria :

— « Eh ! la faute vient de toi ! Tu m'entraînes, puis tu m'abandonnes, lâche que tu es ! Pourquoi donc t'obéirais-je ? Te crois-tu mon maître ? Ah ! prostitueur, esclave, fils d'esclave ! » Il grinçait des dents et levait sur Spendius sa large main.

Le Grec ne répondit pas. Un lampadère d'argile brûlait doucement contre le mât de la tente, où le zaïmph rayonnait dans la panoplie suspendue.

Tout à coup, Mâtho chaussa ses cothurnes, boucla sa jaquette à lames d'airain, prit son casque.

— « Où vas-tu ! » demanda Spendius.

— « J'y retourne ! Laisse-moi ! Je la ramènerai ! Et s'ils se présentent je les écrase comme des vipères ! Je la ferai mourir, Spendius ! » Il répéta : « Oui ! je la tuerai ! tu verras, je la tuerai ! »

Mais Spendius, qui tendait l'oreille [293], arracha brusquement le zaïmph et le jeta dans un coin, en accumulant par-dessus des toisons. On entendit un murmure de voix, des torches brillèrent, et Narr'Havas entra, suivi d'une vingtaine d'hommes environ.

Ils portaient des manteaux de laine blanche, de longs poignards, des colliers de cuir, des pendants d'oreilles en bois, des chaussures en peau d'hyène; et, restés sur le seuil, ils s'appuyaient contre leurs lances comme des pasteurs qui se reposent. Narr'Havas était le plus beau de tous; des courroies garnies de perles serraient ses bras minces; le cercle d'or attachant autour de sa tête son large vêtement retenait une plume d'autruche qui lui pendait par derrière l'épaule : un continuel sourire découvrait ses dents; ses yeux semblaient aiguisés comme des flèches, et il y avait dans toute sa personne quelque chose d'attentif et de léger.

Il déclara qu'il venait se joindre aux Mercenaires, car la République menaçait depuis longtemps son royaume. Donc il avait intérêt [294] à secourir les Barbares, et il pouvait aussi leur être utile.

— « Je vous fournirai des éléphants (mes forêts en sont pleines), du vin, de l'huile, de l'orge, des dattes, de la poix et du soufre pour les sièges, vingt mille fantassins et dix mille chevaux. Si je m'adresse à toi, Mâtho, c'est que la possession du zaïmph t'a rendu le premier de l'armée. » Il ajouta : « Nous sommes d'anciens amis, d'ailleurs. »

Mâtho, cependant, considérait Spendius [295], qui écoutait assis sur les peaux de mouton [296], tout en faisant avec la tête [297] de petits signes d'assentiment. Narr'Havas parlait. Il attestait les Dieux, il maudissait Carthage. Dans ses imprécations, il brisa un javelot. Tous ses hommes à la fois poussèrent un grand hurlement, et Mâtho, emporté par cette colère, s'écria qu'il acceptait l'alliance.

Alors on amena un taureau blanc [298] avec une brebis noire, symbole du jour et symbole de la nuit. On les égorgea au bord d'une fosse. Quand elle fut pleine de sang, ils y plongèrent leurs bras. Puis Narr'Havas étala sa main sur la poitrine de Mâtho, et Mâtho la sienne sur la poitrine de Narr'Havas. Ils répétèrent ce stigmate sur la toile de leurs tentes. Ensuite ils passèrent la nuit à manger, et on brûla le reste des viandes avec la peau, les ossements, les cornes et les ongles.

Une immense acclamation avait salué Mâtho lorsqu'il était revenu portant le voile de la Déesse ; ceux mêmes qui n'étaient pas de religion chananéenne sentirent à leur vague enthousiasme qu'un Génie survenait. Quant à chercher à s'emparer du zaïmph, aucun n'y songea ; la manière mystérieuse [299] dont il l'avait acquis suffisait, dans l'esprit des Barbares, à en légitimer la possession. Ainsi pensaient les soldats de race africaine. Les autres, dont la haine était moins vieille, ne savaient que résoudre. S'ils avaient eu des navires, ils se seraient immédiatement en allés.

Spendius, Narr'Havas et Mâtho expédièrent des hommes à toutes les tribus du territoire punique [300].

Carthage exténuait ces peuples [301]. Elle en tirait des impôts exorbitants ; et les fers, la hache ou la croix punissaient les retards et jusqu'aux murmures. Il fallait cultiver ce qui convenait à la République, fournir ce qu'elle demandait ; personne n'avait le droit de posséder une arme ; quand les villages se révoltaient, on vendait les habitants ; les gouverneurs étaient estimés comme des pressoirs d'après la quantité qu'ils faisaient rendre. Puis, au delà des régions directement soumises à Carthage, s'étendaient les alliés ne payant qu'un médiocre tribut [302] ; derrière les alliés vagabondaient les Nomades, qu'on pouvait lâcher sur eux. Par ce système les récoltes étaient toujours abondantes, les haras savamment conduits, les plantations

superbes. Le vieux Caton, un maître en fait de labours
et d'esclaves, quatre-vingt-douze ans plus tard en
fut ébahi, et le cri de mort qu'il répétait dans Rome
n'était que l'exclamation d'une jalousie cupide.

Durant la dernière guerre, les exactions avaient
redoublé, si bien que les villes de la Libye, presque
toutes s'étaient livrées à Régulus. Pour les punir, on
avait exigé d'elles mille talents, vingt mille bœufs,
trois cents sacs de poudre d'or, des avances de grains
considérables, et les chefs des tribus avaient été mis
en croix ou jetés aux lions.

Tunis surtout exécrait Carthage ! Plus vieille que
la métropole, elle ne lui pardonnait point sa grandeur;
elle se tenait en face de ses murs, accroupie dans la
fange, au bord de l'eau, comme une bête venimeuse
qui la regardait. Les déportations, les massacres et
les épidémies ne l'affaiblissaient pas. Elle avait soutenu Archagate, fils d'Agathoclès [303]. Les Mangeurs-
de-choses-immondes, tout de suite, y trouvèrent des
armes.

Les courriers n'étaient pas encore partis [304], que
dans les provinces une joie universelle éclata. Sans
rien attendre, on étrangla dans les bains les intendants
des maisons et les fonctionnaires de la République; on
retira des cavernes les vieilles armes que l'on cachait;
avec le fer des charrues on forgea des épées; les enfants
sur les portes aiguisaient des javelots, et les femmes
donnèrent leurs colliers [305], leurs bagues, leurs pendants
d'oreilles, tout ce qui pouvait servir à la destruction
de Carthage. Chacun y voulait contribuer. Les paquets
de lances s'amoncelaient dans les bourgs, comme
des gerbes de maïs. On expédia des bestiaux et de
l'argent [306]. Mâtho paya vite aux Mercenaires l'arrérage de leur solde [307], et cette idée de Spendius le fit
nommer général en chef [308], schalischim des Barbares.

En même temps, les secours d'hommes affluaient.
D'abord parurent les gens de race autochtone, puis

les esclaves des campagnes. Des caravanes de Nègres
furent saisies, on les arma, et des marchands qui
venaient à Carthage, dans l'espoir d'un profit plus
certain, se mêlèrent aux Barbares. Il arrivait incessamment des bandes nombreuses. Des hauteurs de
l'Acropole on voyait l'armée qui grossissait.

Sur la plate-forme [309] de l'aqueduc, les gardes de
la Légion étaient postés en sentinelles; et près d'eux,
de distance en distance, s'élevaient des cuves en airain
où bouillonnaient des flots d'asphalte. En bas, dans
la plaine, la grande foule s'agitait tumultueusement.
Ils étaient incertains, éprouvant cet embarras que la
rencontre des murailles inspire toujours aux Barbares.

Utique et Hippo-Zaryte refusèrent leur alliance [310].
Colonies phéniciennes comme Carthage, elles se gouvernaient elles-mêmes, et, dans les traités que con-
cluait la République, faisaient chaque fois admettre
des clauses pour les en distinguer. Cependant elles
respectaient cette sœur plus forte, qui les protégeait,
et elles ne croyaient point qu'un amas de Barbares fût
capable de la vaincre; ils seraient au contraire exter-
minés. Elles désiraient rester neutres et vivre tranquilles.

Mais leur position les rendait indispensables. Utique,
au fond d'un golfe, était commode pour amener dans
Carthage les secours du dehors. Si Utique seule était
prise, Hippo-Zaryte, à six heures plus loin sur la
côte, la remplacerait, et la métropole, ainsi ravitaillée,
se trouverait inexpugnable.

Spendius voulait qu'on entreprît le siège immédiatement, Narr'Havas s'y opposa; il fallait d'abord se
porter sur la frontière. C'était l'opinion des vétérans,
celle de Mâtho lui-même, et il fut décidé que [311] Spendius irait attaquer Utique, Mâtho Hippo-Zaryte; le
troisième corps d'armée, s'appuyant à Tunis, occupe-
rait la plaine de Carthage; Autharite s'en chargea.
Quant à Narr'Havas, il devait retourner dans son

royaume pour y prendre des éléphants, et avec sa
cavalerie battre les routes.

Les femmes crièrent bien fort à cette décision; elles
convoitaient les bijoux des dames puniques. Les
Libyens aussi réclamèrent. On les avait appelés contre
Carthage, et voilà qu'on s'en allait ! Les soldats presque
seuls partirent. Mâtho commandait ses compagnons
avec les Ibériens, les Lusitaniens, les hommes de l'Occident et des îles, et tous ceux qui parlaient grec avaient
demandé Spendius, à cause de son esprit.

La stupéfaction fut grande quand on vit l'armée
se mouvoir tout à coup; puis elle s'allongea sous la
montagne de l'Ariane [312], par le chemin d'Utique, du
côté de la mer. Un tronçon demeura devant Tunis,
le reste disparut, et il reparut sur l'autre bord du
golfe, à la lisière des bois, où il s'enfonça.

Ils étaient quatre-vingt mille hommes, peut-être.
Les deux cités tyriennes ne résisteraient pas; ils reviendraient sur Carthage. Déjà une armée considérable
l'entamait, en occupant l'isthme par la base, et bientôt
elle périrait affamée, car on ne pouvait vivre sans
l'auxiliaire des provinces, les citoyens ne payant pas,
comme à Rome, de contributions. Le génie politique
manquait à Carthage. Son éternel souci du pain
l'empêchait d'avoir cette prudence que donne les
ambitions plus hautes. Galère ancrée sur le sable
libyque, elle s'y maintenait à force de travail. Les
nations, comme des flots, mugissaient autour d'elle,
et la moindre tempête ébranlait cette formidable
machine.

Le trésor se trouvait épuisé par la guerre romaine et
par tout ce qu'on avait gaspillé, perdu, tandis qu'on
marchandait les Barbares. Cependant il fallait des
soldats et pas un gouvernement ne se fiait à la République. Ptolémée naguère lui avait refusé deux mille
talents. D'ailleurs le rapt du voile les décourageait.
Spendius l'avait bien prévu.

Mais ce peuple, qui se sentait haï, étreignait sur son cœur, son argent et ses dieux; et son patriotisme était entretenu par la constitution même de son gouvernement.

D'abord, le pouvoir dépendait de tous sans qu'aucun fût assez fort pour l'accaparer. Les dettes particulières étaient considérées comme dettes publiques, les hommes de race chananéenne avaient le monopole du commerce; en multipliant [313] les bénéfices de la piraterie par ceux de l'usure, en exploitant rudement les terres, les esclaves et les pauvres, quelquefois on arrivait à la richesse. Elle ouvrait seule toutes les magistratures [314]; et bien que la puissance et l'argent se perpétuassent dans les mêmes familles, on tolérait l'oligarchie, parce qu'on avait l'espoir d'y atteindre.

Les sociétés de commerçants, où l'on élaborait les lois, choisissaient les inspecteurs des finances, qui, au sortir de leur charge, nommaient les cent membres du Conseil des Anciens [315], dépendant eux-mêmes de la Grande-Assemblée, réunion générale de tous les riches. Quant aux deux suffètes, à ces restes de rois, moindres que des consuls, ils étaient pris le même jour dans deux familles distinctes. On les divisait par toutes sortes de haines, pour qu'ils s'affaiblissent réciproquement. Ils ne pouvaient délibérer sur la guerre; et, quand ils étaient vaincus, le Grand-Conseil les crucifiait.

Donc la force de Carthage émanait des Syssites, c'est-à-dire d'une grande cour au centre de Malqua, à l'endroit, disait-on, où avait abordé la première barque de matelots phéniciens, la mer depuis lors s'étant beaucoup retirée. C'était un assemblage de petites chambres d'une architecture archaïque en troncs de palmier, avec des encoignures de pierre, et séparées les unes des autres pour recevoir isolément les différentes compagnies. Les Riches se tassaient là tout le jour pour débattre leurs intérêts et ceux du gouvernement, depuis la recherche du poivre jusqu'à l'extermination de Rome. Trois fois par lune ils faisaient monter leurs lits sur la haute terrasse bordant le mur de la cour; et d'en bas on les apercevait attablés dans les airs, sans cothurnes et sans manteaux, avec les diamants de leurs doigts qui se promenaient sur les viandes et leurs grandes boucles d'oreilles qui se penchaient entre les buires, — tous forts et gras, à moitié nus, heureux, riant et mangeant en plein azur, comme de gros requins qui s'ébattent dans la mer.

Mais à présent ils ne pouvaient dissimuler leurs inquiétudes, ils étaient trop pâles; la foule qui les attendait aux portes, les escortait jusqu'à leurs palais pour en tirer quelque nouvelle. Comme par les temps de peste, toutes les maisons étaient fermées; les rues s'emplissaient, se vidaient soudain; on montait à l'Acropole; on courait vers le port; chaque nuit le Grand-Conseil délibérait. Enfin le peuple fut convoqué sur la place de Kamon, et l'on décida de s'en remettre à Hannon [316], le vainqueur d'Hécatompyle.

C'était un homme dévot [317], rusé, impitoyable aux gens d'Afrique, un vrai Carthaginois. Ses revenus égalaient ceux des Barca. Personne n'avait une telle expérience dans les choses de l'administration.

Il décréta l'enrôlement de tous les citoyens valides [318], il plaça des catapultes sur les tours, il exigea des provisions d'armes exorbitantes, il ordonna même la construction de quatorze galères dont on n'avait pas besoin; et il voulut que tout fût enregistré [319], soigneusement écrit. Il se faisait transporter à l'arsenal, au phare, dans le trésor des temples; on apercevait toujours sa grande litière qui, en se balançant de gradin en gradin, montait les escaliers de l'Acropole. Dans son palais [320], la nuit, comme il ne pouvait dormir, pour se préparer à la bataille, il hurlait, d'une voix terrible, des manœuvres de guerre.

Tout le monde, par excès de terreur, devenait
brave. Les Riches, dès le chant des coqs, s'alignaient
le long des Mappales; et, retroussant leurs robes, ils
s'exerçaient à manier la pique. Mais, faute d'instruc-
teur, on se disputait. Ils s'asseyaient essoufflés sur
les tombes, puis recommençaient. Plusieurs même
s'imposèrent un régime. Les uns, s'imaginant qu'il
fallait beaucoup manger pour acquérir des forces,
se gorgeaient, et d'autres, incommodés par leur cor-
pulence, s'exténuaient de jeûnes pour se faire maigrir.

Utique avait déjà réclamé plusieurs fois les secours
de Carthage. Mais Hannon ne voulait point partir
tant que le dernier écrou manquait aux machines de
guerre. Il perdit encore trois lunes à équiper les
cent douze éléphants [321] qui logeaient dans les remparts; c'étaient les vainqueurs de Régulus; le peuple
les chérissait; on ne pouvait trop bien agir envers
ces vieux amis. Hannon fit refondre les plaques
d'airain dont on garnissait leur poitrail, dorer leurs
défenses, élargir leurs tours, et tailler dans la pourpre
la plus belle des caparaçons bordés de franges très
lourdes. Enfin, comme on appelait leurs conducteurs
des Indiens (d'après les premiers, sans doute, venus
des Indes), il ordonna que tous fussent costumés à
la mode indienne, c'est-à-dire avec un bourrelet
blanc [322] autour des tempes et un petit caleçon de
byssus [323] qui formait, par ses plis transversaux, comme
les deux valves d'une coquille appliquée sur les
hanches.

L'armée d'Autharite restait toujours devant Tunis.
Elle se cachait derrière un mur fait avec la boue du
lac et défendu au sommet par des broussailles épineuses. Des Nègres y avaient planté çà et là, sur de
grands bâtons, d'effroyables figures, masques humains
composés avec des plumes d'oiseaux, têtes de chacal
ou de serpents, qui bâillaient vers l'ennemi pour
l'épouvanter; — et, par ce moyen, s'estimant invin-

cibles, les Barbares dansaient, luttaient, jonglaient, convaincus que Carthage ne tarderait pas à périr. Un autre qu'Hannon eût écrasé facilement cette multitude qu'embarrassaient des troupeaux et des femmes [324]. D'ailleurs, ils ne comprenaient aucune manœuvre, et Autharite découragé n'en exigeait plus rien.

Ils s'écartaient, quand il passait en roulant ses gros yeux bleus. Puis, arrivé au bord du lac, il retirait son sayon en poil de phoque [325], dénouait la corde qui attachait ses longs cheveux rouges et les trempait dans l'eau. Il regrettait de n'avoir pas déserté chez les Romains avec les deux mille Gaulois du temple d'Éryx.

Souvent, au milieu du jour, le soleil perdait ses rayons tout à coup. Alors, le golfe et la pleine mer semblaient immobiles comme du plomb fondu. Un nuage de poussière brune, perpendiculairement étalé, accourait en tourbillonnant; les palmiers se courbaient, le ciel disparaissait, on entendait rebondir des pierres sur la croupe des animaux; et le Gaulois, les lèvres collées contre les trous de sa tente, râlait d'épuisement et de mélancolie. Il songeait à la senteur des pâturages par les matins d'automne, à des flocons de neige, aux beuglements des aurochs perdus dans le brouillard, et fermant ses paupières, il croyait apercevoir les feux des longues cabanes, couvertes de paille, trembler sur les marais, au fond des bois.

D'autres que lui regrettaient la patrie, bien qu'elle ne fût pas aussi lointaine. En effet, les Carthaginois captifs [326] pouvaient distinguer au delà du golfe, sur les pentes de Byrsa, les velarium de leurs maisons, étendus dans les cours. Mais des sentinelles marchaient autour d'eux, perpétuellement. On les avait tous attachés à une chaîne commune. Chacun portait un carcan de fer, et la foule ne se fatiguait pas de venir les regarder. Les femmes montraient aux petits enfants

leurs belles robes en lambeaux qui pendaient sur
leurs membres amaigris.

Toutes les fois qu'Autharite considérait Giscon,
une fureur le prenait au souvenir de son injure; il
l'eût tué sans le serment qu'il avait fait à Narr'Havas.
Alors il rentrait dans sa tente, buvait un mélange
d'orge et de cumin jusqu'à s'évanouir d'ivresse, —
puis se réveillait au grand soleil, dévoré par une soif
horrible.

Mâtho cependant assiégeait Hippo-Zaryte [327].

Mais la ville était protégée par un lac communiquant avec la mer. Elle avait trois enceintes, et sur
les hauteurs qui la dominaient se développait un mur
fortifié de tours. Jamais il n'avait commandé de
pareilles entreprises. Puis la pensée de Salammbô
l'obsédait, et il rêvait dans les plaisirs de sa beauté,
comme les délices d'une vengeance qui le transportait d'orgueil. C'était un besoin de la revoir, âcre,
furieux, permanent. Il songea même à s'offrir comme
parlementaire, espérant qu'une fois dans Carthage,
il parviendrait jusqu'à elle. Souvent il faisait sonner l'assaut, et, sans rien attendre, s'élançait sur le
môle qu'on tâchait d'établir dans la mer. Il arrachait
les pierres avec ses mains, bouleversait, frappait,
enfonçait partout son épée. Les Barbares se précipitaient pêle-mêle; les échelles rompaient avec un grand
fracas, et des masses d'hommes s'écroulaient dans
l'eau qui rejaillissait en flots rouges contre les murs.
Enfin, le tumulte s'affaiblissait [328], et les soldats
s'éloignaient pour recommencer.

Mâtho allait s'asseoir en dehors des tentes; il
essuyait avec son bras sa figure éclaboussée de sang,
et, tourné vers Carthage, il regardait l'horizon.

En face de lui, dans les oliviers, les palmiers, les
myrtes et les platanes, s'étalaient deux larges étangs
qui rejoignaient un autre lac dont on n'apercevait
pas les contours. Derrière une montagne surgissaient

d'autres montagnes [329], et au milieu du lac immense, se dressait une île toute noire et de forme pyramidale. Sur la gauche, à l'extrémité du golfe, des tas de sable semblaient de grandes vagues blondes arrêtées, tandis que la mer, plate comme un dallage de lapis-lazuli, montait insensiblement jusqu'au bord du ciel. La verdure de la campagne disparaissait par endroits sous de longues plaques jaunes; des caroubes brillaient comme des boutons de corail; des pampres retombaient du sommet des sycomores; on entendait le murmure de l'eau; des alouettes huppées sautaient, et les derniers feux du soleil doraient la carapace des tortues, sortant des joncs pour aspirer la brise [330].

Mâtho poussait de grands soupirs. Il se couchait à plat ventre; il enfonçait ses ongles dans la terre et il pleurait; il se sentait misérable, chétif, abandonné. Jamais il ne la posséderait, et il ne pouvait même [331] s'emparer d'une ville.

La nuit, seul, dans sa tente, il contemplait le zaïmph. A quoi cette chose des Dieux lui servait-elle? et des doutes survenaient dans la pensée du Barbare. Puis il lui semblait au contraire que le vêtement de la Déesse dépendait de Salammbô, et qu'une partie de son âme y flottait plus subtile qu'une haleine; et il le palpait, le humait, s'y plongeait le visage, il le baisait en sanglotant [332]. Il s'en recouvrait les épaules pour se faire illusion et se croire auprès d'elle.

Quelquefois il s'échappait tout à coup; à la clarté des étoiles, il enjambait les soldats qui dormaient [333], roulés dans leurs manteaux; puis, aux portes du camp, il s'élançait sur un cheval [334], et, deux heures après, il se trouvait à Utique dans la tente de Spendius.

D'abord, il parlait du siège; mais il n'était venu que pour soulager sa douleur en causant de Salammbô: Spendius l'exhortait à la sagesse.

— « Repousse de ton âme ces misères qui la dégradent ! Tu obéissais autrefois, à présent tu commandes une armée, et si Carthage n'est pas conquise, du moins on nous accordera des provinces, nous deviendrons des rois ! »

Mais, comment la possession du zaïmph ne leur donnait-elle pas la victoire ? D'après Spendius, il fallait attendre.

Mâtho s'imagina que le voile concernait exclusivement les hommes de race chananéenne, et, dans sa subtilité de Barbare, il se disait : « Donc le zaïmph ne fera rien pour moi ; mais, puisqu'ils l'ont perdu, il ne fera rien pour eux. »

Ensuite, un scrupule le troubla, il avait peur, en adorant Aptouknos, le dieu des Libyens, d'offenser Moloch ; et il demanda timidement à Spendius auquel des deux il serait bon de sacrifier un homme.

— « Sacrifie toujours ! » dit Spendius, en riant.

Mâtho qui ne comprenait point cette indifférence, soupçonna le Grec d'avoir un génie dont il ne voulait pas parler.

Tous les cultes, comme toutes les races, se rencontraient dans ces armées de Barbares, et l'on considérait les dieux des autres, car ils effrayaient aussi. Plusieurs mêlaient à leur religion natale des pratiques étrangères. On avait beau ne pas adorer les étoiles, telle constellation étant funeste ou secourable, on lui faisait des sacrifices ; une amulette inconnue, trouvée par hasard dans un péril, devenait une divinité ; ou bien c'était un nom, rien qu'un nom, et que l'on répétait sans même chercher à comprendre ce qu'il pouvait dire. Mais, à force d'avoir pillé des temples, vu quantité de nations et d'égorgements, beaucoup finissaient par ne plus croire qu'au destin et à la mort ; et chaque soir ils s'endormaient dans la placidité des bêtes féroces. Spendius aurait craché sur les images de Jupiter Olympien ; cependant il redoutait de parler haut dans les ténèbres, et il ne manquait pas, tous les jours, de se chausser d'abord du pied droit.

Il élevait, en face d'Utique, une longue terrasse
quadrangulaire. Mais, à mesure qu'elle montait, le
rempart grandissait aussi; ce qui était abattu par les
uns, presque immédiatement se trouvait relevé par
les autres. Spendius ménageait ses hommes, rêvait
des plans; il tâchait de se rappeler les stratagèmes
qu'il avait entendu raconter dans ses voyages. Pourquoi Narr'Havas [335] ne revenait-il pas? On était
plein d'inquiétudes.

Hannon avait terminé [336] ses apprêts. Par une nuit
sans lune, il fit, sur des radeaux, traverser à ses éléphants et à ses soldats le golfe de Carthage. Puis ils
tournèrent la montagne des Eaux-Chaudes pour éviter
Autharite, — et continuèrent avec tant de lenteur
qu'au lieu de surprendre les Barbares un matin,
comme avait calculé le Suffète, on n'arriva qu'en
plein soleil, dans la troisième journée.

Utique avait, du côté de l'orient, une plaine qui
s'étendait jusqu'à la grande lagune de Carthage;
derrière elle, débouchait à angle droit une vallée comprise entre deux basses montagnes s'interrompant
tout à coup; les Barbares s'étaient campés plus loin
sur la gauche, de manière à bloquer le port; et ils
dormaient dans leurs tentes (car ce jour-là les deux
partis, trop las pour combattre se reposaient), lorsque,
au tournant des collines, l'armée carthaginoise parut.

Des goujats munis de frondes étaient espacés sur
les ailes. Les gardes de la Légion, sous leurs armures
en écailles d'or, formaient la première ligne, avec leurs
gros chevaux sans crinière, sans poil, sans oreilles et
qui avaient au milieu du front une corne d'argent pour
les faire ressembler à des rhinocéros. Entre leurs escadrons, des jeunes gens, coiffés d'un petit casque, balançaient dans chaque main un javelot de frêne; les
longues piques de la lourde infanterie s'avançaient
par derrière. Tous ces marchands avaient accumulé

sur leurs corps le plus d'armes possible : on en voyait
qui portaient à la fois une lance, une hache, une massue,
deux glaives ; d'autres, comme des porcs-épics, étaient
hérissés de dards, et leurs bras s'écartaient de leurs
cuirasses en lames de corne ou en plaques de fer.
Enfin apparurent [337] les échafaudages des hautes
machines : carrobalistes, onagres, catapultes et scorpions, oscillant sur des chariots tirés par des mulets
et des quadriges de bœufs — et à mesure que l'armée
se développait, les capitaines, en haletant, couraient
de droite et de gauche pour communiquer des ordres,
faire joindre les files et maintenir les intervalles.
Ceux des Anciens qui commandaient étaient venus
avec des casques de pourpre dont les franges magnifiques s'embarrassaient dans les courroies de leurs
cothurnes. Leurs visages, tout barbouillés de vermillon, reluisaient sous des casques énormes surmontés
de dieux et, comme ils avaient des boucliers à bordure
d'ivoire couverte de pierreries, on aurait dit des
soleils qui passaient sur des murs d'airain.

Les Carthaginois manœuvraient [338] si lourdement
que les soldats, par dérision, les engagèrent à s'asseoir.
Ils criaient qu'ils allaient tout à l'heure vider leurs
gros ventres, épousseter la dorure de leur peau et
leur faire boire du fer.

Au haut du mât planté devant la tente de Spendius,
un lambeau de toile verte apparut : c'était le signal.
L'armée carthaginoise y répondit par un grand tapage
de trompettes, de cymbales, de flûtes en os d'âne et
de tympanons. Déjà les Barbares avaient sauté en
dehors des palissades. On était à portée de javelot,
face à face.

Un frondeur baléare s'avança d'un pas, posa dans
sa lanière une de ses balles d'argile, tourna son bras :
un bouclier d'ivoire éclata, et les deux armées se
mêlèrent.

Avec la pointe des lances, les Grecs, en piquant les

chevaux aux naseaux, les firent se renverser sur leurs
maîtres. Les esclaves qui devaient lancer des pierres
les avaient prises trop grosses; elles retombaient
près d'eux [339]. Les fantassins puniques, en frappant
de taille avec leurs longues épées, se découvraient le
flanc droit. Les Barbares enfoncèrent leurs lignes; ils
les égorgeaient à plein glaive; ils trébuchaient sur les
moribonds et les cadavres, tout aveuglés par le sang
qui leur jaillissait au visage. Ce tas de piques, de
casques, de cuirasses, d'épées et de membres confon-
dus tournait sur soi-même, s'élargissant et se serrant
avec des contractions élastiques. Les cohortes carthaginoises se trouèrent de plus en plus, leurs machines
ne pouvaient sortir des sables; enfin la litière du
Suffète (sa grande litière à pendeloques de cristal),
que l'on apercevait depuis le commencement, balancée dans les soldats [340] comme une barque sur les
flots, tout à coup sombra. Il était mort sans doute?
Les Barbares se trouvèrent seuls.

La poussière autour d'eux tombait et ils commençaient à chanter, lorsque Hannon lui-même parut au
haut d'un éléphant. Il était nu-tête, sous un parasol
de byssus, que portait un nègre derrière lui. Son
collier à plaques bleues battait sur les fleurs de sa
tunique noire; des cercles de diamants comprimaient
ses bras énormes, et la bouche ouverte [341], il brandissait une pique démesurée, épanouie par le bout comme
un lotus et plus brillante qu'un miroir. Aussitôt la
terre s'ébranla [342], — et les Barbares virent accourir,
sur une seule ligne, tous les éléphants de Carthage
avec leurs défenses dorées, les oreilles peintes en bleu,
revêtus de bronze, et secouant par-dessus leurs caparaçons d'écarlate des tours de cuir, où dans chacune
trois archers tenaient un grand arc ouvert.

A peine si les soldats avaient leurs armes; ils
s'étaient rangés au hasard. Une terreur les glaça;
ils restèrent indécis.

Déjà du haut des tours on leur jetait des javelots, des flèches, des phalariques, des masses de plomb; quelques-uns, pour y monter, se cramponnaient aux franges des caparaçons. Avec des coutelas on leur abattait les mains, et ils tombaient à la renverse sur les glaives tendus. Les piques trop faibles se rompaient, les éléphants passaient dans les phalanges comme des sangliers dans des touffes d'herbes; ils arrachèrent les pieux du camp avec leurs trompes, le traversèrent d'un bout à l'autre en renversant les tentes sous leurs poitrails; tous les Barbares avaient fui. Ils se cachaient dans les collines [343] qui bordent la vallée par où les Carthaginois étaient venus.

Hannon vainqueur se présenta devant les portes d'Utique. Il fit sonner de la trompette. Les trois Juges de la ville parurent, au sommet d'une tour, dans la baie des créneaux.

Les gens d'Utique [344] ne voulaient point recevoir chez eux des hôtes aussi bien armés. Hannon s'emporta. Enfin ils consentirent à l'admettre avec une faible escorte.

Les rues se trouvèrent trop étroites pour les éléphants. Il fallut les laisser dehors.

Dès que le Suffète fut dans la ville, les principaux le vinrent saluer. Il se fit conduire aux étuves, et appela ses cuisiniers.

Trois heures après, il était encore enfoncé dans l'huile [345] de cinnamome dont on avait rempli la vasque; et, tout en se baignant, il mangeait, sur une peau de bœuf étendue, des langues de phénicoptères avec des graines de pavot assaisonnées au miel. Près de lui, son médecin qui, immobile dans une longue robe jaune, faisait de temps à autre réchauffer l'étuve, et deux jeunes garçons penchés sur les marches du bassin, lui frottaient les jambes. Mais les soins de

son corps n'arrêtaient pas son amour de la chose
publique, et il dictait une lettre pour le Grand-Conseil, et, comme on venait de faire des prisonniers,
il se demandait quel châtiment terrible inventer.

— « Arrête ! » dit-il à un esclave qui écrivait, debout,
dans le creux de sa main. « Qu'on m'en amène ! Je
veux les voir. »

Et du fond de la salle emplie d'une vapeur blanchâtre où les torches jetaient des taches rouges, on
poussa trois Barbares : un Samnite, un Spartiate
et un Cappadocien.

— « Continue ! » dit Hannon.

— « Réjouissez-vous, lumière des Baals ! votre
suffète a exterminé les chiens voraces ! Bénédictions
sur la République ! Ordonnez des prières ! » Il aperçut
les captifs, et alors éclatant de rire : — « Ah ! ah !
mes braves de Sicca ! Vous ne criez plus si fort aujour-
d'hui ! C'est moi ! Me reconnaissez-vous ? Où sont
donc vos épées ? Quels hommes terribles, vraiment ! »
Et il feignait de se vouloir cacher, comme s'il en
avait peur. — « Vous demandiez des chevaux, des
femmes, des terres, des magistratures, sans doute,
et des sacerdoces ! Pourquoi pas ? Eh bien, je vous
en fournirai, des terres, et dont jamais vous ne sor-
tirez ! On vous mariera à des potences toutes neuves !
Votre solde ? on vous la fondra dans la bouche en
lingots de plomb ! et je vous mettrai à de bonnes
places, très hautes, au milieu des nuages, pour être
rapprochés des aigles ! »

Les trois Barbares, chevelus et couverts de guenilles, le regardaient sans comprendre ce qu'il disait.
Blessés aux genoux, on les avait saisis en leur jetant
des cordes, et les grosses chaînes de leurs mains traînaient par le bout, sur les dalles. Hannon s'indigna [346]
de leur impassibilité.

— « A genoux ! à genoux ! chacals ! poussière !
vermine ! excréments ! Et ils ne répondent pas ! Assez !

taisez-vous ! Qu'on les écorche vifs ! Non ! tout à l'heure ! »

Il soufflait comme un hippopotame, en roulant ses yeux. L'huile parfumée débordait sous la masse de son corps, et, se collant contre les écailles de sa peau, à la lueur des torches, la faisait paraître rose.

Il reprit :

— « Nous avons pendant quatre jours, grandement souffert du soleil. Au passage du Macar, des mulets se sont perdus. Malgré leur position, le courage extraordinaire... Ah ! Demonades [347] ! comme je souffre ! Qu'on réchauffe les briques, et qu'elles soient rouges ! »

On entendit un bruit de râteaux et de fourneaux. L'encens fuma plus fort dans les larges cassolettes, et les masseurs tout nus, qui suaient comme des éponges, lui écrasèrent sur les articulations une pâte composée avec du froment, du soufre, du vin noir, du lait de chienne, de la myrrhe, du galbanum et du styrax [348]. Une soif incessante le dévorait; l'homme vêtu de jaune ne céda pas à cette envie, et, lui tendant une coupe d'or où fumait un bouillon de vipère :

— « Bois ! » dit-il, « pour que la force des serpents, nés du soleil, pénètre dans la moelle de tes os, et prends courage, ô reflet des Dieux ! Tu sais d'ailleurs qu'un prêtre d'Eschmoûn observe autour du Chien les étoiles cruelles d'où dérive ta maladie. Elles pâlissent comme les macules de ta peau, et tu n'en dois pas mourir.

— « Oh ! oui, n'est-ce pas ? » répéta le Suffète, « je n'en dois pas mourir ! » Et de ses lèvres violacées s'échappait une haleine plus nauséabonde que l'exhalaison d'un cadavre. Deux charbons semblaient brûler à la place de ses yeux, qui n'avaient plus de sourcils; un amas de peau rugueuse lui pendait sur le front; ses deux oreilles, en s'écartant de sa tête, commençaient à grandir, et les rides profondes qui formaient des demi-cercles autour de ses narines, lui

donnaient un aspect étrange et effrayant, l'air d'une
bête farouche. Sa voix dénaturée ressemblait à un
rugissement; il dit [349] :

— « Tu as peut-être raison, Demonades? En effet,
voilà bien des ulcères qui se sont fermés. Je me sens
robuste. Tiens ! regarde comme je mange ! »

Et moins par gourmandise que par ostentation, et
pour se prouver à lui-même qu'il se portait bien, il
entamait les farces de fromage et d'origan, les poissons désossés, les courges, les huîtres, avec des œufs,
des raiforts, des truffes et des brochettes de petits
oiseaux. Tout en regardant les prisonniers, il se délectait dans l'imagination de leur supplice. Cependant
il se rappelait Sicca, et la rage de toutes ses douleurs
s'exhalait en injures contre ces trois hommes.

— « Ah ! traîtres ! ah ! misérables ! infâmes ! mau-
dits ! Et vous m'outragiez, moi ! moi ! le Suffète !
Leurs services, le prix de leur sang, comme ils disent !
Ah ! oui ! leur sang ! leur sang ! » Puis se parlant à
lui-même : — « Tous périront ! on n'en vendra pas
un seul ! Il vaudrait mieux les conduire à Carthage !
on me verrait... mais je n'ai pas, sans doute, emporté
assez de chaînes? Écris : Envoyez-moi... Combien
sont-ils? qu'on aille le demander à Muthumbal ! Va !
pas de pitié ! et qu'on m'apporte dans des corbeilles
toutes leurs mains coupées ! »

Mais des cris bizarres, à la fois rauques et aigus,
arrivaient dans la salle, par-dessus la voix d'Hannon
et le retentissement des plats que l'on posait autour
de lui. Ils redoublèrent, et tout à coup le barrissement
furieux des éléphants éclata, comme si la bataille
recommençait. Un grand tumulte entourait la ville.

Les Carthaginois n'avaient point cherché [350] à
poursuivre les Barbares. Ils s'étaient établis au pied
des murs, avec leurs bagages, leurs valets, tout leur
train de satrapes, et ils se réjouissaient sous leurs
belles tentes à bordures de perles, tandis que le camp

des Mercenaires ne faisait plus dans la plaine qu'un
amas de ruines. Spendius avait repris son courage.
Il expédia Zarxas vers Mâtho, parcourut les bois,
rallia ses hommes (les pertes n'étaient pas considérables), — et enragés d'avoir été vaincus sans combattre, ils reformaient leurs lignes, quand on découvrit une cuve de pétrole, abandonnée sans doute
par les Carthaginois. Alors Spendius fit enlever des
porcs dans les métairies, les barbouilla de bitume,
y mit le feu et les poussa vers Utique [351].

Les éléphants, effrayés par ces flammes, s'enfuirent.
Le terrain montait, on leur jetait des javelots, ils
revinrent en arrière; — et à grands coups d'ivoire
et sous leurs pieds, ils éventraient les Carthaginois,
les étouffaient, les aplatissaient. Derrière eux, les
Barbares descendaient la colline; le camp punique,
sans retranchements, dès la première charge fut
saccagé, et les Carthaginois se trouvèrent écrasés
contre les portes, car on ne voulut pas les ouvrir dans
la peur des Mercenaires.

Le jour se levait; on vit, du côté de l'Occident [352],
arriver les fantassins de Mâtho. En même temps des
cavaliers parurent; c'était Narr'Havas avec ses
Numides. Sautant par-dessus les ravins et les buissons, ils forçaient les fuyards comme des lévriers qui
chassent des lièvres. Ce changement de fortune interrompit le Suffète. Il cria pour qu'on vînt l'aider à
sortir de l'étuve.

Les trois captifs étaient toujours devant lui. Alors
un nègre [353] (le même qui, dans la bataille, portait
son parasol) se pencha vers son oreille.

— « Eh bien?... » répondit le Suffète lentement.
« Ah! tue-les! » ajouta-t-il d'un ton brusque.

L'Éthiopien tira de sa ceinture un long poignard,
et les trois têtes tombèrent. Une d'elles, en rebondissant parmi les épluchures du festin, alla sauter
dans la vasque, et elle y flotta quelque temps, la

bouche ouverte et les yeux fixes [354]. Les lueurs du matin entraient par les fentes du mur; les trois corps couchés sur leur poitrine, ruisselaient à gros bouillons comme trois fontaines, et une nappe de sang coulait sur les mosaïques, sablées de poudre bleue. Le Suffète trempa sa main dans cette fange toute chaude, et il s'en frotta les genoux : c'était un remède.

Le soir venu, il s'échappa de la ville avec son escorte, puis s'engagea dans la montagne, pour rejoindre son armée.

Il parvint à en retrouver les débris.

Quatre jours après, il était à Gorza [355], sur le haut d'un défilé, quand les troupes de Spendius se présentèrent en bas. Vingt bonnes lances, en attaquant le front de leur colonne, les eussent facilement arrêtées [356]; les Carthaginois [357] les regardèrent passer tout stupéfaits. Hannon reconnut à l'arrière-garde le roi des Numides; Narr'Havas s'inclina pour le saluer, en faisant un signe qu'il ne comprit pas.

On s'en revint à Carthage avec toutes sortes de terreurs. On marchait la nuit seulement; le jour on se cachait dans les bois d'oliviers. A chaque étape quelques-uns mouraient; ils se crurent perdus plusieurs fois. Enfin ils atteignirent le cap Hermæum, où des vaisseaux vinrent les prendre.

Hannon était si fatigué, si désespéré, — la perte des éléphants surtout l'accablait, — qu'il demanda, pour en finir, du poison à Demonades. D'ailleurs, il se sentait déjà tout étendu sur sa croix.

Carthage n'eut pas la force [358] de s'indigner contre lui. On avait perdu [359] quatre cent mille neuf cent soixante-douze sicles d'argent [360], quinze mille six cent vingt-trois shekels d'or, dix-huit éléphants, quatorze membres du Grand-Conseil, trois cents Riches, huit mille citoyens, du blé pour trois lunes, un bagage considérable et toutes les machines de guerre ! La défection de Narr'Havas était certaine,

les deux sièges recommençaient. L'armée d'Autharite s'étendait maintenant de Tunis à Rhadès [361]. Du
haut de l'Acropole, on apercevait dans la campagne
de longues fumées montant jusqu'au ciel; c'étaient
les châteaux des Riches qui brûlaient.

Un homme, seul, aurait pu sauver la République.
On se repentit de l'avoir méconnu [362], et le parti de la
paix, lui-même, vota les holocaustes pour le retour
d'Hamilcar.

La vue du zaïmph avait bouleversé Salammbô.
Elle croyait la nuit entendre les pas de la Déesse,
et elle se réveillait épouvantée en jetant des cris. Elle
envoyait tous les jours porter de la nourriture dans
les temples. Taanach se fatiguait à exécuter ses
ordres, et Schahabarim ne la quittait plus.

VII

HAMILCAR BARCA [363]

L'Annonciateur-des-Lunes qui veillait toutes
les nuits au haut du temple d'Eschmoûn, pour
signaler avec sa trompette les agitations de
l'astre, aperçut un matin, du côté de l'Occident,
quelque chose de semblable à un oiseau frôlant de ses
longues ailes la surface de la mer.

C'était un navire à trois rangs de rames; il y avait
à la proue un cheval sculpté. Le soleil se levait; l'Annonciateur-des-Lunes mit sa main devant les yeux [364];
puis saisissant à plein bras son clairon, il poussa sur
Carthage un grand cri d'airain.

De toutes les maisons des gens sortirent; on ne
voulait pas en croire les paroles, on se disputait, le
môle était couvert de peuple. Enfin on reconnut la
trirème d'Hamilcar.

Elle s'avançait d'une façon orgueilleuse et farouche,
l'antenne toute droite, la voile bombée dans la longueur du mât, en fendant l'écume autour d'elle; ses
gigantesques avirons battaient l'eau en cadence; de
temps à autre l'extrémité de sa quille, faite comme
un soc de charrue, apparaissait, et sous l'éperon qui
terminait sa proue, le cheval à tête d'ivoire, en dressant ses deux pieds, semblait courir sur les plaines
de la mer.

Autour du promontoire, comme le vent avait cessé,
la voile tomba, et l'on aperçut auprès du pilote un

homme debout, tête nue ; c'était lui, le suffète Hamilcar ! Il portait autour des flancs des lames de fer qui
reluisaient ; un manteau rouge s'attachant à ses
épaules laissait voir ses bras ; deux perles très longues
pendaient à ses oreilles, et il baissait sur sa poitrine sa
barbe noire, touffue.

Cependant la galère ballottée au milieu des rochers
côtoyait le môle, et la foule la suivait sur les dalles en
criant :

— « Salut ! bénédiction ! Œil de Khamon ! ah !
délivre-nous ! C'est la faute des Riches ! ils veulent te
faire mourir ! Prends garde à toi, Barca ! »

Il ne répondait pas, comme si la clameur des océans
et des batailles l'eût complètement assourdi. Mais
quand il fut sous l'escalier qui descendait de l'Acropole,
Hamilcar releva la tête, et, les bras croisés, il regarda
le temple d'Eschmoûn. Sa vue monta plus haut encore,
dans le grand ciel pur ; d'une voix âpre, il cria un ordre
à ses matelots ; la trirème bondit ; elle érafla l'idole
établie à l'angle du môle pour arrêter les tempêtes ; et
dans le port marchand plein d'immondices, d'éclats
de bois et d'écorces de fruits, elle refoulait, éventrait les
autres navires amarrés à des pieux et finissant par des
mâchoires de crocodile. Le peuple accourait, quelques-
uns se jetèrent à la nage. Déjà elle se trouvait [365] au
fond, devant la porte hérissée de clous. La porte se
leva, et la trirème disparut sous la voûte profonde.

Le Port-Militaire [366] était complètement séparé de
la ville ; quand des ambassadeurs arrivaient, il leur
fallait passer entre deux murailles, dans un couloir qui
débouchait à gauche, devant le temple de Khamoûn.
Cette grande place d'eau, ronde comme une coupe,
avait une bordure de quais où étaient bâties des loges
abritant les navires. En avant de chacune d'elles montaient deux colonnes, portant à leur chapiteau des
cornes d'Ammon, ce qui formait une continuité des
portiques tout autour du bassin. Au milieu, dans

une île, s'élevait une maison pour le Suffète-de-la-mer

L'eau était si limpide que l'on apercevait le fond
pavé de cailloux blancs. Le bruit des rues n'arrivait
pas jusque-là, et Hamilcar, en passant, reconnaissait
les trirèmes qu'il avait autrefois commandées.

Il n'en restait plus qu'une vingtaine peut-être, à
l'abri, par terre, penchées sur le flanc ou droites sur la
quille, avec des poupes très hautes et des proues bom-
bées, couvertes de dorures et de symboles mystiques.
Les chimères avaient perdu leurs ailes, les Dieux-
Patæques leurs bras, les taureaux leurs cornes d'argent ; — et toutes à moitié dépeintes, inertes, pourries,
mais pleines d'histoire et exhalant encore la senteur
des voyages, comme des soldats mutilés qui revoient
leur maître, elles semblaient lui dire : « C'est nous !
c'est nous ! et toi aussi tu es vaincu ! »

Nul, hormis le Suffète-de-la-mer, ne pouvait entrer
dans la maison-amiral. Tant qu'on n'avait pas la
preuve de sa mort, on le considérait comme existant
toujours. Les Anciens évitaient par là un maître de
plus, et ils n'avaient pas manqué pour Hamilcar
d'obéir à la coutume.

Le Suffète s'avança dans les appartements déserts [367].
A chaque pas il retrouvait des armures, des meubles,
des objets connus qui l'étonnaient cependant, et même
sous le vestibule il y avait encore, dans une cassolette,
la cendre des parfums allumés au départ pour conjurer
Melkarth. Ce n'était pas ainsi qu'il espérait revenir !
Tout ce qu'il avait fait, tout ce qu'il avait vu se déroula
dans sa mémoire : les assauts, les incendies, les légions,
les tempêtes, Drepanum, Syracuse, Lilybée, le mont
Etna, le plateau d'Eryx, cinq ans de batailles, — jusqu'au jour funeste où, déposant les armes, on avait
perdu la Sicile. Puis il revoyait des bois de citronniers,
des pasteurs avec des chèvres sur des montagnes grises ;
et son cœur bondissait à l'imagination d'une autre
Carthage établie là-bas. Ses projets, ses souvenirs,

bourdonnaient dans sa tête, encore étourdie par le tan-
gage du vaisseau; une angoisse l'accablait, et devenu
faible tout à coup, il sentit le besoin de se rapprocher
des Dieux.

Alors il monta au dernier étage de sa maison; puis
ayant retiré d'une coquille d'or suspendue à son bras
une spatule garnie de clous, il ouvrit une petite
chambre ovale.

De minces rondelles noires, encastrées dans la
muraille et transparentes comme du verre, l'éclairaient doucement. Entre les rangs de ces disques égaux,
des trous étaient creusés, pareils à ceux des urnes
dans les columbarium. Ils contenaient chacun une
pierre ronde, obscure, et qui paraissait très lourde.
Les gens d'un esprit supérieur, seuls, honoraient ces
abaddirs tombés de la lune. Par leur chute, ils signifiaient les astres, le ciel, le feu; par leur couleur, la nuit
ténébreuse, et par leur densité, la cohésion des choses
terrestres. Une atmosphère étouffante emplissait ce
lieu mystique. Du sable marin, que le vent avait poussé
sans doute à travers la porte, blanchissait un peu les
pierres rondes posées dans les niches. Hamilcar, du
bout de son doigt, les compta les unes après les
autres [368]; puis il se cacha le visage sous un voile de
couleur safran, et, tombant à genoux, il s'étendit par
terre, les deux bras allongés.

Le jour extérieur frappait [369] contre les feuilles de
laitier noir. Des arborescences, des monticules, des
tourbillons, de vagues animaux se dessinaient dans leur
épaisseur diaphane; et la lumière arrivait, effrayante
et pacifique cependant, comme elle doit être par
derrière le soleil, dans les mornes espaces des créations
futures. Il s'efforçait à bannir de sa pensée toutes les
formes, tous les symboles et les appellations des Dieux,
afin de mieux saisir l'esprit immuable que les appa-
rences dérobaient. Quelque chose des vitalités planétaires le pénétrait, tandis qu'il sentait pour la mort et

pour tous les hasards un dédain plus savant et plus
intime. Quand il se releva, il était plein d'une intré-
pidité sereine, invulnérable à la miséricorde, à la
crainte, et comme sa poitrine étouffait, il alla sur le
sommet de la tour qui dominait Carthage.

La ville descendait en se creusant par une courbe
longue, avec ses coupoles, ses temples, ses toits d'or,
ses maisons, ses touffes de palmiers, çà et là, ses boules
de verre d'où jaillissaient des feux, et les remparts
faisaient comme la gigantesque bordure de cette corne
d'abondance qui s'épanchait vers lui. Il apercevait en
bas les ports, les places, l'intérieur des cours, le dessin
des rues, les hommes tout petits presque à ras des
dalles. Ah! si Hannon n'était pas arrivé trop tard le
matin des îles Ægates? Ses yeux plongèrent dans
l'extrême horizon, et il tendit du côté de Rome ses
deux bras frémissants.

La multitude occupait [370] les degrés de l'Acropole.
Sur la place de Kamon on se poussait pour voir le
Suffète sortir, les terrasses peu à peu se chargeaient
de monde; quelques-uns le reconnurent, on le saluait,
il se retira, afin d'irriter mieux l'impatience du peuple.

Hamilcar trouva en bas, dans la salle, les hommes
les plus importants de son parti : Istatten, Subeldia,
Hictamon, Yeoubas et d'autres. Ils lui racontèrent
tout ce qui s'était passé depuis la conclusion de la
paix : l'avarice des Anciens, le départ des soldats, leur
retour, leurs exigences, la capture de Giscon, le vol
du Zaïmph, Utique secourue, puis abandonnée; mais
aucun n'osa lui dire les événements qui le concer-
naient. Enfin on se sépara, pour se revoir pendant la
nuit à l'assemblée des Anciens, dans le temple de
Moloch.

Ils venaient de sortir quand un tumulte s'éleva en
dehors, à la porte. Malgré les serviteurs, quelqu'un
voulait entrer; et comme le tapage redoublait, Hamilcar commanda d'introduire l'inconnu.

On vit paraître une vieille négresse, cassée, ridée, tremblante, l'air stupide, et enveloppée jusqu'aux talons dans de larges voiles bleus. Elle s'avança en face du Suffète, ils se regardèrent l'un l'autre quelque temps; tout à coup Hamilcar tressaillit; sur un geste de sa main, les esclaves s'en allèrent. Alors, lui faisant signe de marcher avec précaution [371], il l'entraîna par le bras dans une chambre lointaine.

La négresse se jeta par terre, à ses pieds pour les baiser; il la releva brutalement.

— « Où l'as-tu laissé, Iddibal? »

— « Là-bas, Maître; » et en se débarrassant de ses voiles, avec sa manche elle se frotta la figure; la couleur noire, le tremblement sénile, la taille courbée, tout disparut. C'était un robuste vieillard, dont la peau semblait tannée par le sable, le vent et la mer. Une houppe de cheveux blancs se levait sur son crâne, comme l'aigrette d'un oiseau; et, d'un coup d'œil ironique, il montrait par terre le déguisement tombé.

— « Tu as bien fait, Iddibal! C'est bien! » Puis, comme le perçant de son regard aigu : « Aucun encore ne se doute?... »

Le vieillard lui jura par les Kabyres que le mystère était gardé. Ils ne quittaient pas leur cabane à trois jours d'Hadrumète, rivage peuplé de tortues avec des palmiers sur la dune. — « Et selon ton ordre, ô Maître! je lui apprends à lancer des javelots et à conduire des attelages?

— « Il est fort, n'est-ce pas [372]?

— « Oui, Maître et intrépide aussi! Il n'a peur ni des serpents, ni du tonnerre, ni des fantômes. Il court pieds nus, comme un pâtre, sur le bord des précipices.

— « Parle! parle!

— « Il invente des pièges pour les bêtes farouches. L'autre lune, croirais-tu, il a surpris un aigle; il le traînait, et le sang de l'oiseau et le sang de l'enfant s'éparpillaient dans l'air en larges gouttes, telles que des roses emportées. La bête, furieuse, l'enveloppait du battement de ses ailes; il l'étreignait contre sa poitrine, et à mesure qu'elle agonisait ses rires redoublaient, éclatants et superbes comme des chocs d'épées. »

Hamilcar baissait la tête, ébloui par ces présages de grandeur.

— « Mais, depuis quelque temps, une inquiétude l'agite. Il regarde au loin les voiles qui passent sur la mer; il est triste, il repousse le pain, il s'informe des Dieux et il veut connaître Carthage !

— « Non, non ! pas encore ! » s'écria le Suffète.

Le vieil esclave parut savoir le péril qui effrayait Hamilcar, et il reprit :

— « Comment le retenir ? Il me faut déjà lui faire des promesses, et je ne suis venu à Carthage que pour lui acheter un poignard à manche d'argent avec des perles tout autour. » Puis il conta qu'ayant aperçu le Suffète sur la terrasse, il s'était donné aux gardiens du port pour une des femmes de Salammbô, afin de pénétrer jusqu'à lui.

Hamilcar resta longtemps comme perdu dans ses délibérations; enfin il dit :

— « Demain tu te présenteras à Mégara, au coucher du soleil, derrière les fabriques de pourpre, en imitant par trois fois le cri d'un chacal. Si tu ne me vois pas, le premier jour de chaque lune tu reviendras à Carthage. N'oublie rien ! Aime-le ! Maintenant, tu peux lui parler d'Hamilcar [373]. »

L'esclave reprit son costume, et ils sortirent ensemble de la maison et du port.

Hamilcar continua seul à pied, sans escorte [374], car les réunions des Anciens étaient, dans les circonstances extraordinaires, toujours secrètes, et l'on s'y rendait mystérieusement.

D'abord il longea la face orientale de l'Acropole, passa ensuite par le Marché-aux-herbes, les galeries

de Kinsido, le Faubourg-des-parfumeurs [375]. Les rares
lumières s'éteignaient, les rues plus larges se faisaient
silencieuses, puis des ombres glissèrent dans les ténèbres. Elles le suivaient, d'autres survinrent, et toutes
se dirigeaient comme lui du côté des Mappales.

Le temple de Moloch était bâti au pied d'une gorge
escarpée, dans un endroit sinistre. On n'apercevait
d'en bas que de hautes murailles montant indéfiniment, telles que les parois d'un monstrueux tombeau.
La nuit était sombre, un brouillard grisâtre semblait
peser sur la mer. Elle battait contre la falaise avec un
bruit de râles et de sanglots; et des ombres peu à peu
s'évanouissaient comme si elles eussent passé à travers
les murs.

Mais sitôt qu'on avait franchi la porte, on se trouvait dans une vaste cour quadrangulaire, que bordaient
des arcades. Au milieu, se levait une masse d'architecture à huit pans égaux. Des coupoles la surmon-
taient en se tassant autour d'un second étage qui
supportait une manière de rotonde, d'où s'élançait un
cône à courbe rentrante, terminé par une boule au
sommet.

Des feux brûlaient dans des cylindres en filigrane
emmanchés à des perches que portaient des hommes.
Ces lueurs vacillaient sous les bourrasques du vent et
rougissaient les peignes d'or fixant à la nuque leurs
cheveux tressés. Ils couraient, s'appelaient pour recevoir les Anciens.

Sur les dalles, de place en place, étaient accroupis,
comme des sphinx, des lions énormes, symboles vivants
du Soleil dévorateur. Ils sommeillaient les paupières
entre-closes. Mais réveillés par les pas et par les voix,
ils se levaient lentement, venaient vers les Anciens,
qu'ils reconnaissaient à leur costume, se frottaient
contre leurs cuisses en bombant le dos avec des bâil-
lements sonores; la vapeur de leur haleine passait sur
la lumière des torches. L'agitation redoubla, des portes

se fermèrent, tous les prêtres s'enfuirent, et les Anciens disparurent sous les colonnes qui faisaient autour du temple un vestibule profond.

Elles étaient disposées de façon à reproduire par leurs rangs circulaires, compris les uns dans les autres, la période saturnienne contenant les années, les années les mois, les mois les jours, et se touchaient à la fin contre la muraille du sanctuaire.

C'était là que les Anciens déposaient leurs bâtons en corne de narval [376], — car une loi toujours observée punissait de mort celui qui entrait à la séance avec une arme quelconque. Plusieurs portaient au bas de leur vêtement une déchirure arrêtée par un galon de pourpre, pour bien montrer qu'en pleurant la mort de leurs proches ils n'avaient point ménagé leurs habits, et ce témoignage d'affliction empêchait la fente de s'agrandir. D'autres gardaient leur barbe enfermée dans un petit sac de peau violette, que deux cordons attachaient aux oreilles. Tous s'abordèrent en s'embrassant poitrine contre poitrine. Ils entouraient Hamilcar, ils le félicitaient; on aurait dit des frères qui revoient leur frère.

Ces hommes étaient généralement trapus, avec des nez recourbés comme ceux des colosses assyriens. Quelques-uns cependant, par leurs pommettes plus saillantes, leur taille plus haute et leurs pieds plus étroits, trahissaient une origine africaine, des ancêtres nomades. Ceux qui vivaient continuellement au fond de leurs comptoirs avaient le visage pâle; d'autres gardaient sur eux comme la sévérité du désert, et d'étranges joyaux scintillaient à tous les doigts de leurs mains, hâlés par les soleils inconnus. On distinguait des navigateurs au balancement de leur démarche, tandis que les hommes d'agriculture sentaient le pressoir, les herbes sèches et la sueur de mulet. Ces vieux pirates faisaient labourer des campagnes, ces ramasseurs d'argent équipaient des navires, ces propriétaires de culture nourrissaient des esclaves exerçant des métiers. Tous étaient savants dans les disciplines religieuses, experts en stratagèmes, impitoyables et riches. Ils avaient l'air fatigués par de longs soucis. Leurs yeux pleins de flammes regardaient avec défiance, et l'habitude des voyages et du mensonge, du trafic et du commandement, donnait à toute leur personne un aspect de ruse et de violence, une sorte de brutalité discrète et convulsive. D'ailleurs, l'influence du Dieu les assombrissait.

Ils passèrent d'abord par une salle voûtée, qui avait la forme d'un œuf. Sept portes, correspondant aux sept planètes, étalaient contre sa muraille sept carrés de couleur différente. Après une longue chambre, ils entrèrent dans une autre salle pareille.

Un candélabre tout couvert de fleurs ciselées brûlait au fond, et chacune de ses huit branches en or portait dans un calice de diamants une mèche de byssus. Il était posé sur la dernière des longues marches qui allaient vers un grand autel, terminé aux angles par des cornes d'airain. Deux escaliers latéraux conduisaient à son sommet aplati; on n'en voyait pas les pierres; c'était comme une montagne de cendres accumulées, et quelque chose d'indistinct fumait dessus, lentement. Puis au delà [377], plus haut que le candélabre, et bien plus haut que l'autel, se dressait le Moloch, tout en fer, avec sa poitrine d'homme où bâillaient des ouvertures. Ses ailes ouvertes s'étendaient sur le mur, ses mains allongées descendaient jusqu'à terre; trois pierres noires, que bordait un cercle jaune, figuraient trois prunelles à son front, et, comme pour beugler, il levait dans un effort terrible sa tête de taureau.

Autour de l'appartement étaient rangés des escabeaux d'ébène. Derrière chacun d'eux, une tige en bronze [378] posant sur trois griffes supportait un flambeau. Toutes ces lumières se reflétaient dans les losanges de nacre qui pavaient la salle. Elle était si haute que la couleur rouge des murailles, en montant vers la voûte, se faisait noire, et les trois yeux de l'idole apparaissaient tout en haut, comme des étoiles à demi perdues dans la nuit.

Les Anciens s'assirent [379] sur les escabeaux d'ébène, ayant mis par-dessus leur tête la queue de leur robe. Ils restaient immobiles, les mains croisées dans leurs larges manches, et le dallage de nacre semblait un fleuve lumineux qui, ruisselant de l'autel vers la porte, coulait sous leurs pieds nus.

Les quatre pontifes se tenaient au milieu, dos à dos, sur quatre sièges d'ivoire formant la croix, le grand-prêtre d'Eschmoûn en robe d'hyacinthe, le grand-prêtre de Tanit en robe de lin blanc, le grand-prêtre de Khamon en robe de laine fauve, et le grand-prêtre de Moloch en robe de pourpre.

Hamilcar s'avança vers le candélabre. Il tourna tout autour, en considérant les mèches qui brûlaient, puis jeta sur elles une poudre parfumée; des flammes violettes parurent à l'extrémité des branches.

Alors une voix aiguë s'éleva, une autre y répondit; et les cent Anciens, les quatre pontifes, et Hamilcar debout, tous à la fois entonnèrent un hymne, et répétant toujours les mêmes syllabes et renforçant les sons, leurs voix montaient, éclatèrent [380], devinrent terribles, puis, d'un seul coup, se turent.

On attendit quelque temps. Enfin Hamilcar tira de sa poitrine une petite statuette à trois têtes, bleue comme du saphir, et il la posa devant lui. C'était l'image de la vérité [381], le génie même de sa parole. Puis il la replaça dans son sein, et tous, comme saisis d'une colère soudaine, crièrent :

— « Ce sont tes bons amis les Barbares ! Traître ! infâme ! Tu reviens pour nous voir périr, n'est-ce pas ? Laissez-le parler ! — Non ! non ! »

Ils se vengeaient de la contrainte où le cérémonial

politique les avait tout à l'heure obligés; et bien
qu'ils eussent souhaité le retour d'Hamilcar, ils
s'indignaient maintenant de ce qu'il n'avait point
prévenu leurs désastres ou plutôt ne les avait pas
subis comme eux.

Quand le tumulte fut calmé, le pontife de Moloch
se leva.

— « Nous te demandons pourquoi tu n'es pas
revenu à Carthage?

— « Que vous importe! » répondit dédaigneusement le Suffète.

Leurs cris redoublèrent.

— « De quoi m'accusez-vous! J'ai mal conduit la
guerre, peut-être? Vous avez vu l'ordonnance de mes
batailles, vous autres qui laissez commodément à
des Barbares...

— « Assez! assez! »

Il reprit, d'une voix basse, pour se faire mieux
écouter :

— « Oh! cela est vrai! Je me trompe, lumières des
Baals; il en est parmi vous d'intrépides! Giscon,
lève-toi! » Et, parcourant la marche de l'autel, les
paupières à demi fermées, comme pour chercher
quelqu'un, il répéta : « Lève-toi, Giscon! tu peux
m'accuser, ils te défendront! Mais où est-il? » Puis,
comme se ravisant : « Ah! dans sa maison, sans
doute? entouré de ses fils, commandant à ses esclaves,
heureux, et comptant sur le mur les colliers d'honneur
que la patrie lui a donnés? »

Ils s'agitaient avec des haussements d'épaules,
comme flagellés par les lanières. — « Vous ne savez
même pas s'il est vivant ou s'il est mort! » Et sans
se soucier de leurs clameurs, il disait qu'en abandonnant le Suffète, c'était la République qu'on avait
abandonnée. De même la paix romaine, si avantageuse qu'elle leur parût, était plus funeste que vingt
batailles. Quelques-uns applaudirent, les moins riches

du Conseil, suspects d'incliner toujours vers le peuple ou vers la tyrannie. Leurs adversaires, chefs des Syssites et administrateurs, en triomphaient par le nombre; les plus considérables s'étaient rangés près d'Hannon, qui siégeait à l'autre bout de la salle, devant la haute porte, fermée par une tapisserie d'hyacinthe.

Il avait peint avec du fard les ulcères de sa figure. Mais la poudre d'or de ses cheveux lui était tombée sur les épaules, où elle faisait deux plaques brillantes, et ils paraissaient blanchâtres, fins et crépus comme de la laine. Des linges imbibés d'un parfum gras qui dégouttelait sur les dalles, enveloppaient ses mains, et sa maladie sans doute avait considérablement augmenté, car ses yeux disparaissaient sous les plis de ses paupières. Pour voir, il lui fallait se renverser la tête. Ses partisans l'engageaient à parler. Enfin, d'une voix rauque et hideuse :

— « Moins d'arrogance, Barca ! Nous avons tous été vaincus ! Chacun supporte son malheur ! résigne-toi ! »

— « Apprends-nous plutôt, » dit en souriant Hamilcar, « comment tu as conduit tes galères dans la flotte romaine ? »

— « J'étais chassé par le vent, » répondit Hannon.

— « Tu fais comme le rhinocéros qui piétine dans sa fiente : tu étales ta sottise ! tais-toi ! » Et ils commencèrent à s'incriminer sur la bataille des îles Ægates.

Hannon l'accusait de n'être pas venu à sa rencontre.

— « Mais c'eût été dégarnir Éryx. Il fallait prendre le large ; qui t'empêchait ? Ah ! j'oubliais ! tous les éléphants ont peur de la mer ! »

Les gens d'Hamilcar trouvèrent la plaisanterie si bonne qu'ils poussèrent de grands rires. La voûte en retentissait, comme si l'on eût frappé des tympanons.

Hannon dénonça l'indignité d'un tel outrage; cette maladie lui étant survenue par un refroidissement au siège d'Hécatompyle, et des pleurs coulaient sur sa face comme une pluie d'hiver sur une muraille en ruine.

Hamilcar reprit :

— « Si vous m'aviez aimé autant que celui-là, il y aurait maintenant une grande joie dans Carthage ! Combien de fois n'ai-je pas crié vers vous ! et toujours vous me refusiez de l'argent !

— « Nous en avions besoin, » dirent les chefs des Syssites.

— « Et quand mes affaires étaient désespérées, — nous avons bu l'urine des mulets et mangé les courroies de nos sandales, — quand j'aurais voulu que les brins d'herbe fussent des soldats, et faire des bataillons avec la pourriture de nos morts, vous rappeliez chez vous ce qui me restait de vaisseaux !

— « Nous ne pouvions pas tout risquer, » répondit Baat-Baal, possesseur de mines d'or dans la Gétulie-Darytienne [382].

— « Que faisiez-vous cependant, ici, à Carthage, dans vos maisons, derrière vos murs? Il y a des Gaulois sur l'Éridan [383] qu'il fallait pousser, des Chananéens à Cyrène qui seraient venus, et tandis que les Romains envoient à Ptolémée des ambassadeurs...

— « Il nous vante les Romains, à présent ! » Quelqu'un lui cria : « Combien t'ont-ils payé pour les défendre?

— « Demande-le aux plaines du Brutium, aux ruines de Locres, de Métaponte et d'Héraclée ! J'ai brûlé tous leurs arbres, j'ai pillé tous leurs temples, et jusqu'à la mort des petits-fils de leurs petits-fils...

— « Eh ! tu déclames comme un rhéteur ! » fit Kapouras, un marchand très illustre. « Que veux-tu donc?

— « Je dis qu'il faut être plus ingénieux ou plus terrible ! Si l'Afrique entière rejette votre joug, c'est que vous ne savez pas, maîtres débiles, l'attacher à ses épaules ! Agathoclès, Régulus, Cœpio [384], tous les hommes hardis n'ont qu'à débarquer pour la prendre ; et quand les Libyens qui sont à l'orient s'entendront avec les Numides qui sont à l'occident, et que les Nomades viendront du sud et les Romains du nord... » Un cri d'horreur s'éleva. « Oh ! vous frapperez vos poitrines, vous vous roulerez dans la poussière et vous déchirerez vos manteaux ! N'importe ! il faudra s'en aller tourner la meule dans Suburre et faire la vendange sur les collines du Latium. »

Ils se battaient la cuisse droite pour marquer leur scandale, et les manches de leur robe se levaient comme de grandes ailes d'oiseaux effarouchés. Hamilcar, emporté par un esprit, continuait, debout sur la plus haute marche de l'autel, frémissant, terrible ; il levait les bras, et les rayons du candélabre qui brûlait derrière lui passaient entre ses doigts comme des javelots d'or.

— « Vous perdrez vos navires, vos campagnes, vos chariots, vos lits suspendus, et vos esclaves qui vous frottent les pieds ! Les chacals se coucheront dans vos palais, la charrue retournera vos tombeaux. Il n'y aura plus que le cri des aigles et l'amoncellement des ruines. Tu tomberas, Carthage ! »

Les quatre pontifes étendirent leurs mains pour écarter l'anathème. Tous s'étaient levés. Mais le Suffète-de-la-mer, magistrat sacerdotal sous la protection du Soleil, était inviolable tant que l'assemblée des Riches ne l'avait pas jugé. Une épouvante s'attachait à l'autel. Ils reculèrent.

Hamilcar ne parlait plus. L'œil fixe et la face aussi pâle que les perles de sa tiare, il haletait, presque effrayé par lui-même et l'esprit perdu dans des visions funèbres. De la hauteur où il était, tous les flambeaux

sur les tiges de bronze lui semblaient une vaste
couronne de feux, posée à ras des dalles; des fumées
noires, s'en échappant, montaient dans les ténèbres
de la voûte; et le silence pendant quelques minutes [385]
fut tellement profond qu'on entendait au loin le bruit
de la mer.

Puis les Anciens se mirent à s'interroger. Leurs
intérêts, leur existence se trouvait attaquée par les
Barbares. Mais on ne pouvait les vaincre sans le
secours du Suffète, et cette considération [386], malgré
leur orgueil, leur fit oublier toutes les autres. On
prit à part ses amis. Il y eut des réconciliations inté-
ressées, des sous-entendus et des promesses. Hamilcar
ne voulait plus se mêler d'aucun gouvernement.
Tous le conjurèrent. Ils le suppliaient; et comme le
mot de trahison revenait dans leurs discours, il
s'emporta. Le seul traître, c'était le Grand-Conseil,
car l'engagement des soldats expirant avec la guerre,
ils devenaient libres dès que la guerre était finie;
il exalta même leur bravoure et tous les avantages
qu'on en pourrait tirer en les intéressant à la République par des donations, des privilèges.

Alors Magdassan, un ancien gouverneur de provinces, dit en roulant ses yeux jaunes :

— « Vraiment, Barca, à force de voyager, tu es
devenu un Grec ou un Latin, je ne sais quoi ! Que
parles-tu de récompenses pour ces hommes? Périssent
dix mille Barbares plutôt qu'un seul d'entre nous? »

Les Anciens approuvaient de la tête en murmu-
rant : — « Oui, faut-il tant se gêner? On en trouve
toujours ! »

— « Et l'on s'en débarrasse commodément, n'est-ce
pas? On les abandonne, ainsi que vous avez fait en
Sardaigne. On avertit l'ennemi du chemin qu'ils
doivent prendre, comme pour ces Gaulois dans la
Sicile, ou bien on les débarque au milieu de la mer. En
revenant, j'ai vu le rocher tout blanc de leurs os [337] !

— « Quel malheur ! » fit impudemment Kapouras.

— « Est-ce qu'ils n'ont pas cent fois tourné à l'ennemi ! » exclamaient les autres.

Hamilcar s'écria :

— « Pourquoi donc, malgré vos lois, les avez-vous rappelés à Carthage ? Et quand ils sont dans votre ville, pauvres et nombreux au milieu de toutes vos richesses, l'idée ne vous vient pas de les affaiblir par la moindre division ! Ensuite vous les congédiez avec leurs femmes et avec leurs enfants, tous, sans garder un seul otage ! Comptiez-vous qu'ils s'assassineraient pour vous épargner la douleur de tenir vos serments ? Vous les haïssez, parce qu'ils sont forts ! Vous me haïssez encore plus, moi, leur maître ! Oh ! je l'ai senti, tout à l'heure, quand vous me baisiez les mains, et que vous vous reteniez tous pour ne pas les mordre ! »

Si les lions qui dormaient dans la cour fussent entrés en hurlant, la clameur n'eût pas été plus épouvantable. Mais le pontife d'Eschmoûn se leva, et, les deux genoux l'un contre l'autre, les coudes au corps, tout droit et les mains à demi ouvertes, il dit :

— « Barca, Carthage a besoin que tu prennes contre les Mercenaires le commandement général des forces puniques ! »

— « Je refuse, » répondit Hamilcar.

— « Nous te donnerons pleine autorité ! » crièrent les chefs des Syssites.

— « Non ! »

— « Sans aucun contrôle, sans partage, tout l'argent que tu voudras, tous les captifs, tout le butin, cinquante zerets de terre par cadavre d'ennemi. »

— « Non ! non ! parce qu'il est impossible de vaincre avec vous ! »

— « Il en a peur ! »

— « Parce que vous êtes lâches, avares, ingrats, pusillanimes et fous !

— « Il les ménage ! »

— « Pour se mettre à leur tête », dit quelqu'un.

— « Et revenir sur nous », dit un autre ; et du fond de la salle, Hannon hurla :

— « Il veut se faire roi ! »

Alors ils bondirent, en renversant les sièges et les flambeaux : leur foule s'élança vers l'autel ; ils brandissaient des poignards. Mais, fouillant sous ses manches, Hamilcar tira deux larges coutelas ; et à demi courbé, le pied gauche en avant, les yeux flamboyants, les dents serrées, il les défiait, immobile sous le candélabre d'or.

Ainsi, par précaution, ils avaient apporté des armes ; c'était un crime ; ils se regardèrent les uns les autres, effrayés. Comme tous étaient coupables, chacun bien vite se rassura ; et peu à peu, tournant le dos au Suffète, ils redescendirent, enragés d'humiliation. Pour la seconde fois, ils reculaient devant lui. Pendant quelque temps, ils restèrent debout. Plusieurs qui s'étaient blessé les doigts les portaient à leur bouche ou les roulaient doucement dans le bas de leur manteau, et ils allaient s'en aller quand Hamilcar entendit ces paroles :

— « Eh ! c'est une délicatesse pour ne pas affliger sa fille ! »

Une voix plus haute s'éleva :

— « Sans doute, puisqu'elle prend ses amants parmi les Mercenaires ! »

D'abord il chancela [388], puis ses yeux cherchèrent rapidement Shahabarim. Mais, seul, le prêtre [389] de Tanit, était resté à sa place ; et Hamilcar n'aperçut de loin que son haut bonnet. Tous lui ricanaient à la face. A mesure qu'augmentait son angoisse, leur joie redoublait, et, au milieu des huées, ceux qui étaient par derrière criaient :

— « On l'a vu sortir de sa chambre ! »

— « Un matin du mois de Tammouz [390] ! »

— « C'est le voleur du zaïmph !

— « Un homme très beau !

— « Plus grand que toi ! »

Il arracha sa tiare, insigne de sa dignité, — sa tiare à huit rangs mystiques dont le milieu portait une coquille d'émeraude — et à deux mains, de toutes ses forces, il la lança par terre ; les cercles d'or en se brisant rebondirent, et les perles sonnèrent sur les dalles. Ils virent alors sur la blancheur de son front une longue cicatrice ; elle s'agitait comme un serpent entre ses sourcils ; tous ses membres tremblaient. Il monta un des escaliers latéraux qui conduisaient sur l'autel et il marchait dessus ! C'était se vouer au Dieu, s'offrir en holocauste. Le mouvement de son manteau agitait les lueurs du candélabre plus bas que ses sandales, et la poudre fine, soulevée par ses pas, l'entourait comme un nuage jusqu'au ventre. Il s'arrêta entre les jambes du colosse d'airain. Il prit dans ses mains deux poignées de cette poussière dont la vue seule faisait frissonner d'horreur tous les Carthaginois, et il dit :

— « Par les cent flambeaux de vos Intelligences ! par les huit feux des Kabyres ! par les étoiles, les météores et les volcans ! par tout ce qui brûle ! par la soif du Désert et la salure de l'Océan ! par la caverne d'Hadrumète et l'empire des Ames ! par l'extermination ! par la cendre de vos fils, et la cendre des frères de vos aïeux, avec qui maintenant je confonds la mienne ! vous, les Cent du Conseil de Carthage, vous avez menti en accusant ma fille ! Et moi, Hamilcar Barca, Suffète-de-la-mer, Chef des Riches et Dominateur du peuple, devant Moloch-à-tête-de-taureau, je jure... » On s'attendait à quelque chose d'épouvantable, mais il reprit [391] d'une voix plus haute et plus calme : « Que même je ne lui en parlerai pas ! »

Les serviteurs sacrés, portant des peignes d'or, entrèrent, — les uns avec des éponges de pourpre et

les autres avec des branches de palmier [392]. Ils relevèrent le rideau d'hyacinthe étendu devant la porte :
et par l'ouverture de cet angle, on aperçut au fond
des autres salles le grand ciel rose qui semblait continuer la voûte, en s'appuyant à l'horizon sur la mer
toute bleue. Le soleil, sortant des flots, montait. Il
frappa tout à coup contre la poitrine du colosse d'airain, divisé en sept compartiments que fermaient des
grilles. Sa gueule aux dents rouges s'ouvrait dans un
horrible bâillement; ses naseaux énormes se dila-
taient, le grand jour l'animait, lui donnait un air terrible et impatient, comme s'il avait voulu bondir au
dehors pour se mêler avec l'astre, le Dieu, et parcourir
ensemble les immensités.

Cependant les flambeaux répandus [393] par terre
brûlaient encore, en allongeant çà et là sur les pavés
de nacre comme des taches de sang. Les Anciens chancelaient, épuisés; ils aspiraient à pleins poumons la
fraîcheur de l'air; la sueur coulait sur leurs faces
livides; à force d'avoir crié, ils ne s'entendaient plus.
Mais leur colère contre le Suffète n'était point calmée;
en manière d'adieux ils lui jetaient des menaces, et
Hamilcar leur répondait :

— « A la nuit prochaine, Barca, dans le temple
d'Eschmoûn !

— « J'y serai !

— « Nous te ferons condamner par les Riches !

— « Et moi par le peuple !

— « Prends garde de finir sur la croix !

— « Et vous, déchirés dans les rues ! »

Dès qu'ils furent sur le seuil de la cour, ils reprirent
un calme maintien.

Leurs coureurs et leurs cochers les attendaient à la
porte. La plupart s'en allèrent sur des mules blanches.
Le Suffète sauta dans son char, prit les rênes; les deux
bêtes, courbant leur encolure et frappant en cadence

les cailloux qui rebondissaient, montèrent au grand galop toute la voie des Mappales, et le vautour d'argent, à la pointe du timon, semblait voler tant le char passait vite.

La route traversait un champ, planté de longues dalles, aiguës par le sommet, telles que des pyramides, et qui portaient, entaillée à leur milieu, une main ouverte comme si le mort couché dessous l'eût tendue vers le ciel pour réclamer quelque chose. Ensuite, étaient disséminées des cabanes en terre, en branchages, en claies de joncs, toutes de forme conique. De petits murs en cailloux, des rigoles d'eau vive, des cordes de sparterie, des haies de nopals séparaient irrégulièrement ces habitations, qui se tassaient de plus en plus, en s'élevant vers les jardins du Suffète. Mais Hamilcar tendait ses yeux sur une grande tour dont les trois étages faisaient trois monstrueux cylindres, le premier bâti en pierres, le second en briques, et le troisième, tout en cèdre, — supportant une coupole de cuivre sur vingt-quatre colonnes de genévrier, d'où retombaient, en manière de guirlandes, des chaînettes d'airain entrelacées. Ce haut édifice dominait les bâtiments qui s'étendaient à droite, les entrepôts, la maison-de-commerce, tandis que le palais des femmes se dressait au fond des cyprès, — alignés comme deux murailles de bronze.

Quand le char retentissant fut entré par la porte étroite, il s'arrêta sous un large hangar, où des chevaux, retenus à des entraves, mangeaient des tas d'herbes coupées.

Tous les serviteurs accoururent. Ils faisaient une multitude, ceux qui travaillaient dans les campagnes, par terreur des soldats, ayant été ramenés à Carthage. Les laboureurs, vêtus de peaux de bêtes, traînaient des chaînes rivées à leurs chevilles; les ouvriers des manufactures de pourpre avaient les bras rouges comme des bourreaux; les marins, des bonnets verts;

les pêcheurs, des colliers de corail; les chasseurs, un
filet sur l'épaule; et les gens de Mégara, des tuniques
blanches ou noires, des caleçons de cuir, des calottes
de paille, de feutre ou de toile, selon leur service ou
leurs industries différentes.

Par derrière se pressait une populace en haillons. Ils
vivaient, ceux-là, sans aucun emploi, loin des appartements, dormaient la nuit dans les jardins, dévoraient
les restes des cuisines, — moisissure humaine qui
végétait à l'ombre du palais. Hamilcar les tolérait,
par prévoyance encore plus que par dédain. Tous, en
témoignage de joie, s'étaient mis une fleur à l'oreille,
et beaucoup d'entre eux ne l'avaient jamais vu.

Mais des hommes, coiffés comme des sphinx et
munis de grands bâtons, s'élancèrent dans la foule,
en frappant de droite et de gauche. C'était pour
repousser les esclaves curieux de voir le maître, afin
qu'il ne fût pas assailli sous leur nombre et incom-
modé par leur odeur.

Alors, tous se jetèrent à plat ventre en criant :
— « Œil de Baal, que ta maison fleurisse ! » Et entre
ces hommes, ainsi couchés par terre dans l'avenue des
cyprès, l'intendant-des-intendants, Abdalonim, coiffé
d'une mitre blanche, s'avança vers Hamilcar, un
encensoir à la main.

Salammbô descendait alors l'escalier [394] des galères.
Toutes ses femmes venaient derrière elle; et, à chacun
de ses pas, elles descendaient aussi. Les têtes des
Négresses [395] marquaient de gros points noirs la ligne
des bandeaux à plaques d'or qui serraient le front des
Romaines. D'autres avaient dans les cheveux des
flèches d'argent, des papillons d'émeraude, ou de
longues aiguilles étalées en soleil. Sur la confusion de
ces vêtements blancs, jaunes et bleus, les anneaux,
les agrafes, les colliers, les franges, les bracelets resplendissaient; un murmure d'étoffes légères s'élevait;
on entendait le claquement des sandales avec le bruit

sourd des pieds nus posant sur le bois : — et, çà et
là, un grand eunuque, qui les dépassait des épaules,
souriait la face en l'air. Quand l'acclamation des
hommes se fut apaisée, en se cachant le visage avec
leurs manches, elles poussèrent ensemble un cri
bizarre, pareil au hurlement d'une louve, et il était
si furieux et si strident qu'il semblait faire, du haut
en bas, vibrer comme une lyre le grand escalier d'ébène
tout couvert de femmes.

Le vent soulevait leurs voiles, et les minces tiges
des papyrus se balançaient doucement. On était au
mois de Schebaz [396], en plein hiver. Les grenadiers en
fleurs se bombaient sur l'azur du ciel, et à travers les
branches, la mer apparaissait avec une île au loin, à
demi perdue dans la brume.

Hamilcar s'arrêta, en apercevant Salammbô. Elle
lui était survenue après la mort de plusieurs enfants
mâles. D'ailleurs, la naissance des filles passait pour
une calamité dans les religions du Soleil. Les Dieux,
plus tard, lui avaient envoyé un fils; mais il gardait
quelque chose de son espoir trahi et comme l'ébran-
lement de la malédiction qu'il avait prononcée contre
elle. Salammbô, cependant, continuait à marcher.

Des perles de couleurs variées descendaient en
longues grappes de ses oreilles sur ses épaules et jusqu'aux coudes. Sa chevelure était crêpée [397], de façon
à simuler un nuage. Elle portait, autour du cou, de
petites plaques d'or quadrangulaires représentant une
femme entre deux lions cabrés; et son costume repro-
duisait en entier l'accoutrement de la Déesse. Sa robe
d'hyacinthe, à manches larges, lui serrait la taille en
s'évasant par le bas. Le vermillon de ses lèvres faisait
paraître ses dents plus blanches, et l'antimoine de ses
paupières ses yeux plus longs. Ses sandales, coupées
dans un plumage d'oiseau, avaient des talons très
hauts et elle était pâle extraordinairement, à cause
du froid sans doute.

Enfin elle arriva près d'Hamilcar, et, sans le regarder, sans lever la tête, elle lui dit :

— « Salut, Œil de Baalim, gloire éternelle ! triomphe ! loisir ! satisfaction ! richesse ! Voilà longtemps que mon cœur était triste, et la maison languissait. Mais le maître qui revient est comme Tammouz ressuscité ; et sous ton regard, ô père, une joie, une existence nouvelle va partout s'épanouir ! »

Et prenant des mains de Taanach un petit vase oblong où fumait un mélange de farine, de beurre, de cardamome et de vin : — « Bois à pleine gorge, » dit-elle, « la boisson du retour préparée par ta servante. »

Il répliqua — « Bénédiction sur toi ! » et il saisit machinalement le vase d'or qu'elle lui tendait.

Cependant, il l'examinait avec une attention si âpre que Salammbô troublée balbutia :

— « On t'a dit, ô maître !...

— « Oui ! je sais ! » fit Hamilcar à voix basse.

Était-ce un aveu ? ou parlait-elle des Barbares ? Et il ajouta quelques mots vagues sur les embarras publics qu'il espérait à lui seul dissiper.

— « O père ! » exclama Salammbô, « tu n'effaceras pas ce qui est irréparable ! »

Alors il se recula, et Salammbô[398] s'étonnait de son ébahissement ; car elle ne songeait point à Carthage mais au sacrilège dont elle se trouvait complice. Cet homme, qui faisait trembler les légions et qu'elle connaissait à peine, l'effrayait comme un dieu ; il avait deviné, il savait tout, quelque chose de terrible allait venir. Elle s'écria : « Grâce ! »

Hamilcar baissa la tête, lentement.

Bien qu'elle voulût s'accuser, elle n'osait ouvrir les lèvres ; et cependant elle étouffait[399] du besoin de se plaindre et d'être consolée. Hamilcar combattait l'envie de rompre son serment. Il le tenait par orgueil[400], ou par crainte d'en finir avec son incerti-

tude : et il la regardait en face, de toutes ses forces,
pour saisir ce qu'elle cachait au fond de son cœur.

Peu à peu, en haletant, Salammbô s'enfonçait la
tête dans les épaules, écrasée par ce regard trop lourd.
Il était sûr maintenant qu'elle avait failli dans
l'étreinte d'un Barbare; il frémissait, il leva ses deux
poings. Elle poussa un cri et tomba entre ses femmes,
qui s'empressèrent autour d'elle.

Hamilcar tourna les talons. Tous les intendants le
suivirent.

On ouvrit la porte des entrepôts, et il entra dans
une vaste salle ronde où aboutissaient, comme les
rayons d'une roue à son moyeu, de longs couloirs qui
conduisaient vers d'autres salles. Un disque de pierre
s'élevait au centre avec des balustres pour soutenir
des coussins accumulés sur des tapis.

Le Suffète se promena d'abord à grands pas rapides;
il respirait bruyamment, il frappait la terre du talon,
il se passait la main sur le front comme un homme
harcelé par les mouches. Mais il secoua la tête, et en
apercevant l'accumulation de ses richesses, il se calma;
sa pensée, qu'attiraient les perspectives des couloirs,
se répandait dans les autres salles pleines de trésors
plus rares. Des plaques de bronze, des lingots d'argent et des barres de fer alternaient avec les saumons
d'étain apportés des Cassitérides par la mer Ténébreuse [401]; les gommes du pays des Noirs débordaient
de leurs sacs en écorce de palmier; et la poudre d'or,
tassée dans des outres, fuyait insensiblement par les
coutures trop vieilles. De minces filaments, tirés des
plantes marines, pendaient entre les lins d'Égypte,
de Grèce, de Taprobane [402] et de Judée; des madré-
pores, tels que de larges buissons, se hérissaient au
pied des murs; et une odeur indéfinissable flottait,
exhalaison des parfums, des cuirs, des épices et des
plumes d'autruche liées en gros bouquets tout au
haut de la voûte. Devant chaque couloir, des dents

d'éléphant posées debout, en se réunissant par les
pointes, formaient un arc au-dessus de la porte.

Enfin, il monta sur le disque de pierre. Tous les
intendants se tenaient les bras croisés, la tête basse,
tandis qu'Abdalonim levait d'un air orgueilleux sa
mitre pointue [403].

Hamilcar interrogea le Chef-des-navires. C'était un
vieux pilote aux paupières éraillées par le vent, et
des flocons blancs descendaient jusqu'à ses hanches,
comme si l'écume des tempêtes lui était restée sur
la barbe.

Il répondit qu'il avait envoyé une flotte par Gadès
et Thymiamata, pour tâcher d'atteindre Eziongaber,
en doublant la Corne-du-Sud et le promontoire des
Aromates.

D'autres avaient continué dans l'Ouest, durant
quatre lunes, sans rencontrer de rivages; mais la
proue des navires s'embarrassait dans les herbes,
l'horizon retentissait continuellement du bruit des
cataractes, des brouillards couleur de sang obscurcis-
saient le soleil, une brise toute chargée de parfums
endormait les équipages; et à présent ils ne pouvaient
rien dire, tant leur mémoire était troublée. Cependant
on avait remonté les fleuves des Scythes, pénétré
en Colchide, chez les Ingriens, chez les Estiens [404],
ravi dans l'archipel quinze cents vierges et coulé bas
tous les vaisseaux étrangers naviguant au delà du cap
Œstrymon [405], pour que le secret des routes ne fût
pas connu. Le roi Ptolémée retenait l'encens de
Schesbar [406]; Syracuse, Elathia [407], la Corse et les
îles n'avaient rien fourni, et le vieux pilote baissa la
voix pour annoncer qu'une trirème était prise à
Rusicada [408] par les Numides, — « car ils sont avec
eux, Maître ».

Hamilcar fronça les sourcils; puis il fit signe de
parler au Chef-des-voyages, enveloppé d'une robe
brune sans ceinture, et la tête prise dans une longue

écharpe d'étoffe blanche qui, passant au bord de sa bouche, lui retombait par derrière sur l'épaule.

Les caravanes étaient parties régulièrement à l'équinoxe d'hiver. Mais, de quinze cents hommes se dirigeant sur l'extrême Éthiopie avec d'excellents chameaux, des outres neuves et des provisions de toiles peintes, un seul avait reparu à Carthage, — les autres étant morts de fatigue ou devenus fous par la terreur du désert; — et il disait avoir vu, bien au delà du Harousch-Noir, après les Atarantes [409] et le pays des grands singes, d'immenses royaumes où les moindres ustensiles sont tous en or, un fleuve couleur de lait, large comme une mer; des forêts d'arbres bleus, des collines d'aromates, des monstres à figure humaine végétant sur les rochers et dont les prunelles, pour vous regarder, s'épanouissent comme des fleurs; puis, derrière des lacs tout couverts de dragons, des montagnes de cristal qui supportent le soleil. D'autres étaient revenus de l'Inde avec des paons, du poivre et des tissus nouveaux. Quant à ceux qui vont acheter des calcédoines par le chemin des Syrtes et le temple d'Ammon, sans doute ils avaient péri dans les sables. Les caravanes de la Gétulie et de Phazzana [410] avaient fourni leurs provenances habituelles; mais il n'osait à présent, lui, le Chef-des-voyages, en équiper aucune.

Hamilcar comprit; les Mercenaires occupaient la campagne. Avec un sourd gémissement, il s'appuya sur l'autre coude; et le Chef-des-métairies avait si peur de parler, qu'il tremblait horriblement malgré ses épaules trapues et ses grosses prunelles rouges. Sa face, camarde comme celle d'un dogue, était surmontée d'un réseau en fils d'écorces; il portait un ceinturon en peau de léopard avec tous les poils et où reluisaient deux formidables coutelas.

Dès qu'Hamilcar se détourna, il se mit, en criant, à invoquer tous les Baals [411]. Ce n'était pas sa faute !

il n'y pouvait rien ! Il avait observé les températures, les terrains, les étoiles, fait les plantations au solstice d'hiver, les élagages au décours de la lune, inspecté les esclaves, ménagé leurs habits.

Mais Hamilcar s'irritait [412] de cette loquacité. Il claqua de la langue et l'homme au coutelas d'une voix rapide :

— « Ah ! Maître ! ils ont tout pillé ! tout saccagé ! tout détruit ! Trois mille pieds d'arbres sont coupés à Maschala, et à Ubada les greniers défoncés, les citernes comblées ! A Tedès, ils ont emporté quinze cents gomors [413] de farine; à Marazzana, tué les pasteurs, mangé les troupeaux, brûlé ta maison, ta belle maison à poutres de cèdre, où tu venais l'été ! Les esclaves de Tuburbo, qui sciaient de l'orge, se sont enfuis vers les montagnes; et les ânes, les bardeaux, les mulets, les bœufs de Taormine, et les chevaux orynges [414], plus un seul ! tous emmenés ! C'est une malédiction ! je n'y survivrai pas ! » il reprenait en pleurant : « Ah ! si tu savais comme les celliers étaient pleins et les charrues reluisantes ! Ah ! les beaux béliers ! ah ! les beaux taureaux !... »

La colère d'Hamilcar l'étouffait. Elle éclata :

— « Tais-toi ! Suis-je donc un pauvre ? Pas de mensonges ! dites vrai ! Je veux savoir tout ce que j'ai perdu, jusqu'au dernier sicle, jusqu'au dernier cab ! Abdalonim, apporte-moi les comptes des vaisseaux, ceux des caravanes; ceux des métairies, ceux de la maison ! Et si votre conscience est trouble, malheur sur vos têtes ! — Sortez ! »

Tous les intendants, marchant à reculons [415] et les poings jusqu'à terre, sortirent.

Abdalonim alla prendre au milieu d'un casier, dans la muraille, des cordes à nœuds, des bandes de toile ou de papyrus, des omoplates de mouton chargées d'écritures fines. Il les déposa aux pieds d'Hamilcar, lui mit entre les mains un cadre de bois garni de trois fils intérieurs où étaient passées des boules d'or, d'argent et de corne, et il commença :

— « Cent quatre-vingt-douze maisons dans les Mappales, louées aux Carthaginois-nouveaux à raison d'un béka [416] par lune.

— « Non ! c'est trop ! ménage les pauvres ! et tu écriras les noms de ceux qui te paraîtront les plus hardis, en tâchant de savoir s'ils sont attachés à la République ! Après ? »

Abdalonim hésitait, surpris de cette générosité.

Hamilcar lui arracha des mains les bandes de toile.

— « Qu'est-ce donc ? trois palais autour de Khamon à douze kesitah [417] par mois ! Mets-en vingt ! Je ne veux pas que les Riches me dévorent. »

L'Intendant-des-intendants, après un long salut, reprit :

— « Prêté à Tigillas, jusqu'à la fin de la saison, deux kikar au denier trois, intérêt maritime; à Bar-Malkarth, quinze cents sicles sur le gage de trente esclaves. Mais douze sont morts dans les marais salins.

— « C'est qu'ils n'étaient pas robustes », dit en riant le Suffète. « N'importe ! s'il a besoin d'argent, satisfais-le ! Il faut toujours prêter, et à des intérêts divers, selon la richesse des personnes. »

Alors le serviteur s'empressa de lire tout ce qu'avaient rapporté les mines de fer d'Annaba [418], les pêcheries de corail, les fabriques de pourpre, la ferme de l'impôt sur les Grecs domiciliés, l'exportation de l'argent en Arabie où il valait dix fois l'or, les prises des vaisseaux, déduction faite du dixième pour le temple de la Déesse. — « Chaque fois j'ai déclaré un quart de moins, Maître ! » Hamilcar comptait avec les billes; elles sonnaient sous ses doigts.

— « Assez ! Qu'as-tu payé ?

— « A Stratoniclès de Corinthe et à trois marchands d'Alexandrie, sur les lettres que voilà (elles sont rentrées), dix mille drachmes athéniennes [419] et douze

talents d'or syriens. La nourriture des équipages
s'élevant à vingt mines par mois pour une trirème...

— « Je le sais ! combien de perdues ? »

— « En voici le compte sur ces lames de plomb, »
dit l'intendant. « Quant aux navires nolisés en commun, comme il a fallu souvent jeter les cargaisons à la
mer, on a réparti les pertes inégales par têtes d'associés.
Pour des cordages empruntés aux arsenaux et qu'il
a été impossible de leur rendre, les Syssites ont exigé
huit cents késitath, avant l'expédition d'Utique. »

— « Encore eux ! » fit Hamilcar en baissant la tête ;
et il resta quelque temps comme écrasé par le poids
de toutes les haines qu'il sentait sur lui. — « Mais je
ne vois pas les dépenses de Mégara ? »

Abdalonim, en pâlissant, alla prendre, dans un
autre casier, des planchettes de sycomore enfilées
par paquets à des cordes de cuir.

Hamilcar l'écoutait, curieux des détails domestiques [420], et s'apaisant à la monotonie de cette voix
qui énumérait des chiffres ; Abdalonim se ralentissait.
Tout à coup il laissa tomber par terre les feuilles de
bois et il se jeta lui-même à plat ventre, les bras
étendus, dans la position des condamnés. Hamilcar,
sans s'émouvoir, ramassa les tablettes ; et ses lèvres
s'écartèrent et ses yeux s'agrandirent, lorsqu'il aperçut,
à la dépense d'un seul jour, une exorbitante consom-
mation de viandes, de poissons, d'oiseaux, de vins
et d'aromates, avec des vases brisés, des esclaves
morts, des tapis perdus.

Abdalonim, toujours prosterné, lui apprit le festin
des Barbares. Il n'avait pu se soustraire à l'ordre
des Anciens, — Salammbô, d'ailleurs, voulant que
l'on prodiguât l'argent pour mieux recevoir les soldats.

Au nom de sa fille, Hamilcar se leva d'un bond.
Puis, en serrant les lèvres, il s'accroupit sur les coussins ; il en déchirait les franges avec ses ongles, haletant, les prunelles fixes.

— « Lève-toi ! » dit-il ; et il descendit.

Abdalonim le suivait ; ses genoux tremblaient. Mais saisissant une barre de fer, il se mit comme un furieux à desceller les dalles. Un disque de bois sauta, et bientôt parurent sur la longueur du couloir plusieurs de ces larges couvercles qui bouchaient des fosses où l'on conservait le grain.

— « Tu le vois, Œil de Baal, » dit le serviteur en tremblant, « ils n'ont pas encore tout pris ! et elles sont profondes, chacune, de cinquante coudées et combles jusqu'au bord ! Pendant ton voyage, j'en ai fait creuser dans les arsenaux, dans les jardins, partout ! ta maison est pleine de blé, comme ton cœur de sagesse. »

Un sourire passa sur le visage d'Hamilcar : — « C'est bien, Abdalonim ! » Puis se penchant à son oreille : « Tu en feras venir de l'Étrurie, du Brutium, d'où il te plaira, et n'importe à quel prix ! Entasse et garde ! Il faut que je possède, à moi seul, tout le blé de Carthage. »

Puis, quand ils furent à l'extrémité [421] du couloir, Abdalonim, avec une des clefs qui pendaient à sa ceinture, ouvrit une grande chambre quadrangulaire, divisée au milieu par des piliers de cèdre. Des monnaies d'or, d'argent et d'airain, disposées sur des tables ou enfoncées dans des niches, montaient le long des quatre murs jusqu'aux lambourdes du toit. D'énormes couffes en peau d'hippopotame supportaient, dans les coins, des rangs entiers de sacs plus petits ; des tas de billon faisaient des monticules sur les dalles ; et çà et là, quelque pile trop haute s'étant écroulée, avait l'air d'une colonne en ruine. Les grandes pièces de Carthage, représentant Tanit avec un cheval sous un palmier, se mêlaient à celles des colonies, marquées d'un taureau, d'une étoile, d'un globe ou d'un croissant. Puis l'on voyait disposées, par sommes inégales, des pièces de toutes les valeurs de toutes les dimensions, de tous les âges, — depuis les vieilles d'Assyrie, minces comme l'ongle, jusqu'aux vieilles du Latium, plus épaisses que la main, avec les boutons d'Égine, les tablettes de la Bactriane, les courtes tringles de l'ancienne Lacédémone; plusieurs étaient couvertes de rouille, encrassées, verdies par l'eau ou noircies par le feu, ayant été prises dans des filets ou après les sièges parmi les décombres des villes. Le Suffète eut bien vite supputé si les sommes présentes correspondaient aux gains et aux dommages qu'on venait de lui lire; et il s'en allait lorsqu'il aperçut trois jarres d'airain complètement vides. Abdalonim détourna la tête en signe d'horreur, et Hamilcar résigné [422] ne parla point.

Ils traversèrent d'autres couloirs, d'autres salles et arrivèrent enfin devant une porte où, pour la garder mieux, un homme était attaché par le ventre à une longue chaîne scellée contre le mur, coutume des Romains nouvellement introduite à Carthage. Sa barbe et ses ongles avaient démesurément poussé, et il se balançait de droite et de gauche avec l'oscillation continuelle des bêtes captives. Sitôt qu'il reconnut Hamilcar, il s'élança vers lui en criant :

— « Grâce, Œil de Baal ! pitié ! tue-moi ! Voilà dix ans que je n'ai vu le soleil ! Au nom de ton père, grâce ! »

Hamilcar, sans lui répondre, frappa dans ses mains, trois hommes parurent; et tous les quatre à la fois, en raidissant leurs bras, ils retirèrent de ses anneaux la barre énorme qui fermait la porte. Hamilcar prit un flambeau, et disparut dans les ténèbres.

C'était, croyait-on, l'endroit des sépultures de la famille; mais on n'eût trouvé qu'un large puits. Il était creusé seulement pour dérouter les voleurs, et ne cachait rien. Hamilcar passa auprès; puis, en se baissant, il fit tourner sur ses rouleaux une meule très lourde, et par cette ouverture il entra dans un appartement bâti en forme de cône.

Des écailles d'airain couvraient les murs; au milieu,
sur un piédestal de granit s'élevait la statue d'un
Kabyre avec le nom d'Alètes, inventeur des mines dans
la Celtibérie. Contre sa base, par terre, étaient disposés
en croix de larges boucliers d'or et des vases d'argent
monstrueux, à goulot fermé, d'une forme extrava-
gante et qui ne pouvaient servir; car on avait coutume
de fondre ainsi des quantités de métal pour que les
dilapidations et même les déplacements fussent
presque impossibles.

Avec son flambeau, il alluma une lampe de mineur
fixée au bonnet de l'idole; des feux verts, jaunes,
bleus, violets, couleur de vin, couleur de sang, tout
à coup illuminèrent la salle. Elle était pleine de
pierreries qui se trouvaient dans des calebasses d'or
accrochées comme des lampadaires aux lames d'airain,
ou dans leurs blocs natifs rangés au bas du mur.
C'étaient des callaïs arrachées des montagnes à coups
de fronde, des escarboucles formées par l'urine des
lynx [423], des glossopètres tombés de la lune, des tyanos,
des diamants, des sandastrum, des béryls, avec les
trois espèces de rubis, les quatre espèces de saphir et
les douze espèces d'émeraudes [424]. Elles fulguraient,
pareilles à des éclaboussures de lait, à des glaçons
bleus, à de la poussière d'argent, et jetaient leurs
lumières en nappes, en rayons, en étoiles. Les cérau-
nies engendrées par le tonnerre étincelaient près des
calcédoines qui guérissent les poisons. Il y avait des
topazes du mont Zabarca pour prévenir les terreurs,
des opales de la Bactriane qui empêchent les avorte-
ments, et des cornes d'Ammon que l'on place sous les
lits afin d'avoir des songes.

Les feux des pierres et les flammes de la lampe se
miraient dans les grands boucliers d'or. Hamilcar
debout souriait, les bras croisés; — et il se délectait
moins dans le spectacle que dans la conscience de
ses richesses. Elles étaient inaccessibles, inépuisables,

infinies. Ses aïeux, dormant sous ses pas, envoyaient, à
son cœur quelque chose de leur éternité. Il se sentait
tout près des génies souterrains. C'était comme la joie
d'un Kabyre; et les grands rayons lumineux frappant
son visage lui semblaient l'extrémité d'un invisible
réseau, qui, à travers des abîmes, l'attachaient au
centre du monde.

Une idée le fit tressaillir [425], et s'étant placé derrière l'idole, il marcha droit vers le mur. Puis il
examina parmi les tatouages de son bras une ligne
horizontale avec deux autres perpendiculaires, ce
qui exprimait, en chiffres chananéens, le nombre
treize. Alors il compta jusqu'à la treizième des plaques
d'airain, releva encore une fois sa large manche; et
la main droite étendue, il lisait à une autre place de
son bras d'autres lignes plus compliquées, tandis qu'il
promenait ses doigts délicatement, à la façon d'un
joueur de lyre. Enfin, avec son pouce, il frappa sept
coups; et d'un seul bloc, toute une partie de la muraille
tourna.

Elle dissimulait une sorte de caveau, où étaient
enfermées des choses mystérieuses, qui n'avaient pas
de nom, et d'une incalculable valeur. Hamilcar
descendit les trois marches; il prit dans une cuve
d'argent une peau de lama flottant sur un liquide
noir, puis il remonta.

Abdalonim se remit alors à marcher devant lui.
Il frappait les pavés avec sa haute canne garnie de
sonnettes au pommeau, et, devant chaque appartement, criait le nom d'Hamilcar, entouré de louanges
et de bénédictions.

Dans la galerie circulaire où aboutissaient tous les
couloirs, on avait accumulé le long des murs des
poutrelles d'algummin, des sacs de lausonia [426], des
gâteaux en terre de Lemnos, et des carapaces de
tortue toutes pleines de perles. Le Suffète, en passant, les effleurait avec sa robe, sans même regarder

de gigantesques morceaux d'ambre, matière presque divine formée par les rayons du soleil.

Un nuage de vapeur odorante s'échappa.

— « Pousse la porte ! »

Ils entrèrent.

Des hommes nus pétrissaient des pâtes, broyaient des herbes, agitaient des charbons, versaient de l'huile dans des jarres, ouvraient et fermaient les petites cellules ovoïdes creusées tout autour de la muraille et si nombreuses que l'appartement ressemblait à l'intérieur d'une ruche. Du myrobalon, du bdellium [427], du safran et des violettes en débordaient. Partout étaient éparpillées des gommes, des poudres, des racines, des fioles de verre, des branches de filipendule [428], des pétales de roses; et l'on étouffait dans les senteurs, malgré les tourbillons de styrax qui grésillait au milieu sur un trépied d'airain.

Le Chef-des-odeurs-suaves, pâle et long comme un flambeau de cire, s'avança vers Hamilcar pour écraser dans ses mains un rouleau de métopion [429], tandis que deux autres lui frottaient les talons avec des feuilles de baccaris [430]. Il les repoussa; c'étaient des Cyrénéens de mœurs infâmes, mais que l'on considérait à cause de leurs secrets.

Afin de montrer sa vigilance, le Chef-des-odeurs offrit au Suffète, sur une cuiller d'électrum, un peu de malobathre [431] à goûter; puis avec une alène il perça trois besoars [432] indiens. Le maître, qui savait les artifices, prit une corne pleine de baume, et l'ayant approchée des charbons il la pencha sur sa robe; une tache brune y parut, c'était une fraude. Alors il considéra le Chef-des-odeurs fixement, et sans rien dire lui jeta la corne de gazelle en plein visage.

Si indigné qu'il fût des falsifications commises à son préjudice, en apercevant des paquets de nard qu'on emballait pour les pays d'outre-mer, il ordonna d'y mêler de l'antimoine, afin de le rendre plus lourd.

Puis il demanda où se trouvaient trois boîtes de psagas [433], destinées à son usage.

Le Chef-des-odeurs avoua qu'il n'en savait rien, des soldats étaient venus avec des couteaux, en hurlant; il leur avait ouvert les cases.

— « Tu les crains donc plus que moi ! » s'écria le Suffète; et à travers la fumée, ses prunelles, comme des torches, étincelaient sur le grand homme pâle qui commençait à comprendre. « Abdalonim ! avant le coucher du soleil tu le feras passer par les verges : déchire-le ! »

Ce dommage, moindre que les autres, l'avait exaspéré; car malgré ses efforts pour les bannir de sa pensée, il retrouvait continuellement les Barbares. Leurs débordements se confondaient avec la honte de sa fille, et il en voulait à toute la maison de la connaître et de ne pas la lui dire. Mais quelque chose le poussait à s'enfoncer dans son malheur; et pris d'une rage d'inquisition, il visita sous les hangars, derrière la maison-de-commerce, les provisions de bitume, de bois, d'ancres et de cordages, de miel et de cire, le magasin des étoffes, les réserves de nourritures, le chantier des marbres, le grenier du silphium.

Il alla de l'autre côté des jardins inspecter, dans leurs cabanes, les artisans domestiques dont on vendait les produits. Des tailleurs brodaient des manteaux, d'autres tressaient des filets, d'autres peignaient des coussins, découpaient des sandales, des ouvriers d'Égypte avec un coquillage polissaient des papyrus, la navette des tisserands claquait, les enclumes des armuriers retentissaient.

Hamilcar leur dit :

— « Battez des glaives ! battez toujours ! il m'en faudra. » Et il tira de sa poitrine la peau d'antilope macérée dans les poisons pour qu'on lui taillât une cuirasse plus solide que celles d'airain, et qui serait inattaquable au fer et à la flamme.

Dès qu'il abordait les ouvriers, Abdalonim, afin de détourner sa colère, tâchait de l'irriter contre eux en dénigrant leurs ouvrages par des murmures. — « Quelle besogne ! c'est une honte ! Vraiment le Maître est trop bon. » Hamilcar, sans l'écouter, s'éloignait.

Il se ralentit, car de grands arbres calcinés d'un bout à l'autre, comme on en trouve dans les bois où les pasteurs ont campé, barraient les chemins ; et les palissades étaient rompues, l'eau des rigoles se perdait, des éclats de verres, des ossements de singes apparaissaient au milieu des flaques bourbeuses. Quelque bribe d'étoffe çà et là pendait aux buissons ; sous les citronniers les fleurs pourries faisaient un fumier jaune. En effet les serviteurs avaient tout abandonné, croyant que le maître ne reviendrait plus.

A chaque pas il découvrait quelque désastre nouveau, une preuve encore de cette chose qu'il s'était interdit d'apprendre. Voilà maintenant qu'il souillait ses brodequins de pourpre en écrasant des immondices ; et il ne tenait pas ces hommes, tous devant lui au bout d'une catapulte, pour les faire voler en éclats ! Il se sentait humilié de les avoir défendus ; c'était une duperie, une trahison ; et comme il ne pouvait se venger ni des soldats, ni des Anciens, ni de Salammbô, ni de personne, et que sa colère cherchait quelqu'un, il condamna aux mines, d'un seul coup, tous les esclaves des jardins.

Abdalonim frissonnait [434] chaque fois qu'il le voyait se rapprocher des parcs. Mais Hamilcar prit le sentier du moulin, d'où l'on entendait sortir une mélopée lugubre.

Au milieu de la poussière les lourdes meules tournaient, c'est-à-dire deux cônes de porphyre superposés, et dont le plus haut, portant un entonnoir, virait sur le second à l'aide de fortes barres. Avec leur poitrine et leurs bras des hommes poussaient, tandis que d'autres, attelés, tiraient. Le frottement de la bricole avait formé autour de leurs aisselles des croûtes purulentes comme on en voit au garot des ânes, et le haillon noir et flasque qui couvrait à peine leurs reins et pendait par le bout, battait sur leurs jarrets comme une longue queue. Leurs yeux étaient rouges, les fers de leurs pieds sonnaient, toutes leurs poitrines haletaient d'accord. Ils avaient sur la bouche [435], fixée par deux chaînettes de bronze, une muselière, pour qu'il leur fût impossible de manger la farine, et des gantelets sans doigts enfermaient leurs mains pour les empêcher d'en prendre.

A l'entrée du maître, les barres de bois craquèrent plus fort. Le grain, en se broyant, grinçait. Plusieurs tombèrent sur les genoux; les autres, continuant, passaient par-dessus.

Il demanda Giddenem, le gouverneur des esclaves; et ce personnage parut, étalant sa dignité dans la richesse de son costume; car sa tunique, fendue sur les côtés, était de pourpre fine, de lourds anneaux tiraient ses oreilles, et, pour joindre les bandes d'étoffes qui enveloppaient ses jambes, un lacet d'or, comme un serpent autour d'un arbre, montait de ses chevilles à ses hanches. Il tenait dans ses doigts, tout chargés de bagues, un collier en grains de gagates pour reconnaître les hommes sujets au mal sacré.

Hamilcar lui fit signe de détacher les muselières. Alors tous, avec des cris de bêtes affamées, se ruèrent sur la farine, qu'ils dévoraient en s'enfonçant le visage dans les tas.

— « Tu les exténues ! » dit le Suffète.

Giddenem répondit qu'il fallait cela pour les dompter.

— « Ce n'était guère la peine de t'envoyer à Syracuse dans l'école des esclaves. Fais venir les autres ! »

Et les cuisiniers, les sommeliers, les palefreniers, les coureurs, les porteurs de litière, les hommes des

étuves et les femmes avec leurs enfants, tous se rangèrent dans le jardin sur une seule ligne, depuis la
maison-de-commerce jusqu'au parc des bêtes fauves.
Ils retenaient leur haleine. Un silence énorme emplissait Mégara. Le soleil s'allongeait sur la lagune, au
bas des catacombes. Les paons piaulaient. Hamilcar,
pas à pas, marchait.

— « Qu'ai-je à faire de ces vieux ? » dit-il ; « vends-
les ! C'est trop de Gaulois, ils sont ivrognes ! et trop de
Crétois, ils sont menteurs ! Achète-moi des Cappadociens, des Asiatiques et des Nègres. »

Il s'étonna du petit nombre des enfants. — « Chaque
année, Giddenem, la maison doit avoir des nais-
sances ! Tu laisseras toutes les nuits les cases ouvertes
pour qu'ils se mêlent en liberté. »

Il se fit montrer ensuite les voleurs, les paresseux,
les mutins. Il distribuait des châtiments avec des
reproches à Giddenem ; et Giddenem, comme un
taureau, baissait son front bas, où s'entre-croisaient
deux larges sourcils.

— « Tiens, Œil de Baal, » dit-il, en désignant un
Libyen robuste, « en voilà un que l'on a surpris la
corde au cou.

— « Ah ! tu veux mourir ? » fit dédaigneusement
le Suffète.

Et l'esclave, d'un ton intrépide :

— « Oui ! »

Alors, sans se soucier de l'exemple ni du dommage
pécuniaire, Hamilcar dit aux valets :

— « Emportez-le ! »

Peut-être y avait-il dans sa pensée l'intention d'un
sacrifice. C'était un malheur qu'il s'infligeait afin
d'en prévenir de plus terribles.

Giddenem avait caché [436] les mutilés derrière les
autres. Hamilcar les aperçut :

— « Qui t'a coupé le bras, à toi ?

— « Les soldats, Œil de Baal. »

Puis, à un Samnite qui chancelait comme un héron blessé :

— « Et toi, qui t'a fait cela ? »

C'était le gouverneur, en lui cassant la jambe avec une barre de fer.

Cette atrocité imbécile indigna le Suffète; et, arrachant des mains de Giddenem son collier de gagates [437] :

— « Malédiction au chien qui blesse le troupeau. Estropier des esclaves, bonté de Tanit ! Ah ! tu ruines ton maître ! Qu'on l'étouffe dans le fumier. Et ceux qui manquent ? Où sont-ils ? Les as-tu assassinés avec les soldats ? »

Sa figure était si terrible que toutes les femmes s'enfuirent. Les esclaves se reculant faisaient un grand cercle autour d'eux; Giddenem baisait frénétiquement ses sandales; Hamilcar, debout, restait les bras levés sur lui.

Mais, l'intelligence lucide comme au plus fort des batailles, il se rappelait mille choses odieuses, des ignominies dont il s'était détourné; et, à la lueur de sa colère, comme aux fulgurations d'un orage, il revoyait d'un seul coup tous ses désastres à la fois. Les gouverneurs des campagnes avaient fui par terreur des soldats, par connivence peut-être, tous le trompaient, depuis trop longtemps il se contenait.

— « Qu'on les amène ! » cria-t-il, « et marquez-les au front avec des fers rouges, comme des lâches » !

Alors on apporta et l'on répandit au milieu du jardin des entraves, des carcans, des couteaux, des chaînes pour les condamnés aux mines, des cippes qui serraient les jambes, des numella qui enfermaient les épaules, et des scorpions, fouets à triples lanières terminées par des griffes en airain.

Tous furent placés la face vers le soleil, du côté de Moloch-dévorateur, étendus par terre sur le ventre ou sur le dos, et les condamnés à la flagellation, debout

contre les arbres, avec deux hommes auprès d'eux,
un qui comptait les coups et un autre qui frappait.

Il frappait à deux bras; les lanières en sifflant faisaient voler l'écorce des platanes. Le sang s'éparpillait en pluie dans les feuillages, et des masses
rouges se tordaient au pied des arbres en hurlant.
Ceux que l'on ferrait s'arrachaient le visage avec les
ongles. On entendait les vis de bois craquer; des
heurts sourds retentissaient; parfois un cri aigu,
tout à coup, traversait l'air. Du côté des cuisines,
entre des vêtements en lambeaux et des chevelures
abattues, des hommes, avec des éventails, avivaient
des charbons, et une odeur de chair qui brûle passait [438]. Les flagellés défaillant, mais retenus par les
liens de leurs bras, roulaient leur tête sur leurs épaules
en fermant les yeux. Les autres, qui regardaient, se
mirent à crier d'épouvante, et les lions, se rappelant
peut-être le festin, s'allongeaient en bâillant contre
le bord des fosses.

On vit alors Salammbô sur la plate-forme de sa
terrasse. Elle la parcourait rapidement de droite
et de gauche, tout effarée. Hamilcar l'aperçut. Il lui
sembla qu'elle levait les bras de son côté pour
demander grâce; avec un geste d'horreur il s'enfonça
dans le parc des éléphants.

Ces animaux faisaient l'orgueil des grandes maisons puniques. Ils avaient porté les aïeux, triomphé
dans les guerres, et on les vénérait comme favori
du Soleil.

Ceux de Mégara étaient les plus forts de Carthage.
Hamilcar, avant de partir, avait exigé d'Abdalonim
le serment qu'il les surveillerait. Mais ils étaient
morts de leurs mutilations; et trois seulement restaient, couchés au milieu de la cour, sur la poussière,
devant les débris de leur mangeoire.

Ils le reconnurent et vinrent à lui.

L'un avait les oreilles horriblement fendues,

l'autre au genou une large plaie, et le troisième la
trompe coupée.

Cependant ils le regardaient d'un air triste, comme
des personnes raisonnables; et celui qui n'avait plus
de trompe, en baissant sa tête énorme et pliant les
jarrets, tâchait de le flatter doucement avec l'extrémité hideuse de son moignon.

A cette caresse de l'animal, deux larmes lui jaillirent des yeux. Il bondit sur Abdalonim.

— « Ah ! misérable ! la croix ! la croix ! »

Abdalonim, s'évanouissant, tomba par terre à la
renverse.

Derrière les fabriques de pourpre, dont les lentes
fumées bleues montaient dans le ciel, un aboiement
de chacal retentit; Hamilcar s'arrêta.

La pensée de son fils, comme l'attouchement d'un
dieu, l'avait tout à coup calmé. C'était un prolonge-
ment de sa force, une continuation indéfinie de sa personne qu'il entrevoyait, et les esclaves ne comprenaient pas d'où lui était venu cet apaisement.

En se dirigeant vers les fabriques de pourpre, il
passa devant l'ergastule, longue maison de pierre
noire bâtie dans une fosse carrée avec un petit chemin
tout autour et quatre escaliers aux angles.

Pour achever son signal, Iddibal sans doute attendait la nuit. Rien ne presse encore, songeait Hamilcar;
et il descendit dans la prison. Quelques-uns lui crièrent : « Retourne; » les plus hardis le suivirent.

La porte ouverte battait au vent. Le crépuscule
entrait par les meurtrières étroites, et l'on distinguait
dans l'intérieur des chaînes brisées pendant aux
murs.

Voilà tout ce qui restait des captifs de guerre.

Alors Hamilcar pâlit [439] extraordinairement, et ceux
qui étaient penchés en dehors sur la fosse le virent
qui s'appuyait d'une main contre le mur pour ne pas
tomber.

Mais le chacal, trois fois de suite, cria. Hamilcar
releva la tête; il ne proféra pas une parole, il ne fit
pas un geste. Puis, quand le soleil fut complètement
couché, il disparut derrière la haie de nopals, et le
soir, à l'assemblée des Riches, dans le temple d'Eschmoûn, il dit en entrant :

— « Lumières des Baalim, j'accepte le commandement des forces puniques contre l'armée des Barbares ! »

VIII

LA BATAILLE DU MACAR [440]

Dès le lendemain, il tira des Syssites deux cent vingt-trois mille kikar d'or, il décréta un impôt de quatorze shekel sur les Riches. Les femmes mêmes contribuèrent; on payait pour les enfants, et, chose monstrueuse dans les habitudes carthaginoises, il força les collèges des prêtres à fournir de l'argent.

Il réclama tous les chevaux, tous les mulets, toutes les armes. Quelques-uns voulurent dissimuler leurs richesses, on vendit leurs biens; et, pour intimider l'avarice des autres, il donna soixante armures et quinze cents gommor de farine, autant à lui seul que la Compagnie-de-l'ivoire.

Il envoya dans la Ligurie [441] acheter des soldats, trois mille montagnards habitués à combattre des ours; d'avance on leur paya six lunes, à quinze mines par jour. Cependant il fallait une armée. Mais il n'accepta pas, comme Hannon, tous les citoyens. Il repoussa d'abord les gens d'occupations sédentaires, puis ceux qui avaient le ventre trop gros ou l'aspect pusillanime; et il admit des hommes déshonorés, la crapule de Malqua, des fils de Barbares, des affranchis. Pour récompense, il promit à des Carthaginois-nou-veaux le droit de cité complet.

Son premier soin fut de réformer la Légion. Ces beaux jeunes hommes qui se considéraient comme

la majesté militaire de la République, se gouvernaient
eux-mêmes. Il cassa leurs officiers; il les traitait rudement, les faisait courir, sauter, monter tout d'une
haleine la pente de Byrsa, lancer des javelots, lutter
corps à corps, coucher la nuit sur les places. Leurs
familles venaient les voir et les plaignaient.

Il commanda des glaives plus courts, des brodequins plus forts. Il fixa le nombre des valets et réduisit
les bagages; et comme on gardait dans le temple de
Moloch trois cents pilums romains, malgré les réclamations du pontife, il les prit.

Avec ceux qui étaient revenus d'Utique et d'autres
que les particuliers possédaient, il organisa une phalange de soixante-douze éléphants [442] et les rendit
formidables. Il arma leurs conducteurs d'un maillet et
d'un ciseau, afin de pouvoir dans la mêlée leur fendre
le crâne s'ils s'emportaient.

Il ne permit point que ses généraux fussent nommés
par le Grand-Conseil. Les Anciens tâchaient de lui
objecter les lois, il passait au travers; on n'osait
plus murmurer, tout pliait sous la violence de son
génie.

A lui seul il se chargeait de la guerre, du gouvernement et des finances; et, afin de prévenir les accusa-
tions, il demanda comme examinateur de ses comptes [443]
le suffète Hannon.

Il faisait travailler aux remparts [444], et, pour avoir
des pierres, démolir les vieilles murailles intérieures,
à présent inutiles. Mais la différence des fortunes,
remplaçant la hiérarchie des races, continuait à maintenir séparés les fils des vaincus et ceux des conquérants; aussi les patriciens virent d'un œil irrité la
destruction de ces ruines, tandis que la plèbe, sans
trop savoir pourquoi, s'en réjouissait.

Les troupes en armes, du matin au soir, défilaient
dans les rues; à chaque moment on entendait sonner
les trompettes; sur des chariots passaient des bou-

cliers, des tentes, des piques : les cours étaient pleines
de femmes qui déchiraient de la toile; l'ardeur de l'un
à l'autre se communiquait; l'âme d'Hamilcar emplissait la République.

Il avait divisé ses soldats par nombres pairs, en ayant
soin de placer dans la longueur des files, alternativement, un homme fort et un homme faible, pour que
le moins vigoureux où le plus lâche fût conduit à la
fois et poussé par deux autres. Mais avec ses trois
mille Ligures et les meilleurs de Carthage, il ne put
former qu'une phalange simple de quatre mille quatre-
vingt-seize hoplites [445], défendus par des casques de
bronze, et qui maniaient des sarisses de frêne, longues
de quatorze coudées.

Deux mille jeunes hommes portaient des frondes,
un poignard et des sandales. Il les renforça de huit
cents autres armés d'un bouclier rond et d'un glaive
à la romaine.

La grosse cavalerie se composait des dix-neufs cents
gardes qui restaient de la Légion, couverts par des
lames de bronze vermeil, comme les Clinabares [446]
assyriens. Il avait de plus quatre cents archers à
cheval, de ceux qu'on appelait des Tarentins, avec des
bonnets en peau de belette, une hache à double tranchant et une tunique de cuir. Enfin douze cents
Nègres du quartier des caravanes, mêlés aux Clinabares, devaient courir auprès des étalons, en s'appuyant
d'une main sur la crinière. Tout était prêt, et cependant Hamilcar ne partait pas.

Souvent la nuit il sortait de Carthage, seul, et il
s'enfonçait plus loin que la lagune, vers les embouchures du Macar [447]. Voulait-il se joindre aux Mercenaires? Les Ligures campant sur les Mappales entouraient sa maison.

Les appréhensions des Riches parurent justifiées
quand on vit, un jour, trois cents Barbares s'approcher des murs. Le Suffète leur ouvrit les portes;

c'étaient des transfuges ; ils accouraient vers leur maître, entraînés par la crainte ou par la fidélité.

Le retour d'Hamilcar n'avait point surpris les Mercenaires ; cet homme, dans leurs idées, ne pouvait pas mourir. Il revenait pour accomplir ses promesses : espérance qui n'avait rien d'absurde, tant l'abîme était profond entre la Patrie et l'Armée. D'ailleurs, ils ne se croyaient point coupables ; on avait oublié le festin.

Les espions qu'ils surprirent les détrompèrent. Ce fut un triomphe pour les acharnés ; les tièdes mêmes devinrent furieux. Puis les deux sièges les accablaient d'ennui ; rien n'avançait ; mieux valait une bataille ! Aussi beaucoup d'hommes se débandaient, couraient la campagne. A la nouvelle des armements ils revinrent ; Mâtho en bondit de joie. « Enfin ! enfin ! » s'écria-t-il.

Alors le ressentiment qu'il gardait à Salammbô se tourna contre Hamilcar [448]. Sa haine, maintenant, apercevait une proie déterminée ; et comme la vengeance devenait plus facile à concevoir, il croyait presque la tenir et déjà s'y délectait. En même temps il était pris d'une tendresse plus haute, dévoré par un désir plus âcre. Tour à tour il se voyait au milieu des soldats, brandissant sur une pique la tête du Suffète, puis dans la chambre au lit de pourpre, serrant la vierge entre ses bras, couvrant sa figure de baisers, passant ses mains sur ses grands cheveux noirs ; et cette imagination qu'il savait irréalisable le suppliciait. Il se jura, puisque ses compagnons l'avaient nommé schalishim, de conduire la guerre ; la certitude qu'il n'en reviendrait pas le poussait à la rendre impitoyable.

Il arriva chez Spendius, et lui dit :

— « Tu vas prendre tes hommes ! J'amènerai les miens. Avertis Autharite ! Nous sommes perdus si Hamilcar nous attaque ! M'entends-tu ? Lève-toi ! »

Spendius demeura stupéfait devant cet air d'autorité. Mâtho, d'habitude, se laissait conduire, et les
emportements qu'il avait eus étaient vite retombés.
Mais à présent il semblait tout à la fois plus calme et
plus terrible; une volonté superbe fulgurait dans ses
yeux, pareille à la flamme d'un sacrifice.

Le Grec n'écouta pas ses raisons. Il habitait une
des tentes carthaginoises à bordures de perles, buvait
des boissons fraîches dans des coupes d'argent, jouait
au cottabe, laissait croître sa chevelure et conduisait
le siège avec lenteur. Du reste, il avait pratiqué des
intelligences dans la ville et ne voulait point partir,
sûr qu'avant peu de jours elle s'ouvrirait.

Narr'Havas, qui vagabondait entre les trois armées,
se trouvait alors près de lui. Il appuya son opinion,
et même il blâma le Libyen de vouloir, par un excès
de courage, abandonner leur entreprise.

— « Va-t'en, si tu as peur ! » s'écria Mâtho; « tu
nous avais promis de la poix, du soufre, des éléphants,
des fantassins, des chevaux ! où sont-ils ? »

Narr'Havas lui rappela qu'il avait exterminé les
dernières cohortes d'Hannon; — quant aux éléphants,
on les chassait dans les bois, il armait les fantassins,
les chevaux étaient en marche; et le Numide, en cares-
sant la plume d'autruche qui lui retombait sur l'épaule,
roulait ses yeux comme une femme et souriait d'une
manière irritante. Mâtho, devant lui, ne trouvait
rien à répondre.

Mais un homme que l'on ne connaissait pas [449] entra,
mouillé de sueur, effaré, les pieds saignants, la ceinture dénouée; sa respiration secouait ses flancs maigres
à les faire éclater, et tout en parlant un dialecte ininintel-
ligible, il ouvrait de grands yeux, comme s'il eût raconté
quelque bataille. Le roi bondit dehors et appela ses
cavaliers.

Ils se rangèrent dans la plaine, en formant un cercle
devant lui. Narr'Havas, à cheval, baissait la tête et

se mordait les lèvres. Enfin il sépara ses hommes en
deux moitiés, dit à la première de l'attendre; puis
d'un geste impérieux enlevant les autres au galop,
il disparut dans l'horizon, du côté des montagnes.

— « Maître ! » murmura Spendius. « je n'aime pas
ces hasards extraordinaires, le Suffète qui revient,
Narr'Havas qui s'en va...

— « Eh ! qu'importe ? » fit dédaigneusement Mâtho.

C'était une raison de plus pour prévenir Hamilcar
en rejoignant Autharite. Mais si l'on abandonnait le
siège des villes, leurs habitants sortiraient, les atta-
queraient par derrière, et l'on aurait en face les Carthaginois. Après beaucoup de paroles, les mesures
suivantes furent résolues et immédiatement exécutées.

Spendius, avec quinze mille hommes, se porta jusqu'au pont bâti sur le Macar [450], à trois milles d'Utique;
on en fortifia les angles par quatre tours énormes
garnies de catapultes. Avec des troncs d'arbres, des
pans de roches, des entrelacs d'épines et des murs
de pierres, on boucha dans les montagnes, tous les
sentiers, toutes les gorges; sur leurs sommets on
entassa des herbes qu'on allumerait pour servir de
signaux, et des pasteurs habiles à voir de loin, de
place en place, y furent postés.

Sans doute Hamilcar ne prendrait pas comme
Hannon par la montagne des Eaux-Chaudes. Il devait
penser qu'Autharite, maître de l'intérieur, lui ferme-
rait la route. Puis un échec au début de la campagne
le perdrait, tandis que la victoire serait à recommencer
bientôt, les Mercenaires étant plus loin. Il pouvait
encore débarquer au cap des Raisins, et de là marcher
sur une des villes. Mais il se trouvait alors entre les
deux armées, imprudence dont il n'était pas capable
avec des forces peu nombreuses. Donc il devait longer
la base de l'Ariana, puis tourner à gauche pour éviter
les embouchures du Macar et venir droit au pont.
C'est là que Mâtho l'attendait.

La nuit, à la lueur des torches, il surveillait les pionniers. Il courait à Hippo-Zaryte, aux ouvrages des montagnes, revenait, ne se reposait pas. Spendius enviait sa force; mais pour la conduite des espions, le choix des sentinelles, l'art des machines et tous les moyens défensifs, Mâtho écoutait docilement son compagnon; et ils ne parlaient plus de Salammbô, — l'un n'y songeant pas, et l'autre empêché par une pudeur [451].

Souvent il s'en allait du côté de Carthage pour tâcher d'apercevoir les troupes d'Hamilcar. Il dardait ses yeux sur l'horizon; il se couchait à plat ventre, et dans le bourdonnement de ses artères croyait entendre une armée.

Il dit à Spendius que si, avant trois jours, Hamilcar n'arrivait pas, il irait avec tous ses hommes à sa rencontre lui offrir la bataille. Deux jours encore se passèrent. Spendius le retenait; le matin du sixième, il partit.

Les Carthaginois n'étaient pas moins que les Barbares impatients de la guerre. Dans les tentes et dans les maisons, c'était le même désir, la même angoisse; tous se demandaient ce qui retardait Hamilcar [452].

De temps à autre, il montait sur la coupole du temple d'Eschmoûn, près de l'Annonciateur-des-Lunes, et il regardait le vent.

Un jour, c'était le troisième du mois de Tibby, on le vit descendre de l'Acropole, à pas précipités. Dans les Mappales une grande clameur s'éleva. Bientôt les rues s'agitèrent, et partout les soldats commençaient à s'armer au milieu des femmes en pleurs qui se jetaient contre leur poitrine, puis ils couraient vite sur la place de Khamon prendre leurs rangs. On ne pouvait les suivre ni même leur parler, ni s'approcher des remparts; pendant quelques minutes, la ville entière fut silencieuse comme un grand tombeau. Les soldats songeaient, appuyés sur leurs lances, et les autres, dans les maisons, soupiraient.

Au coucher du soleil, l'armée sortit [453] par la porte occidentale; mais au lieu de prendre le chemin de Tunis ou de gagner les montagnes dans la direction d'Utique, on continua par le bord de la mer; et bientôt ils atteignirent la Lagune, où des places rondes, toutes blanches de sel, miroitaient comme de gigantesques plats d'argent, oubliés sur le rivage.

Puis les flaques d'eau se multiplièrent. Le sol, peu à peu, devenait plus mou, les pieds s'enfonçaient. Hamilcar ne se retourna pas. Il allait toujours en tête; et son cheval, couvert de macules jaunes comme un dragon, en jetant de l'écume autour de lui, avançait dans la fange à grands coups de reins. La nuit tomba, une nuit sans lune. Quelques-uns crièrent qu'on allait périr; il leur arracha leurs armes, qui furent données aux valets. La boue cependant était de plus en plus profonde [454]. Il fallut monter sur les bêtes de somme; d'autres se cramponnaient à la queue des chevaux; les robustes tiraient les faibles, et le corps des Ligures poussait l'infanterie avec la pointe des piques. L'obscurité redoubla. On avait perdu la route. Tous s'arrêtèrent.

Alors les esclaves du Suffète [455] partirent en avant pour chercher les balises plantées par son ordre de distance en distance. Ils criaient dans les ténèbres, et de loin l'armée les suivait.

Enfin on sentit la résistance du sol [456]. Puis une courbe blanchâtre se dessina [457] vaguement, et ils se trouvèrent sur le bord du Macar. Malgré le froid, on n'alluma pas de feu.

Au milieu de la nuit, des rafales de vent s'élevèrent, Hamilcar fit réveiller les soldats, mais pas une trompette ne sonna : leurs capitaines les frappaient doucement sur l'épaule.

Un homme d'une haute taille [458] descendit dans l'eau. Elle ne venait pas à la ceinture; on pouvait passer.

Le Suffète ordonna que trente-deux des éléphants se placeraient dans le fleuve cent pas plus loin, tandis que les autres, plus bas, arrêteraient les lignes d'hommes emportées par le courant; et tous, en tenant leurs armes au-dessus de leur tête, traversèrent le Macar comme entre deux murailles. Il avait remarqué [459] que le vent d'ouest, en poussant les sables, obstruait le fleuve et formait dans sa largeur une chaussée naturelle [460].

Maintenant il était sur la rive gauche en face d'Utique, et dans une vaste plaine, avantage pour ses éléphants qui faisaient la force de son armée.

Ce tour de génie enthousiasma les soldats [461]. Une confiance extraordinaire leur revenait. Ils voulaient tout de suite courir aux Barbares; le Suffète les fit se reposer pendant deux heures. Dès que le soleil parut, on s'ébranla dans la plaine sur trois lignes : les éléphants d'abord, l'infanterie légère avec la cavalerie derrière elle, la phalange marchait ensuite.

Les Barbares campés à Utique, et les quinze mille autour du pont, furent surpris de voir [462] au loin la terre onduler. Le vent qui soufflait très fort, chassait des tourbillons de sable; ils se levaient comme arrachés du sol, montaient par grands lambeaux de couleur blonde, puis se déchiraient et recommençaient toujours, en cachant aux Mercenaires l'armée punique. A cause des cornes dressées au bord des casques, les uns croyaient apercevoir un troupeau de bœufs; d'autres, trompés par l'agitation des manteaux, prétendaient distinguer des ailes, et ceux qui avaient beaucoup voyagé, haussant les épaules, expliquaient tout par les illusions du mirage. Cependant, quelque chose d'énorme continuait à s'avancer. De petites vapeurs, subtiles comme des haleines, couraient sur

la surface du désert [463]; le soleil, plus haut maintenant, brillait plus fort : une lumière âpre, et qui semblait vibrer, reculait la profondeur du ciel, et, pénétrant les objets, rendait la distance incalculable.
L'immense plaine se développait de tous les côtés à
perte de vue; et les ondulations des terrains [464],
presque insensibles, se prolongeaient jusqu'à l'extrême
horizon, fermé par une grande ligne bleue qu'on
savait être la mer. Les deux armées, sorties des tentes,
regardaient; les gens d'Utique, pour mieux voir, se
tassaient sur les remparts.

Enfin ils distinguèrent [465] plusieurs barres transversales, hérissées de points égaux. Elles devinrent plus
épaisses, grandirent; des monticules noirs se balançaient; tout à coup des buissons carrés parurent;
c'étaient des éléphants et des lances; un seul cri
s'éleva : — « Les Carthaginois ! » et, sans signal [466],
sans commandement, les soldats d'Utique et ceux
du pont coururent pêle-mêle, pour tomber ensemble
sur Hamilcar.

A ce nom, Spendius tressaillit. Il répétait en haletant : « Hamilcar ! Hamilcar ! » et Mâtho n'était pas
là ! Que faire ? Nul moyen de fuir ! La surprise de
l'événement, sa terreur du Suffète et surtout l'ur-
gence d'une résolution immédiate le bouleversaient;
il se voyait traversé de mille glaives, décapité, mort.
Cependant on l'appelait; trente mille hommes allaient
le suivre; une fureur contre lui-même le saisit [467];
il se rejeta sur l'espérance de la victoire; elle était
pleine de félicités, et il se crut plus intrépide qu'Épa-
minondas. Pour cacher sa pâleur, il barbouilla ses
joues de vermillon [468], puis il boucla ses cnémides,
sa cuirasse, avala une patère de vin pur et courut
après sa troupe [469], qui se hâtait vers celle d'Utique.

Elles se rejoignirent toutes les deux si rapidement [470]
que le Suffète n'eut pas le temps de ranger ses hommes
en bataille. Peu à peu, il se ralentissait. Les éléphants

s'arrêtèrent [471]; ils balançaient leurs lourdes têtes, chargées de plumes d'autruche, tout en se frappant les épaules avec leur trompe.

Au fond de leurs intervalles, on distinguait les cohortes des vélites, plus loin les grands casques des Clinabares, avec des fers qui brillaient au soleil, des cuirasses, des panaches, des étendards agités. Mais l'armée carthaginoise [472], grosse de onze mille trois cent quatre-vingt-seize hommes, semblait à peine les contenir, car elle formait un carré long, étroit des flancs et resserré sur soi-même.

En les voyant si faibles, les Barbares, trois fois plus nombreux, furent pris d'une joie désordonnée [473]; on n'apercevait pas Hamilcar. Il était resté là-bas, peut-être? Qu'importait d'ailleurs! Le dédain qu'ils avaient de ces marchands renforçait leur courage; et avant que Spendius [474] eût commandé la manœuvre, tous l'avaient comprise et déjà l'exécutaient.

Ils se développèrent sur une grande ligne droite, qui débordait les ailes de l'armée punique, afin de l'envelopper complètement. Mais, quand on fut à trois cents pas [475] d'intervalle, les éléphants, au lieu d'avancer se retournèrent; puis voilà que les Clinabares, faisant volte-face, les suivirent; et la surprise des Mercenaires redoubla en apercevant tous les hommes de trait qui couraient pour les rejoindre. Les Carthaginois avaient donc peur, ils fuyaient! Une huée formidable éclata dans les troupes des Barbares, et, du haut de son dromadaire, Spendius s'écriait : — « Ah! je le savais bien! En avant! en avant! »

Alors les javelots, les dards, les balles des frondes jaillirent à la fois. Les éléphants, la croupe piquée par les flèches, se mirent à galoper plus vite; une grosse poussière les enveloppait, et, comme des ombres dans un nuage, ils s'évanouirent.

Cependant, on entendait au fond [476] un grand bruit

de pas, dominé par le son aigu des trompettes qui soufflaient avec furie. Cet espace, que les Barbares avaient devant eux, plein de tourbillons et de tumulte, attirait comme un gouffre; quelques-uns s'y lancèrent. Des cohortes d'infanterie apparurent; elles se refermaient; et, en même temps, tous les autres voyaient accourir les fantassins avec des cavaliers au galop.

En effet, Hamilcar avait ordonné [477] à la phalange de rompre ses sections, aux éléphants, aux troupes légères et à la cavalerie de passer par ces intervalles pour se porter vivement sur les ailes, et calculé si bien la distance des Barbares, que, au moment où ils arrivaient contre lui, l'armée carthaginoise tout entière faisait une grande ligne droite.

Au milieu se hérissait la phalange, formée par des syntagmes ou carrés pleins, ayant seize hommes de chaque côté. Tous les chefs de toutes les files apparaissaient entre de longs fers aigus qui les débordaient inégalement, car les six premiers rangs croisaient leurs sarisses en les tenant par le milieu, et les dix rangs inférieurs les appuyaient sur l'épaule de leurs compagnons se succédant devant eux. Toutes les figures disparaissaient [478] à moitié dans la visière des casques; des cnémides en bronze couvraient toutes les jambes droites [479]; les larges boucliers cylindriques descendaient jusqu'aux genoux; et cette horrible masse quadrangulaire remuait d'une seule pièce, semblait vivre comme une bête et fonctionner comme une machine. Deux cohortes d'éléphants la bordaient régulièrement; tout en frissonnant, ils faisaient tomber les éclats des flèches attachés à leur peau noire. Les Indiens accroupis sur leur garot, parmi les touffes de plumes blanches, les retenaient avec la cuiller du harpon, tandis que, dans les tours, des hommes cachés jusqu'aux épaules promenaient, au bord des grands arcs tendus, des quenouilles en fer garnies d'étoupes allumées. A la droite et à la

gauche des éléphants, voltigeaient les frondeurs, une
fronde autour des reins, une seconde sur la tête, une
troisième à la main droite. Puis les Clinabares [480],
chacun flanqué d'un nègre, tendaient leurs lances
entre les oreilles de leurs chevaux tout couverts d'or
comme eux. Ensuite s'espaçaient les soldats armés
à la légère avec des boucliers en peau de lynx, d'où
dépassaient les pointes des javelots qu'ils tenaient
dans leur main gauche; et les Tarentins, conduisant
deux chevaux accouplés, relevaient aux deux bouts
cette muraille de soldats.

L'armée des Barbares, au contraire, n'avait pu
maintenir son alignement. Sur sa longueur exorbitante il s'était fait des ondulations, des vides; tous
haletaient [481], essoufflés d'avoir couru.

La phalange s'ébranla lourdement en poussant toutes
ses sarisses; sous ce poids énorme la ligne des Mercenaires, trop mince, bientôt plia par le milieu [482].

Alors les ailes carthaginoises [483] se développèrent
pour les saisir : les éléphants les suivaient. Avec ses
lances obliquement tendues, la phalange coupa les
Barbares; deux tronçons énormes s'agitèrent; les
ailes, à coup de fronde et de flèche, les rabattaient
sur les phalangites. Pour s'en débarrasser, la cavalerie manquait; sauf deux cents Numides qui se portèrent contre l'escadron droit des Clinabares. Tous
les autres se trouvaient [484] enfermés, ne pouvaient
sortir de ces lignes. Le péril était imminent et une
résolution urgente.

Spendius ordonna d'attaquer la phalange simultanément par les deux flancs, afin de passer tout au
travers. Mais les rangs les plus étroits glissèrent sous
les plus longs, revinrent à leur place, et elle se retourna
contre les Barbares, aussi terrible de ses côtés qu'elle
l'était de front tout à l'heure.

Ils frappaient sur la hampe des sarisses [485], mais la
cavalerie, par derrière, gênait leur attaque: et la

phalange, appuyée aux éléphants, se resserrait et
s'allongeait, se présentait en carré, en cône, en rhombe,
en trapèze, en pyramide. Un double mouvement intérieur se faisait continuellement de sa tête à sa queue;
car ceux qui étaient au bas des files accouraient
vers les premiers rangs, et ceux-là, par lassitude ou
à cause des blessés, se repliaient plus bas. Les Barbares se trouvèrent foulés sur la phalange. Il lui
était impossible de s'avancer; on aurait dit un océan
où bondissaient des aigrettes rouges avec des écailles
d'airain, tandis que les clairs boucliers se roulaient
comme une écume d'argent. Quelquefois d'un bout
à l'autre, de larges courants descendaient, puis ils
remontaient, et au milieu une lourde masse se tenait
immobile. Les lances s'inclinaient et se relevaient,
alternativement. Ailleurs c'était une agitation de
glaives nus si précipitée que les pointes seules apparaissaient, et des turmes de cavalerie élargissaient
des cercles, qui se refermaient derrière elles en tourbillonnant.

Par-dessus la voix des capitaines, la sonnerie des
clairons et le grincement des lyres, les boules de
plomb et les amandes d'argile passant dans l'air,
sifflaient, faisaient sauter les glaives des mains,
la cervelle des crânes. Les blessés, s'abritant d'un
bras sous leur bouclier, tendaient leur épée en appuyant
le pommeau contre le sol, et d'autres, dans des mares
de sang, se retournaient pour mordre les talons.
La multitude était si compacte, la poussière si épaisse,
le tumulte si fort, qu'il était impossible de rien
distinguer; les lâches qui offrirent de se rendre ne
furent même pas entendus. Quand les mains étaient
vides, on s'étreignait corps à corps; les poitrines
craquaient contre les cuirasses et des cadavres pendaient la tête en arrière, entre deux bras crispés.
Il y eut une compagnie de soixante Ombriens qui,
fermes sur leurs jarrets, la pique devant les yeux,

inébranlables et grinçant des dents, forcèrent à
reculer deux syntagmes à la fois. Des pasteurs épi-
rotes coururent à l'escadron gauche des Clinabares,
saisirent les chevaux à la crinière en faisant tour-
noyer leurs bâtons; les bêtes, renversant leurs hommes,
s'enfuirent par la plaine. Les frondeurs puniques,
écartés çà et là, restaient béants. La phalange commençait à osciller, les capitaines couraient éperdus,
les serre-files poussaient les soldats, et les Barbares
s'étaient reformés; ils revenaient; la victoire était
pour eux.

Mais un cri, un cri épouvantable éclata, un rugissement de douleur et de colère : c'étaient les soixante-
douze éléphants qui se précipitaient sur une double
ligne, Hamilcar ayant attendu que les Mercenaires
fussent tassés en une seule place pour les lâcher
contre eux; les Indiens les avaient si vigoureusement
piqués que du sang coulait sur leurs larges oreilles.
Leurs trompes, barbouillées de minium, se tenaient
droites en l'air, pareilles à des serpents rouges; leurs
poitrines étaient garnies d'un épieu, leur dos d'une
cuirasse, leurs défenses allongées par des lames de fer
courbes comme des sabres, — et pour les rendre
plus féroces, on les avait enivrés avec un mélange de
poivre, de vin pur et d'encens. Ils secouaient leurs
colliers de grelots, criaient; et les éléphantarques
baissaient la tête sous le jet des phalariques qui
commençaient à voler du haut des tours.

Afin de mieux leur résister les Barbares se ruèrent,
en foule compacte; les éléphants se jetèrent au milieu,
impétueusement. Les éperons de leur poitrail, comme
des proues de navire, fendaient les cohortes; elles
refluaient à gros bouillons. Avec leurs trompes, ils
étouffaient les hommes, ou bien les arrachant du sol,
par-dessus leur tête ils les livraient aux soldats dans
les tours; avec leurs défenses, ils les éventraient, les
lançaient en l'air, et de longues entrailles pendaient

à leurs crocs d'ivoire comme des paquets de cordages
à des mâts. Les Barbares tâchaient de leur crever
les yeux, de leur couper les jarrets [486]; d'autres, se
glissant sous leur ventre, y enfonçaient un glaive
jusqu'à la garde et périssaient écrasés; les plus intrépides se cramponnaient à leurs courroies; sous les
flammes, sous les balles, sous les flèches, ils continuaient à scier les cuirs, et la tour d'osier s'écroulait
comme une tour de pierre. Quatorze de ceux qui se
trouvaient à l'extrémité droite, irrités de leurs
blessures, se retournèrent sur le second rang; les
Indiens saisirent leur maillet et leur ciseau et l'appliquant au joint de la tête, à tour de bras ils frappèrent
un grand coup.

Les bêtes énormes s'affaissèrent, tombèrent les unes
par-dessus les autres. Ce fut comme une montagne;
et sur ce tas de cadavres et d'armures, un éléphant
monstrueux qu'on appelait *Fureur de Baal,* pris par
la jambe entre des chaînes, resta jusqu'au soir à hurler,
avec une flèche dans l'œil.

Cependant les autres, comme des conquérants [487]
qui se délectent dans leur extermination, renversaient,
écrasaient, piétinaient, s'acharnaient aux cadavres,
aux débris. Pour repousser les manipules serrés en
couronnes autour d'eux [488], ils pivotaient sur leurs
pieds de derrière, dans un mouvement de rotation
continuelle, en avançant toujours. Les Carthaginois
sentirent redoubler leur vigueur, et la bataille recommença.

Les Barbares faiblissaient; des hoplites grecs
jetèrent leurs armes, une épouvante prit les autres.
On aperçut Spendius [489] penché sur son dromadaire
et qui l'éperonnait aux épaules avec deux javelots.
Tous alors se précipitèrent par les ailes et coururent
vers Utique.

Les Clinabares, dont les chevaux n'en pouvaient
plus, n'essayèrent pas de les atteindre. Les Ligures,

exténués de soif, criaient pour se porter sur le fleuve.
Mais les Carthaginois, placés au milieu des syntagmes,
et qui avaient moins souffert, trépignaient de désir
devant leur vengeance qui fuyait; déjà ils s'élançaient
à la poursuite des Mercenaires; Hamilcar parut.

Il retenait avec des rênes d'argent son cheval tigré
tout couvert de sueur. Les bandelettes attachées aux
cornes de son casque claquaient au vent derrière lui,
et il avait mis sous sa cuisse gauche son bouclier ovale.
D'un mouvement de sa pique à trois pointes, il arrêta
l'armée.

Les Tarentins sautèrent vite de leur cheval sur le
second, et partirent à droite et à gauche vers le fleuve
et vers la ville.

La phalange extermina commodément tout ce qui
restait de Barbares. Quand arrivaient les épées, ils
tendaient la gorge en fermant les paupières. D'autres
se défendirent à outrance; on les assomma de loin,
sous des cailloux, comme des chiens enragés, Hamilcar
avait recommandé de faire des captifs. Mais les Carthaginois lui obéissaient avec rancune, tant ils sentaient de plaisir à enfoncer leurs glaives dans les corps
des Barbares. Comme ils avaient trop chaud [490], ils se
mirent à travailler nu-bras, à la manière des fau-
cheurs; et lorsqu'ils s'interrompaient pour reprendre
haleine, ils suivaient des yeux, dans la campagne, un
cavalier galopant après un soldat qui courait. Il par-
venait à le saisir par les cheveux, le tenait ainsi
quelque temps, puis l'abattait d'un coup de hache.

La nuit tomba. Les Carthaginois, les Barbares
avaient disparu. Les éléphants, qui s'étaient enfuis,
vagabondaient à l'horizon avec leurs tours incendiées.
Elles brûlaient dans les ténèbres, çà et là comme des
phares à demi perdus dans la brume; et l'on n'apercevait d'autre mouvement sur la plaine que l'ondulation du fleuve, exhaussé par les cadavres et qui les
charriait à la mer.

Deux heures après, Mâtho arriva. Il entrevit à la clarté des étoiles, de longs tas inégaux couchés par terre.

C'étaient des files de Barbares. Il se baissa; tous étaient morts, il appela au loin; aucune voix ne lui répondit [491].

Le matin même, il avait quitté Hippo-Zaryte avec ses soldats pour marcher sur Carthage. A Utique, l'armée de Spendius venait de partir, et les habitants commençaient à incendier les machines. Tous s'étaient battus [492] avec acharnement. Mais le tumulte qui se faisait vers le pont redoublant d'une façon incompréhensible, Mâtho s'était jeté, par le plus court chemin, à travers la montagne, et comme les Barbares s'enfuyaient par la plaine, il n'avait rencontré personne.

En face de lui, de petites masses pyramidales se dressaient dans l'ombre, et en deçà du fleuve, plus près, il y avait à ras du sol des lumières immobiles. En effet, les Carthaginois s'étaient repliés derrière le pont, et, pour tromper les Barbares, le Suffète avait établi des postes nombreux sur l'autre rive.

Mâtho, s'avançant toujours, crut distinguer des enseignes puniques, car des têtes de cheval qui ne bougeaient pas apparaissaient dans l'air, fixées au sommet des hampes en faisceau que l'on ne pouvait voir; et il entendit plus loin une grande rumeur, un bruit de chansons et de coupes heurtées.

Alors, ne sachant où il se trouvait [493], ni comment découvrir Spendius, tout assailli d'angoisses, effaré, perdu dans les ténèbres, il s'en retourna par le même chemin plus impétueusement. L'aube blanchissait, quand du haut de la montagne il aperçut la ville, avec les carcasses des machines noircies par les flammes, comme des squelettes de géant qui s'appuyaient aux murs.

Tout reposait dans un silence et dans un accablement extraordinaires. Parmi ses soldats, au bord des tentes, des hommes presque nus dormaient sur le dos, ou le front contre leur bras que soutenait leur cuirasse. Quelques-uns décollaient de leurs jambes des bandelettes ensanglantées. Ceux qui allaient mourir roulaient leur tête, tout doucement; d'autres, en se traînant, leur apportaient à boire. Le long des chemins étroits les sentinelles marchaient pour se réchauffer, ou se tenaient la figure tournée vers l'horizon, avec leur pique sur l'épaule, dans une attitude farouche.

Mâtho trouva Spendius abrité sous un lambeau de toile que supportaient deux bâtons par terre, le genou dans les mains, la tête basse.

Ils restèrent longtemps sans parler [494].

Enfin Mâtho murmura : — « Vaincus ! »

Spendius reprit d'une voix sombre : — « Oui, vaincus ! »

Et à toutes les questions il répondait par des gestes désespérés.

Cependant des soupirs, des râles arrivaient [495] jusqu'à eux. Mâtho entr'ouvrit la toile. Alors le spectacle des soldats [496] lui rappela un autre désastre, au même endroit, et en grinçant des dents :

— « Misérable ! une fois déjà... »

Spendius l'interrompit [497] :

— « Tu n'y étais pas non plus. »

— « C'est une malédiction ! » s'écria Mâtho. « A la fin pourtant, je l'atteindrai ! je le vaincrai ! je le tuerai ! Ah ! si j'avais été là... » L'idée d'avoir manqué la bataille le désespérait plus encore que la défaite. Il arracha son glaive, le jeta par terre. « Mais comment les Carthaginois vous ont-ils battus [498] ? »

L'ancien esclave se mit à raconter les manœuvres. Mâtho croyait les voir et il s'irritait. L'armée d'Utique, au lieu de courir vers le pont, aurait dû prendre Hamilcar par derrière.

— « Eh ! je le sais ! » dit Spendius.

— « Il fallait doubler tes profondeurs, ne pas compromettre les vélites contre la phalange, donner des issues aux éléphants. Au dernier moment on pouvait tout regagner : rien ne forçait à fuir.

Spendius répondit :

— « Je l'ai vu passer dans son grand manteau rouge, les bras levés, plus haut que la poussière, comme un aigle qui volait au flanc des cohortes ; et, à tous les signes de sa tête, elles se resserraient, s'élançaient ; la foule nous a entraînés l'un vers l'autre : il me regardait ; j'ai senti dans mon cœur [499] comme le froid d'une épée. »

— « Il aura peut-être choisi le jour ? » se disait tout bas Mâtho.

Ils s'interrogèrent, tâchant de découvrir ce qui avait amené le Suffète précisément dans la circonstance la plus défavorable. Ils en vinrent à causer de la situation, et pour atténuer sa faute [500] ou se redonner à lui-même du courage, Spendius avança qu'il restait encore de l'espoir.

— « Qu'il n'en reste plus, n'importe ! » dit Mâtho, « tout seul, je continuerai la guerre ! »

— « Et moi aussi ! » s'écria le Grec en bondissant ; il marchait à grands pas ; ses prunelles étincelaient et un sourire étrange plissait sa figure de chacal.

— « Nous recommencerons, ne me quitte plus ! je ne suis pas fait pour les batailles au grand soleil ; l'éclat des épées me trouble la vue ; c'est une maladie, j'ai trop longtemps vécu dans l'ergastule. Mais donne-moi des murailles à escalader la nuit, et j'entrerai dans les citadelles, et les cadavres seront froids avant que les coqs aient chanté ! Montre-moi quelqu'un, quelque chose, un ennemi, un trésor, une femme ; » il répéta : « une femme, fût-elle la fille d'un roi, et j'apporterai vivement ton désir devant tes pieds. Tu me reproches d'avoir perdu la bataille contre Hannon, je l'ai regagnée pourtant. Avoue-le ! mon troupeau de porcs nous a plus servi qu'une phalange de Spartiates. » Et, cédant au besoin de se rehausser et de saisir sa revanche, il énuméra tout ce qu'il avait fait

pour la cause des Mercenaires. « C'est moi, dans les
jardins du Suffète, qui ai poussé le Gaulois ! Plus tard,
à Sicca, je les ai tous enragés avec la peur de la République ! Giscon les renvoyait, mais je n'ai pas voulu
que les interprètes pussent parler. Ah ! comme la
langue leur pendait de la bouche ! t'en souviens-tu ?
Je t'ai conduit dans Carthage ; j'ai volé le zaïmph. Je
t'ai mené chez elle. Je ferai plus encore : tu verras ! »
Il éclata de rire comme un fou.

Mâtho le considérait les yeux béants. Il éprouvait
une sorte de malaise devant cet homme, qui était à
la fois si lâche et si terrible.

Le Grec reprit d'un ton jovial, en faisant claquer
ses doigts :

— « Évohé ! Après la pluie, le soleil ! J'ai travaillé
aux carrières et j'ai bu du massique [501] dans un vaisseau qui m'appartint [502], sous un tendelet d'or, comme
un Ptolémée. Le malheur doit servir à nous rendre
plus habiles. A force de travail, on assouplit la fortune. Elle aime les politiques. Elle cédera ! »

Il revint sur Mâtho, et le prenant au bras :

— « Maître, à présent les Carthaginois sont sûrs de
leur victoire. Tu as toute une armée qui n'a pas com-
battu, et tes hommes t'obéissent, à toi. Place-les en
avant ; les miens, pour se venger, marcheront. Il me
reste trois mille Cariens [503], douze cents frondeurs et
des archers, des cohortes entières ! On peut même
former une phalange, retournons ! »

Mâtho, abasourdi par le désastre, n'avait jusqu'à
présent rien imaginé pour en sortir. Il écoutait, la
bouche ouverte, et les lames de bronze qui cerclaient
ses côtes se soulevaient aux bondissements de son
cœur. Il ramassa son épée, en criant :

— « Suis-moi, marchons ! »

Mais les éclaireurs, quand ils furent revenus [504],
annoncèrent que les morts des Carthaginois étaient
enlevés, le pont tout en ruine et Hamilcar disparu.

IX

EN CAMPAGNE

I L avait pensé que les Mercenaires [505] l'attendraient
à Utique ou qu'ils reviendraient contre lui; et,
ne trouvant pas ses forces suffisantes pour donner
l'attaque ou pour la recevoir, il s'était enfoncé dans
le sud, par la rive droite du fleuve, ce qui le mettait
immédiatement à couvert d'une surprise [506].

Il voulait, fermant d'abord les yeux sur leur révolte,
détacher toutes les tribus de la cause des Barbares;
puis, quand ils seraient bien isolés au milieu des provinces, il tomberait sur eux et les exterminerait.

En quatorze jours, il pacifia [507] la région comprise
entre Thouccaber et Utique, avec les villes de Tigni-
cabah, Tessourah, Vacca et d'autres encore [508] à l'occident. Zounghar bâtie dans les montagnes; Assouras
célèbre par son temple; Djeraado fertile en genévriers;
Thapitis et Hagour lui envoyèrent des ambassades.
Les gens de la campagne arrivaient les mains pleines
de vivres, imploraient sa protection, baisaient ses
pieds, ceux des soldats, et se plaignaient des Barbares. Quelques-uns venaient lui offrir, dans des sacs,
des têtes de Mercenaires, tués par eux, disaient-ils,
mais qu'ils avaient coupées à des cadavres; car beaucoup s'étaient perdus en fuyant, et on les trouvait
morts de place en place, sous les oliviers et dans les
vignes.

Pour éblouir le peuple [509], Hamilcar, dès le lende-

main de la victoire, avait envoyé à Carthage les deux
mille captifs faits sur le champ de bataille. Ils arrivèrent par longues compagnies de cent hommes chacune, tous les bras attachés [510] sur le dos avec une
barre de bronze qui les prenait à la nuque, et les
blessés, en saignant, couraient aussi; des cavaliers [511],
derrière eux, les chassaient à coups de fouet.

Ce fut un délire de joie ! On se répétait qu'il y avait
eu [512] six mille Barbares de tués; les autres ne tien-
draient pas, la guerre était finie; on s'embrassait dans
les rues, et l'on frotta de beurre et de cinnamome la
figure des Dieux-Patæques pour les remercier. Avec
leurs gros yeux, leur gros ventre et leurs deux bras
levés jusqu'aux épaules, ils semblaient vivre sous leur
peinture plus fraîche et participer à l'allégresse du
peuple. Les Riches laissaient leurs portes ouvertes;
la ville retentissait du ronflement des tambourins; les
temples toutes les nuits étaient illuminés, et les servantes de la Déesse descendues dans Malqua établirent au coin des carrefours des tréteaux en sycomore, où elles se prostituaient. On vota des terres pour
les vainqueurs, des holocaustes pour Melkarth, trois
cents couronnes d'or pour le Suffète, et ses partisans [513]
proposaient de lui décerner des prérogatives et des
honneurs nouveaux.

Il avait sollicité les Anciens de faire des ouvertures
à Autharite pour échanger contre tous les Barbares,
s'il le fallait, le vieux Giscon avec les autres Carthaginois détenus comme lui. Les Libyens [514] et les
Nomades qui composaient l'armée d'Autharite connaissaient à peine ces Mercenaires, hommes de race
italiote ou grecque; et puisque la République leur
offrait tant de Barbares contre si peu de Carthaginois,
c'est que les uns étaient de nulle valeur et que les
autres en avaient une considérable. Ils craignaient
un piège. Autharite refusa.

Alors les Anciens décrétèrent [515] l'exécution des

captifs, bien que le Suffète leur eût écrit de ne pas les
mettre à mort. Il comptait incorporer les meilleurs
dans ses troupes et exciter par là des défections. Mais
la haine emporta toute réserve.

Les deux mille Barbares furent attachés dans les
Mappales, contre les stèles des tombeaux; et des
marchands, des goujats de cuisine, des brodeurs et
même des femmes, les veuves des morts avec leurs
enfants, tous ceux qui voulaient, vinrent les tuer à
coups de flèche. On les visait lentement, pour mieux
prolonger leur supplice : on baissait son arme, puis on
la relevait tour à tour; et la multitude se poussait
en hurlant. Des paralytiques se faisaient amener sur
des civières; beaucoup, par précaution, apportaient
leur nourriture et restaient là jusqu'au soir; d'autres
y passaient la nuit. On avait planté des tentes où l'on
buvait. Plusieurs gagnèrent de fortes sommes à louer
des arcs.

Puis on laissa debout [516] tous ces cadavres crucifiés,
qui semblaient sur les tombeaux autant de statues
rouges et l'exaltation gagnait jusqu'aux gens de
Malqua, issus des familles autochtones et d'ordinaire indifférents aux choses de la patrie. Par reconnaissance [517] des plaisirs qu'elle leur donnait, maintenant ils s'intéressaient à sa fortune, se sentaient
Puniques, et les Anciens trouvèrent habile d'avoir
ainsi fondu dans une même vengeance le peuple entier.

La sanction des Dieux n'y manqua pas; car de tous
les côtés du ciel des corbeaux s'abattirent. Ils volaient
en tournant dans l'air avec de grands cris rauques,
et faisaient un nuage énorme qui roulait [518] sur soi-
même continuellement. On l'apercevait de Clypéa,
de Rhadès et du promontoire Hermæum [519]. Parfois
il se crevait tout à coup, élargissant au loin ses spirales
noires; c'était un aigle qui fondait dans le milieu,
puis repartait; sur les terrasses, sur les dômes, à la
pointe des obélisques et au fronton des temples, il

y avait, çà et là, de gros oiseaux qui tenaient dans leur
bec rougi des lambeaux humains.

A cause de l'odeur, les Carthaginois se résignèrent
à délier les cadavres [520]. On en brûla quelques-uns;
on jeta les autres à la mer, et les vagues poussées par le
vent du nord, en déposèrent sur la plage, au fond du
golfe, devant le camp d'Autharite.

Ce châtiment avait terrifié les Barbares, sans doute,
car du haut d'Eschmoûn on les vit abattre leurs
tentes, réunir leurs troupeaux, hisser leurs bagages sur
des ânes, et le soir du même jour l'armée entière
s'éloigna.

Elle devait, en se portant depuis la montagne des
Eaux-Chaudes jusqu'à Hippo-Zaryte alternativement,
interdire au Suffète l'approche des villes tyriennes
avec la possibilité d'un retour sur Carthage.

Pendant ce temps-là [521], les deux autres armées
tâcheraient de l'atteindre dans le sud, Spendius par
l'orient, Mâtho par l'occident, de manière à se rejoindre
toutes les trois pour le surprendre et l'enlacer. Puis
un renfort [522] qu'ils n'espéraient pas leur survint :
Narr'Havas reparut [523], avec trois cents chameaux
chargés de bitume, vingt-cinq éléphants et six mille
cavaliers.

Le Suffète, pour affaiblir les Mercenaires, avait jugé
prudent de l'occuper au loin dans son royaume. Du
fond de Carthage, il s'était entendu avec Masgaba,
un brigand gétule qui cherchait à se faire un empire.
Fort de l'argent punique, le coureur d'aventures
avait soulevé [524] les États numides en leur promettant
la liberté. Mais Narr'Havas, prévenu [525] par le fils de
sa nourrice, était tombé dans Cirta, avait empoisonné
les vainqueurs avec l'eau des citernes, abattu quelques
têtes, tout rétabli, et il arrivait contre le Suffète plus
furieux que les Barbares.

Les chefs des quatre armées [526] s'entendirent sur

les dispositions de la guerre. Elle serait longue : il fallait tout prévoir.

On convint d'abord de réclamer l'assistance des Romains, et l'on offrit cette mission à Spendius; comme transfuge, il n'osa s'en charger. Douze hommes des colonies grecques s'embarquèrent à Annaba [527] sur une chaloupe des Numides. Puis les chefs exigèrent de tous les Barbares le serment d'une obéissance complète. Chaque jour les capitaines inspectaient les vêtements, les chaussures; on défendit même aux sentinelles l'usage du bouclier, car souvent elles l'appuyaient contre leur lance et s'endormaient debout; ceux qui traînaient quelque bagage furent contraints de s'en défaire; tout, à la mode romaine, devait être porté sur le dos. Par précaution contre les éléphants, Mâtho institua un corps de cavaliers cataphractes, où l'homme et le cheval disparaissaient sous une cuirasse en peau d'hippopotame hérissée de clous; et pour protéger la corne des chevaux, on leur fit des bottines en tresse de sparterie.

Il fut interdit de piller les bourgs, de tyranniser les habitants de race non punique. Mais comme la contrée s'épuisait [528], Mâtho ordonna de distribuer les vivres par tête de soldat, sans s'inquiéter des femmes. D'abord ils les partagèrent avec elles. Faute de nourriture beaucoup s'affaiblissaient. C'était une occasion incessante de querelles, d'invectives, plusieurs attirant les compagnes des autres par l'appât ou même la promesse de leur portion. Mâtho commanda de les chasser toutes, impitoyablement. Elles se réfugièrent dans le camp d'Autharite; mais les Gauloises [529] et les Libyennes, à force d'outrages, les contraignirent à s'en aller.

Enfin elles vinrent sous les murs [530] de Carthage implorer la protection de Cérès et de Proserpine, car il y avait dans Byrsa un temple et des prêtres consacrés à ces déesses, en expiation des horreurs commises autrefois au siège de Syracuse. Les Syssites, alléguant leur droit d'épaves, réclamèrent les plus jeunes pour les vendre; et des Carthaginois-nouveaux prirent en mariage des Lacédémoniennes qui étaient blondes.

Quelques-unes s'obstinèrent [531] à suivre les armées. Elles couraient sur le flanc des syntagmes, à côté des capitaines. Elles appelaient leurs hommes, les tiraient par le manteau, se frappaient la poitrine en les maudissant, et tendaient au bout de leurs bras leurs petits enfants nus qui pleuraient. Ce spectacle amollissait les Barbares; elles étaient un embarras, un péril. Plusieurs fois on les repoussa, elles revenaient; Mâtho les fit charger à coups de lance par les cavaliers de Narr'Havas; et comme des Baléares lui criaient qu'il leur fallait des femmes :

— « Moi je n'en ai pas ! » répondit-il.

A présent, le génie de Moloch l'envahissait. Malgré les rébellions de sa conscience, il exécutait des choses épouvantables, s'imaginant obéir à la voix d'un Dieu. Quand il ne pouvait les ravager, Mâtho jetait des pierres dans les champs pour les rendre stériles.

Par des messages réitérés, il pressait Autharite et Spendius de se hâter. Mais les opérations du Suffète étaient incompréhensibles. Il campa successivement à Eidous, à Monchar, à Tehent; des éclaireurs crurent l'apercevoir aux environs d'Ischiil, près des frontières de Narr'Havas, et l'on apprit qu'il avait traversé le fleuve au-dessus de Tebourba comme pour revenir à Carthage. A peine dans un endroit, il se transportait vers un autre. Les routes qu'il prenait restaient toujours inconnues. Sans livrer de bataille, le Suffète conservait ses avantages; poursuivi par les Barbares, il semblait les conduire.

Ces marches [532] et ces contre-marches fatiguaient encore plus les Carthaginois; et les forces d'Hamilcar, n'étant pas renouvelées, de jour en jour diminuaient.

Les gens de la campagne lui apportaient [533] maintenant des vivres avec plus de lenteur. Il rencontrait
partout une hésitation, une haine taciturne; et malgré
ses supplications près du Grand-Conseil, aucun secours
n'arrivait de Carthage.

On disait (on croyait peut-être) qu'il n'en avait pas
besoin. C'était une ruse ou des plaintes inutiles; et les
partisans d'Hannon, afin de le desservir, exagéraient
l'importance de sa victoire. Les troupes qu'il commandait, on en faisait le sacrifice; mais on n'allait pas
ainsi continuellement fournir toutes ses demandes. La
guerre était bien assez lourde! elle avait trop coûté,
et par orgueil, les patriciens de sa faction l'appuyaient
avec mollesse.

Alors, désespérant de la République, Hamilcar leva
de force dans les tribus tout ce qu'il lui fallait pour la
guerre : du grain, de l'huile, du bois, des bestiaux et
des hommes. Mais les habitants ne tardèrent pas [534]
à s'enfuir. Les bourgs que l'on traversait étaient
vides, on fouillait les cabanes sans y rien trouver;
bientôt une effroyable solitude enveloppa l'armée
punique.

Les Carthaginois, furieux, se mirent à saccager les
provinces; ils comblaient les citernes, incendiaient les
maisons. Les flammèches, emportées par le vent,
s'éparpillaient au loin, et sur les montagnes des forêts
entières brûlaient; elles bordaient les vallées d'une
couronne de feux; pour passer au delà, on était forcé
d'attendre. Puis ils reprenaient leur marche, en plein
soleil, sur des cendres chaudes.

Quelquefois ils voyaient, au bord de la route, luire
dans un buisson comme des prunelles de chat-tigre.
C'était un Barbare accroupi sur les talons, et qui s'était
barbouillé de poussière pour se confondre avec la
couleur du feuillage; ou bien quand on longeait une
ravine, ceux qui étaient sur les ailes entendaient tout
à coup rouler des pierres; et, en levant les yeux, ils

apercevaient dans l'écartement de la gorge un homme pieds nus qui bondissait.

Cependant Utique et Hippo-Zaryte étaient libres, puisque les Mercenaires ne les assiégeaient plus. Hamilcar leur commanda de venir à son aide. Mais, n'osant se compromettre [535], elles lui répondirent par des mots vagues, des compliments, des excuses.

Il remonta dans le nord brusquement, décidé à s'ouvrir une des villes tyriennes, dût-il en faire le siège. Il lui fallait un point sur la côte, afin de tirer des îles ou de Cyrène des approvisionnements et des soldats, et il convoitait le port d'Utique comme étant le plus près de Carthage.

Le Suffète partit donc de Zouitin et tourna le lac d'Hippo-Zaryte avec prudence. Mais bientôt il fut contraint [536] d'allonger ses régiments en colonne pour gravir la montagne qui sépare les deux vallées. Au coucher du soleil ils descendaient dans son sommet creusé en forme d'entonnoir, quand ils aperçurent devant eux, à ras du sol, des louves de bronze qui semblaient courir sur l'herbe.

Tout à coup de grands panaches se levèrent [537], et au grand rythme des flûtes un chant formidable éclata. C'était l'armée de Spendius [538]; car des Campaniens et des Grecs, par exécration de Carthage, avaient pris les enseignes de Rome. En même temps, sur la gauche, apparurent de longues piques, des boucliers en peau de léopard, des cuirasses de lin, des épaules nues. C'étaient les Ibériens de Mâtho, les Lusitaniens, les Baléares, les Gétules; on entendit le hennissement des chevaux de Narr'Havas; ils se répandirent autour de la colline; puis arriva la vague cohue que commandait Autharite; les Gaulois, les Libyens, les Nomades; et l'on reconnaissait au milieu d'eux les Mangeurs-de-choses-immondes aux arêtes de poisson qu'ils portaient dans la chevelure.

Ainsi les Barbares, combinant exactement leurs

marches, s'étaient rejoints. Mais, surpris eux-mêmes, ils restèrent quelques minutes immobiles et se consultant.

Le Suffète avait tassé ses hommes en une masse orbiculaire, de façon à offrir partout une résistance égale. Les hauts boucliers pointus, fichés dans le gazon les uns près des autres, entouraient l'infanterie. Les Clinabares se tenaient en dehors, et plus loin, de place en place, les éléphants. Les Mercenaires étaient harassés de fatigue; il valait mieux attendre jusqu'au jour; et, certains de leur victoire, les Barbares, pendant toute la nuit, s'occupèrent à manger.

Ils avaient allumé de grands feux clairs qui, en les éblouissant, laissaient dans l'ombre l'armée punique au-dessous d'eux. Hamilcar fit creuser autour de son camp, comme les Romains, un fossé large de quinze pas, profond de six coudées; avec la terre exhausser à l'intérieur un parapet sur lequel on planta des pieux aigus qui s'entrelaçaient, et, au soleil levant, les Mercenaires furent ébahis d'apercevoir tous les Carthaginois ainsi retranchés comme dans une forteresse.

Ils reconnaissaient au milieu des tentes Hamilcar qui se promenait en distribuant des ordres. Il avait le corps pris dans une cuirasse brune tailladée en petites écailles; et suivi de son cheval, de temps en temps il s'arrêtait pour désigner quelque chose de son bras droit étendu.

Alors plus d'un se rappela des matinées pareilles, quand, au fracas des clairons, il passait devant eux lentement, et que ses regards les fortifiaient comme des coupes de vin. Une sorte d'attendrissement les saisit. Ceux, au contraire, qui ne connaissaient pas Hamilcar, dans leur joie de le tenir, déliraient.

Cependant, si tous attaquaient à la fois [539], on se nuirait mutuellement dans l'espace trop étroit. Les Numides pouvaient se lancer au travers; mais les Clinabares défendus par des cuirasses les écraseraient;

puis comment franchir les palissades? Quant aux
éléphants, ils n'étaient pas suffisamment instruits.

— « Vous êtes tous des lâches ! » s'écria Mâtho.

Et, avec les meilleurs, il se précipita contre le retranchement. Une volée de pierres les repoussa; car le
Suffète avait pris sur le pont leurs catapultes abandonnées.

Cet insuccès fit tourner brusquement l'esprit mobile
des Barbares. L'excès de leur bravoure disparut; ils
voulaient vaincre, mais en se risquant le moins possible.
D'après Spendius, il fallait garder soigneusement la
position que l'on avait et affamer l'armée punique.
Mais les Carthaginois [540] se mirent à creuser des puits,
et des montagnes entourant la colline, ils découvrirent de l'eau.

Du sommet de leur palissade ils lançaient des flèches,
de la terre, du fumier, des cailloux qu'ils arrachaient
du sol, pendant que les six catapultes roulaient incessamment sur la longueur de la terrasse.

Mais les sources d'elles-mêmes se tarissaient; on
épuiserait les vivres, on userait les catapultes; les
Mercenaires, dix fois plus nombreux, finiraient par
triompher. Le Suffète imagina des négociations afin
de gagner du temps, et un matin les Barbares trouvèrent dans leurs lignes une peau de mouton couverte
d'écritures. Il se justifiait de sa victoire : les Anciens
l'avaient forcé à la guerre, et pour leur montrer [541]
qu'il gardait sa parole, il leur offrait le pillage d'Utique
ou celui d'Hippo-Zaryte, à leur choix; Hamilcar, en
terminant, déclarait ne pas les craindre, parce qu'il
avait gagné des traîtres et que, grâce à ceux-là, il
viendrait à bout, facilement, de tous les autres.

Les Barbares furent troublés [542] : cette proposition
d'un butin immédiat les faisait rêver; ils appréhen-
daient une trahison, ne soupçonnant point un piège
dans la forfanterie du Suffète, et ils commencèrent
à se regarder les uns les autres avec méfiance. On

observait les paroles, les démarches; des terreurs les réveillaient la nuit. Plusieurs abandonnaient leurs compagnons; suivant sa fantaisie on choisissait son armée, et les Gaulois avec Autharite [543] allèrent se joindre aux hommes de la Cisalpine dont ils comprenaient la langue.

Les quatre chefs se réunissaient tous les soirs dans la tente de Mâtho, et, accroupis autour d'un bouclier, ils avançaient et reculaient attentivement les petites figurines de bois, inventées par Pyrrhus pour reproduire les manœuvres. Spendius démontrait les ressources d'Hamilcar; il suppliait de ne point compromettre l'occasion et jurait par tous les Dieux. Mâtho, irrité, marchait en gesticulant. La guerre contre Carthage était sa chose personnelle; il s'indignait que les autres s'en mêlassent sans vouloir lui obéir. Autharite, à sa figure, devinait ses paroles [544], applaudissait. Narr'-Havas [545] levait le menton en signe de dédain; pas une mesure qu'il ne jugeât funeste; et il ne souriait plus. Des soupirs lui échappaient comme s'il eût refoulé la douleur d'un rêve impossible, le désespoir d'une entreprise manquée.

Pendant que les Barbares, incertains, délibéraient, le Suffète augmentait ses défenses : il fit creuser en deçà des palissades un second fossé, élever une seconde muraille, construire aux angles des tours de bois; et ses esclaves allaient [546] jusqu'au milieu des avant-postes enfoncer les chausse-trapes dans la terre. Mais les éléphants, dont les rations étaient diminuées, se débattaient dans leurs entraves. Pour ménager les herbes, il ordonna aux Clinabares de tuer les moins robustes des étalons. Quelques-uns s'y refusèrent; il les fit décapiter. On mangea les chevaux. Le souvenir de cette viande fraîche, les jours suivants, fut une grande tristesse.

Du fond de l'amphithéâtre où ils se trouvaient resserrés, ils voyaient tout autour d'eux, sur les hauteurs,

les quatre camps des Barbares pleins d'agitation. Des
femmes circulaient avec des outres sur la tête, des
chèvres en bêlant erraient sous les faisceaux des
piques ; on relevait les sentinelles, on mangeait autour
des trépieds. En effet, les tribus [547] leur fournissaient
des vivres abondamment, et ils ne se doutaient pas
eux-mêmes combien leur inaction effrayait l'armée
punique.

Dès le second jour, les Carthaginois avaient remarqué dans le camp des Nomades une troupe de trois
cents hommes à l'écart des autres. C'étaient les Riches,
retenus prisonniers depuis le commencement de la
guerre. Des Libyens les rangèrent tous au bord du
fossé, et, postés derrière eux, ils envoyaient des javelots en se faisant un rempart de leur corps. A peine
pouvait-on reconnaître ces misérables, tant leur visage
disparaissait sous la vermine et les ordures. Leurs
cheveux arrachés par endroits laissaient à nu les ulcères
de leur tête, et ils étaient si maigres et hideux qu'ils
ressemblaient à des momies dans des linceuls troués.
Quelques-uns, en tremblant, sanglotaient d'un air
stupide [548] ; les autres criaient à leurs amis de tirer
sur les Barbares. Il y en avait un, tout immobile, le
front baissé, qui ne parlait pas ; sa grande barbe blanche
tombait jusqu'à ses mains couvertes de chaînes ; et
les Carthaginois, en sentant au fond de leur cœur
comme l'écroulement de la République, reconnaissaient Giscon. Bien que la place fût dangereuse, ils se
poussaient pour le voir. On l'avait coiffé d'une tiare
grotesque, en cuir d'hippopotame, incrustée de cailloux. C'était une imagination d'Autharite ; mais cela
déplaisait à Mâtho.

Hamilcar exaspéré fit ouvrir les palissades, résolu
à se faire jour n'importe comment ; et d'un train
furieux les Carthaginois montèrent jusqu'à mi-côte,
pendant trois cents pas. Un tel flot de Barbares [549]
descendit qu'ils furent refoulés sur leurs lignes. Un

des gardes de la Légion, resté en dehors, trébuchait
parmi les pierres. Zarxas accourut, et, le terrassant,
il lui enfonça un poignard dans la gorge; il l'en retira,
se jeta sur la blessure [550], — et, la bouche collée contre
elle, avec des grondements de joie et des soubresauts
qui le secouaient jusqu'aux talons, il pompait le sang
à pleine poitrine; puis tranquillement, il s'assit sur le
cadavre, releva son visage en se renversant le cou
pour mieux humer l'air, comme fait une biche qui
vient de boire à un torrent, et, d'une voix aiguë, il
entonna une chanson des Baléares, une vague mélodie
pleine de modulations prolongées, s'interrompant,
alternant, comme des échos qui se répondent dans les
montagnes; il appelait ses frères morts et les conviait
à un festin; — puis il laissa retomber ses mains entre
ses jambes, baissa lentement la tête, et pleura. Cette
chose atroce fit horreur aux Barbares, aux Grecs
surtout.

Les Carthaginois, à partir de ce moment, ne tentèrent aucune sortie; — et ils ne songeaient pas à se
rendre, certains de périr dans les supplices.

Cependant les vivres, malgré les soins d'Hamilcar,
diminuaient effroyablement. Pour chaque homme, il
ne restait plus que dix k'kommer [551] de blé, trois hin
de millet et douze betza'de fruits secs. Plus de viande,
plus d'huile, plus de salaisons, pas un grain d'orge
pour les chevaux; on les voyait, baissant leur encolure amaigrie, chercher dans la poussière des brins de
paille piétinés. Souvent les sentinelles en vedette sur
la terrasse apercevaient, au clair de la lune, un chien
des Barbares qui venait rôder sous le retranchement,
dans les tas d'immondices; on l'assommait avec une
pierre, et, s'aidant des courroies du bouclier, on descendait le long des palissades, puis sans rien dire, on le
mangeait. Parfois d'horribles aboiements s'élevaient, et
l'homme ne remontait plus. Dans la quatrième dilochie
de la douzième syntagme [552], trois phalangites, en

se disputant un rat, se tuèrent à coups de couteau.

Tous regrettaient leurs familles, leurs maisons : les pauvres, leurs cabanes en forme de ruche, avec des coquilles au seuil des portes, un filet suspendu, et les patriciens, leurs grandes salles emplies de ténèbres bleuâtres, quand, à l'heure la plus molle du jour, ils se reposaient, écoutant le bruit vague des rues mêlé au frémissement des feuilles qui s'agitaient dans leurs jardins ; — et, pour mieux descendre dans cette pensée, afin d'en jouir davantage, ils entre-fermaient les paupières ; la secousse d'une blessure les réveillait. A chaque minute, c'était un engagement, une alerte nouvelle ; les tours brûlaient, les Mangeurs-de-choses-immondes sautaient aux palissades ; avec des haches, on leur abattait les mains ; d'autres accouraient ; une pluie de fer tombait sur les tentes. On éleva des galeries en claies de jonc pour se garantir des projectiles. Les Carthaginois s'y enfermèrent ; ils n'en bougeaient plus.

Tous les jours, le soleil qui tournait sur la colline, abandonnant, dès les premières heures, le fond de la gorge, les laissait dans l'ombre. En face et par derrière, les pentes grises du terrain remontaient, couvertes de cailloux tachetés d'un rare lichen, et, sur leurs têtes, le ciel, continuellement pur, s'étalait, plus lisse et froid à l'œil qu'une coupole de métal. Hamilcar était si indigné contre Carthage qu'il sentait l'envie de se jeter dans les Barbares pour les conduire sur elle. Puis voilà que les porteurs, les vivandiers, les esclaves commençaient à murmurer, et ni le peuple, ni le Grand-Conseil, personne n'envoyait même une espérance. La situation était intolérable surtout par l'idée qu'elle deviendrait pire.

A la nouvelle du désastre, Carthage avait comme bondi de colère et de haine ; on aurait moins exécré le Suffète, si, dès le commencement, il se fût laissé vaincre.

Mais pour acheter d'autres Mercenaires, le temps manquait, l'argent manquait. Quant à lever des soldats dans la ville, comment les équiper? Hamilcar avait pris toutes les armes! et qui donc les commanderait? Les meilleurs capitaines se trouvaient là-bas avec lui! Cependant, des hommes [553] expédiés par le Suffète arrivaient dans les rues, poussaient des cris. Le Grand-Conseil s'en émut, et il s'arrangea pour les faire disparaître.

C'était une prudence inutile; tous accusaient Barca de s'être conduit avec mollesse. Il aurait dû, après sa victoire, anéantir les Mercenaires. Pourquoi avait-il ravagé les tribus? On s'était cependant imposé d'assez lourds sacrifices! et les patriciens déploraient leur contribution de quatorze shekel, les Syssites leurs deux cent vingt-trois mille kikar d'or; ceux qui n'avaient rien donné se lamentaient comme les autres. La populace était jalouse des Carthaginois-nouveaux auxquels il avait promis le droit de cité complet; et même les Ligures [554], qui s'étaient si intrépidement battus, on les confondait avec les Barbares, on les maudissait comme eux; leur race devenait un crime, une complicité. Les marchands sur le seuil de leur boutique, les manœuvres qui passaient, une règle de plomb à la main, les vendeurs de saumure rinçant leurs paniers, les baigneurs dans les étuves et les débitants de boissons chaudes, tous discutaient les opérations de la campagne. On traçait avec son doigt des plans de bataille sur la poussière; et il n'était si mince goujat [555] qui ne sût corriger les fautes d'Hamilcar.

C'était, disaient les prêtres, le châtiment de sa longue impiété. Il n'avait point offert d'holocaustes; il n'avait pas pu purifier ses troupes [556]; il avait même refusé de prendre avec lui des augures [557]; — et le scandale du sacrilège renforçait la violence des haines contenues, la rage des espoirs trahis. On se rappelait les désastres de la Sicile, tout le fardeau de son orgueil

qu'on avait si longtemps porté! Les collèges des pontifes ne lui pardonnaient pas d'avoir saisi leur trésor,
et ils exigèrent du Grand-Conseil l'engagement de le
crucifier, si jamais il revenait.

Les chaleurs du mois d'Éloul, excessives cette année-
là, étaient une autre calamité. Des bords du Lac, il
s'élevait des odeurs nauséabondes; elles passaient dans
l'air avec les fumées des aromates tourbillonnant au
coin des rues. On entendait continuellement retentir
des hymnes. Des flots de peuple occupaient les escaliers des temples : toutes les murailles étaient couvertes [558] de voiles noirs; des cierges brûlaient au
front des Dieux-Patæques, et le sang des chameaux
égorgés en sacrifice, coulant le long des rampes, formait, sur les marches, des cascades rouges. Un délire
funèbre agitait Carthage. Du fond des ruelles les plus
étroites, des bouges les plus noirs, des figures pâles
sortaient, des hommes à profil de vipère et qui grinçaient des dents. Les hurlements aigus des femmes
emplissaient les maisons, et, s'échappant par les grillages, faisaient se retourner sur les places ceux qui
causaient debout. On croyait quelquefois que les
Barbares arrivaient; on les avait aperçus derrière la
montagne des Eaux-Chaudes; ils étaient campés à
Tunis; et les voix se multipliaient [559], grossissaient, se
confondaient en une seule clameur. Puis, un silence
universel s'établissait, les uns restaient grimpés sur le
fronton des édifices, avec leur main ouverte au bord
des yeux, tandis que les autres, à plat ventre au pied
des remparts, tendaient l'oreille. La terreur passée,
les colères recommençaient. Mais la conviction de leur
impuissance les replongeait bientôt dans la même
tristesse.

Elle redoublait chaque soir, quand tous, montés sur
les terrasses, poussaient, en s'inclinant, par neuf fois,
un grand cri, pour saluer le Soleil. Il s'abaissait derrière la Lagune, lentement, puis tout à coup il dispa-

raissait dans les montagnes, du côté des Barbares.

On attendait la fête trois fois sainte où, du haut d'un
bûcher, un aigle s'envolait vers le ciel, symbole de la
résurrection de l'année, message du peuple à son Baal
suprême, et qu'il considérait comme une sorte d'union,
une manière de se rattacher à la force du Soleil. D'ailleurs, empli de haine maintenant, il se tournait naïvement vers Moloch-Homicide, et tous abandonnaient
Tanit. En effet, la Rabbetna, n'ayant plus son voile [560],
était comme dépouillée d'une partie de sa vertu. Elle
refusait la bienfaisance de ses eaux, elle avait déserté
Carthage; c'était une transfuge, une ennemie. Quelques-uns, pour l'outrager, lui jetaient des pierres. Mais
en l'invectivant beaucoup la plaignaient; on la chérissait encore et plus profondément peut-être.

Tous les malheurs venaient donc de la perte du
zaïmph. Salammbô y avait indirectement participé;
on la comprenait dans la même rancune; elle devait
être punie. La vague idée [561] d'une immolation bientôt
circula dans le peuple. Pour apaiser les Baalim, il fallait
sans doute leur offrir quelque chose d'une incalculable valeur, un être beau, jeune, vierge, d'antique
maison, issu des Dieux, un astre humain. Tous les
jours des hommes que l'on ne connaissait pas envahissaient les jardins de Mégara; les esclaves, tremblant
pour eux-mêmes, n'osaient leur résister. Cependant
ils ne dépassaient point l'escalier des galères. Ils
restaient en bas, les yeux levés sur la dernière terrasse;
ils attendaient Salammbô, et durant des heures ils
criaient contre elle, comme des chiens qui hurlent
après la lune.

X

LE SERPENT

CES clameurs de la populace n'épouvantaient pas la fille d'Hamilcar.

Elle était troublée par des inquiétudes plus hautes : son grand serpent, le Python noir [562], languissait; et le serpent était pour les Carthaginois un fétiche à la fois national et particulier. On le croyait fils du limon de la terre, puisqu'il émerge de ses profondeurs et n'a pas besoin de pieds pour la parcourir; sa démarche rappelait les ondulations des fleuves, sa température les antiques ténèbres visqueuses pleines de fécondité, et l'orbe qu'il décrit en se mordant la queue l'ensemble des planètes, l'intelligence d'Eschmoûn.

Celui de Salammbô avait déjà refusé [563] plusieurs fois les quatre moineaux vivants qu'on lui présentait à la pleine lune et à chaque nouvelle lune. Sa belle peau, couverte comme le firmament de taches d'or sur un fond tout noir, était jaune maintenant, flasque, ridée et trop large pour son corps; une moisissure cotonneuse s'étendait autour de sa tête; et dans l'angle de ses paupières, on apercevait de petits points rouges qui paraissaient remuer. De temps à autre, Salammbô s'approchait de sa corbeille en fils d'argent; elle écartait la courtine de pourpre, les feuilles de lotus, le duvet d'oiseau; il était continuellement enroulé [564] sur lui-même, plus immobile qu'une liane flétrie; et,

à force de le regarder [565], elle finissait par sentir dans
son cœur comme une spirale, comme un autre serpent
qui peu à peu lui montait à la gorge et l'étranglait.

Elle était désespérée d'avoir vu le zaïmph, et cependant elle en éprouvait [566] une sorte de joie, un orgueil
intime. Un mystère se dérobait dans la splendeur de
ses plis; c'était le nuage enveloppant les Dieux, le
secret de l'existence universelle, et Salammbô, en
se faisant horreur à elle-même, regrettait de ne l'avoir
pas soulevé.

Presque toujours elle était accroupie au fond de son
appartement, tenant dans ses mains sa jambe gauche
repliée, la bouche entr'ouverte, le menton baissé,
l'œil fixe. Elle se rappelait, avec épouvante, la figure
de son père; elle voulait s'en aller dans les montagnes
de la Phénicie, en pèlerinage au temple d'Aphaka [567],
où Tanit est descendue sous la forme d'une étoile;
toutes sortes d'imaginations l'attiraient, l'effrayaient;
d'ailleurs une solitude chaque jour plus large l'envi-
ronnait. Elle ne savait même pas ce que devenait
Hamilcar.

Enfin, lasse de ses pensées [568], elle se levait, et, en
traînant ses petites sandales dont la semelle à chaque
pas claquait sur ses talons, elle se promenait au hasard
dans la grande chambre silencieuse. Les améthystes
et les topazes du plafond faisaient çà et là trembler
des taches lumineuses, et Salammbô, tout en marchant,
tournait un peu la tête pour les voir. Elle allait prendre
par le goulot les amphores suspendues; elle se rafraî-
chissait la poitrine sous les larges éventails, ou bien
elle s'amusait à brûler du cinnamome dans des perles
creuses. Au coucher du soleil, Taanach retirait les
losanges de feutre noir bouchant les ouvertures de
la muraille; alors ses colombes, frottées de musc
comme les colombes de Tanit, tout à coup entraient,
et leurs pattes roses glissaient sur les dalles de verre
parmi les grains d'orge qu'elle leur jetait à pleines

poignées, comme un semeur dans un champ. Mais
soudain elle éclatait [569] en sanglots, et elle restait
étendue sur le grand lit fait de courroies de bœuf,
sans remuer, en répétant un mot toujours le même,
les yeux ouverts, pâle comme une morte, insensible,
froide; — et cependant elle entendait [570] le cri des
singes dans les touffes des palmiers, avec le grincement
continu de la grande roue [571] qui, à travers les étages,
amenait un flot d'eau pure dans la vasque de porphyre.

Quelquefois, durant plusieurs jours, elle refusait de
manger. Elle voyait en rêve des astres troubles qui
passaient sous ses pieds. Elle appelait Schahabarim,
et, quand il était venu, n'avait plus rien à lui dire.

Elle ne pouvait vivre sans le soulagement de sa présence. Mais elle se révoltait intérieurement contre
cette domination; elle sentait [572] pour le prêtre tout
à la fois de la terreur, de la jalousie, de la haine et
une espèce d'amour, en reconnaissance de la singulière volupté qu'elle trouvait près de lui.

Il avait reconnu l'influence de la Rabbet, habile à
distinguer quels étaient les Dieux qui envoyaient les
maladies; et, pour guérir Salammbô, il faisait arroser
son appartement avec des lotions de verveine et
d'adiante [573]; elle mangeait tous les matins des mandragores [574]; elle dormait la tête sur un sachet d'aromates mixtionnés par les pontifes; il avait même
employé le baaras [575], racine couleur de feu qui refoule
dans le septentrion les génies funestes; enfin se tournant vers l'étoile polaire, il murmura par trois fois
le nom mystérieux de Tanit; mais Salammbô souffrant
toujours, ses angoisses s'approfondirent.

Personne à Carthage n'était savant comme lui.
Dans sa jeunesse, il avait étudié au collège des Mogbeds [576], à Borsippa, près Babylone; puis visité Samothrace, Pessinunte [577], Ephèse, la Thessalie, la Judée,
les temples des Nabathéens [578], qui sont perdus dans
les sables; et, des cataractes jusqu'à la mer, parcouru

à pied les bords du Nil. La face couverte d'un voile, et
en secouant des flambeaux, il avait jeté un coq noir sur
un feu de sandaraque [579], devant le poitrail du Sphinx,
le Père-de-la-Terreur. Il était descendu dans les
cavernes de Proserpine; il avait vu tourner les cinq
cents colonnes du labyrinthe de Lemnos [580] et res-
plendir le candélabre de Tarente, portant sur sa tige
autant de lampadaires qu'il y a de jours dans l'année;
la nuit, parfois, il recevait des Grecs pour les interroger. La constitution du monde ne l'inquiétait pas
moins que la nature des Dieux; avec les armilles [581]
placés dans le portique d'Alexandrie, il avait observé
les équinoxes, et accompagné jusqu'à Cyrène les
bématistes d'Evergète [582], qui mesurent le ciel en
calculant le nombre de leurs pas; — si bien que maintenant grandissait dans sa pensée une religion particulière, sans formule distincte, et, à cause de cela même,
toute pleine de vertiges et d'ardeurs. Il ne croyait
plus la terre faite comme une pomme de pin; il la
croyait ronde, et tombant éternellement dans l'immensité, avec une vitesse si prodigieuse qu'on ne s'aperçoit pas de sa chute.

De la position du soleil au-dessus de la lune, il con-
cluait à la prédominance de Baal, dont l'astre lui-
même n'est que le reflet et la figure; d'ailleurs, tout
ce qu'il voyait des choses terrestres le forçait à reconnaître pour suprême le principe mâle exterminateur.
Puis, il accusait secrètement la Rabbet de l'infortune
de sa vie. N'était-ce pas pour elle qu'autrefois le grand
pontife, s'avançant dans le tumulte des cymbales, lui
avait pris sous une patère d'eau bouillante sa virilité
future [583]? Et il suivait d'un œil mélancolique des
hommes qui se perdaient avec les prêtresses au fond
des térébinthes [584].

Ses jours se passaient à inspecter les encensoirs, les
vases d'or, les pinces, les râteaux pour les cendres de
l'autel, et toutes les robes des statues, jusqu'à l'aiguille

de bronze servant à friser les cheveux d'une vieille
Tanit, dans le troisième édicule, près de la vigne
d'émeraude. Aux mêmes heures, il soulevait les grandes
tapisseries des mêmes portes qui retombaient; il restait les bras ouverts dans la même attitude; il priait
prosterné sur les mêmes dalles, tandis qu'autour de
lui un peuple de prêtres circulait pieds nus par les
couloirs pleins d'un crépuscule éternel.

Mais sur l'aridité de sa vie, Salammbô faisait comme
une fleur dans la fente d'un sépulcre. Cependant, il
était dur pour elle, et ne lui épargnait point les péni-
tences ni les paroles amères. Sa condition établissait
entre eux comme l'égalité d'un sexe commun, et il en
voulait moins à la jeune fille de ne pouvoir la posséder
que de la trouver si belle et surtout si pure. Souvent
il voyait bien qu'elle se fatiguait à suivre sa pensée.
Alors il s'en retournait plus triste; il se sentait plus
abandonné, plus seul, plus vide.

Des mots étranges quelquefois lui échappaient, et
qui passaient devant Salammbô comme de larges
éclairs illuminant des abîmes. C'était la nuit, sur la
terrasse, quand, seuls tous les deux, ils regardaient les
étoiles, et que Carthage s'étalait en bas, sous leurs
pieds, avec le golfe et la pleine mer vaguement perdus
dans la couleur des ténèbres.

Il lui exposait la théorie des âmes qui descendent
sur la terre, en suivant la même route que le soleil
par les signes du zodiaque. De son bras étendu, il
montrait dans le Bélier la porte de la génération
humaine, dans le Capricorne, celle du retour vers les
Dieux; et Salammbô s'efforçait de les apercevoir, car
elle prenait ces conceptions pour des réalités; elle
acceptait comme vrais en eux-mêmes de purs symboles et jusqu'à des manières de langage, distinction
qui n'était pas, non plus, toujours bien nette pour le
prêtre.

— « Les âmes des morts, » disait-il, « se résolvent

dans la lune comme les cadavres dans la terre. Leurs
larmes composent son humidité ; c'est un séjour obscur
plein de fange, de débris et de tempêtes. »

Elle demanda ce qu'elle y deviendrait.

— « D'abord, tu languiras, légère comme une vapeur
qui se balance sur les flots ; et, après des épreuves et
des angoisses plus longues, tu t'en iras dans le foyer
du soleil, à la source même de l'Intelligence ! »

Cependant il ne parlait pas de la Rabbet. Salammbô
s'imaginait que c'était par pudeur pour sa déesse
vaincue, et l'appelant d'un nom commun qui désignait
la lune, elle se répandait en bénédictions sur l'astre
fertile et doux. A la fin, il s'écria :

— « Non ! non ! elle tire de l'autre toute sa fécondité ! Ne la vois-tu pas vagabondant autour de lui
comme une femme amoureuse qui court après un
homme dans un champ ? » Et sans cesse il exaltait la
vertu de la lumière.

Loin d'abattre ses désirs mystiques, au contraire il
les sollicitait, et même il semblait prendre de la joie
à la désoler par les révélations d'une doctrine impitoyable. Salammbô, malgré les douleurs de son amour,
se jetait dessus avec emportement.

Mais plus Schahabarim se sentait douter de Tanit,
plus il voulait y croire. Au fond de son âme un remords
l'arrêtait. Il lui aurait fallu quelque preuve, une mani-
festation des Dieux, et dans l'espoir de l'obtenir, le
prêtre imagina [585] une entreprise qui pouvait à la fois
sauver sa patrie et sa croyance.

Dès lors il se mit, devant Salammbô, à déplorer le
sacrilège et les malheurs qui en résultaient jusque dans
les régions du ciel. Puis, tout à coup, il lui annonça
le péril du Suffète, assailli par trois armées que commandait Mâtho ; car Mâtho, pour les Carthaginois,
était, à cause du voile, comme le roi des Barbares ; et
il ajouta [586] que le salut de la République et de son
père dépendait d'elle seule.

— « De moi ! » s'écria-t-elle, « comment puis-je… ? »

Mais le prêtre, avec un sourire de dédain :

— « Jamais tu ne consentiras ! »

Elle le suppliait. Enfin Schahabarim lui dit :

— « Il faut que tu ailles chez les Barbares reprendre le zaïmph ! »

Elle s'affaissa sur l'escabeau d'ébène; et elle restait les bras allongés entre ses genoux [587], avec un frisson de tous ses membres, comme une victime au pied de l'autel quand elle attend le coup de massue. Ses tempes bourdonnaient, elle voyait tourner des cercles de feu, et, dans sa stupeur, ne comprenait plus qu'une chose, c'est que certainement elle allait bientôt mourir.

Mais si Rabbetna triomphait, si le zaïmph était rendu et Carthage délivrée, qu'importe la vie [588] d'une femme ! pensait Schahabarim. D'ailleurs, elle obtiendrait peut-être le voile et ne périrait pas.

Il fut trois jours sans revenir; le soir du quatrième, elle l'envoya chercher.

Pour mieux enflammer son cœur, il lui apportait toutes les invectives que l'on hurlait contre Hamilcar en plein Conseil; il lui disait [589] qu'elle avait failli, qu'elle devait réparer son crime, et que la Rabbetna ordonnait ce sacrifice.

Souvent une large clameur traversant les Mappales arrivait dans Mégara. Schahabarim et Salammbô sortaient vivement; et, du haut de l'escalier des galères, ils regardaient.

C'étaient des gens sur la place de Khamon qui criaient pour avoir des armes. Les Anciens ne voulaient pas leur en fournir, estimant cet effort inutile; d'autres partis, sans général, avaient été massacrés. Enfin on leur permit de s'en aller, et, par une sorte d'hommage à Moloch ou un vague besoin de destruction, ils arrachèrent dans les bois des temples de grands cyprès, et, les ayant allumés aux flambeaux des Kabyres, ils les portaient dans les rues en chantant. Ces flammes monstrueuses s'avançaient, balancées doucement; elles envoyaient des feux sur des boules de verre à la crête des temples, sur les ornements des colosses, sur les éperons des navires, dépassaient les terrasses et faisaient comme des soleils qui se roulaient par la ville. Elles descendirent l'Acropole. La porte de Malqua s'ouvrit.

— « Es-tu prête? » s'écria Schahabarim, « ou leur as-tu recommandé de dire à ton père que tu l'abandonnais. » Elle se cacha le visage dans ses voiles, et les grandes lueurs s'éloignèrent, en s'abaissant peu à peu au bord des flots.

Une épouvante indéterminée la retenait; elle avait peur de Moloch, peur de Mâtho. Cet homme à taille de géant, et qui était maître du zaïmph [590], dominait la Rabbetna autant que le Baal et lui apparaissait entouré des mêmes fulgurations; puis l'âme des Dieux, quelquefois, visitait le corps des hommes. Schahabarim, en parlant de celui-là, ne disait-il pas qu'elle devait vaincre Moloch? Ils étaient mêlés l'un à l'autre; elle les confondait; tous les deux la poursuivaient.

Elle voulut connaître l'avenir et elle s'approcha du serpent, car on tirait des augures d'après l'attitude des serpents. Mais la corbeille était vide [591]; Salammbô fut troublée.

Elle le trouva enroulé par la queue à un des balustres d'argent, près du lit suspendu, et il le frottait pour se dégager de sa vieille peau jaunâtre, tandis que son corps tout luisant et clair s'allongeait comme un glaive à moitié sorti du fourreau.

Puis les jours suivants [592], à mesure qu'elle se laissait convaincre, qu'elle était plus disposée à secourir Tanit, le python se guérissait, grossissait, il semblait revivre.

La certitude que Schahabarim exprimait la volonté des Dieux s'établit alors dans sa conscience. Un matin, elle se réveilla déterminée, et elle demanda ce qu'il fallait pour que Mâtho rendît le voile.

— « Le réclamer, » dit Schahabarim.

— « Mais s'il refuse ? » reprit-elle [593].

Le prêtre la considéra fixement, et avec un sourire qu'elle n'avait jamais vu.

— « Oui, comment faire ? » répéta Salammbô.

Il roulait entre ses doigts l'extrémité des bandelettes qui tombaient de sa tiare sur ses épaules, les yeux baissés, immobile. Enfin, voyant qu'elle ne comprenait pas :

— « Tu seras seule avec lui.

— « Après ? » dit-elle.

— « Seule dans sa tente.

— « Et alors ? »

Schahabarim se mordit les lèvres. Il cherchait quelque phrase, un détour.

— « Si tu dois mourir, ce sera plus tard, » dit-il, « plus tard ! ne crains rien ! et quoi qu'il entreprenne, n'appelle pas ! ne t'effraye pas ! Tu seras humble, entends-tu, et soumise à son désir qui est l'ordre du ciel !

— « Mais le voile ?

— « Les Dieux y aviseront, » répondit Schahabarim. Elle ajouta :

— « Si tu m'accompagnais, ô père ?

— « Non ! »

Il la fit se mettre à genoux, et, gardant la main gauche levée et la droite étendue, il jura pour elle de rapporter dans Carthage le manteau de Tanit. Avec des imprécations terribles, elle se dévouait aux Dieux, et chaque fois que Schahabarim prononçait un mot, en défaillant, elle le répétait.

Il lui indiqua toutes les purifications, les jeûnes qu'elle devait faire et comment parvenir jusqu'à Mâtho. D'ailleurs, un homme connaissant les routes l'accompagnerait.

Elle se sentit [594] comme délivrée. Elle ne songeait plus qu'au bonheur de revoir le zaïmph, et maintenant elle bénissait Schahabarim de ses exhortations.

C'était l'époque où les colombes de Carthage émigraient en Sicile, dans la montagne d'Éryx, autour du temple de Vénus. Avant leur départ, durant plusieurs jours, elles se cherchaient, s'appelaient pour se réunir; enfin elles s'envolèrent [595] un soir; le vent les poussait, et cette grosse nuée blanche glissait dans le ciel, au-dessus de la mer, très haut.

Une couleur de sang occupait l'horizon. Elles semblaient descendre vers les flots, peu à peu; puis elles disparurent comme englouties et tombant d'elles-mêmes dans la gueule du soleil. Salammbô, qui les regardait s'éloigner, baissa la tête, et Taanach, croyant deviner son chagrin, lui dit alors doucement :

— « Mais elles reviendront, Maîtresse.

— « Oui ! Je le sais.

— « Et tu les reverras.

— « Peut-être ! » fit-elle en soupirant.

Elle n'avait confié à personne sa résolution; pour l'accomplir plus discrètement, elle envoya Taanach acheter dans le faubourg de Kinisdo (au lieu de les demander aux intendants), toutes les choses qu'il lui fallait : du vermillon, des aromates, une ceinture de lin et des vêtements neufs. La vieille esclave s'ébahissait de ces préparatifs, sans oser pourtant lui faire de questions; et le jour arriva, fixé par Schahabarim, où Salammbô devait partir.

Vers la douzième heure, elle aperçut au fond des sycomores un vieillard aveugle, la main appuyée sur l'épaule d'un enfant qui marchait devant lui, et de l'autre il portait contre sa hanche une espèce de cithare en bois noir. Les eunuques, les esclaves, les femmes avaient été scrupuleusement éloignés; aucun ne pouvait savoir le mystère qui se préparait.

Taanach alluma dans les angles de l'appartement quatre trépieds pleins de strobus et de cardamome [596]; puis elle déploya de grandes tapisseries babyloniennes et elle les tendit sur des cordes, tout autour de la

chambre; car Salammbô ne voulait pas être vue,
même par les murailles. Le joueur de kinnor [597] se
tenait accroupi derrière la porte, et le jeune garçon,
debout, appliquait contre ses lèvres une flûte de
roseau. Au loin la clameur des rues s'affaiblissait, des
ombres violettes s'allongeaient devant le péristyle des
temples, et, de l'autre côté du golfe [598], les bases des
montagnes, les champs d'oliviers et les vagues terrains jaunes, ondulant indéfiniment, se confondaient
dans une vapeur bleuâtre; on n'entendait aucun bruit,
un accablement indicible pesait dans l'air.

Salammbô s'accroupit sur la marche d'onyx, au
bord du bassin; elle releva ses larges manches qu'elle
attacha derrière ses épaules, et elle commença ses ablutions, méthodiquement, d'après les rites sacrés.

Enfin Taanach lui apporta, dans une fiole d'albâtre,
quelque chose de liquide et de coagulé; c'était le
sang d'un chien noir, égorgé par des femmes stériles,
une nuit d'hiver, dans les décombres d'un sépulcre.
Elle s'en frotta les oreilles, les talons, le pouce de la
main droite, et même son ongle resta un peu rouge,
comme si elle eût écrasé un fruit.

La lune se leva; alors la cithare et la flûte, toutes
les deux à la fois, se mirent à jouer.

Salammbô défit ses pendants d'oreilles, son collier,
ses bracelets, sa longue simarre blanche; elle dénoua
le bandeau de ses cheveux, et pendant quelques
minutes elle les secoua sur ses épaules, doucement,
pour se rafraîchir en les éparpillant. La musique au
dehors continuait; c'étaient trois notes, toujours les
mêmes, précipitées, furieuses; les cordes grinçaient, la
flûte ronflait; Taanach marquait la cadence en frappant dans ses mains; Salammbô, avec un balancement
de tout son corps, psalmodiait des prières, et ses vêtements, les uns après les autres, tombaient [599] autour
d'elle.

La lourde tapisserie [600] trembla, et par-dessus la

corde qui la supportait, la tête du python apparut. Il descendit lentement, comme une goutte d'eau qui coule le long d'un mur, rampa entre les étoffes épandues, puis, la queue collée contre le sol, il se leva tout droit [601]; et ses yeux, plus brillants que des escarboucles, se dardaient sur Salammbô.

L'horreur du froid ou une pudeur, peut-être, la fit d'abord hésiter. Mais elle se rappela les ordres de Shahabarim, elle s'avança; le python se rabattit et lui posant sur la nuque le milieu de son corps, il laissait pendre sa tête et sa queue, comme un collier rompu dont les deux bouts traînent jusqu'à terre. Salammbô l'entoura autour de ses flancs, sous ses bras, entre ses genoux; puis le prenant à la mâchoire, elle approcha cette petite gueule triangulaire jusqu'au bord de ses dents, et, en fermant à demi les yeux, elle se renversait sous les rayons de la lune. La blanche lumière semblait l'envelopper d'un brouillard d'argent, la forme de ses pas humides brillait sur les dalles, des étoiles palpitaient dans la profondeur de l'eau; il serrait contre elle ses noirs anneaux tigrés de plaques d'or. Salammbô haletait sous ce poids trop lourd, ses reins pliaient, elle se sentait mourir; et du bout de sa queue il lui battait la cuisse tout doucement; puis la musique se taisant, il retomba.

Taanach revint près d'elle; et quand elle eut disposé deux candélabres dont les lumières brûlaient dans des boules de cristal pleines d'eau, elle teignit de lausonia l'intérieur de ses mains, passa du vermillon sur ses joues, de l'antimoine au bord de ses paupières, et allongea ses sourcils avec un mélange de gomme, de musc, d'ébène et de pattes de mouches écrasées.

Salammbô, assise dans une chaise à montants d'ivoire, s'abandonnait aux soins de l'esclave. Mais ces attouchements [602], l'odeur des aromates et les jeûnes qu'elle avait subis, l'énervaient. Elle devint si pâle que Taanach s'arrêta.

— « Continue ! » dit Salammbô, et, se roidissant contre elle-même, elle se ranima tout à coup. Alors une impatience la saisit ; elle pressait Taanach de se hâter, et la vieille esclave en grommelant :

— « Bien ! bien ! Maîtresse !... Tu n'as d'ailleurs personne qui t'attende !

— « Oui ! » dit Salammbô, « quelqu'un m'attend. »

Taanach se recula de surprise, et afin d'en savoir plus long :

— Que m'ordonnes-tu, Maîtresse ? car si tu dois rester partie... »

Mais Salammbô sanglotait [603] ; l'esclave s'écria :

— « Tu souffres ! qu'as-tu donc ? Ne t'en va pas ! emmène-moi ! Quand tu étais toute petite et que tu pleurais, je te prenais sur mon cœur et je te faisais rire avec la pointe de mes mamelles ; tu les as taries, Maîtresse ! » Elle se donnait des coups sur sa poitrine desséchée. « Maintenant, je suis vieille ! je ne peux rien pour toi ! tu ne m'aimes plus ! tu me caches tes douleurs, tu dédaignes ta nourrice ! » Et de tendresse et de dépit, des larmes coulaient le long de ses joues, dans les balafres de son tatouage.

— « Non ! » dit Salammbô, « non, je t'aime ! console-toi ! »

Taanach, avec un sourire pareil à la grimace d'un vieux singe, reprit sa besogne. D'après les recommandations de Schahabarim, Salammbô lui avait ordonné de la rendre magnifique ; et elle l'accommodait dans un goût barbare, plein à la fois de recherche et d'ingénuité.

Sur une première tunique, mince, et de couleur vineuse, elle en passa une seconde, brodée en plumes d'oiseaux. Des écailles d'or se collaient à ses hanches, et de cette large ceinture descendaient les flots de ses caleçons bleus, étoilés d'argent. Ensuite Taanach lui emmancha une grande robe, faite avec la toile du pays des Sères [604], blanche et bariolée de lignes

vertes. Elle attacha au bord de son épaule un carré
de pourpre, appesanti dans le bas par des grains de
sandrastum [605]; et par-dessus tous ces vêtements,
elle posa un manteau noir à queue traînante; puis
elle la contempla, et, fière de son œuvre, ne put
s'empêcher de dire :

— « Tu ne seras pas plus belle le jour de tes noces ! »

— « Mes noces ! » répéta Salammbô; elle rêvait,
le coude appuyé sur la chaise d'ivoire.

Mais Taanach dressa devant elle [606] un miroir de
cuivre si large et si haut qu'elle s'y aperçut tout
entière. Alors elle se leva, et d'un coup de doigt léger,
remonta une boucle de ses cheveux, qui descendait
trop bas.

Ils étaient couverts de poudre d'or, crépus sur le
front et par derrière ils pendaient dans le dos, en
longues torsades que terminaient des perles. Les
clartés des candélabres avivaient le fard de ses joues,
l'or de ses vêtements, la blancheur de sa peau; elle
avait autour de la taille, sur les bras, sur les mains
et aux doigts des pieds, une telle abondance de pierreries que le miroir, comme un soleil, lui renvoyait des
rayons; — et Salammbô, debout à côté de Taanach, se
penchant pour la voir, souriait dans cet éblouissement.

Puis elle se promena de long en large, embarrassée
du temps qui lui restait.

Tout à coup, le chant d'un coq retentit. Elle piqua
vivement sur ses cheveux un long voile jaune, se
passa une écharpe autour du cou, enfonça ses pieds
dans des bottines de cuir bleu, et elle dit à Taanach :

— « Va voir sous les myrtes [607] s'il n'y a pas un
homme avec deux chevaux. »

Taanach était à peine rentrée qu'elle descendait
l'escalier des galeries [608].

— « Maîtresse ! » cria la nourrice.

Salammbô se retourna, un doigt sur la bouche, en
signe de discrétion et d'immobilité.

Taanach se coula doucement le long des proues
jusqu'au bas de la terrasse; et de loin, à la clarté de la
lune, elle distingua, dans l'avenue des cyprès, une
ombre gigantesque marchant à la gauche de Salammbô
obliquement, ce qui était un présage de mort.

Taanach remonta dans la chambre. Elle se jeta par
terre, en se déchirant le visage avec ses ongles; elle
s'arrachait les cheveux, et à pleine poitrine poussait
des hurlements aigus.

L'idée lui vint que l'on pouvait les entendre; alors
elle se tut. Elle sanglotait tout bas, la tête dans ses
mains et la figure sur les dalles [609].

XI

SOUS LA TENTE [610]

L'Homme qui conduisait Salammbô la fit remonter
au delà du phare, vers les Catacombes, puis
descendre le long faubourg Molouya, plein de
ruelles escarpées. Le ciel commençait à blanchir.
Quelquefois, des poutres de palmier, sortant des
murs, les obligeaient à baisser la tête. Les deux
chevaux, marchant au pas, glissaient; et ils arrivèrent ainsi à la porte de Teveste [611].

Ses lourds battants étaient entre-bâillés; ils passèrent; elle se referma derrière eux.

D'abord ils suivirent pendant quelque temps [612]
le pied des remparts, et, à la hauteur des Citernes,
ils prirent par la Tænia, étroit ruban de terre jaune,
qui, séparant le golfe du lac, se prolonge jusqu'au
Rhadès.

Personne n'apparaissait autour de Carthage, ni sur
la mer, ni dans la campagne. Les flots couleur d'ardoise clapotaient doucement, et le vent léger, poussant leur écume çà et là, les tachetait de déchirures
blanches. Malgré tous ses voiles, Salammbô frissonn-
nait sous la fraîcheur du matin; le mouvement, le
grand air l'étourdissaient. Puis le soleil se leva; il la
mordait sur le derrière de la tête, et involontairement [613] elle s'assoupissait un peu. Les deux bêtes,
côte à côte, trottaient l'amble en enfonçant leurs
pieds dans le sable muet.

Quand ils eurent dépassé la montagne des Eaux-Chaudes, ils continuèrent d'un train plus rapide, le sol étant plus ferme.

Mais les champs, bien qu'on fût [614] à l'époque des semailles et des labours, d'aussi loin qu'on les apercevait, étaient vides comme le désert. Il y avait, de place en place, des tas de blé répandus; ailleurs des orges roussies s'égrenaient. Sur l'horizon clair, les villages apparaissaient en noir, avec des formes incohérentes et découpées.

De temps à autre, un pan de muraille à demi calciné se dressait au bord de la route. Les toits des cabanes s'effondraient, et, dans l'intérieur, on distinguait des éclats de poteries, des lambeaux de vêtements, toutes sortes d'ustensiles et de choses brisées méconnaissables. Souvent un être couvert de haillons, la face terreuse et les prunelles flamboyantes, sortait de ces ruines. Mais bien vite il se mettait à courir ou disparaissait dans un trou. Salammbô et son guide ne s'arrêtaient pas.

Les plaines abandonnées se succédaient. Sur de grands espaces de terre toute blonde s'étalait, par traînées inégales, une poudre de charbon que leurs pas soulevaient derrière eux. Quelquefois ils rencontraient de petits endroits paisibles, un ruisseau qui coulait parmi de longues herbes; et, en remontant sur l'autre bord, Salammbô, pour se rafraîchir les mains, arrachait des feuilles mouillées. Au coin d'un bois de lauriers-roses, son cheval fit un grand écart devant le cadavre d'un homme, étendu par terre.

L'esclave, aussitôt, la rétablit sur les coussins. C'était un des serviteurs du Temple, un homme que Schahabarim employait dans les missions périlleuses.

Par excès de précaution, maintenant il allait à pied, près d'elle entre les chevaux; et il les fouettait [615] avec le bout d'un lacet de cuir enroulé à son bras, ou bien il tirait d'une panetière suspendue contre sa

poitrine des boulettes de froment, de dattes et de
jaunes d'œufs, enveloppées dans des feuilles de lotus,
et il les offrait à Salammbô, sans parler, tout en courant.

Au milieu du jour, trois Barbares, vêtus de peaux
de bêtes, les croisèrent sur le sentier. Peu à peu, il
en parut d'autres, vagabondant par troupes de dix,
douze, vingt-cinq hommes; plusieurs poussaient des
chèvres ou quelque vache qui boitait. Leurs lourds
bâtons étaient hérissés de pointes en airain; des coutelas luisaient sur leurs vêtements d'une saleté
farouche, et ils ouvraient les yeux avec un air de
menace et d'ébahissement. Tout en passant, quelques-
uns envoyaient une bénédiction banale; d'autres,
des plaisanteries obscènes; et l'homme de Schahabarim [616] répondait à chacun dans son propre idiome.
Il leur disait que c'était un jeune garçon malade allant
pour se guérir vers un temple lointain.

Cependant le jour tombait. Des aboiements retentirent; ils s'en rapprochèrent.

Puis, aux clartés du crépuscule [617], ils aperçurent
un enclos de pierres sèches, enfermant une vague
construction. Un chien courait sur le mur. L'esclave
lui jeta des cailloux; et ils entrèrent dans une haute
salle voûtée.

Au milieu, une femme accroupie se chauffait à
un feu de broussailles dont la fumée s'envolait par
les trous du plafond. Ses cheveux blancs, qui lui
tombaient jusqu'aux genoux, la cachaient à demi;
et sans vouloir répondre, d'un air idiot, elle marmot-
tait des paroles de vengeance contre les Barbares
et contre les Carthaginois.

Le coureur furetait de droite et de gauche. Puis
il revint près d'elle, en réclamant à manger. La vieille
branlait la tête, et, les yeux fixés sur les charbons,
murmurait :

— « J'étais la main. Les dix doigts sont coupés.
La bouche ne mange plus.

L'esclave lui montra une poignée de pièces d'or. Elle se rua dessus, mais bientôt elle reprit son immobilité.

Enfin il lui posa sous la gorge [618] un poignard qu'il avait dans sa ceinture. Alors, en tremblant, elle alla soulever une large pierre et rapporta une amphore de vin avec des poissons d'Hippo-Zaryte confits dans du miel.

Salammbô se détourna de cette nourriture immonde, et elle s'endormit sur les caparaçons des chevaux étendus dans un coin de la salle.

Avant le jour, il la réveilla.

Le chien hurlait. L'esclave s'en approcha tout doucement; et, d'un seul coup de poignard, lui abattit la tête. Puis il frotta de sang les naseaux des chevaux pour les ranimer. La vieille lui lança par derrière une malédiction. Salammbô l'aperçut, et elle pressa l'amulette qu'elle portait sur son cœur.

Ils se remirent en marche.

De temps à autre [619], elle demandait si l'on ne serait pas bientôt arrivé. La route ondulait sur de petites collines. On n'entendait que le grincement des cigales. Le soleil chauffait l'herbe jaunie; la terre était toute fendillée par des crevasses, qui faisaient, en la divisant, comme des dalles monstrueuses. Quelquefois une vipère passait, des aigles volaient; l'esclave courait toujours; Salammbô rêvait sous ses voiles, et malgré la chaleur ne les écartait pas, dans la crainte de salir ses beaux vêtements.

A des distances régulières, des tours s'élevaient, bâties par les Carthaginois, afin de surveiller les tribus. Ils entraient dedans pour se mettre à l'ombre, puis repartaient.

La veille, par prudence, ils avaient fait un grand détour. Mais, à présent, on ne rencontrait personne; la région étant stérile, les Barbares n'y avaient point passé.

La dévastation peu à peu recommença. Parfois, au milieu d'un champ, une mosaïque s'étalait, seul débris d'un château disparu; et les oliviers, qui n'avaient pas de feuilles, semblaient au loin de larges buissons d'épines. Ils traversèrent un bourg dont les maisons étaient brûlées à ras du sol. On voyait le long des murailles des squelettes humains. Il y en avait aussi de dromadaires et de mulets. Des charognes à demi rongées barraient les rues.

La nuit descendait. Le ciel était bas et couvert de nuages.

Ils remontèrent encore pendant deux heures dans la direction de l'occident, et, tout à coup, devant eux, ils aperçurent quantité de petites flammes.

Elles brillaient au fond d'un amphithéâtre. Çà et là des plaques d'or miroitaient, en se déplaçant. C'étaient les cuirasses des Clinabares, le camp punique; puis ils distinguèrent aux alentours d'autres lueurs plus nombreuses, car les armées des Mercenaires, confondues maintenant, s'étendaient sur un grand espace.

Salammbô fit un mouvement pour s'avancer. Mais l'homme de Schahabarim l'entraîna plus loin, et ils longèrent la terrasse qui fermait le camp des Barbares. Une brèche s'y ouvrait, l'esclave disparut.

Au sommet du retranchement, une sentinelle se promenait avec un arc à la main et une pique sur l'épaule.

Salammbô se rapprochait toujours; le Barbare s'agenouilla, et une longue flèche vint percer le bas de son manteau. Puis, comme elle restait immobile, en criant, il lui demanda ce qu'elle voulait.

— « Parler à Mâtho », répondit-elle. « Je suis un transfuge de Carthage. »

Il poussa un sifflement [620], qui se répéta de loin en loin.

Salammbô attendit; son cheval, effrayé, tournoyait en reniflant.

Quand Mâtho arriva, la lune se levait derrière elle. Mais elle avait sur le visage un voile jaune à fleurs noires et tant de draperies autour du corps qu'il était impossible d'en rien deviner. Du haut de la terrasse, il considérait cette forme vague se dressant comme un fantôme dans les pénombres du soir.

Enfin elle lui dit :

— « Mène-moi dans ta tente ! Je le veux ! »

Un souvenir [621] qu'il ne pouvait préciser lui traversa la mémoire. Il sentait battre son cœur. Cet air de commandement l'intimidait.

— « Suis-moi ! » dit-il.

La barrière s'abaissa ; aussitôt elle fut dans le camp des Barbares.

Un grand tumulte et une grande foule l'emplissaient. Des feux clairs brûlaient sous des marmites suspendues ; et leurs reflets empourprés [622], illuminant certaines places, en laissaient d'autres dans les ténèbres, complètement. On criait, on appelait ; des chevaux attachés à des entraves formaient de longues lignes droites au milieu des tentes ; elles étaient rondes, carrées, de cuir ou de toile ; il y avait des huttes en roseaux [623] et des trous dans le sable comme en font les chiens. Les soldats charriaient des fascines, s'accoudaient par terre, ou s'enroulant dans une natte, se disposaient à dormir ; et le cheval de Salammbô, pour passer par-dessus, quelquefois allongeait une jambe et sautait.

Elle se rappelait les avoir déjà vus ; mais leurs barbes étaient plus longues, leurs figures encore plus noires, leurs voix plus rauques. Mâtho, en marchant devant elle, les écartait par un geste de son bras qui soulevait son manteau rouge. Quelques-uns baisaient ses mains ; d'autres, en pliant l'échine, l'abordaient pour lui demander des ordres ; car il était maintenant le véritable, le seul chef des Barbares ; Spendius, Autharite et Narr'Havas étaient découragés, et il avait montré tant d'audace et d'obstination que tous lui obéissaient.

Salammbô, en le suivant, traversa le camp entier. Sa tente était au bout, à trois cents pas du retranchement d'Hamilcar.

Elle remarqua sur la droite une large fosse, et il lui sembla que des visages posaient contre le bord, au niveau du sol, comme eussent fait des têtes coupées. Cependant leurs yeux remuaient, et de ces bouches entr'ouvertes il s'échappait des gémissements en langage punique.

Deux nègres, portant des fanaux de résine, se tenaient aux deux côtés de la porte. Mâtho écarta la toile brusquement. Elle le suivit.

C'était une tente profonde, avec un mât dressé au milieu. Un grand lampadaire en forme de lotus l'éclairait, tout plein d'une huile jaune où flottaient des poignées d'étoupes, et on distinguait dans l'ombre des choses militaires qui reluisaient. Un glaive nu s'appuyait contre un escabeau, près d'un bouclier; des fouets en cuir d'hippopotame, des cymbales, des grelots, des colliers s'étalaient pêle-mêle sur des corbeilles en sparterie [624]; les miettes d'un pain noir salissaient une couverture de feutre; dans un coin, sur une pierre ronde, de la monnaie de cuivre était négligemment amoncelée, et, par les déchirures de la toile, le vent apportait la poussière du dehors avec la senteur des éléphants, que l'on entendait manger, tout en secouant leurs chaînes.

— « Qui es-tu? » dit Mâtho.

Sans répondre [625], elle regardait autour d'elle, lentement, puis ses yeux s'arrêtèrent au fond, où, sur un lit en branches de palmier, retombait quelque chose de bleuâtre et de scintillant.

Elle s'avança vivement. Un cri lui échappa. Mâtho, derrière elle, frappait du pied.

— « Qui t'amène? pourquoi viens-tu? »

Elle répondit en montrant le zaïmph :

— « Pour le prendre ! » et de l'autre main elle
arracha les voiles de sa tête. Il se recula, les coudes en
arrière, béant, presque terrifié.

Elle se tenait comme appuyée sur la force des Dieux ;
et, le regardant face à face, elle lui demanda le zaïmph ;
elle le réclamait en paroles abondantes et superbes.

Mâtho n'entendait pas ; il la contemplait, et les vêtements, pour lui, se confondaient avec le corps. La
moire des étoffes était, comme la splendeur de sa peau,
quelque chose de spécial et n'appartenant qu'à elle.
Ses yeux, ses diamants étincelaient ; le poli de ses
ongles continuait la finesse des pierres qui chargeaient ses doigts ; les deux agrafes de sa tunique,
soulevant un peu de ses seins, les rapprochaient l'un
de l'autre, et il se perdait par la pensée dans leur étroit
intervalle, où descendait un fil tenant une plaque
d'émeraudes, que l'on apercevait plus bas sous la gaze
violette. Elle avait pour pendants d'oreilles deux
petites balances de saphir supportant une perle creuse,
pleine d'un parfum liquide. Par les trous de la perle,
de moment en moment, une gouttelette qui tombait
mouillait son épaule nue. Mâtho la regardait tomber.

Une curiosité indomptable l'entraîna ; et, comme un
enfant qui porte la main sur un fruit inconnu, tout en
tremblant, du bout de son doigt, il la toucha légèrement sur le haut de sa poitrine ; la chair un peu
froide céda avec une résistance élastique.

Ce contact, à peine sensible pourtant, ébranla
Mâtho jusqu'au fond de lui-même. Un soulèvement
de tout son être le précipitait vers elle. Il aurait voulu
l'envelopper, l'absorber, la boire. Sa poitrine haletait,
il claquait des dents.

En la prenant par les deux poignets, il l'attira doucement, et il s'assit alors sur une cuirasse, près du lit
de palmier que couvrait une peau de lion. Elle était

debout. Il la regardait de bas en haut, en la tenant ainsi
entre ses jambes, et il répétait :

— « Comme tu es belle ! comme tu es belle ! »

Ses yeux continuellement fixés sur les siens la faisaient
souffrir; et ce malaise [626], cette répugnance augmentaient d'une façon si aiguë que Salammbô se retenait
pour ne pas crier. La pensée de Schahabarim lui revint;
elle se résigna.

Mâtho gardait toujours ses petites mains dans les
siennes; et, de temps à autre, malgré l'ordre du
prêtre, en tournant le visage, elle tâchait de l'écarter
avec des secousses de ses bras. Il ouvrait les narines
pour mieux humer le parfum s'exhalant de sa personne.
C'était une émanation indéfinissable, fraîche, et cependant qui étourdissait comme la fumée d'une cassolette.
Elle sentait le miel, le poivre, l'encens, les roses, et
une autre odeur encore.

Mais comment se trouvait-elle près de lui, dans sa
tente, à sa discrétion? Quelqu'un, sans doute, l'avait
poussée? Elle n'était pas venue pour le zaïmph? Ses
bras retombèrent, et il baissa la tête, accablé par une
rêverie soudaine.

Salammbô, afin de l'attendrir, lui dit d'une voix
plaintive :

— « Que t'ai-je donc fait pour que tu veuilles ma
mort? »

— « Ta mort ! »

Elle reprit :

— « Je t'ai aperçu un soir, à la lueur de mes jardins
qui brûlaient, entre des coupes fumantes et mes
esclaves égorgés, et ta colère était si forte que tu as
bondi vers moi et qu'il a fallu m'enfuir ! Puis une
terreur est entrée dans Carthage. On criait la dévastation des villes, l'incendie des campagnes, le massacre
des soldats; c'est toi qui les avais perdus, c'est toi qui
les avais assassinés ! Je te hais ! Ton nom seul me ronge
comme un remords. Tu es plus exécré que la peste

et que la guerre romaine ! Les provinces tressaillent
de ta fureur, les sillons sont pleins de cadavres ! J'ai
suivi la trace de tes feux, comme si je marchais derrière Moloch ! »

Mâtho se leva d'un bond ; un orgueil colossal lui
gonflait le cœur ; il se trouvait haussé à la taille d'un
Dieu.

Les narines battantes, les dents serrées, elle continuait :

— « Comme si ce n'était pas assez de ton sacrilège,
tu es venu chez moi, dans mon sommeil, tout couvert
du zaïmph ! Tes paroles, je ne les ai pas comprises [627] ;
mais je voyais bien que tu voulais m'entraîner vers
quelque chose d'épouvantable, au fond d'un abîme. »

Mâtho, en se tordant les bras, s'écria :

— « Non ! non ! c'était pour te le donner ! pour te
le rendre ! Il me semblait que la Déesse avait laissé
son vêtement pour toi, et qu'il t'appartenait ! Dans
son temple ou dans ta maison, qu'importe ? n'es-tu
pas toute-puissante, immaculée, radieuse et belle
comme Tanit ! » Et avec un regard plein d'une adoration infinie :

— « A moins, peut-être, que tu ne sois Tanit ? »

— « Moi, Tanit ! » se disait Salammbô.

Ils ne parlaient plus. Le tonnerre au loin roulait.
Des moutons bêlaient, effrayés par l'orage.

— « Oh ! approche ! » reprit-il, « approche ! ne
crains rien !

« Autrefois, je n'étais qu'un soldat confondu dans
la plèbe des Mercenaires, et même si doux, que je
portais pour les autres du bois sur mon dos. Est-ce
que je m'inquiète de Carthage ! La foule de ses hommes
s'agite comme perdue dans la poussière de tes sandales,
et tous ses trésors avec les provinces, les flottes et les
îles, ne me font pas envie comme la fraîcheur de tes
lèvres et le tour de tes épaules. Mais je voulais abattre
ses murailles afin de parvenir jusqu'à toi, pour te

posséder ! D'ailleurs, en attendant, je me vengeais !
A présent, j'écrase les hommes comme des coquilles,
et je me jette sur les phalanges, j'écarte les sarisses
avec mes mains, j'arrête les étalons par les naseaux ;
une catapulte ne me tuerait pas ! Oh ! si tu savais,
au milieu de la guerre, comme je pense à toi ! Quelquefois, le souvenir d'un geste, d'un pli de ton vêtement,
tout à coup me saisit et m'enlace comme un filet !
j'aperçois tes yeux dans les flammes des phalariques
et sur la dorure des boucliers ! j'entends ta voix
dans le retentissement des cymbales. Je me détourne,
tu n'es pas là [628] ! et alors je me replonge dans la
bataille ! »

Il levait ses bras où des veines s'entre croisaient
comme des lierres sur des branches d'arbre. De la sueur
coulait sur sa poitrine, entre ses muscles carrés ; et son
haleine secouait ses flancs avec sa ceinture de bronze
toute garnie de lanières qui pendaient jusqu'à ses
genoux, plus fermes que du marbre. Salammbô, accou-
tumée aux eunuques, se laissait ébahir par la force
de cet homme. C'était le châtiment de la Déesse ou
l'influence de Moloch circulant autour d'elle, dans les
cinq armées. Une lassitude l'accablait ; elle écoutait
avec stupeur le cri intermittent des sentinelle, qui se
répondaient.

Les flammes de la lampe vacillaient sous des rafales
d'air chaud. Il venait, par moment, de larges éclairs ;
puis l'obscurité redoublait ; et elle ne voyait plus
que les prunelles de Mâtho, comme deux charbons
dans la nuit. Cependant, elle sentait bien qu'une fata-
lité l'entourait, qu'elle touchait à un moment suprême,
irrévocable, et, dans un effort [629], elle remonta vers le
zaïmph et leva les mains pour le saisir.

— « Que fais-tu ? » s'écria Mâtho.

Elle répondit avec placidité :

— « Je m'en retourne à Carthage. »

Il s'avança en croisant les bras, et d'un air si ter-

rible qu'elle fut immédiatement comme clouée sur
ses talons.

— « T'en retourner à Carthage ! » Il balbutiait, et
répétait, en grinçant des dents :

— « T'en retourner à Carthage ! Ah ! tu venais
pour prendre le zaïmph, pour me vaincre, puis disparaître ! Non ! non, tu m'appartiens ! et personne à
présent ne t'arrachera d'ici ! Oh ! je n'ai pas oublié
l'insolence de tes grands yeux tranquilles et comme
tu m'écrasais avec la hauteur de ta beauté ! A mon
tour, maintenant ! Tu es ma captive, mon esclave,
ma servante ! Appelle, si tu veux, ton père et son
armée, les Anciens, les Riches et ton exécrable peuple,
tout entier ! Je suis le maître de trois cent mille soldats ! j'irai en chercher dans la Lusitanie, dans les
Gaules et au fond du désert, et je renverserai ta ville,
je brûlerai tous ses temples ; les trirèmes vogueront
sur des vagues de sang ! Je ne veux pas qu'il en reste
une maison, une pierre ni un palmier ! Et si les hommes
me manquent, j'attirerai les ours des montagnes et
je pousserai les lions ! N'essaye pas de t'enfuir, je te
tue ! »

Blême et les poings crispés, il frémissait comme une
harpe dont les cordes vont éclater. Tout à coup des
sanglots l'étouffèrent, et en s'affaissant sur les jarrets :

— « Ah ! pardonne-moi ! Je suis un infâme et plus
vil que les scorpions, que la fange et la poussière ! Tout
à l'heure, pendant que tu parlais, ton haleine a passé
sur ma face, et je me délectais comme un moribond
qui boit à plat ventre au bord d'un ruisseau. Écrase-
moi, pourvu que je sente tes pieds ! maudis-moi,
pourvu que j'entende ta voix ! Ne t'en va pas ! pitié !
je t'aime ! je t'aime ! »

Il était à genoux, par terre, devant elle ; et il lui
entourait la taille de ses deux bras, la tête en arrière,
les mains errantes ; les disques d'or suspendus à ses
oreilles luisaient sur son cou bronzé ; de grosses larmes

roulaient dans ses yeux pareils à des globes d'argent;
il soupirait d'une façon caressante, et murmurait de
vagues paroles, plus légères qu'une brise et suaves
comme un baiser.

Salammbô était envahie par une mollesse où elle
perdait toute conscience d'elle-même. Quelque chose
à la fois d'intime et de supérieur, un ordre des Dieux la
forçait à s'y abandonner; des nuages la soulevaient,
et, en défaillant [630], elle se renversa sur le lit dans les
poils du lion. Mâtho lui saisit les talons, la chaînette
d'or éclata, et les deux bouts, en s'envolant, frappèrent la toile comme deux vipères rebondissantes.
Le zaïmph tomba, l'enveloppait; elle aperçut la figure
de Mâtho se courbant sur sa poitrine.

— « Moloch, tu me brûles ! » et les baisers du soldat,
plus dévorateurs que des flammes, la parcouraient;
elle était comme enlevée dans un ouragan, prise dans
la force du soleil.

Il baisa tous les doigts de ses mains, ses bras, ses
pieds, et d'un bout à l'autre les longues tresses de ses
cheveux.

« Emporte-le », disait-il, « est-ce que j'y tiens !
emmène-moi avec lui ! j'abandonne l'armée ! je renonce
à tout ! Au delà de Gadès, à vingt jours dans la mer, on
rencontre une île couverte [631] de poudre d'or, de verdure et d'oiseaux. Sur les montagnes, de grandes
fleurs pleines de parfums qui fument, se balancent
comme d'éternels encensoirs; dans les citronniers plus
hauts que des cèdres, des serpents couleur de lait font
avec les diamants de leur gueule tomber les fruits sur
le gazon; l'air est si doux qu'il empêche de mourir.
Oh ! je la trouverai, tu verras. Nous vivrons dans les
grottes de cristal, taillées au bas des collines. Personne
encore ne l'habite, ou je deviendrai le roi du pays. »

Il balaya la poussière de ses cothurnes; il voulut
qu'elle mît entre ses lèvres le quartier d'une grenade :
il accumula derrière sa tête des vêtements pour lui

faire un coussin. Il cherchait les moyens de la servir,
de s'humilier, et même il étala sur ses jambes le zaïmph,
comme un simple tapis.

— « As-tu toujours », disait-il, « ces petites cornes
de gazelle où sont suspendus tes colliers? Tu me les
donneras; je les aime ! » Car il parlait comme si la
guerre était finie, des rires de joie lui échappaient;
et les Mercenaires, Hamilcar, tous les obstacles avaient
maintenant disparu. La lune glissait entre deux
nuages. Ils la voyaient par une ouverture de la tente.
— « Ah ! que j'ai passé de nuits à la contempler ! elle
me semblait un voile qui cachait ta figure; tu me
regardais à travers; ton souvenir se mêlait à ses rayonnements; je ne vous distinguais plus ! » Et la tête entre
ses seins, il pleurait abondamment.

— « C'est donc là, » songeait-elle, « cet homme
formidable qui fait trembler Carthage ! »

Il s'endormit. Alors, en se dégageant de son bras,
elle posa un pied par terre, et elle s'aperçut que sa
chaînette était brisée.

On accoutumait les vierges dans les grandes familles
à respecter ces entraves comme une chose presque
religieuse, et Salammbô [632], en rougissant, roula autour
de ses jambes les deux tronçons de la chaîne d'or.

Carthage, Mégara, sa maison, sa chambre et les
campagnes qu'elle avait traversées tourbillonnaient
dans sa mémoire en images tumultueuses et nettes
cependant. Mais un abîme survenu les reculait loin
d'elle, à une distance infinie.

L'orage s'en allait; de rares gouttes d'eau en cla-
quant une à une faisaient osciller le toit de la
tente.

Mâtho, tel qu'un homme ivre, dormait étendu sur
le flanc, avec un bras qui dépassait le bord de la couche.
Son bandeau de perles était un peu remonté et découvrait son front. Un sourire écartait ses dents. Elles
brillaient entre sa barbe noire, et dans les paupières

à demi closes il y avait une gaieté silencieuse et presque outrageante.

Salammbô le regardait immobile, la tête basse, les mains croisées.

Au chevet du lit, un poignard s'étalait sur une table de cyprès [633]; la vue de cette lame luisante l'enflamma d'une envie sanguinaire. Des voix lamentables se traînaient au loin, dans l'ombre, et, comme un chœur de Génies, la sollicitaient. Elle se rapprocha; elle saisit le fer par le manche. Au frôlement de sa robe [634], Mâtho entr'ouvrit les yeux, en avançant la bouche sur ses mains [635], et le poignard tomba.

Des cris s'élevèrent; une lueur effrayante fulgurait derrière la toile. Mâtho la souleva; ils aperçurent de grandes flammes qui enveloppaient le camp des Libyens.

Leurs cabanes de roseaux brûlaient, et les tiges, en se tordant, éclataient dans la fumée et s'envolaient comme des flèches; sur l'horizon tout rouge, des ombres noires couraient éperdues. On entendait les hurlements de ceux qui étaient dans les cabanes; les éléphants, les bœufs et les chevaux bondissaient au milieu de la foule en l'écrasant, avec les munitions et les bagages que l'on tirait de l'incendie. Des trompettes sonnaient [636]. On appelait : « Mâtho ! Mâtho ! » Des gens à la porte voulaient entrer.

— « Viens donc ! c'est Hamilcar qui brûle le camp d'Autharite ! »

Il fit un bond. Elle se trouva toute seule.

Alors elle examina le zaïmph; et quand elle l'eut bien contemplé, elle fut surprise de ne pas avoir ce bonheur qu'elle s'imaginait autrefois. Elle restait mélancolique devant son rêve accompli.

Mais le bas de la tente se releva [637], et une forme monstrueuse apparut. Salammbô ne distingua d'abord que les deux yeux, avec une longue barbe blanche qui pendait jusqu'à terre; car le reste du corps, embarrassé dans les guenilles d'un vêtement fauve, traînait contre le sol; et, à chaque mouvement pour avancer, les deux mains entraient dans la barbe, puis retombaient. En rampant ainsi, elle arriva jusqu'à ses pieds, et Salammbô reconnut le vieux Giscon.

En effet, les Mercenaires, pour empêcher [638] les anciens captifs de s'enfuir, à coups de barre d'airain leur avaient cassé les jambes; et ils pourrissaient tous pêle-mêle [639], dans une fosse, au milieu des immondices. Les plus robustes, quand ils entendaient le bruit des gamelles, se haussaient en criant : c'est ainsi que Giscon avait aperçu Salammbô. Il avait deviné une Carthaginoise, aux petites boules de sandastrum qui battaient contre ses cothurnes; et, dans le pressentiment d'un mystère considérable, en se faisant aider par ses compagnons, il était parvenu à sortir de la fosse; puis, avec les coudes et les mains, il s'était traîné vingt pas plus loin, jusqu'à la tente de Mâtho. Deux voix y parlaient. Il avait écouté du dehors et tout entendu.

— « C'est toi ! » dit-elle enfin, presque épouvantée.

En se haussant sur les poignets, il répliqua :

— « Oui, c'est moi ! On me croit mort, n'est-ce pas ? » Elle baissa la tête. Il reprit :

— « Ah ! pourquoi les Baals ne m'ont-ils pas accordé cette miséricorde ! » Et se rapprochant de si près, qu'il la frôlait. « Ils m'auraient épargné la peine de te maudire ! »

Salammbô se rejeta vivement en arrière, tant elle eut peur de cet être immonde, qui était hideux comme une larve et terrible comme un fantôme.

— « J'ai cent ans, bientôt, » dit-il. « J'ai vu Agathoclès; j'ai vu Régulus et les aigles des Romains passer sur les moissons des champs puniques ! J'ai vu toutes les épouvantes des batailles et la mer encombrée par les débris de nos flottes ! Des Barbares que je com-

mandais m'ont enchaîné aux quatre membres, comme
un esclave homicide. Mes compagnons, l'un après
l'autre, sont à mourir autour de moi; l'odeur de leurs
cadavres me réveille la nuit; j'écarte les oiseaux qui
viennent becqueter leurs yeux; et pourtant, pas un
seul jour je n'ai désespéré de Carthage! Quand même
j'aurais vu contre elle toutes les armées de la terre,
et les flammes du siège dépasser la hauteur des
temples, j'aurais cru encore à son éternité! Mais, à
présent, tout est fini! tout est perdu! Les Dieux
l'exècrent! Malédiction sur toi qui as précipité sa
ruine par ton ignominie! »

Elle ouvrit ses lèvres.

— « Ah! j'étais là! » s'écria-t-il. « Je t'ai entendue
râler d'amour comme une prostituée; puis il te racontait son désir, et tu te laissais baiser les mains! Mais,
si la fureur de ton impudicité te poussait, tu devais
faire au moins comme les bêtes fauves qui se cachent
dans leurs accouplements, et ne pas étaler ta honte
jusque sous les yeux de ton père! »

— « Comment? » dit-elle.

— « Ah! tu ne savais pas que les deux retranchements sont à soixante coudées l'un de l'autre, et que
ton Mâtho, par excès d'orgueil, s'est établi tout en
face d'Hamilcar. Il est là, ton père, derrière toi; et
si je pouvais gravir le sentier qui mène sur la plate-
forme, je lui crierais : Viens donc voir ta fille dans
les bras du Barbare! Elle a mis pour lui plaire le
vêtement de la Déesse; et, en abandonnant son corps,
elle livre, avec la gloire de ton nom, la majesté des
Dieux, la vengeance de la patrie, le salut même de
Carthage! » Le mouvement de sa bouche édentée
remuait sa barbe tout du long; ses yeux, tendus
sur elle, la dévoraient; et il répétait en haletant
dans la poussière :

— « Ah! sacrilège! Maudite sois-tu! maudite!
maudite!

Salammbô avait écarté la toile, elle la tenait soulevée au bout de son bras, et, sans lui répondre, elle
regardait du côté d'Hamilcar.

— « C'est par ici, n'est-ce pas ? » dit-elle.

— « Que t'importe ! Détourne-toi ! Va-t'en ! Écrase
plutôt ta face contre la terre ! C'est un lieu saint que
ta vue souillerait. »

Elle jeta le zaïmph autour de sa taille, ramassa
vivement ses voiles, son manteau, son écharpe.

— « J'y cours ! » s'écria-t-elle ; et, s'échappant,
Salammbô disparut.

D'abord, elle marcha dans les ténèbres sans rencontrer personne, car tous se portaient vers l'incendie ; et la clameur redoublait, de grandes flammes
empourpraient le ciel par derrière ; une longue terrasse l'arrêta.

Elle tourna sur elle-même, de droite et de gauche
au hasard, cherchant une échelle, une corde, une
pierre, quelque chose enfin pour l'aider [640]. Elle
avait peur de Giscon, et il lui semblait que des cris
et des pas la poursuivaient. Le jour commençait
à blanchir. Elle aperçut un sentier dans l'épaisseur
du retranchement. Elle prit avec ses dents le bas de
sa robe qui la gênait, et, en trois bonds, elle se trouva
sur la plate-forme [641].

Un cri sonore éclata sous elle, dans l'ombre, le
même qu'elle avait entendu au bas de l'escalier des
galères ; et, en se penchant [642], elle reconnut l'homme
de Schahabarim avec ses chevaux accouplés.

Il avait erré toute la nuit entre les deux retranchements ; puis, inquiété par l'incendie, il était
revenu en arrière, tâchant d'apercevoir ce qui se
passait dans le camp de Mâtho ; et, comme il savait
que cette place était la plus voisine de sa tente, pour
obéir au prêtre, il n'en avait pas bougé.

Il monta debout sur un des chevaux. Salammbô se
laissa glisser jusqu'à lui ; et ils s'enfuirent au grand

galop en faisant le tour du camp punique, pour trouver une porte quelque part.

Mâtho était rentré dans sa tente. La lampe toute fumeuse éclairait [643] à peine, et même il crut que Salammbô [644] dormait. Alors, il palpa délicatement la peau du lion, sur le lit de palmier. Il appela, elle ne répondit pas; il arracha vivement un lambeau de la toile pour faire venir du jour; le zaïmph avait disparu.

La terre tremblait sous des pas multipliés. De grands cris, des hennissements, des chocs d'armures s'élevaient dans l'air, et les fanfares des clairons sonnaient la charge. C'était comme un ouragan tourbillonnant autour de lui. Une fureur désordonnée le fit bondir sur ses armes, il se lança dehors.

Les longues files des Barbares [645] descendaient en courant la montagne, et les carrés puniques [646] s'avançaient contre eux, avec une oscillation lourde et régulière. Le brouillard, déchiré par les rayons du soleil, formait de petits nuages qui se balançaient, et peu à peu [647], en s'élevant, ils découvraient les étendards, les casques et la pointe des piques. Sous les évolutions rapides, des portions de terrain encore dans l'ombre semblaient se déplacer d'un seul morceau; ailleurs, on aurait dit des torrents qui s'entre-croisaient, et, entre eux, des masses épineuses restaient immobiles. Mâtho distinguait les capitaines, les soldats, les hérauts et jusqu'aux valets par derrière, qui étaient montés sur des ânes. Mais au lieu de garder [648] sa position pour couvrir les fantassins, Narr'Havas tourna brusquement à droite, comme s'il voulait se faire écraser par Hamilcar.

Ses cavaliers dépassèrent les éléphants qui se ralentissaient; et tous les chevaux, allongeant leur tête sans bride, galopaient d'un train si furieux que leur ventre paraissait frôler la terre. Puis, tout à coup [649], Narr'Havas marcha résolument vers une sentinelle [650]. Il jeta son épée, sa lance, ses javelots, et disparut au milieu des Carthaginois [651].

Le roi des Numides arriva dans la tente d'Hamilcar; et il dit, en lui montrant ses hommes qui se tenaient au loin arrêtés :

— « Barca ! je te les amène. Ils sont à toi. »

Alors il se prosterna en signe d'esclavage, et, comme preuve de sa fidélité, il rappela toute sa conduite depuis le commencement de la guerre.

D'abord il avait empêché le siège de Carthage et le massacre des captifs; puis, il n'avait joint profité de la victoire contre Hannon après la défaite d'Utique. Quant aux villes tyriennes, c'est qu'elles se trouvaient sur les frontières de son royaume. Enfin, il n'avait pas participé à la bataille de Macar; et même il s'était absenté [652] tout exprès pour fuir l'obligation de combattre le Suffète.

Narr'Havas, en effet, avait voulu s'agrandir par des empiètements sur les provinces puniques et, selon les chances de la victoire, tour à tour secouru et délaissé les Mercenaires. Mais voyant que le plus fort serait définitivement Hamilcar, il s'était tourné vers lui; et peut-être y avait-il [653] dans sa défection une rancune contre Mâtho, soit à cause du commandement ou de son ancien amour.

Le Suffète l'écouta sans l'interrompre. L'homme qui se présentait ainsi dans une armée où on lui devait des vengeances n'était pas un auxiliaire à dédaigner; Hamilcar devina tout de suite l'utilité d'une telle alliance pour ses grands projets. Avec les Numides, il se débarrasserait des Libyens. Puis il entraînerait l'Occident à la conquête de l'Ibérie; et, sans lui demander pourquoi il n'était pas venu plus tôt, ni relever aucun de ses mensonges, il baisa Narr'Havas, en heurtant trois fois sa poitrine contre la sienne.

C'était pour en finir, et par désespoir, qu'il avait incendié le camp des Libyens. Cette armée lui arrivait

comme un secours des Dieux; en dissimulant sa joie [654],
il répondit :

— « Que les Baals te favorisent ! J'ignore ce que
fera pour toi la République, mais Hamilcar n'a pas
d'ingratitude. »

Le tumulte redoublait; des capitaines entraient.
Il s'armait tout en parlant :

— « Allons, retourne ! Avec les cavaliers, tu rabat-
tras leur infanterie entre tes éléphants et les miens !
Courage ! extermine ! »

Et Narr'Havas se précipitait, quand Salammbô
parut.

Elle sauta vite à bas de son cheval. Elle ouvrit son
large manteau, et, en écartant les bras, elle déploya
le zaïmph.

La tente de cuir, relevée dans les coins, laissait voir
le tour entier de la montagne couverte de soldats, et
comme elle se trouvait au centre, de tous les côtés on
apercevait Salammbô. Une clameur immense éclata,
un long cri de triomphe et d'espoir. Ceux qui étaient
en marche s'arrêtèrent; les moribonds, s'appuyant
sur le coude, se retournaient pour la bénir. Tous les
Barbares savaient [655] maintenant qu'elle avait repris
le zaïmph; de loin ils la voyaient, ils croyaient la
voir; et d'autres cris, mais de rage et de vengeance,
retentissaient, malgré les applaudissements des Carthaginois; les cinq armées, s'étageant sur la montagne, trépignaient et hurlaient ainsi tout autour de
Salammbô [656].

Hamilcar, sans pouvoir parler, la remerciait par
des signes de tête. Ses yeux se portaient alternativement sur le zaïmph et sur elle, et il remarqua que sa
chaînette était rompue [657]. Alors il frissonna, saisi
par un soupçon terrible. Mais reprenant vite son
impassibilité, il considéra Narr'Havas obliquement,
sans tourner la figure.

Le roi des Numides se tenait à l'écart dans une

attitude discrète; il portait au front un peu de la
poussière qu'il avait touchée en se prosternant. Enfin
le Suffète s'avança vers lui et, avec un air plein de
gravité :

— « En récompense des services que tu m'as rendus [658], Narr'Havas, je te donne ma fille. » Il ajouta :
« Sois mon fils et défends ton père ! »

Narr'Havas eut un grand geste de surprise, puis se
jeta sur ses mains qu'il couvrit de baisers.

Salammbô, calme comme une statue, semblait ne
pas comprendre. Elle rougissait un peu, tout en baissant les paupières; ses longs cils recourbés faisaient des
ombres sur ses joues.

Hamilcar voulut immédiatement les unir par des
fiançailles indissolubles. On mit entre les mains de
Salammbô une lance qu'elle offrit à Narr'Havas [659];
on attacha leurs pouces l'un contre l'autre avec une
lanière de bœuf, puis on leur versa du blé sur la tête,
et les grains qui tombaient autour d'eux sonnèrent
comme de la grêle en rebondissant.

XII

L'AQUEDUC [660]

DOUZE heures après, il ne restait plus des Mercenaires qu'un tas de blessés, de morts et d'agonisants.

Hamilcar, sorti brusquement du fond de la gorge, était redescendu sur la pente occidentale qui regarde Hippo-Zaryte, et, l'espace étant plus large en cet endroit, il avait eu soin d'y attirer les Barbares. Narr'Havas les avait enveloppés [661] avec ses chevaux; le Suffète, pendant ce temps-là, les refoulait, les écrasait; puis ils étaient vaincus [662] d'avance par la perte du zaïmph; ceux mêmes qui ne s'en souciaient avaient senti une angoisse et comme un affaiblissement. Hamilcar [663], ne mettant pas son orgueil à garder pour lui le champ de bataille, s'était retiré un peu plus loin, à gauche, sur des hauteurs d'où il les dominait.

On reconnaissait la forme des camps à leurs palissades inclinées. Un long amas de cendres noires fumait sur l'emplacement des Libyens; le sol bouleversé avait des ondulations comme la mer, et les tentes, avec leurs toiles en lambeaux, semblaient de vagues navires à demi perdus dans les écueils. Des cuirasses, des fourches, des clairons, des morceaux de bois, de fer et d'airain, du blé, de la paille et des vêtements s'éparpillaient au milieu des cadavres; çà et là quelque phalarique prête à s'éteindre brûlait contre un mon-

ceau de bagages; la terre, en de certains endroits, disparaissait sous les boucliers; des charognes de chevaux
se suivaient comme une série de monticules; on apercevait des jambes, des sandales, des bras, des cottes
de mailles et des têtes dans leurs casques, maintenues
par la mentonnière et qui roulaient comme des boules;
des chevelures pendaient aux épines; dans des mares
de sang, des éléphants, les entrailles ouvertes, râlaient
couchés avec leurs tours; on marchait sur des choses
gluantes et il y avait des flaques de boue, bien que la
pluie n'eût pas tombé.

Cette confusion de cadavres occupait, du haut en
bas, la montagne tout entière.

Ceux qui survivaient ne bougeaient pas plus que les
morts. Accroupis par groupes inégaux, ils se regardaient, effarés, et ne parlaient pas.

Au bout d'une longue prairie, le lac d'Hippo-Zaryte
resplendissait sous le soleil couchant. A droite, de
blanches maisons agglomérées dépassaient [664] une
ceinture de murailles; puis la mer s'étalait, indéfiniment; — et, le menton dans la main, les Barbares
soupiraient en songeant à leurs patries. Un nuage de
poudre grise retombait.

Le vent du soir souffla; alors toutes les poitrines [665]
se dilatèrent; et, à mesure que [666] la fraîcheur augmentait, on pouvait voir la vermine abandonner les
morts qui se refroidissaient, et courir sur le sable
chaud. Au sommet des grosses pierres, des corbeaux
immobiles restaient tournés vers les agonisants.

Quand la nuit fut descendue, des chiens à poil
jaune, de ces bêtes immondes qui suivaient les armées,
arrivèrent tout doucement au milieu des Barbares.
D'abord ils léchèrent les caillots de sang sur les moi-
gnons encore tièdes; et bientôt ils se mirent à dévorer
les cadavres, en les entamant par le ventre.

Les fugitifs reparaissaient un à un, comme des
ombres; les femmes aussi se hasardèrent à revenir,

car il en restait encore, chez les Libyens surtout, malgré le massacre effroyable que les Numides en avaient fait.

Quelques-uns prirent des bouts de corde qu'ils allumèrent pour servir de flambeaux. D'autres tenaient des piques entre-croisées. On plaçait dessus les cadavres et on les transportait à l'écart.

Ils se trouvaient étendus par longues lignes [667], sur le dos, la bouche ouverte, avec leurs lances auprès d'eux; ou bien ils s'entassaient pêle-mêle, et souvent, pour découvrir ceux qui manquaient, il fallait creuser tout un monceau. Puis on promenait la torche sur leur visage, lentement. Des armes hideuses leur avaient fait des blessures compliquées. Des lambeaux verdâtres leur pendaient du front; ils étaient tailladés en morceaux, écrasés jusqu'à la moelle, bleuis sous des strangulations, ou largement fendus par l'ivoire des éléphants. Bien qu'ils fussent morts presque en même temps, des différences existaient dans leur corruption. Les hommes du Nord étaient gonflés d'une bouffissure livide, tandis que les Africains, plus nerveux, avaient l'air enfumés, et déjà se desséchaient. On reconnaissait les Mercenaires aux tatouages de leurs mains : les vieux soldats d'Antiochus portaient un épervier; ceux qui avaient servi en Égypte, la tête d'un cynocéphale; chez les princes de l'Asie, une hache, une grenade, un marteau; dans les Républiques grecques, le profil d'une citadelle ou le nom d'un archonte; et on en voyait dont les bras étaient couverts entièrement par ces symboles multipliés, qui se mêlaient à leurs cicatrices et aux blessures nouvelles.

Pour les hommes de race latine, les Samnites, les Étrusques, les Campaniens et les Brutiens, on établit quatre grands bûchers.

Les Grecs, avec la pointe de leurs glaives, creusèrent des fosses. Les Spartiates, retirant leurs manteaux

rouges, en enveloppèrent les morts; les Athéniens les
étendaient la face vers le soleil levant; les Cantabres
les enfouissaient sous un monceau de cailloux; les
Nasamons [668] les pliaient en deux avec des courroies
de bœufs, et les Garamantes allèrent les ensevelir sur
la plage, afin qu'ils fussent perpétuellement arrosés
par les flots. Mais les Latins se désolaient [669] de ne
pas recueillir leurs cendres dans les urnes; les Nomades
regrettaient la chaleur des sables où les corps se
momifient, et les Celtes, trois pierres brutes, sous un
ciel pluvieux, au fond d'un golfe plein d'îlots.

Des vociférations s'élevaient, suivies d'un long
silence. C'était pour forcer les âmes à revenir. Puis la
clameur reprenait, à intervalles réguliers, obstinément.

On s'excusait près des morts de ne pouvoir les
honorer comme le prescrivaient les rites : car ils
allaient, par cette privation, circuler, durant des
périodes infinies, à travers toutes sortes de hasards et
de métamorphoses; on les interpellait, on leur demandait ce qu'ils désiraient; d'autres les accablaient d'injures pour s'être laissé vaincre.

La lueur des grands bûchers apâlissait les figures
exsangues, renversées de place en place sur les débris
d'armures; et les larmes excitaient les larmes, les sanglots devenaient plus aigus, les reconnaissances et les
étreintes plus frénétiques. Des femmes s'étalaient sur
les cadavres, bouche contre bouche, front contre front;
il fallait les battre pour qu'elles se retirassent, quand
on jetait la terre. Ils se noircissaient les joues; ils se
coupaient les cheveux; ils se tiraient du sang et le
versaient dans les fosses; ils se faisaient des entailles
à l'imitation des blessures qui défiguraient les morts.
Des rugissements éclataient à travers le tapage des
cymbales. Quelques-unes arrachaient leurs amulettes,
crachaient dessus. Les moribonds se roulaient dans la
boue sanglante en mordant de rage leurs poings
mutilés; et quarante-trois Samnites, tout un prin-

temps sacré, s'entr'égorgèrent comme des gladiateurs.
Bientôt le bois manqua pour les bûchers, les flammes
s'éteignirent, toutes les places étaient prises; — et,
las d'avoir crié, affaiblis, chancelants, ils s'endor-
mirent auprès de leurs frères morts, ceux qui tenaient
à vivre pleins d'inquiétudes, et les autres désirant ne
pas se réveiller.

Aux blancheurs de l'aube, il parut sur les limites
des Barbares, des soldats qui défilaient avec des
casques levés au bout des piques; en saluant les Mercenaires, ils leur demandaient s'ils n'avaient rien à
faire dire dans leurs patries.

D'autres se rapprochèrent, et les Barbares reconnurent quelques-uns de leurs anciens compagnons.

Le Suffète avait proposé [670] à tous les captifs de
servir dans ses troupes. Plusieurs avaient intrépidement refusé; et, bien résolu [671] à ne point les nourrir
ni à les abandonner au Grand-Conseil, il les avait ren-
voyés, en leur ordonnant de ne plus combattre Carthage [672]. Quant à ceux que la peur des supplices rendait dociles, on leur avait distribué les armes de l'ennemi [673]; et maintenant ils se présentaient aux vaincus,
moins pour les séduire que par un mouvement d'orgueil et de curiosité.

D'abord ils racontèrent [674] les bons traitements du
Suffète; les Barbares les écoutaient tout en les jalou-
sant, bien qu'ils les méprisassent. Puis, aux premières
paroles [675] de reproche, les lâches s'emportèrent; de
loin ils leur montraient leurs propres épées, leurs cuirasses, et les conviaient avec des injures à venir les
prendre. Les Barbares ramassèrent des cailloux; tous
s'enfuirent; et l'on ne vit plus au sommet de la montagne que les pointes des lances dépassant le bord des
palissades.

Alors une douleur, plus lourde [676] que l'humiliation
de la défaite, accabla les Barbares. Ils songeaient à

l'inanité de leur courage. Ils restaient les yeux fixes
en grinçant des dents.

La même idée leur vint [677]. Ils se précipitèrent en
tumulte sur les prisonniers carthaginois. Les soldats
du Suffète, par hasard, n'avaient pu les découvrir, et
comme il s'était retiré du champ de bataille, ils se
trouvaient encore dans la fosse profonde.

On les rangea par terre [678], dans un endroit aplati.
Des sentinelles firent un cercle autour d'eux, et on
laissa les femmes entrer, par trente ou quarante successivement. Voulant profiter du peu de temps qu'on
leur donnait, elles couraient de l'un à l'autre, incertaines, palpitantes; puis, inclinées sur ces pauvres
corps, elles les frappaient à tour de bras comme des
lavandières qui battent des linges; en hurlant le nom
de leurs époux, elles les déchiraient sous leurs ongles;
elles leur crevèrent les yeux avec les aiguilles de leurs
chevelures. Les hommes y vinrent ensuite, et ils les
suppliciaient depuis les pieds, qu'ils coupaient aux
chevilles, jusqu'au front, dont ils levaient des couronnes de peau pour se mettre sur la tête. Les Mangeurs-de-choses-immondes furent atroces dans leurs
imaginations. Ils envenimaient les blessures en y versant de la poussière, du vinaigre, des éclats de poterie :
d'autres attendaient derrière eux; le sang coulait et
ils se réjouissaient comme font les vendangeurs autour
des cuves fumantes.

Cependant Mâtho était assis par terre [679], à la place
même où il se trouvait quand la bataille avait fini,
les coudes sur les genoux, les tempes dans les
mains; il ne voyait rien, n'entendait rien, ne pensait
plus.

Aux hurlements de joie que la foule poussait, il
releva la tête. Devant lui, un lambeau de toile accroché
à une perche, et qui traînait par le bas, abritait confusément des corbeilles, des tapis, une peau de lion.
Il reconnut sa tente; et ses yeux s'attachaient contre

le sol comme si la fille d'Hamilcar, en disparaissant, se fût enfoncée sous la terre.

La toile déchirée battait au vent; quelquefois ses longues bribes lui passaient devant la bouche, et il aperçut une marque rouge, pareille à l'empreinte d'une main. C'était la main de Narr'Havas, le signe de leur alliance. Alors Mâtho se leva [680]. Il prit un tison qui fumait encore, et il le jeta [681] sur les débris de sa tente, dédaigneusement. Puis, du bout de son cothurne, il repoussait vers la flamme des choses qui débordaient, pour que rien n'en subsistât.

Tout à coup, et sans qu'on pût deviner [682] de quel point il surgissait, Spendius parut.

L'ancien esclave s'était attaché contre la cuisse deux éclats de lance; il boitait d'un air piteux, tout en exhalant des plaintes.

— « Retire donc cela, » lui dit Mâtho, « je sais que tu es un brave ! » Car il était si écrasé par l'injustice des Dieux qu'il n'avait plus assez de force pour s'indigner contre les hommes.

Spendius lui fit un signe, et il le mena dans le creux d'un mamelon, où Zarxas et Autharite se tenaient cachés.

Ils avaient fui comme l'esclave, l'un bien qu'il fût cruel, et l'autre malgré sa bravoure [683]. Mais qui aurait pu s'attendre, disaient-ils, à la trahison de Narr'Havas, à l'incendie des Libyens, à la perte du zaïmph, à l'attaque soudaine d'Hamilcar, et surtout à ses manœuvres les forçant à revenir dans le fond de la montagne sous les coups immédiats des Carthaginois? Spendius n'avouait point sa terreur et persistait à soutenir qu'il avait la jambe cassée.

Enfin, les trois chefs et le shalischim [684] se demandèrent ce qu'il fallait maintenant décider.

Hamilcar leur fermait la route de Carthage; on était pris entre ses soldats et les provinces de Narr'Havas; les villes tyriennes se joindraient aux vain-

queurs; ils allaient se trouver acculés au bord de la
mer, et toutes ces forces réunies les écraseraient.
Voilà ce qui arriverait immanquablement.

Ainsi pas un moyen ne s'offrait [685] d'éviter la guerre.
Donc, ils devaient la poursuivre à outrance [686]. Mais,
comment faire comprendre la nécessité d'une inter-
minable bataille à tous ces gens découragés et saignant encore de leurs blessures?

— « Je m'en charge! » dit Spendius.

Deux heures après, un homme [687], qui arrivait du
côté d'Hippo-Zaryte, gravit en courant la montagne.
Il agitait des tablettes au bout de son bras, et comme
il criait très fort, les Barbares l'entourèrent.

Elles étaient expédiées par les soldats grecs de la
Sardaigne. Ils recommandaient à leurs compagnons [688]
d'Afrique de surveiller Giscon avec les autres captifs.
Un marchand de Samos, un certain Hipponax, venant
de Carthage, leur avait appris qu'un complot s'orga-
nisait pour les faire évader, et on engageait les Barbares à tout prévoir; la République était puissante.

Le stratagème de Spendius ne réussit point d'abord
comme il l'avait espéré [689]. Cette assurance d'un péril
nouveau, loin d'exciter de la fureur, souleva des
craintes; et se rappelant l'avertissement d'Hamilcar
jeté naguère au milieu d'eux, ils s'attendaient à
quelque chose d'imprévu et qui serait terrible. La
nuit se passa dans une grande angoisse; plusieurs
même se débarrassèrent de leurs armes pour attendrir
le Suffète quand il se présenterait.

Mais le lendemain [690], à la troisième veille du jour,
un second coureur parut encore plus haletant et noir
de poussière. Le Grec lui arracha des mains un rouleau de papyrus chargé d'écritures phéniciennes. On
y suppliait les Mercenaires de ne pas se décourager; les
braves de Tunis allaient venir avec de grands renforts.

Spendius lut d'abord la lettre [691] trois fois de suite;
et, soutenu par deux Cappadociens qui le tenaient

assis sur leurs épaules, il se faisait transporter de place
en place, et il la relisait [692]. Pendant sept heures, il
harangua.

Il rappelait aux Mercenaires les promesses du Grand-
Conseil ; aux Africains, les cruautés des intendants ; à
tous les Barbares, l'injustice de Carthage. La douceur
du Suffète était un appât [693] pour les prendre. Ceux
qui se livreraient, on les vendrait comme des esclaves ;
les vaincus périraient suppliciés. Quant à s'enfuir, par
quelles routes ? Pas un peuple ne voudrait les recevoir.
Tandis qu'en continuant leurs efforts, ils obtiendraient
à la fois la liberté, la vengeance, de l'argent ! Et ils
n'attendraient pas longtemps, puisque les gens de
Tunis, la Libye entière se précipitait à leur secours.
Il montrait le papyrus déroulé : — « Regardez donc !
lisez ! voilà leurs promesses ! Je ne mens pas. »

Des chiens erraient, avec leur museau noir tout
plaqué de rouge. Le grand soleil chauffait les têtes nues.
Une odeur nauséabonde s'exhalait des cadavres mal
enfouis. Quelques-uns même sortaient de terre jusqu'au ventre. Spendius les appelait à lui pour témoi-
gner des choses qu'il disait ; puis il levait ses poings
du côté d'Hamilcar.

Mâtho l'observait d'ailleurs et, afin de couvrir sa
lâcheté, il étalait une colère où peu à peu il se trouvait
pris lui-même. En se dévouant aux Dieux, il accumula
des malédictions sur les Carthaginois. Le supplice des
captifs était un jeu d'enfants [694]. Pourquoi donc les
épargner et traîner toujours derrière soi ce bétail
inutile ! — « Non ! il faut en finir ! leurs projets sont
connus ! un seul peut nous perdre [695] ! pas de pitié ! On
reconnaîtra les bons à la vitesse des jambes et à la force
du coup. »

Alors ils se retournèrent [696] sur les captifs. Plusieurs
râlaient encore ; on les acheva en leur enfonçant le
talon dans la bouche, ou bien on les poignardait avec
la pointe d'un javelot.

Ensuite ils songèrent à Giscon. Nulle part on ne l'apercevait; une inquiétude les troubla. Ils voulaient tout à la fois se convaincre de sa mort et y participer. Enfin trois pasteurs samnites [697] le découvrirent à quinze pas de l'endroit où s'élevait naguère la tente de Mâtho. Ils le reconnurent à sa longue barbe, et ils appelèrent les autres.

Etendu sur le dos, les bras contre les hanches et les genoux serrés, il avait l'air d'un mort disposé pour le sépulcre. Cependant ses côtes maigres s'abaissaient et remontaient, et ses yeux, largement ouverts au milieu de sa figure toute pâle, regardaient d'une façon continue et intolérable.

Les Barbares le considérèrent, d'abord, avec un grand étonnement [698]. Depuis le temps qu'il vivait dans la fosse, on l'avait presque oublié; gênés par de vieux souvenirs [699], ils se tenaient à distance et n'osaient porter la main sur lui.

Mais ceux qui étaient par derrière murmuraient et se poussaient, quand un Garamante traversa la foule; il brandissait une faucille; tous comprirent sa pensée; leurs visages s'empourprèrent, et, saisis de honte, ils hurlaient : « Oui ! oui ! »

L'homme au fer recourbé s'approcha de Giscon [700]. Il lui prit la tête, et, l'appuyant sur son genou, il la sciait à coups rapides; elle tomba; deux gros jets de sang firent un trou dans la poussière. Zarxas avait sauté dessus, et, plus léger qu'un léopard, il courait vers les Carthaginois.

Puis, quand il fut aux deux tiers [701] de la montagne, il retira de sa poitrine la tête de Giscon en la tenant par la barbe, il tourna son bras rapidement plusieurs fois, — et la masse, enfin lancée, décrivit une longue parabole et disparut derrière le retranchement punique.

Bientôt se dressèrent [702] au bord des palissades [703] deux étendards entre-croisés, signe convenu pour réclamer les cadavres.

Alors quatre hérauts, choisis sur la largeur de leur poitrine, s'en allèrent avec de grands clairons, et, parlant dans les tubes d'airain, ils déclarèrent qu'il n'y avait plus désormais, entre les Carthaginois et les Barbares, ni foi, ni pitié, ni dieux, qu'ils se refusaient d'avance à toutes les ouvertures et que l'on renverrait les parlementaires avec les mains coupées [704].

Immédiatement après, on députa Spendius à Hippo-Zaryte afin d'avoir des vivres; la cité tyrienne leur en envoya le soir même. Ils mangèrent avidement. Puis, quand ils se furent réconfortés [705], ils ramassèrent bien vite les restes de leurs bagages et leurs armes rompues; les femmes se tassèrent au centre, et, sans souci des blessés pleurant derrière eux, ils partirent par le bord du rivage, à pas rapides, comme un troupeau de loups qui s'éloignent.

Ils marchaient sur Hippo-Zaryte, décidés à la prendre, car ils avaient besoin d'une ville.

Hamilcar, en les apercevant au loin, eut un désespoir, malgré l'orgueil qu'il sentait à les voir fuir devant lui. Il aurait fallu les attaquer tout de suite avec des troupes fraîches. Encore une journée pareille, et la guerre était finie ! Si les choses traînaient [706], ils reviendraient plus forts; les villes tyriennes se joindraient à eux; sa clémence envers les vaincus n'avait servi de rien. Il prit la résolution d'être impitoyable [707].

Le soir même, il envoya au Grand-Conseil un dromadaire chargé de bracelets recueillis sur les morts, et, avec des menaces horribles, il ordonnait qu'on lui expédiât une autre armée [708].

Tous, depuis longtemps, le croyaient perdu; si bien qu'en apprenant sa victoire, ils éprouvèrent une stupéfaction qui était presque de la terreur. Le retour du zaïmph, annoncé vaguement, complétait la merveille. Ainsi, les Dieux et la force de Carthage semblaient maintenant lui appartenir.

Personne de ses ennemis ne hasarda une plainte ou une récrimination. Par l'enthousiasme des uns et la pusillanimité des autres, avant le délai prescrit, une armée de cinq mille hommes fut prête.

Elle gagna promptement Utique pour appuyer le Suffète sur ses derrières, tandis que trois mille des plus considérables montèrent sur des vaisseaux qui devaient les débarquer à Hippo-Zaryte, d'où ils repousseraient les Barbares.

Hannon en avait accepté le commandement; mais il confia l'armée à son lieutenant Magdassan, afin de conduire les troupes de débarquement lui-même, car il ne pouvait plus endurer les secousses de la litière. Son mal, en rongeant ses lèvres et ses narines, avait creusé dans sa face un large trou; à dix pas, on lui voyait le fond de sa gorge [709], et il se savait tellement hideux qu'il se mettait, comme une femme, un voile sur la tête.

Hippo-Zaryte n'écouta point ses sommations, ni celles des Barbares non plus; mais chaque matin les habitants leur descendaient des vivres dans des corbeilles, et en criant du haut des tours, ils s'excusaient sur les exigences de la République et les conjuraient de s'éloigner. Ils adressaient par signes les mêmes protestations aux Carthaginois qui stationnaient dans la mer.

Hannon se contentait [710] de bloquer le port sans risquer une attaque. Cependant, il persuada aux juges d'Hippo-Zaryte de recevoir chez eux trois cents soldats. Puis il s'en alla vers le cap des Raisins et il fit un long détour afin de cerner les Barbares, opération inopportune et même dangereuse. Sa jalousie l'empêchait de secourir le Suffète; il arrêtait ses espions, le gênait dans tous ses plans, compromettait l'entreprise. Enfin Hamilcar [711] écrivit au Grand-Conseil [712] de l'en débarrasser, et Hannon rentra dans Carthage, furieux contre la bassesse des Anciens et la folie de son collègue.

Donc, après tant d'espérances [713], on se retrouvait dans
une situation encore plus déplorable; mais on tâchait
de n'y pas réfléchir [714] et même de n'en point parler.

Comme si ce n'était pas assez d'infortunes [715] à la
fois, on apprit que les Mercenaires de la Sardaigne
avaient crucifié leur général, saisi les places fortes et
partout égorgé les hommes de la race chananéenne. Le
Peuple romain [716] menaça la République d'hostilités
immédiates, si elle ne donnait douze cents talents avec
l'île de Sardaigne tout entière. Il avait accepté l'alliance
des Barbares, et il leur expédia des bateaux plats
chargés de farine et de viandes sèches. Les Carthaginois les poursuivirent, capturèrent cinq cents hommes;
mais trois jours après, une flotte [717] qui venait de la
Bysacène, apportant des vivres à Carthage, sombra
dans une tempête. Les Dieux évidemment se décla-
raient contre elle.

Alors les citoyens d'Hippo-Zaryte [718], prétextant
une alarme, firent monter sur leurs murailles les trois
cents hommes d'Hannon; puis, survenant derrière
eux [719], ils les prirent aux jambes et les jetèrent par-
dessus les remparts, tout à coup. Quelques-uns qui
n'étaient pas morts furent poursuivis et allèrent se
noyer dans la mer.

Utique endurait des soldats [720], car Magdassan avait
fait comme Hannon, et, d'après ses ordres, il entourait
la ville, sourd aux prières d'Hamilcar. Pour ceux-là,
on leur donna du vin mêlé de mandragore, puis on les
égorgea dans leur sommeil. En même temps, les Barbares arrivèrent; Magdassan s'enfuit, les portes s'ouvrirent, et dès lors [721] les deux villes tyriennes [722] montrèrent à leurs nouveaux amis un opiniâtre dévouement, et à leurs anciens alliés une haine inconcevable.

Cet abandon de la cause punique était un conseil,
un exemple. Les espoirs de délivrance se ranimèrent.
Des populations, incertaines encore, n'hésitèrent plus.
Tout s'ébranla. Le Suffète l'apprit, et il n'attendait

aucun secours ! Il était maintenant irrévocablement perdu.

Aussitôt il congédia Narr'Havas, qui devait garder les limites de son royaume. Quant à lui, il résolut de rentrer à Carthage pour y prendre des soldats et recommencer la guerre.

Les Barbares établis à Hippo-Zaryte aperçurent son armée comme elle descendoit la montagne.

Où donc les Carthaginois allaient-ils? La faim sans doute les poussait; et, affolés par les souffrances, malgré leur faiblesse, ils venaient livrer bataille. Mais ils tournèrent à droite : ils fuyaient. On pouvait les atteindre, les écraser tous. Les Barbares s'élancèrent à leur poursuite.

Les Carthaginois furent arrêtés par le fleuve. Il était large cette fois, et le vent d'ouest n'avait pas soufflé. Les uns le passèrent à la nage, les autres sur leurs boucliers. Ils se remirent en marche. La nuit tomba. On ne les vit plus.

Les Barbares ne s'arrêtèrent pas; ils remontèrent plus loin, pour trouver une place plus étroite. Les gens de Tunis accoururent; ils entraînèrent ceux d'Utique. A chaque buisson, leur nombre augmentait; et les Carthaginois, en se couchant par terre, entendaient le battement de leurs pas dans les ténèbres. De temps à autre, pour les ralentir, Barca faisait lancer, derrière lui, des volées de flèches; plusieurs en furent tués. Quand le jour se leva, on était dans les montagnes de l'Ariane, à cet endroit où le chemin fait un coude.

Alors Mâtho, qui marchait en tête [723], crut distinguer dans l'horizon quelque chose de vert, au sommet d'une éminence. Puis le terrain s'abaissa [724], et des obélisques, des dômes, des maisons parurent : c'était Carthage ! Il s'appuya contre un arbre pour ne pas tomber, tant son cœur battait vite.

Il songeait à tout ce qui était survenu dans son existence depuis la dernière fois qu'il avait passé par là !

C'était une surprise infinie, un étourdissement. Puis
une joie l'emporta, à l'idée de revoir Salammbô. Les
raisons qu'il avait de l'exécrer lui revinrent à la
mémoire; il les rejeta bien vite. Frémissant et les prunelles tendues, il contemplait, au delà d'Eschmoûn, la
haute terrasse d'un palais, par-dessus des palmiers; un
sourire d'extase illuminait sa figure, comme s'il fût
arrivé jusqu'à lui quelque grande lumière; il ouvrait
les bras, il envoyait des baisers dans la brise et murmurait : « Viens ! viens ! » un soupir lui gonfla la poitrine, et deux larmes, longues comme des perles, tombèrent sur sa barbe.

— « Qui te retient ? » s'écria Spendius. « Hâte-toi
donc ! En marche ! Le Suffète va nous échapper ! Mais
tes genoux chancellent et tu me regardes comme un
homme ivre ! »

Il trépignait d'impatience; il pressait Mâtho; et,
avec des clignements d'yeux, comme à l'approche d'un
but longuement visé :

— « Ah ! nous y sommes ! Nous y voilà ! Je les
tiens ! »

Il avait l'air si convaincu et triomphant que Mâtho,
surpris dans sa torpeur, se sentit entraîné. Ces paroles
survenaient au plus fort de sa détresse, poussant
son désespoir à la vengeance, montraient une pâture
à sa colère. Il bondit sur un des chameaux qui étaient
dans les bagages, lui arracha son licou; avec la longue
corde, il frappait à tour de bras les traînards [725]; et il
courait de droite et de gauche, alternativement, sur le
derrière de l'armée, comme un chien qui pousse un
troupeau.

A sa voix tonnante, les lignes d'hommes se resserrèrent; les boiteux mêmes précipitèrent leurs pas; au
milieu de l'isthme, l'intervalle diminua. Les premiers
des Barbares marchaient dans la poussière des Carthaginois. Les deux armées se rapprochaient, allaient
se toucher. Mais la porte de Malqua, la porte de

Tagaste et la grande porte de Khamon déployèrent
leurs battants. Le carré punique se divisa ; trois colonnes
s'y engloutirent, elles tourbillonnaient sous les porches.
Bientôt la masse, trop serrée sur elle-même, n'avança
plus ; les piques en l'air se heurtaient, et les flèches
des Barbares éclataient contre les murs.

Sur le seuil de Khamon, on aperçut Hamilcar. Il se
retourna en criant à ses hommes de s'écarter. Il descendit de son cheval ; et du glaive qu'il tenait, en le
piquant à la croupe, il l'envoya sur les Barbares.

C'était un étalon orynge qu'on nourrissait avec des
boulettes de farine, et qui pliait les genoux pour laisser
monter son maître. Pourquoi donc le renvoyait-il ?
Etait-ce un sacrifice ?

Le grand cheval galopait au milieu des lances,
renversait les hommes, et, s'embarrassant les pieds
dans ses entrailles [726], tombait, puis se relevait avec
des bonds furieux ; et pendant qu'ils s'écartaient,
tâchaient [727] de l'arrêter ou regardaient tout surpris,
les Carthaginois s'étaient rejoints ; ils entrèrent ; la
porte énorme se referma derrière eux, en retentissant.

Elle ne céda pas. Les Barbares vinrent s'écraser
contre elle ; — et durant quelques minutes, sur toute
la longueur de l'armée, il y eut une oscillation de plus
en plus molle et qui enfin s'arrêta.

Les Carthaginois avaient mis des soldats sur l'aqueduc ; ils commençaient à lancer des pierres, des balles,
des poutres. Spendius représenta qu'il ne fallait point
s'obstiner. Ils allèrent s'établir plus loin [728], tous bien
résolus à faire le siège de Carthage.

Cependant la rumeur de la guerre avait dépassé les
confins de l'empire punique ; et, des colonnes d'Hercule jusqu'au delà de Cyrène, les pasteurs en rêvaient
en gardant leurs troupeaux, et les caravanes en causaient la nuit, à la lueur des étoiles. Cette grande
Carthage, dominatrice des mers, splendide comme le

soleil et effrayante comme un dieu, il se trouvait des
hommes qui l'osaient attaquer ! On avait même plusieurs fois affirmé [729] sa chute ; et tous y avaient cru,
car tous la souhaitaient : les populations soumises,
les villages tributaires, les provinces alliées, les hordes
indépendantes, ceux qui l'exécraient pour sa tyrannie,
ou qui jalousaient sa puissance, ou qui convoitaient
sa richesse. Les plus braves s'étaient joints bien vite
aux Mercenaires. La défaite du Macar avait arrêté
tous les autres. Enfin, ils avaient repris confiance [730],
peu à peu s'étaient avancés, rapprochés ; et maintenant les hommes des régions orientales se tenaient
dans les dunes de Clypea [731], de l'autre côté du golfe.
Dès qu'ils aperçurent les Barbares, ils se montrèrent.

Ce n'étaient pas les Libyens des environs de Carthage ; depuis longtemps ils composaient la troisième
armée ; mais les nomades du plateau de Barca, les
bandits du cap Phiscus et du promontoire de Derné [732],
ceux du Phazzana et de la Marmarique [733]. Ils avaient
traversé le désert en buvant aux puits saumâtres
maçonnés avec des ossements de chameau ; les
Zuaèces [734], couverts de plumes d'autruche, étaient
venus sur des quadriges ; les Garamantes, masqués
d'un voile noir, assis en arrière sur leurs cavales
peintes ; d'autres sur des ânes, sur des onagres, sur
des zèbres, sur des buffles ; et quelques-uns traînaient
avec leurs familles et leurs idoles le toit de leur
cabane en forme de chaloupe. Il y avait des Ammo-
niens aux membres ridés par l'eau chaude des fontaines ; des Atarantes [735], qui maudissent le soleil ;
des Troglodytes, qui enterrent en riant leurs morts
sous des branches d'arbres ; et les hideux Auséens [736],
qui mangent des sauterelles ; les Achyrmachides, qui
mangent des poux, et les Gysantes [737], peints de vermillon, qui mangent des singes.

Tous s'étaient rangés sur le bord de la mer, en une
grande ligne droite. Ils s'avancèrent ensuite comme

des tourbillons de sable soulevés par le vent. Au
milieu de l'isthme leur foule s'arrêta, les Mercenaires
établis devant eux, près des murailles, ne voulant
point bouger.

Puis, du côté de l'Ariane [738], apparurent les hommes
de l'Occident, le peuple des Numides. En effet,
Narr'Havas ne gouvernait que les Massyliens [739]; et
d'ailleurs, une coutume leur permettant après les
revers d'abandonner le roi [740], ils s'étaient rassem-
blés sur le Zaïne, puis l'avaient franchi au premier
mouvement d'Hamilcar. On vit d'abord accourir
tous les chasseurs du Malethut-Baal et du Garaphos [741],
habillés de peaux de lion, et qui conduisaient avec
la hampe de leurs piques de petits chevaux maigres
à longue crinière; puis marchaient les Gétules dans
des cuirasses en peau de serpent; puis les Pharusiens [742], portant de hautes couronnes faites de cire
et de résine; et les Caunes, les Macares, les Tillabares [743],
chacun tenant deux javelots et un bouclier rond en
cuir d'hippopotame. Ils s'arrêtèrent au bas des Catacombes, dans les premières flaques de la Lagune.

Mais quand les Libyens se furent déplacés, on
aperçut à l'endroit qu'ils occupaient, et comme un
nuage à ras du sol, la multitude des Nègres. Il en était
venu du Harousch-blanc, du Harousch-noir, du
désert d'Augyles et même de la grande contrée
d'Agazymba [744], qui est à quatre mois au sud des
Garamantes, et de plus loin encore! Malgré leurs
joyaux de bois rouge, la crasse de leur peau noire les
faisait ressembler à des mûres longtemps roulées
dans la poussière. Ils avaient des caleçons en fils
d'écorce, des tuniques d'herbes desséchées, des mufles
de bêtes fauves sur la tête, et, hurlant comme des
loups, ils secouaient des tringles garnies d'anneaux
et brandissaient des queues de vache au bout d'un
bâton, en manière d'étendards.

Puis derrière les Numides, les Maurusiens et les

Gétules, se pressaient les hommes jaunâtres répandus
au delà de Taggir [745] dans les forêts de cèdres. Des
carquois en poils de chat leur battaient sur les épaules,
et ils menaient en laisse des chiens énormes, aussi
hauts que des ânes, et qui n'aboyaient pas.

Enfin, comme si l'Afrique ne s'était point suffisamment vidée, et que, pour recueillir plus de fureurs,
il eût fallu prendre jusqu'au bas des races, on voyait,
derrière tous les autres, des hommes à profil de bête
et ricanant d'un rire idiot; — misérables ravagés
par de hideuses maladies, pygmées difformes, mulâtres
d'un sexe ambigu, albinos dont les yeux rouges cli-
gnotaient au soleil; tout en bégayant des sons inin-
telligibles, ils mettaient un doigt dans leur bouche
pour faire voir qu'ils avaient faim.

La confusion des armes n'était pas moindre que
celle des vêtements et des peuples. Pas une invention
de mort qui n'y fût, depuis les poignards de bois,
les haches de pierre et les tridents d'ivoire, jusqu'à
de longs sabres dentelés comme des scies, minces, et
faits d'une lame de cuivre qui pliait. Ils maniaient
des coutelas, se bifurquant en plusieurs branches
pareilles à des ramures d'antilopes, des serpes attachées au bout d'une corde, des triangles de fer, des
massues, des poinçons. Les Éthiopiens du Bambotus [746]
cachaient dans leurs cheveux de petits dards empoisonnés. Plusieurs avaient apporté des cailloux dans
des sacs. D'autres, les mains vides, faisaient claquer
leurs dents.

Une houle continuelle agitait cette multitude. Des
dromadaires, tout barbouillés de goudron comme des
navires, renversaient les femmes qui portaient leurs
enfants sur la hanche. Les provisions dans les couffes
se répandaient; on écrasait en marchant des morceaux de sel, des paquets de gomme, des dattes pourries, des noix de gourou; — et parfois, sur des seins
couverts de vermine, pendait à un mince cordon

quelque diamant qu'avaient cherché les Satrapes, une
pierre presque fabuleuse et suffisante pour acheter
un empire. Ils ne savaient même pas [747], la plupart,
ce qu'ils désiraient. Une fascination, une curiosité
les poussait; des Nomades qui n'avaient jamais vu
de ville étaient effrayés par l'ombre des murailles.

L'isthme disparaissait maintenant sous les hommes;
et cette longue surface [748], où les tentes faisaient
comme des cabanes dans une inondation, s'étalait
jusqu'aux premières lignes des autres Barbares,
toutes ruisselantes de fer et symétriquement établies
sur les deux flancs de l'aqueduc.

Les Carthaginois se trouvaient encore dans l'effroi
de leur arrivée, quand ils aperçurent, venant droit
vers eux, comme des monstres et comme des édifices,
— avec leurs mâts, leurs bras, leurs cordages, leurs
articulations, leurs chapiteaux et leurs carapaces,
— les machines de siège qu'envoyaient les villes
tyriennes : soixante carrobalistes, quatre-vingts
onagres, trente scorpions, cinquante tollénones, douze
béliers et trois gigantesques catapultes qui lançaient
des morceaux de roche du poids de quinze talents.
Des masses d'hommes les poussaient cramponnés à
leur base; à chaque pas un frémissement les secouait;
elles arrivèrent ainsi jusqu'en face des murs.

Mais il fallait plusieurs jours [749] encore pour finir
les préparatifs du siège. Les Mercenaires, instruits
par leurs défaites, ne voulaient point se risquer dans
des engagements inutiles; — et, de part et d'autre,
on n'avait aucune hâte, sachant bien qu'une action
terrible allait s'ouvrir et qu'il en résulterait une victoire ou une extermination complète.

Carthage pouvait longtemps résister; ses larges
murailles offraient une série d'angles rentrants et
sortants, disposition avantageuse pour repousser les
assauts.

Cependant, du côté des Catacombes [750], une portion

s'était écroulée, — et par les nuits obscures, entre les
blocs disjoints, on apercevait des lumières dans les
bouges de Malqua. Ils dominaient en de certains
endroits la hauteur des remparts. C'était là que
vivaient, avec leurs nouveaux époux, les femmes des
Mercenaires chassées par Mâtho. En les revoyant,
leur cœur n'y tint plus. Elles agitèrent de loin leurs
écharpes; puis elles venaient, dans les ténèbres,
causer avec les soldats par la fente du mur, et le
Grand-Conseil apprit un matin que toutes s'étaient
enfuies. Les unes avaient passé entre les pierres :
d'autres, plus intrépides, étaient descendues avec
des cordes.

Enfin Spendius résolut d'accomplir son projet.

La guerre, en le retenant au loin [751], l'en avait jusqu'alors empêché; et depuis qu'on était revenu devant
Carthage, il lui semblait que les habitants soupçon-
naient son entreprise. Mais bientôt ils diminuèrent
les sentinelles [752] de l'aqueduc. On n'avait pas trop
de monde pour la défense de l'enceinte.

L'ancien esclave s'exerça pendant plusieurs jours
à tirer des flèches contre les phénicoptères [753] du Lac.
Puis un soir que la lune brillait, il pria Mâtho d'allumer au milieu de la nuit un grand feu de paille, en
même temps que tous ses hommes pousseraient des
cris; et prenant avec lui Zarxas, il s'en alla par le
bord du golfe, dans la direction de Tunis.

A la hauteur des dernières arches, ils revinrent
droit vers l'aqueduc; la place était découverte : ils
s'avancèrent en rampant jusqu'à la base des piliers.

Les sentinelles de la plate-forme se promenaient
tranquillement.

De hautes flammes parurent; des clairons retentirent; les soldats en vedette, croyant à un assaut,
se précipitèrent du côté de Carthage.

Un homme était resté. Il apparaissait en noir sur
le fond du ciel. La lune donnait derrière lui, et son

ombre démesurée faisait au loin sur la plaine comme
un obélisque qui marchait [754].

Ils attendirent qu'il fût bien placé devant eux.
Zarxas saisit sa fronde; par prudence ou par férocité [755], Spendius l'arrêta. — « Non, le ronflement de
la balle ferait du bruit ! A moi ! »

Alors il banda son arc de toutes ses forces, en
l'appuyant par le bas contre l'orteil de son pied
gauche; il visa, et la flèche partit.

L'homme ne tomba point. Il disparut.

— « S'il était blessé, nous l'entendrions ! » dit
Spendius; et il monta vivement d'étage en étage,
comme il avait fait la première fois, en s'aidant d'une
corde et d'un harpon, Puis quand il fut en haut [756],
près du cadavre, il la laissa retomber. Le Baléare y
attacha un pic avec un maillet et s'en retourna.

Les trompettes ne sonnaient plus. Tout maintenant
était tranquille. Spendius avait soulevé une des
dalles, était entré dans l'eau, et l'avait refermée sur
lui.

En calculant la distance d'après le nombre de ses
pas, il arriva juste à l'endroit où il avait remarqué
une fissure oblique; et pendant trois heures, jusqu'au
matin, il travailla d'une façon continue, furieuse, res-
pirant à peine par les interstices des dalles supérieures,
assailli d'angoisses et vingt fois croyant mourir.
Enfin, on entendit un craquement; une pierre énorme,
en ricochant sur les arcs inférieurs, roula jusqu'en
bas, — et, tout à coup une cataracte, un fleuve entier
tomba du ciel dans la plaine. L'aqueduc, coupé par
le milieu, se déversait. C'était la mort pour Carthage,
et la victoire pour les Barbares.

En un instant les Carthaginois réveillés apparurent
sur les murailles, sur les maisons, sur les temples. Les
Barbares se poussaient, criaient. Ils dansaient en
délire autour de la grande chute d'eau, et, dans l'extravagance de leur joie, venaient s'y mouiller la tête.

On aperçut au sommet de l'aqueduc un homme avec une tunique brune, déchirée. Il se tenait penché tout au bord, les deux mains sur les hanches, et il regardait en bas, sous lui, comme étonné de son œuvre.

Puis il se redressa. Il parcourut l'horizon d'un air superbe qui semblait dire : « Tout cela maintenant est à moi ! » Les applaudissements des Barbares éclatèrent; les Carthaginois [757], comprenant enfin leur désastre, hurlaient de désespoir. Alors il se mit à courir sur la plate-forme d'un bout à l'autre, — et comme un conducteur de char triomphant aux jeux Olympiques, Spendius, éperdu d'orgueil, levait les bras.

XIII

MOLOCH [758]

Les Barbares n'avaient pas besoin d'une circon-
vallation du côté de l'Afrique : elle leur appartenait. Mais pour rendre plus facile [759] l'approche
des murailles, on abattit le retranchement qui bordait
le fossé. Ensuite, Mâtho divisa l'armée par grands
demi-cercles, de façon à envelopper mieux Carthage.
Les hoplites des Mercenaires furent placés au premier
rang; derrière eux les frondeurs et les cavaliers; tout
au fond, les bagages, les chariots, les chevaux; en
deçà de cette multitude, à trois cents pas des tours, se
hérissaient les machines.

Sous la variété infinie de leurs appellations [760] (qui
changèrent plusieurs fois dans le cours des siècles),
elles pouvaient se réduire à deux systèmes : les unes
agissant comme des frondes et les autres comme
des arcs [761].

Les premières, les catapultes, se composaient d'un
châssis carré, avec deux montants verticaux et une
barre horizontale. A sa partie antérieure un cylindre,
muni de câbles, retenait un gros timon portant une
cuillère pour recevoir les projectiles; la base en était
prise dans un écheveau de fils tordus, et quand on
lâchait les [762] cordes, il se relevait et venait frapper
contre la barre, ce qui, l'arrêtant par une secousse,
multipliait sa vigueur.

Les secondes offraient un mécanisme plus compliqué : sur une petite colonne, une traverse était fixée par son milieu où aboutissait à angle droit une espèce de canal ; aux extrémités de la traverse s'élevaient deux chapiteaux qui contenaient un entortillage de crins ; deux poutrelles s'y trouvaient prises pour maintenir les bouts d'une corde que l'on amenait jusqu'au bas du canal, sur une tablette de bronze. Par un ressort, cette plaque de métal se détachait, et glissant sur des rainures, poussait les flèches.

Les catapultes s'appelaient également des onagres, comme les ânes sauvages qui lancent des cailloux avec leurs pieds, et les balistes des scorpions, à cause d'un crochet dressé sur la tablette, et qui, s'abaissant d'un coup de poing, faisait partir le ressort.

Leur construction exigeait de savants calculs ; leurs bois devaient être choisis dans les essences les plus dures, leurs engrenages, tous d'airain ; elles se bandaient avec des leviers, des moufles [763], des cabestans ou des tympans [764] ; de forts pivots variaient la direction de leur tir, des cylindres les faisaient s'avancer, et les plus considérables, que l'on apportait pièce à pièce, étaient remontées en face de l'ennemi.

Spendius disposa les trois grandes catapultes vers les trois angles principaux ; devant chaque porte il plaça un bélier, devant chaque tour une baliste, et des carrobalistes [765] circuleraient par derrière. Mais il fallait les garantir contre les feux des assiégés et combler d'abord le fossé qui les séparait des murailles.

On avança des galeries en claies de joncs verts et des cintres en chêne, pareils à d'énormes boucliers glissant sur trois roues ; de petites cabanes couvertes de peaux fraîches et rembourrées de varech abritaient les travailleurs ; les catapultes [766] et les balistes furent défendues par des rideaux de cordages que l'on avait trempés dans du vinaigre pour les rendre incombustibles. Les femmes et les enfants allaient prendre des

cailloux sur la grève, ramassaient de la terre avec leurs
mains et l'apportaient aux soldats.

Les Carthaginois se préparaient aussi.

Hamilcar les avait bien vite rassurés en déclarant
qu'il restait de l'eau dans les citernes pour cent vingt-
trois jours. Cette affirmation, sa présence au milieu
d'eux, et celle du zaïmph surtout, leur donnèrent bon
espoir. Carthage se releva de son accablement; ceux
qui n'étaient pas d'origine chananéenne furent emportés dans la passion des autres.

On arma les esclaves, on vida les arsenaux; les
citoyens eurent chacun leur poste et leur emploi.
Douze cents hommes survivaient des transfuges, le
Suffète les fit tous capitaines; et les charpentiers, les
armuriers, les forgerons et les orfèvres furent préposés
aux machines. Les Carthaginois en avaient gardé quelques-unes, malgré les conditions de la paix romaine.
On les répara. Ils s'entendaient à ces ouvrages.

Les deux côtés septentrional et oriental, défendus
par la mer et par le golfe, restaient inaccessibles. Sur
la muraille faisant face aux Barbares, on monta des
troncs d'arbre, des meules de moulin, des vases pleins
de soufre, des cuves pleines d'huile, et l'on bâtit des
fourneaux. On entassa des pierres sur la plate-forme
des tours, et les maisons qui touchaient immédiatement au rempart furent bourrées avec du sable pour
l'affermir et augmenter son épaisseur.

Devant ces dispositions, les Barbares s'irritèrent.
Ils voulurent combattre tout de suite. Les poids qu'ils
mirent dans les catapultes étaient d'une pesanteur
si exorbitante, que les timons se rompirent; l'attaque
fut retardée.

Enfin le treizième jour du mois de Schabar [767],
— au soleil levant, — on entendit contre la porte de
Khamon un grand coup.

Soixante-quinze soldats tiraient des cordes, disposées à la base d'une poutre gigantesque, horizonta-

lement suspendue par des chaînes descendant d'une potence, et une tête de bélier [768], tout en airain, la terminait. On l'avait emmaillotée de peaux de bœuf; des bracelets en fer la cerclaient de place en place; elle était trois fois grosse comme le corps d'un homme, longue de cent vingt coudées, et sous la foule des bras nus la poussant et la ramenant, elle avançait et reculait avec une oscillation régulière.

Les autres béliers devant les autres portes commencèrent à se mouvoir. Dans les roues creuses des tympans, on aperçut des hommes qui montaient d'échelon en échelon. Les poulies, les chapiteaux grincèrent, les rideaux de cordages s'abattirent, et des volées de pierres et des volées de flèches s'élancèrent à la fois; tous les frondeurs éparpillés couraient. Quelques-uns s'approchaient du rempart, en cachant sous leurs boucliers des pots de résine; puis ils les lançaient à tour de bras. Cette grêle de balles, de dards et de feux passait par-dessus les premiers rangs et faisait une courbe qui retombait derrière les murs. Mais, à leur sommet, de longues grues à mâter les vaisseaux se dressèrent; et il en descendit de ces pinces énormes qui se terminaient par deux demi-cercles dentelés à l'intérieur. Elles mordirent les béliers. Les soldats, se cramponnant à la poutre, tiraient en arrière. Les Carthaginois halaient pour la faire monter; et l'engagement se prolongea jusqu'au soir.

Quand les Mercenaires, le lendemain, reprirent leur besogne, le haut des murailles se trouvait entièrement tapissé par des balles de coton, des toiles, des coussins; les créneaux étaient bouchés avec des nattes; et, sur le rempart entre les grues, on distinguait un alignement de fourches et de tranchoirs emmanchés à des bâtons. Aussitôt, une résistance furieuse [769] commença.

Des troncs d'arbres, tenus par des câbles, tombaient et retombaient alternativement en battant les béliers;

des crampons, lancés par des balistes, arrachaient le
toit des cabanes; et, de la plate-forme des tours, des
ruisseaux de silex et de galets se déversaient.

Enfin les béliers rompirent [770] la porte de Khamon
et la porte de Tagaste. Mais les Carthaginois avaient
entassé à l'intérieur une telle abondance de matériaux que leurs battants ne s'ouvrirent pas. Ils restèrent debout.

Alors on poussa contre les murailles des tarières,
qui, s'appliquant aux joints des blocs, les descelle-
raient. Les machines furent mieux gouvernées, leurs
servants répartis par escouades; du matin au soir,
elles fonctionnaient, sans s'interrompre, avec la mono-
tone précision d'un métier de tisserand.

Spendius ne se fatiguait pas de les conduire. C'était
lui-même qui bandait les écheveaux des balistes. Pour
qu'il y eût, dans leurs tensions jumelles, une parité
complète, on serrait leurs cordes en frappant tour
à tour de droite et de gauche, jusqu'au moment où
les deux côtés rendaient un son égal. Spendius montait
sur leur membrure. Avec le bout de son pied, il les
battait tout doucement, — et il tendait l'oreille
comme un musicien qui accorde une lyre. Puis, quand
le timon de la catapulte se relevait, quand la colonne
de la baliste tremblait à la secousse du ressort, que
les pierres s'élançaient en rayons et que les dards
couraient en ruisseau, il se penchait le corps tout entier
et jetait ses bras dans l'air, comme pour les suivre [771].

Les soldats, admirant son adresse, exécutaient ses
ordres. Dans la gaieté de leur travail, ils débitaient
des plaisanteries sur les noms des machines. Ainsi,
les tenailles à prendre les béliers s'appelant des *loups*,
et les galeries couvertes des *treilles*, on était des agneaux,
on allait faire la vendange; et en armant leurs pièces,
ils disaient aux onagres : « Allons, rue bien ! » et aux
scorpions : « Traverse-les jusqu'au cœur ! » Ces facéties,
toujours les mêmes, soutenaient leur courage [772].

Cependant les machines ne démolissaient point le rempart. Il était formé par deux murailles et tout rempli de terre; elles abattaient leurs parties supérieures. Mais les assiégés, chaque fois [773], les relevaient. Mâtho ordonna de construire des tours en bois qui devaient être aussi hautes que les tours de pierre. On jeta, dans le fossé, du gazon, des pieux, des galets et des chariots avec leurs roues afin de l'emplir plus vite; avant qu'il fût comblé, l'immense foule des Barbares ondula sur la plaine d'un seul mouvement, et vint battre le pied des murs, comme une mer débordée.

On avança les échelles de corde, les échelles droites et les sambuques, c'est-à-dire deux mâts d'où s'abaissaient, par des palans, une série de bambous que terminait un pont mobile. Elles formaient de nombreuses lignes droites appuyées contre le mur, et les Mercenaires, à la file les uns des autres, montaient en tenant leurs armes à la main. Pas un Carthaginois ne se montrait; déjà ils touchaient aux deux tiers du rempart. Les créneaux s'ouvrirent, en vomissant, comme des gueules de dragon, des feux et de la fumée; le sable s'éparpillait, entrait par le joint des armures; le pétrole s'attachait aux vêtements; le plomb liquide sautillait sur les casques, faisait des trous dans les chairs; une pluie d'étincelles s'éclaboussait contre les visages, — et des orbites sans yeux semblaient pleurer des larmes grosses comme des amandes. Des hommes, tout jaunes d'huile, brûlaient par la chevelure. Ils se mettaient à courir, enflammaient les autres. On les étouffait en leur jetant, de loin, sur la face, des manteaux trempés de sang. Quelques-uns qui n'avaient pas de blessure restaient immobiles, plus raides que des pieux, la bouche ouverte et les deux bras écartés.

L'assaut, pendant plusieurs jours de suite, recommença, — les Mercenaires espérant triompher par un excès de force et d'audace.

Quelquefois un homme sur les épaules d'un autre
enfonçait une fiche entre les pierres, puis s'en servait
comme d'un échelon pour atteindre au delà, en plaçait
une seconde, une troisième; et, protégés par le bord
des créneaux dépassant la muraille, peu à peu, ils
s'élevaient ainsi; mais, toujours à une certaine hauteur, ils retombaient. Le grand fossé trop plein débordait; sous les pas des vivants, les blessés pêle-mêle
s'entassaient avec les cadavres et les moribonds. Au
milieu des entrailles ouvertes, des cervelles épandues
et des flaques de sang, les troncs calcinés faisaient
des taches noires; et des bras et des jambes à moitié
sortis d'un monceau se tenaient tout debout, comme
des échalas dans un vignoble incendié.

Les échelles se trouvant insuffisantes, on employa les
tollénones, — instruments composés d'une longue
poutre établie transversalement sur une autre, et portant à son extrémité une corbeille quadrangulaire
où trente fantassins pouvaient se tenir avec leurs
armes.

Mâtho voulut monter dans la première qui fut prête.
Spendius l'arrêta [774].

Des hommes se courbèrent sur un moulinet; la
grande poutre se leva, devint horizontale, se dressa
presque verticalement, et, trop chargée par le bout,
elle pliait comme un immense roseau. Les soldats
cachés jusqu'au menton se tassaient; on n'apercevait
que les plumes des casques. Enfin, quand elle fut à
cinquante coudées dans l'air, elle tourna de droite et
de gauche plusieurs fois, puis s'abaissa; et, comme un
bras de géant qui tiendrait sur sa main une cohorte
de pygmées, elle déposa au bord du mur la corbeille
pleine d'hommes. Ils sautèrent dans la foule et jamais
ils ne revinrent.

Tous les autres tollénones furent bien vite disposés.
Mais il en aurait fallu [775] cent fois davantage pour
prendre la ville. On les utilisa d'une façon [776] meur-

trière : des archers éthiopiens se plaçaient dans les
corbeilles ; puis, les câbles étant assujettis, ils restaient
suspendus et tiraient des flèches empoisonnées. Les
cinquante tollénones, dominant les créneaux, entouraient ainsi Carthage, comme de monstrueux vautours ; et les Nègres riaient de voir les gardes sur le
rempart mourir dans des convulsions atroces.

Hamilcar y envoya des hoplites ; il leur faisait boire
chaque matin le jus de certaines herbes qui les gardait
du poison.

Un soir, par un temps obscur, il embarqua les meilleurs de ses soldats sur des gabares, des planches, et,
tournant à la droite du port, il vint débarquer à la
Tænia. Puis ils s'avancèrent [777] jusqu'aux premières
lignes des Barbares, et, les prenant par le flanc, ils
en firent un grand carnage [778]. Des hommes suspendus
à des cordes descendaient la nuit du haut des murs
avec des torches à la main, brûlaient les ouvrages des
Mercenaires, et remontaient.

Mâtho était acharné ; chaque obstacle renforçait sa
colère ; il en arrivait à des choses terribles et extra-
vagantes. Il convoqua Salammbô, mentalement, à un
rendez-vous ; puis il l'attendit. Elle ne vint pas ; cela
lui parut une trahison nouvelle, — et désormais,
il l'exécra [779]. S'il avait vu son cadavre, il se serait
peut-être en allé. Il doubla les avant-postes, il planta
des fourches au bas du rempart, il enfouit des chausse-
trapes dans la terre, et il commanda aux Libyens de
lui apporter toute une forêt pour y mettre le feu et
brûler Carthage, comme une tanière de renards.

Spendius s'obstinait au siège. Il cherchait à inventer
des machines épouvantables et comme jamais on n'en
avait construit.

Les autres Barbares, campés au loin sur l'isthme,
s'ébahissaient de ces lenteurs ; ils murmuraient ; on
les lâcha.

Alors, ils se précipitèrent avec leurs coutelas et leurs

javelots, dont ils battaient les portes. Mais la nudité
de leurs corps [780] facilitant leurs blessures, les Carthaginois les massacraient abondamment [781]; et les Mercenaires s'en réjouirent, sans doute par jalousie du pillage. Il en résulta des querelles, des combats entre
eux. Puis, la campagne étant ravagée [782], bientôt on
s'arracha les vivres. Ils se décourageaient. Des hordes
nombreuses s'en allèrent. La foule était si grande
qu'il n'y parut pas.

Les meilleurs tentèrent de creuser des mines; le
terrain mal soutenu s'éboula. Ils les recommencèrent
en d'autres places; Hamilcar devinait toujours leur
direction en appliquant son oreille contre un bouclier
de bronze. Il perça des contre-mines sous le chemin
que devaient parcourir les tours de bois; quand on
voulut les pousser, elles s'enfoncèrent dans des trous.

Enfin, tous reconnurent que la ville était imprenable,
tant que l'on n'aurait pas élevé jusqu'à la hauteur des
murailles une longue terrasse qui permettrait de combattre sur le même niveau; on en paverait le sommet
pour faire rouler dessus les machines. Alors il serait
bien impossible à Carthage de résister.

Elle commençait à souffrir de la soif. L'eau, qui
valait au début du siège deux késitah le bât, se vendait
maintenant un shekel d'argent; les provisions de
viande et de blé s'épuisaient aussi; on avait peur de
la faim; quelques-uns même parlaient de bouches
inutiles, ce qui effrayait tout le monde.

Depuis la place de Khamon jusqu'au temple de
Melkarth des cadavres encombraient les rues; et,
comme on était à la fin de l'été, de grosses mouches
noires harcelaient les combattants. Des vieillards
transportaient les blessés, et les gens dévots continuaient les funérailles fictives de leurs proches et de
leurs amis, défunts au loin pendant la guerre. Des
statues de cire avec des cheveux et des vêtements

s'étalaient en travers des portes. Elles se fondaient
à la chaleur des cierges brûlant près d'elles; la peinture coulait sur leurs épaules, et des pleurs ruisselaient
sur la face des vivants, qui psalmodiaient à côté des
chansons lugubres. La foule, pendant ce temps-là,
courait [783]; des bandes armées passaient; les capitaines criaient des ordres, et l'on entendait toujours
le heurt des béliers qui battaient le rempart [784].

La température devint si lourde que les corps, se
gonflant, ne pouvaient plus entrer dans les cercueils.
On les brûlait au milieu des cours. Mais les feux [785],
trop à l'étroit, incendiaient les murailles voisines, et
de longues flammes, tout à coup, s'échappaient des
maisons [786] comme du sang qui jaillit d'une artère.
Ainsi Moloch possédait Carthage; il étreignait les
remparts, il se roulait dans les rues, il dévorait jusqu'aux cadavres.

Des hommes qui portaient, en signe de désespoir,
des manteaux faits de haillons ramassés, s'établirent
au coin des carrefours [787]. Ils déclamaient contre les
Anciens, contre Hamilcar, prédisaient au peuple une
ruine entière et l'engageaient à tout détruire et à tout
se permettre. Les plus dangereux étaient les buveurs
de jusquiame [788]; dans leurs crises ils se croyaient des
bêtes féroces et sautaient sur les passants qu'ils déchiraient. Des attroupements se faisaient autour d'eux;
on en oubliait la défense de Carthage. Le Suffète imagina d'en payer d'autres pour soutenir sa politique.

Afin de retenir dans la ville le génie des Dieux, on
avait couvert de chaînes leurs simulacres. On posa
des voiles noirs sur les Patæques et des cilices autour
des autels; on tâchait [789] d'exciter l'orgueil et la
jalousie des Baals en leur chantant à l'oreille : « Tu
vas te laisser vaincre ! les autres sont plus forts, peut-
être ? Montre-toi ! aide-nous ! afin que les peuples ne
disent pas : Où sont maintenant leurs Dieux? »

Une anxiété permanente agitait les collèges des

pontifes. Ceux de la Rabbetna surtout avaient peur,
— le rétablissement du zaïmph n'ayant pas servi. Ils
se tenaient enfermés dans la troisième enceinte, inexpugnable comme une forteresse. Un seul d'entre eux
se hasardait à sortir, le grand-prêtre Schahabarim.

Il venait chez Salammbô. Mais il restait tout silencieux, la contemplant, les prunelles fixes, ou bien il
prodiguait les paroles, et les reproches qu'il lui faisait
étaient plus durs que jamais.

Par une contradiction inconcevable, il ne pardonnait pas à la jeune fille d'avoir suivi ses ordres; —
Schahabarim avait tout deviné, — et l'obsession de
cette idée avivait les jalousies de son impuissance. Il
l'accusait d'être la cause de la guerre. Mâtho, à l'en
croire, assiégeait Carthage pour reprendre le zaïmph;
et il déversait des imprécations et des ironies sur ce
Barbare, qui prétendait posséder des choses saintes.
Ce n'était pas cela pourtant que le prêtre voulait
dire.

Mais, à présent, Salammbô n'éprouvait pour lui [790]
aucune terreur. Les angoisses dont elle souffrait autrefois l'avaient abandonnée. Une tranquillité singulière
l'occupait. Ses regards, moins errants, brillaient d'une
flamme limpide.

Cependant le python était redevenu malade [791]; et,
comme Salammbô paraissait au contraire se guérir,
la vieille Taanach s'en réjouissait, convaincue qu'il
prenait par ce dépérissement la langueur de sa maîtresse.

Un matin elle le trouva derrière le lit de peaux de
bœuf, tout enroulé sur lui-même [792], plus froid qu'un
marbre, et la tête disparaissant sous un amas de vers.
A ses cris, Salammbô survint. Elle le retourna quelque
temps avec le bout de sa sandale, et l'esclave fut
ébahie de son insensibilité.

La fille d'Hamilcar ne prolongeait plus ses jeûnes
avec tant de ferveur. Elle passait des journées au haut

de sa terrasse, les deux coudes contre la balustrade,
s'amusant à regarder devant elle. Le sommet des
murailles au bout de la ville découpait sur le ciel des
zigzags inégaux, et les lances des sentinelles y faisaient
tout du long, comme une bordure d'épis. Elle apercevait au delà, entre les tours, les manœuvres des
Barbares; les jours que le siège était interrompu, elle
pouvait même distinguer leurs occupations. Ils rac-
commodaient leurs armes, se graissaient la chevelure,
ou bien lavaient dans la mer [793] leurs bras sanglants;
les tentes étaient closes; les bêtes de somme mangeaient; et au loin, les faux des chars, tous rangés en
demi-cercle, semblaient un cimeterre d'argent étendu
à la base des monts. Les discours de Schahabarim
revenaient à sa mémoire. Elle attendait son fiancé
Narr'Havas. Elle aurait voulu, malgré sa haine, revoir
Mâtho. De tous les Carthaginois, elle était la seule
personne, peut-être, qui lui eût parlé sans peur.

Souvent son père arrivait dans sa chambre. Il s'asseyait en haletant sur les coussins [794] et il la considérait d'un air presque attendri, comme s'il eût trouvé
dans ce spectacle un délassement à ses fatigues. Il
l'interrogeait quelquefois sur son voyage au camp des
Mercenaires. Il lui demanda même si personne [795], par
hasard, ne l'y avait poussée; et, d'un signe de tête [796],
elle répondit que non, tant Salammbô était fière
d'avoir sauvé le zaïmph.

Mais le Suffète revenait toujours à Mâtho, sous prétexte de renseignements militaires. Il ne comprenait
rien à l'emploi des heures qu'elle avait passées dans
la tente. En effet, Salammbô ne parlait pas de Giscon;
car, les mots ayant par eux-mêmes un pouvoir effectif,
les malédictions que l'on rapportait à quelqu'un pouvaient se tourner contre lui; et elle taisait son envie
d'assassinat, de peur d'être blâmée de n'y avoir point
cédé. Elle disait que le shalischim paraissait furieux,
qu'il avait crié beaucoup, puis qu'il s'était endormi.

Salammbô n'en racontait pas davantage, par honte peut-être, ou bien par un excès [797] de candeur faisant qu'elle n'attachait guère d'importance aux baisers du soldat. Tout cela, du reste, flottait dans sa tête mélancolique et brumeux comme le souvenir d'un rêve accablant; et elle n'aurait su de quelle manière [798], par quels discours l'exprimer.

Un soir qu'ils se trouvaient ainsi l'un en face de l'autre, Taanach tout effarée survint [799]. Un vieillard avec un enfant était là, dans les cours, et voulait voir le Suffète.

Hamilcar pâlit, puis répliqua vivement :

— « Qu'il monte ! »

Iddibal entra, sans se prosterner. Il tenait par la main un jeune garçon couvert d'un manteau en poil de bouc; et aussitôt relevant le capuchon qui abritait sa figure :

— « Le voilà, Maître ! Prends-le ! »

Le Suffète et l'esclave [800] s'enfoncèrent dans un coin de la chambre.

L'enfant était resté au milieu, tout debout; et, d'un regard plus attentif [801] qu'étonné, il parcourait le plafond, les meubles, les colliers de perles traînant sur les draperies de pourpre, et cette majestueuse jeune femme inclinée vers lui.

Il avait dix ans peut-être, et n'était pas plus haut qu'un glaive romain [802]. Ses cheveux crépus ombrageaient son front bombé. On aurait dit que ses prunelles cherchaient des espaces. Les narines de son nez mince palpitaient largement; sur toute sa personne s'étalait l'indéfinissable splendeur de ceux qui sont destinés aux grandes entreprises. Quand il eut rejeté son manteau trop lourd, il resta revêtu d'une peau de lynx attachée autour de sa taille, et il appuyait résolument sur les dalles ses petits pieds nus tout blancs de poussière. Mais, sans doute, il devina [803] que l'on agitait des choses importantes, car il se tenait immobile, une main derrière le dos et le menton baissé, avec un doigt dans la bouche.

Enfin Hamilcar, d'un signe [804], attira Salammbô et il lui dit à voix basse :

— « Tu le garderas chez toi, entends-tu ! Il faut que personne, même de la maison, ne connaisse son existence ! »

Puis, derrière la porte, il demanda encore une fois à Iddibal, s'il était bien sûr qu'on ne les eût pas remarqués.

— « Non ! » dit l'esclave; « les rues étaient vides. »

La guerre emplissant toutes les provinces, il avait eu peur pour le fils de son maître. Alors ne sachant où le cacher [805], il était venu le long des côtes, sur une chaloupe : et, depuis trois jours Iddibal louvoyait dans le golfe, en observant les remparts. Enfin ce soir-là [806], comme les alentours de Khamon semblaient déserts, il avait franchi la passe lestement et débarqué près de l'arsenal, l'entrée du port étant libre.

Mais bientôt les Barbares établirent, en face, un immense radeau pour empêcher les Carthaginois d'en sortir. Ils relevaient les tours de bois, et, en même temps, la terrasse montait.

Les communications avec le dehors étant interceptées, une famine intolérable commença.

On tua tous les chiens, tous les mulets, tous les ânes, puis les quinze éléphants que le Suffète avait ramenés. Les lions du temple de Moloch étaient devenus furieux et les hiérodoules n'osaient plus s'en approcher. On les nourrit d'abord avec les blessés des Barbares; ensuite on leur jeta des cadavres encore tièdes; ils les refusèrent et tous moururent [807]. Au crépuscule, des gens erraient le long des vieilles enceintes, et cueillaient entre les pierres des herbes et des fleurs qu'ils faisaient bouillir dans du vin; — le vin coûtait moins cher que l'eau. D'autres se glissaient jusqu'aux avant-

postes de l'ennemi et venaient sous les tentes voler
de la nourriture; les Barbares, pris de stupéfaction,
quelquefois les laissaient s'en retourner. Enfin un
jour arriva [808] où les Anciens résolurent d'égorger,
entre eux, les chevaux d'Eschmoûn [809]. C'étaient des
bêtes saintes, dont les pontifes tressaient les crinières
avec des rubans d'or, et qui signifiaient par leur existence le mouvement du soleil, l'idée du feu sous la
forme la plus haute. Leurs chairs, coupées en portions
égales, furent enfouies derrière l'autel. Puis, tous les
soirs, alléguant quelque dévotion, les Anciens montaient vers le temple, se régalaient en cachette; et ils
remportaient sous leur tunique un morceau pour
leurs enfants. Dans les quartiers déserts, loin des
murs, les habitants moins misérables, par peur des
autres, s'étaient barricadés.

Les pierres des catapultes et les démolitions ordon-
nées pour la défense avaient accumulé des tas de
ruines au milieu des rues. Aux heures les plus tranquilles, tout à coup des masses de peuple se précipitaient en criant; et, du haut de l'Acropole, les
incendies faisaient comme des haillons de pourpre
dispersés sur les terrasses, et que le vent tordait.

Les trois grandes catapultes, malgré tous ces travaux, ne s'arrêtaient pas [810]. Leurs ravages étaient
extraordinaires; ainsi, la tête d'un homme alla rebondir
sur le fronton des Syssites; dans la rue de Kinisdo,
une femme qui accouchait fut écrasée par un bloc de
marbre, et son enfant avec le lit emporté jusqu'au
carrefour de Cinasyn où l'on retrouva la couverture.

Ce qu'il y avait de plus irritant [811], c'était les balles
des frondeurs. Elles tombaient sur les toits, dans les
jardins et au milieu des cours, tandis que l'on mangeait attablé devant un maigre repas et le cœur gros
de soupirs. Ces atroces projectiles portaient des lettres
gravées qui s'imprimaient dans les chairs; et, sur les
cadavres, on lisait des injures, telles que *pourceau*,

chacal, vermine, et parfois des plaisanteries : *attrapé!* ou : *je l'ai bien mérité.*

La partie du rempart qui s'étendait depuis l'angle des ports jusqu'à la hauteur des citernes fut enfoncée. Alors les gens de Malqua se trouvèrent pris entre la vieille enceinte de Byrsa par derrière et les Barbares par devant. Mais on avait assez que d'épaissir la muraille et de la rendre le plus haut possible sans s'occuper d'eux; on les abandonna; tous périrent; et bien qu'ils fussent haïs généralement, on en conçut pour Hamilcar [812] une grande horreur.

Le lendemain, il ouvrit les fosses où il gardait du blé; ses intendants le donnèrent au peuple. Pendant trois jours on se gorgea.

La soif n'en devint que plus intolérable; et toujours ils voyaient devant eux la longue cascade que faisait en tombant l'eau claire de l'aqueduc. Sous les rayons du soleil, une vapeur fine remontait de sa base, avec un arc-en-ciel à côté, et un petit ruisseau, formant des courbes sur la plage, se déversait dans le golfe.

Hamilcar ne faiblissait pas [813]. Il comptait sur un événement, sur quelque chose de décisif, d'extraordinaire.

Ses propres esclaves arrachèrent les lames d'argent du temple de Melkarth, on tira du port quatre longs bateaux, avec des cabestans, on les amena jusqu'au bas des Mappales, le mur qui donnait sur le rivage fut troué; et ils partirent pour les Gaules afin d'y acheter, n'importe à quel prix, des Mercenaires. Cependant Hamilcar se désolait de ne pouvoir communiquer avec le roi des Numides, car il le savait derrière les Barbares et prêt à tomber sur eux. Mais Narr'Havas, trop faible, n'allait pas se risquer seul; et le Suffète fit rehausser [814] le rempart de douze palmes, entasser dans l'Acropole tout le matériel des arsenaux et encore une fois réparer les machines.

On se servait, pour les entortillages des catapultes,

de tendons pris au cou des taureaux ou bien aux jarrets des cerfs. Cependant, il n'existait dans Carthage [815] ni cerfs ni taureaux. Hamilcar demanda [816]
aux Anciens les cheveux de leurs femmes; toutes les
sacrifièrent; la quantité ne fut pas suffisante. On
avait, dans les bâtiments des Syssites, douze cents
esclaves nubiles, de celles que l'on destinait aux pros-
titutions de la Grèce et de l'Italie, et leurs cheveux,
rendus élastiques par l'usage des onguents, se trouvaient merveilleux pour les machines de guerre. Mais
la perte plus tard [817] serait trop considérable. Donc,
il fut décidé qu'on choisirait, parmi les épouses des
plébéiens, les plus belles chevelures. Sans aucun souci
des besoins de la patrie, elles crièrent en désespérées
quand les serviteurs des Cent vinrent, avec des
ciseaux, mettre la main sur elles.

Un redoublement de fureur animait les Barbares.
On les voyait au loin prendre la graisse des morts pour
huiler leurs machines, et d'autres en arrachaient [818]
les ongles qu'ils cousaient bout à bout afin de se faire
des cuirasses. Ils imaginèrent de mettre dans les catapultes des vases pleins de serpents apportés par les
Nègres; les pots d'argile se cassaient sur les dalles,
les serpents couraient, semblaient pulluler, et, tant ils
étaient nombreux, sortir des murs naturellement.
Puis, les Barbares [819], mécontents de leur invention,
la perfectionnèrent; ils lançaient toutes sortes d'immondices, des excréments humains, des morceaux de
charogne, des cadavres. La peste reparut. Les dents
des Carthaginois leur tombaient de la bouche, et ils
avaient les gencives décolorées comme celles des
chameaux après un voyage trop long.

Les machines furent dressées sur la terrasse, bien
qu'elle n'atteignît pas encore partout à la hauteur [820]
du rempart. Devant les vingt-trois tours des fortifications se dressaient vingt-trois autres tours de bois.
Tous les tollénones étaient remontés, et au milieu,

un peu plus en arrière [821], apparaissait la formidable
hélépole de Démétrius Poliorcète [822], que Spendius,
enfin, avait reconstruite. Pyramidale comme le phare
d'Alexandrie, elle était haute de cent trente coudées
et large de vingt-trois, avec neuf étages allant tous
en diminuant vers le sommet et qui étaient défendus
par des écailles d'airain, percés de portes nombreuses,
remplis de soldats; sur la plate-forme supérieure se
dressait une catapulte flanquée de deux balistes.

Alors Hamilcar fit planter des croix pour ceux qui
parleraient de se rendre; les femmes mêmes furent
embrigadées. Ils couchaient dans les rues et l'on attendait plein d'angoisses.

Puis un matin, un peu avant le lever du soleil
(c'était le septième jour du mois de Nyssan), ils entendirent un grand cri poussé par tous les Barbares à
la fois [823]; les trompettes à tube de plomb ronflaient,
les grandes cornes paphlagoniennes mugissaient comme
des taureaux. Tous se levèrent et coururent au rempart.

Une forêt de lances, de piques et d'épées se hérissait
à sa base. Elle sauta contre les murailles, les échelles
s'y accrochèrent; et, dans la baie des créneaux, des
têtes de Barbares parurent.

Des poutres soutenues par de longues files d'hommes
battaient les portes; et, aux endroits où la terrasse [824]
manquait, les Mercenaires, pour démolir le mur,
arrivaient en cohortes serrées, la première ligne se
tenant accroupie, la seconde pliant le jarret, et les
autres successivement se dressaient jusqu'aux derniers
qui restaient tout droits : tandis qu'ailleurs, pour
monter dessus, les plus hauts s'avançaient en tête, les
plus bas à la queue, et tous, du bras gauche, appuyaient
sur leurs casques leurs boucliers en les réunissant par
le bord si étroitement, qu'on aurait dit un assemblage
de grandes tortues. Les projectiles glissaient sur ces
masses obliques.

Les Carthaginois jetaient des meules de moulin, des

pilons, des cuves, des tonneaux, des lits, tout ce qui
pouvait faire un poids et assommer. Quelques-uns
guettaient dans les embrasures avec un filet de pêcheur,
et quand arrivait le Barbare [825], il se trouvait pris sous
les mailles et se débattait comme un poisson. Ils démolissaient eux-mêmes leurs créneaux; des pans de mur
s'écroulaient en soulevant une grande poussière; et,
les catapultes [826] de la terrasse tirant les unes contre
les autres, leurs pierres se heurtaient, et éclataient
en mille morceaux qui faisaient sur les combattants
une large pluie.

Bientôt les deux foules ne formèrent plus qu'une
grosse chaîne de corps humains; elle débordait dans
les intervalles de la terrasse, et, un peu plus lâche aux
deux bouts, se roulait sans avancer perpétuellement.
Ils s'étreignaient couchés à plat ventre comme des
lutteurs. On s'écrasait. Les femmes penchées sur les
créneaux [827] hurlaient. On les tirait par leurs voiles,
et la blancheur de leurs flancs, tout à coup découverts,
brillait entre les bras des nègres y enfonçant des
poignards. Des cadavres, trop pressés dans la foule, ne
tombaient pas; soutenus par les épaules de leurs
compagnons, ils allaient quelques minutes tout debout
et les yeux fixes. Quelques-uns, les deux tempes traversées par une javeline, balançaient leur tête comme
des ours. Des bouches ouvertes pour crier restaient
béantes; des mains s'envolaient coupées. Il y eut là
de grands coups, et dont parlèrent pendant longtemps
ceux qui survécurent.

Cependant, des flèches jaillissaient [828] du sommet
des tours de bois et des tours de pierre. Les tollénones
faisaient aller rapidement leurs longues antennes; et
comme les Barbares avaient saccagé sous les Catacombes le vieux cimetière des autochtones, ils lançaient sur les Carthaginois des dalles de tombeaux.
Sous le poids [829] des corbeilles trop lourdes, quelquefois les câbles se coupaient, et des masses d'hommes,

tous levant les bras [830], tombaient du haut des airs.

Jusqu'au milieu du jour, les vétérans des hoplites s'étaient acharnés contre la Tænia pour pénétrer dans le port et détruire la flotte. Hamilcar fit allumer sur la toiture de Khamon un feu de paille humide; et la fumée les aveuglant [831], ils se rabattirent à gauche et vinrent augmenter l'horrible cohue qui se poussait dans Malqua. Des syntagmes, composés d'hommes robustes, choisis tout exprès, avaient enfoncé trois portes. De hauts barrages, faits avec des planches garnies de clous, les arrêtèrent; une quatrième céda facilement; ils s'élancèrent par-dessus en courant, et roulèrent dans une fosse où l'on avait caché des pièges. A l'angle sud-est, Autharite et ses hommes abattirent le rempart, dont la fissure était bouchée avec des briques. Le terrain par derrière montait; ils le gravirent lestement. Mais ils trouvèrent en haut une seconde muraille, composée de pierres et de longues poutres étendues tout à plat [832] et qui alternaient comme les pièces d'un échiquier. C'était une mode gauloise [833] adaptée par le Suffète au besoin de la situation; les Gaulois se crurent devant une ville de leur pays. Ils attaquèrent avec mollesse et furent repoussés.

Depuis la rue de Khamon jusqu'au Marché-aux-herbes, tout le chemin de ronde appartenait maintenant aux Barbares, et les Samnites achevaient à coups d'épieux les moribonds; ou bien, un pied sur le mur, ils contemplaient en bas, sous eux, les ruines fumantes, et au loin la bataille qui recommençait.

Les frondeurs, distribués par derrière, tiraient toujours. Mais, à force d'avoir servi, le ressort des frondes acarnaniennes était brisé, et plusieurs, comme des pâtres, envoyaient des cailloux avec la main : les autres lançaient des boules de plomb avec le manche d'un fouet. Zarxas, les épaules couvertes de ses longs cheveux noirs, se portait partout en bondissant et

entraînait les Baléares. Deux panetières étaient
suspendues à ses hanches; il y plongeait continuellement la main gauche et son bras droit tournoyait,
comme la roue d'un char.

Mâtho s'était d'abord retenu de combattre, pour
mieux commander tous les Barbares à la fois. On
l'avait vu le long du golfe avec les Mercenaires, près
de la lagune avec les Numides, sur les bords du lac
entre les Nègres, et du fond de la plaine il poussait
les masses de soldats qui arrivaient incessamment
contre les lignes de fortifications. Peu à peu il s'était
rapproché; l'odeur du sang, le spectacle du carnage
et le vacarme des clairons avaient fini par lui faire
bondir le cœur. Alors il était rentré dans sa tente [834],
et, jetant sa cuirasse, avait pris sa peau de lion, plus
commode pour la bataille. Le mufle s'adaptait sur la
tête en bordant le visage d'un cercle de crocs; les
deux pattes antérieures se croisaient sur la poitrine,
et celles de derrière avançaient leurs ongles jusqu'au
bas de ses genoux.

Il avait gardé son fort ceinturon, où luisait une
hache à double tranchant, et avec sa grande épée dans
les deux mains [835] il s'était précipité par la brèche,
impétueusement. Comme un émondeur qui coupe des
branches de saule, et qui tâche d'en abattre le plus
possible afin de gagner plus d'argent, il marchait en
fauchant autour de lui les Carthaginois. Ceux qui
tentaient de le saisir par les flancs, il les renversait
à coups de pommeau; quand ils l'attaquaient en face,
il les perçait; s'ils fuyaient, il les fendait. Deux hommes
à la fois sautèrent sur son dos; il recula d'un bond
contre une porte et les écrasa. Son épée s'abaissait, se
relevait. Elle éclata sur l'angle d'un mur. Alors il prit
sa lourde hache, et par devant, par derrière, il éventrait les Carthaginois comme un troupeau de brebis.
Ils s'écartaient [836] de plus en plus, et il arriva tout
seul devant la seconde enceinte [837], au bas de l'Acropole.

Les matériaux lancés du sommet encombraient les
marches et débordaient par-dessus la muraille. Mâtho,
au milieu des ruines, se retourna pour appeler ses
compagnons.

Il aperçut leurs aigrettes disséminées sur la multitude; elles s'enfonçaient, ils allaient périr; il s'élança
vers eux; alors, la vaste couronne de plumes [838] rouges
se resserrant, bientôt ils se rejoignirent et l'entourèrent.
Mais des rues latérales [839] une foule énorme se dégorgeait. Il fut pris aux hanches, soulevé, et entraîné
jusqu'en dehors du rempart, dans un endroit où la
terrasse était haute.

Mâtho cria un commandement : tous les boucliers
se rabattirent sur les casques; il sauta dessus, pour
s'accrocher quelque part afin de rentrer dans Carthage;
et, tout en brandissant la terrible hache, il courait
sur les boucliers, pareils à des vagues de bronze,
comme un dieu marin sur des flots et qui secoue son
trident [840].

Cependant un homme en robe blanche se promenait
au bord du rempart, impassible et indifférent à la mort
qui l'entourait. Parfois il étendait sa main droite contre
ses yeux pour découvrir quelqu'un. Mâtho vint à
passer sous lui. Tout à coup ses prunelles flamboyèrent,
sa face livide se crispa; et en levant ses deux bras
maigres il lui criait des injures.

Mâtho ne les entendit pas; mais il sentit entrer dans
son cœur un regard si cruel et furieux qu'il en poussa
un rugissement. Il lança vers lui la longue hache; des
gens se jetèrent sur Shahabarim; et Mâtho, ne le
voyant plus [841], tomba à la renverse, épuisé.

Un craquement épouvantable se rapprochait, mêlé
au rythme de voix rauques qui chantaient en cadence.

C'était la grande hélépole, entourée par une foule
de soldats. Ils la tiraient à deux mains, halaient avec
des cordes et poussaient de l'épaule, — car le talus,
montant de la plaine sur la terre, bien qu'il fût extrê-

mement doux, se trouvait impraticable pour des
machines d'un poids prodigieux. Elle avait cependant
huit roues cerclées de fer, et depuis le matin elle
avançait ainsi, lentement, pareille à une montagne
qui se fût élevée sur une autre. Puis il sortit de sa
base un immense bélier; le long des trois faces regardant la ville les portes s'abattirent [842], et dans l'intérieur apparurent, comme des colonnes de fer, des
soldats cuirassés. On en voyait qui grimpaient et
descendaient les deux escaliers traversant ses étages.
Quelques-uns attendaient pour s'élancer que les
crampons des portes touchassent le mur; au milieu
de la plate-forme supérieure, les écheveaux des
balistes tournaient, et le grand timon de la catapulte
s'abaissait.

Hamilcar était, à ce moment-là, debout sur le toit [843]
de Melkarth. Il avait jugé qu'elle devait venir directement vers lui, contre l'endroit de la muraille le plus
invulnérable, et à cause de cela même, dégarni de
sentinelles. Depuis longtemps déjà ses esclaves apportaient des outres sur le chemin de ronde, où ils avaient
élevé, avec de l'argile, deux cloisons transversales
formant une sorte de bassin. L'eau coulait insensiblement sur la terrasse, et Hamilcar [844], chose extraordinaire, ne semblait point s'en inquiéter.

Mais, quand l'hélépole fut [845] à trente pas environ, il
commanda d'établir des planches par-dessus les rues,
entre les maisons, depuis les citernes jusqu'au rempart;
et des gens à la file se passaient, de main en main, des
casques et des amphores qu'ils vidaient continuellement. Les Carthaginois cependant s'indignaient [846] de
cette eau perdue. Le bélier démolissait la muraille;
tout à coup, une fontaine s'échappa des pierres dis-
jointes. Alors la haute masse d'airain, à neuf étages et
qui contenait et occupait plus de trois mille soldats,
commença doucement à osciller comme un navire.
En effet, l'eau pénétrant la terrasse avait devant elle

effondré le chemin [847] ; ses roues s'embourbèrent ; au premier étage, entre des rideaux de cuir, la tête de Spendius apparut soufflant à pleines joues dans un cornet d'ivoire. La grande machine, comme soulevée convulsivement, avança de dix pas peut-être ; mais le terrain de plus en plus s'amollissait, la fange gagnait les essieux et l'hélépole s'arrêta en penchant effroyablement d'un seul côté. La catapulte roula jusqu'au bord de la plate-forme ; et, emportée par la charge de son timon, elle tomba, fracassant sous elle les étages inférieurs. Les soldats, debout sur les portes, glissèrent dans l'abîme, ou bien ils se retenaient à l'extrémité des longues poutres, et augmentaient, par leur poids, l'inclinaison de l'hélépole — qui se démembrait en craquant dans toutes ses jointures.

Les autres Barbares s'élancèrent pour les secourir. Ils se tassaient en foule compacte. Les Carthaginois descendirent le rempart, et, les assaillant par derrière, ils les tuèrent tout à leur aise. Mais les chars garnis de faux accoururent. Ils galopaient sur le contour de cette multitude ; elle remonta la muraille ; la nuit survint ; peu à peu les Barbares se retirèrent.

On ne voyait plus, sur la plaine, qu'une sorte de fourmillement tout noir, depuis le golfe bleuâtre jusqu'à la lagune toute blanche ; et le lac, où du sang avait coulé, s'étalait, plus loin, comme une grande mare pourpre.

La terrasse était maintenant si chargée de cadavres qu'on l'aurait crue construite avec des corps humains. Au milieu se dressait l'hélépole couverte d'armures ; et, de temps à autre, des fragments énormes s'en détachaient comme les pierres d'une pyramide qui s'écroule. On distinguait sur les murailles de larges traînées faites par les ruisseaux de plomb. Une tour de bois abattue, çà et là, brûlait ; et les maisons apparaissaient vaguement, comme les gradins d'un amphithéâtre en ruine.

De lourdes fumées montaient, en roulant des étincelles qui se perdaient dans le ciel noir.

Cependant, les Carthaginois, que la soif dévorait,
s'étaient précipités vers les citernes. Ils en rompirent
les portes. Une flaque bourbeuse s'étalait au fond.

Que devenir à présent? D'ailleurs les Barbares
étaient innombrables [848], et, leur fatigue passée, ils
recommenceraient.

Le peuple, toute la nuit, délibéra par sections, au
coin des rues. Les uns disaient qu'il fallait renvoyer
les femmes, les malades et les vieillards; d'autres pro-
posèrent d'abandonner la ville pour s'établir au loin
dans une colonie. Mais les vaisseaux manquaient, et le
soleil parut qu'on n'avait rien décidé.

On ne se battit point ce jour-là, tous étant trop
accablés. Les gens qui dormaient avaient l'air de
cadavres.

Alors les Carthaginois, en réfléchissant [849] sur la
cause de leurs désastres, se rappelèrent qu'ils n'avaient
point expédié en Phénicie l'offrande annuelle due à
Melkarth-Tyrien; et une immense terreur les prit. Les
Dieux, indignés contre la République, allaient sans
doute poursuivre leur vengeance [850].

On les considérait comme des maîtres cruels, que
l'on apaisait avec des supplications et qui se laissaient
corrompre à force de présents. Tous étaient faibles
près de Moloch-le-dévorateur. L'existence, la chair
même des hommes lui appartenaient; — aussi, pour la
sauver, les Carthaginois avaient coutume de lui en
offrir une portion qui calmait sa fureur. On brûlait les
enfants au front ou à la nuque avec des mèches de
laine; et cette façon de satisfaire le Baal rapportant
aux prêtres beaucoup d'argent, ils ne manquaient pas
de la recommander comme plus facile et plus douce.

Mais cette fois, il s'agissait de la République elle-
même. Or, tout profit devant être racheté par une

perte quelconque, toute transaction se réglant d'après
le besoin du plus faible et l'exigence du plus fort, il n'y
avait pas de douleur trop considérable pour le Dieu.
puisqu'il se délectait dans les plus horribles et que l'on
était maintenant à sa discrétion. Il fallait donc l'assouvir complètement [851]. Les exemples prouvaient que ce
moyen-là contraignait le fléau à disparaître. D'ailleurs,
ils croyaient qu'une immolation par le feu purifierait
Carthage. La férocité du peuple en était d'avance allé-
chée. Puis, le choix devait exclusivement tomber sur les
grandes familles.

Les Anciens s'assemblèrent [852]. La séance fut longue.
Hannon y était venu. Comme il ne pouvait plus s'asseoir [853], il resta couché près de la porte, à demi perdu
dans les franges de la haute tapisserie; et quand le
pontife de Moloch leur demanda s'ils consentiraient
à livrer leurs enfants, sa voix, tout à coup, éclata dans
l'ombre comme le rugissement d'un Génie au fond
d'une caverne. Il regrettait, disait-il, de n'avoir pas
à en donner de son propre sang; et il contemplait
Hamilcar, en face de lui à l'autre bout de la salle.
Le Suffète fut tellement troublé par ce regard qu'il
en baissa les yeux. Tous approuvèrent en opinant
de la tête, successivement; et, d'après les rites, il
dut répondre au grand prêtre : « Oui, que cela soit. »
Alors les Anciens décrétèrent le sacrifice par une
périphrase traditionnelle, — parce qu'il y a des choses
plus gênantes à dire qu'à exécuter.

La décision, presque immédiatement, fut connue
dans Carthage [854]; des lamentations retentirent. Partout on entendait les femmes crier; leurs époux les
consolaient ou les invectivaient en leur faisant des
remontrances.

Mais trois heures après [855], une nouvelle plus extraordinaire se répandit : le Suffète avait trouvé des
sources au bas de la falaise [856]. On y courut. Des trous
creusés dans le sable laissaient voir de l'eau [857]; et

déjà quelques-uns étendus à plat ventre y buvaient.

Hamilcar ne savait pas lui-même si c'était par un conseil des Dieux ou le vague souvenir d'une révélation que son père autrefois lui aurait faite; mais, en quittant les Anciens, il était descendu sur la plage, et, avec ses esclaves, il s'était mis à fouir le gravier.

Il donna des vêtements, des chaussures et du vin. Il donna tout le reste du blé qu'il gardait chez lui. Il fit même entrer la foule dans son palais, et il ouvrit les cuisines, les magasins et toutes les chambres, — celle de Salammbô exceptée. Il annonça que six mille Mercenaires gaulois allaient venir, et que le roi de Macédoine envoyait des soldats.

Mais, dès le second jour, les sources diminuèrent; le soir du troisième, elles étaient complètement taries. Alors le décret des Anciens circula de nouveau sur toutes les lèvres et les prêtres de Moloch commencèrent leur besogne.

Des hommes en robes noires se présentèrent dans les maisons. Beaucoup d'avance les désertaient sous le prétexte d'une affaire ou d'une friandise qu'ils allaient acheter; les serviteurs de Moloch survenaient et prenaient les enfants. D'autres les livraient eux-mêmes, stupidement. Puis on les emmenait dans le temple de Tanit, où les prêtresses étaient chargées jusqu'au jour solennel de les amuser et de les nourrir.

Ils arrivèrent chez Hamilcar tout à coup, et le trouvant dans ses jardins :

— « Barca ! nous venons pour la chose que tu sais... ton fils ! » Ils ajoutèrent que des gens l'avaient rencontré un soir de l'autre lune, au milieu des Mappales, conduit par un vieillard.

Il fut d'abord comme suffoqué. Mais bien vite comprenant que toute dénégation serait vaine, Hamilcar s'inclina : et il les introduisit dans la maison-de-commerce. Des esclaves accourus d'un signe en surveillaient les alentours.

Il entra dans la chambre de Salammbô tout éperdu [858]. Il saisit d'une main Hannibal, arracha de l'autre la ganse d'un vêtement qui traînait, attacha ses pieds, ses mains, en passa l'extrémité dans la bouche pour lui faire un bâillon et il le cacha sous le lit de peaux de bœuf, en laissant retomber jusqu'à terre une large draperie.

Ensuite il se promena de droite et de gauche; il levait les bras, il tournait sur lui-même, il se mordait les lèvres. Puis il resta les prunelles fixes et haletant comme s'il allait mourir.

Mais il frappa trois fois dans ses mains. Giddenem parut.

— « Écoute! » dit-il, « tu vas prendre parmi les esclaves un enfant mâle de huit à neuf ans avec les cheveux noirs et le front bombé! Amène-le! hâte-toi! »

Bientôt Giddenem rentra, en présentant un jeune garçon.

C'était un pauvre enfant, à la fois maigre et bouffi; sa peau semblait grisâtre comme l'infect haillon suspendu à ses flancs; il baissait la tête dans ses épaules, et du revers de sa main frottait ses yeux, tout remplis de mouches.

Comment pourrait-on jamais le confondre avec Hannibal! et le temps manquait pour en choisir un autre! Hamilcar regardait Giddenem; il avait envie de l'étrangler.

— « Va-t'en! » cria-t-il; le maître-des-esclaves s'enfuit [859].

Donc le malheur qu'il redoutait depuis si longtemps était venu, et il cherchait avec des efforts démesurés s'il n'y avait pas une manière, un moyen d'y échapper.

Abdalonim, tout à coup, parla derrière la porte. On demandait le Suffète. Les serviteurs de Moloch s'impatientaient.

Hamilcar retint un cri, comme à la brûlure d'un fer rouge; et il recommença de nouveau à parcourir la chambre tel qu'un insensé. Puis il s'affaissa au bord de la balustrade, et les coudes sur ses genoux, il serrait son front dans ses deux poings fermés.

La vasque de porphyre contenait encore un peu d'eau claire pour les ablutions de Salammbô. Malgré sa répugnance et tout son orgueil [860], le Suffète y plongea l'enfant, et, comme un marchand d'esclaves, il se mit à le laver et à le frotter avec les strigiles et la terre rouge. Il prit ensuite dans les casiers autour de la muraille deux carrés de pourpre, lui en posa un sur la poitrine, l'autre sur le dos, et il les réunit contre ses clavicules par deux agrafes de diamants. Il versa un parfum sur sa tête; il passa autour de son cou un collier d'électrum, et il le chaussa de sandales à talons de perles, — les propres sandales de sa fille ! Mais il trépignait de honte et d'irritation; Salammbô qui s'empressait à le servir, était aussi pâle que lui. L'enfant souriait, ébloui par ces splendeurs, et même s'enhardissant, il commençait à battre des mains et à sauter quand Hamilcar l'entraîna.

Il le tenait par le bras, fortement, comme s'il avait eu peur de le perdre; et l'enfant [861], auquel il faisait mal, pleurait un peu tout en courant près de lui.

A la hauteur de l'ergastule, sous un palmier, une voix s'éleva, une voix lamentable et suppliante. Elle murmurait : « Maître ! oh ! Maître ! »

Hamilcar se retourna, et il aperçut à ses côtés un homme d'apparence abjecte, un de ces misérables vivant au hasard dans la maison.

— « Que veux-tu? » dit le Suffète.

L'esclave qui tremblait horriblement [862], balbutia :
— « Je suis son père ! »

Hamilcar marchait toujours [863]; l'autre le suivait, les reins courbés, les jarrets fléchis, la tête en avant.

Son visage était convulsé par une angoisse indicible, et les sanglots qu'il retenait l'étouffaient, tant il avait envie tout à la fois de le questionner et de lui crier : « Grâce ! »

Enfin il osa le toucher d'un doigt, sur le coude, légèrement.

— « Est-ce que tu vas le ?... » Il n'eut pas la force d'achever, et Hamilcar s'arrêta, tout ébahi de cette douleur.

Il n'avait jamais pensé, — tant l'abîme les séparant l'un de l'autre se trouvait immense, — qu'il pût y avoir entre eux rien de commun. Cela même lui parut [864] une sorte d'outrage et comme un empiètement sur ses privilèges. Il répondit par un regard plus froid et plus lourd que la hache d'un bourreau ; l'esclave s'évanouissant tomba dans la poussière, à ses pieds. Hamilcar enjamba par-dessus.

Les trois hommes en robes noires l'attendaient dans la grande salle, debout contre le disque de pierre. Tout de suite il déchira ses vêtements et il se roulait sur les dalles en poussant des cris aigus :

— « Ah ! pauvre petit Hannibal ! oh ! mon fils ! ma consolation ! mon espoir ! ma vie ! Tuez-moi aussi ! emportez-moi ! Malheur ! malheur ! » Il se labourait la face avec ses ongles, s'arrachait les cheveux et hurlait comme les pleureuses des funérailles. « Emmenez-le donc ! je souffre trop ! allez-vous-en ! tuez-moi comme lui. » Les serviteurs de Moloch s'étonnaient que le grand Hamilcar eût le cœur si faible. Ils en étaient presque attendris.

On entendit un bruit de pieds nus avec un râle saccadé, pareil à la respiration d'une bête féroce qui accourt ; et sur le seuil de la troisième galerie, entre les montants d'ivoire, un homme apparut, blême, terrible, les bras écartés ; il s'écria :

— « Mon enfant ! »

Hamilcar, d'un bond, s'était jeté sur l'esclave ; et

en lui couvrant la bouche de ses mains, il criait encore
plus haut :

— « C'est le vieillard qui l'a élevé ! il l'appelle
mon enfant ! il en deviendra fou ! assez ! assez ! »
Et, chassant par les épaules les trois prêtres et leur
victime, il sortit avec eux, et d'un grand coup de pied
referma la porte derrière lui.

Hamilcar tendit l'oreille pendant quelques minutes,
craignant toujours de les voir revenir. Il songea
ensuite à se défaire de l'esclave pour être bien sûr
qu'il ne parlerait pas; mais le péril n'était point complètement disparu, et cette mort, si les Dieux s'en
irritaient, pouvait se retourner contre son fils.
Alors, changeant d'idée, il lui envoya par Taanach
les meilleures choses des cuisines : un quartier de
bouc, des fèves et des conserves de grenades. L'esclave, qui n'avait pas mangé depuis longtemps, se
rua dessus; ses larmes tombaient dans les plats.

Hamilcar, revenu enfin près de Salammbô, dénoua
les cordes d'Hannibal. L'enfant, exaspéré, le mordit à
la main jusqu'au sang. Il le repoussa d'une caresse.

Pour le faire se tenir paisible, Salammbô voulut
l'effrayer avec Lamia, une ogresse de Cyrène.

— « Où donc est-elle ! » demanda-t-il.

On lui conta que les brigands allaient venir pour le
mettre en prison. Il reprit : — « Qu'ils viennent, et je
les tue ! »

Hamilcar lui dit alors l'épouvantable vérité [865]. Mais
il s'emporta contre son père, prétendant qu'il pouvait
bien anéantir tout le peuple, puisqu'il était le maître
de Carthage.

Enfin, épuisé d'efforts et de colère, il s'endormit,
d'un sommeil farouche. Il parlait en rêvant, le dos
appuyé contre un coussin d'écarlate; sa tête retombait un peu en arrière, et son petit bras, écarté de
son corps, restait tout droit dans une attitude impé-
rative.

Quand la nuit fut noire, Hamilcar l'enleva doucement et descendit sans flambeau l'escalier des galères.
En passant par la maison-de-commerce, il prit une
couffe de raisins avec une buire d'eau pure; l'enfant
se réveilla devant la statue d'Alètes, dans le caveau
des pierreries; et il souriait, — comme l'autre, — sur
le bras de son père, à la lueur des clartés qui l'envi-
ronnaient.

Hamilcar était bien sûr [866] qu'on ne pouvait lui
prendre son fils. C'était un endroit impénétrable,
communiquant avec le rivage par un souterrain que
lui seul connaissait, et en jetant les yeux à l'entour
il aspira une large bouffée d'air. Puis il le déposa sur
un escabeau, près des boucliers d'or.

Personne, à présent, ne le voyait; il n'avait plus
rien à observer; alors il se soulagea. Comme une mère
qui retrouve son premier-né perdu, il se jeta sur son
fils; il l'étreignait contre sa poitrine, il riait et pleurait à la fois, l'appelait des noms les plus doux, le
couvrait de baisers; le petit Hannibal, effrayé par
cette tendresse terrible, se taisait maintenant.

Hamilcar s'en revint à pas muets, en tâtant les
murs autour de lui; et il arriva dans la grande salle,
où la lumière de la lune entrait par une des fentes du
dôme; au milieu, l'esclave, repu, dormait, couché de
tout son long sur les pavés de marbre. Il le regarda,
et une sorte de pitié l'émut. Du bout de son cothurne,
il lui avança un tapis sous la tête. Puis il releva les
yeux et considéra Tanit, dont le mince croissant brillait dans le ciel, et il se sentit plus fort que les Baals
et plein de mépris pour eux.

Les dispositions du sacrifice étaient déjà com-
mencées.

On abattit dans le temple de Moloch un pan de
mur pour en tirer le dieu d'airain, sans toucher aux
cendres de l'autel. Puis, dès que le soleil se montra,

les hiérodoules [867] le poussèrent vers la place de Khamon.

Il allait à reculons, en glissant sur des cylindres; ses épaules dépassaient la hauteur des murailles; du plus loin qu'ils l'apercevaient, les Carthaginois s'enfuyaient bien vite, car on ne pouvait contempler impunément le Baal que dans l'exercice de sa colère.

Une senteur d'aromates se répandit par les rues. Tous les temples à la fois venaient de s'ouvrir; il en sortit des tabernacles montés sur des chariots ou sur des litières que des pontifes portaient. De gros panaches de plumes se balançaient à leurs angles, et des rayons s'échappaient de leurs faîtes aigus, terminés par des boules de cristal, d'or, d'argent ou de cuivre.

C'étaient les Baalim chananéens, dédoublements du Baal suprême, qui retournaient vers leur principe, pour s'humilier devant sa force et s'anéantir devant sa splendeur.

Le pavillon de Melkarth, en pourpre fine, abritait une flamme de pétrole; sur celui de Khamon, couleur d'hyacinthe, se dressait un phallus d'ivoire, bordé d'un cercle de pierreries; entre les rideaux d'Eschmoûn, bleus comme l'éther, un python endormi faisait un cercle avec sa queue; et les Dieux-Patæques, tenus dans les bras de leurs prêtres, semblaient de grands enfants emmaillotés, dont les talons frôlaient la terre.

Ensuite venaient toutes les formes inférieures de la divinité : Baal-Samin, dieu des espaces célestes; Baal-Peor, dieu des monts sacrés; Baal-Zeboub, dieu de la corruption et ceux des pays voisins et des races congénères; l'Iarbal de la Libye, l'Adrammelech de la Chaldée, le Kijun des Syriens; Derceto, à figure de vierge, rampait sur ses nageoires, et le cadavre de Tammouz était traîné au milieu d'un catafalque, entre des flambeaux et des chevelures. Pour asservir les rois du firmament au Soleil et empêcher que leurs influences particulières ne gênassent la sienne, on brandissait au bout

de longues perches des étoiles en métal diversement
coloriées; et tous s'y trouvaient [868], depuis le noir
Nebo, génie de Mercure, jusqu'au hideux Rahab, qui
est la constellation du Crocodile. Les Abaddirs, pierres
tombées de la lune, tournaient dans des frondes en fils
d'argent; de petits pains, reproduisant le sexe d'une
femme, étaient portés sur des corbeilles par les prêtres
de Cérès; d'autres amenaient leurs fétiches, leurs amulettes; des idoles oubliées reparurent; et même on
avait pris aux vaisseaux leurs symboles mystiques,
comme si Carthage eût voulu se recueillir tout entière
dans une pensée de mort et de désolation.

Devant chacun des tabernacles, un homme tenait
en équilibre, sur sa tête, un large vase où fumait de
l'encens. Des nuages çà et là planaient, et l'on distinguait, dans ces grosses vapeurs, les tentures, les
pendeloques et les broderies des pavillons sacrés. Ils
avançaient lentement, à cause de leur poids énorme.
L'essieu des chars quelquefois s'accrochait dans les
rues, alors les dévôts profitaient de l'occasion pour
toucher les Baalim avec leurs vêtements, qu'ils
gardaient ensuite comme des choses saintes.

La statue d'airain continuait à s'avancer vers la
place de Khamon. Les Riches, portant des sceptres
à pomme d'émeraude, partirent du fond de Mégara;
les Anciens, coiffés de diadèmes, s'étaient assemblés
dans Kinisdo, et les maîtres des finances, les gouverneurs des provinces, les marchands, les soldats,
les matelots et la horde nombreuse employée aux
funérailles, tous, avec les insignes de leur magistra-
ture ou les instruments de leur métier, se dirigeaient
vers les tabernacles qui descendaient de l'Acropole,
entre les collèges des pontifes.

Par déférence pour Moloch, ils s'étaient ornés de
leurs joyaux les plus splendides. Des diamants étincelaient sur les vêtements noirs, mais les anneaux
trop larges tombaient des mains amaigries, — et rien

n'était lugubre comme cette foule silencieuse où les pendants d'oreilles battaient contre des faces pâles, où les tiares d'or serraient des fronts crispés par un désespoir atroce.

Enfin le Baal arriva juste au milieu de la place. Ses pontifes, avec des treillages, disposèrent une enceinte pour écarter la multitude, et ils restèrent à ses pieds, autour de lui.

Les prêtres de Khamon, en robes de laine fauve, s'alignèrent devant leur temple, sous les colonnes du portique; ceux d'Eschmoûn en manteaux de lin, avec des colliers à tête de coucoupha et des tiares pointues, s'établirent sur les marches de l'Acropole; les prêtres de Melkarth, en tuniques violettes, prirent pour eux le côté de l'occident; les prêtres des Abaddirs, serrés dans des bandes d'étoffes phrygiennes, se placèrent à l'orient; et l'on rangea sur le côté du midi, avec les nécromanciens tout couverts de tatouages, les hurleurs en manteaux rapiécés, les desservants des Patæques et les Yidonim qui, pour connaître l'avenir, se mettaient dans la bouche un os de mort. Les prêtres de Cérès, habillés de robes bleues, s'étaient arrêtés, prudemment, dans la rue de Satheb, et psalmodiaient à voix basse un thesmophorion en dialecte mégarien.

De temps en temps, il arrivait des files d'hommes complètement nus, les bras écartés et tous se tenant par les épaules. Ils tiraient, des profondeurs de leur poitrine, une intonation rauque et caverneuse; leurs prunelles, tendues vers le colosse, brillaient dans la poussière, et ils se balançaient le corps à intervalles égaux, tous à la fois, comme ébranlés par un seul mouvement. Ils étaient si furieux que, pour établir l'ordre, les hiérodoules, à coups de bâton, les firent se coucher sur le ventre, la face posée contre les treillages d'airain.

Ce fut alors que, du fond de la Place, un homme en robe blanche s'avança. Il perça lentement la foule et

l'on reconnut un prêtre de Tanit, — le grand-prêtre
Schahabarim. Des huées s'élevèrent, car la tyrannie
du principe mâle prévalait ce jour-là dans toutes les
consciences, et la Déesse était même tellement oubliée,
que l'on n'avait pas remarqué l'absence de ses pontifes. Mais l'ébahissement redoubla quand on l'aperçut
ouvrant dans les treillages une des portes destinées
à ceux qui entreraient pour offrir les victimes. C'était,
croyaient les prêtres de Moloch, un outrage qu'il
venait faire à leur dieu; avec de grands gestes, ils
essayaient de le repousser. Nourris par les viandes
des holocaustes, vêtus de pourpre comme des rois et
portant des couronnes à triple étage [869], ils conspuaient
ce pâle eunuque exténué de macérations, et des rires
de colère secouaient sur leur poitrine leur barbe noire
étalée en soleil.

Schahabarim, sans répondre, continuait à marcher;
et, traversant pas à pas toute l'enceinte, il arriva sous
les jambes du colosse, puis il le toucha des deux côtés
en écartant les deux bras [870], ce qui était une formule
solennelle d'adoration. Depuis trop longtemps la
Rabbet le torturait [871]; et par désespoir, ou peut-être
à défaut d'un dieu satisfaisant complètement sa
pensée, il se déterminait enfin pour celui-là.

La foule [872], épouvantée par cette apostasie, poussa
un long murmure. On sentait se rompre le dernier
lien qui attachait les âmes à une divinité clémente.

Mais Schahabarim, à cause de sa mutilation, ne
pouvait participer au culte du Baal. Les hommes en
manteaux rouges l'exclurent de l'enceinte; puis,
quand il fut dehors, il tourna autour de tous les
collèges, successivement, et le prêtre, désormais sans
dieu, disparut dans la foule. Elle s'écartait à son
approche.

Cependant un feu d'aloès, de cèdre et de laurier
brûlait entre les jambes du colosse. Ses longues ailes
enfonçaient leur pointe dans la flamme; les onguents

dont il était frotté coulaient comme de la sueur sur
ses membres d'airain. Autour de la dalle ronde où il
appuyait ses pieds, les enfants, enveloppés de voiles
noirs, formaient un cercle immobile; et ses bras
démesurément longs abaissaient leurs paumes jusqu'à
eux, comme pour saisir cette couronne et l'emporter
dans le ciel.

Les Riches, les Anciens, les femmes, toute la multitude se tassait derrière les prêtres et sur les terrasses
des maisons. Les grandes étoiles peintes ne tournaient
plus : les tabernacles étaient posés par terre; et les
fumées des encensoirs montaient perpendiculairement, telles que des arbres gigantesques étalant au
milieu de l'azur leurs rameaux bleuâtres.

Plusieurs s'évanouirent; d'autres devenaient inertes
et pétrifiés dans leur extase. Une angoisse infinie
pesait sur les poitrines. Les dernières clameurs une
à une s'éteignaient, — et le peuple de Carthage
haletait, absorbé dans le désir de sa terreur.

Enfin, le grand-prêtre de Moloch passa la main
gauche sous les voiles des enfants, et il leur arracha
du front une mèche de cheveux qu'il jeta sur les
flammes. Alors les hommes en manteaux rouges
entonnèrent l'hymne sacré.

— « Hommage à toi, Soleil! roi des deux zones,
créateur qui s'engendre, Père et Mère, Père et Fils,
Dieu et Déesse, Déesse et Dieu! » Et leur voix se perdit
dans l'explosion des instruments sonnant tous à la
fois, pour étouffer les cris des victimes. Les scheminith
à huit cordes, les kinnor, qui en avaient dix, et les
nebal, qui en avaient douze, grinçaient, sifflaient, tonnaient. Des outres énormes hérissées de tuyaux
faisaient un clapotement aigu; les tambourins, battus
à tour de bras, retentissaient de coups sourds et
rapides; et, malgré la fureur des clairons, les salsalim [878]
claquaient, comme des ailes de sauterelle.

Les hiérodoules, avec un long crochet, ouvrirent les

sept compartiments étagés sur le corps du Baal. Dans
le plus haut, on introduisit de la farine; dans le
second, deux tourterelles; dans le troisième, un
singe; dans le quatrième, un bélier; dans le cinquième, une brebis; et, comme on n'avait pas de
bœufs pour le sixième, on y jeta une peau tannée
prise au sanctuaire. La septième case restait béante.

Avant de rien entreprendre [874], il était bon d'essayer
les bras du Dieu. De minces chaînettes partant de ses
doigts gagnaient ses épaules et redescendaient par
derrière, où des hommes, tirant dessus, faisaient
monter, jusqu'à la hauteur de ses coudes, ses deux
mains ouvertes qui, en se rapprochant, arrivaient
contre son ventre; elles remuèrent plusieurs fois de
suite, à petits coups saccadés. Puis les instruments se
turent. Le feu ronflait.

Les pontifes de Moloch se promenaient sur la
grande dalle, en examinant la multitude.

Il fallait un sacrifice individuel, une oblation toute
volontaire [875] et qui était considérée comme entraînant
les autres. Mais personne [876], jusqu'à présent, ne se
montrait, et les sept allées conduisant des barrières
au colosse étaient complètement vides. Alors, pour
encourager [877] le peuple, les prêtres tirèrent de leurs
ceintures des poinçons et ils se balafraient le visage.
On fit entrer dans l'enceinte les Dévoués, étendus
sur terre, en dehors. On leur jeta un paquet d'horribles ferrailles et chacun choisit sa torture. Ils se
passaient des broches entre les seins; ils se fendaient
les joues; ils se mirent des couronnes d'épines sur
la tête; puis ils s'enlacèrent par les bras, et, entourant
les enfants, ils formaient un autre grand cercle qui se
contractait et s'élargissait. Ils arrivaient contre la
balustrade, se rejetaient en arrière et recommençaient
toujours, attirant à eux la foule par le vertige de ce
mouvement tout plein de sang et de cris.

Peu à peu des gens entrèrent jusqu'au fond des

allées; ils lançaient dans la flamme des perles, des
vases d'or, des coupes, des flambeaux, toutes leurs
richesses; les offrandes, de plus en plus, devenaient
splendides et multipliées. Enfin un homme qui
chancelait, un homme pâle et hideux de terreur,
poussa un enfant; puis on aperçut entre les mains
du colosse une petite masse noire; elle s'enfonça dans
l'ouverture ténébreuse. Les prêtres se penchèrent au
bord de la grande dalle, — et un chant nouveau éclata,
célébrant les joies de la mort et les renaissances de
l'éternité.

Ils montaient lentement, et, comme la fumée en
s'envolant faisait de hauts tourbillons, ils semblaient
de loin disparaître dans un nuage. Pas un ne bougeait.
Ils étaient liés aux poignets et aux chevilles, et la
sombre draperie les empêchait de rien voir et d'être
reconnus.

Hamilcar, en manteau rouge comme les prêtres de
Moloch, se tenait auprès du Baal, debout devant
l'orteil de son pied droit. Quand on amena le
quatorzième enfant, tout le monde put s'apercevoir
qu'il eut un grand geste d'horreur. Mais bientôt,
reprenant son attitude, il croisa ses bras et il regardait
par terre. De l'autre côté de la statue, le Grand-
Pontife restait immobile comme lui. Baissant sa tête
chargée d'une mitre assyrienne, il observait sur sa
poitrine la plaque d'or couverte de pierres fatidiques,
et où la flamme se mirant faisait des lueurs irisées.
Il pâlissait, éperdu. Hamilcar inclinait son front;
et ils étaient tous les deux si près du bûcher que le
bas de leurs manteaux, se soulevant, de temps à autre
l'effleurait.

Les bras d'airain allaient plus vite. Ils ne s'arrêtaient
plus. Chaque fois que l'on y posait un enfant, les
prêtres de Moloch étendaient la main sur lui, pour le
charger des crimes du peuple, en vociférant : « Ce
ne sont pas des hommes, mais des bœufs! » et la

multitude à l'entour répétait : « Des bœufs ! des bœufs ! » Les dévots criaient : « Seigneur ! mange ! » et les prêtres de Proserpine, se conformant par la terreur au besoin de Carthage, marmottaient la formule éleusiaque : « Verse la pluie ! enfante ! »

Les victimes à peine au bord de l'ouverture disparaissaient comme une goutte d'eau sur une plaque rougie, et une fumée blanche montait dans la grande couleur écarlate.

Cependant l'appétit du Dieu ne s'apaisait pas. Il en voulait toujours. Afin de lui en fournir davantage, on les empila sur ses mains avec une grosse chaîne par-dessus, qui les retenait. Des dévots au commencement avaient voulu les compter, pour voir si leur nombre correspondait aux jours de l'année solaire ; mais on en mit d'autres, et il était impossible de les distinguer dans le mouvement vertigineux des horribles bras. Cela dura longtemps, indéfiniment jusqu'au soir. Puis les parois intérieures prirent un éclat plus sombre. Alors on aperçut des chairs qui brûlaient. Quelques-uns même croyaient reconnaître des cheveux, des membres, des corps entiers.

Le jour tomba ; des nuages s'amoncelèrent au-dessus du Baal. Le bûcher, sans flammes à présent, faisait une pyramide de charbons jusqu'à ses genoux ; complètement rouge comme un géant tout couvert de sang, il semblait, avec sa tête qui se renversait, chanceler sous le poids de son ivresse.

A mesure que les prêtres se hâtaient, la frénésie du peuple augmentait ; le nombre des victimes diminuant, les uns criaient de les épargner, les autres qu'il en fallait encore. On aurait dit que les murs chargés de monde s'écroulaient sous les hurlements d'épouvante et de volupté mystique. Puis des fidèles arrivèrent [878] dans les allées, traînant leurs enfants qui s'accrochaient à eux ; et ils les battaient pour leur faire lâcher prise et les remettre aux hommes rouges. Les joueurs d'ins-

truments quelquefois s'arrêtaient épuisés; alors on
entendait les cris des mères et le grésillement de la
graisse qui tombait sur les charbons. Les buveurs de
jusquiame, marchant à quatre pattes, tournaient
autour du colosse et rugissaient comme des tigres,
les Yidonim vaticinaient, les Dévoués chantaient
avec leurs lèvres fendues; on avait rompu les grillages,
tous voulaient leur part du sacrifice; — et les pères
dont les enfants étaient morts autrefois, jetaient dans
le feu leurs effigies, leurs jouets, leurs ossements con-
servés. Quelques-uns qui avaient des couteaux se
précipitèrent sur les autres. On s'entr'égorgea. Avec
des vans de bronze, les hiérodoules prirent au bord
de la dalle les cendres tombées; et ils les lançaient
dans l'air, afin que le sacrifice s'éparpillât sur la ville
et jusqu'à la région des étoiles.

Ce grand bruit et cette grande lumière avaient
attiré les Barbares au pied des murs; se cramponnant
pour mieux voir sur les débris de l'hélépole, ils
regardaient, béants d'horreur.

XIV

LE DÉFILÉ DE LA HACHE [879]

LES Carthaginois n'étaient pas rentrés dans leurs maisons que les nuages s'amoncelèrent plus épais [880]; ceux qui levaient la tête vers le colosse sentirent sur leur front de grosses gouttes, et la pluie tomba.

Elle tomba toute la nuit, abondamment, à flots; le tonnerre grondait; c'était la voix de Moloch; il avait vaincu Tanit; — et, maintenant fécondée, elle ouvrait du haut du ciel son vaste sein. Parfois on l'apercevait dans une éclaircie lumineuse étendue sur des coussins de nuages; puis les ténèbres se refermaient comme si, trop lasse encore, elle voulait se rendormir; les Carthaginois, — croyant tous que l'eau est enfantée par la lune, — criaient pour faciliter son travail.

La pluie battait les terrasses et débordait pardessus, formait des lacs dans les cours, des cascades sur les escaliers, des tourbillons au coin des rues. Elle se versait en lourdes masses tièdes et en rayons pressés; des angles de tous les édifices de gros jets écumeux sautaient; contre les murs il y avait comme des nappes blanchâtres vaguement suspendues, et les toits des temples, lavés, brillaient en noir à la lueur des éclairs. Par mille chemins des torrents descendaient de l'Acropole; des maisons s'écroulaient tout à coup; et des poutrelles, des plâtras, des meu-

bles passaient dans les ruisseaux, qui couraient sur
les dalles impétueusement.

On avait exposé des amphores, des buires, des
toiles; mais les torches s'éteignaient; on prit des
brandons au bûcher du Baal, et les Carthaginois, pour
boire, se tenaient le cou renversé, la bouche ouverte.
D'autres, au bord des flaques bourbeuses, y plon-
geaient leurs bras jusqu'à l'aisselle, et se gorgeaient
d'eau si abondamment qu'ils la vomissaient comme
des buffles. La fraîcheur peu à peu se répandait; ils
aspiraient l'air humide en faisant jouer leurs membres,
et dans le bonheur de cette ivresse, bientôt un immense
espoir surgit. Toutes les misères furent oubliées. La
patrie encore une fois renaissait.

Ils éprouvaient comme le besoin de rejeter sur
d'autres l'excès de la fureur qu'ils n'avaient pu
employer contre eux-mêmes. Un tel sacrifice ne devait
pas être inutile; — bien qu'ils n'eussent aucun remords,
ils se trouvaient emportés par cette frénésie que
donne la complicité des crimes irréparables.

Les Barbares avaient reçu l'orage dans leurs tentes
mal closes; et tout transis encore [881] le lendemain,
ils pataugeaient au milieu de la boue, en cherchant
leurs munitions et leurs armes, gâtées, perdues.

Hamilcar, de lui-même, alla trouver Hannon; et,
suivant ses pleins pouvoirs, il lui confia le commandement. Le vieux Suffète hésita quelques minutes
entre sa rancune et son appétit de l'autorité. Il
accepta cependant.

Ensuite Hamilcar fit sortir une galère armée d'une
catapulte à chaque bout. Il la plaça dans le golfe en
face du radeau; puis il embarqua sur les vaisseaux
disponibles ses troupes les plus robustes. Il s'enfuyait
donc; et cinglant vers le nord, il disparut dans la
brume.

Mais trois jours après (on allait recommencer l'attaque), des gens de la côte libyque arrivèrent tumul-

tueusement. Barca était entré chez eux. Il avait
partout levé des vivres et il s'étendait dans le pays.

Alors les Barbares furent indignés [882] comme s'il
les trahissait. Ceux qui s'ennuyaient le plus du siège,
les Gaulois surtout, n'hésitèrent pas à quitter les
murs pour tâcher de le rejoindre. Spendius voulait
reconstruire l'hélépole; Mâtho s'était tracé une ligne
idéale depuis sa tente jusqu'à Mégara, il s'était juré
de la suivre; et aucun de leurs hommes ne bougea.
Mais les autres, commandés par Autharite, s'en
allèrent, abandonnant la portion occidentale du rempart. L'incurie était si profonde que l'on ne songea
même pas à les remplacer [883].

Narr'Havas les épiait de loin dans les montagnes.
Il fit, pendant la nuit, passer tout son monde sur
le côté extérieur de la Lagune, par le bord de la mer,
et il entra dans Carthage.

Il s'y présenta comme un sauveur, avec six mille
hommes, tous portant de la farine sous leurs manteaux, et quarante éléphants chargés de fourrages
et de viandes sèches. On s'empressa vite autour d'eux;
on leur donna des noms. L'arrivée d'un pareil secours
réjouissait encore moins les Carthaginois que le spectacle même de ces forts animaux consacrés au Baal;
c'était un gage de sa tendresse, une preuve qu'il allait
enfin, pour les défendre, se mêler de la guerre.

Narr'Havas reçut les compliments des Anciens.
Puis il monta vers le palais de Salammbô.

Il ne l'avait pas revue depuis cette fois où, dans la
tente d'Hamilcar, entre les cinq armées, il avait senti
sa petite main froide et douce attachée contre la
sienne; après les fiançailles, elle était partie pour
Carthage. Son amour, détourné par d'autres ambitions, lui était revenu; et maintenant il comptait
jouir de ses droits, l'épouser, la prendre.

Salammbô ne comprenait pas comment ce jeune
homme pourrait jamais devenir son maître! Bien

qu'elle demandât, tous les jours, à Tanit la mort de
Mâtho, son horreur pour le Libyen diminuait. Elle
sentait confusément que la haine dont il l'avait persé-
cutée était une chose presque religieuse, — et elle
aurait voulu voir dans la personne de Narr'Havas
comme un reflet de cette violence qui la tenait encore
éblouie. Elle souhaitait le connaître davantage et
cependant sa présence l'eût embarrassée. Elle lui fit
répondre qu'elle ne devait pas le recevoir.

D'ailleurs, Hamilcar avait défendu à ses gens d'admettre chez elle le roi des Numides; en reculant
jusqu'à la fin de la guerre cette récompense, il espérait entretenir son dévouement; et Narr'Havas, par
crainte du Suffète, se retira.

Mais il se montra hautain [884] envers les Cent. Il
changea leurs dispositions. Il exigea des prérogatives
pour ses hommes et les établit dans les postes importants; aussi les Barbares ouvrirent tous de grands
yeux en apercevant les Numides sur les tours.

La surprise des Carthaginois [885] fut encore plus
forte lorsque arrivèrent, sur une vieille trirème punique,
quatre cents des leurs, faits prisonniers pendant la
guerre de Sicile. En effet, Hamilcar avait secrètement
renvoyé aux Quirites les équipages des vaisseaux
latins pris avant la défection des villes tyriennes;
et Rome, par échange de bons procédés, lui rendait
maintenant ses captifs. Elle dédaigna les ouvertures
des Mercenaires [886] dans la Sardaigne, et même elle
ne voulut point reconnaître [887] comme sujets les
habitants d'Utique.

Hiéron, qui gouvernait à Syracuse [888], fut entraîné
par cet exemple. Il lui fallait, pour conserver ses États,
un équilibre entre les deux peuples; il avait donc
intérêt au salut des Chananéens, et il se déclara leur
ami en leur envoyant douze cents bœufs avec cin-
quante-trois mille nebel de pur froment.

Une raison plus profonde faisait secourir Carthage:

on sentait bien que si les Mercenaires triomphaient,
depuis le soldat jusqu'au laveur d'écuelles, tout s'in-
surgeait, et qu'aucun gouvernement, aucune maison
ne pourrait y résister.

Hamilcar, pendant ce temps-là, battait les campagnes orientales. Il refoula les Gaulois et tous les
Barbares [889] se trouvèrent eux-mêmes comme assiégés [890].

Alors il se mit à les harceler [891]. Il arrivait, s'éloignait, et renouvelant toujours cette manœuvre, peu
à peu, il les détacha de leurs campements [892]. Spendius fut obligé de les suivre; Mâtho, à la fin, céda
comme lui.

Il ne dépassa point Tunis. Il s'enferma dans ses
murs. Cette obstination était pleine de sagesse; car
bientôt on aperçut Narr'Havas qui sortait par la
porte de Khamon avec ses éléphants et ses soldats;
Hamilcar le rappelait. Mais déjà les autres Barbares
erraient dans les provinces à la poursuite du Suffète.

Il avait reçu à Clypea trois mille Gaulois. Il fit venir
des chevaux de la Cyrénaïque, des armures du Brutium, et il recommença la guerre.

Jamais son génie ne fut aussi impétueux et fertile.
Pendant cinq lunes il les traîna derrière lui. Il avait
un but [893] où il voulait les conduire.

Les Barbares avaient tenté d'abord de l'envelopper
par de petits détachements; il leur échappait toujours. Ils ne se quittèrent plus. Leur armée était de
quarante mille hommes environ [894], et plusieurs fois
ils eurent la jouissance de voir les Carthaginois reculer.

Ce qui les tourmentait, c'était les cavaliers de Narr'-
Havas [895] ! Souvent, aux heures les plus lourdes, quand
on avançait par les plaines en sommeillant sous le
poids des armes, tout à coup une grosse ligne de poussière montait à l'horizon; des galops accouraient,
et du sein d'un nuage plein de prunelles flamboyantes,

une pluie de dards se précipitait. Les Numides, couverts de manteaux blancs, poussaient de grands cris,
levaient les bras en serrant des genoux leurs étalons
cabrés, les faisaient tourner brusquement, puis disparaissaient. Ils avaient toujours à quelque distance [896], sur les dromadaires, des provisions de javelots, et ils revenaient plus terribles, hurlaient comme
des loups, s'enfuyaient comme des vautours. Ceux
des Barbares placés au bord des files tombaient un à
un, — et l'on continuait ainsi jusqu'au soir, où l'on
tâchait d'entrer dans les montagnes.

Bien qu'elles fussent périlleuses pour les éléphants,
Hamilcar s'y engagea. Il suivit la longue chaîne qui
s'étend depuis le promontoire Hermæum jusqu'au
sommet du Zagouan. C'était, croyaient-ils, un moyen
de cacher l'insuffisance de ses troupes. Mais l'incertitude continuelle où il les maintenait, finissait par les
exaspérer plus qu'aucune défaite. Ils ne se décourageaient pas, et marchaient derrière lui.

Enfin, un soir, entre la Montagne-d'Argent et la
Montagne-de-Plomb, au milieu de grosses roches, à
l'entrée d'un défilé, ils surprirent un corps de vélites;
et l'armée entière [897] était certainement devant
ceux-là, car on entendait un bruit de pas avec des
clairons; aussitôt les Carthaginois s'enfuirent par la
gorge. Elle dévalait dans une plaine ayant la forme
d'un fer de hache et environnée de hautes falaises.
Pour atteindre les vélites, les Barbares s'y élancèrent;
tout au fond, parmi des bœufs qui galopaient, d'autres
Carthaginois couraient tumultueusement. On aperçut
un homme en manteau rouge, c'était le Suffète, on se
le criait; un redoublement [898] de fureur et de joie
les emporta. Plusieurs, soit paresse ou prudence,
étaient restés au seuil du défilé. Mais de la cavalerie,
débouchant d'un bois, à coups de pique et de sabre,
les rabattit sur les autres; et bientôt tous les Barbares
furent en bas, dans la plaine.

Puis, cette grande masse d'hommes ayant oscillé quelque temps, s'arrêta; ils ne découvraient aucune issue [899].

Ceux qui étaient le plus près du défilé revinrent en arrière; mais le passage [900] avait entièrement disparu. On héla ceux de l'avant pour les faire continuer; ils s'écrasaient contre la montagne, et de loin ils invectivèrent leurs compagnons qui ne savaient pas retrouver la route.

En effet, à peine les Barbares étaients-ils descendus, que des hommes, tapis derrière les roches, en les soulevant avec des poutres, les avaient renversées; et comme la pente était rapide, ces blocs énormes, roulant pêle-mêle, avaient bouché l'étroit orifice, complètement.

A l'autre extrémité de la plaine s'étendait un long couloir, çà et là fendu par des crevasses, et qui conduisait à un ravin montant vers le plateau supérieur où se tenait l'armée punique. Dans ce couloir, contre la paroi de la falaise, on avait d'avance disposé des échelles; et, protégés par les détours des crevasses, les vélites, avant d'être rejoints, purent les saisir et remonter. Plusieurs même s'engagèrent jusqu'au bas de la ravine; on les tira avec des câbles, car le terrain en cet endroit était un sable mouvant et d'une telle inclinaison que, même sur les genoux, il eût été impossible de le gravir. Les Barbares, presque immédiatement, y arrivèrent. Mais une herse [901], haute de quarante coudées, et faite à la mesure exacte de l'intervalle, s'abaissa devant eux tout à coup, comme un rempart qui serait tombé du ciel.

Donc les combinaisons du Suffète avaient réussi. Aucun des Mercenaires ne connaissait la montagne, et marchant à la tête des colonnes, ils avaient entraîné les autres. Les roches, un peu étroites par la base, s'étaient facilement abattues, et tandis que tous couraient, son armée, dans l'horizon, avait crié comme en détresse. Hamilcar, il est vrai, pouvait perdre ses vélites, la moitié seulement y resta. Il en eût sacrifié [902] vingt fois davantage pour le succès d'une pareille entreprise.

Jusqu'au matin, les Barbares se poussèrent en files compactes d'un bout à l'autre de la plaine. Ils tâtaient la montagne avec leurs mains, cherchant à découvrir un passage.

Enfin le jour se leva; ils aperçurent partout autour d'eux une grande muraille blanche, taillée à pic. Et pas un moyen de salut, pas un espoir ! Les deux sorties naturelles de cette impasse étaient fermées par la herse et par l'amoncellement des roches.

Alors, tous se regardèrent [903] sans parler. Ils s'affaissèrent sur eux-mêmes, en se sentant un froid de glace dans les reins, et aux paupières une pesanteur accablante.

Ils se relevèrent [904], et bondirent contre les roches. Mais les plus basses, pressées par le poids des autres, étaient inébranlables. Ils tâchèrent de s'y cramponner pour atteindre au sommet; la forme ventrue de ces grosses masses repoussait toute prise. Ils voulurent fendre le terrain des deux côtés de la gorge : leurs instruments se brisèrent. Avec les mâts des tentes, ils firent un grand feu; le feu ne pouvait pas brûler la montagne.

Ils revinrent sur la herse; elle était garnie de longs clous, épais comme des pieux, aigus comme les dards d'un porc-épic et plus serrés que les crins d'une brosse. Mais tant de rage les animait qu'ils se précipitèrent contre elle. Les premiers y entrèrent jusqu'à l'échine, les seconds refluèrent par-dessus; et tout retomba, en laissant à ces horribles branches des lambeaux humains et des chevelures ensanglantées.

Quand le découragement se fut un peu calmé, on examina ce qu'il y avait de vivres. Les Mercenaires, dont les bagages étaient perdus, en possédaient à peine

pour deux jours; et tous les autres s'en trouvaient
dénués, — car ils attendaient un convoi promis par
les villages du Sud.

Cependant des taureaux vagabondaient, ceux que
les Carthaginois avaient lâchés dans la gorge afin
d'attirer les Barbares. Ils les tuèrent à coups de lance;
on les mangea, et les estomacs étant remplis, les pensées furent moins lugubres.

Le lendemain, ils égorgèrent tous les mulets, une
quarantaine environ, puis on racla leurs peaux, on fit
bouillir leurs entrailles, on pila les ossements, et ils ne
désespéraient pas encore; l'armée de Tunis, prévenue
sans doute, allait venir.

Mais le soir du cinquième jour, la faim redoubla;
ils rongèrent [905] les baudriers des glaives et les petites
éponges bordant le fond des casques.

Ces quarante mille hommes étaient tassés dans
l'espèce d'hippodrome que formait autour d'eux
la montagne. Quelques-uns restaient devant la herse
ou à la base des roches; les autres couvraient la plaine
confusément. Les forts s'évitaient, et les timides
recherchaient les braves, qui ne pouvaient pourtant
les sauver.

On avait, à cause de leur infection, enterré vivement
les cadavres des vélites; la place des fosses ne s'apercevait plus.

Tous les Barbares languissaient, couchés par terre.
Entre leurs lignes, çà et là, un vétéran passait; et ils
hurlaient des malédictions contre les Carthaginois,
contre Hamilcar — et contre Mâtho, bien qu'il fût
innocent de leur désastre; mais il leur semblait que
leurs douleurs eussent été moindres s'il les avait
partagées. Puis ils gémissaient; quelques-uns pleuraient tout bas, comme de petits enfants.

Ils venaient vers les capitaines et ils les suppliaient
de leur accorder quelque chose qui apaisât leurs souffrances. Les autres ne répondaient rien, — ou, saisis

de fureur, ils ramassaient une pierre et la leur jetaient au visage.

Plusieurs, en effet, conservaient [906] soigneusement, dans un trou en terre, une réserve de nourriture, quelques poignées de dattes, un peu de farine; et on mangeait cela pendant la nuit, en baissant la tête sous son manteau. Ceux qui avaient des épées les gardaient nues dans leurs mains; les plus défiants se tenaient debout, adossés contre la montagne.

Ils accusaient leurs chefs et les menaçaient [907]. Autharite ne craignait pas [908] de se montrer. Avec cette obstination de Barbare que rien ne rebute, vingt fois par jour il s'avançait jusqu'au fond, vers les roches, espérant chaque fois les trouver peut-être déplacées; et balançant ses lourdes épaules couvertes de fourrures, il rappelait à ses compagnons un ours qui sort de sa caverne, au printemps, pour voir si les neiges sont fondues.

Spendius, entouré de Grecs, se cachait dans une des crevasses; comme il avait peur, il fit répandre le bruit de sa mort.

Ils étaient maintenant d'une maigreur hideuse; leur peau se plaquait de marbrures bleuâtres. Le soir du neuvième jour, trois Ibériens moururent.

Leurs compagnons, effrayés, quittèrent la place. On les dépouilla; et ces corps nus et blancs restèrent sur le sable, au soleil.

Alors des Garamantes [909] se mirent lentement à rôder tout autour. C'étaient des hommes accoutumés à l'existence des solitudes et qui ne respectaient aucun dieu. Enfin le plus vieux de la troupe fit un signe, et se baissant vers les cadavres, avec leurs couteaux, ils en prirent des lanières; puis, accroupis sur les talons, ils mangeaient. Les autres regardaient de loin; on poussa des cris d'horreur; — beaucoup cependant, au fond de l'âme, jalousaient leur courage.

Au milieu de la nuit [910], quelques-uns de ceux-là se

rapprochèrent, et, dissimulant leur désir, ils en demandaient une mince bouchée, seulement pour essayer, disaient-ils. De plus hardis survinrent; leur nombre augmenta; ce fut bientôt une foule. Mais presque tous, en sentant cette chair froide au bord des lèvres, laissaient leur main retomber; d'autres, au contraire, la dévoraient avec délices.

Afin d'être entraînés par l'exemple, ils s'excitaient mutuellement. Tel qui avait d'abord refusé allait voir les Garamantes et ne revenait plus. Ils faisaient cuire les morceaux sur des charbons à la pointe d'une épée; on les salait avec de la poussière et l'on se disputait les meilleurs. Quand il ne resta plus rien des trois cadavres, les yeux se portèrent sur toute la plaine pour en trouver d'autres.

Mais ne possédait-on pas des Carthaginois [911], vingt captifs faits dans la dernière rencontre et que personne, jusqu'à présent, n'avait remarqués? Ils disparurent; c'était une vengeance, d'ailleurs. — Puis, comme il fallait vivre, comme le goût de cette nourriture s'était développé, comme on se mourait, on égorgea les porteurs d'eau, les palefreniers, tous les valets des Mercenaires. Chaque jour on en tuait. Quelques-uns mangeaient beaucoup, reprenaient des forces et n'étaient plus tristes.

Bientôt cette ressource vint à manquer. Alors l'envie se tourna sur les blessés et les malades. Puisqu'ils ne pouvaient se guérir, autant les délivrer de leurs tortures; et, sitôt qu'un homme chancelait, tous s'écriaient qu'il était maintenant perdu et devait servir aux autres. Pour accélérer leur mort, on employait des ruses; on leur volait le dernier reste de leur immonde portion; comme par mégarde, on marchait sur eux; les agonisants, pour faire croire à leur vigueur, tâchaient d'étendre les bras, de se relever, de rire. Des gens évanouis se réveillaient au contact d'une lame ébréchée qui leur sciait un membre; — et ils tuaient encore par férocité, sans besoin, pour assouvir leur fureur.

Un brouillard lourd et tiède, comme il en arrive dans ces régions à la fin de l'hiver, le quatorzième jour, s'abattit sur l'armée. Ce changement de la température amena des morts nombreuses, et la corruption se développait effroyablement vite dans la chaude humidité retenue par les parois de la montagne. La bruine qui tombait sur les cadavres, en les amollissant, fit bientôt de toute la plaine une large pourriture. Des vapeurs blanchâtres flottaient au-dessus ; elles piquaient les narines, pénétraient la peau, troublaient les yeux ; et les Barbares croyaient entrevoir les souffles exhalés, les âmes de leurs compagnons. Un dégoût immense les accabla. Ils n'en voulaient plus, ils aimaient mieux mourir.

Deux jours après [912], le temps redevint pur et la faim les reprit. Il leur semblait parfois qu'on leur arrachait l'estomac avec des tenailles. Alors, ils se roulaient saisis de convulsions, jetaient dans leur bouche des poignées de terre, se mordaient les bras et éclataient en rires frénétiques.

La soif les tourmentait encore plus, car ils n'avaient pas une goutte d'eau, les outres, depuis le neuvième jour, étant complètement taries. Pour tromper le besoin, ils s'appliquaient sur la langue les écailles métalliques des ceinturons, les pommeaux en ivoire, les fers des glaives. D'anciens conducteurs de caravane se comprimaient le ventre avec des cordes. D'autres suçaient un caillou. On buvait de l'urine refroidie dans les casques d'airain.

Et ils attendaient toujours l'armée de Tunis [913] ! La longueur du temps qu'elle mettait à venir, d'après leurs conjectures, certifiait son arrivée prochaine. D'ailleurs Mâtho, qui était un brave, ne les abandonnerait pas. « Ce sera pour demain ! » se disaient-ils ; et demain se passait.

Au commencement, ils avaient fait des prières, des

vœux, pratiqué toutes sortes d'incantations. A présent [914] ils ne sentaient, pour leurs Divinités, que de la haine, et, par vengeance, tâchaient de ne plus y croire.

Les hommes de caractère violent périrent les premiers; les Africains résistèrent mieux que les Gaulois. Zarxas, entre les Baléares, restait étendu tout de son long, les cheveux par-dessus le bras, inerte. Spendius trouva une plante à larges feuilles emplies d'un suc abondant, et, l'ayant déclarée vénéneuse afin d'en écarter les autres, il s'en nourrissait.

On était trop faible pour abattre, d'un coup de pierre, les corbeaux qui volaient. Quelquefois, lorsqu'un gypaëte, posé sur un cadavre, le déchiquetait depuis longtemps déjà, un homme se mettait à ramper vers lui avec un javelot entre les dents. Il s'appuyait d'une main, et, après avoir bien visé, il lançait son arme. La bête aux plumes blanches, troublée par le bruit, s'interrompait, regardait tout à l'entour [915] d'un air tranquille, comme un cormoran sur un écueil, puis elle replongeait son hideux bec jaune; et l'homme désespéré retombait à plat ventre dans la poussière. Quelques-uns parvenaient à découvrir des caméléons, des serpents. Mais ce qui les faisait vivre, c'était l'amour de la vie. Ils tendaient leur âme sur cette idée, exclusivement, — et se rattachaient à l'existence par un effort de volonté qui la prolongeait.

Les plus stoïques se tenaient les uns près des autres, assis en rond, au milieu de la plaine, çà et là, entre les morts; et, enveloppés dans leurs manteaux, ils s'abandonnaient silencieusement à leur tristesse.

Ceux qui étaient nés dans les villes se rappelaient des rues toutes retentissantes, des tavernes, des théâtres, des bains, et les boutiques des barbiers où l'on écoute des histoires. D'autres revoyaient des campagnes au coucher du soleil, quand les blés jaunes ondulent et que les grands bœufs remontent les collines avec le soc des charrues sur le cou. Les voyageurs rêvaient à des citernes, les chasseurs à leurs forêts, les vétérans à des batailles ; — et, dans la somnolence qui les engourdissait, leurs pensées se heurtaient avec l'emportement et la netteté des songes. Des hallucinations les envahissaient tout à coup ; ils cherchaient dans la montagne une porte pour s'enfuir et voulaient passer au travers. D'autres, croyant naviguer par une tempête, commandaient la manœuvre d'un navire, ou bien ils se reculaient épouvantés, apercevant, dans les nuages, des bataillons puniques. Il y en avait qui se figuraient être à un festin, et ils chantaient.

Beaucoup, par une étrange manie, répétaient le même mot ou faisaient continuellement le même geste. Puis, quand ils venaient à relever la tête et à se regarder, des sanglots les étouffaient en découvrant l'horrible ravage de leurs figures. Quelques-uns ne souffraient plus, et pour employer les heures, ils se racontaient les périls auxquels ils avaient échappé.

Leur mort à tous était certaine, imminente. Combien de fois n'avaient-ils pas tenté de s'ouvrir un passage ! Quant à implorer les conditions du vainqueur, par quel moyen ? ils ne savaient même pas où se trouvait Hamilcar.

Le vent soufflait du côté de la ravine. Il faisait couler le sable par-dessus la herse en cascades, perpétuellement ; et les manteaux et les chevelures des Barbares s'en recouvraient comme si la terre, montant sur eux, avait voulu les ensevelir. Rien ne bougeait ; l'éternelle montagne, chaque matin, leur semblait encore plus haute.

Quelquefois des bandes d'oiseaux passaient à tire d'aile, en plein ciel bleu, dans la liberté de l'air. Ils fermaient les yeux pour ne pas les voir.

On sentait d'abord [916] un bourdonnement dans les oreilles, les ongles noircissaient, le froid gagnait la poitrine, on se couchait sur le côté et l'on s'éteignait sans un cri [917].

Le dix-neuvième jour, deux mille Asiatiques étaient morts, quinze cents de l'Archipel, huit mille de la Libye, les plus jeunes des Mercenaires et des tribus complètes; — en tout vingt mille soldats, la moitié de l'armée.

Autharite, qui n'avait plus que cinquante Gaulois, allait se faire tuer pour en finir [918], quand, au sommet de la montagne, en face de lui, il crut voir un homme.

Cet homme, à cause de l'élévation, ne paraissait pas plus grand qu'un nain. Cependant Autharite reconnut à son bras gauche un bouclier en forme de trèfle. Il s'écria [919] : « Un Carthaginois ! » Et, dans la plaine, devant la herse et sous les roches, immédiatement tous se levèrent. Le soldat se promenait au bord du précipice; d'en bas les Barbares le regardaient.

Spendius ramassa une tête de bœuf; puis avec deux ceintures ayant composé un diadème, il le planta sur les cornes au bout d'une perche, en témoignage d'intentions pacifiques. Le Carthaginois disparut. Ils attendirent.

Enfin le soir, comme une pierre se détachant de la falaise, tout à coup il tomba d'en haut un baudrier. Fait de cuir rouge et couvert de broderie avec trois étoiles de diamant, il portait empreint à son milieu la marque du Grand-Conseil : un cheval sous un palmier [920]. C'était la réponse d'Hamilcar, le sauf-conduit qu'il envoyait.

Ils n'avaient rien à craindre; tout changement de fortune amenait la fin de leurs maux. Une joie démesurée les agita, ils s'embrassaient, pleuraient. Spendius, Autharite et Zarxas [921], quatre Italiotes, un Nègre et deux Spartiates s'offrirent comme parlementaires. On les accepta tout de suite. Ils ne savaient [922] cependant par quel moyen s'en aller.

Mais un craquement retentit dans la direction des roches; et la plus élevée, ayant oscillé sur elle-même, rebondit jusqu'en bas. En effet, si du côté des Barbares elles étaient inébranlables, car il aurait fallu leur faire remonter un plan oblique (et, d'ailleurs, elles se trouvaient tassées par l'étroitesse de la gorge), de l'autre, au contraire, il suffisait de les heurter fortement pour qu'elles descendissent. Les Carthaginois les poussèrent, et, au jour levant, elles s'avançaient dans la plaine comme les gradins d'un immense escalier [923] en ruine.

Les Barbares ne pouvaient [924] encore les gravir. On leur tendit des échelles; tous s'y élancèrent. La décharge d'une catapulte les refoula; les Dix seulement furent emmenés.

Ils marchaient entre les Clinabares, et appuyaient leur main sur la croupe des chevaux pour se soutenir.

Maintenant que leur première joie était passée, ils commençaient à concevoir des inquiétudes. Les exigences d'Hamilcar seraient cruelles. Mais Spendius les rassurait.

— « C'est moi qui parlerai ! » Et il se vantait de connaître les choses bonnes à dire pour le salut de l'armée.

Derrière tous les buissons, ils rencontraient des sentinelles en embuscade. Elles se prosternaient devant le baudrier que Spendius avait mis sur son épaule.

Quand ils arrivèrent dans le camp punique, la foule s'empressa autour d'eux, et ils entendaient comme des chuchotements, des rires. La porte d'une tente s'ouvrit.

Hamilcar était tout au fond, assis sur un escabeau, près d'une table basse où brillait un glaive nu. Des capitaines, debout, l'entouraient.

En apercevant ces hommes, il fit un geste en arrière, puis il se pencha pour les examiner.

Ils avaient les pupilles extraordinairement dilatées avec un grand cercle noir autour des yeux, qui se prolongeait jusqu'au bas de leurs oreilles; leurs nez bleuâtres saillissaient entre leurs joues creuses, fendillées par des rides profondes; la peau de leur corps, trop large pour leurs muscles, disparaissait sous une poussière de couleur ardoise; leurs lèvres se collaient contre leurs dents jaunes; ils exhalaient une infecte odeur; on aurait dit des tombeaux entr'ouverts, des sépulcres vivants.

Au milieu de la tente, il y avait, sur une natte où les capitaines allaient s'asseoir, un plat de courges qui fumait. Les Barbares y attachaient leurs yeux en grelottant de tous les membres, et des larmes venaient à leurs paupières. Ils se contenaient, cependant.

Hamilcar se détourna pour parler à quelqu'un. Alors ils se ruèrent dessus, tous, à plat ventre. Leurs visages trempaient dans la graisse, et le bruit de leur déglutition se mêlait aux sanglots de joie qu'ils poussaient. Plutôt par étonnement que par pitié, sans doute, on les laissa finir la gamelle. Puis quand ils se furent relevés [925], Hamilcar commanda, d'un signe, à l'homme qui portait le baudrier de parler. Spendius avait peur [926]; il balbutiait.

Hamilcar, en l'écoutant, faisait tourner autour de son doigt une grosse bague d'or, celle qui avait empreint sur le baudrier le sceau de Carthage. Il la laissa tomber par terre : Spendius tout de suite la ramassa; devant son maître, ses habitudes d'esclave le reprenaient. Les autres frémirent, indignés de cette bassesse.

Mais le Grec haussa la voix, et rapportant les crimes d'Hannon, qu'il savait être l'ennemi de Barca, tâchant de l'apitoyer avec le détail de leurs misères et les souvenirs de leur dévouement, il parla pendant longtemps, d'une façon rapide, insidieuse, violente même; à la fin, il s'oubliait, entraîné par la chaleur de son esprit.

Hamilcar répliqua qu'il acceptait leurs excuses. Donc la paix allait se conclure, et maintenant elle serait définitive! Mais il exigeait qu'on lui livrât dix des Mercenaires, à son choix, sans armes et sans tunique [927].

Ils ne s'attendaient pas à cette clémence; Spendius s'écria :

— « Oh! vingt, si tu veux, Maître! »

— « Non ! dix me suffisent, » répondit doucement Hamilcar.

On les fit sortir de la tente afin qu'ils pussent délibérer. Dès qu'ils furent seuls, Autharite réclama pour les compagnons sacrifiés, et Zarxas dit à Spendius :

— « Pourquoi ne l'as-tu pas tué? son glaive était là, près de toi !

— « Lui ! » fit Spendius; et il répéta plusieurs fois : « Lui ! lui ! » comme si la chose eût été impossible et Hamilcar quelqu'un d'immortel.

Tant de lassitude les accablait qu'ils s'étendirent par terre, sur le dos, ne sachant à quoi se résoudre.

Spendius les engageait à céder. Enfin, ils y consentirent [928], et ils rentrèrent.

Alors le Suffète mit sa main dans les mains des dix Barbares tour à tour, en serrant leurs pouces; puis il la frotta sur son vêtement, car leur peau visqueuse causait au toucher une impression rude et molle, un fourmillement gras qui horripilait. Ensuite il leur dit :

— « Vous êtes bien tous les chefs des Barbares et vous avez juré pour eux?

— « Oui ! » répondirent-ils.

— « Sans contrainte, du fond de l'âme, avec l'intention d'accomplir vos promesses? »

Ils assurèrent qu'ils s'en retournaient vers les autres pour les exécuter.

— « Eh bien ! » reprit le Suffète, « d'après la convention passée entre moi, Barca, et les ambassadeurs des Mercenaires, c'est vous que je choisis, et je vous garde [929] ! »

Spendius tomba évanoui sur la natte. Les Barbares, comme l'abandonnant, se resserrèrent les uns près des autres : et il n'y eut pas un mot, pas une plainte.

Leurs compagnons, qui les attendaient, ne les voyant pas revenir, se crurent trahis [930]. Sans doute, les parlementaires s'étaient donnés au Suffète.

Ils attendirent encore deux jours : puis le matin du troisième leur résolution fut prise. Avec des cordes, des pics et des flèches disposées comme des échelons entre des lambeaux de toile, ils parvinrent à escalader les roches; et laissant derrière eux les plus faibles, trois mille environ, ils se mirent en marche pour rejoindre l'armée de Tunis.

Au haut de la gorge s'étalait une prairie clairsemée d'arbustes; les Barbares en dévorèrent les bourgeons. Ensuite ils trouvèrent un champ de fèves; et tout disparut comme si un nuage de sauterelles eût passé par là. Trois heures après ils arrivèrent sur un second plateau, que bordait une ceinture de collines vertes.

Entre les ondulations de ces monticules, des gerbes couleur d'argent brillaient, espacées les unes des autres; les Barbares, éblouis par le soleil, apercevaient confusément, en dessous, de grosses masses noires qui les supportaient. Elles se levèrent, comme si elles se fussent épanouies. C'étaient des lances [931] dans des tours, sur des éléphants effroyablement armés.

Outre l'épieu de leur poitrail [932], les poinçons de leurs défenses, les plaques d'airain qui couvraient leurs flancs, et les poignards tenus à leurs genouillères, — ils avaient au bout de leurs trompes un bracelet de cuir où était passé le manche d'un large coutelas; partis tous à la fois du fond de la plaine, ils s'avançaient de chaque côté, parallèlement.

Une terreur sans nom [933] glaça les Barbares. Ils ne tentèrent même pas de s'enfuir. Déjà ils se trouvaient enveloppés.

Les éléphants entrèrent dans cette masse d'hommes; et les éperons de leur poitrail la divisaient, les lances de leurs défenses la retournaient comme des socs de charrues; ils coupaient, taillaient, hachaient avec les faux de leurs trompes; les tours, pleines de phalariques, semblaient des volcans en marche; on ne distinguait qu'un large amas où les chairs humaines

faisaient des taches blanches, les morceaux d'airain
des plaques grises, le sang des fusées rouges ; les horribles animaux, passant au milieu de tout cela, creu-
saient des sillons noirs. Le plus furieux était conduit
par un Numide couronné d'un diadème de plumes. Il
lançait des javelots avec une vitesse effrayante, tout
en jetant par intervalles un long sifflement aigu ; —
les grosses bêtes, dociles comme des chiens, pendant
le carnage tournaient un œil de son côté.

Leur cercle peu à peu se rétrécissait ; les Barbares
affaiblis, ne résistaient pas ; bientôt les éléphants
furent au centre de la plaine. L'espace leur manquait ;
ils se tassaient à demi cabrés, les ivoires s'entre-choquaient. Tout à coup Narr'Havas les apaisa, et tournant la croupe, ils s'en revinrent au trot vers les
collines.

Cependant deux syntagmes s'étaient réfugiées à
droite dans un pli du terrain, avaient jeté leurs armes,
et tous à genoux vers les tentes puniques, ils levaient
leurs bras pour implorer grâce.

On leur attacha les jambes et les mains ; puis quand
ils furent étendus par terre les uns près des autres, on
ramena les éléphants.

Les poitrines craquaient comme des coffres que l'on
brise ; chacun de leurs pas en écrasait deux ; leurs gros
pieds enfonçaient dans les corps avec un mouvement
des hanches qui les faisaient paraître boiter. Ils continuaient, et allèrent jusqu'au bout.

Le niveau de la plaine redevint immobile. La nuit
tomba. Hamilcar se délectait devant le spectacle de
sa vengeance ; mais soudain il tressaillit [934].

Il voyait, et tous voyaient à six cents pas de là, sur
la gauche, au sommet d'un mamelon, des Barbares
encore ! En effet, quatre cents des plus solides, des
Mercenaires Étrusques, Libyens et Spartiates, dès
le commencement avaient gagné les hauteurs, et jusque-
là s'y étaient tenus incertains. Après ce massacre de

leurs compagnons, ils résolurent de traverser les Carthaginois; déjà ils descendaient en colonnes serrées,
d'une façon merveilleuse et formidable.

Un héraut leur fut immédiatement expédié. Le
Suffète avait besoin de soldats; il les recevait sans
condition, tant il admirait leur bravoure. Ils pouvaient même, ajouta l'homme de Carthage, se rapprocher quelque peu, dans un endroit qu'il leur désigna,
et où ils trouveraient des vivres.

Les Barbares y coururent et passèrent la nuit à
manger. Alors les Carthaginois éclatèrent en rumeurs
contre la partialité du Suffète pour les Mercenaires.

Céda-t-il à ces expansions d'une haine irrassasiable,
ou bien était-ce un raffinement de perfidie? Le lendemain il vint [935] lui-même sans épée, tête nue, dans
une escorte de Clinabares, et il leur déclara qu'ayant
trop de monde à nourrir, son intention n'était pas de
les conserver. Cependant, comme il lui fallait des
hommes et qu'il ne savait par quel moyen choisir les
bons, ils allaient se combattre à outrance; puis il
admettrait les vainqueurs dans sa garde particulière.
Cette mort-là en valait bien une autre; — et
alors, écartant ses soldats (car les étendards
puniques cachaient aux Mercenaires l'horizon), il leur
montra les cent quatre-vingt-douze éléphants de
Narr'Havas formant une seule ligne droite et
dont les trompes brandissaient de larges fers, pareils
à des bras de géant qui auraient tenu des haches
sur leurs têtes.

Les Barbares s'entre-regardèrent silencieusement.
Ce n'était pas la mort qui les faisait pâlir, mais l'horrible contrainte où ils se trouvaient réduits.

La communauté de leur existence avait établi entre
ces hommes des amitiés profondes. Le camp, pour
la plupart, remplaçait la patrie; vivant sans famille,
ils reportaient sur un compagnon leur besoin de tendresse, et l'on s'endormait côte à côte, sous le même

manteau, à la clarté des étoiles. Puis, dans ce vagabondage [936] perpétuel à travers toutes sortes de pays,
de meurtres et d'aventures, il s'était formé d'étranges
amours, — unions obscènes aussi sérieuses que des
mariages, où le plus fort défendait le plus jeune au
milieu des batailles, l'aidait à franchir les précipices,
épongeait sur son front la sueur des fièvres, volait pour
lui de la nourriture; et l'autre, enfant ramassé au bord
d'une route, puis devenu Mercenaire [937], payait ce
dévouement par mille soins délicats et des complai-
sances d'épouse.

Ils échangèrent leurs colliers et leurs pendants
d'oreilles, cadeaux qu'ils s'étaient faits autrefois, après
un grand péril, dans des heures d'ivresse. Tous demandaient à mourir, et aucun ne voulait frapper. On en
voyait un jeune, çà et là, qui disait à un autre dont la
barbe était grise : « Non ! non, tu es le plus robuste !
Tu nous vengeras, tue-moi ! » et l'homme répondait :
« J'ai moins d'années à vivre ! Frappe au cœur, et
n'y pense plus ! » Les frères se contemplaient, les
deux mains serrées, et l'amant faisait à son amant
des adieux éternels, debout, en pleurant sur son
épaule.

Ils retirèrent leurs cuirasses pour que la pointe des
glaives s'enfonçât plus vite. Alors parurent les marques
des grands coups qu'ils avaient reçus pour Carthage ;
on aurait dit des inscriptions sur des colonnes.

Ils se mirent sur quatre rangs égaux à la façon des
gladiateurs, et ils commencèrent par des engagements
timides. Quelques-uns s'étaient bandé [938] les yeux,
et leurs glaives ramaient dans l'air, doucement, comme
des bâtons d'aveugle. Les Carthaginois poussèrent des
huées en leur criant qu'ils étaient des lâches. Les Barbares s'animèrent, et bientôt le combat fut général,
précipité, terrible.

Parfois deux hommes s'arrêtaient tout sanglants,
tombaient dans les bras l'un de l'autre et mouraient

en se donnant des baisers. Aucun ne reculait. Ils se ruaient contre les lames tendues. Leur délire était si furieux que les Carthaginois, de loin, avaient peur.

Enfin, ils s'arrêtèrent. Leurs poitrines faisaient un grand bruit rauque, et l'on apercevait leurs prunelles, entre leurs longs cheveux qui pendaient comme s'ils fussent sortis d'un bain de pourpre. Plusieurs tournaient sur eux-mêmes, rapidement, tels que des panthères blessées au front. D'autres se tenaient immobiles en considérant un cadavre à leurs pieds; puis, tout à coup, ils s'arrachaient le visage avec les ongles, prenaient leur glaive à deux mains et se l'enfonçaient dans le ventre.

Il en restait soixante encore. Ils demandèrent à boire. On leur cria de jeter leurs glaives; et quand ils les eurent jetés, on leur apporta de l'eau.

Pendant qu'ils buvaient, la figure enfoncée dans les vases, soixante Carthaginois, sautant sur eux, les tuèrent avec des stylets, dans le dos.

Hamilcar avait fait cela pour complaire aux instincts de son armée, et, par cette trahison, l'attacher à sa personne.

Donc la guerre était finie; du moins il le croyait; Mâtho ne résisterait pas; dans son impatience, le Suffète ordonna tout de suite le départ.

Ses éclaireurs vinrent lui dire que l'on avait distingué un convoi qui s'en allait vers la Montagne-de-Plomb. Hamilcar ne s'en soucia. Une fois les Mercenaires anéantis, les Nomades ne l'embarrasseraient plus. L'important était de prendre Tunis [939]. A grandes journées il marcha dessus.

Il avait envoyé Narr'Havas à Carthage porter la nouvelle de la victoire; et le roi des Numides, fier de ses succès, se présenta chez Salammbô.

Elle le reçut dans ses jardins, sous un large sycomore, entre des oreillers de cuir jaune, avec Taanach auprès d'elle. Son visage était couvert d'une écharpe blanche, qui, lui passant sur la bouche et sur le front, ne laissait voir que les yeux; mais ses lèvres brillaient dans la transparence du tissu comme les pierreries de ses doigts, — car Salammbô tenait ses deux mains enveloppées, et tout le temps qu'ils parlèrent, elle ne fit pas un geste.

Narr'Havas lui annonça la défaite des Barbares. Elle le remercia par une bénédiction des services qu'il avait rendus à son père. Alors il se mit à raconter toute la campagne.

Les colombes, sur les palmiers autour d'eux, roucoulaient doucement, et d'autres oiseaux voletaient parmi les herbes : des galéoles [940] à collier, des cailles de Tartessus [941] et des pintades puniques. Le jardin, depuis longtemps inculte, avait multiplié ses verdures; des coloquintes montaient dans le branchage des canéficiers, des asclépias [942] parsemaient les champs de roses, toutes sortes de végétations formaient des entrelacements, des berceaux; et des rayons de soleil, qui descendaient obliquement, marquaient çà et là, comme dans les bois, l'ombre d'une feuille sur la terre. Les bêtes domestiques, redevenues sauvages, s'enfuyaient au moindre bruit. Parfois on apercevait une gazelle traînant à ses petits sabots noirs des plumes de paon, dispersées. Les clameurs de la ville, au loin, se perdaient dans le murmure des flots. Le ciel était tout bleu; pas une voile n'apparaissait sur la mer.

Narr'Havas ne parlait plus; Salammbô, sans lui répondre, le regardait. Il avait une robe de lin, où des fleurs étaient peintes, avec des franges d'or par le bas; deux flèches d'argent retenaient ses cheveux tressés au bord de ses oreilles; il s'appuyait de la main droite contre le bois d'une pique, orné par des cercles d'électrum et des touffes de poil.

En le considérant, une foule de pensées vagues l'absorbait. Ce jeune homme à voix douce et à taille féminine captivait ses yeux par la grâce de sa personne et lui semblait être comme une sœur aînée que les Baals envoyaient pour la protéger. Le souvenir de Mâtho la saisit ; elle ne résista pas au désir de savoir ce qu'il devenait.

Narr'Havas répondit que les Carthaginois s'avançaient vers Tunis, afin de le prendre. A mesure qu'il exposait leurs chances de réussite et la faiblesse de Mâtho, elle paraissait se réjouir dans un espoir extraordinaire. Ses lèvres tremblaient, sa poitrine haletait. Quand il promit enfin de le tuer lui-même, elle s'écria :
— « Oui ! tue-le, il le faut ! »

Le Numide répliqua qu'il souhaitait ardemment cette mort, puisque, la guerre terminée, il serait son époux.

Salammbô tressaillit [943], et elle baissa la tête.

Mais Narr'Havas, poursuivant, compara ses désirs à des fleurs qui languissent après la pluie, à des voyageurs perdus qui attendent le jour. Il lui dit encore qu'elle était plus belle que la lune, meilleure que le vent du matin et que le visage de l'hôte. Il ferait venir pour elle, du pays des Noirs, des choses comme il n'y en avait pas à Carthage, et les appartements de leur maison seraient sablés avec de la poudre d'or.

Le soir tombait, des senteurs de baume s'exhalaient. Pendant longtemps, ils se regardèrent en silence, — et les yeux de Salammbô, au fond de ses longues draperies, avaient l'air de deux étoiles dans l'ouverture d'un nuage. Avant que le soleil fût couché, il se retira.

Les Anciens se sentirent soulagés d'une grande inquiétude quand il partit de Carthage. Le peuple l'avait reçu avec des acclamations encore plus enthousiastes que la première fois. Si Hamilcar et le roi des Numides triomphaient seuls des Mercenaires, il serait impossible de leur résister. Donc ils résolurent, pour

affaiblir Barca, de faire participer à la délivrance de
la République celui qu'ils aimaient, le vieil Hannon.

Il se porta immédiatement vers les provinces occi-
dentales, afin de se venger dans les lieux mêmes qui
avaient vu sa honte. Mais les habitants [944] et les
Barbares étaient morts, cachés ou enfuis. Alors sa
colère [945] se déchargea sur la campagne. Il brûla les
ruines des ruines, il ne laissa pas un seul arbre, pas
un brin d'herbe; les enfants et les infirmes que l'on
rencontrait, on les suppliciait; il donnait à ses soldats
les femmes à violer avant leur égorgement; les plus
belles étaient jetées dans sa litière, — car son atroce
maladie l'enflammait de désirs impétueux; il les assou-
vissait avec toute la fureur d'un homme désespéré.

Souvent, à la crête des collines, des tentes noires
s'abattaient comme renversées par le vent, et de
larges disques à bordure brillante, que l'on reconnaissait pour des roues de chariot, en tournant avec
un son plaintif, peu à peu s'enfonçaient dans les
vallées. Les tribus, qui avaient abandonné le siège
de Carthage, erraient ainsi par les provinces, attendant une occasion, quelque victoire des Mercenaires
pour revenir. Mais, soit terreur ou famine, elles
reprirent toutes le chemin de leurs contrées, et disparurent.

Hamilcar ne fut point jaloux des succès d'Hannon.
Cependant il avait hâte d'en finir; il lui ordonna de
se rabattre sur Tunis; et Hannon, qui aimait sa patrie,
au jour fixé [946] se trouva sous les murs de la ville.

Elle avait pour se défendre sa population d'autochtones, douze mille Mercenaires, puis tous les Mangeurs-de-choses-immondes, car ils étaient comme
Mâtho rivés à l'horizon de Carthage, et la plèbe et le
Schalischim contemplaient de loin ses hautes murailles,
en rêvant par derrière des jouissances infinies. Dans
cet accord de haines, la résistance fut lestement
organisée. On prit des outres pour faire des casques,

on coupa tous les palmiers dans les jardins pour avoir
des lances, on creusa des citernes et, quant aux vivres,
ils pêchaient aux bords du Lac de gros poissons blancs,
nourris de cadavres et d'immondices. Leurs remparts,
maintenus en ruine par la jalousie de Carthage,
étaient si faibles, que l'on pouvait, d'un coup d'épaule,
les abattre. Mâtho en boucha les trous avec les pierres
des maisons. C'était la dernière lutte; il n'espérait
rien, et cependant il se disait que la fortune était
changeante.

Les Carthaginois, en approchant, remarquèrent,
sur le rempart, un homme qui dépassait les créneaux
de toute la ceinture. Les flèches volant autour de lui
n'avaient pas l'air de plus l'effrayer qu'un essaim d'hirondelles. Aucune, par extraordinaire, ne le toucha.

Hamilcar établit son camp [947] sur le côté méridional;
Narr'Havas, à sa droite, occupait la plaine de Rhadès,
Hannon le bord du Lac; et les trois généraux devaient
garder leur position respective pour attaquer l'enceinte,
tous, en même temps.

Mais Hamilcar voulut d'abord montrer [948] aux Mercenaires qu'il les châtierait comme des esclaves. Il
fit crucifier les dix ambassadeurs [949], les uns près des
autres, sur un monticule, en face de la ville.

A ce spectacle, les assiégés abandonnèrent le rempart.

Mâtho s'était dit que s'il pouvait passer entre les
murs et les tentes de Narr'Havas assez rapidement
pour que les Numides n'eussent pas le temps de sortir,
il tomberait sur les derrières de l'infanterie carthaginoise, qui se trouverait prise entre sa division et
ceux de l'intérieur. Il s'élança dehors avec les vétérans.

Narr'Havas l'aperçut; il franchit la plage du Lac
et vint avertir Hannon d'expédier des hommes au
secours d'Hamilcar. Croyait-il Barca trop faible pour
résister aux Mercenaires? Etait-ce une perfidie ou
une sottise? Nul jamais ne put le savoir.

Hannon, par désir [950] d'humilier son rival, ne balança pas. Il cria de sonner les trompettes, et toute son armée se précipita sur les Barbares. Ils se retournèrent et coururent droit aux Carthaginois; ils les renversaient, les écrasaient sous leurs pieds, et, les refoulant ainsi, ils arrivèrent jusqu'à la tente d'Hannon qui était alors, au milieu [951] de trente Carthaginois, les plus illustres des Anciens.

Il parut stupéfait de leur audace; il appelait ses capitaines. Tous avançaient leurs poings sous sa gorge, en vociférant des injures. La foule se poussait, et ceux qui avaient la main sur lui le retenaient à grand'-peine. Cependant, il tâchait de leur dire à l'oreille : — « Je te donnerai tout ce que tu veux ! Je suis riche ! Sauve-moi ! » Ils le tiraient; si lourd qu'il fût, ses pieds ne touchaient plus la terre. On avait entraîné les Anciens. Sa terreur redoubla. — « Vous m'avez battu ! Je suis votre captif ! Je me rachète ! Ecoutez-moi, mes amis ! » Et, porté par toutes ces épaules qui le serraient aux flancs, il répétait : « Qu'allez-vous faire? Que voulez-vous? Je ne m'obstine pas, vous voyez bien ! J'ai toujours été bon ! »

Une croix gigantesque était dressée à la porte. Les Barbares hurlaient : « Ici ! ici ! » Mais il éleva la voix [952] encore plus haut; et, au nom de leurs Dieux, il les somma de le mener au Schalischim, parce qu'il avait à lui confier une chose d'où leur salut dépendait.

Ils s'arrêtèrent [953], quelques-uns prétendant qu'il était sage d'appeler Mâtho. On partit à sa recherche.

Hannon tomba sur l'herbe; et il voyait, autour de lui, encore d'autres croix, comme si le supplice dont il allait périr se fût d'avance multiplié, il faisait des efforts pour se convaincre qu'il se trompait, qu'il n'y en avait qu'une seule, et même pour croire qu'il n'y en avait pas du tout. Enfin on le releva.

— « Parle ! » dit Mâtho.

Il offrit [954] de livrer Hamilcar, puis ils entreraient dans Carthage et seraient rois tous les deux.

Mâtho s'éloigna, en faisant signe aux autres de se hâter. C'était, pensait-il, une ruse pour gagner du temps.

Le Barbare se trompait; Hannon était dans une de ces extrémités où l'on ne considère plus rien, et d'ailleurs il exécrait tellement Hamilcar, que, sur le moindre espoir de salut, il l'aurait sacrifié avec tous ses soldats.

A la base des trente croix [955], les Anciens languissaient par terre; déjà des cordes étaient passées sous leurs aisselles. Alors le vieux Suffète, comprenant qu'il fallait mourir, pleura.

Ils arrachèrent ce qui lui restait de vêtements — et l'horreur de sa personne apparut. Des ulcères couvraient cette masse sans nom; la graisse de ses jambes lui cachait les ongles des pieds; il pendait à ses doigts comme des lambeaux verdâtres; et les larmes qui ruisselaient entre les tubercules de ses joues donnaient à son visage quelque chose d'effroyablement triste, ayant l'air d'occuper plus de place que sur un autre visage humain [956]. Son bandeau royal, à demi dénoué, traînait avec ses cheveux blancs dans la poussière.

Ils crurent n'avoir pas de cordes assez fortes pour le grimper jusqu'au haut de la croix, et ils le clouèrent dessus, avant qu'elle fût dressée, à la mode punique. Mais son orgueil se réveilla dans la douleur. Il se mit à les accabler d'injures. Il écumait et se tordait, comme un monstre marin que l'on égorge sur un rivage, en leur prédisant qu'ils finiraient tous plus horriblement encore et qu'il serait vengé.

Il l'était [957]. De l'autre côté de la ville, d'où s'échappaient maintenant des jets de flammes avec des colonnes de fumée, les ambassadeurs des Mercenaires agonisaient.

Quelques-uns, évanouis d'abord, venaient de se

ranimer sous la fraîcheur du vent; mais ils restaient
le menton sur la poitrine, et leur corps descendait un
peu, malgré les clous de leurs bras fixés plus haut
que leur tête; de leurs talons et de leurs mains, du
sang tombait par grosses gouttes, lentement, comme
des branches d'un arbre tombent des fruits mûrs, —
et Carthage, le golfe, les montagnes et les plaines,
tout leur paraissait tourner, tel qu'une immense roue;
quelquefois, un nuage de poussière montant du sol
les enveloppait dans ses tourbillons; ils étaient brûlés
par une soif horrible, leur langue se retournait dans
leur bouche, et ils sentaient sur eux une sueur glaciale
couler, avec leur âme qui s'en allait.

Cependant, ils entrevoyaient à une profondeur
infinie des rues, des soldats en marche, des balance-
ments de glaives; et le tumulte de la bataille leur
arrivait vaguement, comme le bruit de la mer à des
naufragés qui meurent dans la mâture d'un navire.
Les Italiotes, plus robustes que les autres, criaient
encore; les Lacédémoniens, se taisant, gardaient leurs
paupières fermées; Zarxas, si vigoureux autrefois,
penchait comme un roseau brisé; l'Éthiopien, près
de lui, avait la tête renversée en arrière par-dessus
les bras de la croix; Autharite, immobile, roulait des
yeux; sa grande chevelure, prise dans une fente de
bois, se tenait droite sur son front, et le râle qu'il
poussait semblait plutôt un rugissement de colère.
Quant à Spendius, un étrange courage lui était venu;
maintenant il méprisait la vie, par la certitude qu'il
avait d'un affranchissement presque immédiat et
éternel, et il attendait la mort avec impassibilité.

Au milieu de leur défaillance [958], quelquefois ils
tressaillaient à un frôlement de plumes, qui leur
passait contre la bouche. De grandes ailes balançaient
des ombres autour d'eux, des croassements claquaient
dans l'air; et comme la croix de Spendius était la
plus haute, ce fut sur la sienne que le premier vautour

s'abattit. Alors il tourna son visage vers Autharite, et lui dit lentement, avec un indéfinissable sourire :

— « Te rappelles-tu les lions sur la route de Sicca ? »

— « C'étaient nos frères ! » répondit le Gaulois en expirant.

Le Suffète, pendant ce temps-là, avait troué l'enceinte, et il était parvenu à la citadelle. Sous une rafale de vent, la fumée tout à coup s'envola, découvrant l'horizon jusqu'aux murailles de Carthage ; il crut même distinguer des gens qui regardaient sur la plate-forme d'Eschmoûn ; puis, en ramenant ses yeux, il aperçut, à gauche, au bord du Lac, trente croix démesurées.

En effet, pour les rendre plus effroyables, ils les avaient construites [959] avec les mâts de leurs tentes attachés bout à bout ; et les trente cadavres des Anciens apparaissaient tout en haut, dans le ciel. Il y avait sur leurs poitrines comme des papillons blancs ; c'étaient les barbes des flèches qu'on leur avait tirées d'en bas.

Au faîte de la plus grande, un large ruban d'or brillait ; il pendait sur l'épaule, le bras manquait de ce côté-là, et Hamilcar eut de la peine à reconnaître Hannon. Ses os spongieux ne tenant pas sous les fiches de fer, des portions de ses membres s'étaient détachées, — et il ne restait à la croix que d'informes débris, pareils à ces fragments d'animaux suspendus contre la porte des chasseurs.

Le Suffète n'avait rien pu savoir [960] : la ville, devant lui, masquait tout ce qui était au delà, par derrière ; et les capitaines envoyés successivement aux deux généraux n'avaient pas reparu. Alors, des fuyards arrivèrent [961], racontant la déroute ; et l'armée punique s'arrêta. Cette catastrophe tombant au milieu de leur victoire, les stupéfiait. Ils n'entendaient plus les ordres d'Hamilcar.

Mâtho en profitait pour continuer ses ravages dans les Numides.

Le camp d'Hannon bouleversé, il était revenu sur eux. Les éléphants sortirent. Mais les Mercenaires, avec des brandons arrachés aux murs, s'avancèrent par la plaine en agitant des flammes, et les grosses bêtes [962], effrayées, coururent se précipiter dans le golfe, où elles se tuaient les unes les autres en se débattant, et se noyèrent sous le poids de leurs cuirasses. Déjà Narr'Havas avait lâché sa cavalerie; tous se jetèrent la face contre le sol; puis, quand les chevaux furent à trois pas d'eux, ils bondirent sous leurs ventres qu'ils ouvraient d'un coup de poignard, et la moitié des Numides avait péri quand Barca survint.

Les Mercenaires, épuisés, ne pouvaient tenir contre ses troupes. Ils reculèrent en bon ordre jusqu'à la montagne des Eaux-Chaudes. Le Suffète eut la prudence de ne pas les poursuivre. Il se porta [963] vers les embouchures du Macar [964].

Tunis lui appartenait; mais elle ne faisait plus qu'un amoncellement de décombres fumants. Les ruines descendaient par les brèches des murs, jusqu'au milieu de la plaine; — tout au fond, entre les bords du golfe, les cadavres des éléphants, poussés par la brise, s'entre-choquaient, comme un archipel de rochers noirs flottant sur l'eau.

Narr'Havas, pour soutenir cette guerre, avait épuisé ses forêts, pris les jeunes et les vieux, les mâles et les femelles, et la force militaire de son royaume ne s'en releva pas. Le peuple, qui les avait vus de loin périr, en fut désolé; des hommes se lamentaient dans les rues en les appelant par leurs noms, comme des amis défunts : — « Ah! l'Invincible! la Victoire! le Foudroyant! l'Hirondelle [965]! » Le premier jour même, on en parla plus que des citoyens morts. Mais le lendemain on aperçut les tentes des Mercenaires sur la montagne des Eaux-Chaudes. Alors le désespoir fut si profond, que beaucoup de gens, des femmes surtout, se précipitèrent, la tête en bas, du haut de l'Acropole.

On ignorait les desseins d'Hamilcar. Il vivait seul, dans sa tente, n'ayant près de lui qu'un jeune garçon, et jamais personne ne mangeait avec eux, pas même Narr'Havas. Cependant, il lui témoignait des égards extraordinaires depuis la défaite d'Hannon; mais le roi des Numides avait trop d'intérêt à devenir son fils pour ne pas s'en méfier.

Cette inertie voilait des manœuvres habiles. Par toutes sortes d'artifices, Hamilcar séduisit les chefs des villages; et les Mercenaires furent chassés, repoussés, traqués comme des bêtes féroces. Dès qu'ils entraient dans un bois, les arbres s'enflammaient autour d'eux; quand ils buvaient à une source, elle était empoisonnée; on murait les cavernes où ils se cachaient pour dormir. Les populations qui les avaient jusque-là défendus, leurs anciens complices, maintenant les poursuivaient; ils reconnaissaient toujours dans ces bandes des armures carthaginoises.

Plusieurs étaient rongés au visage par des dartres rouges; cela leur était venu, pensaient-ils, en touchant Hannon. D'autres s'imaginaient que c'était pour avoir mangé les poissons de Salammbô, et, loin de s'en repentir, ils rêvaient des sacrilèges encore plus abominables, afin que l'abaissement des Dieux puniques fût plus grand. Ils auraient voulu les exterminer.

Ils se traînèrent ainsi pendant trois mois le long de la côte orientale, puis derrière la montagne de Selloum et jusqu'aux premiers sables du désert. Ils cherchaient une place de refuge, n'importe laquelle. Utique et Hippo-Zarite seules ne les avaient pas trahis; mais Hamilcar enveloppait ces deux villes. Puis ils remontèrent dans le nord, au hasard, sans même connaître les routes. A force de misères, leur tête était troublée.

Ils n'avaient plus que le sentiment d'une exaspé-ration qui allait en se développant; et ils se retrou-vèrent un jour dans les gorges du Cobus, encore une fois devant Carthage !

Alors les engagements se multiplièrent [966]. La for-tune se maintenait égale; mais ils étaient, les uns et les autres, tellement excédés, qu'ils souhaitaient, au lieu de ces escarmouches, une grande bataille, pourvu qu'elle fût bien la dernière [967].

Mâtho avait envie d'en porter lui-même la propo-sition au Suffète. Un de ses Libyens se dévoua. Tous, en le voyant partir, étaient convaincus qu'il ne revien-drait pas.

Il revint le soir même.

Hamilcar acceptait leur défi. On se rencontrerait le lendemain, au soleil levant, dans la plaine de Rhadès.

Les Mercenaires voulurent savoir s'il n'avait rien dit de plus, et le Libyen ajouta :

— « Comme je restais devant lui, il m'a demandé ce que j'attendais; j'ai répondu : « Qu'on me tue ! » Alors il a repris : « Non ! va-t'en ! ce sera pour demain avec les autres. »

Cette générosité étonna les Barbares; quelques-uns en furent terrifiés, et Mâtho regretta [968] que le parlementaire n'eût pas été tué.

Il lui restait encore trois mille Africains, douze cents Grecs, quinze cents Campaniens, deux cents Ibères, quatre cents Étrusques, cinq cents Samnites, qua-rante Gaulois et une troupe de Naffur [969], bandits nomades rencontrés dans la région-des-dattes, en tout, sept mille deux cent dix-neuf soldats, mais pas une syntagme complète. Ils avaient bouché les trous de leurs cuirasses avec des omoplates de quadrupèdes et remplacé leurs cothurnes d'airain par des sandales en chiffons. Des plaques de cuivre ou de fer alourdissaient leurs vêtements; leurs cottes de mailles pendaient en guenilles autour d'eux et les balafres apparaissaient, comme des fils de pourpre, entre les poils de leurs bras et de leurs visages.

Les colères de leurs compagnons morts leur revenaient à l'âme et multipliaient leur vigueur; ils sentaient confusément qu'ils étaient les desservants d'un dieu épandu dans les cœurs d'opprimés, et comme les pontifes de la vengeance universelle ! Puis la douleur d'une injustice exorbitante les enrageait, et surtout la vue de Carthage à l'horizon. Ils firent le serment de combattre les uns pour les autres jusqu'à la mort.

On tua les bêtes de somme et l'on mangea le plus possible, afin de se donner des forces; ensuite ils dormirent. Quelques-uns prièrent, tournés vers des constellations différentes.

Les Carthaginois arrivèrent dans la plaine avant eux [970]. Ils frottèrent le bord des boucliers avec de l'huile pour faciliter le glissement des flèches; les fantassins, qui portaient de longues chevelures, se les coupèrent sur le front, par prudence; et Hamilcar, dès la cinquième heure, fit renverser toutes les gamelles, sachant qu'il est désavantageux de combattre l'estomac trop plein. Son armée montait à quatorze mille hommes, le double environ de l'armée barbare. Jamais il n'avait éprouvé, cependant, une pareille inquiétude [971]; s'il succombait, c'était l'anéantissement de la République et il périrait crucifié; s'il triomphait au contraire, par les Pyrénées, les Gaules et les Alpes il gagnerait l'Italie, et l'empire des Barca deviendrait éternel. Vingt fois pendant la nuit il se releva pour surveiller tout, lui-même, jusque dans les détails les plus minimes. Quant aux Carthaginois, ils étaient exaspérés par leur longue épouvante.

Narr'Havas doutait de la fidélité de ses Numides. D'ailleurs les Barbares pouvaient les vaincre. Une faiblesse étrange l'avait pris; à chaque moment, il buvait de larges coupes d'eau.

Mais un homme qu'il ne connaissait pas ouvrit sa tente, et déposa par terre une couronne de sel gemme, ornée de dessins hiératiques faits avec du soufre et des losanges de nacre; on envoyait quelquefois au fiancé sa couronne de mariage; c'était une preuve d'amour, une sorte d'invitation.

Cependant la fille d'Hamilcar n'avait point de tendresse pour Narr'Havas.

Le souvenir de Mâtho la gênait d'une façon intolérable; il lui semblait que la mort de cet homme débarrasserait sa pensée, comme pour se guérir de la blessure des vipères, on les écrase sur la plaie. Le roi des Numides était dans sa dépendance; il attendait impatiemment les noces, et comme elles devaient suivre la victoire, Salammbô lui faisait ce présent afin d'exciter son courage. Alors ses angoisses disparurent, et il ne songea plus qu'au bonheur de posséder une femme si belle.

La même vision avait assailli Mâtho: mais il la rejeta [972] tout de suite, et son amour, qu'il refoulait, se répandit sur ses compagnons d'armes. Il les chérissait comme des portions de sa propre personne, de sa haine, — et il se sentait l'esprit plus haut, les bras plus forts; tout ce qu'il fallait exécuter lui apparut nettement. Si parfois des soupirs lui échappaient, c'est qu'il pensait à Spendius.

Il rangea les Barbares sur six rangs égaux. Au milieu, il établit les Étrusques, tous attachés par une chaîne de bronze, les hommes de trait se tenaient par derrière, et sur deux ailes il distribua des Naffur, montés sur des chameaux à poils ras, couverts de plumes d'autruche.

Le Suffète disposa les Carthaginois dans un ordre

pareil. En dehors de l'infanterie, près des vélites, il
plaça les Clinabares, au delà les Numides; quand le
jour parut, ils étaient les uns et les autres ainsi alignés face à face. Tous, de loin, se contemplaient avec
leurs grands yeux farouches. Il y eut d'abord une
hésitation. Enfin les deux armées s'ébranlèrent.

Les Barbares s'avançaient lentement, pour ne point
s'essouffler, en battant la terre avec leurs pieds; le
centre de l'armée punique formait une courbe con-
vexe. Puis un choc terrible éclata, pareil au craquement de deux flottes qui s'abordent. Le premier rang,
des Barbares s'était vite entr'ouvert, et les gens de
trait, cachés derrière les autres, lançaient leurs balles,
leurs flèches, leurs javelots. Cependant la courbe des
Carthaginois peu à peu s'aplatissait, elle devint toute
droite, puis s'infléchit; alors les deux sections des
vélites se rapprochèrent parallèlement, comme les
branches d'un compas qui se referme. Les Barbares,
acharnés contre la phalange, entraient dans sa cre-
vasse; ils se perdaient. Mâtho les arrêta, — et tandis
que les ailes carthaginoises continuaient à s'avancer,
il fit écouler en dehors les trois rangs intérieurs [973]
de sa ligne; bientôt ils débordèrent ses flancs, et son
armée apparut sur une triple longueur.

Mais les Barbares placés aux deux bouts se trouvaient les plus faibles, ceux de la gauche surtout, qui
avaient épuisé leurs carquois, et la troupe des vélites,
enfin arrivée contre eux, les entamait largement.

Mâtho les tira en arrière. Sa droite contenait des
Campaniens armés de haches; il la poussa sur la gauche
carthaginoise; le centre attaquait l'ennemi et ceux de
l'autre extrémité, hors de péril, tenaient les vélites en
respect.

Alors Hamilcar divisa ses cavaliers par escadrons,
mit entre eux des hoplites, et il les lâcha sur les Mercenaires.

Ces masses en forme de cône présentaient un front

de chevaux, et leurs parois plus larges se hérissaient toutes remplies de lances. Il était impossible aux Barbares de résister; seuls, les fantassins grecs avaient des armures d'airain; tous les autres, des coutelas au bout d'une perche, des faux prises dans les métairies, des glaives fabriqués avec la jante d'une roue; les lames trop molles se tordaient en frappant, et pendant qu'ils étaient à les redresser sous leurs talons, les Carthaginois, de droite et de gauche, les massacraient commodément.

Mais les Étrusques, rivés à leur chaîne [974], ne bougeaient pas; ceux qui étaient morts, ne pouvant tomber, faisaient obstacle avec leurs cadavres; et cette grosse ligne de bronze tour à tour s'écartait et se resserrait, souple comme un serpent, inébranlable comme un mur. Les Barbares venaient se reformer derrière elle, haletaient une minute, — puis ils repartaient, avec les tronçons de leurs armes à la main.

Beaucoup déjà n'en avaient plus, et ils sautaient sur les Carthaginois qu'ils mordaient au visage, comme des chiens. Les Gaulois, par orgueil, se dépouillèrent de leurs sayons; ils montraient de loin leurs grands corps tout blancs; pour épouvanter l'ennemi, ils élargissaient leurs blessures. Au milieu des syntagmes puniques on n'entendait plus la voix du crieur annonçant les ordres; les étendards au-dessus de la poussière répétaient leurs signaux, et chacun allait, emporté dans l'oscillation de la grande masse qui l'entourait.

Hamilcar commanda aux Numides d'avancer. Mais les Naffur se précipitèrent à leur rencontre.

Habillés de vastes robes noires, avec une houppe de cheveux au sommet du crâne et un bouclier en cuir de rhinocéros, ils manœuvraient un fer sans manche retenu par une corde; et leurs chameaux, tout hérissés de plumes, poussaient de longs gloussements rauques. Les lames tombaient à des places précises, puis remontaient d'un coup sec, avec un membre après elle. Les bêtes furieuses galopaient à travers les syntagmes. Quelques-unes, dont les jambes étaient rompues, allaient en sautillant, comme des autruches blessées.

L'infanterie punique tout entière revint sur les Barbares; elle les coupa. Leurs manipules tournoyaient, espacées les unes des autres. Les armes des Carthaginois plus brillantes les encerclaient comme des couronnes d'or; un fourmillement s'agitait au milieu, et le soleil, frappant dessus, mettait aux pointes des glaives des lueurs blanches qui voltigeaient. Cependant, des files de Clinabares restaient étendues sur la plaine; des Mercenaires arrachaient leurs armures, s'en revêtaient, puis ils retournaient au combat. Les Carthaginois, trompés, plusieurs fois s'engagèrent au milieu d'eux. Une hébétude les immobilisait, ou bien ils refluaient, et de triomphantes clameurs s'élevant au loin avaient l'air de les pousser comme des épaves dans une tempête. Hamilcar se désespérait; tout allait périr sous le génie de Mâtho et l'invincible courage des Mercenaires !

Mais un large bruit de tambourins éclata dans l'horizon. C'était une foule, des vieillards, des malades, des enfants de quinze ans et même des femmes qui, ne résistant plus à leur angoisse, étaient partis de Carthage, et, pour se mettre sous la protection d'une chose formidable, ils avaient pris, chez Hamilcar, le seul éléphant que possédât maintenant la République, — celui dont la trompe était coupée.

Alors il sembla aux Carthaginois que la Patrie, abandonnant ses murailles, venait leur commander de mourir pour elle. Un redoublement de fureur les saisit, et les Numides entraînèrent tous les autres.

Les Barbares, au milieu de la plaine, s'étaient adossés contre un monticule. Ils n'avaient aucune chance de vaincre, pas même de survivre; mais c'étaient les meilleurs, les plus intrépides et les plus forts.

Les gens de Carthage se mirent à envoyer, par-dessus les Numides, des broches, des lardoires, des marteaux; ceux dont les consuls avaient eu peur mouraient sous des bâtons lancés par des femmes; la populace punique exterminait les Mercenaires.

Ils s'étaient réfugiés sur le haut de la colline. Leur cercle, à chaque brèche nouvelle, se refermait; deux fois il descendit, une secousse le repoussait aussitôt; et les Carthaginois, pêle-mêle, étendaient les bras; ils allongeaient leurs piques entre les jambes de leurs compagnons et fouillaient, au hasard, devant eux. Ils glissaient dans le sang; la pente du terrain trop rapide faisait rouler en bas les cadavres. L'éléphant qui tâchait de gravir le monticule en avait jusqu'au ventre; on aurait dit qu'il s'étalait dessus avec délices; et sa trompe écourtée, large du bout, de temps à autre se levait, comme une énorme sangsue.

Puis tous s'arrêtèrent [975]. Les Carthaginois, en grinçant des dents, contemplaient le haut de la colline où les Barbares se tenaient debout.

Enfin, ils s'élancèrent brusquement, et la mêlée recommença. Souvent les Mercenaires les laissaient approcher en leur criant qu'ils voulaient se rendre; puis avec un ricanement effroyable, d'un coup, ils se tuaient [976], et à mesure que les morts tombaient, les autres pour se défendre montaient dessus. C'était comme une pyramide, qui peu à peu grandissait.

Bientôt ils ne furent que cinquante, puis que vingt, que trois et que deux seulement, un Samnite armé d'une hache, et Mâtho qui avait encore son épée.

Le Samnite, courbé sur ses jarrets, poussait alternativement sa hache de droite et de gauche, en avertissant Mâtho des coups qu'on lui portait. « Maître, par-ci! par-là! baisse-toi! »

Mâtho avait perdu ses épaulières, son casque, sa cuirasse; il était complètement nu, — plus livide que les morts, les cheveux tout droits, avec deux plaques d'écume au coin des lèvres, — et son épée tournoyait si rapidement, qu'elle faisait une auréole autour de lui. Une pierre la brisa près de la garde; le Samnite était tué et le flot des Carthaginois se resserrait, ils le touchaient. Alors il leva vers le ciel ses deux mains vides, puis il ferma les yeux, — et ouvrant les bras, comme un homme du haut d'un promontoire qui se jette à la mer, il se lança dans les piques.

Elles s'écartèrent devant lui. Plusieurs fois il courut contre les Carthaginois. Mais toujours ils reculaient, en détournant leurs armes.

Son pied heurta un glaive. Mâtho voulut le saisir. Il se sentit lié par les poings et les genoux, et il tomba [977].

C'était Narr'Havas qui le suivait depuis quelque temps, pas à pas, avec un de ces larges filets à prendre les bêtes farouches, et profitant [978] du moment qu'il se baissait, il l'en avait enveloppé.

Puis on l'attacha sur l'éléphant [979], les quatre membres en croix; et tous ceux qui n'étaient pas blessés, l'escortant, se précipitèrent à grand tumulte vers Carthage.

La nouvelle de la victoire y était parvenue, chose inexplicable, dès la troisième heure de la nuit; la clepsydre de Khamon avait versé la cinquième comme ils arrivaient à Malqua; alors Mâtho ouvrit les yeux. Il y avait tant de lumières sur les maisons que la ville paraissait toute en flammes.

Une immense clameur venait à lui, vaguement, et, couché sur le dos, il regardait les étoiles.

Puis une porte se referma [980], et des ténèbres l'enveloppèrent.

Le lendemain, à la même heure, le dernier des hommes restés dans le défilé de la Hache expirait.

Le jour que leurs compagnons étaient partis, les Zuaèces qui s'en retournaient avaient fait ébouler les roches, et ils les avaient nourris quelque temps.

Les Barbares s'attendaient toujours à voir paraître Mâtho [981], — et ils ne voulaient point quitter la montagne par découragement, par langueur, par cette obstination des malades qui se refusent à changer de place; enfin, les provisions épuisées, les Zuaèces s'en allèrent. On savait qu'ils n'étaient plus que treize cents à peine, et l'on n'eut pas besoin, pour en finir, d'employer des soldats.

Les bêtes féroces, les lions surtout, depuis trois ans que la guerre durait, s'étaient multipliés. Narr'Havas avait fait une grande battue, puis courant sur eux, après avoir attaché des chèvres de distance en distance, il les avait poussés vers le défilé de la Hache; — et tous maintenant y vivaient, quand arriva l'homme envoyé par les Anciens pour savoir ce qui restait des Barbares.

Sur l'étendue de la plaine, des lions et des cadavres étaient couchés, et les morts se confondaient avec des vêtements et des armures. A presque tous le visage ou bien un bras manquait; quelques-uns paraissaient intacts encore; d'autres étaient desséchés complètement et des crânes poudreux emplissaient des casques; des pieds qui n'avaient plus de chair sortaient tout droit des cnémides, des squelettes gardaient leurs manteaux; des ossements, nettoyés par le soleil, faisaient des taches luisantes au milieu du sable.

Les lions reposaient, la poitrine contre le sol et les deux pattes allongées, tout en clignant leurs paupières sous l'éclat du jour, exagéré par la réverbération des roches blanches. D'autres, assis sur leur croupe, regardaient fixement devant eux; ou bien, à demi perdus dans leurs grosses crinières, ils dormaient roulés en boule, et tous avaient l'air repus, las, ennuyés. Ils étaient immobiles comme la montagne et comme les morts [982]. La nuit descendait; de larges bandes rouges rayaient le ciel à l'occident.

Dans un de ces amas qui bosselaient irrégulièrement

la plaine, quelque chose de plus vague qu'un spectre se leva. Alors un des lions se mit à marcher, découpant avec sa forme monstrueuse une ombre noire sur le fond du ciel pourpre; — quand il fut tout près de l'homme [983], il le renversa, d'un seul coup de patte.

Puis étalé dessus à plat ventre, du bout de ses crocs, lentement, il étirait les entrailles.

Ensuite il ouvrit sa gueule toute grande, et durant quelques minutes il poussa un long rugissement, que les échos de la montagne répétèrent, et qui se perdit enfin dans la solitude.

Tout à coup, de petits graviers roulèrent d'en haut. On entendit un frôlement de pas rapides, — et du côté de la herse, du côté de la gorge, des museaux pointus, des oreilles droites parurent; des prunelles fauves brillaient. C'étaient les chacals arrivant pour manger les restes.

Le Carthaginois, qui regardait penché au haut du précipice, s'en retourna.

XV

MATHO [984]

ARTHAGE était en joie, — une joie profonde, universelle, démesurée, frénétique; on avait bouché les trous des ruines, repeint les statues des Dieux, des branches de myrte parsemaient les rues, au coin des carrefours l'encens fumait, et la multitude sur les terrasses faisait avec ses vêtements bigarrés comme des tas de fleurs qui s'épanouissaient dans l'air.

Le continuel glapissement des voix était dominé par le cri des porteurs d'eau arrosant les dalles; des esclaves d'Hamilcar offraient, en son nom, de l'orge grillée et des morceaux de viande crue; on s'abordait; on s'embrassait en pleurant; les villes tyriennes étaient prises, les Nomades dispersés, tous les Barbares anéantis. L'Acropole disparaissait sous des velariums de couleur; les éperons des trirèmes, alignés en dehors du môle, resplendissaient comme une digue de diamants; partout on sentait l'ordre rétabli, une existence nouvelle qui recommençait, un vaste bonheur épandu : c'était le jour du mariage de Salammbô avec le roi des Numides.

Sur la terrasse du temple de Khamon, de gigantesques orfèvreries chargeaient trois longues tables où allaient s'asseoir les Prêtres, les Anciens et les Riches, et il y en avait une quatrième plus haute, pour Hamil-

car, pour Narr'Havas et pour elle; car Salammbô par
la restitution du voile ayant sauvé la Patrie, le peuple
faisait de ses noces une réjouissance nationale, et en
bas, sur la place, il attendait qu'elle parût.

Mais un autre désir, plus âcre [985], irritait son impatience; la mort de Mâtho était promise pour la céré-
monie.

On avait proposé d'abord de l'écorcher vif, de lui
couler du plomb dans les entrailles, de le faire mourir
de faim; on l'attacherait contre un arbre, et un singe,
derrière lui, le frapperait sur la tête avec une pierre;
il avait offensé Tanit, les Cynocéphales de Tanit la
vengeraient. D'autres étaient d'avis qu'on le pro-
menât sur un dromadaire, après lui avoir passé en
plusieurs endroits du corps des mèches de lin trempées d'huile; — et ils se plaisaient à l'idée du grand
animal vagabondant par les rues avec cet homme
qui se tordrait sous les feux comme un candélabre
agité par le vent.

Mais quels citoyens seraient chargés de son supplice et pourquoi en frustrer les autres? On aurait
voulu un genre de mort où la ville entière participât,
et que toutes les mains, toutes les armes, toutes les
choses carthaginoises, et jusqu'aux dalles des rues et
aux flots du golfe pussent le déchirer, l'écraser,
l'anéantir. Donc les Anciens décidèrent qu'il irait de
sa prison à la place de Khamon, sans aucune escorte,
les bras attachés dans le dos; et il était défendu de le
frapper au cœur, pour le faire vivre plus longtemps,
de lui crever les yeux, afin qu'il pût voir jusqu'au
bout sa torture, de rien lancer contre sa personne et
de porter sur elle plus de trois doigts d'un seul coup.

Bien qu'il ne dût paraître qu'à la fin du jour, quelquefois on croyait l'apercevoir, et la foule se précipitait vers l'Acropole, les rues se vidaient, puis elle
revenait avec un long murmure. Des gens, depuis la
veille, se tenaient debout à la même place, et de loin

ils s'interpellaient en se montrant leurs ongles, qu'ils
avaient laissés croître pour les enfoncer mieux dans
sa chair. D'autres se promenaient agités; quelques-
uns étaient pâles comme s'ils avaient attendu leur
propre exécution.

Tout à coup, derrière les Mappales, de hauts éventails de plumes se levèrent au-dessus des têtes. C'était
Salammbô qui sortait de son palais; un soupir d'allè-
gement s'exhala.

Mais le cortège fut longtemps à venir; il marchait
pas à pas.

D'abord défilèrent les prêtres des Patæques, puis
ceux d'Eschmoûn, ceux de Melkarth et tous les autres
collèges successivement, avec les mêmes insignes et
dans le même ordre qu'ils avaient observé lors du
sacrifice. Les pontifes de Moloch passèrent le front
baissé, et la multitude, par une espèce de remords,
s'écartait d'eux. Mais les prêtres de la Rabetna s'avançaient d'un pas fier, avec des lyres à la main; les prêtresses les suivaient dans des robes transparentes de
couleur jaune ou noire, en poussant des cris d'oiseau,
en se tordant comme des vipères; ou bien au son des
flûtes, elles tournaient pour imiter la danse des étoiles,
et leurs vêtements légers envoyaient dans les rues des
bouffées de senteurs molles. On applaudissait parmi
ces femmes les Kedeschim [986] aux paupières peintes,
symbolisant l'hermaphrodisme de la Divinité, et par-
fumés et vêtus comme elles, ils leur ressemblaient
malgré leurs seins plats et leurs hanches plus étroites.
D'ailleurs le principe femelle, ce jour-là dominait, confondait tout : une lasciveté mystique circulait dans
l'air pesant; déjà les flambeaux s'allumaient au fond
des bois sacrés; il devait y avoir pendant la nuit une
grande prostitution; trois vaisseaux avaient amené
de la Sicile des courtisanes et il en était venu du
désert.

Les collèges, à mesure qu'ils arrivaient, se rangeaient

dans les cours du temple, sur les galeries extérieures et le long des doubles escaliers qui montaient contre les murailles, en se rapprochant par le haut. Des files de robes blanches apparaissaient entre les colonnades, et l'architecture se peuplait de statues de pierre.

Puis survinrent les maîtres des finances, les gouverneurs des provinces et tous les Riches. Il se fit en bas un large tumulte. Des rues avoisinantes la foule se dégorgeait; des hiérodoules la repoussaient à coups de bâton; et au milieu des Anciens, couronnés de tiares d'or, sur une litière que surmontait un dais de pourpre, on aperçut Salammbô.

Alors s'éleva un immense cri; les cymbales et les crotales sonnèrent plus fort, les tambourins tonnaient, et le grand dais de pourpre s'enfonça entre les deux pylônes.

Il reparut au premier étage. Salammbô marchait dessous, lentement; puis elle traversa la terrasse pour aller s'asseoir au fond, sur une espèce de trône taillé dans une carapace de tortue. On lui avança sous les pieds un escabeau d'ivoire à trois marches; au bord de la première, deux enfants nègres se tenaient à genoux, et quelquefois elle appuyait sur leur tête ses deux bras, chargés d'anneaux trop lourds.

Des chevilles aux hanches, elle était prise dans un réseau de mailles étroites imitant les écailles d'un poisson et qui luisaient comme de la nacre; une zone toute bleue serrant sa taille laissait voir ses deux seins, par deux échancrures en forme de croissant; des pendeloques d'escarboucles en cachaient les pointes. Elle avait une coiffure faite avec des plumes de paon étoilées de pierreries; un large manteau, blanc comme de la neige, retombait derrière elle, — et les coudes au corps, les genoux serrés, avec des cercles de diamants au haut des bras, elle restait toute droite, dans une attitude hiératique.

Sur deux sièges plus bas étaient son père et son

époux. Narr'Havas, habillé d'une simarre blonde, portait sa couronne de sel gemme d'où s'échappaient deux tresses de cheveux, tordues comme des cornes d'Ammon; et Hamilcar, en tunique violette brochée de pampres d'or, gardait à son flanc un glaive de bataille.

Dans l'espace que les tables enfermaient, le python du temple d'Eschmoûn, couché par terre, entre des flaques d'huile rose, décrivait en se mordant la queue un grand cercle noir. Il y avait au milieu du cercle une colonne de cuivre supportant un œuf de cristal; et, comme le soleil [987] frappait dessus, des rayons de tous les côtés en partaient [988].

Derrière Salammbô se développaient les prêtres de Tanit en robe de lin; les Anciens, à sa droite, formaient, avec leurs tiares, une grande ligne d'or, et, de l'autre côté, les Riches, avec leurs sceptres d'émeraude, une grande ligne verte, — tandis que, tout au fond, où étaient rangés les prêtres de Moloch, on aurait dit, à cause de leurs manteaux, une muraille de pourpre. Les autres collèges occupaient les terrasses inférieures. La multitude encombrait les rues. Elle remontait sur les maisons et allait par longues files, jusqu'au haut de l'Acropole. Ayant ainsi le peuple à ses pieds, le firmament sur sa tête, et autour d'elle l'immensité de la mer, le golfe, les montagnes et les perspectives des provinces, Salammbô resplendissante se confondait avec Tanit et semblait le génie même de Carthage, son âme corporifiée.

Le festin devait durer toute la nuit, et des lampadaires à plusieurs branches étaient plantés, comme des arbres, sur les tapis de laine peinte qui enveloppaient les tables basses. De grandes buires d'électrum, des amphores de verre bleu, des cuillères d'écaille et des petits pains ronds se pressaient dans la double série des assiettes à bordures de perles; des grappes de raisin avec leurs feuilles étaient enroulées comme

des thyrses à des ceps d'ivoire; des blocs de neige se
fondaient sur des plateaux d'ébène, et des limons,
des grenades, des courges et des pastèques faisaient
des monticules sous les hautes argenteries; des sangliers, la gueule ouverte, se vautraient dans la poussière des épices; des lièvres, couverts de leurs poils,
paraissaient bondir entre les fleurs; des viandes com-
posées emplissaient des coquilles; les pâtisseries avaient
des formes symboliques; quand on retirait les cloches
des plats, il s'envolait des colombes [989].

Cependant les esclaves, la tunique retroussée, circulaient sur la pointe des orteils; de temps à autre, les
lyres sonnaient un hymne, ou bien un chœur de voix
s'élevait. La rumeur du peuple, continue comme le
bruit de la mer, flottait vaguement autour du festin et
semblait le bercer dans une harmonie plus large;
quelques-uns se rappelaient le banquet des Mercenaires; on s'abandonnait à des rêves de bonheur; le
soleil commençait à descendre, et le croissant de la
lune se levait déjà dans l'autre partie du ciel.

Mais Salammbô, comme si quelqu'un l'eût appelée,
tourna la tête; le peuple, qui la regardait, suivit la
direction de ses yeux.

Au sommet de l'Acropole, la porte du cachot, taillé
dans le roc au pied du temple, venait de s'ouvrir; et
dans ce trou noir, un homme sur le seuil était debout.

Il en sortit courbé en deux, avec l'air effaré des
bêtes fauves quand on les rend libres tout à coup.

La lumière l'éblouissait; il resta quelque temps
immobile. Tous l'avaient reconnu et ils retenaient
leur haleine.

Le corps de cette victime était pour eux une chose
particulière et décorée d'une splendeur presque religieuse. Ils se penchaient pour le voir, les femmes
surtout. Elles brûlaient de contempler celui qui avait
fait mourir leurs enfants et leurs époux; et du fond
de leur âme, malgré elles, surgissait une infâme

curiosité, — le désir de le connaître complètement,
envie mêlée de remords et qui se tournait en un sur-
croît d'exécration.

Enfin il s'avança; alors l'étourdissement [990] de la
surprise s'évanouit. Quantité de bras se levèrent et
on ne le vit plus.

L'escalier de l'Acropole avait soixante marches. Il
les descendit comme s'il eût roulé dans un torrent,
du haut d'une montagne; trois fois on l'aperçut qui
bondissait, puis en bas, il retomba sur les deux talons.

Ses épaules saignaient, sa poitrine haletait à larges
secousses; et il faisait pour rompre ses liens de tels
efforts que ses bras croisés sur ses reins nus se gon-
flaient, comme des tronçons de serpent.

De l'endroit où il se trouvait, plusieurs rues partaient
devant lui. Dans chacune d'elles, un triple rang de
chaînes en bronze, fixées au nombril des Dieux
Patæques, s'étendait d'un bout à l'autre, parallèlement : la foule était tassée contre les maisons, et,
au milieu, des serviteurs des Anciens se promenaient
en brandissant des lanières.

Un d'eux le poussa en avant, d'un grand coup;
Mâtho se mit à marcher.

Ils allongeaient leurs bras par-dessus les chaînes,
en criant qu'on lui avait laissé le chemin trop large;
et il allait, palpé, piqué, déchiqueté par tous ces doigts;
lorsqu'il était au bout d'une rue, une autre apparaissait, plusieurs fois il se jeta de côté pour les mordre,
on s'écartait bien vite, les chaînes le retenaient, et la
foule éclatait de rire.

Un enfant lui déchira l'oreille; une jeune fille,
dissimulant sous sa manche la pointe d'un fuseau,
lui fendit la joue; on lui enlevait des poignées de
cheveux, des lambeaux de chair; d'autres avec des
bâtons où tenaient des éponges imbibées d'immondices, lui tamponnaient le visage. Du côté droit de
sa gorge, un flot de sang jaillit : aussitôt le délire

commença. Ce dernier des Barbares leur représentait tous les Barbares, toute l'armée; ils se vengeaient sur lui de tous les désastres, de leurs terreurs, de leurs opprobres. La rage du peuple se développait en s'assouvissant; les chaînes trop tendues se courbaient, allaient se rompre; ils ne sentaient pas les coups des esclaves frappant sur eux [991] pour les refouler; d'autres se cramponnaient aux saillies des maisons; toutes les ouvertures dans les murailles étaient bouchées par des têtes; et le mal qu'ils ne pouvaient lui faire, ils le hurlaient.

C'étaient des injures atroces, immondes, avec des encouragements ironiques et des imprécations; et comme ils n'avaient pas assez de sa douleur présente, ils lui en annonçaient d'autres plus terribles encore pour l'éternité.

Ce vaste aboiement emplissait Carthage, avec une continuité stupide. Souvent une seule syllabe, — une intonation rauque, profonde, frénétique, — était répétée durant quelques minutes par le peuple entier. De la base au sommet les murs en vibraient, et les deux parois de la rue semblaient à Mâtho venir contre lui et l'enlever du sol, comme deux bras immenses qui l'étouffaient dans l'air.

Cependant il se souvenait d'avoir, autrefois, éprouvé quelque chose de pareil. C'était la même foule sur les terrasses, les mêmes regards, la même colère; mais alors il marchait libre, tous s'écartaient, un Dieu le recouvrait; — et ce souvenir, peu à peu se précisant, lui apportait une tristesse écrasante. Des ombres passaient devant ses yeux; la ville tourbillonnait dans sa tête, son sang ruisselait par une blessure de sa hanche, il se sentait mourir; ses jarrets plièrent [992], et il s'affaissa tout doucement, sur les dalles.

Quelqu'un alla prendre, au péristyle du temple de Melkarth, la barre d'un trépied rougie par des charbons, et, la glissant sous la première chaîne, il

l'appuya contre sa plaie. On vit la chair fumer; les
huées du peuple étouffèrent sa voix; il était debout.

Six pas plus loin, et une troisième, une quatrième
fois encore il tomba; toujours un supplice nouveau
le relevait. On lui envoyait avec des tubes des gout-
telettes d'huile bouillante; on sema sous ses pas des
tessons de verre; il continuait à marcher. Au coin de
la rue de Sateb, il s'accota sous l'auvent d'une boutique, le dos contre la muraille, et n'avança plus.

Les esclaves du Conseil [993] le frappèrent avec leurs
fouets en cuir d'hippopotame, si furieusement et
pendant si longtemps que les franges de leur tunique
étaient trempées de sueur. Mâtho paraissait insensible;
tout à coup, il prit son élan [994] et il se mit à courir
au hasard, en faisant avec ses lèvres le bruit des gens
qui grelottent par un grand froid. Il enfila la rue de
Boudès, la rue de Sœpo, traversa le Marché-aux-
Herbes et arriva sur la place de Khamon.

Il appartenait aux prêtres, maintenant; les esclaves
venaient d'écarter la foule; il y avait plus d'espace.
Mâtho regarda autour de lui, et ses yeux rencontrèrent
Salammbô.

Dès le premier pas qu'il avait fait, elle s'était levée;
puis, involontairement, à mesure qu'il se rapprochait,
elle s'était avancée peu à peu jusqu'au bord de la
terrasse; et bientôt, toutes les choses extérieures
s'effaçant, elle n'avait aperçu que Mâtho. Un silence
s'était fait dans son âme, — un de ces abîmes où le
monde entier disparaît sous la pression d'une pensée
unique, d'un souvenir, d'un regard. Cet homme,
qui marchait vers elle, l'attirait.

Il n'avait plus, sauf les yeux, d'apparence humaine;
c'était une longue forme complètement rouge; ses
liens rompus pendaient le long de ses cuisses, mais
on ne les distinguait pas des tendons de ses poignets
tout dénudés; sa bouche restait grande ouverte; de
ses orbites sortaient deux flammes qui avaient l'air

de monter jusqu'à ses cheveux; — et le misérable marchait toujours !

Il arriva juste au pied de la terrasse. Salammbô était penchée sur la balustrade; ces effroyables prunelles la contemplaient, et la conscience lui surgit de tout ce qu'il avait souffert pour elle. Bien qu'il agonisât, elle le revoyait dans sa tente, à genoux, lui entourant la taille de ses bras, balbutiant des paroles douces; elle avait soif de les sentir encore, de les entendre; elle ne voulait pas qu'il mourût ! A ce moment-là, Mâtho eut un grand tressaillement; elle allait crier. Il s'abattit à la renverse et ne bougea plus [995].

Salammbô, presque évanouie, fut rapportée sur son trône par les prêtres s'empressant autour d'elle. Ils la félicitaient; c'était son œuvre. Tous battaient des mains et trépignaient, en hurlant son nom.

Un homme s'élança [996] sur le cadavre. Bien qu'il fût sans barbe, il avait à l'épaule le manteau des prêtres de Moloch, et à la ceinture l'espèce de couteau leur servant à dépecer les viandes sacrées et que terminait, au bout du manche, une spatule d'or. D'un seul coup il fendit la poitrine de Mâtho, puis en arracha le cœur, le posa sur la cuiller, et Schahabarim, levant son bras, l'offrit au soleil.

Le soleil s'abaissait derrière les flots; ses rayons arrivaient comme de longues flèches sur le cœur tout rouge. L'astre s'enfonçait dans la mer à mesure que les battements diminuaient; à la dernière palpitation, il disparut.

Alors, depuis le golfe jusqu'à la lagune et de l'isthme jusqu'au phare, dans toutes les rues [997], sur toutes les maisons et sur tous les temples, ce fut un seul cri; quelquefois il s'arrêtait, puis recommençait; les édifices en tremblaient; Carthage était comme convulsée dans le spasme d'une joie titanique et d'un espoir sans bornes.

Narr'Havas, enivré d'orgueil, passa son bras gauche
sous la taille de Salammbô, en signe de possession;
et, de la droite, prenant une patère d'or, il but au
génie de Carthage.

Salammbô se leva comme son époux, avec une
coupe à la main, afin de boire aussi. Elle retomba [998],
la tête en arrière, par-dessus le dossier du trône, —
blême, raidie, les lèvres ouvertes, — et ses cheveux
dénoués pendaient jusqu'à terre.

Ainsi mourut la fille d'Hamilcar pour avoir touché
au manteau de Tanit [999].

APPENDICE

Sainte-Beuve ayant consacré à *Salammbô* une importante étude *, M. Flaubert réfuta ses critiques dans la lettre suivante :

« Décembre 1862.

« Mon cher maître,

« Votre troisième article sur *Salammbô* m'a *radouci* (je n'ai jamais été bien furieux). Mes amis les plus intimes se sont un peu irrités des deux autres; mais moi, à qui vous avez dit franchement ce que vous pensez de mon gros livre, je vous sais gré d'avoir mis tant de clémence dans votre critique. Donc, encore une fois, et bien sincèrement, je vous remercie des marques d'affection que vous me donnez, et, passant pardessus les politesses, je commence mon *Apologie*.

« Êtes-vous bien sûr, d'abord, — dans votre jugement général, — de n'avoir pas obéi un peu trop à votre impression nerveuse? L'objet de mon livre, tout ce monde barbare, oriental, molochiste, vous déplaît *en soi*! Vous commencez par douter de la réalité de ma reproduction, puis vous me dites : « Après tout, elle peut être vraie, » et comme conclusion : « Tant pis si elle est vraie! » A chaque minute vous vous étonnez; et vous m'en voulez d'être étonné. Je n'y peux rien, cependant! Fallait-il embellir, atténuer, fausser, *franciser*! Mais vous me reprochez vous-même d'avoir fait un poème, d'avoir été classique dans les mauvais sens du mot, et vous me battez avec *les Martyrs*!

« Or le système de Chateaubriand me semble diamétralement opposé au mien. Il partait d'un point de vue tout idéal; il rêvait des martyrs *typiques*. Moi, j'ai voulu fixer un mirage en appliquant à l'Antiquité les procédés du roman moderne,

_____

* Voir *Nouveaux Lundi*, t. IV, p. 31.

et j'ai tâché d'être simple. Riez tant qu'il vous plaira ! Oui, je dis *simple*, et non pas sobre. Rien de plus compliqué qu'un Barbare. Mais j'arrive à vos articles, et je me défends, je vous combats pied à pied.

« Dès le début, je vous arrête à propos du *Périple* d'Hannon, admiré par Montesquieu, et que je n'admire point. A qui peut-on faire croire aujourd'hui que ce soit là un document *original?* C'est évidemment traduit, raccourci, échenillé et arrangé par un Grec. Jamais un Oriental, quel qu'il soit, n'a écrit de ce style. J'en prends à témoin l'inscription d'Eschmounazar, si emphatique et redondante ! Des gens qui se font appeler fils de Dieu, œil de Dieu (voyez les inscriptions d'Hamaker) ne sont pas simples comme vous l'entendez. — Et puis vous m'accorderez que les Grecs ne comprenaient rien au monde barbare. S'ils y avaient compris quelque chose, ils n'eussent pas été des Grecs. L'Orient répugnait à l'hellénisme. Quels travestissements n'ont-ils pas fait subir à tout ce qui leur a passé par les mains, d'étranger ! — J'en dirai autant de Polybe. C'est pour moi une autorité incontestable, quant aux faits; mais tout ce qu'il n'a pas vu (ou ce qu'il a omis intentionnellement car, lui aussi, il avait un cadre et une école), je peux bien aller le chercher partout ailleurs. Le *Périple* d'Hannon n'est donc pas « un monument carthaginois, » bien loin « d'être le seul » comme vous le dites. Un vrai monument carthaginois c'est l'inscription de Marseille, écrite en vrai punique. Il est simple, celui-là, je l'avoue, car c'est un tarif, et encore l'est-il moins que ce fameux *Périple* où perce un petit coin de merveilleux à travers le grec; — ne fût-ce que ces peaux de gorilles prises pour des peaux humaines et qui étaient appendues dans le temple de Moloch (traduisez Saturne), et dont je vous ai épargné la description; — et d'une ! remerciez-moi. Je vous dirai même entre nous que le *Périple* d'Hannon m'est complètement odieux pour l'avoir lu et relu avec les quatre dissertations de Bougainville (dans les *Mémoires* de l'Académie des Inscriptions) sans compter mainte thèse de doctorat, — le *Périple* d'Hannon étant un sujet de thèse.

« Quant à mon héroïne, je ne la défends pas. Elle ressemble selon vous à « une Elvire sentimentale, » à Velléda, à Mme Bovary. Mais non ! Velléda est active, intelligente, européenne. Mme Bovary est agitée par des passions multiples; Salammbô au contraire demeure clouée par l'idée fixe. C'est une maniaque, une espèce de sainte Thérèse. N'importe ! Je ne suis pas sûr de sa réalité; car ni moi, ni vous, ni personne, aucun ancien et aucun moderne, ne peut connaître la femme orientale, par la raison qu'il est impossible de la fréquenter.

« Vous m'accusez de manquer de logique et vous me deman-

dez : « *Pourquoi les Carthaginois ont-ils massacré les Barbares?* »
La raison en est bien simple : ils haïssent les Mercenaires; ceux-là
leur tombent sous la main; ils sont les plus forts et ils les
tuent. Mais « la nouvelle, dites-vous, pouvait arriver d'un
« moment à l'autre au camp ». Par quel moyen? — Et qui donc
l'eût apportée? Les Carthaginois; mais dans quel but? — Des
barbares? mais il n'en restait plus dans la ville! — Des
étrangers? des indifférents? — mais j'ai eu soin de montrer
que les communications n'existaient pas entre Carthage et
l'armée !

« Pour ce qui est d'Hannon *(le lait de chienne,* soit dit en
passant, n'est point une *plaisanterie ;* il était et est *encore* un
remède contre la lèpre; voyez le *Dictionnaire des sciences
médicales,* article *Lèpre,* mauvais article d'ailleurs et dont j'ai
rectifié les données d'après mes propres observations faites à
Damas et en Nubie) — Hannon, dis-je, s'échappe, parce que les
Mercenaires le laissent volontairement s'échapper. Ils ne
sont pas encore *déchaînés* contre lui. L'indignation leur vient
ensuite avec la réflexion; car il leur faut beaucoup de temps
avant de comprendre toute la perfidie des Anciens (Voyez le
commencement de mon chapitre IV). Mâtho *rôde comme un fou*
autour de Carthage. Fou est le mot juste. L'amour tel que le
concevaient les anciens n'était-il pas une folie, une malédiction, une maladie envoyée par les dieux? Polybe serait bien
étonné, dites-vous, de voir ainsi son Mâtho. Je ne le crois pas,
et M. de Voltaire n'eût point partagé cet étonnement. Rappelez-vous ce qu'il dit de la violence des passions en Afrique,
dans *Candide* (récit de la vieille) : « C'est du feu, du vitriol, etc. »

« A propos de l'aqueduc : « *Ici on est dans l'invraisemblance
jusqu'au cou.* » Oui, cher maître, vous avez raison et plus
même que vous ne croyez, — mais pas comme vous le croyez.
Je vous dirai plus loin ce que je pense de cet épisode, amené
non pour décrire l'aqueduc, lequel m'a donné beaucoup de
mal, mais pour faire entrer convenablement dans Carthage
mes deux héros. C'est d'ailleurs le ressouvenir d'une anecdote,
rapportée dans Polyen *(Ruses de guerre),* l'histoire de Théo-
dore, l'ami de Cléon, lors de la prise de Sestos par les gens
d'Abydos.

« *On regrette un lexique.* Voilà un reproche que je trouve
souverainement injuste. J'aurais pu assommer le lecteur avec
des mots techniques. Loin de là ! J'ai pris soin de traduire tout
en français. Je n'ai pas employé un seul mot spécial sans le
faire suivre de son explication, immédiatement. J'en excepte
les noms de monnaie, de mesure et de mois que le sens de la
phrase indique. Mais quand vous rencontrez dans une page
kreutzer, yard, piastre ou *penny,* cela vous empêche-t-il de la

comprendre? Qu'auriez-vous dit si j'avais appelé Moloch *Melek*, Hannibal *Han-Baal*, Carthage *Kartadda*, et si, au lieu de dire que les esclaves au moulin portaient des muselières, j'avais écrit des *pausicapes* ! Quant aux noms de parfums et de pierreries, j'ai bien été obligé de prendre les noms qui sont dans Théophraste, Pline et Athénée. Pour les plantes, j'ai employé les noms latins, les *mots reçus*, au lieu des mots arabes ou phéniciens. Ainsi j'ai dit *Lauwsonia* au lieu de *Henneh*, et même j'ai eu la complaisance d'écrire *Lausonia* par un *u*, ce qui est une faute, et de ne pas ajouter *inermis*, qui eût été plus précis. De même pour *Kok'heul* que j'écris *antimoine*, en vous épargnant *sulfure*, ingrat ! Mais je ne peux pas, par respect pour le lecteur français, écrire Hannibal et Hamilcar sans *h*, puisqu'il y a un esprit rude sur l'*a*, et m'en tenir à Rollin ! un peu de douceur !

« Quant au *temple de Tanit*, je suis sûr de l'avoir reconstruit tel qu'il était, avec le traité de la Déesse de Syrie, avec les médailles du duc de Luynes, avec ce qu'on sait du temple de Jérusalem, avec un passage de saint Jérôme, cité par Selder *(de Diis Syriis)*, avec le plan du temple de Gozzo qui est bien carthaginois, et mieux que tout cela, avec les ruines du temple de Thugga que j'ai vu moi-même, de mes yeux, et dont aucun voyageur ni antiquaire, que je sache, n'a parlé. N'importe, direz-vous, c'est drôle ! Soit ! — Quant à la description en elle-même, au point de vue littéraire, je la trouve, moi, très compréhensible, et le drame n'en est pas embarrassé, car Spendius et Mâtho restent au premier plan, on ne les perd pas de vue. Il n'y a point dans mon livre une description isolée, gratuite; toutes *servent* à mes personnages et ont une influence lointaine ou immédiate sur l'action.

« Je n'accepte pas non plus le mot de *chinoiserie* appliqué à la chambre de Salammbô, malgré l'épithète d'*exquise* qui le relève (comme *dévorants* fait à *chiens* dans le fameux Songe), parce que je n'ai pas mis là un seul détail qui ne soit dans la Bible ou que l'on ne rencontre encore en Orient. Vous me répétez que la Bible n'est pas un guide pour Carthage (ce qui est un point à discuter); mais les Hébreux étaient plus près des Carthaginois que les Chinois, convenez-en ! D'ailleurs il y a des choses de climat qui sont éternelles. Pour ce mobilier et les costumes, je vous renvoie aux textes réunis dans la 21ᵉ dissertation de l'abbé Mignot (*Mémoires* de l'Académie des Inscriptions, tome XL ou XLI, je ne sais plus).

« Quant à ce goût « d'opéra, de pompe et d'emphase », pourquoi donc voulez-vous que les choses n'aient pas été ainsi, puisqu'elles sont telles maintenant ! Les cérémonies des visites, les prosternations, les invocations, les encensements et tout le reste, n'ont pas été inventés par Mahomet, je suppose.

« Il en est de même d'Hannibal. Pourquoi trouvez-vous que j'ai fait son enfance *fabuleuse?* est-ce parce qu'il tua un aigle? beau miracle dans un pays où les aigles abondent! Si la scène eût été placée dans les Gaules, j'aurais mis un hibou, un loup ou un renard. Mais, Français que vous êtes, vous êtes habitué, *malgré vous*, à considérer l'aigle comme un oiseau noble, et plutôt comme un symbole que comme un être animé. Les aigles existent cependant.

« Vous me demandez où j'ai pris une *pareille idée du Conseil de Carthage?* Mais dans tous les milieux analogues par les temps de révolution, depuis la Convention jusqu'au Parlement d'Amérique, où naguère encore on échangeait des coups de canne et des coups de revolver, lesquelles cannes et lesquels revolvers étaient apportés (comme mes poignards) dans la manche des paletots. Et même mes Carthaginois sont plus décents que les Américains, puisque le public n'était pas là. Vous me citez, en opposition, une grosse autorité, celle d'Aristote. Mais Aristote, antérieur à mon époque de plus de quatre-vingts ans, n'est ici d'aucun poids. D'ailleurs il se trompe grossièrement, le Stagyrique, quand il affirme qu'*on n'a jamais vu à Carthage d'émeute ni de tyran.* Voulez-vous des dates? en voici : il y avait eu la conspiration de Carthalon, 530 avant Jésus-Christ; les empiétements des Magon, 460; la conspiration d'Hannon, 337; la conspiration de Bomilcar, 307. Mais je dépasse Aristote! — A un autre.

« Vous me reprochez les *escarboucles formées par l'urine des lynx.* C'est du Théophraste, *Traité des Pierreries;* tant pis pour lui! J'allais oublier Spendius. Eh bien, non, cher maître, son stratagème n'est ni *bizarre*, ni *étrange.* C'est presque un poncif. Il m'a été fourni par Élien (*Histoire des Animaux*) et par Polyen (*Stratagèmes*). Cela était même si connu depuis le siège de Mégare par Antipater (ou Antigone), que l'on nourrissait exprès des porcs avec les éléphants pour que les grosses bêtes ne fussent pas effrayées par les petites. C'était, en un mot, une farce usuelle, et probablement fort usée au temps de Spendius. Je n'ai pas été obligé de remonter jusqu'à Samson; car j'ai repoussé autant que possible tout détail appartenant à des époques légendaires.

« J'arrive aux richesses d'Hamilcar. Cette description, quoi que vous disiez, est au second plan. Hamilcar la domine, et je la crois très motivée. La colère du suffète va en augmentant à mesure qu'il aperçoit les déprédations commises dans sa maison. Loin d'être *à tout moment hors de lui*, il n'éclate qu'à la fin, quand il se heurte à une injure personnelle. *Qu'il ne gagne pas à cette visite*, cela m'est bien égal, n'étant point chargé de faire son panégyrique; mais je ne pense pas l'avoir *taillé en charge aux dépens du reste du caractère.* L'homme qui tue plus loin les Mercenaires de la façon que j'ai montrée (ce qui est un joli trait de son fils Hannibal, en Italie), est bien le même qui fait falsifier ses marchandises et fouetter à outrance ses esclaves.

« Vous me chicanez sur les *onze mille trois cent quatre-vingt-seize hommes* de son armée en me demandant *d'où le savez-vous* (ce nombre)? *qui vous l'a dit?* Mais vous venez de le voir vous-même, puisque j'ai dit le nombre d'hommes qu'il y avait dans les différents corps de l'armée punique. C'est le total de l'addition tout bonnement, et non un chiffre jeté au hasard pour produire un effet de précision.

« Il n'y a ni *vice malicieux* ni *bagatelle* dans mon serpent. Ce chapitre est une espèce de précaution oratoire pour atténuer celui de la tente qui n'a choqué personne et qui, sans le serpent, eût fait pousser des cris. J'ai mieux aimé un effet impudique (si impudeur il y a) avec un serpent qu'avec un homme. Salammbô, avant de quitter sa maison, s'enlace au génie de sa famille, à la religion même de sa patrie en son symbole le plus antique. Voilà tout. Que cela soit *messéant dans une* ILIADE *ou une* PHARSALE, c'est possible, mais je n'ai pas eu la prétention de faire *l'Iliade* ni la *Pharsale.*

« Ce n'est pas ma faute non plus si les orages sont fréquents dans la Tunisie à la fin de l'été. Chateaubriand n'a pas plus inventé les orages que les couchers de soleil, et les uns et les autres, il me semble, appartiennent à tout le monde. Notez d'ailleurs que l'âme de cette histoire est Moloch, le Feu, la Foudre. Ici le Dieu lui-même, sous une de ses formes, agit; il dompte Salammbô. Le tonnerre était donc bien à sa place : c'est la voix de Moloch resté en dehors. Vous avouerez de plus que je vous ai épargné la *description classique de l'orage.* Et puis mon pauvre orage ne tient pas en tout *trois lignes*, et à des endroits différents ! L'incendie qui suit m'a été inspiré par un épisode de l'histoire de Massinissa, par un autre de l'histoire d'Agathocle et par un passage d'Hirtius, — tous les trois dans des circonstances analogues. Je ne sors pas du milieu, du pays même de mon action, comme vous voyez.

« A propos des parfums de Salammbô, vous m'attribuez plus d'imagination que je n'en ai. Sentez donc, humez dans la Bible Judith et Esther ! On les pénétrait, on les empoisonnait de parfums, littéralement. C'est ce que j'ai eu soin de dire au commencement, dès qu'il a été question de la maladie de Salammbô.

« Pourquoi ne voulez-vous pas non plus que *la disparition du Zaïmph* ait été pour *quelque chose* dans la perte de la bataille, puisque l'armée des Mercenaires contenait des gens qui croyaient au Zaïmph! J'indique les causes principales (trois mouvements militaires) de cette perte; puis j'ajoute celle-là comme cause secondaire et dernière.

« Dire que j'ai *inventé des supplices* aux funérailles des Barbares n'est pas exact. Hendreich (*Carthago, seu Carth. respublica*, 1664) a réuni des textes pour prouver que les Carthaginois avaient coutume de mutiler les cadavres de leurs ennemis; et vous vous étonnez que des barbares qui sont vaincus, désespérés, enragés, ne leur rendent pas la pareille, n'en fassent pas autant une fois et cette fois-là seulement? Faut-il vous rappeler Madame de Lamballe, les *Mobiles* en 48, et ce qui se passe actuellement aux États-Unis? J'ai été sobre et très doux, au contraire.

« Et puisque nous sommes en train de nous dire nos vérités, franchement je vous avouerai, cher maître, que *la pointe d'imagination sadique* m'a un peu blessé. Toutes vos paroles sont graves. Or un tel mot de vous, lorsqu'il est imprimé, devient presque une flétrissure. Oubliez-vous que je me suis assis sur les bancs de la Correctionnelle comme prévenu d'outrage aux mœurs, et que les imbéciles et les méchants se font des armes de tout? Ne soyez donc pas étonné si un de ces jours vous lisez dans quelque petit journal diffamateur, comme il en existe, quelque chose d'analogue à ceci : « M. G. Flaubert « est un disciple de de Sade. Son ami, son parrain, un maître « en fait de critique, l'a dit lui-même assez clairement, bien « qu'avec cette finesse et cette bonhomie railleuse qui, etc. » Qu'aurais-je à répondre, — et à faire?

« Je m'incline devant ce qui suit. Vous avez raison, cher maître, j'ai donné le coup de pouce, j'ai forcé l'histoire, et comme vous le dites très bien, *j'ai voulu faire un siège*. Mais dans un sujet militaire, où est le mal? — Et puis je ne l'ai pas complètement inventé, ce siège, je l'ai seulement un peu chargé. Là est toute ma faute.

« Mais pour *le passage de Montesquieu* relatif aux immolations d'enfants, je m'insurge. Cette horreur ne fait pas dans mon esprit un *doute*. (Songez donc que les sacrifices humains n'étaient pas complètement abolis en Grèce à la bataille de Leuctres, 370 avant Jésus-Christ.) Malgré la condition imposée par Gélon (480), dans la guerre contre Agathocle (302), on brûla, selon Diodore, 200 enfants, et quant aux époques postérieures, je m'en rapporte à Silius Italicus, à Eusèbe, et surtout à saint Augustin, lequel affirme que la chose se passait encore quelquefois de son temps.

« Vous regrettez que je n'aie point introduit parmi les Grecs un philosophe, un raisonneur chargé de nous faire un cours de morale ou commettant de bonnes actions, un monsieur enfin *sentant comme nous*. Allons donc ! était-ce possible ? Aratus, que vous rappelez, est précisément celui d'après lequel j'ai rêvé Spendius ; c'était un homme d'escalades et de ruses qui tuait très bien la nuit les sentinelles et qui avait des éblouissements au grand jour. Je me suis refusé un contraste, c'est vrai ; mais un contraste facile, un contraste *voulu* et faux.

« J'ai fini l'analyse et j'arrive à votre jugement. Vous avez peut-être raison dans vos considérations sur le roman historique appliqué à l'antiquité, et il se peut très bien que j'aie échoué. Cependant, d'après toutes les vraisemblances et mes impressions à moi, je crois avoir fait quelque chose qui ressemble à Carthage. Mais là n'est pas la question. Je me moque de l'archéologie ! Si la couleur n'est pas une, si les détails détonnent, si les mœurs ne dérivent pas de la religion et les faits des passions, si les caractères ne sont pas suivis, si les costumes ne sont pas appropriés aux usages et les architectures au climat, s'il n'y a pas, en un mot, harmonie, je suis dans le faux. Sinon, non. Tout se tient.

« Mais le milieu vous agace ! Je le sais, ou plutôt je le sens. Au lieu de rester à votre point de vue personnel, votre point de vue de lettré, de moderne, de Parisien, pourquoi n'êtes-vous pas venu de mon côté ? *L'âme humaine n'est point partout la même*, bien qu'en dise M. Levallois *. La moindre vue sur le monde est là pour prouver le contraire. Je crois même avoir été moins dur pour l'humanité dans *Salammbô* que dans *Madame Bovary*. La curiosité, l'amour qui m'a poussé vers des religions et des peuples disparus, a quelque chose de moral en soi et de sympathique, il me semble.

« Quant au style, j'ai moins sacrifié dans ce livre-là que dans l'autre à la rondeur de la phrase et à la période. Les métaphores y sont rares et les épithètes positives. Si je mets *bleues* après *pierres*, c'est que *bleues* est le mot juste, croyezmoi, et soyez également persuadé que l'on distingue très bien la couleur des pierres à la clarté des étoiles. Interrogez là-dessus tous les voyageurs en Orient, ou allez-y voir.

« Et puisque vous me blâmez pour certains mots, *énorme* entre autres, que je ne défends pas (bien qu'un silence excessif fasse l'effet du vacarme), moi aussi je vous reprocherai quelques expressions.

« Je n'ai pas compris la citation de Désaugiers, ni quel était son but. J'ai froncé les sourcils à *bibelots* carthaginois, —

---

* Dans un de ses articles de l'*Opinion nationale* sur *Salammbô*.

diable de manteau, — *ragoût* et *pimenté* pour Salammbô qui *batifole avec le serpent,* — et devant le *beau drôle de Libyen* qui n'est ni beau ni drôle, — et à l'imagination *libertine* de Schahabarim.

« Une dernière question, ô maître, une question inconvenante : pourquoi trouvez-vous Schahabarim presque comique et vos bonshommes de Port-Royal si sérieux? Pour moi, M. Singlin est funèbre à côté de mes éléphants. Je regarde des Barbares tatoués comme étant moins antihumains, moins spéciaux, moins cocasses, moins rares que des gens vivant en commun et qui s'appellent jusqu'à la mort *Monsieur!* — Et c'est précisément parce qu'ils sont très loin de moi que j'admire votre talent à me les faire comprendre. — Car j'y crois, à Port-Royal, et je souhaite encore moins y vivre qu'à Carthage. Cela aussi était exclusif, hors nature, forcé, tout d'un morceau, et cependant vrai. Pourquoi ne voulez-vous pas que deux vrais existent, deux excès contraires, deux monstruosités différentes?

« Je vais finir. — Un peu de patience! Etes-vous curieux de connaître la faute *énorme* (*énorme* est ici à sa place) que je trouve dans mon livre. La voici :

« 1º Le piédestal est trop grand pour la statue. Or, comme on ne pèche jamais par *le trop*, mais par *le pas assez*, il aurait fallu cent pages de plus relatives à Salammbô seulement.

« 2º Quelques transitions manquent. Elles existaient; je les ai retranchées ou trop raccourcies, dans la peur d'être ennuyeux;

« 3º Dans le chapitre vi, tout ce qui se rapporte à Giscon est *de même tonalité* que la deuxième partie du chapitre ii (Hannon). C'est la même situation, et il n'y a point progression d'effet;

« 4º Tout ce qui s'étend depuis la bataille du Macar jusqu'au serpent, et tout le chapitre xiii jusqu'au dénombrement des Barbares, s'enfonce, disparaît dans le souvenir. Ce sont des endroits de second plan, ternes, transitoires, que je ne pouvais malheureusement éviter et qui alourdissent le livre, malgré les efforts de prestesse que j'ai pu faire. Ce sont ceux-là qui m'ont le plus coûté, que j'aime le moins et dont je me suis le plus reconnaissant;

« 5º L'aqueduc.

« Aveu! mon opinion *secrète* est qu'il n'y avait point d'aqueduc à Carthage, malgré les ruines actuelles de l'aqueduc. Aussi ai-je eu le soin de prévenir d'avance toutes les objections par une phrase hypocrite à l'adresse des archéologues. J'ai mis les pieds dans le plat, lourdement, en rappelant que c'était une invention romaine, alors nouvelle, et que l'aqueduc d'à présent a été refait sur l'ancien. Le souvenir de Bélisaire coupant l'aqueduc romain de Carthage m'a poursuivi, et puis c'était une belle entrée de Spendius et Mâtho. N'importe ! Mon aqueduc est une lâcheté ! *Confiteor.*

« Autre et dernière coquinerie : Hannon.

« Par amour de la clarté, j'ai faussé l'histoire quant à sa mort. Il fut bien, il est vrai, crucifié par les Mercenaires, mais en Sardaigne. Le général crucifié à Tunis en face de Spendius s'appelait Hannibal. Mais quelle confusion cela eût fait pour le lecteur.

« Tel est, cher maître, ce qu'il y a, selon moi, de pire dans mon livre. Je ne vous dis pas ce que j'y trouve de bon. Mais soyez sûr que je n'ai point fait une Carthage fantastique. Les documents sur Carthage existent, et ils ne sont pas tous dans Movers. Il faut aller les chercher un peu loin. Ainsi Ammien Marcellin m'a fourni la forme *exacte* d'une porte, le poème de Coripus (la *Johannide*), beaucoup de détails sur les peuplades africaines, etc., etc.

« Et puis mon exemple sera peu suivi. Où donc alors est le danger ? Les Leconte de Lisle et les Baudelaire sont moins à craindre que les... et les... dans ce doux pays de France où le superficiel est une qualité, et où le banal, le facile et le niais sont toujours applaudis, adoptés, adorés. On ne risque de corrompre personne quand on aspire à la grandeur. Ai-je mon pardon ?

« Je termine en vous disant encore une fois merci, mon cher maître. En me donnant des égratignures, vous m'avez très tendrement serré les mains, et bien que vous m'ayez quelque peu ri au nez, vous ne m'en avez pas moins fait trois grands saluts, trois grands articles très détaillés, très considérables et qui ont dû vous être plus pénibles qu'à moi. C'est de cela surtout que je vous suis reconnaissant. Les conseils de la fin ne seront pas perdus, et vous n'aurez eu affaire ni à un sot ni à un ingrat.

                                    « Tout à vous,

                                    « Gustave FLAUBERT. »

Sainte-Beuve répondit à cette lettre par le billet suivant :

                                    Ce 25 décembre 1862.

    « Mon cher ami,

« J'attendais avec impatience cette lettre promise. Je l'ai lue hier soir, et je la relis ce matin. Je ne regrette plus d'avoir fait ces articles, puisque je vous ai amené à *sortir* ainsi toutes

vos raisons. Ce soleil d'Afrique a eu cela de singulier que
toutes nos humeurs à tous, même nos humeurs secrètes, ont
fait irruption. *Salammbô*, indépendamment de la dame, est
dès à présent, le nom d'une bataille, de plusieurs batailles.
Je compte faire ceci : mes articles restant ce qu'ils sont, en les
réimprimant je mettrai, à la fin du volume, ce que vous
appelez votre *Apologie*, et sans plus de réplique de ma part.
J'avais tout dit ; vous répondez : les lecteurs attentifs jugeront.
Ce que j'apprécie surtout, et ce que chacun sentira, c'est cette
élévation d'esprit et de caractère qui vous a fait supporter
tout naturellement mes contradictions et qui oblige envers
vous à plus d'estime. M. Lebrun (de l'Académie), un homme
juste, me disait l'autre jour à propos de vous : « Après tout,
il sort de là un plus gros monsieur qu'auparavant. » Ce sera
l'impression générale et définitive... »

« C. A. Sainte-Beuve.

Dans un article publié dans la *Revue contemporaine*, M. Frœhner avait très vivement critiqué *Salammbô*, M. Gustave Flaubert, en réponse à son article, adresse au directeur de la *Revue contemporaine* la lettre suivante :

A M. FRŒHNER

RÉDACTEUR DE LA REVUE CONTEMPORAINE

« *Paris, 21 janvier* 1863.

« Monsieur,

« Je viens de lire votre article sur *Salammbô* paru dans la *Revue contemporaine* le 31 décembre 1862. Malgré l'habitude où je suis de ne répondre à aucune critique, je ne puis accepter la vôtre. Elle est pleine de convenance et de choses extrêmement flatteuses pour moi; mais comme elle met en doute la sincérité de mes études, vous trouverez bon, s'il vous plaît, que je relève ici plusieurs de vos assertions.

« Je vous demanderai d'abord, monsieur, pourquoi vous me mêlez si obstinément à la collection Campana en affirmant qu'elle a été ma ressource, mon inspiration permanente? Or, j'avais fini *Salammbô* au mois de mars, six semaines avant l'ouverture de ce musée. Voilà une erreur déjà. Nous en trouverons de plus graves.

« Je n'ai, monsieur, nulle prétention à l'archéologie. J'ai donné mon livre pour un roman, sans préface, sans notes, et je m'étonne qu'un homme illustre, comme vous, par des travaux si considérables, perde ses loisirs à une littérature si légère ! J'en sais cependant assez, monsieur, pour oser dire que vous errez complètement d'un bout à l'autre de votre travail, tout le long de vos dix-huit pages, à chaque paragraphe et à chaque ligne.

« Vous me blâmez « de n'avoir consulté ni Falbe ni Dureau de la Malle, dont j'aurais pu tirer profit ». Mille pardons ! je les ai lus, plus souvent que vous peut-être, et sur les ruines mêmes de Carthage. Que vous ne sachiez « rien de satisfaisant sur la forme ni sur les principaux quartiers », cela se peut, mais d'autres, mieux informés, ne partagent pas votre scepti-

cisme. Si l'on ignore où était le faubourg Aclas, l'endroit appelé
Fuscimus, la position exacte des portes principales dont on a
les noms, etc., on connaît assez bien l'emplacement de la ville,
l'appareil architectonique des murailles, la Taenia, le Môle et
le Cothon. On sait que les maisons étaient enduites de bitume
et les rues dallées; on a une idée de l'Ancô décrit dans mon
chapitre XV, on a entendu parler de Malquâ, de Byrsa, de
Mégara, des Mappales et des Catacombes, et du temple d'Eschmoûn situé sur l'Acropole, et de celui de Tanit, un peu à
droite en tournant le dos à la mer. Tout cela se trouve (sans
parler d'Appien, de Pline et de Procope) dans ce même Dureau
de la Malle, que vous m'accusez d'ignorer. Il est donc regret-
table, monsieur, que vous ne soyez pas « entré dans des détails
fastidieux pour montrer » que je n'ai eu aucune idée de
l'emplacement et de la disposition de l'ancienne Carthage,
« moins encore que Dureau de la Malle », ajoutez-vous. Mais
que faut-il croire? à qui se fier, puisque vous n'avez pas eu
jusqu'à présent l'obligeance de révéler votre système sur la
topographie carthaginoise?

« Je ne possède, il est vrai, aucun texte pour vous prouver
qu'il existait une rue des Tanneurs, des Parfumeurs, des Teinturiers. C'est en tout cas une hypothèse vraisemblable, convenez-en! Mais je n'ai point inventé Kinisdo et Cynasyn,
« mots, dites-vous, dont la structure est étrangère à l'esprit
des langues sémitiques ». Pas si étrangère cependant, puisqu'ils
sont dans Gesenius — presque tous mes noms puniques,
défigurés, selon vous, étant pris dans Gesenius (*Scripturæ
linguæque phœniciæ*, etc.,) ou dans Falbe, que j'ai consulté,
je vous assure.

« Un orientaliste de votre érudition, monsieur, aurait dû
avoir un peu plus d'indulgence pour le nom numide de Nara-
vasse que j'écris Narr'Havas, de *Nar-el-haouah*, feu du souffle.
Vous auriez pu deviner que les deux *m* de Salammbô sont mis
exprès pour faire prononcer Salam et non Salan, et supposer
charitablement que Egates, au lieu de Ægates, était une
faute typographique, corrigée du reste dans la seconde édition
de mon livre, antérieure de quinze jours à vos conseils. Il en
est de même de *Scissites* pour *Syssites* et du mot Kabires,
que l'on avait imprimé sans un k (horreur!) jusque dans les
ouvrages les plus sérieux tels que *les Religions de la Grèce
antique*, par Maury. Quant à Schalischim, si je n'ai pas écrit
(comme j'aurais dû le faire) Rosch-eisch-Schalischim, c'était
pour raccourcir un nom déjà trop rébarbatif, ne supposant
pas d'ailleurs que je serais examiné par des philologues. Mais,
puisque vous êtes descendu jusqu'à ces chicanes de mots,
j'en reprendrai chez vous deux autres : 1° *Compendieusement*,

que vous employez tout au rebours de la signification pour dire abondamment, prolixement, et 2° *carthachinoiserie*, plaisanterie excellente, bien qu'elle ne soit pas de vous, et que vous avez ramassée, au commencement du mois dernier, dans un petit journal. Vous voyez, monsieur, que si vous ignorez parfois mes auteurs, je sais les vôtres. Mais il eût mieux valu, peut-être, négliger « ces minuties qui se refusent », comme vous le dites fort bien, « à l'examen de la critique ».

« Encore une cependant ! Pourquoi avez-vous souligné le *et* dans cette phrase (un peu tronquée) de ma page 156 : Achète-moi des Cappadociens *et* des Asiatiques. » Est-ce pour briller en voulant faire accroire aux badauds que je ne distingue pas la Cappadoce de l'Asie Mineure ? Mais je la connais, monsieur, je l'ai vue, je m'y suis promené !

« Vous m'avez lu si négligemment que presque toujours vous me *citez à faux*. Je n'ai dit nulle part que les prêtres aient formé une caste particulière; ni, page 109, que les soldats libyens fussent « possédés de l'envie de boire du fer », mais que les barbares menaçaient les Carthaginois de leur faire boire du fer; ni page 108, que les gardes de la légion « portaient au milieu du front une corne d'argent pour les faire ressembler à des rhinocéros, » mais, « leurs gros chevaux avaient, etc. »; ni page 29, que les paysans un jour s'amusèrent à crucifier deux cents lions. Même observation pour ces malheureuses Syssites, que j'ai employées, selon vous, « ne sachant pas, sans doute, que ce mot signifiait des corporations particulières. » *Sans doute* est aimable. Mais sans doute je savais ce qu'étaient ces corporations et l'étymologie du mot, puisque je le traduis en français la première fois qu'il apparaît dans mon livre, page 7 : Syssites, compagnies (de commerçants) qui mangeaient en commun. » Vous avez de même faussé un passage de Plaute, car il n'est point démontré dans *Pœnulus* que « les Carthaginois savaient toutes les langues », ce qui eût été un curieux privilège pour une nation entière; il y a tout simplement dans le prologue, v. 112 : « *Is omnes linguas scit* »; ce qu'il faut traduire : « Celui-là sait toutes les langues », le Carthaginois en question et non tous les Carthaginois.

« Il n'est pas vrai de dire que « Hannon n'a pas été crucifié dans la guerre des Mercenaires, attendu qu'il commandait des armées longtemps encore après », car vous trouverez dans Polybe, monsieur, que les rebelles se saisirent de sa personne, et l'attachèrent à une croix (en Sardaigne il est vrai, mais à la même époque), livre Iᵉʳ, chapitre xvii. Ce n'est donc pas « ce personnage » qui « aurait à se plaindre de M. Flaubert », mais plutôt Polybe qui aurait à se plaindre de M. Frœhner.

« Pour les sacrifices d'enfants, il est si peu *impossible* qu'au siècle d'Hamilcar on les brûlat vifs, qu'on en brûlait encore au temps de Jules César et de Tibère, s'il faut s'en rapporter à Cicéron *(Pro Balbo)* et à Strabon (liv. III). Cependant, « la statue de Moloch ne ressemble pas à la machine infernale décrite dans *Salammbô*. Cette figure composée de sept cases étagées l'une sur l'autre pour y enfermer les victimes appartient à la religion gauloise. M. Flaubert n'a aucun prétexte d'analogie pour justifier son audacieuse transposition. »

« Non ! je n'ai aucun prétexte, c'est vrai ! mais j'ai un texte, à savoir le texte, la description même de Diodore, que vous rappelez et qui n'est autre que la mienne, comme vous pourrez vous en convaincre en daignant lire ou relire le livre XX de Diodore, chapitre IV, auquel vous joindrez la paraphrase chaldaïque de Paul Fage, dont vous ne parlez pas et qui est citée par Selten, *De diis syriis*, p. 164-170, avec Eusèbe, *Préparation évangélique*, livre Ier.

« Comment se fait-il aussi que l'histoire ne dise rien du manteau miraculeux, puisque vous dites-vous-même « qu'on le montrait dans le temple de Vénus, mais bien plus tard, et seulement à l'époque des empereurs romains? » Or, je trouve dans Athénée, XII. 50, la description très minutieuse de ce manteau, *bien que l'histoire n'en dise rien*. Il fut acheté à Denys l'Ancien 120 talents, porté à Rome par Scipion Emilien, reporté à Carthage par Caïus Gracchus, revint à Rome sous Héliogabale, puis fut vendu à Carthage. Tout cela se trouve encore dans Dureau de la Malle, dont j'ai tiré profit, décidément.

« Trois lignes plus bas, vous affirmez, avec la même candeur, que « la plupart des autres dieux invoqués dans *Salammbô* sont de pure invention », et vous ajoutez : « Qui a entendu parler d'un Aptoukhos? » Qui? d'Avezac *(Cyrénaïque)* à propos d'un temple dans les environs de Cyrène. « D'un Schaoûl? » mais c'est un nom que je donne à un esclave (voyez ma page 91); « ou d'un Matismann? » Il est mentionné comme Dieu par Corippus. (Voyez Johanneis et *Mém. de l'Académie des Inscript.*, tome XII, p. 181). « Qui ne sait que Micipsa n'était pas une divinité mais un homme? » Or, c'est ce que je dis, monsieur, et très clairement, dans cette même page 91, quand Salammbô appelle ses esclaves : « A moi, Kroum, Enva, Micipsa, Schaoûl ! »

« Vous m'accusez de prendre pour deux divinités distinctes Astaroth et Astarté. Mais au commencement, page 48, lorsque Salammbô invoque Tanit, elle l'invoque par tous ses noms à la fois : « Anaïtis, Astarté, Derceto, Astaroth, Tiratha; » et même j'ai pris soin de dire, un peu plus bas, page 52, qu'elle répétait « tous ces noms sans qu'ils eussent pour elle de signi-

fication distincte. » Seriez-vous comme Salammbô? Je suis
tenté de le croire, puisque vous faites de Tanit la déesse de la
guerre et non de l'amour, de l'élément femelle, humide,
fécond, en dépit de Tertullien, et de ce nom même de Tiratha,
dont vous rencontrez l'explication peu décente, mais claire,
dans *Movers, Phenic*, livre Iᵉʳ, p. 574.

« Vous vous ébahissez ensuite des singes consacrés à la lune
et des chevaux consacrés au soleil. « Ces détails, vous en êtes
sûr, ne se trouvent dans aucun auteur ancien, ni dans aucun
monument authentique. » Or, je me permettrai, pour les
singes, de vous rappeler, monsieur, que les cynocéphales étaient,
en Egypte, consacrés à la lune comme on le voit encore sur
les murailles des temples, et que les cultes égyptiens avaient
pénétré en Libye et dans les oasis. Quant aux chevaux, je
ne dis pas qu'il y en avait de consacrés à Esculape, mais à
Eschmoûn, assimilé à Esculape, Iolaüs, Apollon, le Soleil. Or,
je vois les chevaux consacrés au soleil dans Pausanias (livre Iᵉʳ,
chap. I), et dans la Bible (*Rois*, liv. II, ch. XXXII). Mais peut-
être nierez-vous que les temples d'Egypte soient des monuments authentiques, et la Bible, et Pausanias des auteurs
anciens.

« A propos de la Bible je prendrai encore, monsieur, la liberté
grande de vous indiquer le tome II de la traduction de Cahen,
page 186, où vous lirez ceci : « Ils portaient au cou, suspendue
à une chaîne d'or, une petite figure de pierre précieuse qu'ils
appelaient la Vérité. Les débats s'ouvraient lorsque le prési-
dent mettait devant soi l'image de la Vérité. » C'est un texte
de Diodore. En voici un autre d'Elien : « Le plus âgé d'entre
eux était leur chef et leur juge à tous; il portait autour du
cou une image en saphir. On appelait cette image la Vérité. »
C'est ainsi, monsieur, que « cette Vérité-là est une jolie invention de l'auteur ».

« Mais tout vous étonne : le molobathre, que l'on écrit très
bien (ne vous en déplaise) malobathre ou malabathre, la
poudre d'or que l'on ramasse aujourd'hui, comme autrefois,
sur le rivage de Carthage, les oreilles des éléphants peintes en
bleu, les hommes qui se barbouillent de vermillon et mangent
de la vermine et des singes, les Lydiens en robes de femme,
les escarboucles de lynx, les mandragores qui sont dans Hip-
pocrate, la chaînette des chevilles qui est dans le Cantique
des Cantiques (Cahen, t. XVI, 37) et les arrosages de silphium, les barbes enveloppées, les lions en croix, etc.,
tout !

« Eh bien ! non, monsieur, je n'ai point « emprunté tous
ces détails aux nègres de la Sénégambie ». Je vous renvoie,
pour les éléphants, à l'ouvrage d'Armandi, p. 256 et aux

autorités qu'il indique, telles que Florus, Diodore, Ammien-
Marcellin et autres nègres de la Sénégambie.

« Quant aux nomades qui mangent des singes, croquent des
poux et se barbouillent de vermillon, comme on pourrait
« vous demander à quelle source l'auteur a puisé ces précieux
renseignements, » et que, « vous seriez, » d'après votre aveu,
« *très embarrassé* de le dire, » je vais vous donner, humblement,
quelques indications qui faciliteront vos recherches.

« Les Maxies... se peignent le corps avec du vermillon. Les
Gysantes se peignent tous avec du vermillon et mangent des
singes. Leurs femmes (celles des Adrymachydes), si elles sont
mordues par un pou, elles le prennent, le mordent, etc. »
Vous verrez tout cela dans le IV⁰ livre d'Hérodote, aux
chapitres cxcix cxci, clxviii. Je ne suis pas embarrassé de
le dire.

« Le même Hérodote m'a appris dans la description de
l'armée de Xercès, que les Lydiens avaient des robes de
femmes; de plus Athénée, dans le chapitre des Etrusques et
de leur ressemblance avec les Lydiens, dit qu'ils portaient des
robes de femmes; enfin, le Bacchus lydien est toujours repré-
senté en costume de femme. Est-ce assez pour les Lydiens et
leur costume?

« Les barbes enfermées en signe de deuil sont dans Cahen
(Ezéchiel, chap. xxiv, 17) et au menton des colosses égyptiens, ceux d'Abou-Simbal, entre autres; les escarboucles
formées par l'urine de lynx, dans Théophraste, *Traité des
pierreries*, et dans Pline, livre VIII, chap. lvii. Et pour ce qui
regarde les lions crucifiés (dont vous portez le nombre à deux
cents, afin de me gratifier, sans doute, d'un ridicule que je
n'ai pas), je vous prie de lire dans le même livre de Pline le
chapitre xviii, où vous apprendrez que Scipion Emilien et
Polybe, se promenant ensemble dans la campagne carthaginoise, en virent de suppliciés dans cette position. « *Quia cæteri
metu pœnæ similis absterrentur eadem noxia.* » Sont-ce là,
monsieur, de ces passages pris sans discernement dans l'*Uni-
vers pittoresque*, « et que la haute critique a employés avec
succès contre moi »? De quelle haute critique parlez-vous?
Est-ce de la vôtre?

« Vous vous égayez considérablement sur les grenadiers que
l'on arrosait avec du silphium. Mais ce détail, monsieur, n'est
pas de moi. Il est dans Pline, livre XVII, chap. xlvii. J'en
suis bien fâché pour votre plaisanterie sur « l'ellébore que l'on
devrait cultiver à Charenton » ; mais comme vous le dites
vous-même, « l'esprit le plus pénétrant ne saurait suppléer
au défaut de connaissances acquises ».

« Vous en avez manqué complètement en affirmant que

« parmi les pierres précieuses du trésor d'Hamilcar, plus d'une
appartient aux légendes et aux superstitions chrétiennes ».
Non ! monsieur, elles sont *toutes* dans Pline et dans Théophraste.

« Les stèles d'émeraude, à l'entrée du temple, qui vous font
rire, car vous êtes gai, sont mentionnées par Philostrate *(Vie
d'Apollonius)* et par Théophraste *(Traité des pierreries)*.
Heeren (t. II) cite sa phrase : « La plus grosse émeraude bac-
trienne se trouve à Tyr dans le temple d'Hercule. C'est une
colonne d'assez forte dimension. » Autre passage de Théophraste (traduction de Hill) : « Il y avait dans leur temple de
Jupiter un obélisque composé de quatre émeraudes. »

« Malgré « vos connaissances acquises, » vous confondez le
jade, qui est une néphrite d'un vert brun et qui vient de
Chine, avec le jaspe, variété de quartz que l'on trouve en
Europe et en Sicile. Si vous aviez ouvert, par hasard, le *Dictionnaire de l'Académie française*, au mot *jaspe*, vous eussiez
appris, sans aller plus loin, qu'il y en avait de noir, de rouge
et de blanc. Il fallait donc, monsieur, modérer les transports
de votre indomptable verve et ne pas reprocher folâtrement
à mon maître et ami Théophile Gautier d'avoir prêté à une
femme (dans son *Roman de la Momie)* des pieds verts quand
il lui a donné des pieds blancs. Ainsi, ce n'est point lui, mais
vous, qui avez fait *une erreur ridicule*. »

« Si vous dédaigniez un peu moins les voyages, vous auriez
pu voir au musée de Turin, le propre bras de sa momie, rapportée par M. Passalacqua, d'Egypte, et dans la pose que
décrit Th. Gautier, *cette pose* qui, d'après vous, *n'est certainement pas égyptienne*. Sans être ingénieur non plus, vous auriez
appris ce que sont les Sakiehs pour amener l'eau dans les
maisons, et vous seriez convaincu que je n'ai point abusé des
vêtements noirs en les mettant dans des pays où ils foisonnent
et où les femmes de la haute classe ne sortent que vêtues de
manteaux noirs. Mais comme vous préférez les témoignages
écrits, je vous recommanderai, pour tout ce qui concerne la
toilette des femmes, Isaïe, III, 3, la Mischna, tit. de Sabbatho;
Samuel, XIII, 18; saint Clément d'Alexandrie, Pæd. II, 13,
et les dissertations de l'abbé Mignot, dans les *Mémoires de
l'Académie des Inscriptions*, t. XLII. Et quant à cette abondance d'ornementation qui vous ébahit si fort, j'étais bien en
droit d'en prodiguer à des peuples qui incrustaient dans le sol
de leurs appartements des pierreries. (Voy. Cahen, Ezéchiel,
28, 14.) Mais vous n'êtes pas heureux, en fait de pierreries.

« Je termine, monsieur, en vous remerciant des formes
amènes que vous avez employées, chose rare, maintenant. Je
n'ai relevé parmi vos inexactitudes que les plus grossières, qui

touchaient à des points spéciaux. Quant aux critiques vagues, aux appréciations personnelles et à l'examen littéraire de mon livre, je n'y ai pas même fait allusion. Je me suis tenu tout le temps sur votre terrain, celui de la science, et je vous répète encore une fois que j'y suis médiocrement solide. Je ne sais ni l'hébreu, ni l'arabe, ni l'allemand, ni le grec, ni le latin, et je ne me vante pas de savoir le français. J'ai usé souvent des traductions, mais quelquefois aussi des originaux. J'ai consulté, dans mes incertitudes, les hommes qui passent en France pour les plus compétents, et si je n'ai pas été *mieux guidé*, c'est que je n'avais point l'honneur, l'avantage de vous connaître : Excusez-moi ! si j'avais pris vos conseils, aurais-je « *mieux réussi* »? J'en doute. En tout cas, j'eusse été privé des marques de bienveillance que vous me donnez çà et là dans votre article et je vous aurais épargné l'espèce de remords qui le termine. Mais rassurez-vous, monsieur, bien que vous paraissiez effrayé vous-même de votre force et que vous pensiez sérieusement « avoir déchiqueté mon livre pièce à pièce, » n'ayez aucune *peur*, tranquillisez-vous ! car vous n'avez pas été *cruel*, mais léger.

« J'ai l'honneur d'être, etc.

« Gustave FLAUBERT. »

(L'*Opinion nationale*, 24 janvier 1863.)

M. Frœhner répondit à la lettre que l'on vient de lire, par une seconde critique en date du 27 janvier 1863 * ; M. Gustave Flaubert y répliqua par la lettre suivante, adressée au directeur de l'*Opinion nationale* :

« 2 *février* 1863.

« Mon cher monsieur Guéroult,

« Excusez-moi si je vous importune encore une fois. Mais comme M. Frœhner doit reproduire dans l'*Opinion nationale* ce qu'il vient de publier dans la *Revue contemporaine*, je me permets de lui dire que :

« J'ai commis effectivement une erreur *très* grave. Au lieu

---

* Voir l'*Opinion nationale* du 4 février 1863.

de Diodore, livre XX, chap. iv, lisez chapitre xix. Autre erreur. J'ai oublié un texte à propos de la statue de Moloch, dans la mythologie du docteur Jacobi, traduction de Bernard, page 322, où il verra une fois de plus les sept compartiments qui l'indignent.

« Et, bien qu'il n'ait pas daigné me répondre un seul mot touchant : 1º la topographie de Carthage; 2º le manteau de Tanit; 3º les noms puniques que j'ai travestis, et 4º les dieux que j'ai inventés, — et qu'il ait gardé le même silence : 5º sur les chevaux consacrés au Soleil; 6º sur la statuette de la Vérité; 7º sur les coutumes bizarres des nomades; 8º sur les lions crucifiés, et 9º sur les arrosages de silphium, avec 10º les escarboucles de lynx et 11º les superstitions chrétiennes relatives aux pierreries; en se taisant de même sur le jade 12º; et sur le jaspe 13º; sans en dire plus long quant à tout ce qui concerne : 14º Hannon; 15º les costumes des femmes; 16º les robes des Lydiens; 17º la pose fantastique de la momie égyptienne; 18º le musée Campana; 19º les citations (peu exactes) qu'il fait de mon livre, et 20º mon latin, qu'il vous conjure de trouver faux, etc.

« Je suis prêt, néanmoins, sur cela, comme sur tout le reste, à reconnaître qu'il a raison et que l'antiquité est sa propriété particulière. Il peut donc s'amuser en paix *à détruire mon édifice* » à prouver que je ne sais rien du tout, comme il l'a fait victorieusement pour MM. Léon Heuzey et Léon Renier, car je ne lui répondrai pas. Je ne m'occuperai plus de ce monsieur.

« Je retire un mot qui me paraît l'avoir contrarié. Non, M. Frœhner n'est pas *léger*, il est tout le contraire. Et si je l'ai choisi pour victime parmi tant d'écrivains qui ont rabaissé « mon livre, » c'est qu'il m'avait semblé le plus sérieux. Je me suis bien trompé.

« Enfin, puisqu'il se mêle de ma biographie (comme si je m'inquiétais de la sienne!) en affirmant par deux fois (il le sait!) que j'ai été six ans à écrire *Salammbô*, je lui avouerai que je ne suis pas bien sûr, à présent, d'avoir jamais été à Carthage.

« Il nous reste, l'un et l'autre, à vous remercier, cher monsieur, moi pour m'avoir ouvert votre journal spontanément et d'une si large manière, et quant à lui, M. Frœhner, il doit vous savoir un gré infini. Vous lui avez donné l'occasion d'apprendre à beaucoup de monde son existence. Cet étranger tenait à être connu; maintenant il l'est... avantageusement.

« Mille cordialités. »

                                          « Gustave FLAUBERT. »

(*L'Opinion nationale*, 4 février 1863.)

NOTES ET VARIANTES

Une étude essentielle du texte de *Salammbô* a été donnée par MM. René Dumesnil et D. Louis Demorest, dans leur *Bibliographie de Gustave Flaubert*; on trouvera cette étude, à laquelle nos notes renvoient souvent, dans le *Bulletin du Bibliophile*, d'août-septembre 1934 à octobre 1935.

Les variantes sont indiquées avec les abréviations suivantes :

ms. = manuscrit.
orig. = édition originale, Michel Lévy, 1863.
   L. = édition Lemerre (1879).
   Q. = édition Quantin (1885).
   C. = édition Conard (1910).

1. Flaubert a longtemps hésité sur le titre de son roman; primitivement, il voulait l'appeler *Carthage*, ou *Les Mercenaires*; ces titres exprimaient mieux l'intention du livre qui, dans sa pensée, était essentiellement *un roman carthaginois*, et où le personnage de Salammbô lui-même n'occupe qu'une place secondaire. Le nom de Salammbô n'apparaît d'ailleurs pas dans les premiers scénarios, où la fille d'Hamilcar, ou plutôt d'un sénateur ennemi d'Hamilcar, s'appelle Pyra, Pyrra ou Pyrrha. Dans un scénario postérieur, le nom devient Hanna, puis Sallammbô *(sic)*, Sallambô, enfin Salammbô. Sur ces hésitations de Flaubert, cf. Dumesnil et Demorest, *op. cit.*

2. Le Festin. Dans le premier plan du roman intitulé *Les Mercenaires*, le livre devait commencer par un exposé de la situation politique de Carthage au début de la guerre des mercenaires; seulement après commençait le tableau du festin des barbares campés dans les jardins des riches Carthaginois. Il y avait même une scène d'orgie chez Pyra (Salammbô). Dans un autre scénario, le festin a lieu dans une salle du palais d'Hamilcar, et Flaubert décrit l'entrée d'Hanna (Salammbô) traînant ses sandales et s'abritant sous un parasol porté par un esclave. (Cf. Dumesnil et Demorest, *op. cit.*)

3. Mégara. Sur la topographie de Carthage, cf. édition Conard, p. 446, avec l'indication des sources. Mégara était le quartier situé entre Malqua et la pointe nord du golfe, aujourd'hui la Marsa.

4. « Les soldats qu'il avait commandés en Sicile... » Flaubert suit exactement le récit de Polybe dans son *Histoire* (I, 66), qui reste sa source principale : en 241 av. J.-C. la première guerre punique, qui a eu surtout pour théâtre la Sicile, s'est terminée par la défaite d'Hannon et d'Hamilcar aux îles Ægates; les troupes d'Hamilcar étaient cantonnées en Sicile au mont Eryx; il les ramena sur la côte, à Lilybée, puis se démit de son pouvoir, et chargea Giscon de reconduire à Carthage l'armée des Mercenaires.

5. VAR. ils mangeaient et buvaient... (orig.)

6. VAR. la proue d'une galère vaincue, ses portes rouges... (L. Q. C.).

7. Le temple d'Eschmoûn. Le dieu phénicien Eschmoûn était assimilé par les Grecs à Esculape; c'était un dieu planétaire et son temple s'élevait à Carthage sur la colline de Byrsa. Flaubert a lui-même indiqué ses principales sources pour la religion des Phéniciens, dans sa lettre à Frœhner (p. 368-369).

8. Cantabres, peuple de la Tarraconaise, en Espagne, entre les Pyrénées et l'Océan.

9. Cariens, peuple d'Asie Mineure, entre la Phrygie et la Lydie.

10. VAR. s'étaient peints de larges fleurs... (orig.) — s'étaient peint de larges fleurs... (L. Q. et C.)

11. « ressemblaient à des statues de corail. » Sur ces détails de mœurs ethniques, voir la justification de Flaubert et ses références dans sa lettre à Frœhner, p. 370. — Hérodote (I, 171) parle des grands casques des Cariens ornés de plumes.

12. VAR. Ils s'étalaient sur les coussins... (ms.)

13. VAR. et il y avait... de grands feux clairs... (ms.)

14. « Les pains saupoudrés d'anis... » Dans les papiers de Flaubert, parmi les notes documentaires qui lui ont servi pour *Salammbô*, on a retrouvé une note sur la composition d'un festin à l'époque de Carthage. Cf. aussi la lettre à Frœhner.

15. VAR. Les pains s'alternaient avec les gros fromages... (Orig.) — Cette variante est un exemple de la prédilection que Flaubert avait pour l'emploi du verbe à la forme pronominale. Dans *Salammbô*, comme dans *Madame Bovary*, il a souvent remplacé sur un texte primitif le verbe pronominal par le verbe intransitif.

16. « escargots au cumin. » Flaubert a emprunté à Pline l'Ancien maints détails gastronomiques. Pline, dans son *Histoire naturelle* (XIX, 47), parle de ces graines odorantes employées comme assaisonnement.

17. « hérissons au garum. » Pline (*H. N.*, XXXI, 43) a décrit ce précieux condiment, « sorte de saumure faite avec des intestins de poissons macérés et fermentés ».

18. Tamrapanni. Si le nom n'a pas été forgé par Flaubert, il pourrait être une corruption de Tampraparni, transcription de la Taprobane des Grecs et des Romains, qui désignait, croit-on, l'île de Ceylan. Flaubert mentionne d'ailleurs plus loin Taprobane.

19. Var. à leurs piquants rouges. Les Grecs rasés... (L. Q. et C.)

20. « les singes consacrés à la lune. » Ces singes avaient le don d'égayer non seulement les mercenaires, mais le sévère Frœhner; Flaubert, dans sa réponse au critique de *la Revue contemporaine* (p. 371), invoque, pour se justifier, ses souvenirs d'Égypte.

21. « l'injustice de Carthage. » Sur la situation politique exposée dans cette page, cf. Polybe, I, 66; l'historien grec mentionne la conduite prudente de Giscon, qui avait réglé le transport des mercenaires par convois successifs, la détresse financière des Carthaginois, les négociations avec les mercenaires mécontents, entassés dans la ville.

22. Var. ...l'injustice de Carthage.
            La République, épuisée... (L. Q. C.)

23. Var. pour faciliter davantage l'acquittement... (ms.)

24. « ...deux cents talents euboïques. » Le talent euboïque était une monnaie d'argent, qui valait 6.000 drachmes (5.560 fr. or). Cette clause du traité est rapportée par Polybe, mais l'historien grec donne le chiffre 2.200 au lieu de 3.200.

25. Lutatius. Le consul romain, vainqueur des Carthaginois aux îles Ægates; outre Polybe, cf. Cornelius Nepos, *Hamilcar*, 1 et Tite-Live, XXI, 10.

26. Var. le parti de la paix céda tout... (ms.)

27. Var. les Mercenaires croyaient donc qu'ils allaient... (orig.)

28. Var. la tête dans les amphores, puis restaient à boire... (C.)

29. « dans l'ergastule. » On appelait ainsi, chez les Romains, l'atelier où l'on faisait travailler les esclaves et les bâtiments où on les enfermait quand ils étaient punis.

30. Var. et faisaient cependant un bruit de ferrailles... (orig.)

31. Var. des flambeaux. Quand il vit que personne... (L. Q. C.)

32. Var. enfin il saisit par les anneaux... (orig.)

33. Var. et regardant le ciel... (L. C.) — et, regardant le ciel... (Q.)

34. Var. Il laissa tomber la coupe... (L. Q. C.)

35. « à la bataille des Egineuses. » Frœhner reprocha à Flaubert, entre autres graphies incorrectes, le nom *Egineuses* pour *Eginuses*. Flaubert n'a pas tenu compte de cette correction. — Les Eginuses désignent sans doute les îles Lipari, au nord de la Sicile; l'histoire ne mentionne pas de bataille ayant eu lieu dans ces parages. Dans un des scénarios qui précédèrent le roman, Spendius était présenté comme un esclave affranchi.

36. « les Syssites ». Dans la 1ʳᵉ édition, Flaubert avait écrit : *Scissites*, faute qui lui fut reprochée par Frœhner (voir sa réponse, p. 368). Comme le lui fait observer Frœhner, la seule forme correcte est *Syssities*. Cf. dans Dumesnil et Demorest, *op. cit.*, toute une discussion sur ce mot. Le mot, exactement défini par Flaubert, est emprunté du grec, où il désignait les fameux repas pris en commun par les citoyens de Lacédémone.

37. Var. de son lourd bâton d'ivoire : il tomba... (ms.)

38. Var. Les Gaulois aux grands yeux bleus criaient... (ms.)

39. Var. Giscon haussa les épaules; son courage serait inutile... (L. Q. C.)

40. Var. Il fallait mieux plus tard... (orig.)

41. Var. ...leur fit peur, avec ses entassements d'escaliers... (L. Q. C.)

42. Khamon, dieu mâle de Tanit, personnifie la force bienfaisante du soleil.

43. Var. Pourquoi les avoir abandonnés, sitôt la paix conclue... (ms.)

44. Var. Ils tombèrent sur les esclaves; un vertige de destruction... (L. Q. C.)

45. Var. et un vertige de destruction, comme un ouragan qui emporte des feuilles sèches, tourbillonna sur l'armée ivre. (ms.)

46. Var. comme d'énormes prunelles qui palpitaient encore. (orig.) Flaubert s'est rendu compte « que l'imparfait est trop positif pour une comparaison figurée et, poussé aussi peut-être par le souci de prolonger le rythme de cette fin de phrase

mourante qui correspond à la destruction de tout le jardin sacré, y inclus celle des poissons voués à Tanit, il met le conditionnel ». (Dumesnil et Demorest, *op. cit.*, p. 504).

47. VAR. Ils aperçurent un petit lac... (L. Q. C.)

48. « l'œuf mystique où se cachait la Déesse. » Cette légende semble inspirée des livres sacrés de l'Inde.

49. « Le palais s'éclaira d'un seul coup... » Il y a dans cette apparition théâtrale de Salammbô un effet analogue à celui de l'apparition d'Hérodias dans le festin d'Antipas. Flaubert avait remarqué lui-même certaines analogies entre ses deux œuvres, et s'en·inquiétait. (*Corresp.*, VII, 350 et 386.)

50. VAR. Ils n'avaient pas de cheveux, pas de sourcils... (C.)

51. « temple de Tanit. » Sur Tanit, personnification de la lune et divinité principale de Carthage, le roman lui-même donne d'amples renseignements. (Cf. le chap. V.) Voir aussi, à l'appendice, les indications que donne Flaubert, dans ses lettres à Sainte-Beuve et à Frœhner (p. 358 et 371) sur les sources qu'il a utilisées pour le culte et le temple de la déesse.

52. VAR. qui se reculaient un peu et la regardaient passer. (ms.)

53. VAR. pour régler sa démarche... (ms). — Défendant contre Frœhner certains détails archéologiques de son roman, Flaubert rappelle qu'il a emprunté la chaînette d'or de Salammbô au *Cantique des Cantiques.*

54. VAR. Personne ne la connaissait encore... (ms.)

55. VAR. Elle promena sur eux un long regard épouvanté... (L. Q. C.)

56. « le malobathre », plante oléagineuse, dont on tirait un onguent parfumé. (Pline, *H. N.*, XII, 59; XXIII, 48).

57. Hécatompyle, la « ville aux cent portes », peut désigner soit Thèbes dans la Haute-Égypte, soit une ville des Parthes, en Asie Mineure. Mais, d'après Diodore (*Excerpta*, XXIV, 563), Flaubert admet qu'il y avait aussi en Libye une ville de ce nom.

58. « Serviteur des Baals. » Le nom *Baal* est un terme général qui signifie *dieu*, chez les Phéniciens. Les trois plus grands Baals étaient Moloch, Tanit et Eschmoûn.

59. VAR. Ah ! continuez ! brûlez-le !... (Orig.)

60. Melkarth, ou Melekquart est un dieu phénicien, une des formes de Moloch; Hérodote (II, 44) le compare à Héraklès, et la mythologie phénicienne lui attribue des exploits analogues à ceux du dieu grec.

61. Sidoniens, habitants de Sidon, ville de Phénicie.

62. Ersiphonie, nom hébreu qui désigne, d'une façon générale, les pays du Nord-Ouest.

63. Tartessus, ville du sud de l'Espagne.

64. Masisabal, enchanteur qui fut cloué à un arbre et décapité par Melkarth.

65. VAR. sous l'écume; le soleil l'embaumait. (L. Q. C.)

66. VAR. plus dure que de l'or; cependant les yeux… (Orig.) — plus dure que l'or; les yeux ne cessaient… (L. Q. C.)

67. « idiome chananéen », du pays de Chanaan, en Palestine.

68. « Aucun ne la regardait… » Dans un scénario de 1857, publié dans l'édition Conard (p. 469), cette opposition entre Narr'Havas et Mâtho se trouve indiquée dès le début : « Dans la maison d'Hamilcar. Mâtho, Naravas, Pyrrha (Salammbô). — Naravas y loge en qualité d'hôte; peur sourde que lui fait Mâtho, qui aime Pyrrha. Pyrrha n'ose repousser ouvertement Mâtho, car, par lui, elle contient les Mercenaires. Aussi font-ils moins de mal chez elle que partout ailleurs… Naravas s'aperçoit qu'il joue un rôle assez sot, et s'en retourne à son pays. Pendant que Naravas était jaloux de Mâtho, les camarades de Mâtho le blaguent. — Pyrrha est une patricienne, qui a surtout peur de se compromettre. »

69. VAR. les flammes de ses deux yeux. (L. Q. C.)

70. VAR. pour préparer des alliances. Depuis six mois… (L. Q. C.)

71. Narr'Havas. Voir dans Dumesnil et Demorest (*op. cit.*) 556-557) d'intéressants détails sur l'orthographe de ce nom. Sur les manuscrits, Flaubert avait écrit : *Naravas* ou *Naravase ;* il fit la correction sur les épreuves de la première édition. Dans sa réponse à Frœhner, il explique la formation et la signification du nom : *Nar-el-haouah*, feu du souffle. (Cf. p. 368.)

72. VAR. elle resta quelques minutes immobile et les paupières closes… (ms.) — « Flaubert raye *immobile*, vraisemblablement parce qu'on ne reste guère absolument immobile pendant quelques minutes; et cinq pages plus loin, il évite une répétition en supprimant : « immobile, les paupières à demi closes », mots appliqués à Mâtho. » (Dumesnil et Demorest, *op. cit.*, 467.)

73. Mâtho le Libyen; sur les manuscrits, le nom est orthographié *Mathos*, et Sainte-Beuve recommandait cette orthographe à Flaubert. — Dans un premier scénario du roman, Mâtho était logé chez le père de Pyrrha (Salammbô), riche sénateur carthaginois; Mâtho et Pyrrha s'aiment, « l'un attiré

par la grâce, l'autre par la force, mais l'inégalité sociale et la vie de harem les séparent ».

74. VAR. Il prit la coupe, et la portait... (L. C.) — Il prit la coupe et la portait... (Q.)

75. « c'est qu'elle lui offre sa couche. » Sur cette coutume, voir la légende relative à la fondation de Marseille, et l'histoire de Gyptis et de Protis, telle qu'elle est rapportée par Justin. *Hist., philip.*, XLIII, 3.

76. VAR. traversant le bras du Mercenaire... (ms.)

77. VAR. Sa vue se tournant vers le palais... (C.)

78. VAR. Mais un homme l'avait suivi... (Orig.) — Comme dans ses autres livres, Flaubert a supprimé dans les premières éditions de *Salammbô* un nombre considérable de conjonctions parasites. Voir la statistique de ces suppressions dans l'étude de Dumesnil et Demorest (p. 75 et 260); pour donner une idée de leur importance, indiquons seulement qu'il a supprimé 75 *mais*, 40 *alors*, 27 *puis*, etc.

79. VAR. il prit son bras... (ms.)

80. VAR. Un rayon de lune qui glissait entre les nuages vint à frapper sur elle et Spendius y collant les yeux l'examina. Une plaie d'où suintait du sang bâillait dans les chairs au milieu du bras. (ms.) — Un rayon de la lune qui glissait alors entre les nuages... (Orig.)

81. VAR. — Non ! reprit l'esclave... (L. Q. C.)

82. VAR. Ils étaient tout en haut, sur la dernière terrasse (ms.) — Ils étaient sur la dernière terrasse... (Orig. et Q.) — Flaubert a supprimé les indications : *tout en haut* et *dernière*, reconnues inutiles, puisqu'il a dit à la page précédente : « Mâtho aperçut tout en haut la porte rouge à croix noire qui se refermait. Il s'élança », et il court jusqu'à cette porte qui a déjà été située *sur la plus haute terrasse.*

83. VAR. pareils aux flots d'un océan noir... (L. Q. C.)

84. Mégara, cf. n. 3.

85. VAR. A mesure que le ciel rose... (L. Q. C.)

86. « promontoire Hermacum », la pointe Nord du golfe.

87. Eschmoûn, cf. n. 7.

88. VAR. Il parut; et Spendius... (Orig.) — Flaubert a élagué un grand nombre de *et* dans ses premières éditions, 72 environ.

89. « le toit de Khamon », cf. n. 42.

90. « la pointe des Mappales », la pointe Sud du golfe.

91. VAR. Mâtho restait appuyé contre le mur, immobile, les paupières à demi closes... (ms.); cf. n. 72.

92. VAR. l'éternelle menace de la croix ! Et après tant de misères... (Orig.)

93. VAR. Mais où est-elle... (Orig.)

94. VAR. Spendius comprit alors qu'une inquiétude... (Orig.)

95. VAR. L'immobilité de Mâtho... (L. Q. C.)

96. « sur la route d'Utique... » au Nord de Carthage.

97. Sicca, ville de Numidie, au S.-O. de Tunis. Flaubert suit ici le récit de Polybe (chap. 66 du livre I.) « Les Carthaginois ne tardèrent pas à s'émouvoir du nombre de ces soldats ; ils redoutaient les troubles qu'engendre la multitude ; ils s'adressèrent donc aux chefs des Mercenaires : « En attendant l'arrivée des derniers convois, et pendant qu'on prendrait les mesures nécessaires à la paye de la solde, accepteraient-ils de se retirer, eux et leurs hommes, dans la ville de Sicca. On leur donnerait l'argent nécessaire aux besoins les plus urgents. Les Mercenaires acceptèrent de bonne grâce... »

98. VAR. La République vous saura gré... (L. Q. C.)

99. « la porte de Cirta », au S.-O. de la ville ; Cirta est une ville de Numidie.

100. VAR. leurs lourds cothurnes. Les aigrettes de leurs casques, comme des flammes rouges, se tordaient au vent ; derrière eux, leurs armures... » (Orig. et L..) — Cf. sur cette suppression, Dumesnil et Demorest, p. 132, qui expliquent le scrupule de Flaubert soit par le désir d'éviter un effet qui se répète plus loin, soit par le souci de condenser l'impression qu'il veut produire.

101. « sarisses », longues piques macédoniennes.

102. VAR. Cette sombre multitude ; des enfants presque nus... (L. Q. et C.) — Dumesnil et Demorest, *op. cit.*, p. 221, montrent ce que la description gagne de relief au maintien de *et*, qui permet de détacher le détail important : les Anciens.

103. VAR. des enfants presque nus gesticulaient dans le feuillage... (L. Q. C.)

104. VAR. Des Anciens s'étaient postés... (L. Q. C.)

105. VAR. De loin il semblait vague comme un fantôme... (L. Q. C.)

106. VAR. Tous étaient oppressés... (L. Q. C.)

107. « n'eussent la fantaisie de vouloir rester. » Polybe explique pourquoi les Carthaginois refusèrent de garder dans

leur ville les femmes, les enfants et les bagages des Mercenaires; ils ont peur que le désir de revoir leur famille les fasse
revenir trop vite.

108. VAR. d'étreintes. On leur jetait... (L. Q. C.)

109. « Puis vint la cohue des bagages... » Les Carthaginois,
d'après Polybe, avaient forcé les Mercenaires à emmener leurs
bagages, leurs femmes et leurs enfants. (Cf. n. 107.)

110. « les lupanars de Malqua. » Malqua ou Magalia était
un des principaux faubourgs de Carthage.

111. VAR. Les Barbares entendirent un grand cri... (L. Q. C.)

112. « des Mamertins », habitants de Messine; le nom désigne
ici des mercenaires célèbres par une révolte en Sicile, qui fut
le prétexte de la première guerre punique.

113. VAR. se traînaient l'un après l'autre... (Orig.)

114. VAR. Ils jetèrent vite... (L. Q. C.)

115. VAR. Spendius aussitôt courut... (Orig.)

116. VAR. avec les bergers du Samnium... (L. Q. C.)

117. VAR. Un jour, par désespoir (L. C.) — Un jour par
désespoir... (Q.)

118. VAR. Des matelots l'avaient recueilli... (L. Q. C.)

119. VAR. Comme on devait rendre... (L. Q. C.)

120. « le golfe des Syrtes... » Syrtes est un terme géogra-
phique général, qui désigne les bancs de sable de la côte Nord
de l'Afrique. Mais il s'applique plus spécialement aux deux
bas-fonds qui formaient deux golfes entre Carthage et Cyrène.

121. « au temple d'Ammon », le célèbre sanctuaire des
Égyptiens, dans un oasis du désert libyen, siège d'un oracle
fameux.

122. « des Garamantes », peuple africain au Sud de la Numidie.

123. « tétrarque », dans l'armée grecque, chef d'une tétrarchie
ou formation de quatre escadrons de cavalerie.

124. Drépanum, aujourd'hui Trapani, port de la côte
occidentale de Sicile, en face d'Eryx, célèbre par la victoire
des Carthaginois sur les Romains en 250 av. J.-C.

125. Médines, ou plutôt médimnes, mesure grecque de
capacité, analogue au boisseau.

126. VAR. Enfin elle se calma... (Orig.)

127. VAR. continuellement. Le bruit de tous ces pieds sur
l'herbe, sourd et cadencé, s'absorbait par sa monotonie dans
le silence de la campagne. Au loin... (Orig.) Cf. sur cette
suppression, l'observation de Dumesnil et Demorest, op. cit., 133.

128. VAR. La route s'allongeait... (L. Q. C.)

129. VAR. Parfois, sur la plaine, se dressait... (Orig.). Flaubert a supprimé le mot *plaine*, parce qu'il se trouvait déjà six lignes plus haut.

130. VAR. servant aux pèlerins qui se rendaient... (L. Q. C.,

131. VAR. une femme, à demi couverte d'une toison bleue... (ms.) — d'une toison rouge... (ms.) — d'une toison noire... (ms.)

132. « C'était un lion, attaché à une croix... » Pour ce détail) Flaubert, dans sa réponse à Frœhner (p. 372), invoque l'autorité de Pline (*H. N.*, VIII, 18).

133. « la Vénus Carthaginoise », Tanit.

134. VAR. Alors il passait les mains... (L.Q. C.)

135. VAR. Mâtho acceptait sa compagnie; Spendius, avec un long glaive... (L. Q. C.)

136. « galbanum », gomme résineuse employée contre les ulcères et les tumeurs (Pline, *H. N.*, XXIV, 13); plus loin, p. 113, on voit Hannon se soigner par ce procédé. — Le seseli était une sorte de fenouil.

137. Baal-Kamon... les sept Cabires. Sur Baal-Kamon, voir la note 42. — Sur les Cabires, voir la lettre à Frœhner, p. 368. La véritable orthographe est Kabires ou Kabyres; c'étaient des dieux planétaires phéniciens, au nombre de sept, que l'on a cherché à identifier avec les Cabires grecs adorés en Macédoine et dans l'île de Samothrace.

138. VAR. accrochées contre le mât de la tente... (L. Q. C.)

139. VAR. Mâtho leva vers lui... (L. Q. C.)

140. VAR. n'implore plus les dieux; ils ne se détournent pas... (L. C.) — n'implore plus les Dieux; ils ne se détournent pas... (Q.)

141. « Si elle n'était pas la fille d'Hamilcar... » dans les différents scénarios, Flaubert a bien marqué cet attrait du barbare pour la femme civilisée, fille de patricien.

142. VAR. des places sur sa poitrine resplendissaient... (L. Q. C.)

143. « l'odeur d'un temple... » Sainte-Beuve avait reproché à Flaubert l'abus des parfums répandus sur Salammbô; voir ce que Flaubert répond à ce sujet, p. 360.

144. « Cependant ils attendaient un ambassadeur... » Sur l'attente des Mercenaires, leur désœuvrement, leurs querelles, leurs calculs, Flaubert suit de très près le récit de Polybe (I, 66).

145. Var. Les courtines de pourpre se relevèrent... (L. Q. C.)

146. Var. Mais l'abondance de ses vêtements... (Orig.)

147. « Il parlait punique... » Frœhner avait reproché à Flaubert d'avoir ignoré que les Carthaginois savaient toutes les langues; voir la réponse de Flaubert, p. 369. — Cette difficulté d'Hannon pour se faire comprendre de soldats appartenant à toutes les races est signalée par Polybe (I, 67).

148. Xantippe, général lacédémonien, qui commanda les armées carthaginoises dans la première guerre punique, et qui vainquit Régulus. (Polybe, I, 52, 54.)

149. « Il exposait aux capitaines... » Polybe écrit : « Restait de s'adresser aux capitaines, et, par eux, de transmettre aux insurgés conseils ou prières. C'est ce que fit Hannon. »

150. « un sicle d'argent..., trois shekels d'or... » C'est la même monnaie, d'abord sous son nom grec, puis sous son nom phénicien; elle était en usage dans tout l'Orient; le sicle d'argent pesait environ 15 grammes.

151. « Mais les capitaines, pas plus que les soldats, n'entendaient le punique. » La phrase est presque textuellement traduite de Polybe.

152. Var. de peur des vengeances; Hannon... (L. Q. C.)

153. « Vous avez tous entendu... » La harangue perfide de Spendius qui dénature les paroles d'Hannon pour exciter les Mercenaires, est inspirée de Polybe : « Il arrivait aussi que, les uns par ignorance, les autres par perfidie, ils dénaturaient complètement, en les traduisant aux soldats, les paroles des chefs; et la confusion, la défiance, l'animosité redoublaient. »

154. Var. croyant peut-être avoir compris, baissèrent la tête... (L. Q. C.)

155. Var. et comme la foule s'écartait... (L. Q. C.)

156. Var. trois cents frondeurs débarqués la veille... (L. C.) — trois cents frondeurs, débarqués la veille... (Q.)

157. Var. doublée de plaques d'airain; et le peuple, d'un seul mouvement,... (L. Q. C.)

158. Dieux-Patæques, sorte de Génies, que les Phéniciens représentaient sous des traits effrayants, et dont ils plaçaient les images à la proue de leurs navires. (Hérodote, III, 37.)

159. Var. Quelques maisons ayant pris feu... (L. Q. C.)

160. Var. il les avait suivies. Sa raison était troublée... (L. Q. C.)

161. VAR. Sans attendre les esclaves, ils dénouèrent les corbeilles... (L. Q. C.)

162. VAR. des poinçons à antimoine... (Orig.). — Cette version a un sens et paraît même préférable; car les Grecs utilisaient le noir d'antimoine pour se peindre les cils et les sourcils.

163. VAR. pour faire sa tisane. Comme sa maladie... (L. Q. C.)

164. « petits pots de Commagène », Flaubert en a emprunté la recette à Pline (*H. N.*, XXIX, 13). La Commagène était une région de Syrie.

165. VAR. La fureur des Barbares ne s'apaisa pas... (L. Q. C.)

166. « Tant d'injustice les exaspéra... » A la fin du chap. 67, Polybe marque aussi cette révolte des Mercenaires déçus : « Ils marchèrent donc sur Carthage, et, au nombre de plus de cent vingt mille, vinrent camper à une distance de cent vingt stades de la ville, près de Tunis. »

167. VAR. Quand les Barbares furent partis... (L. Q. C.)

168. « Mâtho bondit sur le cheval que l'esclave tenait à la porte. » Dans ce chapitre, s'amorce définitivement le rôle capital de Mâtho et de Spendius dans l'action du roman. Les deux personnages sont suggérés à Flaubert par Polybe, avec leurs traits essentiels (I, 69) : « Spendius, Campanien, ancien esclave déserteur de Rome, d'une force merveilleuse et d'une astuce incroyable à la guerre; il redoutait de retomber au pouvoir de son ancien maître et de mourir sur la croix »; Mathos *(sic)*, Libyen, « homme de naissance libre, qui avait servi en Sicile, et qui était l'âme de tous les troubles; il avait peur de payer pour les autres et il entrait ainsi dans les desseins de Spendius ». Dans Polybe, ce sont les efforts conjugués de Spendius et de Mathos qui soulèvent contre Giscon et contre Carthage d'abord les Libyens, puis les autres mercenaires. Mais Polybe ne dit rien, et pour cause, du roman de Mathos avec Salammbô.

169. « au dernier étage des palais. » Ces machines à élever l'eau sont un souvenir des *sakiehs*, que Flaubert avait vus lui-même pendant son voyage en Orient. Cf. la lettre à Frœhner, p. 373.

170. « phénicoptères », littéralement : « oiseaux aux ailes rouges », les flamants.

171. « O Rabbetna... » C'est par erreur que Flaubert emploie cette forme, au lieu de *Rabbet*, qui est la seule forme

correcte, qu'il a d'ailleurs rétablie dans les éditions postérieures à l'originale : *na* est un suffixe, signifiant *notre*.

172. « Tiratha. » Cette énumération de noms propres avait
été critiquée par Frœhner qui reprochait à Flaubert de
prendre tous ces noms pour des noms de divinités distinctes,
ainsi *Astaroth* et *Astarté*. Flaubert répond (p. 370) que
Salammbô invoque ici Tanit par tous ses noms à la fois, et
il ajoute plus loin « qu'elle répétait tous ces noms sans qu'ils
eussent pour elle de signification distincte ».

173. « Reine des choses humides. » Flaubert précise, dans
sa réponse à Frœhner (p. 370), que Tanit est la déesse « de
l'élément femelle, humide, fécond »; il invoque, d'après
Movers, « l'explication peu décente, mais claire », du nom
de *Tiratha*.

174. « la Gétulie-Darytienne », la Gétulie, au N.-O. de
l'Afrique, était un des pays d'origine des Numides. Située à
l'ouest de l'Algérie actuelle, elle comprenait plusieurs parties,
dont l'une tirait son nom de la ville et de la rivière de
Darha.

175. « un réseau en fils de pourpre. » Sur le costume de
Salammbô, voir la lettre à Frœhner, p. 373.

176. VAR. Elle releva la tête... (L. Q. C.)

177. « la montagne des Eaux-Chaudes »; sans doute le
Bou-Kournine ou Bou-Kourneim, au sud de Carthage. Le
Bou-Kourneim, ou *Père des deux Cornes*, se dresse au-dessus
de la plage méridionale du golfe de Tunis; d'un point situé au
nord de l'étang, on voit la lune se lever exactement entre
les deux pointes. (Gielly, *Carthage et ses ports*.)

178. VAR. il te faudra, puisque c'était sa volonté... (L.
Q. C.)

179. VAR. et ton chagrin s'en ira dans les bras d'un homme.
(L. Q. C.)

180. VAR. avec son blanc vêtement. (L. Q. C.)

181. « Schahabarim. » Primitivement écrit *Schahabarime*.

182. VAR. Mais la Rabbetna jalouse... (Orig.) Cf. la n. 171.

183. VAR. d'autant plus fortes qu'elles étaient plus vagues...
(Orig.)

184. VAR. Mais Salammbô se détourna... (Orig.)

185. VAR. les grelots qui alternaient sur ses talons...
(L. Q. C.)

186. « celui qui avait élevé Salammbô. » Sur le rôle du
grand prêtre, cf. Dumesnil et Demorest, *op. cit.*, 381. Dans

le premier scénario du roman, ce personnage ne paraissait pas; ce n'est que dans un plan postérieur que Flaubert attribue à un prêtre de Tanit l'idée d'envoyer Salammbô au camp des Mercenaires.

187. « les Kabyres souterrains »; voir la n. 137 et Dumesnil et Demorest, p. 557. Il n'y a pas de nom sur l'orthographe duquel Flaubert ait plus hésité que sur celui-ci; il a écrit successivement : *Cabires, Kabires, Kabyres, Kabyrim*. Notons que le nom se retrouve dans *La Tentation de saint Antoine*.

188. VAR. mais tous sont trop loin. (L. Q. C.)

189. VAR. et Rabbet, telle qu'une nourrice... (C.) Cf. n. 171.

190. VAR. Schahabarim, debout, restait insensible. (L. Q. C.)

191. VAR. Il restait pendant de longues heures... (Orig.). — Il restait pendant des heures... (L. Q. C.). — Correction nécessitée par le fait que Flaubert avait écrit, trois lignes plus haut : « le *long* des murs... »

192. « toute la largeur de l'isthme... » l'isthme qui relie la presqu'île où se trouve Carthage au continent africain. Pour tout ce qui concerne la topographie de Carthage, voir les *Notes de Voyages* de Flaubert (édition Conard, t. II, p. 289 à 350.)

193. VAR. par un rempart de gazon, enfin par un mur... (L. Q. C.)

194. « au centre de Byrsa... » Byrsa était la citadelle de Carthage, bâtie par Didon, au sud de Megara. Cf. *Notes de voyages*, II, p. 320.

195. VAR. Il arriva au bas des Mappales, voulut grimper... (C.)

196. VAR. au fond du golfe d'Utique, la seconde... (L. Q. C.)

197. « la route de Cyrène... » à l'est de Carthage; Cyrène était la capitale de la province romaine de Cyrénaïque.

198. VAR. qu'ils fussent payés. A cause de sa popularité... (L. Q. C.)

199. « à cause de leurs nourritures immondes... » Sur ces « mangeurs de choses immondes », qui ont beaucoup été reprochés à Flaubert, voir sa défense dans la lettre à Frœhner, p. 371. Cf. Diodore, III, 25 et Hérodote, IV, 183, qui rapporte que les Garamantes mangent des lézards et des serpents.

200. « Enfin des membres du Grand-Conseil se décidèrent. » Polybe (LXVIII) : « A maintes reprises on dépêcha en ambassade aux Mercenaires des sénateurs avec promesses de satisfaire à leurs réclamations. »

201. Var. Au lieu de la confusion qu'ils avaient imaginée, c'était un ordre... (L. Q. C.)

202. « Les soldats demandèrent des vivres. » Polybe *(ibid.)* : « Les Mercenaires demandaient des vivres, on leur en envoya à profusion, pour des prix dérisoires, fixés au pur caprice des rebelles. »

203. Var. des femmes de toutes nations... » (L. Q. C.)

204. « les psylles ». Les Psylles étaient un peuple de Libye qui charmait les serpents et guérissait de leurs morsures. (Pline, *H. N.*, XXI, 78, et Suétone, *Aug.*, 17.)

205. Var. Beaucoup par sottise... (L. Q. C.)

206. « Ils demandaient tout ce qui leur semblait beau... » Polybe : « Tous les jours les Mercenaires imaginaient de nouvelles prétentions; elles croissaient avec leur audace et avec la crainte qu'ils sentaient peser sur Carthage. »

207. « polémarques », nom grec, et plus particulièrement lacédémonien des commandants militaires.

208. Var. on leur donna des tentes. Les polémarques des Grecs... (L. Q. C.)

209. Var. ils aimèrent mieux de l'argent. (L. Q. C.). — Polybe : « Ils demandèrent, en argent, le prix du blé qu'ils auraient dû recevoir depuis longtemps, au taux le plus élevé où il s'était vendu pendant la guerre. »

210. Var. fort exécutable. Cette prétention... (L. Q. C.)

211. « Denys, Pyrrhus, Agathoclès. » Denys, le roi de Syracuse; Pyrrhus, le roi d'Épire, fameux par son expédition contre les Romains; Agathoclès, roi de Sicile.

212. « L'idéal d'Hercule... » le souvenir d'Héraclès et de ses exploits légendaires se retrouve dans la mythologie de nombreux peuples de l'antiquité. Les Phéniciens le confondaient avec Melkarth; voir le récit des exploits de Melkarth, pp. 14 et 54.

213. Var. Elle y rencontrerait les Romains; (C.)

214. « Un matin ils virent... » Cf. Polybe (ch. 68 et 69) : « Les Barbares ne voulaient pas entendre parler d'Hamilcar. — Leur sympathie allait à Giscon... Giscon arriva à Tunis, par mer, avec de l'argent... »

215. « le canal de la Tænia... » La *Tænia* est la presqu'île allongée au sud du Kram, qui ferme vers le nord le lac de Tunis. Les ports de Carthage étant situés, selon l'hypothèse la plus vraisemblable, à l'emplacement des deux petits lacs actuels, au nord de la baie de Kram, leur entrée unique

devait se trouver en communication avec la partie nord de cette baie. Gsell *(Hist. ancienne de l'Afrique du Nord)* écrit que, bien qu'il subsiste des traces d'un canal, il est douteux qu'il soit antique. Flaubert a admis son existence. Cf. p. 214 du roman.

216. « Puis il blâma les torts... » Polybe : « Giscon réunit d'abord les capitaines, puis les soldats, nation par nation. Il commença par des reproches sur leur conduite passée, puis il leur exposa la situation présente, mais c'est surtout de l'avenir qu'il leur parla... »

217. « Et Giscon se mit à la paye... » Polybe : « Ensuite, il se mit à la paye de la solde, en procédant nation par nation... »

218. VAR. couvert de gales saignantes... (L. Q. C.)

219. Hippozaryte, ou Hippo-Diarrytus, sur la rive occidentale du canal sans profondeur, qui a valu à la ville son nom de Diarrytus; sur l'emplacement actuel de Bizerte.

220. « Il leur dit... » Polybe : « Quand les autres Mercenaires seront rentrés dans leurs foyers, vous autres vous resterez en Afrique; et c'est sur vous que Carthage fera tomber toute sa haine, cherchant par quelque horrible vengeance à terrifier toutes les nations africaines. » Mais, chez Polybe, c'est Mathos qui parle aux Libyens.

221. « L'Ile-des-Ossements »; surnom donné par les Carthaginois à la Sicile à cause des pertes considérables qu'ils y avaient éprouvées, en 212, par suite de la peste; 25.000 fantassins et 9.000 cavaliers furent emportés en quelques semaines, pendant l'été. (Cf. Tite-Live, XXIV, 35; XXV, 26. — Gsell, *Hist. ancienne de l'Afrique du Nord*, II, 340.)

222. Magdala, sans doute Magdolus, ville d'Égypte, sur la mer Rouge; — Leptis, il y avait deux villes de ce nom sur la côte d'Afrique, l'une en Numidie, l'autre en Cyrénaïque. — Hécatompyle, cf. n. 57.

223. VAR. pénétraient la nuit dans la tente... (Orig.)

224. VAR. Mâtho s'écartait pour s'entretenir... (C.)

225. « phalariques », sorte de piques garnies d'étoupe enflammée, que l'on jetait dans les rangs ennemis.

226. VAR. On avait promis aux Baléares... (L. Q. C.)

227. « la porte de Khamon... » allusion à l'épisode rapporté p. 43.

228. « Quelques-uns montaient à ses côtés... » Polybe : « Quiconque demandait la parole était lapidé et avant même que l'on sût si c'était en faveur de Spendius qu'il parlait ou contre lui. »

229. « Le mot : *frappe...* » Polybe : « Un seul mot était compris de tous : *frappe!* tant le geste leur était habituel. »

230. Var. mais il ne voulait point la déshonorer. (C.)

231. Var. son collier de perles bleues... (C.)

232. « Alors les Africains réclamèrent le blé... » Polybe : « Sous le fallacieux prétexte que Giscon, en acquittant la solde, remettait à plus tard le remboursement du blé et des chevaux, ils se déchaînèrent aussitôt. »

233. Var. Les Anciens les avaient frauduleusement... (L. C.). — Les anciens les avaient frauduleusement... (Q.)

234. Var. L'abondance où s'était trouvée Carthage... (L. Q. C.)

235. « Ils brisèrent la caisse de sycomore... » Polybe : « Ils se jetèrent sur l'argent, et arrêtèrent Giscon et sa suite. »

236. « comme ils criaient... » Polybe : « Un jour même que les Libyens réclamaient impétueusement leur argent, « demandez-le à Mâthos », répondit Giscon pour les braver. »

237. « On les entraîna en dehors... » Polybe : « Giscon et les siens furent ignominieusement garrottés et jetés en prison. »

238. Var. les accablait d'invectives; comme ils ne comprenaient point... (L. C.). — d'invectives : comme ils ne comprenaient point... (Q.)

239. Var. Mâtho, levant son bras... (L. Q. C.)

240. « la planète de Chabar... » la planète Vénus.

241. « L'aqueduc dont il parlait... » Voir ce que dit Flaubert, dans sa lettre à Sainte-Beuve (p. 363), sur l'existence hypothétique de cet aqueduc.

242. Var. des disques de lumière; les ténèbres à l'entour... (L. Q. C.)

243. Var. ils revenaient. Quelque chose résista... (L. C.) — ils tournaient, revenaient. Quelque chose résista... (Q.)

244. Var. Ils avaient à remonter, puis ils tombaient encore... (Orig.)

245. Var. Mâtho se tourna silencieusement... (L. Q. C.)

246. « nopals », variété de cactus. Dans ses *Notes de voyages* relatives à Carthage, Flaubert écrit : « des haies de nopals où les feuilles, vieillissant, sont devenues des branches. » Ailleurs, il note : « Le terrain monte, haies de nopals, la Marsa. » (P. 303-304.)

247. Var. dans la haute muraille... (L. Q. C.)

248. Var. Mâtho baissait la tête. (Orig.)

249. « dans la flamme des bûchers. » Dans cette menace formulée par Spendius, Flaubert semble annoncer le destin réservé à Mâtho au dénouement du roman.

250. Var. Il n'allait pas jusqu'au fond de sa pensée... (L. C.)

251. « au milieu des ténèbres. » Dans ce passage, et à la page suivante, Flaubert s'est manifestement inspiré de ses visions de l'Orient moderne, et de ses souvenirs de voyage. Voir *Notes de voyages*, I et II (Egypte et Carthage).

252. Var. L'espace tout à coup... (L. Q. C.)

253. Var. Mâtho, que ce silence effrayait... (L. Q. C.)

254. « Deux longs portiques... » Pour la description du temple de Tanit, Flaubert s'est inspiré du « traité de la Déesse de Syrie, des médailles du duc de Luynes,... du temple de Jérusalem,... et surtout des ruines du temple de Thugga ». Cf. sur cette documentation, sa lettre à Sainte-Beuve, p. 357.

255. « s'alternaient... » exemple de la prédilection de Flaubert pour l'emploi du verbe à la forme pronominale.

256. « le corps d'une femme sortait d'une gaine couverte de mamelles »; image analogue à celle de l'Artémis d'Éphèse, et qui se retrouve dans la représentation de plusieurs déesses orientales.

257. Var. mais la demeure particulière de la Divinité. (L. C.); mais la demeure particulière de la divinité. (Q.)

258. Var. Mais ils revinrent sur leurs pas... (Orig.)

259. Var. étaient accrochés du haut en bas contre leurs colonnes de cèdre. (Orig.) — étaient accrochés à leurs colonnes de cèdre. (L. Q. C.)

260. Var. sentit tomber sur ses épaules... (C.)

261. Var. Une lueur vacillait... (L. Q. C.)

262. Var. Une lumière éblouissante leur fit baisser... (L. Q. C.)

263. Var. la Rabbetna suprême... (Orig.). Voir dans Dumesnil et Demorest, *op. cit.*, p. 560, les détails sur les variantes orthographiques de ce nom : la *Rabbetna* de la 1re édition devient la *Rabetna* dans la deuxième, et la *Rabbet* à partir de la cinquième. (1864.) Cf. aussi notre note 171.

264. Var. vous regardaient; une pierre lumineuse... (L. Q. C.)

265. Var. Mâtho fit un pas; mais une dalle... (Orig.)

266. VAR. Elle allait apparaître, elle allait se lever... (Orig.)
Cf. dans Dumesnil et Demorest, p. 134, le commentaire sur
cette variante.

267. VAR. — Le voile? dit Spendius. (L. Q. C.)

268. VAR. dans une petite salle ronde... (L. Q. C.)

269. VAR. Au delà on aurait dit... (L. Q. C.)

270. VAR. C'était le manteau de la Déesse... (L. Q. C.)

271. « le Zaïmph saint que l'on ne pouvait voir. » Flaubert
a trouvé dans Athénée (XII, 50) « la description très minutieuse de ce manteau ; » il a emprunté aussi certains détails à
Dureau de la Malle, *Recherches sur la topographie de Carthage.*
Cf. lettre à Frœhner, p. 369. — Une reconstitution du voile
de la déesse a été faite en 1896 par Mme Georges Rochegrosse,
la femme du peintre, et se trouve au Musée Flaubert, à Croisset.
Voir l'historique de cette reconstitution et la description du
voile dans un article de M. Georges A. Le Roy, *Mercure de
France*, 15 décembre 1923.

272. VAR. Quelqu'un, sous les arbres,... (L. Q. C.)

273. VAR. Tout gardait encore les traces... (Orig.)

274. VAR. — Mais où est-elle? (Orig.)

275. VAR. son pouvoir nouveau ; dans l'excès de son espérance... (L. Q. C.)

276. VAR. il ne savait plus ce qu'il devait faire... (L. Q. C.)

277. « malgré la polissure du sol... » Flaubert n'a pas forgé
ce nom rare, *polissure* ; pour exprimer l'éclat d'une chose
polie, La Bruyère parle de « l'admirable polissure d'une belle
arme ».

278. VAR. La lumière s'arrêtait au bord... (L. Q. C.)

279. VAR. Mâtho tira la lampe... (L. Q. C.)

280. VAR. la galère d'argent; la moustiquaire s'enflamma... (L. Q. C.)

281. VAR. Elle avança un pied... (L. Q. C.)

282. « la caverne d'Hadrumète... » L'ancienne Adrumetum,
sur la côte africaine, entre Carthage et Leptis, aujourd'hui
Sousse, en Tunisie.

283. VAR. Alors sans comprendre... (Orig.)

284. « Schaoûl... » Sur cette liste de noms propres, voir la
réponse de Flaubert à Frœhner, qui lui avait reproché de
prendre des noms d'hommes pour des noms de dieux (p. 370).

285. « Matisman, » mentionné par Corippus; Flaubert cite
sa référence dans la réponse à Frœhner, p. 370.

286. « l'Autre, » Moloch.

287. Var. au milieu d'eux; à la porte il s'arrêta... (L. Q. C.)

288. Var. On l'aperçut; une clameur s'éleva. (L. Q. C.)

289. Var. Mâtho se jeta contre elle. (Orig.)

290. Var. Puis quand il fut dehors... (Orig.)

291. « regardait s'en aller la fortune de Carthage. » Ce magnifique épisode du vol du Zaïmph a probablement inspiré à Pierre Louys, dans *Aphrodite*, l'épisode du collier, du peigne et du miroir de la déesse dérobés par Démétrios pour Chrysis.

292. Var. Personne n'eût rien osé... (Orig.)

293. Var. Spendius, qui tendait l'oreille... (L. Q. C.)

294. Var. Donc il trouvait intérêt... (Orig.)

295. Var. Mâtho considérait Spendius... (L. Q. C.)

296. Var. Assis sur les peaux de moutons... (Orig.)

297. Var. tout en faisant de la tête... (Orig.)

298. Var. On amena un taureau blanc... (L. Q. C.) — Mais on amena un taureau blanc... (Orig.)

299. Var. Aucun n'y songea; car la manière mystérieuse.. (Orig.)

300. « expédièrent des hommes à toutes les tribus du territoire punique. » Cf. Polybe, LXX : « Mathos expédia des hommes à toutes les villes de la Libye, pour les appeler à la révolte et réclamer leur appui. »

301. « Carthage exténuait ces peuples. » Cf. Polybe, LXXII: « De toutes ces calamités si terribles, Carthage portait une lourde part de responsabilité. Durant la campagne précédente, s'autorisant des nécessités de la guerre pour se montrer exigeante, la République avait durement traité les Africains... etc. »

302. Var. ne payant qu'un très médiocre tribut... (C.)

303. Agathoclès, roi de Sicile.

304. Les courriers n'étaient pas encore partis... » Cf. Polybe, LXXII: « Il ne fut pas besoin de longues exhortations pour faire prendre les armes à ces populations irritées : la seule nouvelle de la guerre suffit à les leur faire prendre. »

305. « les femmes donnèrent leurs colliers. » Cf. Polybe, LXXII : « Les femmes firent, dans toutes les villes, le serment de ne rien dissimuler de ce qu'elles possédaient de précieux : on les vit donner leurs bijoux, afin de subvenir à l'entretien des troupes. »

306. « On expédia des bestiaux et de l'argent. » Cf. Polybe, LXX : « la plupart des villes de Libye se joignirent ardem-

ment à Mathos et lui envoyèrent à l'envi des vivres et des renforts. »

307. « Mâtho paya vite aux Mercenaires l'arrérage de leur solde. » Cf. Polybe, LXXII : « Mathos et Spendius purent payer aux Mercenaires la solde qu'ils leur avaient promise pour les inciter à la résistance et firent face, en outre, à toutes les exigences de la guerre. »

308. « cette idée de Spendius le fit nommer général en chef. » Cf. Polybe, LXIX : « Mathos et Spendius furent nommés généraux. »

309. Var. Mais sur la plate-forme... (Orig.)

310. « Utique et Hippo-Zaryte refusèrent leur alliance... » Cf. Polybe, LXX.

311. « il fut décidé que-Spendius... » Cf. Polybe, LXX : « Les Barbares divisèrent leurs forces en deux armées ; l'une irait attaquer Utique, et l'autre Hippone... »

312. « la montagne de l'Ariane. » Colline qui domine le village actuel El Ariana, à une douzaine de kilomètres à l'ouest de Carthage ; elle fait partie d'une ligne de hauteurs parallèles au Djebel Auran.

313. Var. le monopole du commerce ; et en multipliant... (Orig.)

314. Var. Seule, elle ouvrait toutes les magistratures... (L. Q. C.)

315. Le Conseil des Anciens. Voir dans la lettre de Flaubert à Sainte-Beuve, p. 358, comment il défend sa conception du Conseil de Carthage par analogie avec « tous les milieux analogues par les temps de révolution, depuis la Convention jusqu'au Parlement d'Amérique ».

316. « l'on décida de s'en remettre à Hannon. » Cf. Polybe, LXXIII : « Tant de calamités épuisaient la République. Cependant, elle investit du commandement de ses forces Hannon, le conquérant d'Hécatompyle, en Libye. »

317. « C'était un homme dévot... » Voir dans la *Correspondance* de Flaubert (V, 58, 62, 69 et 70) ses scrupules et ses hésitations sur le caractère de ce personnage et sur le rôle qu'il lui attribue.

318. « Il décréta l'enrôlement de tous les citoyens valides... » Cf. Polybe, LXXIII.

319. Var. et il voulait que tout fût enregistré... (Orig.) Voir dans Dumesnil et Demorest, *op. cit.*, p. 72, le commentaire de cette variante.

320. Var.. Puis dans son palais... (Orig.)

321. « les cent douze éléphants... » Cf. Polybe, LXXIV : « Hannon avait commencé par jeter l'effroi parmi les ennemis par le nombre de ses éléphants (il n'en avait pas moins de cent). »

322. Var. avec bourrelet blanc... (L. Q. C.)

323. « un petit caleçon de byssus... » Le byssus était un tissu précieux fabriqué avec des filaments provenant de certains coquillages. Apulée mentionne ce tissu comme une étoffe très fine. (*Métam.* 11, 3.)

324. Var. qu'embarrassaient des bestiaux et des femmes. (L. Q. C.)

325. Var. son sayon en peau de phoque... (C.)

326. Var. Les Carthaginois captifs... (L. Q. C.)

327. « Mâtho cependant assiégeait Hippo-Zaryte. » Cf. Polybe, LXXIII : « Cependant l'armée de Mathos, grossie d'environ 70.000 Africains, et divisée en deux corps, assiégeait tranquillement Utique et Hippone. Son camp était établi devant Tunis, à l'abri d'une surprise, et Carthage se trouvait coupée du reste de la Libye. »

328. Var. contre les murs; le tumulte s'affaiblissait... (L. Q. C.)

329. Var. Derrière une montagne apparaissaient d'autres montagnes... (ms.)

330. « ... pour aspirer la brise. » Tout ce paysage est composé avec des impressions d'Afrique de Flaubert. Cf. *Notes de voyages*, II, Carthage, *passim*.

331. Var. Jamais il ne la posséderait. Il ne pouvait même... (L. Q. C.)

332. Var. s'y plongeait le visage, le baisait en sanglotant. (L. Q. C.)

333. Var. Quelquefois il s'échappait tout à coup, enjambait les soldats qui dormaient... (L. Q. C.)

334. Var. roulés dans leurs manteaux, s'élançait sur un cheval... (L. Q. C.)

335. Var. Mais pourquoi Narr'Havas... (Orig.)

336. Var. Enfin Hannon avait terminé... (Orig.)

337. « Enfin apparurent... » Cf. Polybe, LXXIV : « Hannon avait fait descendre de la ville des traits, des catapultes, tout un matériel de siège, et, adossé aux murailles, il avait attaqué les retranchements des Barbares. »

338. Var. Mais les Carthaginois manœuvraient... (Orig.)

339. Var. elles retombèrent près d'eux. (C.)

340. Var. balancée par les soldats... (Orig.)

341. Var. comprimaient ses bras, et la bouche ouverte... (L. Q. C.)

342. « Aussitôt la terre s'ébranla... » Cf. Polybe, LXXIV : « A peine les éléphants se furent-ils avancés que les ennemis, incapables de résister à la masse et à l'impétuosité des bêtes, prirent la fuite... etc. »

343. « Ils se cachaient dans les collines... » Cf. Polybe, LXXIV : « Un grand nombre moururent écrasés; les survivants se réfugièrent sur une colline escarpée et boisée, qui, par sa position, semblait leur offrir un abri assuré. »

344. Var. Mais les gens d'Utique... (Orig.)

345. « il était encore enfoncé dans l'huile... » Cf. Polybe, LXXIV : « Hannon s'imagina que c'en était fait des Barbares, qu'il ne lui en restait plus à vaincre; il laissa là les soldats et le camp, et, retournant dans la ville, il alla faire donner des soins à sa personne. »

346. Var. Mais Hannon s'indigna... (Orig.)

347. « Demonades, » nom de son médecin grec.

348. « du galbanum et du styrax. » Ce sont deux résines, extraites d'arbres de Syrie, et qu'on employait contre les ulcères et les humeurs froides. (Pline, *H. N.*, XII, 40 et 55; XXIV, 13).

349. Var. il disait... (Orig.)

350. « Les Carthaginois n'avaient point cherché... » Cf. Polybe, LXXIV : « Les Mercenaires, ayant vu le général rentrer dans la ville, et la plupart de ses hommes, grisés par leur succès, se répandre en désordre hors du camp, se réunirent, tombèrent sur les retranchements... »

351. « les poussa vers Utique. » Ce stratagème de Spendius semble inspiré d'une ruse fameuse employée par Hannibal, durant la 2e guerre punique, en Italie, et rapportée par Tite Live.

352. Var. Le jour se levait; du côté de l'occident, arrivèrent les fantassins... (L. C.) —... de l'Occident arrivèrent... (Q.)

353. Var. devant lui. Un nègre... (L. Q. C.)

354. Var. la bouche ouverte, les yeux fixes. (L. Q. C.)

355. « il était à Gorza... » Cf. Polybe, LXXIV : « peu de jours après, devant la ville de Gorza, face à face avec les Barbares, Hannon aurait pu les anéantir en bataille rangée... »

356. Var. les eussent facilement arrêtés; mais les Carthaginois... » (Orig.)

357. « les Carthaginois les regardèrent passer... » Cf. Polybe, LXXIV.

358. Var. Mais Carthage n'eut pas la force... (Orig.)

359. « On avait perdu... » Cf. Polybe, LXXIV : « Les Barbares s'emparèrent de tous les bagages, des machines de guerre et des munitions qu'Hannon avait laissés hors des murs, exposés à un coup de main de l'ennemi. »

360. Var. quatre cent mille neuf cent soixante-douze shekels d'argent... (C.)

361. « de Tunis à Rhadès... », une dizaine de kilomètres.

362. Var. On se repentait de l'avoir méconnu... (L. Q. C.)

363. Hamilcar Barca; Flaubert s'est expliqué lui-même sur le caractère qu'il a donné à ce personnage, dans sa lettre à Sainte-Beuve (p. 359) : « La colère du suffète va en augmentant à mesure qu'il aperçoit les déprédations commises dans sa maison... Il n'éclate qu'à la fin, quand il se heurte à une injure personnelle. »

364. Var. mit sa main devant ses yeux... (Orig.)

365. Var. Mais déjà elle se trouvait... (Orig.)

366. « Le Port-Militaire... » Sur ce port, appelé Côthon, voir la lettre à Frœhner, p. 367. On a retrouvé dans le dossier de *Salammbô* une note de Flaubert, où il dit qu'il a copié sa description dans Appien, mais en l'interprétant : « Au lieu de dire : comme sur « des colonnes ioniques », je mets : « des cornes sur des chapiteaux »; ce qui doit être la pensée même d'Appien plus précisée. »

367. Var. dans les appartements déserts. Des barres lumineuses passaient en haut, dans les toiles d'araignées suspendues comme des haillons aux poutres de cèdre. A chaque pas... (ms.)

368. Var. les compta l'une après l'autre... » (Orig.)

369. Var. Le jour du dehors frappait... (ms.)

370. Var. Mais la multitude occupait... (Orig.)

371. Var. lui faisant signe de marcher délicatement... (ms.)

372. « Il est fort, n'est-ce pas? » Dans sa lettre à Sainte-Beuve (p. 358), Flaubert proteste contre le jugement du critique, qui jugeait l'enfance d'Hannibal fabuleuse, et justifie l'épisode de l'aigle tué par l'enfant.

373. Var. Et maintenant tu peux lui parler... (Orig.)

374. Var. sans escorte et sans flambeaux... (Orig.)

375. « le Faubourg-des-parfumeurs. » Voir la réponse de Flaubert à Frœhner (p. 367), dans laquelle l'auteur justifie l'appellation donnée à ces quartiers.

376. « corne de narval... » Le narval est une sorte de cétacé, dont la mâchoire supérieure est armée d'une longue défense.

377. VAR. fumait dessus lentement. Au delà... (L. C.) — fumait dessus, lentement. Au delà... (Q.)

378. VAR. une tige de bronze... (Orig.)

379. « Les Anciens s'assirent... » Sur le Conseil de Carthage, voir la lettre à Sainte-Beuve (p. 358).

380. VAR. leurs voix montèrent, éclatèrent... (L. Q. C.

381. « l'image de la Vérité... » Dans sa lettre à Frœhner (p. 370), Flaubert justifie ce détail par une citation de Diodore et par un autre texte d'Elien.

382. « la Gétulie-Darytienne. », cf. n. 174.

383. « l'Eridan, » nom ancien du Pô.

384. « Cœpio », ou plutôt Cæpio, surnom de Servilius Cæpio, consul romain qui prit part à la première guerre punique.

385. VAR. de la voûte; le silence pendant quelques minutes.. (L. Q. C.)

386. VAR. sans le secours du Suffète; cette considération... (L. Q. C.)

387. « le rocher tout blanc de leurs os... » Cf. p. 68 et la n. 221.

388. VAR. D'abord il chancela, puis changé en marbre tout à coup il n'eût point semblé plus immobile... (ms.)

389. VAR. Schahabarim. Seul, le prêtre... (L. Q. C.)

390. « le mois de Tammouz, » juillet.

391. VAR. quelque chose d'épouvantable; il reprit d'une voix... (L. Q. C.)

392. VAR. avec des éponges de pourpre, les autres avec des branches de palmier. (L. Q. C.)

393. VAR. Les flambeaux répandus... (L. Q. C.)

394. VAR. Salammbô descendait l'escalier... (L. Q. C.)

395. VAR. Vues de loin, les têtes des Négresses faisaient des taches noires parmi les bandeaux... (ms.)

396. « au mois de Schebaz... » ou *Schebat* (C.) ou *Schabar*, mois de février.

397. VAR. Sa chevelure était crépue... (orig.) « Ayant dit primitivement, pour marquer les rapports significatifs entre

Salammbô et Tanit, déesse lunaire, que « sa chevelure était crépue, de façon à simuler un nuage, » Flaubert corrige et écrit *crêpée*, ce qui indique, non plus une ondulation naturelle, mais une ondulation artificielle, savamment voulue dans un dessein religieux. » (Dumesnil et Demorest, *op. cit.*, p. 504.)

398. VAR. Il se recula, et Salammbô... (L. Q. C.)

399. VAR. ouvrir les lèvres; cependant elle étouffait... (L. Q. C.)

400. VAR. Mais il le tenait par orgueil... (Orig.)

401. « apportés des Cassitérides par la mer Ténébreuse... » Les Cassitérides sont un groupe d'îles, à l'ouest de la Bretagne, dont parle le géographe Pomponius Mela *(De chorographia,* III, 6). — La mer Ténébreuse est le golfe du Morbihan.

402. « de Taprobane... » L'île de Ceylan.

403. « Abdalonim levait d'un air orgueilleux sa mitre pointue. » Voir, dans la lettre à Sainte-Beuve (p. 359), ce que Flaubert dit de cette scène.

404. « les Ingriens, » *Ingri* ou *Hungari,* les Hongrois; — « les Estiens, » peuple de Bithynie.

405. « le cap Œstrymon, » cap de Celtibérie, mentionné par Avienus, et qui devait se trouver dans les parages du golfe de Gascogne.

406. « l'encens de Schesbar, » sans doute de Seba, en Ethiopie.

407. « Elathia » ou Elath, ville de l'Idumée, sur la mer Rouge.

408. « Rusicada, » port de la Cyrénaïque, qui servait de port à la ville de Cirta.

409. « bien au delà du Harousch-Noir, après les Atarantes... » Le Harousch-Noir est une chaîne de montagnes de l'Afrique du Nord; les Atarantes, une peuplade libyenne, dont Hérodote a parlé (IV, 184), en disant qu'ils maudissent le soleil, parce qu'il les brûle, eux et leur région. Flaubert a reproduit ce détail dans *Salammbô,* p. 252.

410. « Phazzana », ville de Cyrénaïque.

411. VAR. à invoquer les Baals... (L. Q. C.)

412. VAR. Hamilcar s'irritait... (L. Q. C.)

413. « quinze cents gomors... » ou *gommors,* ou *omers,* mesure de capacité citée dans la Bible, à propos de la manne, — la dixième partie de l'*éphah.*

414. « les chevaux orynges, » sans doute les chevaux originaires de la région d'Oringis, ou Oningis, ville d'Espagne.

415. VAR. Les intendants, marchant à reculons... (L. Q. C.)

416. « un béka, » mot hébreu, qui désigne un poids d'un demi-sicle, employé comme monnaie.

417. « douze kesitah, » nom de monnaie, que l'on trouve dans la Bible, et qui valait quatre sicles.

418. « Annaba, » actuellement Bône, en Algérie.

419. « dix mille drachmes athéniennes... » La drachme était la principale monnaie d'argent chez les Grecs; il y avait la drachme attique (0,98 centimes-or) et la drachme éginète (1 fr. 42 centimes-or).

420. VAR. soucieux des détails domestiques... (C.)

421. VAR. Quand ils furent à l'extrémité... (L. Q. C.)

422. VAR. ...en signe d'horreur. Hamilcar résigné... (L. C.) en signe grisé d'horreur ! Hamilcarné... (Q.)

423. « des escarboucles formées par l'urine des lynx... » Cf. la lettre à Sainte-Beuve (p. 359); Flaubert a emprunté ce détail au *Traité des pierreries* de Théophraste.

424. « les douze espèces d'émeraudes. » Sur ces pierres précieuses, cf. la lettre à Frœhner (p. 372); Flaubert indique ses références. (Pline, Théophraste, Philostrate).

425. VAR. Mais une idée le fit tressaillir... (Orig.)

426. « des poutrelles d'algumnin, des sacs de lausonia... » L'algumnin, essence d'arbre asiatique, doit être le bois de santal; — le lausonia est un arbuste d'Egypte, d'où l'on extrait le henné; — la terre de Lemnos : on extrayait de Lemnos, sous le nom de *Lemnia rubrica*, une sorte de craie rouge. (Pline, *H. N.*, XXVIII, 8; XXIX, 5.)

427. « du myrobalon, du bdellium... » Le *myrobalanum* était une sorte de noix aromatique, d'où l'on extrayait de l'huile. (Pline, *H. N.*, XII, 21.) Le *bdellium*, sorte de palmier, était recherché pour sa gomme ou résine odorante. (*Ibid.*, XII, 9.)

428. « filipendule », sorte de spirée qui pousse dans les bois, et dont les racines ont des tubercules attachés comme par des fils; la fleur, d'un blanc rosé, était employée en parfumerie; — le styrax, ou storax, dont parle Pline (XII, 25), donnait une résine odorante.

429. « métopion, » désigne successivement dans Pline (*H. N.*, XII, 23; XV, 7; XIII, 1) une liqueur distillée par un

arbre d'Afrique, une huile d'amandes amères, et un onguent d'Égypte où il entre du galbanum.

430. « baccaris, » plante à racine odorante, dont on extrayait une huile souvent appelée le *nard rustique* (Pline, XII, 12).

431. « électrum, » résine, ambre; les dames romaines en portaient dans les mains une petite boule pour se rafraîchir. (Pline, XXXVII, 2; Ovide, *Métam.*, II, 365.) — « malobathre, » arbre de Syrie d'où l'on extrayait une essence précieuse; peut-être le bétel. (Pline, XII, 26.)

432. « trois besoars, » ou *bezoards*, mot d'origine persane, qui désigne des pierres employées comme antidotes.

433. « psagas », essence persane.

434. Var. Abdalonim, cependant, frissonnait... (Orig.)

435. Var. Ils avaient sur la bouche une muselière... (L. Q. C.)

436. Var. Mais Giddenem avait caché... (Orig.)

437. « son collier de gagates... » Pline (XXXVI, 91) parle de cette pierre noire, que l'on croit être du jais.

438. Var. une odeur de chair qui brûlait passait... (Orig.)

439. Var. Hamilcar pâlit... (L. Q. C.)

440. La Bataille du Macar. Tout ce chapitre suit le récit de Polybe (chap. LXXV et LXXVI). — L'écriture de ce chapitre a duré trois mois, et Flaubert en a refait certains passages jusqu'à quatorze fois. Le chapitre lui-même, dans son ensemble, a été repris neuf fois. Voir dans l'édition Conard, p. 481-482 et p. 472, le scénario de ce chapitre et les notes de Flaubert. Voir aussi, dans la lettre à Sainte-Beuve (p. 362), comment est appréciée la place de cet épisode. (Cf. également *Corresp.*, IV, 382, 386.)

441. « Il envoya dans la Ligurie... » Polybe (LXXV) : « Les Carthaginois donnèrent à Hamilcar tout ce qu'ils avaient pu recruter comme Mercenaires, tous ceux qui avaient déserté le parti de l'ennemi, des cavaliers et des fantassins de Carthage, en tout, dix mille hommes. »

442. « une phalange de soixante-douze éléphants... » Polybe dit soixante-dix. *(Ibid.)*

443. Var. il demanda comme administrateur de ses comptes... (C.)

444. Var. Il faisait cependant travailler aux remparts... (Orig.)

445. « quatre mille quatre-vingt-seize hoplites. » Sur ce

chiffre et les autres chiffres des effectifs d'Hamilcar, cf. la lettre à Sainte-Beuve (p. 359).

446. « les Clinabares; » ces soldats assyriens, dont parle Hérodote (VII, 63), étaient couverts de « boucliers faits de lames de cuivre, grossiers, mais impénétrables ».

447. « les embouchures du Macar. » Polybe (LXXV) : « Mathos occupait l'unique pont du Makar, fleuve qui, en plusieurs points, coupe toute communication entre Carthage et la campagne, et dont la profondeur est telle qu'il n'est presque jamais guéable. Mathos avait même bâti une ville à la tête de ce pont. » Le Macar est le fleuve Bagrados des Grecs, la Medjerda actuelle; il se jetait dans la lagune.

448. VAR. Alors le ressentiment qu'il gardait à Salammbô, tout à coup centuplé, se tourna contre Hamilcar. (Orig.) Cf. dans Dumesnil et Demorest (op. cit., p. 134) les réflexions sur cette variante : par scrupule d'artiste, Flaubert aurait corrigé cette exagération romantique.

449. VAR. Un homme que l'on ne connaissait pas... » (L. Q. C.)

450. « Spendius se porta jusqu'au pont bâti sur le Macar. » Cf. Polybe (LXXV) et la note 447.

451. VAR. l'un n'y songeant pas, l'autre empêché par une pudeur. (L. Q. C.)

452. « tous se demandaient ce qui retardait Hamilcar. » Polybe (LXXV) : « Hamilcar avait ordonné à ses hommes de se tenir prêts à partir, et, sans s'ouvrir à personne de son dessein, il guetta l'occasion favorable. »

453. « Au coucher du soleil, l'armée sortit... » Polybe (LXXV) : « Il sortit de Carthage pendant la nuit, et le jour commençait à peine à poindre que, sans que personne s'en fût douté, le Makar était franchi. »

454. VAR. La boue était de plus en plus profonde... (L. Q. C.)

455. VAR. Des esclaves du Suffète... (C.)

456. VAR. On sentit la résistance du sol... (L. Q. C.)

457. VAR. Une courbe blanchâtre se dessina... (L. Q. C.)

458. VAR. Un homme de haute taille... (Orig.)

459. « Il avait remarqué que... » Cf. Polybe, LXXV : « Il avait remarqué qu'à l'endroit où le Makar se jette dans la mer les sables s'y amoncelaient sous l'influence de certains vents et formaient ainsi une chaussée naturelle, recouverte par une mince couche d'eau. »

460. Var. et formait dans la longueur une chaussée naturelle. (L. Q. C.)

461. Var. enthousiasma les soldats. Ils voulaient tout de
suite... (L. Q. C.) — Cf. Polybe, LXXV : « Ce coup de génie
étonnait encore, par son audace, Carthaginois et Barbares,
que déjà Hamilcar était dans la plaine et marchait sur les
Mercenaires qui gardaient le pont. »

462. « furent surpris de voir... » Cf. Polybe, LXXV et la
note 461.

463. Var. sur la surface du désert; une lumière âpre...
(L. Q. C.)

464. Var. et les ondulations du terrain... (L. Q. C.)

465. Var. Ils distinguèrent... (L. Q. C.)

466. Var. — Les Carthaginois !
Sans signal, sans commandement... (L. Q. C.)

467. Var. une fureur contre lui-même le saisit. Pour
cacher sa pâleur... (L. C.) — ...le saisit; pour cacher... (Q.)

468. « il barbouilla ses joues de vermillon... » Flaubert se
souvient peut-être ici d'un trait rapporté par Blaise de Monluc
dans ses *Mémoires* et relatif à sa conduite au siège de Sienne.

469. « et courut après sa troupe. » Polybe (LXXVI) : « A
cette vue, Spendius avec ses soldats se porta contre Hamilcar. »

470. « Elles se rejoignirent toutes les deux si rapidement... »
Polybe (LXXVI) : « Cependant ceux qui gardaient la ville,
à la tête du pont, au nombre de dix mille environ, et ceux
qui venaient d'Utique, au nombre de quinze mille, se joignirent
à Spendius. »

471. « Les éléphants s'arrêtèrent... » Polybe (LXXVI) :
« Hamilcar continuait à avancer : les éléphants venaient en
tête, puis la cavalerie, puis les fantassins et, en arrière-garde,
les soldats lourdement chargés. »

472. Var. des étendards agités. L'armée carthaginoise...
(L. Q. C.)

473. Var. les Barbares furent pris d'une joie désordonnée...
(L. Q. C.)

474. Var. leur courage, avant que Spendius... (L. Q. C.)

475. « Mais quand on fut à trois cents pas... » Polybe
(LXXVI) : « Lorsque Hamilcar vit les Barbares, emportés
par leur élan, accourir sur lui, il commanda à toutes ses
troupes de faire volte-face. »

476. Var. On entendait au fond... (L. Q. C.)

477. Var. Hamilcar avait ordonné… (L. Q. C.) — Cf.
Polybe, LXVI : « les premières lignes se replièrent pré-
cipitamment, tandis qu'une conversion s'opérait à l'arrière-
garde et portait peu à peu celle-ci en contact avec l'ennemi, etc.»

478. Var. devant eux. Les figures disparaissaient… (L.Q.C.)

479. Var. couvraient les jambes droites. (L. Q. C.)

480. Var. à la main droite. Les Clinabares… (L. Q. C.)

481. Var. des vides ; ils haletaient… (L. Q. C.). Dans cette
page, Flaubert a supprimé quatre fois le mot : *tout.*

482. Var. la ligne des Mercenaires, trop mince, plia par
le milieu. (L. Q. C.)

483. Var. Les ailes carthaginoises… (L. Q. C.)

484. Var. des Clinabares. Les autres se trouvaient…
(L. Q. C.)

485. Var. sur la hampe des sarisses : la cavalerie… (L. Q. C.)

486. Var. de leur couper les jarrets, ou, se glissant sous
leur ventre… (L. Q. C.)

487. Var. Les autres, comme des conquérants… (L. Q. C.)

488. Var. les manipules serrées en colonnes autour d'eux…
(C.) Toutes les éditions font *manipules* du féminin, bien que
ce nom soit du masculin.

489. Var. jetèrent leurs armes. On aperçut Spendius… (C.)

490. Var. Puis comme ils avaient trop chaud… (Orig.)

491. Var. Il appela ; personne ne répondit. (L. Q. C.)

492. Var. Tous alors s'étaient battus… (Orig.)

493. Var. Ne sachant où il se trouvait… (L. Q. C.)

494. Var. Ils restèrent d'abord longtemps sans parler…
(Orig.)

495. Var. Des soupirs, des râles arrivaient… (L. Q. C.)

496. Var. entr'ouvrit la toile. Le spectacle des soldats..
(L. Q. C.)

497. Var. Mais Spendius l'interrompit : (Orig.)

498. Var. — Comment les Carthaginois vous ont-ils battus ?
(L. Q. C.)

499. Var. il me regardait ; alors j'ai senti dans mon cœur…
(Orig.)

500. Var. la plus défavorable. Pour atténuer sa faute…
(L. Q. C.)

501. « j'ai bu du massique… » Le massique était un cru
réputé de Campanie. (Cf. Virgile, *Enéide*, VII, 725 ; Horace,
Odes, I, 1.)

502. Var. dans un vaisseau qui m'appartient... (Orig.) — dans un vaisseau qui m'appartenait... (L. Q. C.)

503. « trois mille Cariens. » La Carie était une province d'Asie Mineure, qui fournissait beaucoup de Mercenaires. Hérodote (I, 171) parle de ces soldats aux grands casques ornés de plumes, et Flaubert a retenu ce détail.

504. Var. Les éclaireurs, quand ils furent revenus... (L. Q. C.)

505. « En Campagne. » Ce chapitre correspond aux chapitres LXXVI et LXXVII du récit de Polybe. Ce chapitre fut terminé au mois d'octobre 1860 : « C'est un tour de force, déclare Flaubert. Le style est autant sous les mots que dans les mots. C'est autant l'âme que la chair d'une œuvre. » Voici comment ce chapitre était indiqué dans le scénario : « Plan de guerre d'Hamilcar; on se soumet. Ses prisonniers arrivent à Carthage; leurs supplices et l'armée d'Autharite quitte Tunis. Plan de guerre des Mercenaires. Narr'Havas revient. Discipline sévère. On chasse les femmes. Dureté de Mâtho.

« Hamilcar échappe aux Barbares. Marches et contre-marches. Carthage ne lui envoie pas de secours; il vit sur les tribus et ravage tout. Utique et Hippo-Zaryte n'osent se compromettre.

« Les quatre armées des Barbares se réunissent et l'enferment. Hamilcar se fortifie solidement. Les Mercenaires commencent à en rabattre. Ruse d'Hamilcar pour les diviser et les effrayer. Les chefs des Barbares ne sont pas d'accord. Position misérable des Carthaginois, en contraste avec le bien-être des Barbares.

« Les captifs.

« Hamilcar tente une sortie. Zarxas mange le cœur d'un homme. Disette des Carthaginois toujours assaillis. Paysage. Mécontentement de Carthage contre Hannibal. C'est sa faute. Exaltation et peur. Salammbô est comprise dans cette haine. On vient crier sous sa terrasse. »

506. Var. à couvert d'une entreprise. (L. Q. C.)

507. « En quatorze jours il pacifia... » Polybe (LXXVI) : « Hamilcar, parcourant le pays en vainqueur, reçut la soumission de plusieurs places, et força plusieurs autres à capituler. »

508. Var. Vacca, d'autres encore... (L. Q. C.)

509. « Pour éblouir le peuple... » Polybe (LXXVI) : « Deux mille environ [Libyens et étrangers] furent faits prisonniers. »

510. Var. cent hommes chacune, les bras attachés... (L. Q. C.)

511. Var. couraient aussi; car des cavaliers... (Orig.)

512. « On se répétait qu'il y avait eu ... » Polybe (LXXVI) : « Il resta sur le terrain près de six mille Libyens et étrangers. »

513. Var. pour le Suffète; ses partisans... (L. Q. C.)

514. Var. comme lui. Mais les Libyens... (Orig.)

515. Var. Les Anciens décrétèrent... (L. Q. C.)

516. Var. On laissa debout... (L. Q. C.)

517. Var. de la patrie. Mais par reconnaissance... (Orig.)

518. Var. et faisaient un nuage qui roulait... (L. Q. C.)

519. « Clypéa », ou *Clupeae*, ville d'Afrique, nommée aussi *Aspis*, sur le promontoire Hermæum; — « Rhadès », cf. n. 361; — « le promontoire Hermæum », cap de la Zengitane, au N.-E. de Carthage, aujourd'hui le cap Bono.

520. Var. se résignèrent à délivrer les cadavres. (C.)

521. « Pendant ce temps-là... » Polybe (LXXVII) : « Cependant Mathos restait devant Utique, dont il continuait le siège, il recommanda à Autarite, le chef des Gaulois, et à Spendius, de ne pas perdre de vue Hamilcar : ils devaient fuir les plaines, à cause du grand nombre de chevaux et d'éléphants dont disposait l'ennemi, et suivre le pied des montagnes pour fondre sur les Carthaginois à la première occasion. »

522. Var. pour le surprendre et l'enlacer. Un renfort... (L. Q. C.)

523. Var. Narr'Havas reparut, avec trois cents chameaux... (L. Q. C.)

524. Var. Fort de l'argent punique, il avait soulevé... (L. Q. C.)

525. Var. Narr'Havas, prévenu... (L. Q. C.)

526. Var. Alors les chefs des quatre armées... (Orig.)

527. « s'embarquèrent à Annaba. » On croit généralement que ce port désigne le port moderne de Bône, en Algérie.

528. Var. de race non punique. Comme la contrée s'épuisait... (L. Q. C.)

529. Var. d'Autharite, les Gauloises... (L. Q. C.)

530. Var. Mais elles vinrent sous les murs... (Orig.) — Elles vinrent sous les murs... (L. Q. C.)

531. Var. Cependant quelques-unes s'obstinèrent... (Orig.)

532. Var. Mais ces marches... (Orig.)

533. Var. Maintenant, les gens de la campagne lui apportaient... (L. Q. C.)

534. Var. et des hommes. Les habitants ne tardèrent pas... (L. Q. C.)

535. Var. de venir à son aide. N'osant se compromettre... (L. Q. C.)

536. Var. avec prudence. Bientôt il fut contraint... (L. Q. C.)

537. « Tout à coup de grands panaches se levèrent... » Polybe (LXXVII) : « Hamilcar venait de s'arrêter dans une plaine que des montagnes entouraient de toutes parts, lorsque précisément les troupes de renfort, envoyées aux Barbares par les Numides et les Libyens, firent leur jonction avec celles de Spendius. »

538. « C'était l'armée de Spendius... » Polybe (LXXVII) : « Hamilcar se trouva subitement dans la position suivante : en face de lui, les Libyens; derrière lui, les Numides; sur ses flancs, Spendius. Il était malaisé d'en sortir. »

539. Var. Si tous attaquaient à la fois... (L. Q. C.)

540. Var. l'armée punique. Les Carthaginois... (L. Q. C.)

541. Var. l'avaient forcé à la guerre. Pour leur montrer... (L. Q. C.)

542. Var. Alors les Barbares furent troublés... (Orig.)

543. Var. on choisissait son armée; les Gaulois avec Autharite... (L. Q. C.)

544. Var. Autharite, devinant ses paroles à sa figure... (L. Q. C.)

545. Var. applaudissait. Mais Narr'Havas... (Orig.)

546. Var. des tours de bois; ses esclaves allaient... (L. Q. C.)

547. Var. autour des trépieds. Les tribus... (L. Q. C.)

548. Var. Quelques-uns sanglotaient d'un air stupide (L. Q. C.)

549. Var. Mais un tel flot de Barbares... (Orig.)

550. « se jeta sur la blessure... » Voir dans la lettre à Sainte-Beuve (p. 360) ce que Flaubert répond au critique qui lui avait reproché cet étalage inutile de cruautés.

551. « dix k'kommer », mesure de capacité qui équivalait à 180 *cab*, le *cab* valant 1 litre 16 centilitres; — le *hin*, mot hébreu, valait 3 *cab ;* — le *betza*, surtout employé comme mesure de superficie, valait 5 ares.

552. « la quatrième dilochie de la douzième syntagme; » la *dilochie* était une compagnie double; la *syntagme* un carré de seize hommes sur seize. (Cf. Polybe, X, 21 ; IX, 3 et XI, 23.)

553. Var. avec lui ! Des hommes expédiés... (L. Q. C.)

554. Var. et les Ligures... (L. Q. C.)

555. Var. sur la poussière; il n'était si mince goujat...
(L. Q. C.)

556. Var. il n'avait pas vérifié ses troupes... (Orig.) — il
n'avait pas purifié ses troupes... (L. Q. C.)

557. « il avait même refusé de prendre avec lui des augures. »
Flaubert se rappelle ici des exemples fameux d'impiété qui
furent reprochés à certains consuls romains, et qui leur
furent funestes; par exemple, Claudius Pulcher battu par
les Carthaginois à Drepanum en 249, Flaminius, vaincu à
Trasimène en 217.

558. Var. les escaliers des temples; les murailles étaient
couvertes... (L. Q. C.)

559. Var. campés à Tunis; les voix se multipliaient...
(L. Q. C.)

560. Var. La Rabbet, n'ayant plus son voile... (L. Q. C.)

561. Var. devait être punie. Puis la vague idée... (Orig.)

562. « Son grand serpent, le Python noir, languissait. »
On a trouvé parmi les papiers de Flaubert, dans le dossier de
Salammbô : 1° Une lettre explicative sur les charmeurs de
serpents; 2° Une lettre du Muséum d'histoire naturelle de
Paris, répondant à Flaubert qu'on ne peut lui fournir de
documents sur la maladie des serpents ni sur les remèdes. —
Voir le plan de ce chapitre dans l'édition Conard, p. 482.

563. Var. Celui de Salammbô avait refusé... (L. Q. C.)

564. Var. il était complètement enroulé... (Orig.)

565. Var. une liane flétrie; à force de le regarder... (L. Q. C.)

566. Var. le zaïmph; cependant elle en éprouvait... (L. Q. C.)

567. « en pèlerinage au temple d'Aphaka. » Aphaka, ou
Apaka, dans le Liban. C'est là qu'Adonis a été tué par le
sanglier, et qu'il est pleuré par la déesse.

568. Var. Lasse de ses pensées... (L. Q. C.)

569. Var. Soudain elle éclatait... (L. Q. C.)

570. Var. froide; cependant elle entendait... (L. C.) —
froide; — cependant elle entendait... (Q.)

571. Var. le grincement continu de la grande roue...
(L. Q. C.) — Sur le manuscrit, *haute* avait été substitué à
grande; dans la 1re édition, il n'y a aucun adjectif devant
roue; l'épithète *grande* est rétablie à partir de la 2e édition.
« Pour l'oreille, cette dernière forme est préférable, mais cet
adjectif se trouvait déjà à deux reprises dans le même paragraphe (*grande* chambre, *grand* lit), d'où sans doute l'hésita-

tion. » (Dumesnil et Demorest, *op. cit.*, p. 561). — Sur cette roue, voir la note 169.

572. VAR. contre cette domination; et elle sentait... (Orig.)

573. « lotions d'adiante »; l'adiante capillaire est une plante aromatique, qui a des qualités pectorales.

574. « elle mangeait tous les matins des mandragores »; la mandragore, plante du genre des solanées, à racines charnues, et qui a des propriétés narcotiques et purgatives; elle a toujours joué un grand rôle dans les pratiques de la magie. (Cf. Pline, *H. N.*, XXV, 94.)

575. « le baaras », plante du Liban, à laquelle on attribuait des propriétés merveilleuses : lumineuse la nuit, invisible le jour, elle conjurait les effets des sortilèges et transmuait les métaux.

576. « le collège des Mogbeds »; *mogbed* est un mot persan, qui désigne les mages, adorateurs du feu.

577. « Pessinunte, » ville de Galatie, célèbre par un sanctuaire de Cybèle.

578. « les Nabathéens », peuple de l'Arabie Pétrée, dont parlent Pline (*H. N.*, VI, 144), Tacite (*Ann.*, II, 57) et Juvénal (XI, 126).

579. « un feu de sandaraque », résine odorante, produite par une variété de thuya qui croît sur les hauteurs moyennes de l'Atlas.

580. « le labyrinthe de Lemnos »; Pline (*H. N.*, XXXVI, 13) mentionne ce labyrinthe construit par Rhœkos et Théodoros de Samos.

581. « les armilles »; ce nom qui désigne en général un cercle de métal, et particulièrement un bracelet, s'applique ici à une des pièces d'un instrument d'optique.

582. « les bématistes d'Evergète; » les bématistes étaient des arpenteurs officiels, qu'Alexandre avait institués pour calculer les distances franchies par son armée; — Evergète est le surnom d'un roi d'Égypte, Ptolémée III; ce roi avait dû emprunter à Alexandre l'institution des bématistes.

583. VAR. lui avait pris sa virilité future? Et il suivait... (L. Q. C.)

584. « au fond des térébinthes », dans les buissons ou les taillis, formés par cet arbuste, sorte de pistachiers particuliers à la région méditerranéenne.

585. VAR. dans l'espoir de l'obtenir, il imagina... (C.)

586. VAR. le roi des Barbares; il ajouta... (L. Q. C.)

587. VAR. les bras allongés sur ses genoux... (L. Q. C.)

588. VAR. qu'importait la vie... (Orig.) — « Bon exemple de ces imparfaits de discours indirect coupés, dans la forme définitive, par un présent qui échappe aux limites du temps. Le fait que cette dissonance de temps est due à une modification très consciente apportée en 1874 au texte primitif de 1862, ne fait que souligner l'importance que Flaubert donne à ce procédé. » (Dumesnil et Demorest, *op. cit.*, 73.)

589. VAR. en plein Conseil; et il lui disait... (Orig.)

590. VAR. était le maître du zaïmph... (Orig.)

591. VAR. des serpents. La corbeille était vide (L. Q. C.)

592. VAR. Les jours suivants... (L. Q. C.)

593. VAR. — Mais s'il refuse? (L. Q. C.)

594. VAR. Alors elle se sentit... (Orig.) — Elle se sentait... (L. C.)

595. VAR. pour se réunir; elles s'envolèrent... (L. Q. C.)

596. « pleins de strobus et de cardamome »; le strobus est un arbre odoriférant, dont les feuilles s'employaient en fumigations (Pline, *H. N.*, XII, 40) — le cardamome, une plante de l'Inde, qui produit une huile aromatique.

597. « le joueur de Kinnor »; le Kinnor est une sorte de luth ou de cithare employée chez les Juifs.

598. VAR. et, déjà, de l'autre côté... (Orig.)

599. VAR. ses vêtements, l'un après l'autre, tombaient... (Orig.)

600. VAR. Cependant la lourde tapisserie... (Orig.)

601. VAR. il se releva tout droit... (Orig.)

602. VAR. aux soins de l'esclave. Ces attouchements... (L. Q. C.)

603. VAR. Salammbô sanglotait... (L. Q. C.)

604. « le pays de Sères », peuple de l'Inde orientale, producteur de la soie.

605. « des grains de sandastrum », pierre chatoyante, originaire de l'Inde, qui, d'après Pline (*H. N.*, XXXVII, 28) avait la couleur de la pomme ou de l'huile verte, et dont on faisait peu de cas.

606. VAR. Taanach dressa devant elle... (L. Q. C.)

607. VAR. Va-t-en voir sous les myrtes... (Orig.)

608. VAR. l'escalier des galères... (C.) Il semble que la leçon *galeries*, qui est aussi dans Q., soit une faute d'impression.

609. « et la figure sur les dalles. » Ce chapitre est un de ceux qui donnèrent à Flaubert le plus de souci et qui lui furent reprochés le plus durement par la critique contemporaine. Sainte-Beuve lui-même critique « l'imagination libertine de Schahabarim », l'épisode de Salammbô qui « batifole avec le serpent », la « pointe d'imagination sadique » qui perce dans ces pages. Voir la réponse de Flaubert (p. 361-362); il explique qu'il a voulu faire de son héroïne « une maniaque, une espèce de sainte Thérèse ». (*Ibid.*, p. 356). Pour entrer dans cet état psychologique, il s'était livré à « des études psycho-médicales », il s'était « occupé d'hystérie et d'aliénation mentale ». (*Corresp.*, IV, 314.)

610. « Sous la Tente. » Flaubert termina ce chapitre à la fin de mars 1861. (*Corresp.*, IV, 423). L'épisode était conçu, dans le scénario, d'une façon sensiblement différente de la forme que Flaubert lui a donnée dans son texte définitif : « La jeune fille prend, après mille luttes, la résolution de sauver la ville, en reprenant le voile; — elle y retouchera, elle mourra, mais Carthage sera sauvée par une femme. — Elle ne met dans sa confidence que quelques serviteurs fidèles; elle part pour le camp des Mercenaires; elle entre; joie de Mâtho; il veut à toute force qu'elle prenne, cette fois, le voile sacré. Elle tremble encore, puis étend la main; alors il la couvre avec le manteau, comme avec un linceul; il l'étreint sur sa poitrine, et finalement la b... Dire comme quoi elle s'échappe avec le voile (peut-être doit-elle rester là quelques jours; ce sera une occasion de décrire le camp et les mœurs des Mercenaires). Édit. Conard, p. 469.

611. « la porte de Teveste ». Teveste ou Thebeste est le nom d'une ville de Numidie, sur la route de Carthage à Césarée, qui partait de cette porte.

612. Var. Ils suivirent pendant quelque temps... (L. Q. C.)

613. Var. de la tête; involontairement... (L. Q. C.)

614. Var. Les champs, bien qu'on fût... (L. Q. C.)

615. Var. entre les chevaux; il les fouettait... (L. Q. C.)

616. Var. des plaisanteries obscènes; l'homme de Schahabarim... (L. Q. C.)

617. Var. Aux clartés du crépuscule... (L. Q. C.)

618. Var. Il lui posa sous la gorge... (L. Q. C.)

619. Var. Mais de temps à autre... (Orig.)

620. Var. Alors il poussa un sifflement... (Orig.)

621. Var. Alors un souvenir... (Orig.)

622. Var. des marmites suspendues; leurs reflets empourprés... (L. Q. C.)

623. Var. des huttes de roseaux... (Orig.)

624. Var. sur des cordages en sparterie... (L. Q. C.)

625. Var. Mais sans répondre... (Orig.)

626. Var. la faisaient souffrir; ce malaise... (L. Q. C.)

627. Var. Tes paroles, alors je ne les ai pas comprises... (Orig.)

628. Var. Je me retourne, tu n'es plus là! (C.)

629. Var. moment suprême, irrévocable; dans un effort... (L. Q. C.)

630. Var. des nuages la soulevaient; en défaillant... (L. Q. C.)

631. « On rencontre une île couverte... » allusion aux traditions relatives à l'Atlantide.

632. Var. une chose presque religieuse; Salammbô... (L. Q. C.)

633. Var. s'étalait sur une branche de cyprès... (L. Q. C.)

634. Var. Mais au frôlement de sa robe... (Orig.)

635. Var. en avançant la bouche sur sa main... (L. Q. C.)

636. Var. Des trompettes sonnèrent. (L. Q. C.)

637. Var. Le bas de la tente se releva... (L. Q. C.)

638. Var. Les Mercenaires, pour empêcher... (L. Q. C.)

639. Var. et ils périssaient tous, pêle-mêle... (C.)

640. Var. Quelque chose pour l'aider. (L. Q. C.)

641. Var. en trois bonds, se trouva sur la plate-forme. (L. Q. C.)

642. Var. l'escalier des galères; en se penchant,... (L. Q. C.)

643. Var. La lampe fumeuse éclairait... (L. Q. C.)

644. Var. et il crut que Salammbô dormait... (L. Q. C.)

645. « Les longues files des Barbares... » Cf. Polybe (LXXVIII) : « L'armée de Spendius rejoignit celle des Libyens et, abandonnant les hauteurs pour la plaine, ils offrirent la bataille aux Carthaginois. »

646. Var. la montagne; les carrés puniques... (L. Q. C.)

647. Var. qui se balançaient; peu à peu... (L. Q. C.)

648. Var. sur des ânes. Au lieu de garder... (L. Q. C.)

649. Var. frôler la terre. Tout à coup... (L. Q. C.)

650. « Narr'Havas marcha résolument vers une senti-

nelle... » Cf. Polybe (LXXVIII) : « Or il y avait en ce temps-là
un chef Numide du nom de Naravas, guerrier plein de valeur
et l'un des plus considérables parmi les siens; il avait toujours
éprouvé pour Carthage une affection que lui avait léguée son
père et qui, dans les circonstances présentes, s'était accrue
de l'admiration que lui inspirait Hamilcar. Il jugea le moment
venu de renouer avec lui et d'engager des pourparlers; accompagné d'une centaine de Numides, il se rendit au camp
d'Hamilcar et, arrivé au pied des retranchements, s'arrêta
et fit signe de la main. »

651. « Il jeta son épée... etc. » Polybe (LXXVIII) : « Intrigué,
Hamilcar dépêcha à Naravas un de ses cavaliers; Naravas
répondit qu'il désirait parler à Hamilcar. Puis, tandis qu'Hamilcar hésitait encore, il remit ses armes et sa monture entre
les mains de ses compagnons, et pénétra hardiment dans le
camp. »

652. VAR. et il s'était absenté... (L. Q. C.)

653. VAR. vers lui; peut-être y avait-il... (L. Q. C.)

654. VAR. et dissimulant sa joie... (L. Q. C.)

655. VAR. pour la bénir. Les Barbares savaient... (L. Q. C.)

656. VAR. hurlaient ainsi autour de Salammbô. (L. Q. C.)

657. VAR. sur le zaïmph et sur elle; sa chaînette était
rompue... (L. Q. C.)

658. « En récompense des services que tu m'as rendus... »
Cf. Polybe (LXXVIII) : « La confiance dont le jeune chef
avait témoigné en se rendant au camp, autant que la fran-
chise de ses paroles, charmèrent si fort Hamilcar, que, non
content d'accepter l'offre de son alliance, il lui promit de lui
donner sa fille, si Naravas restait fidèle à Carthage. »

659. « On mit entre les mains de Salammbô une lance... etc. »
Dans ces *fiançailles indissolubles*, Flaubert a réuni quelques
rites symboliques empruntés aux formes religieuses du
mariage grec ou du mariage romain; ainsi le blé versé sur la
tête des fiancés, comme un symbole de fécondité; les deux
pouces attachés avec une lanière rappellent la *dextrarum
junctio* du mariage romain.

660. L'Aqueduc, qui a fourni à Flaubert la matière de
deux des plus dramatiques épisodes de *Salammbô* (chap. IV
et XII), pose un problème archéologique qui n'est pas clairement élucidé. Y avait-il un aqueduc à Carthage au temps des
guerres puniques. Flaubert lui-même a avoué qu'il n'y croyait
pas. (Lettre à Sainte-Beuve, p. 363.) Les ruines de l'aqueduc
que les fouilles de 1885 permirent de dégager appartiennent

à un ouvrage romain, sans doute de l'époque d'Hadrien. Dans son *Histoire ancienne de l'Afrique du Nord*, S. Gsell (I, p. 78) doute qu'un aqueduc ait existé à l'époque punique : « entre la baie de Kram et l'angle N.-E. du lac, subsistent des traces d'un canal creusé de main d'homme; aucun texte n'indique qu'il date des temps de la première Carthage. » Ailleurs, le même historien écrit : « L'alimentation en eau était d'une importance capitale pour cette grande ville. Il n'existe dans la péninsule que quelques sources, peu abondantes et éloignées des quartiers où les maisons se pressaient. Mais le long du littoral, on trouve de l'eau douce dans les profondeurs du sol : les anciens avaient creusé des puits. Rien ne prouve qu'à l'époque punique des eaux courantes aient été amenées par des aqueducs. On recueillait les eaux de pluie dans les citernes; chaque habitant paraît avoir eu la sienne. Il y avait sans doute de grands réservoirs publics, dont nous ne pouvons rien dire ». (*Ibid.*, p. 83.) Gielly, dans *Carthage et ses ports* (pp. 10 et 11), a étudié ces citernes, qu'il date, pour la plupart, de l'époque romaine et de l'époque byzantine; il mentionne deux grands canaux souterrains de plus de deux mètres de hauteur sur 0 m. 90 de largeur et qui se dirigeaient tous les deux vers la Soukra; enfin, il révèle l'existence d'une véritable rivière souterraine, canalisée, de construction punique, reconstruite ou réparée par les Romains et les Byzantins; cette rivière vient des collines de l'Ariana, et va finir en face et vers le milieu de la Sebkha el Riana, en alimentant sur son passage près de deux cents puits, dont la plupart sont de construction punique ou romaine.

Quant à l'entrée de Spendius dans Carthage par l'aqueduc, Flaubert lui-même a indiqué dans sa lettre à Sainte-Beuve (p. 359) qu'il a emprunté ce stratagème à Polyen (*Stratagèmes*, I, 39) racontant une ruse de Cléon au siège de Sestos. L'idée de couper l'aqueduc est inspirée par le souvenir de Bélisaire coupant l'aqueduc romain de Carthage. (Lettre à Sainte-Beuve, p. 363.)

661. VAR. Alors Narr'Havas les avait enveloppés... (Orig.)

662. VAR. les écrasait; ils étaient vaincus... (L. Q. C.)

663. VAR. Enfin Hamilcar... (Orig.)

664. VAR. de blanches mains dépassaient... (L. Q. C.)

665. VAR. Le vent du soir souffla; toutes les poitrines... (L. Q. C.)

666. VAR. se dilatèrent; à mesure que... (L. Q. C.)

667. « Ils se trouvaient étendus par longues lignes... » A propos de ce passage, et des pages suivantes, voir comment

Flaubert, dans sa lettre à Sainte-Beuve (p. 360-361) se justifie du reproche d'avoir accumulé à plaisir les exemples de cruauté.

668. « les Nasamons », peuple qui habitait au S.-O. de la Cyrénaïque, jusqu'au milieu de la grande Syrte, et que Pline (*H. N.*, V. 33., VII, 2; XIII, 17) mentionne souvent; le poète Lucain (*Phars.*, IX, 439) les qualifie de *gens dura*.

669. VAR. par les flots. Les Latins se désolaient... (L. Q. C.)

670. « Le Suffète avait proposé... » Cf. Polybe (LXXVIII) : « Carthage fit quatre mille prisonniers. Après la victoire, Hamilcar autorisa ceux d'entre eux qui voulaient s'enrôler parmi ses troupes à rester auprès de lui. »

671. VAR. refusé; bien résolu... (L. Q. C.)

672. « de ne plus combattre Carthage. » Polybe (LXXVIII) : « Il leur faisait seulement défense de reprendre les armes contre Carthage, sous peine, s'ils retombaient entre ses mains, d'être châtiés impitoyablement. »

673. « on leur avait distribué les armes de l'ennemi. » Polybe (LXXVIII) : « Il leur donna, pour équipement, des dépouilles enlevées à l'ennemi. »

674. VAR. Ils racontèrent... (L. Q. C.)

675. VAR. les méprisassent. Aux premières paroles... (L. Q. C.)

676. VAR. Une douleur, plus lourde... (L. Q. C.)

677. VAR. Mais la même idée leur vint... (Orig.)

678. « On les rangea par terre... » Polybe (LXXIX) : « les Mercenaires finirent par exterminer tous les Carthaginois de Sardaigne avec une cruauté inouïe et après leur avoir infligé les supplices les plus raffinés. »

679. VAR. Mâtho était assis par terre... (L. Q. C.)

680. VAR. Mâtho se leva... (L. Q. C.)

681. VAR. et le jeta... (L. Q. C.)

682. VAR. Tout à coup, sans qu'on pût deviner... (L. Q. C.)

683. VAR. Bien qu'il fût cruel, l'autre malgré sa bravoure... (L. Q. C.)

684. « Enfin, les trois chefs et le shalischim... » Polybe (LXXIX) : « Cependant, Mathos, Spendius et le Gaulois Autarite n'avaient pas vu sans inquiétude Hamilcar se montrer si clément envers les prisonniers; attirés par des procédés de ce genre, les Africains et les autres Mercenaires n'allaient-ils pas se tourner vers Carthage et profiter de l'asile qu'elle leur offrait? »

685. Var. Pas un moyen ne s'offrait... (L. Q. C.)

686. « Donc ils devaient la poursuivre à outrance... » Polybe
(LXXIX) : « Il importait donc de trouver quelque expédient
nouveau qui excitât jusqu'à outrance la haine de leur solda-
tesque contre Carthage. »

687. « Deux heures après, un homme... » Polybe (LXXIX) :
« Ils réunirent leurs hommes et amenèrent au milieu d'eux un
prétendu courrier qui leur était soi-disant envoyé par leurs
compagnons de Sardaigne. »

688. « Ils recommandaient à leurs compagnons... » Polybe
(LXXIX) : « La lettre dont ce courrier était porteur recommandait de surveiller étroitement Giscon et les siens... Il
fallait faire bonne garde, car on savait que les Carthaginois
avaient noué des intelligences dans le camp des Mercenaires
pour délivrer leurs prisonniers. »

689. Var. ne réussit point comme il l'avait espéré. (L. Q. C.)

690. Var. Le lendemain, à la troisième veille... (L. Q. C.)
— Cf. Polybe (LXXIX) : « Voici que parut un second courrier; il se disait envoyé par les gens de Tunis; les conseils
dont il était porteur étaient les mêmes que ceux qui venaient
de Sardaigne. »

691. Spendius lut d'abord la lettre... Polybe (LXXIX) :
« Aussitôt Spendius d'exhorter les Barbares : « Gardez-vous,
« leur dit-il, de vous laisser prendre à la clémence d'Hamil-
« car... »

692. Var. de place en place, et la relisait. (L. Q. C.)

693. « La douceur du Suffète était un appât... » Polybe
(LXXIX) : « Ce n'est pas pour les sauver qu'Hamilcar a
ménagé les captifs; c'est dans l'espoir de faire venir à lui,
par l'appât de cette générosité même, tout le reste de notre
armée. »

694. « Le supplice des captifs était un jeu d'enfants... »
Polybe (LXXX) : « Quant à Giscon et aux autres prisonniers
que nous avons faits depuis, qu'ils périssent sur la croix ! »

695. « un seul peut nous perdre... » Polybe (LXXX) : « Il
n'y a pour nous qu'un moyen de salut, c'est d'abandonner
tout espoir en Carthage..., etc. » Polybe attribue ces paroles
à Autarite.

696. Var. Alors ils retournèrent... (Orig.). — Ils retournèrent... (L. Q. C.)

697. Var. Trois pasteurs samnites... (L. Q. C.)

698. Var. Les Barbares le considérèrent avec un grand
étonnement. (L. Q. C.)

699. « gênés par de vieux souvenirs... » Polybe (LXXX) : « en souvenir de la bienveillance que Giscon leur avait témoignée, beaucoup de capitaines voulaient s'élever contre ce supplice de la croix. »

700. « L'homme au fer recourbé s'approcha de Giscon... » Polybe (LXXX) : « Ce même Giscon que, peu de temps auparavant, ils préféraient aux autres Carthaginois,... c'est par lui qu'ils commencèrent le supplice. »

701. VAR. Quand il fut aux deux tiers... (L. Q. C.)

702. VAR. Mais bientôt se dressèrent... (Orig.)

703. « Bientôt se dressèrent au bord des palissades... » Polybe (LXXI) : « Les Carthaginois envoyèrent des hérauts aux rebelles pour leur demander la permission d'enlever leurs morts. »

704. « que l'on renverrait les parlementaires avec les mains coupées. » Polybe (LXXXI) : « Les Barbares refusèrent et avertirent les Carthaginois de ne leur envoyer à l'avenir ni hérauts ni ambassadeurs, parce qu'ils leur infligeraient le même sort qu'à Giscon. »

705. VAR. Quand ils furent réconfortés... (L. Q. C.)

706. VAR. Mais si les choses traînaient... (Orig.)

707. « Il prit la résolution d'être impitoyable. » Polybe (LXXXII) : « Désormais, Hamilcar ferait tuer sans désemparer tout ennemi pris sur le champ de bataille et jeter aux bêtes tout captif qu'on lui amènerait. »

708. « qu'on lui expédiât une autre armée. » Polybe (LXXXII) : « Hamilcar appela auprès de lui Hannon; il espérait que les deux armées réunies viendraient plus facilement à bout des Barbares. »

709. VAR. le fond de la gorge... » (Orig.)

710. « Hannon se contentait... » Polybe (LXXXII) : « A peine réunis, les deux généraux en vinrent à un tel degré de désaccord que, non contents de laisser échapper les occasions de battre l'ennemi, ils lui permirent bien des fois de prendre sur eux l'avantage. »

711. VAR. compromettait son entreprise. Hamilcar... (L. Q. C.)

712. « Enfin Hamilcar écrivit au Grand-Conseil... » Polybe (LXXXII) : « Avertie de ce dissentiment, la République ordonna que l'un des deux généraux serait rappelé; celui que les troupes préféreraient resterait à leur tête. »

713. VAR. Après tant d'espérances... (L. Q. C.)

714. VAR. déplorable; on tâchait de n'y pas réfléchir...
(L. Q. C.)

715. « Comme si ce n'était pas assez d'infortunes... » Polybe
(LXXXII) : « De plus, nous avons vu que la Sardaigne avait
secoué le joug de Carthage. »

716. VAR. Aussitôt le peuple romain... (Orig.)

717. « mais trois jours après, une flotte... » Polybe
(LXXXII) : « la ville d'Empories avait expédié par mer
un convoi de vivres que l'on attendait avec impatience; il
fut assailli par une tempête et englouti dans les flots. »

718. « Alors les citoyens d'Hippo-Zaryte... » Polybe
(LXXXII) : « Hippone et Utique, les seules villes d'Afrique
qui eussent soutenu loyalement la guerre, passèrent à l'ennemi. »

719. « puis, survenant derrière eux... » Polybe (LXXXII) :
« Elles massacrèrent les soldats que la République avait
envoyés à leur secours, environ cinq cents hommes, avec leur
général, puis les jetèrent du haut des murailles. »

720. VAR. Utique endurait également des soldats... (Orig.)

721. VAR. les portes s'ouvrirent; dès lors... (L. Q. C.)

722. « dès lors les deux villes tyriennes... » Polybe
(LXXXII) : « Les deux villes affichèrent subitement pour les
Mercenaires une affection et un zèle absolus, et pour Carthage,
une haine et une colère implacables. »

723. VAR. Mâtho, qui marchait en tête... (L. Q. C.)

724. VAR. Le terrain s'abaissa... (L. Q. C.)

725. VAR. les traînards; il courait... (L. Q. C.)

726. VAR. s'embarrassant les pieds dans ses entraves...
(L. Q. C.)

727. VAR. et pendant qu'ils tâchaient de l'arrêter... (L. Q.
C.)

728. « Ils allèrent s'établir plus loin... » Polybe (LXXXII) :
« En présence de ces événements, Mathos et Spendius s'enhardirent; ils décidèrent de mettre le siège devant Carthage
elle-même. »

729. VAR. On avait plusieurs fois affirmé... (L. Q. C.)

730. VAR. Enfin ils avaient repris confiance peu à peu,
s'étaient avancés... (Orig.). — Ils avaient repris confiance,
s'étaient avancés... (L. Q. C.)

731. « Les dunes de Clypea... » *Clupeæ* ou *Aspis*, ville
d'Afrique que César mentionne plusieurs fois dans le *De Bello
civili*.

732. « le cap Phiscus... le promontoire de Derné... » ce sont deux points de la côte de Cyrénaïque; aujourd'hui encore, dans cette région, une ville porte le nom de Derna.

733. « Phazzana, » en Cyrénaïque, aujourd'hui, Fezzan. — « la Marmarique, » région habitée par les Marmarides, tribu libyenne, voisine de Cyrénaïque.

734. « les Zuaèces, » peuplade libyenne. Hérodote (IV, 175) signale leurs cuirasses en peau d'autruche.

735. « les Atarantes, » cf. la note 409.

736. « les hideux Auséens, » peuple de Zeugitane, dont Hérodote décrit les mœurs (IV, 180); Diodore de Sicile (III, 29) les appelle « les mangeurs de sauterelles ».

737. « les Gysantes, » peuple africain sur lequel Hérodote a fourni à Flaubert ces détails de mœurs. (IV, 194.)

738. Var. Puis bientôt, du côté de l'Ariane... (Orig.)

739. Var. les Massyliens; d'ailleurs... (L. Q. C.) — les Massyliens, ou plutôt Masyliens, sont une tribu numide. (Strabon, I, 213.)

740. Var. d'abandonner leur roi... (L. Q. C.)

741. « Malethut-Baal », Malethubalus, montagne de la Mauritanie Tingitane; — « Garaphos, » ville et lac de Mauritanie.

742. « les Pharusiens; » deux peuples d'Afrique portent un nom presque semblable : les *Pharusii*, au nord des monts Sagapola, à peu de distance de la côte du Maroc, (Strabon, 17. Pline, *H. N.*, V, 4) et les *Phaurusii*, peuple commerçant dans la partie occidentale de l'Afrique intérieure, à l'est du cap Blanco. (Strabon, 17.)

743. « les Caunes, » peuple de Mauritanie Tingitane, au nord de l'Atlas; — « les Macares, » *Maccaræ*, tribu de la Mauritanie Césarienne; — « les Tillabares, » tribu libyenne.

744. « la grande contrée d'Agazymba, » lac éthiopien.

745. « Taggir, » sans doute Thagura ou Thaguris, région de l'intérieur de l'Afrique.

746. « Bambotus, » fleuve de l'Afrique occidentale. (Pline, *H. N.*, V, 1.)

747. Var. pour acheter un empire. Mais ils ne savaient même pas... (Orig.)

748. Var. sous les hommes; et cette longue surface... (L. Q. C.)

749. Var. Il fallait plusieurs jours... (L. Q. C.)

750. Var. Du côté des catacombes... (L. Q. C.)

751. « La guerre, en le retenant au loin... » du côté d'Hippo-Zaryte.

752. Var. Bientôt ils diminuèrent les sentinelles... (L. Q. C.)

753. « les phénicoptères, » oiseaux échassiers, appelés encore flamants.

754. Var. comme un obélisque qui marchait. Zarxas saisit sa fronde... (L. Q. C.)

755. Var. Mais par prudence ou par férocité... (Orig.)

756. Var. Quand il fut en haut... (L. Q. C.)

757. Var. éclatèrent; et les Carthaginois... (Orig.)

758. « Moloch. » Les sources de ce chapitre sont les suivantes. Pour les sacrifices humains à Moloch, Flaubert s'appuie sur un texte de Diodore de Sicile (XX, 14) racontant les *Guerres de Carthage contre Agathoclès* et sur différents textes de Strabon (I, 253, 328, 364; III, 290, 291, 344.) Diodore raconte que les Carthaginois avaient coutume d'offrir au dieu les enfants des plus puissants citoyens; ils avaient renoncé à cet usage et achetaient seulement des enfants qu'ils faisaient élever pour les immoler. Voyant les ennemis campés sous les murs de Carthage, ils furent saisis d'une crainte superstitieuse et décrétèrent d'offrir de nouveau à la divinité deux cents enfants, choisis dans les familles les plus illustres. Quelques citoyens, pour détourner d'eux les soupçons et l'impopularité, offrirent d'eux-mêmes, trois cents enfants. — Ch. A. Julien, dans son *Histoire de l'Afrique du Nord* (p. 95), parle d'une découverte archéologique qui peut avoir un rapport avec cet usage sanglant : on a trouvé dans un sanctuaire « quatre étages de poteries, surmontées de stèles votives, le plus bas du VIIᵉ siècle avant notre ère, le plus haut de la période préromaine, recélant des ossements d'enfants calcinés. Des inscriptions trouvées dans le sanctuaire mentionnent des sacrifices d'enfants, au IVᵉ siècle environ. » — Flaubert attachait une grande importance à ce chapitre; pour lui, Moloch était « l'âme de cette histoire ». (Cf. la lettre à Sainte-Beuve, p. 360.) Dans sa lettre à Frœhner (p. 369) il justifie cet épisode essentiel, en citant ses références historiques; et il revient sur ce sujet dans la lettre à Guéroult du 2 février 1863. (*Corresp.*, V, 88.)

759. Var. Pour rendre plus facile... (L. Q. C.)

760. « Sous la variété infinie de leurs appellations... » Toutes ces pages sur les machines de guerre sont fondées sur des documents précis empruntés aux historiens de l'antiquité. Flaubert s'est surtout inspiré, pour la description des machines, de la *Poliorcétique* de Juste-Lipse, de Vitruve et de Végèce, et pour les stratagèmes de guerre de Polyen. Dans ses papiers,

une note sur le bélier renvoie à la fois à Vitruve, Tertullien, Pisiscus, Paul Lucas, Desfontaines, Walckenaër.

761. Var. Comme des frondes, les autres comme des arcs. (L. Q. C.)

762. Var. de fils tordus; quand on lâchait les cordes... (L. C.) — un écheveau de fils tordu; quand... (Q.)

763. « des moufles, » combinaison de poulies servant à élever des fardeaux.

764. « des tympans, » voir la description de cet appareil p. 261.

765. « des carrobalistes; » ce sont des balistes montées sur une voiture et tirées par des chevaux, pour être transportées plus facilement de place en place.

766. Var. abritaient les travailleurs; tandis que les cata-pultes... (Orig.)

767. « mois de Schabar, » ou Schebat, février.

768. Var. descendait d'une potence; une tête de bélier... (L. Q. C.)

769. Var. à des bâtons. Une résistance furieuse... (L. Q. C.)

770. Var. Les béliers rompirent... (L. Q. C.)

771. « comme pour les suivre. » Dans ce passage, Flaubert semble s'être souvenu d'un passage de *Notre-Dame de Paris*, où Victor Hugo décrit l'attitude de Quasimodo manœuvrant le bourdon de la cathédrale.

772. « Ces facéties... soutenaient leur courage. » Rapprocher ce passage de la p. 273, où Flaubert rappelle un détail des mœurs militaires antiques : les inscriptions injurieuses gravées sur les projectiles.

773. Var. Les assiégés, chaque fois... (L. Q. C.)

774. Var. Mais Spendius l'arrêta... (Orig.)

775. Var. bien vite disposés; il en aurait fallu... (L. Q. C.)

776. Var. On les utilisa cependant d'une façon... (Orig.)

777. Var. débarquer à la Tænia. Ils s'avancèrent... (L. Q. C.).

778. Var. les prenant par le flanc, en firent un grand carnage. (L. Q. C.)

779. Var. une trahison nouvelle; désormais, il l'exécra... (L. Q. C.)

780. Var. ils battaient les portes. La nudité de leurs corps... (L. Q. C.)

781. Var. les Carthaginois les massacrèrent abondamment.

(Orig.) Correction caractéristique de l'emploi de l'imparfait chez Flaubert, qui, « en rompant le passé défini par l'imparfait, dessine l'attitude continuée qui sort d'un acte instantané ». (A. Thibaudet, *G. Flaubert*, p. 282.)

782. Var. La campagne étant ravagée... (L. Q. C.)

783. Var. La foule, pendant ce temps-là, courait; les capitaines criaient des ordres... (L. Q. C.)

784. Var. et l'on entendait toujours le heurt des béliers. (L. Q. C.)

785. Var. au milieu des cours. Les feux... (L. Q. C.)

786. Var. et de longues flammes s'échappaient des maisons. (L. Q. C.)

787. Var. s'établissaient au coin des carrefours. (Orig.) — Contrairement à l'exemple de la n. 781, ici Flaubert a substitué le passé simple à l'imparfait, pour marquer la distinction entre l'attitude continuée et l'acte instantané.

788. « les buveurs de jusquiame; » le suc de la jusquiame noire est un poison violent qui agit comme narcotique.

789. Var. autour des autels; puis on tâchait... (Orig.)

790. Var. Salammbô n'éprouvait pour lui... (L. Q. C.)

791. Var. Le python était redevenu malade... (L. Q. C.)

792. Var. derrière le lit de peaux de bœuf, enroulé sur lui-même... (L. Q. C.)

793. Var. se graissaient la chevelure, ou lavaient dans la mer... (L. Q. C.)

794. Var. Il s'asseyait sur les coussins... (L. Q. C.)

795. Var. Il lui demanda si personne... (L. Q. C.)

796. Var. ne l'y avait poussée; d'un signe de tête... (L. Q. C.)

797. Var. par honte peut-être, ou par un excès... (L. Q. C.)

798. Var. d'un rêve accablant, elle n'aurait su de quelle manière... (L. Q. C.)

799. Var. Taanach effarée survint... (L. Q. C.)

800. Var. Alors le Suffète et l'esclave... (Orig.)

801. Var. L'enfant était resté au milieu; d'un regard plus attentif... (L. Q. C.)

802. « pas plus haut qu'un glaive romain... » Sur ce portrait d'Hannibal, cf. ce que Flaubert écrit à son ami Duplan, en juin 1862 : « La persistance que Lévy met à demander des illustrations me f... dans une fureur *impossible à décrire.* Ah !

qu'on me le montre, le coco qui fera le portrait d'Hannibal, et le dessin d'un fauteuil carthaginois ! Il me rendra grand service. Ce n'était guère la peine d'employer tant d'art à laisser tout dans le vague, pour qu'un pignouf vienne démolir mon rêve par sa précision inepte. » *(Corresp.*, V, 24.)

803. VAR. Sans doute, il devina... (L. C.) — Sans doute il devina... (Q.)

804. VAR. Hamilcar d'un signe... (L. Q. C.)

805. VAR. pour le fils de son maître. Ne sachant où le cacher... (L. Q. C.)

806. VAR. en observant les remparts; ce soir-là... (L. Q. C.)

807. VAR. ils les refusèrent, et moururent (L. C.) — ils les refusèrent et moururent... (Q.)

808. VAR. les laissaient s'en retourner. Un jour arriva... (L. Q. C.)

809. « les chevaux d'Eschmoûn. » Cf. dans la lettre à Frœhner (p. 370) la justification de ce détail : Pausanias (I, 1) et la Bible *(Rois*, II, 32) parlent des chevaux consacrés au soleil. Eschmoûn est assimilé à Esculape, Iolaüs, Apollon, le Soleil.

810. VAR. Les trois grandes catapultes ne s'arrêtaient pas. (L. Q. C.)

811. VAR. Mais ce qu'il y avait de plus irritant... (Orig.)

812. VAR. on n'en conçut pas moins pour Hamilcar... (Orig.)

813. VAR. l'eau claire de l'aqueduc. Hamilcar ne faiblissait pas... (L. Q. C.)

814. VAR. n'allait pas se risquer seul; le Suffète fit rehausser... (L. Q. C.)

815. VAR. aux jarrets des cerfs. Il n'existait dans Carthage. (L. Q. C.)

816. VAR. ni cerfs ni taureaux. Alors Hamilcar demanda... (Orig.)

817. VAR. pour les machines de guerre. La perte, plus tard... (L. Q. C.)

818. VAR. pour huiler leurs machines; d'autres en arrachaient... (L. Q. C.)

819. VAR. sortir des murs naturellement. Les Barbares... (L. Q. C.)

820. VAR. bien qu'elle n'atteignît pas encore la hauteur... (L. Q. C.)

821. VAR. et au milieu, plus en arrière... (L. Q. C.)

822. « la formidable hélépole de Démétrius Poliorcète. »

Démétrios, surnommé Poliorcète, *le preneur-de-villes*, était fils d'Antigone, un des successeurs d'Alexandre le Grand. On lui attribuait l'invention de plusieurs machines de guerre, et Flaubert a décrit l'*hélépole* d'après un passage de Diodore de Sicile (XX, 48). Le mot *hélépole* lui-même signifie : *qui détruit les villes*. Vitruve (X, 22) et Ammien Marcellin (XXIII, 4) ont aussi décrit cette machine.

823. VAR. un grand cri poussé par les Barbares... (L. Q. C.)

824. VAR. battaient les portes; aux endroits où la terrasse... (L. Q. C.)

825. VAR. avec un filet de pêcheur; quand arrivait le Barbare... (L. Q. C.)

826. VAR. soulevant une grande poussière; les catapultes... (C.)

827. VAR. comme des lutteurs. Les femmes, penchées sur les créneaux... (L. C.) — comme des lutteurs; les femmes penchées sur les créneaux... (Q.)

828. VAR. Des flèches jaillissaient... (L. Q. C.)

829. VAR. des dalles de tombeaux. Mais sous le poids... (Orig.)

830. VAR. et des masses d'hommes, levant les bras... (L. Q. C.)

831. VAR. un feu de paille humide; la fumée les aveuglant... (L. Q. C.)

832. VAR. de longues poutres étendues à plat... (L. Q. C.)

833. « C'était une mode gauloise... » Flaubert a emprunté cette description à César (*B. G.*, VII, 23), décrivant les remparts d'Avaricum.

834. VAR. lui faire bondir le cœur. Il était rentré dans sa tente... (L. Q. C.)

835. VAR. et avec sa grande épée dans les mains... (L. Q. C.)

836. VAR. Cependant ils s'écartaient... (Orig.)

837. VAR. et il arriva devant la seconde enceinte... (L. Q. C.)

838. VAR. Vers eux; la vaste couronne de plumes... (L. Q. C.)

839. VAR. l'entourèrent. Des rues latérales... (L. Q. C.)

840. VAR. comme un dieu marin sur des flots (L. C.) — — ... sur les flots. (Q.)

841. VAR. sur Schahabarim; Mâtho, ne le voyant plus... (L. Q. C.)

842. VAR. un immense bélier; ses portes s'abattirent... (L. Q. C.)

843. Var. tout debout sur le toit... (Orig.)

844. Var. L'eau coulait sur la terrasse; Hamilcar... (L. Q. C.)

845. Var. Quand l'hélépole... (L. Q. C.)

846. Var. Les Carthaginois s'inclinaient... (L. Q. C.)

847. Var. l'eau pénétrant la terrasse avait effondré le chemin... (L. Q. C.)

848. Var. Les Barbares étaient innombrables... (L. Q. C.)

849. Var. Les Carthaginois, en réfléchissant... (L. Q. C.)

850. Var. allaient poursuivre leur vengeance... (L. Q. C.)

851. Var. Il fallait donc l'assouvir. (L. Q. C.)

852. « Les Anciens s'assemblèrent... » Sur le Grand Conseil de Carthage, cf. le chapitre VII, p. 128 sqq. et la note 379. A côté du Sénat, composé de 300 membres de l'aristocratie, il existait depuis le vie siècle un Conseil des Cent, pris parmi les sénateurs; c'était d'abord une sorte de tribunal, devant lequel les généraux devaient rendre leurs comptes; puis, ce conseil eut la charge de toute la police de l'État. Ses réunions, appelées *Syssities*, étaient secrètes et nocturnes.

853. Var. Mais comme il ne pouvait plus s'asseoir... (Orig.)

854. Var. La décision fut connue dans Carthage... (L. Q. C.)

855. Var. Trois heures après... (L. Q. C.)

856. « des sources au bas de la falaise. » Cf. la note 660.

857. Var. laissaient voir l'eau; » (L. Q. C.)

858. « Il entra dans la chambre de Salammbô tout éperdu. » Flaubert a emprunté à Silius Italicus (*Punica*, IV) l'idée dramatique d'Hamilcar dérobant son fils au sacrifice.

859. Var. Et le maître des esclaves... (Orig.)

    ... cria-t-il.

    Le maître des esclaves... (C.)

— Va-t'en ! cria-t-il; le maître des esclaves s'enfuit. (Q.)

860. Var. Malgré sa répugnance et son orgueil... (L. Q. C.)

861. Var. peur de le perdre; l'enfant... (L. Q. C.)

862. Var. Et l'esclave, qui tremblait horriblement... (Orig. L.)

863. Var. Hamilcar cependant marchait toujours... (Orig.)

864. Var. Cela lui parut même... (L. Q. C.)

865. Var. Hamilcar lui dit l'épouvantable vérité... (L. Q. C.)

866. Var. Maintenant Hamilcar était bien sûr... (Orig.)

867. « les hiérodoules, » littéralement : esclaves de la divinité. C'était une institution d'Orient, la servitude sacrée substituée à une immolation sanglante. Les hiérodules mâles, généralement eunuques, étaient chargés des fonctions inférieures du culte.

868. VAR. diversement coloriées; tous s'y trouvaient... (L. Q. C.)

869. VAR. des bonnets à triple étage... (L. Q. C.)

870. VAR. en écartant les bras... (L. Q. C.)

871. VAR. la Rabbetna le torturait... (Orig.) — le torturait; par désespoir... (L. Q. C.)

872. VAR. Alors, la foule... (Orig.)

873. « les salsalim, » sorte de cymbales.

874. VAR. Mais avant de rien entreprendre... (Orig.)

875. VAR. ...une oblation toute volontaire... (L. Q. C.). — Cf. la note 758 : d'après Diodore, près de trois cents enfants auraient été offerts spontanément par leurs parents.

876. VAR. entraînant les autres. Personne... (L. Q. C.)

877. VAR. complètement vides. Pour encourager... (L. Q. C.)

878. VAR. Des fidèles arrivèrent... (L. Q. C.)

879. « Le Défilé de la Hache. » Le 2 janvier 1862, Flaubert écrit à Jules Duplan : « C'est fait ! je viens d'en sortir. J'ai vingt mille hommes qui viennent de crever et de se manger réciproquement. J'ai là, je crois, des détails coquets et j'espère soulever de dégoût le cœur des honnêtes gens. » Le même jour, et presque dans les mêmes termes; il écrivait la même chose aux Goncourt. (*Corresp.*, V, 3 et 4).

Il est à noter que cette scène essentielle ne tient aucune place dans le scénario de 1857. (Edit. Conard, p. 469-470.) La substance historique en est empruntée à Polybe (I, chap. 83 à 88).

Dans les papiers de Flaubert, on a trouvé une note relative à la topographie du défilé. C'est une lettre de la légation de France à Tunis conçue en ces termes : « On trouve dans les montagnes de Jaffar, au N.-O. de Tunis, entre Carthage et Utique, un ravin ou plutôt une gorge profonde appelée Tenyet-el-Fez, le *chemin de la Hache*. C'est peut-être cela que vous cherchez. » Les géographes ont identifié ce défilé dans les parages du mont Zaghouan (1.343 m.), qui domine les environs de Tunis de sa pyramide bleue, et qui alimentait Carthage de ses sources. (Cf. Elisée Reclus, *Nouv. Géographie Universelle*, tome XI, p. 151, 241.) Polybe (I, 85) termine ainsi son récit : « Le lieu du carnage s'appelait *la Hache*, par suite de sa ressemblance avec l'instrument qui porte ce nom.

880. VAR. des nuages s'amoncelèrent... (L. Q. C.)

881. VAR. tentes mal closes; tout transis encore... (L. Q. C.)

882. VAR. Les Barbares furent indignés... (L. Q. C.)

883. VAR. l'on ne songea pas à le remplacer. (C.)

884. VAR. Mais, dès lors, il se montra hautain... (Orig.)

885. « La surprise des Carthaginois... » Polybe (LXXXIII) : « Rome, exécutant fidèlement son traité, ne ménageait pas à Carthage les marques de son intérêt... L'ambassade que les Romains avaient envoyée à Carthage avait obtenu la libération de tous les captifs, et la reconnaissance de Rome fut si grande que, par un échange de procédés courtois, elle restitua à Carthage les prisonniers qui lui restaient de la guerre de Sicile. »

886. « Elle dédaigna les ouvertures des Mercenaires... » Polybe (LXXXIII) : Lorsque les Mercenaires de Sardaigne se soulevèrent contre Carthage et appelèrent les Romains, ceux-ci repoussèrent leur proposition. »

887. VAR. et ne voulut point reconnaître... (L. Q. C.)

888. « Hiéron, qui gouvernait à Syracuse... » Polybe (LXXXIII) : « Hiéron... estimait conforme à ses intérêts personnels et nécessaire au maintien de son autorité en Sicile et à ses bonnes relations avec Rome, de sauver Carthage. »

889. VAR. les Gaulois, et les Barbares... (L. C.) — les Gaulois; et les Barbares... (Q.)

890. VAR. se trouvèrent comme assiégés. (L. Q. C.)

891. « Alors il se mit à les harceler... » Polybe (LXXXIV) : « On vit plus d'une fois Hamilcar, coupant la retraite à des détachements isolés, les envelopper comme un joueur habile et les exterminer. Ou bien, lorsque l'ennemi lui offrait une bataille rangée, il l'attirait dans quelque adroite embuscade et le décimait. »

892. « il les détacha de leurs campements... » Polybe (LXXXIV) : « Mathos et Spendius n'étaient pas moins assiégés qu'assiégeants, et Hamilcar les réduisit à une telle disette qu'il leur fallut finalement lever le siège. »

893. VAR. derrière lui, ayant un but... (L. C.) — derrière lui, — ayant un but... (Q.)

894. « Leur armée était de quarante mille hommes environ... » Polybe (LXXXIV) : « Mathos et Spendius assemblèrent les plus valeureux d'entre les Mercenaires et les Libyens,

en tout cinquante mille hommes, parmi lesquels le libyen Zarxas et sa troupe. » Flaubert a fait de Zarxas le chef des frondeurs baléares.

895. « Ce qui les tourmentait, c'était les cavaliers de Narr'Havas. » Polybe (LXXXIV) : « Les Mercenaires prenaient grand soin d'éviter les plaines, à cause des éléphants et des cavaliers de Naravas, et s'attachaient aux crêtes et aux défilés. »

896. VAR. Ils avaient à quelque distance... (L. Q. C.)

897. VAR. un corps de vélites; l'armée entière... (L. Q. C.)

898. VAR. c'était le Suffète; un redoublement... (L. Q. C.)

899. « ils ne découvraient aucune issue. » Polybe (LXXXIV) : « Hamilcar finit par établir son camp dans une position aussi fâcheuse pour les Barbares, qu'elle lui était avantageuse, et les réduisit à un état si critique qu'ils n'osaient livrer bataille, incapables de fuir, cernés par ses retranchements... »

900. VAR. revinrent; le passage... (L. Q. C.)

901. VAR. Mais alors une herse... (Orig.)

902. VAR. mais il en eût sacrifié... (Orig.)

903. VAR. Tous se regardèrent... (L. Q. C.)

904. VAR. Puis ils se relevèrent... (Orig.)

905. VAR. la faim redoubla; plusieurs en crièrent. Ils songèrent... (Orig.)

906. VAR. Plusieurs conservaient... (L. Q. C.)

907. « Ils accusaient leurs chefs et les menaçaient... » Polybe (LXXXV) : « Devant l'irritation des soldats, leur désespoir, les menaces qu'ils proféraient contre les chefs, Autarite, Zarzas et Spendius décidèrent de se rendre et de traiter avec Hamilcar. »

908. VAR. Mais Autharite ne craignait pas... (Orig.)

909. « Alors des Garamantes... » Polybe (LXXXIV) : Ils subirent une effroyable famine et en arrivèrent à se manger entre eux. »

910. VAR. Puis au milieu de la nuit... (Orig.)

911. « Mais ne possédait-on pas des Carthaginois... » Polybe (LXXXV) : Enfin leur ultime nourriture s'épuisa; il ne restait plus de prisonniers, plus d'esclaves... »

912. VAR. Mais deux jours après... (Orig.)

913. « Et ils attendaient toujours l'armée de Tunis ! » Polybe (LXXXIV) : Ils attendaient toujours ces secours de Tunis, que leurs chefs leur avaient annoncés. »

914. Var. Mais à présent… (Orig.)

915. Var. regardait à l'entour… (L. Q. C.)

916. « On sentait d'abord… » Tout ce passage sur les symptômes de la faim et la mort par la faim a été soigneusement préparé par Flaubert avec sa méthode habituelle. Sur ses lectures, cf. *Corresp.*, IV, 452. Dans le livre de Descharmes et Dumesnil, *Autour de Flaubert*, I, chap. 2, on trouvera une excellente étude sur *Les Connaissances médicales de Flaubert : Salammbô (Le Défilé de la Hache) et le Naufrage de la Méduse*. Flaubert avait prié ses amis Goncourt de consulter pour lui, dans la *Bibliothèque médicale*, le journal d'un Allemand qui s'était laissé mourir de faim, publié par le Dr Hufeland. Flaubert consulta aussi sur ce sujet son frère, le Dr Achille Flaubert, et le Dr Merry Delabost, qui s'associèrent à ses recherches. Enfin, il dut tirer parti des ouvrages d'Alexandre Corréard et Henry Savigny, le premier, ingénieur géographe, le second, chirurgien de la marine, sur *Le Naufrage de la frégate la Méduse*, tous les deux rescapés du célèbre naufrage.

La belle page sur les hallucinations des Mercenaires mourant de faim : « Ceux qui étaient nés dans les villes, etc. » paraît avoir inspiré le romancier anglais Conrad dans *Le Nègre du Narcisse* : « Ils se remémoraient les traits de camarades oubliés et prêtaient l'oreille aux voix de patrons morts depuis des années. Ils se souvenaient du bruit des rues entre les becs de gaz, de la touffeur et de la fumée des bars ou du torride soleil des jours de calme en mer. »

917. Var. l'on s'éteignait dans un cri. (L. Q. C.)

918. « Autharite… allait se faire tuer pour en finir. » Polybe (LXXXV), cf. note 907.

919. Var. Alors il s'écria : (Orig.)

920. « un cheval sous un palmier… » Les monnaies frappées par Carthage dans les ateliers siciliens pour la solde des troupes portent une tête de cheval ou un palmier.

921. « Spendius, Autharite et Zarxas… » Polybe (LXXXV) : « Autharite, Zarxas et Spendius envoyèrent aux Carthaginois une ambassade de dix hommes avec un héraut. »

922. Var. On les accepta. Ils ne savaient… (L. Q. C.)

923. Var. comme les immenses gradins d'un escalier… (Orig.)

924. Var. Mais les Barbares ne pouvaient… (Orig.)

925. Var. Quand ils se furent relevés… (L. Q. C.)

926. Var. Mais Spendius avait peur… (Orig.)

927. « qu'on lui livrât dix des Mercenaires, à son choix, sans armes et sans tunique. » Polybe (LXXXV) : « Les Carthaginois auront le droit de choisir parmi les Mercenaires dix hommes à leur convenance; tous les autres pourront s'en aller, en ne conservant qu'une tunique. »

928. Var. à céder. Ils y consentirent... (L. Q. C.)

929. « C'est vous que je choisis, et je vous garde... » Polybe (LXXXV) : « Aux termes de nos conventions, je choisis les députés présents. »

930. « Leurs compagnons... se crurent trahis. » Polybe (LXXXV) : « Quant aux Mercenaires, comme ils ignoraient les conventions qui venaient de se conclure, l'arrestation de leurs ambassadeurs leur parut une trahison. Aussitôt qu'ils l'apprirent, ils coururent aux armes. »

931. Var. de grosses masses noires. Elles se levèrent. C'étaient des lances... (L. Q. C.)

932. « Outre l'épieu de leur poitrail... » Polybe (LXXXV) : « Hamilcar lança sur eux ses éléphants avec toutes ses forces et les massacra jusqu'au dernier. »

933. Var. Alors une terreur sans nom... (Orig.)

934. Var. soudain il tressaillit. (L. Q. C.)

935. Var. Mais le lendemain il vint... (Orig.)

936. Var. des étoiles. Dans ce vagabondage... (L. Q. C.)

937. Var. devenu un Mercenaire... (Orig.)

938. Var. Quelques-uns s'étaient bandé... (L. Q. C.)

939. « L'important était de prendre Tunis. » Polybe (LXXXVI) : « Ayant reçu la soumission des Africains... et repris presque toutes les places, Hamilcar... marcha sur Tunis, décidé à assiéger Mathos. »

940. « des galéoles... » Flaubert semble avoir emprunté à Suétone (*fragm.* 164) ce nom d'oiseau, *galeolus*, qui signifie littéralement *petit casque* et désigne une sorte de mésange.

941. « des cailles de Tartessus... » Tartessus, ancienne ville d'Espagne, à l'ouest des Colonnes d'Hercule, entre les deux embouchures du Bætis (Guadalquivir).

942. « canéficiers... asclépias... » Le canéficier est le nom vulgaire de l'arbre exotique qui produit la casse; — l'asclépias à ouate, arbre de Syrie, à fibres textiles.

943. Var. Alors Salammbô tressaillit... (Orig.)

944. Var. sa honte. Les habitants... (L. Q. C.)

945. Var. cachés ou enfuis. Sa colère... (L. Q. C.)

946. Var. et Hannon, au jour fixé... (L. Q. C.)

947. « Hamilcar établit son camp... » Polybe (LXXXVI) : « Hamilcar établit son camp sur le versant opposé à celui qui regarde Carthage. »

948. Var. Hamilcar voulut d'abord montrer... (L. Q. C.)

949. « Il fit crucifier les dix ambassadeurs... » Polybe (LXXXVI) : « Ils amenèrent sous les murs Spendius et les autres captifs, puis, ayant dressé des croix bien en évidence, ils les crucifièrent. »

950. Var. Mais Hannon, par désir... (Orig.)

951. Var. qui était alors debout au milieu... (Orig.)

952. Var.   — Ici ! ici !
Il éleva la voix... (L. Q. C.)

953. Var. Alors ils s'arrêtèrent... (Orig.)

954. Var. Alors il offrit... (Orig.)

955. « A la base des trente croix... » Polybe (LXXXVI) : « On égorgea trente des plus nobles Carthaginois sur le corps de Spendius. »

956. Var. sur une autre figure humaine... (Orig.)

957. Var. Il l'était déjà. (Orig.)

958. Var. Déjà au milieu de leur défaillance... (Orig.)

959. Var. Pour les rendre plus effroyables, les Barbares les avaient construites... (L. Q. C.)

960. « Le Suffète n'avait rien pu savoir... » Polybe (LXXXVI) : « Le camp d'Hamilcar était trop loin pour qu'il pût connaître immédiatement le résultat de l'attaque de Mathos. »

961. Var. envoyés successivement aux généraux n'avaient pas reparu. Des fuyards arrivèrent... (L. Q. C.)

962. Var. en agitant des flammes; les grosses bêtes... (L. Q. C.)

963. Var. Immédiatement il se porta... (Orig.)

964. « Il se porta vers les embouchures du Macar. » Polybe (LXXXVI) : « Il s'éloigna de Tunis, gagna le Makar et s'établit tout près de la mer, à l'embouchure du fleuve. »

965. Var.   ...l'Hirondelle !
Et même on en parla, le premier jour, plus que des citoyens morts.
       Le lendemain, on aperçut... (L. Q. C.)

966. « Alors les engagements se multiplièrent... » Polybe (LXXXVII) : « Ils infligèrent à Mathos de multiples défaites,

au cours d'engagements successifs, près de Leptis et devant d'autres places... »

967. « pourvu qu'elle fût bien la dernière. » Polybe (LXXXVII) : « Ils l'amenèrent enfin à demander une bataille qui décidât entre eux; c'est ce qu'ils voulaient eux-mêmes. »

968. VAR. en furent terrifiés, Mathos regretta...

969. « une troupe de Naffur... », peuplade éthiopienne,

970. « Les Carthaginois arrivèrent dans la plaine avant eux... » Polybe (LXXXVII) : « Les préparatifs de la bataille terminés, les deux armées prirent leurs formations, et l'attaque commença simultanément. »

971. VAR. Jamais il n'avait éprouvé une pareille inquiétude... » (L. Q. C.)

972. VAR. ...avait assailli Mâtho; il la rejeta... (L. Q. C.)

973. VAR. il fit écouler les trois rangs inférieurs... (L. Q. C.)

974. VAR. Les Étrusques, rivés à leur chaîne... (L. Q. C.)

975. VAR. Tous s'arrêtèrent... (L. Q. C.)

976. VAR. d'un seul coup, ils se tuaient... (Orig.)

977. « Il se sentit lié... et il tomba. » Polybe (LXXXVII) : « Mathos tomba vivant aux mains des Carthaginois. »

978. VAR. les bêtes farouches; profitant... (L. Q. C.)

979. VAR. On l'attacha sur l'éléphant... (L. Q. C.)

980. VAR. Une porte se referma... (L. Q. C.)

981. VAR. Les Barbares s'attendaient toujours à revoir Mâtho... (L. Q. C.)

982. VAR. comme la montagne et les morts. (L. Q. C.)

983. VAR. quand il fut près de l'homme... (L. Q. C.)

984. « Mâtho. » Sur la mort de Mâtho, cf. Polybe (LXXXVIII) : « Quant à Mathos et à ses compagnons, au cours d'un triomphe célébré dans Carthage, les jeunes gens leur infligèrent les supplices les plus cruels. » Dans le scénario de *Salammbô*, le dénouement est noté en ces termes : « Prise de Mâtho; son supplice par les rues, le jour où l'on va célébrer les noces de Pyrrha (Salammbô). Regard de la jeune fille sur le corps déchiré de Mâtho; elle l'aime; c'est lui l'époux; ils ont été mariés par la mort. Elle pâlit et tombe dans le sang de Mâtho. »

985. VAR. Mais un autre désir, bien plus âcre... (Orig.) — Un autre désir, plus âcre... (L. Q. C.)

986. « les Kedeschim; » la notion d'une divinité complète en son espèce et réunissant en elle les deux sexes est d'ori-

gine syrienne. Les religions orientales l'ont transmise à la Grèce par l'intermédiaire de Chypre. (Lavedan.)

987. Var. un œuf de cristal; comme le soleil... (L. Q. C.)

988. « des rayons de tous les côtés en partaient. » Flaubert paraît s'être inspiré ici de Quinte-Curce (III, 4) décrivant la tente du roi Darius en campagne.

989. « il s'envolait des colombes. » La description de ce festin est inspirée du festin de Trimalcion, dans le *Satiricon* de Pétrone.

990. Var. Enfin il s'avança; l'étourdissement... (L. Q. C.)

991. Var. des esclaves tapant sur eux... (Orig.) — « Ce détail est certainement un souvenir du voyage de Flaubert en Égypte; il y fut témoin d'une scène semblable, lors d'une fête religieuse où des fanatiques se laissaient écraser. La foule se pressait pour mieux voir, malgré les coups de bâton... » (Dumesnil et Demorest, *op. cit.*, 31, note 1).

992. Var. puis ses jarrets plièrent... (Orig.)

993. Var. Alors les esclaves du Conseil... (Orig.)

994. Var. puis tout à coup, il prit son élan... (Orig.)

995. Var. ...de les entendre; elle allait crier. Il s'abattit à la renverse et ne bougea plus. (L. Q. C.)

996. Var. Mais un homme s'élança... (Orig.)

997. Var. jusqu'au phare, sur toutes les rues... (Orig.)

998. Var. Mais elle retomba... (Orig.)

999. « pour avoir touché au manteau de Tanit. » Cf. dans Dumesnil et Demorest, *op. cit.*, p. 381-382, les commentaires sur ce dénouement.

TABLE DES MATIÈRES

ACHEVÉ D'IMPRIMER
PAR L'IMPRIMERIE ANDRÉ TARDY
A BOURGES
LE 30 SEPTEMBRE 1965

Numéro d'éditeur : 980
Numéro d'imprimeur : 4500
Dépôt légal : 3ᵉ trim. 1965

Printed in France